『方文記』、そのこころ

石田 肇
Hajime Ishida

文芸社

ひとこと

鴨長明は名門鴨氏の出身である。しかし北面では地下であった。落差のきつい生涯であった。そんなことからか、長明は客観的事実しか記録しなかった。その事実の裏には隠された心理がある。書いたのは水面に出ている氷山だ。書かなかったのは水面下の氷山。書かなかったことに深層心理がある。人は『方丈記』の表層だけ見ている。それは誰にもわかる平易な言葉だ、それにとどまっている。長明は自己をダイレクトに語ることはなかった。己の喜怒哀楽も水面下に隠して、他人事として記録した。どの記録にも、その記録を支えている深層心理があり、それを見ることは、面白い。

長明は博学多識、歴史知識は広く、現実の政治に対して舌鋒も鋭い。その長明が書いたことと書かなかったことがある。過去の東大寺の大仏の首が落ちたことは書いたが、平家にやられた東大寺の焼失は書かなかった。なぜ書かなかったか、書かなかったことに長明の怒りを見る。福原遷都では為政者清盛の悪政を批判したが、平家の滅亡には触れなかった。福原遷都よりも、平家滅亡の意味が大きいのに。

長明が、どうしても書かなかったことがある。妻子との死別だ、これは第三者の悲哀として記録した。しかし、だれも長明の妻子のこととは気づいていない。長明を大原にいざなった禅寂、「空」を説いた頼斅、念仏の師である法然、長明に『方丈記』を書かせた人の名は無い。だれも、そんな人が長明にいるとは知らない。

自分の事は何一つ、ダイレクトには書かなかった長明である。しかし、ただ一つ、書いた。それは最後の「不請の念仏」である。せっかく真情を吐露してくれたのに、だれも長明の真意を知らない。

【文献】

引用文献	著者・編者	出版社
鴨長明全集	簗瀬一雄	風間書房
浄土宗全書	電子テキスト	山喜房佛書林
方丈記諸抄大成	吉澤 義則	立命館出版部
方丈記解釈大成	簗瀬一雄	大修館書店
方丈記詳解	冨蔵健二郎	
方丈記全注釈	簗瀬一雄	角川書店
方丈記全釈	武田 孝	笠間書院
方丈記新講	吉池 浩	白楊社
方丈記解釈法	武田 孝	池田書店
方丈記・発心集	三木紀人	新潮社
たつまき	藤田哲也	共立出版
寝殿造の研究	太田静六	吉川弘文館
「家」	堀田良夫	彦根市大藪町
「家」	谷川晴重	彦根市安清町
「瀬田川」	松田 勇	大津市
「火災」	八日市消防署	滋賀県東近江市
「楓」	京都府庁林務課	

	所載
韻文	『万葉集』『古今集』『後撰集』『拾遺集』『第二度百種和歌』『新古今集』『後拾遺集』『山家集』『玉葉和歌集』『続後撰集』『梁塵秘抄』
和文	『大和物語』『源氏物語』『赤染衛門集』『山家集』『平家物語』『源平盛衰記』『十訓抄』『徒然草』
漢文	『日本書紀』『池亭記』『清獬眼抄』『帝王編年記』『愚管抄』『山槐記』『玉葉』『百錬抄』『養和二年記』
漢籍	『論語』『荘子』『帰園田居』『歎逝賦』『湘南即事』『古文真宝』『白氏文集』『唐詩選』『古楽府』
仏典	『無量寿経』『観無量寿経』『阿弥陀経』『法華経』『華厳経』『般若経』『維摩経』『雪山偈』
辞書	『和漢三才図会』『明解古語辞典』 諸橋轍次『新漢和辞典』
ここは引用文中の文献が多いが、何本とか何刷目かの記録はなく、流布本と理解できます。しかし、なお、『華厳経』の引用箇所が『蔵経』のどの記述に相当するかを調べる余裕はありません。	

無常

【構成】『方丈記』は前後二編にわかれ、前編は「無常」を述べ、「序」と「世」と「人」の構成になります。

（**【構成】**は文章全体から、どのような意味をもつかを問います。）

「無常」本文と目次

（目次は本文のなかに漢数字で示す。）

[序]	無常
河	ゆく河の流れは絶えずして、しかも、もとの水にあらず（三）。淀みに浮ぶうたかたは、かつ消えかつ結びて、久しくとどまりたる例なし（五）。
世	世の中にある人と栖とまたかくのごとし（一四）。
住い	たましきの都のうちに、棟を並べ、甍を争へる、高き、いやしき人の住ひは、世々を経て尽きせぬものなれど、これをまことかと尋ぬれば、昔ありし家は稀なり（一五）。或は去年焼けて今年作れり。或は大家亡びて小家となる（二二）。
人	住む人もこれに同じ（二五）。所も変らず、人も多かれど、いにしへ見し人は二三十人が中に、わづかにひとりふたりなり（二六）。朝に死に、夕に生るゝならひ、たゞ水の泡にぞ似たりける（二八）。
作者	知らず、生れ死ぬる人、何方より来たりて何方へか去る（三〇）。また知らず、仮の宿り、誰が為にか心を悩まし、何によりてか目を喜ばしむる（三三）。
無常	その主と住みかと、無常を争ふさま、いはゞあさがほの露に異ならず（三七）。或は露落ちて花残れり。残るといへども朝日に枯れぬ（四〇）。或は花しぼみて露なほ消えず。消えずといへども夕を待つ事なし（四五）。
[世]	不思議
（予）	われ、ものの心を知れりしより、四十あまりの春秋をおくれるあひだに、世の不思議を見ること、やゝたびたびになりぬ（四九）。
（大火）概観	去んじ安元三年四月廿八日かとよ、風烈しく吹きて、静かならざりし夜、戌の時許り、都の東南より火出で来て、西北に至る（五〇）。はてには朱雀門、大極殿、大學寮、民部省などまで移りて、一夜のうちに塵灰となりにき（五二）。

経過	火もとは、樋口富の小路とかや、舞人を宿せる假屋より出で来たりけるとなん（五五）。吹き迷ふ風に、とかく移りゆくほどに、扇をひろげたるがごとく末廣になりぬ（六〇）。遠き家は煙に咽び、近きあたりはひたすら焔を地に吹きつけたり（六二）。空には灰を吹き立てたれば、火の光に映じて、あまねく紅なる中に、風に堪へず、吹き切られたる焔、飛ぶが如くして一二町を越えつゝ移りゆく（六三）。
被害	その中の人、現し心あらむや。或は煙に咽びて倒れ伏し、或は焔にまぐれてたちまちに死ぬ（六七）。或は身一つ辛うじて遁るるも、資材を取り出づるに及ばず（六九）。七珍万寶さながら灰燼となりにき。その費え、いくそばくぞ（七〇）。そのたび、公卿の家十六焼けたり（七一）。ましてその外、数へ知るに及ばず（七三）。
評価	惣て都のうち、三分が一に及べりとぞ（七五）。男女死ぬるもの数十人、馬、牛のたぐひ邊際を知らず（七六）。人の営み、皆愚かなるなかに、さしも危ふき京中の家をつくるとて、寶を費し、心を悩ます事は、すぐれてあぢきなくぞ侍る（七七）。
（辻風）	また、治承四年四月のころ、中御門京極のほどより、大きなる辻風起りて、六条わたりまで吹けることはべりき（八一）。
家	三四町を吹きまくる間に籠れる家ども、大きなるも、小さきも、一つとして破れざるはなし（八五）。さながら平にたふれたるもあり、桁柱ばかり残れるもあり（八七）。門を吹き放ちて、四五町が外に置き、また垣を吹き払ひて、隣と一つになせり（八八）。いはむや、家の内の資材、数を尽くして空にあり、桧皮、葺板の類、冬の木の葉の風に乱るるが如し（九〇）。
人	塵を煙の如く吹き立てたれば、すべて、目も見えず、おびたたしく鳴りとよむほどに、もの言ふ声も聞こえず（九三）。かの地獄の業風なりとも、かばかりにこそはとぞ覺ゆる（九五）。家の損亡せるのみにあらず、これを取り繕ふ間に、身を損ひ、片輪づける人、数も知らず（九七）。この風、未の方にうつりゆきて、多くの人の嘆きなせり（九九）。
作者	辻風は常に吹くものなれど、かかることやある。ただことにあらず（一〇二）。さるべきものの諭かなどぞ疑ひはべりし（一〇三）。
（遷都）	また、治承四年水無月のころ、にはかに都遷りはべりき。いと思ひの外なりしことなり（一〇九）。おほかた、この京のはじめを聞けることは、嵯峨の天皇の御時、都と定まりにけるより後、すでに四百余歳を経たり。ことなるゆゑなくて、たやすく改まるべくもあらねば、これを世の人安からず、憂へあへる、實にことわりにもすぎたり（一一一）。

人	されど、とかく言ふかひなくて、帝より始め奉りて、大臣公卿みな悉く移ろひ給ひぬ（一一六）。世に仕ふるほどの人たれか一人ふるさとに残りをらむ（一一八）。官、位に思ひをかけ、主君のかげを頼むほどの人は、一日なりとも疾く移ろはむとはげみ、時を失ひ世に余されて期する所なきものは、憂へながら留まりをり（一一九）。軒を争ひし人のすまひ、日を経つつ荒れゆく。家はこぼたれて淀河に浮び、地は目の前に畠となる（一二一）。人の心みな改まりて、ただ馬、鞍をのみ重くす。牛、車を用する人なし（一二四）。西南海の領所を願ひて、東北の庄園を好まず（一二五）。
都	その時、おのづから事の頼りありて、津の國の今の京に至れり。所のありさまを見るに、その地、程狭くて、条里を割るに足らず（一二八）。北は山にそひて高く、南は海近くて下れり。波の音、常にかまびすしく、塩風ことにはげし（一三〇）。内裏は山の中なれば、かの木の丸殿もかくやと、なかなか様かはりて、優なるかたも侍り（一三一）。日々にこぼち、川も狭に運び下す家、いづくに作れるにかあらむ（一三四）。なほ空しき地は多く、作れる屋は少なし（一三五）。古京はすでに荒れて、新都はいまだ成らず。ありとしある人は、皆浮き雲の思ひをなせり（一三六）。もとよりこの所にをるものは、地を失ひて憂ふ。今移れる人は、土木のわづらひある事を嘆く（一三七）。道のほとりを見れば、車に乗るべきは馬に乗り、衣冠、布衣なるべきは、多く直垂れを着たり（一三八）。都の手ぶりたちまち改まりて、ただひなびたる武士に異ならず。世の乱るる瑞相と書きけるも、しるく、日を経つつ世の中浮き立ちて、人の心もをさまらず（一四〇）。
還都	民の憂へ、つひに空しからざりければ、同じき年の冬、なほこの京に帰り給ひにき（一四四）。されど、こぼちわたせりし家どもは、いかになりにけるにか、悉くもとの様にしも作らず（一四五）。伝へ聞く、いにしへの賢き御世には、あはれみを以て国を治め給ふ（一四六）。すなはち、殿に茅ふきても、その軒をだにととのへず、煙の乏しきを見給ふ時は、限りある貢物をさへゆるされき（一四七）。これ、民を恵み世を助け給ふによりてなり。今の世のありさま、昔になぞらへて知りぬべし（一四九）。
（飢渇）	また、養和のころとか、久しくなりて覚えず。二年があいだ、世の中飢渇して、あさましき事侍りき（一五二）。或は春夏ひでり、或は秋、大風洪水など、よからぬ事どもうちつづきて、五穀ことごとくならず（一五五）。むなしく春かへし夏植うるいとなみありて、秋刈り冬収むるそめきはなし（一五六）。

人	これによって、国々の民、或は地を棄てて境を出で、或は家を忘れて山に住む（一五七）。さまざまの御祈りはじまりて、なべてならぬ法ども行はるれど、更にそのしるしなし（一五九）。京のならひ、何わざにつけても、みなもとは田舎をこそ頼めるに、たえて上るものなければ、さのみやは操もつくりあへん（一六一）。念じわびつつ、さまざまの財物、かたはしより捨つるがごとくすれども、更に目見立つる人なし（一六三）。たまたま換ふるものは、金を軽くし、粟を重くす。乞食、路のほとりに多く、憂へ悲しむ声耳に満てり（一六五）。
（疫癘）	前の年、かくの如くからうじて暮れぬ（一六八）。明くる年は立ち直るべきかと思ふほどに、あまりさへ疫癘うちそひて、まさざまに、あとかたなし（一六九）。世人みなけいしぬれば、日を経つつきはまりゆくさま、少水の魚のたとへにかなへり（一七〇）。
あはれ	はてには、笠うち着、足ひき包み、よろしき姿したるもの、ひたすらに家ごとに乞ひ歩く（一七四）。かくわびしれたるものどもの、歩くかと見れば、すなはち倒れ伏しぬ（一七六）。築地のつら、道のほとりに、飢ゑ死ぬるもののたぐひ、数も知らず（一七七）。取り捨つるわざも知らねば、くさき香世界に満ち満ちて、変りゆくかたちありさま、目も当てられぬこと多かり（一七八）。いはむや、河原などには、馬・車の行き交ふ道だになし（一七九）。あやしき賎・山がつも力尽きて、薪さへ乏しくなりゆけば、頼む方なき人は、みづからが家をこぼちて、市に出でて売る（一八二）。一人が持ちて出でたる価、一日が命にだに及ばずとぞ。あやしき事は、薪の中に、赤き丹着き、箔など所々に見ゆる木、あひまじはりけるを、たづぬれば、すべきかたなきもの、古寺に至りて、仏を盗み、堂の物の具を破り取りて、割り砕けるなりけり（一八三）。濁悪世にしも生れ合ひてかかる心憂きわざをなん見侍りし（一八五）。
いとあはれ	また、いとあはれなる事も侍りき（一八八）。さりがたき妻、をとこ持ちたるものは、その思ひまさりて深きもの、必ず先立ちて死ぬ（一八九）。その故は、わが身は次にして、人をいたはしく思ふあひだに、まれまれ得たる食ひ物をも、かれにゆづるによりてなり（一九〇）。されば親子あるものは、定まれる事にて、親ぞ先立ちける（一九一）。また、母の命尽きたるを知らずして、いとけなき子の、なほ乳を吸ひつつ臥せるなどもありけり（一九二）。
阿字	仁和寺に隆暁法印といふ人、かくしつつ数も知らず死ぬる事を悲しみて、その首の見ゆるごとに、額に阿字を書きて、縁を結ばしむるわざをなんせられける（一九四）。人数を知らむとて、四、五両月を数へたりければ、京のうち、一条よりは南、九条より北、京極よりは西、朱雀よりは東の、路のほとりなる頭、すべて四万二千三百余りなんありける（一九七）。いはむや、その前後に死ぬるもの多く、又、河原・白河・西の京、もろもろの辺地などを加へて云はば、際限もあるべからず（一九九）。いかにいはむや、七道諸国をや（二〇一）。

評価	崇徳院の御位の時、長承のころとか、かかる例ありけりと聞けど、その世のありさまは知らず（二〇二）。まのあたりめづらかなりし事なり（二〇三）。
（地震）	また、同じころかとよ、おびただしく大地震振ること侍りき（二〇四）。
状況	そのさま、よのつねならず（二〇八）。山はくづれて河を埋み、海は傾きて陸地をひたせり。土裂けて水涌き出で、巌割れて谷にまろび入る。なぎさ漕ぐ船は波にただよひ、道行く馬は足の立ちどをまどはす。都のほとりには、在々所々、堂舎塔廟、一つとして全からず。或はくづれ、或はたふれぬ。塵灰たちのぼりて、盛りなる煙の如し。地の動き、家のやぶるる音、雷にことならず（二〇九）。家の内にをれば、忽にひしげなんとす。走り出づれば、地割れ裂く。羽なければ、空をも飛ぶべからず。龍ならばや、雲にも乗らむ（二一五）。恐れの中に恐るべかりけるは、只地震なりけりとこそ覚え侍りしか（二一六）。
悲し	その中に、ある武者のひとり子の、六つ七つばかりに侍りしが、築地のおほひの下に、小家をつくりて、はかなげなるあとなしごとをして、遊び侍りしが、俄かにくづれ、埋められて、跡かたもなく、平にうちひさがれて、二つの目など、一寸ばかりうち出だされたるを、父母かかへて、声を惜しまず悲しみあひて侍りしこそ、あはれにかなしく見侍りしか（二一九）。子のかなしみには、たけきものも恥を忘れけりと覚えて、いとほしく、ことわりかなとぞ見侍りし（二二二）。
終息	かくおびたたしく震ることは、しばしにて止みにしかども、そのなごり、しはしは絶えず（二二四）。よのつね、驚くほどの地震、二三十震らぬ日はなし（二二五）。十日、二十日すぎにしかば、やうやう間遠になりて、或は四五度、二三度、もしは、一日まぜ、二三日に一度など、おほかた、そのなごり三月ばかりや侍りけん（二二六）。
評価	四大種の中に、水、火、風はつねに害をなせど、大地にいたりては、ことなる変をなさず（二三〇）。昔、斎衡のころとか、大地震ふりて、東大寺の仏の御首落ちなど、いみじきことども侍りけれど、なほ、この度にはしかずとぞ（二三一）。
（終章）	すなはちは、人みなあぢきなきことを述べて、いささか心の濁りもうすらぐと見えしかど月日かさなり、年経にし後は、ことばにかけて言ひ出づる人だになし（二三四）。
[人]	はかなし
（序）	すべて世の中のありにくく、わが身と栖との、はかなく、あだなるさま、また、かくの如し（二三八）。いはんや、所により、身のほどにしたがひつつ、心をなやますことは、あげてかぞふべからず（二四一）。

数ならず	もし、おのれが身、数ならずして、権門のかたはらにをるものは、深くよろこぶ事あれども、大きに楽しむにあたはず。なげき切なる時も、声をあげて泣く事なし。進退やすからず、起居につけて恐れをののくさま、たとへば、雀の鷹の巣に近づけるがごとし（二四五）。もし、貧しくして、富める家の隣りにをるものは、朝夕すぼき姿を恥ぢて、へつらひつつ出で入る（二四九）。妻子僮僕のうらやめるさまを見るにも、福家の人のないがしろなるけしきを聞くにも、心念々に動きて、時として安からず（二五〇）。もし、狭き地にをれば、近く炎上ある時、その災をのがるることなし。もし、邊地にあれば、往反わづらひ多く、盗賊の難はなはだし（二五三）。
（心）	また、いきをひあるものは貪欲ふかく、獨身なるものは、人に軽めらる。財あればおそれ多く、貧しければうらみ切なり（二五七）。人をたのめば、身、他の有なり。人をはぐくめば、心、恩愛につかはる（二五九）。世にしたがへば、身、くるし。したがはねば、狂せるに似たり（二六一）。いづれの所を占めて、いかなるわざをしてか、しばしもこの身を宿し、たまゆらも心を休むべき（二六二）。

［序］　無常

（「序」「本文」等の分類と標題は作業仮設です。）

〈河〉

ゆく河の流れは絶えずして、しかも、もとの水にあらず。よどみに浮ぶうたかたは、かつ消えかつ結《むす》びて、久しくとどまりたる例《ためし》なし。

（濁点は筆者。段落・漢字・訓点・ルビ等も本文受容の形式である。）

ユク河ノ流レハタエスシテシカモモトノ水ニアラスヨトミニウカフウタカタハカツキエカツムスヒテヒサシクトトマリタルタメシナシ（片仮名交じりの文は『大福光寺本』、以下おなじ。）

遥かに遠く連なる河の、その水の流れは途切れることがなくて、その上、今流れていく水は、最初にみた水ではありません。流れが滞っている所に浮かんでいる水泡は、一方では消えて、他方では生まれて、大自然の秩序において、長時間、とどまる例はありません。（通釈）

（大自然において、全体と部分を取り上げます。）

〈ゆく河の流れは絶えずして、しかも、もとの水にあらず。〉

「ゆく河の流れは絶えずして」は、上流から下流へと続いている河の、その水流は途切れることがなくて。「ゆく河」は河が眼下から下流に向かって続いている鳥瞰。「ゆく」は目線に従って遠くに展開する様子。ここは目の前を過ぎ去る。「河」は大地の上を常に水が流れるところ、大河。

【語法】「行く鳥」「行く水」などは鳥・水が移動するのです。「ゆく河」も河が移動します。鴨川では賀茂を通り石山を通りするなどの表記。「ゆく河」は固有名詞の「鴨川」「宇治川」に相当する表現で、河の水のことではありません。

（【語法】は単語・文字を解説します。）

【語法】「ゆく」は「行」であれば長距離を旅する、「逝」であれば行って帰らない、ここは「ユク」（『大福光寺本』）、「行」でも「逝」でもない。

【参考】作者鴨長明は下賀茂神社の出身。下賀茂には神殿の前に瀬見の小川が流れ、神域には鴨川・高野川が合流する。「河」は瀬見の小川か、鴨川・高野川か、あるいは長江（中国）かと、モデル論は多いが、ここは一般的描写ですから特定できません。人にはそれぞれに大河があり、その人はその人の大河において、その流れを見ています。長明がみた河は鴨川か。瀬見の小川ではない。

（【参考】は予備知識です。）

「流れ」は連続して一定方向に移動することで、ここは水が流れること。「水の流れ」は水滴の集合体。

【構成】作者の立地点が基点で、水は基点から遠ざかります。、作者は上流を背にし下流に流れ去る「流れ」をみています。

（上流は見ていませんが、いずれ見ることになります。）

【構文】「流れ」（主語）には「絶えずして」と「もとの水にあらず」の、二つの説明（述語）があります。

（【構成】は文意の、【構文】は文法上の構成・構文です。）

「絶えずして」は途切れないで。「絶え」は中断する、続いていたものが途中でなくなる。

川の流れは途切れないで、いつまでも続く。伏流水のように途中で途切れる例はあります。

【構文】「絶えずして」の「して」は経過、「流れ」について「絶えずして」と述べた上で「もとの水にあらず」と重ねます。

「流れ」がなければ元の水という判断はありえません。

「しかももとの水にあらず」は、そのうえに、今眼下を流れていく水は、最初にみた水滴ではありません。

「しかも」（副詞）は添加。河の流れが途切れないうえに。

【語法】「しかも」は、上述の語句の趣旨を一応の注目するべき逆条件として肯定・確認しながら、多少反発的に同じ題目をさらに、より注目するべき決定的重要事項として盛り上げ的に付加されることを、明示強調する詞である（堀川善正『方丈記をめぐっての論考』要旨）という。

「もとの水」は作者が最初にみた流れゆく水。「もと」は基本、最初の意で、「末」に対比します。「水」は「流れ」に対して水滴。「あらず」は否定。

作者の心はかつて流れた水よりは今流れている水に向いています。

【構文】「しかも」において対象が全体の「流れ」から部分の「水」に移ります。流れの全体は変化しないが、部分は変化します。

【構成】水の流れに従って視線を移動させると、元の水は下流を流れています。視線を一点に固定すると、いま眼下を流れた水は先程流れた水ではありません。視線を移動させると全体がみえ、固定すると部分が見えます。全体が不変であることと部分が変化することとは視線の相異です。「しかも」は全体の「流れ」を見た上で部分の「水」をみます。

【語法】「しかも」と「あらず」の呼応には漢文訓読の影響が見られる。（武田氏）

（水の流れが途切れないことと、「もとの水にあらず」とは矛盾関係ではありません。）

〈淀みに浮ぶうたかたは、かつ消えかつ結びて、久しくとどまりたる例なし。〉

【構文】「淀みに浮ぶうたかたは」について、「かつ消えかつ結びて」と「久しくとどまりたる例なし」と説明します。

「淀みに浮ぶうたかた」は、流れが滞っている所に浮かんでいる水泡は。「淀み」は水の流れが滞って集まる所、「流れ」に対比します。

（【構文】は文法的解説。）

「流れ」がなく「淀み」だけでは「河」の作用はありません。「流れ」が主流で「淀み」は傍流です。

作者は「流れ」から「淀み」に目線を変え、主流と傍流を対比して、流れの全体像から傍流にせまります。

「浮ぶ」は水面などの表層にあって沈まない状態。「うたかた」は泡、水泡。水上につぼみの形をして中空で浮かび、沈みません。

水泡は淀みでは浮び、流されるとすぐに消滅します。流れない淀みには水泡があります。

古注は水流のほかに滝つぼに生じる水泡の例を挙げます。

「かつ消え、かつ結びて」は一方では形が消えて、他方ではできる。「かつ」は別個の事象の同時並行、一方では。「かつ」と「かつ」を並べます。「消え」は形がなくなる、「結び」は生成する、形ができる。

「かつ消え」は一方では泡が消えるが、他方で生じることを予定し、「かつ結びて」も一方では泡が生じる意味ですが、他方では消えることを予定しています。消えることと生じることは現象としては相違しますが、内面的関連がありました。

個々の水滴は流れ去り、個々の水泡は生滅を繰り返しますが、全体としては流れも淀みも変化しませんし、全体としての水・水泡は健在です。

（変化と無変化というものは「無常」で、作者は仏教思想によっています。）

【構文】「ゆく河」が全貌で「流れ」と「淀み」が部分ですが、「流れ」または「淀み」を全体とすれば「水」と「うたかた」が部分です。

全体は常に不変で部分は変化しますが、部分も「水」は主流、「うたかた」は傍流で、部分には個性があります。

（全体と部分の対比は不変と変化の対比です。）

【語法】「かつ消え、かつ結びて」の「て」は経過。一方では形が消えて他方では生じることを契機として。

「久しくとどまりたる例なし」は、水泡は長時間同一箇所に居続ける前例は存在しない。「久しく」は時間的に長い、長時間。

【語法】「長」は「長短」など「短」の字と結合する例がありますが、「久」の字は「長久」「永久」などのように「長」「永」などと結合し「短」とは結合しません。「ひさし」は半永久とはいえないまでも短くはない、相当の長時間です。

後述の朝顔では長い場合は朝から昼ころまでで、夜にはなりません。「久しく」の限界は朝から昼頃までの時限です。
（その短さは「かつ消えかつむすびて」、発生したかと思うとすぐ消えるほどの時間。）

「とゞまり」は同一箇所から動かない。「例」は実例、前例、留まるもののある例。「なし」は存在しない。

【構文】「久しく止まりたる例なし」は「久しく止まらず」ではありません。「例」を問題にしています。「久しく止まりたる例なし」は客観的な事例、いわば自然の原理・原則で、「例なし」は「うたかた」だけでなく一般論です。大自然の秩序において、長時間、とどまる例はありません。水泡だけでなく水滴も同様で、視界を越えたら消滅します。

【構想】1　冒頭の「ゆく河」の内部構成は「流れ」と「淀み」が対比します。「ゆく河の流れは」に対して「ゆく河の淀みは」となります。
（【構想】は文章全体の視点から論考します。）

2　「河」は全体で、「流れ」と「淀み」とは「河」の部分です。また「流れ」と「淀み」が全体で、「流れ」に対する「水滴」と「淀み」に対する「うたかた」は部分です。作者の視線は全体から部分へという形をとります。

3　「流れ」に対して「淀み」、「水」に対して「うたかた」が対比し、「うたかたは」には「よどみに浮ぶうたかたは」とありますから「水」には「流れに流るる水は」となります。

4　「もと」「いま」「末」という時間的展開があり、「もと」と「末」は不明ですが「今」を語ります。「いま」は「水」においては元の水はない、変化の世界である。「うたかた」においては生成と消滅。変化とは生成と消滅であった。

5　「絶えずして」「あらず」「例なし」など、否定辞なくては、本文は成立しません。否定は作者の心情・理念の裏返しです。

【参考】諸注は、この冒頭の句は、生起と滅亡を繰り返してやまぬ万物の無常のさまを描写しているとする説（武田氏）は全体像を見ていません。また、この冒頭の句は、個々の姿は変わっても大局的見地に立てば不変であるとする説（浅原美子氏）は逆で、作者は大局的見地を捨てて個々の姿を見ようとしました。

全体の不変は前提として存在しますが、全体の不変よりも部分の消滅することに注視します。

（全体の不変は部分の変化に支えられています。）

古注は古典を引用して教訓的な解釈をしますが、なかには「静かな心で観た」（『諺解』）と作者の姿勢を評価し、「ここは全体の小序」（『流水抄』）であると、構成に言及するものもあり、精神史的には「空」の思想である（『盤斎抄』）と解説します。

【参考】読者は文字のほかに行間をよみます。行間もまた『方丈記』の本有です。

《河》　作者の周辺には「河」があります。

長明も幼くて鴨川に遊び、一時、鴨川に面して居を構え、また方丈の庵から峰伝いに宇治川べりに出て石山に詣でたりし、外山の山頂から宇治川を眺めたりしました。さて、「ゆく河」は、どの川か。

（『方丈記』序の「河」は具象か象徴かが問われます。）

《和歌》　長明には和歌所寄人という和歌の世界がありました。人麿から沙弥満誓にいたる、河と水沫の関係が指摘されています。

もののふの八十宇治川のあじろきにいさよふ波のゆくへ知らずも（『万葉集』人麻呂、神田秀夫氏による）

巻向の山辺とよみてゆく水の水沫の如し世の人我れは（『万葉集』人麿）

まきもくの山辺響きて行く水の水泡の如く世をば我が見る（『拾遺集』哀傷・沙弥満誓）

人麻呂には「もののふの八十宇治川」の壮大な全体像がありますが、「あじろきにいさよふ波」は細かい部分を詠い、その「水沫」は『万葉集』から『拾遺集』に伝承します。

当時、歌人たちは好んで先輩歌人の古跡を訪ねたが、長明も人麿の墓に関心があり、人麿との関係は無視できないでしょう。

（歌の世界では『方丈記』の「うたかた」は人麿の「水沫」でした。）

《仏教》　作者には仏教に関心があります。「方丈」は仏道実践の場であり、『方丈記』は、その記録でした。『後撰集』から『拾遺集』の時代は、作者の尊敬する源信、慶滋保胤（加茂氏）らが活躍し、仏教は新しい展開をみせていました。

〈仏典〉『拾遺集』には水泡を歌った古歌は多く、ことに公任の「維摩経十喩」は水の泡を詠んでいます。

ここに消えかしこに結ぶ水の泡の浮世にめぐる身にこそありけれ（『拾遺集』公任）

維摩経十喩、此の身は水の泡のごとしといへる心をよみ侍りける

公任の「ここに消えかしこに結ぶ」は、『方丈記』の「かつ消えかつ結びて」の先蹤でしょうか。公任の「水の泡」は「浮世にめぐる身」のことでした。公任をみると、『方丈記』序の「水の泡」も人の身の上のことと理解できます。

水の性は住せず。但だ池沼方円の之を碍すれば、則ち住す。性の住するに非ざるなり。人も亦是くの如し。（『維摩経』方便品）

水の本性は「住せず」（公任）で変化するですが、環境に適応すれば「住す」で変化しません。「もとの水にあらず」は変化するですが、「行く河の流れは絶えずして」は流動しません。水に本性を見ることは『維摩経の所説でした。

是の身は衆沫の撮摩すべからざるが如し。是の身は泡の如し。久しく立つを得ず。（『維摩経』方便品・『流水抄』ほか）

人生を泡に譬える思想も「是の身は泡の如し」（『維摩経』）に求めることができます。『方丈記』という題名も『維摩経』によるもので、『維摩経』は永遠に不変な常住と瞬時に変化する無常を、本質と現象の関係と示しました（『盤殺抄』）。『方丈記』は無常の世において常住を求める意味でした。「水泡」は『維摩経』単独の思想ではなく仏教思想、『金剛経』・『法華経』など各種の仏典に共通しており、長明は『法華経』は毎朝拝読していました。

世、皆、牢固ならず。水沫泡焔の如し。（『法華経』・『諷説』）

一切の有為法は夢幻泡影の如く、露の如く雷の如し。（『金剛経』）

（仏典については、古注『流水抄』『盤斎抄』『諏説』によっています。）

《漢籍》漢籍は作者の教養でした。

〈漢籍〉古注は『方丈記』の思想や叙情の淵源を『論語』『歎逝賦』『湘南即事』等の古典に求めます。

子、川上に在りて日く「逝く者、斯くの如きかな。昼夜を舎かず」と。（『論語』子罕）

『論語』の「逝く者、斯くの如きかな」は「ゆく河の流れは絶えずして」に相当し、『方丈記』の「絶えず」というところを、『論語』は「昼夜を舎かず」と具体的に描写しています。

「古の賢き御世には憐みを以て国を治め給ふ」（『方丈記』）には儒教思想がみえますから、『方丈記』の冒頭の最も重要な語句を『論語』によったと理解することは可能です。そうすると『方丈記』の、時間が一回限りだという思想は『論語』にまで遡ることはできます。

『文選』は中国文学の白眉でした。そこに『歎逝賦』があります。

悲しきかな。川は水を閲めて以って川を成す。水滔々として日を度る。世は人を閲めて世を成す。（『歎逝賦』陸機）

「川は水を閲めて以って川を成す」（『歎逝賦』）に「行く河の流れ」をみると、流れは大河の印象があります。『歎逝賦』には最初に「悲しきかな」とありますから、「ゆく河の流れは」以下の文を悲しみの表現であると理解することができます。また『歎逝賦』の「川は水を閲めて以って川を成す」は、上流から流れ来る川を振り返りますが、『方丈記』では河の流れの行く末を見ています。『歎逝賦』と『方丈記』を連ねると上流から下流に流れる水の全貌を描写することになります。『歎逝賦』と『方丈記』で、一つの世界を構成しているようです。

（長明の心を動かしたものは『論語』のような哲理でなく、『歎逝賦』に歌われた叙情であるという指摘（『盤斎抄』）もあります。）

『三体詩』も中国を代表する詩集でした。

盧橘花開いて楓葉衰へ、門を出でて何れの処にか京師を望まん。沅湘日夜、東に流れ去る。愁人の為に少くも住らず。（『湘南即事』戴叔倫）

「沅湘日夜、東に流れ去る」（『湘南即事』）は「ゆく河の流れは絶えずして」に類似します。「河」は長江の支流の沅水と湘水です。『方丈記』の「もとの水にあらず」に対応する部分はありませんが、「日夜、東に流れ去る」の句のなかに元の水でないことを感じ取ることはできます。また「門を出でて何れの処にか京師を望まん」（『湘南即事』）は、作者長明の流浪の心境を説明し、「愁人の為に少くも住らず」（『湘南即事』）は作者が流れをみる心境を説明します。戴叔倫の心境は作者の内部に沈潜して「ゆく河の流れは絶えずして」と実を結んだとも言えないことはありません。

《本歌取り》和歌は作者の専門でした。

〈本歌取り〉『方丈記』は和歌の手法を採用したか。

「ゆく河」の描写を鑑賞するだけでは物足りない気持ちがあり、古来、出典探究とモデル探究がありました。しかし「ゆく河の流れは絶えずして、しかも、もとの水にあらず」程度のことは、作者が現実の風物から触発された表現だとして出典に意味を認めない説（松浦氏「解釈と評論」）があります。

しかも出典とされるものは『論語』『歎逝賦』『湘南即事』等と多くて一書に特定することは困難です。むしろ、それらの漢籍全体を出典とみると冒頭の文章は次のように理解することができます。

1．『方丈記』の描写しなかった「ゆく河」の上流は、多くの水を集めて流れをなして流れてきました。
2．「ゆく河」は「水滔々」として流れる大河です。
3．「ゆく河の流れは絶えずして」に不変とみたものは「常住」であり、「もとの水にあらず」に変化とみたものは「無常」でした。
4．「ゆく河の流れは絶えずして、しかも、もとの水にあらず」は悲しみの描写でした。
5．作者の悲しみは流浪の心境でした。

作者の『新古今集』の時代は歌は本歌取りなどといって特定の古典に依拠して作歌します。後鳥羽院の和歌所の寄人であった長明が思わせぶりな表現をすれば原典があるように見え、読者は原点探しに向かいます。

《評価》行間をみることは読者が与えた付加価値です。

読むことは文面をなぞるだけではなく、行間をみなければなりません。行間を見ると、出典ないし先行文学がみえ本文だけでは理解できない問題が解決します。本歌とも見える先行文学は読者が与えた付加価値です。行間において、読者が発見した先行文学は本文とは直接に関係しなくても富士の裾野を作り、箒星の箒の役目を担います。先行文学は『方丈記』序の外延でした。

作品に対して読者は作者と同格で、どのように読むかは読者の主体性による。『方丈記』は和漢混交文ですから、漢語は和文読みも音訓読みも許容される。漢語を音で読むか訓でよむかに決定打はありません。

〈世〉

世の中にある人と栖《すみか》と、又かくのごとし。たましきの都のうちに、棟《むね》を並べ、甍《いらか》を争《あらそ》へる、高き賤《いや》しき人の住《すま》ひは、世々をへて尽《つ》きせぬ物なれど、是をまことかと尋《たづ》ぬれば、昔ありし家は稀《まれ》なり。或《ある》は去年《こぞ》焼けて今年《ことし》作れり。或は大家《おほいへ》亡《ほろ》びて小家《こいへ》となる。

世中ニアル人ト栖ト又カクノコトシタマシキノミヤコノウチニ棟ヲナラヘイラカヲアラソヘルタカキ（イ）ヤシキ人ノスマヒハ世々ヲヘテツキセヌ物ナレト是ヲマコトカト尋レハ昔アリシ家ハマレナリ或ハコソヤケテコトシツクレリ或ハ大家ホロヒテ小家トナル

世の中にいる高貴な人と身分の低い者の住居もまた、流れと淀み、水滴と水泡に似ています。

みがきあげた都のなかに、いく棟も舎屋をならべた官庁、高さを競っているかの大寺院、それに貴身の邸宅、なりあがりものの住居は、世代を重ねてもなくならないが、これを真実かと尋ねてみると、昔、存在した家は少ない。ある建物は去年の大火災で焼滅して今年急造し、ある建物は大きな建物がなくなって小さな家になった。（主と住みかについて社会を取り上げます。）

〈世の中にある人と栖とまたかくのごとし。〉

【構文】 主格は「世の中にある人と栖と」、述部は「またかくのごとし」の形になります。

「世の中にある人と栖とまたかくのごとし」は、世の中にいる人と世の中にある住居もまた、流れと淀み、水滴と水泡に似ています。「世の中」は世の内部。人と人との間、世間のことで、男女の間をいうのではありません。「世」は広がりや距離のある空間・時間、「中」は内部。「世」には内部と外部があることになります。

【語法】『方丈記』の最後の段落には「世」のかなたには「三途の闇」があります。三途は世の外部です、従って「世の中」は「この世」のことで、人の世の意味です。また後続の文には「たましきの都のうちに」とありますから具体的には都のことです。

「ある」は「人」についてはイル。「栖」についてはアル、存在する。（現在では「アル」と「イル」は別語ですが。）（作者が河の流れを取り上げたのは、世の中をいうためのまくらでした。）

【構成】「世の中にある」という語調には「すべての」というほどの意味を含みますから、「ある」は「ありとある」の意味です。作者は、この世に生存するすべての「人」と、この世に存在するすべての「栖」を問題にします。

【構文】「世の中にある人と栖と」は、「世の中にある人と」と「世の中にある栖と」の形になります。

「人」は独立した人間で、「者」ではありません。作者が「世の人」という場合、高貴な人、都の人です。「栖」は住居の意味ですが、漢字の「栖」は鳥の巣のことで、少なくとも大邸宅ではありません。「人」は立派な人、

「栖」は粗末な家です。

【構成】「人」と「栖」では表現の位相が相違します。人は貴族を、住居は庶民の栖をあげて、一切の人と一切の住居を意味します。

【語法】「また」は同じことを併記する語、同様に。「ごとし」と呼応します。

「かくのごとし」は、このようだ。「かく」は指示語、冒頭の主題文を指します。「ごとし」(助動詞・例示)は類似。

ゆく河の流れは絶えずして、しかももとの水にあらず。淀みに浮ぶうたかたは、かつ消えかつ結びて、久しくとゞまりたる例なし。

冒頭の文には「流れ」または「淀み」の全体は不変であり、部分としての「水」や「うたかた」は変化するとあります。

【構成】「世の中」は「ゆく河」に相当し、「人」と「栖」は「水」または「うたかた」に対比します。

この世に生存する人間と、この世に存在する住居とは、それぞれの全体は不変ですが部分は変化します。

個々の人や住みかは例外なく生滅するのですが、全体は部分の変化に支えられて不変です。

【構想】作者は人間のあり方は自然のあり方に準拠しているといい、『方丈記』は人と住居をテーマとします。

【参考】古注は「ゆく河の」以下を「起」とし、「世の中に」以下を「承」とするとし、ここまでを「序」とします。(『盤斎抄』)

〈住い〉

〈たましきの都のうちに、棟を並べ、甍を争へる、高き、いやしき人の住ひは、世々を経て尽きせねものなれど、これをまことかと尋ぬれば、昔ありし家は稀なり。〉

「たましきの都のうちに」は、美しい都の中で。「たましきの」は玉を敷く、もとは天子の玉座に玉砂利を敷く風俗のことで、それが神のいます磐座につながる語といいます(簗瀬氏)が、当時は都の美観をいうことばです。

諸説は「たましきの」は枕詞で、実質的意味がないとします。しかし、端に「都」に付ける記号ではありません。古注は、天子の宮処であることを指摘します（『諷説』）。天子の宮処ですから都の美観を「たましきの都」と重々しく述べます。

「都」は平安京、七九四年に都になりました。「うち」は内部、「都のうち」は都の内部です。

【語法】都の南北は一条から九条までで約五・二km、東西は東京極から西京極までで約四・五kmです。その範囲が都の内部です。内部は東西の京極大路の中央に朱雀大路が通り、朱雀大路を境にして都を左京と右京に分け、朱雀大路の北端には大内裏があります。しかし、右京は早くから退廃したから、「都のうち」は実際は左京ですが、白河に院庁が置かれてからは、白河も都と同じ扱いを受けました。

平安京に遷都してから三六〇年間は造営のことがなかったので、都は薄汚れていたが、保元の乱（一一五六年）に都が破壊されたことを機会に、朝廷では信西らが大内裏を造営し、都も「玉しきの」というにふさわしいほど整備された。（三木紀人氏・引用文省略）

（「玉しきの都」は美しい平安京でした。それは長明、五歳の頃です。作者には幼少のときの美しい都が記憶にあって、都の理想像をつくり、都の衰微を悲しんだのでしょう。）

【構文】「たましきの都のうちに」の「に」（格助詞）は場所、都の内部には「棟を並べ、甍を争へる、高き、いやしき人の住ひ」が存在します。

作者はさきに「世」には「世の中」として内部のあることを意味しましたが、その世の内部に都があります。都は「世」の中で最も優れた場所でした。むしろ「都」と「世」は重なります。

【構想】流れの全体は河、部分は水・泡でした。世においては全体は都、部分は人・住まいでした。全体としての河は永遠であり、都は華麗でした。全体は永遠にして華麗ですが、作者はその内部を見ようとします。

（「世の中」にも内部がありましたが「都」にも内部があり、全体から部分へという指向があります。）

「棟を並べ、甍を争へる、高き、いやしき人の住ひは」は、大建築物を数多く並べ、瓦の高さを競合している、身分の高い人の住居と、身分の低い人の住居は。

【構文】「棟を並べ、甍を争へる、高き、いやしき人の」は「住ひは」の修飾語のように見えますが、「棟を並べ、甍を争へる」は、「高き、いやしき人の」とは対等の対句であって、「住ひ」ではありません。

「棟を並べ」は大建築物を数多く並べる。「棟」は家屋の屋根の最も高く水平になった箇所で、建物を代表し、また建物そのもののこととします。「並べ」は物を一定の順序で配置する。

一つの建築物に一つの棟があるとすると、「棟を並べ」は例えば寝殿を中心に東の対、西の対などと建物を整然と配置している様子で、二つ以上の建物が一定の配置をとって並んでいる状態です。

（「棟を並べ」は町並みのことではありません。）

厩や牛小屋が多く並んでいても、棟を並べるとはいいません。高く立派な建物が秩序を保って整然と配列している様子で、権威や権力の象徴となります。

「甍」は棟瓦、本来は棟のことですが、俗に瓦をいいます。瓦は棟の上に葺きます。「争へる」は、競合している、「争ふ」は他を意識して己の立場を得る、守る。

【参考】瓦の使用は平安朝の初期に奨励されたので、神泉苑などの例もあり、有力者が財力を誇示して瓦の屋根を築いたということはあるかもしれませんが、当時の代表的な建築は寝殿造で、皇居も、土御門殿のような大貴族の邸宅も檜皮葺でした。また下級貴族の屋根は板葺ですから、一般庶民の家に瓦の屋根は想像もできません。瓦は寺院と官庁で民家には用いません。瓦もまた権威の象徴です。

【語法】「並べ」が横に並べるのに対して、「争ふ」は縦に高さを競合する。「棟を並べ」は平面的描写、「甍を争へる」は立体的描写。

【構成】院政の中心は鴨東で、そこは大寺院の瓦の建物が整然と並んでいました（平家物語）。そのなかで高さを必要にするものは塔と門です。法勝寺の九層の塔を始め、六勝寺にはそれぞれ塔があります。塔は瓦葺きです。高層の建物が並んでいると高さを競っているように見えます。鴨東は寺々が林立して、よく「甍を争へる」という状況を説明します。平屋では大きくても、高さを問題にすることはないでしょう。しかし大貴族は邸内に仏塔を建てます。
（「棟」と「いらか」は等価表現です。）

【構文】「棟を並べ甍を争へる」は、大内裏の官庁街と鴨東白河の寺院街で、「棟を並べ甍を争へるすまひ」の「すまひ」に対することばは「おほやけ」、次の対句的構文になります。

棟を並べ甍を争へる**おほやけ**

高き卑しき人の**すまひ**

【参考】「たましきの都のうちに棟を並べ甍を争へる」は、平安京よりも中国の都会にふさわしいといいます。（三木紀人『方丈記・発心集』）

【参考】官庁街では瓦の屋根の大建築が林立し、最も異彩を放つのは大極殿の緑の瓦で、それは、まさに異国情緒でした。寝殿造は、対の屋は整然と前後左右に並び、多く私邸ですが、関白の邸宅は国家の儀式も行われ、貴族の邸宅は里内裏に用いられることもありますから貴族の大邸宅は官庁の意味も兼ねます。「棟を並べ」は官庁ですが貴族の邸宅も準じます。

平安京には寺院は六角堂・東寺・綜芸種智院などがあるに過ぎません。寺院が集中するのは白河です。白河は現在の平安神宮を中心とする辺りで、白河院以後、六勝寺その他が建てられ、甍の建物が林立していました。後白河院の院政の拠点である六波羅の法住寺・蓮華王院は平家の財力によりました。平家は六波羅に泉殿・門脇殿・小松殿など、五千におよぶ建物を擁しましたが、正盛を祭る常光院の七重の塔は瓦を用いました。それ以外の建物は貴族化していて檜皮葺であったでしょうか。

【構文】「高き、いやしき人の住ひ」は、「高き人の住ひ」「いやしき人の住ひ」の形です。

「高き、いやしき人の住ひは」は、身分の高い人の住居と、身分の低い人の住居は。「いやしき」は身分の低い意味ですから「高き」は身分が高い。

一般に「高き」は内裏の殿上の間に上る身分の貴族で、殿上人。「いやしき人」は内裏に上れない地下、下級貴族・武士・庶民です。

「住ひ」は住むところ、住居。「高き人の住ひ」は貴族の邸宅、御殿。「いやしき人の住ひ」は武士の住居。

【構成】

1.『方丈記』の住居表示には「住ひ」「小屋」「栖」があります。「高き」「いやしき」と「住ひ」「小屋」「栖」との組合わせは、「高き人の住ひ」・「いやしき人の小屋」「いやしき人の栖」は安定しますが、「いやしき人の住ひ」・「高き人の小屋」「高き人の栖」などは安定しません。ここの「住ひ」は高級住宅で「高き人」が住み、「小屋」「栖」はみすぼらしく、「いやしき人」が住みます。

2.「いやしき人」の住居は陋屋ですが、ここは「高き人の住ひ」と並んで、身分は低いが大邸宅です。ここの「いやしき人」は「高き人」と肩を並べて互角の大邸宅に住み、「たましきの都のうち」の華麗な風景の一環をなしています。六波羅の平家は豪邸でした。

3.一般の武士は無位無冠でしたが、平清盛は太政大臣に上り、源頼政も三位に上りました。清盛の身内は若い頃は身分が低くても豪邸に住んでいましたが、やがて高位高官に上ります。また金売吉次のような商人も京師に出入りして相当な居を構えたとも想像されます。これら新興階級の住居こそ「いやしき人の住ひ」でした。

（「いやしき人」が高級住宅に住むのは例外でした。）

「世々を経て尽きせねものなれど」は、何世代を経過してもなくならないものであるが。「世」は漢字では三十、ここは時間のことで三十年。「世々」は「世」の複数で、代々、「親死すれば子にゆづり、子は又孫に限り」（『盤斎抄』）の世々です。人生一代を「世」に当てています。

「経」は時間が経過する、三十年を経過する。三十年は人の一生の活動期間、一世代です。

「世々をへて」を、ただ長年月の意とみるのでは、そこに代々生活する人間の姿がなくなります。平安京の最初から継続しているとすれば四〇〇年の歴史があり、父子一三代（推定）を経過します。

「尽きせぬもの」は尽きないもの。「尽きす」はなくなる、「ぬ」は打消、豪壮な邸宅は尽きないものです。

【語法】「尽きせぬ」は「尽きもせぬ」の形に近く、尽きないことに作者の感情移入がみられます。諸注は「尽きざる」に比して、歌語的性格がある、柔らかい詠嘆、語調上の落ち着きがあるなどと指摘しています。（『解釈大成』）

「ものなれど」は、そうではあるが。遠い先祖の時代から大建築が今までなくなっていないのは事実であるが。

【語法】「ものなれど」の「ど」（接続助詞）は確定条件の逆接です。

作者は大昔から大建築が今までなくなっていないことは事実であると認めたうえで、そうでないといいます。（初めて作者が登場します。作者には現実を批判する姿勢がありました。）

「これをまことかと尋ぬれば」は、住居が何代を経てもなくならないことは真実かと探ると。「これ」は、住居が何代を過ぎてもなくならない。「まこと」は真実、「か」（終助詞）は疑問。「尋ぬれば」は探ると、真実を探ると。

作者は都のなかで新旧貴族の大邸宅は幾世代を通じてなくならないと認めますが、その真実性には疑問でした。

【構想】「まこと」の追求は『方丈記』の中心的理念でした。

「昔ありし家は稀なり」は、作者が以前に実際に見た家は少ない。

平氏一門の家屋は五二〇〇余、「うたかた」のように生滅を繰り返したと推量されます。

【語法】「昔ありし」の「し」（助動詞・過去）は直接的経験。

「昔ありし家」は作者が三十年以前に実際に見た家です。「昔」は遠い過去、十年一昔といいますから、凡そは十年以前、経験の範囲では三十年ほど以前。

『方丈記』は建暦二年、作者が五八歳のとき脱稿しました。作者が見聞した災害は次のようです。災害が家屋を破壊します。

順	年代	事件	作者	経年
一	永万二年・一一六六	大火	一二歳	四六年以前
二	仁安二年・一一六七	五条内裏焼亡	一三歳	四五年以前
三	仁安三年・一一六八	京都大火	一四歳	四四年以前
四	安元三年・一一七七	京都大火	二三歳	三五年以前
五	治承四年・一一八〇	旋風・遷都	二六歳	三二年以前
六	養和年間・一一八一	飢饉	二七歳	三一年以前
七	元暦二年・一一八五	大地震	二九歳	二九年以前

『方丈記』は安元三年から年代順に記録しています。「昔ありし」は作者の見聞の範囲ですから、『方丈記』の「昔」は三五年以前を上限とし、二九年を下限とすることができます。二九年以前・三一年以前・三二年以前と連続しますから、凡そ「昔」は三〇年以前でした。

「稀なり」（形容動詞）は少ない、「稀なり」は多い場合と比較するときに使用します。

作者は三十年以前の経験において、昔、存在した家が現在、存在するのは少ないといいます。

三十年を超えるような過去は作者の経験則にはありません。「昔」は大昔（都ができたとき）ではありません。しかし、三十年の事例から、大邸宅が幾世代を通じてなくならないと推定することの可能性を問います。

下位の文に、「住む人もこれに同じ」として、昔の人は二三十人の中に僅かに一人か二人しかいないとありますが、その数値を援用すれば、六大災害の経験において、建物においても三十年ほどの中に一つか二つほどは残ったとみえます。

（全体は不変で部分は変化するという自然の法則が、家屋にも適用されることを言います。）

〈或は去年焼けて今年作れり。或は大家亡びて小家となる。〉

（さきに水の例をあげ、ここで火の例を挙げ、話題を水火ということで選択しています。）

【構成】「或は」は一例は。対句仕立ての不特定例示。複数のなかの一例を例示します。「去年焼けて今年作れり」と「大家亡びて小家となる」との対句。

「或は去年焼けて今年作れり」は、あるものは去年焼けて今年再建した。「去年」は一年以前の年、「焼けて」

は火災で焼滅。「今年」は今年、その一年あと。「作れり」は作った、再建した。「作れり」の「り」は存続。

「去年」と「今年」は年の前後を挙げて経過の速さをいうだけで、特定の年代ではありませんが、例としては、
去年焼けたものが今年再建するものもあれば、来年になる物もあるでしょう。モデルは存在します。

（建物の焼失と再建は水泡の消滅と発生の連続する様子に似ています。）

【構想】作者は一一五五年生れと推定されるから、作者の見聞した大火は永万二年（一一六六）から安元三年（一一七七）の京都大火・内裏焼亡までで、多くは少年の経験でした。

作者は火事ごとに、去年焼けて今年作ったという事実を見ていたはずです。新旧の権力者の大邸宅は火災によって昨年消失し今年再建しました。速度だけを見ますと、復旧が盛んであったことが知れます。

（再建を当然のように記します。摂関家などではなんでもないことでした。）

「去年焼けて今年作れり」は、「去年」から「今年」への移行と、「焼けて」「作れり」という工程が手早く行われた様子の描写ですが、大治二年に焼亡した内裏の再建は三〇年を要しました。大火災などでは計画や経費はあっても技術者の不足は免れないでしょう。

（特に安元三年の大火は最も大きな火災であり、『方丈記』執筆の端緒になりました。）

「或は大家亡びて小家となる」は、あるものは大きな家屋がなくなって小さな家となる。「大家」は大きな家、「小家」は小さい家。建築物の規模をいいます。「亡び」は姿を消す。

昔の大きな家がなくなって小さな家になった。しかし小家が亡んで大家となったとは認めません。

（福原遷都です。作者は変化した事実だけを記し、その理由は記しません。）

【参考】邸宅は小さくなった。
1．家を小さくすることは建築様式の変化でした。
平安時代も中程を越えると建築の形式に変化が生じて、寝殿造では東西に「対」を建てることはなくなりました（太田

静六『寝殿造の研究』）。

2．家屋は身分に相応します。

摂関政治以来、家柄が定着して父祖の身分を超えることは困難になり、身分を超えて不相応な家を建築することは許されません。改築のたびに小さくなることはあっても大きくなることはありません。

3．貴族の経済力が低下しました。

清盛は福原へ遷都して、僅かの間に旧都に復しました。貴族は旧都で家を解体して鴨川・桂川を下し、また新都に再建した家を鴨川・桂川を遡行して再建しましたが、その度に小さくなりました。

同じき年の冬、なほ、この京に帰りたまひき。されど、こぼちわたせたりし家どもは、いかになりにけるにか、悉くもとの様にしも造らず。（都遷り）

（家が小ぶりになったのは、結局は災害や都遷りで貴族の経済力を弱めたからですが、山林の建築資材の欠乏もあります。）

【構想】作者は、自然の全体は変化しないが部分は変化するという前提において、社会も同様といいます。

作者の舞台は鴨川や高野川あたりの自然の風景から、都の中枢に移ります。（世の中にある人と栖）

第一の風景は官庁あるいは寺院の多くの大建築でした。（棟を並べ甍を争へる。）

第二の風景は新旧の権力者の邸宅でした。（高き、いやしき人の住ひ）

作者は、世の中の全体は変化しないことを確認します。（世々を経て尽きせぬものなれど）

作者には、真実を求める視点があります。（これをまことかと尋ぬれば）

作者は、部分は変化していることを確認します。（昔ありし家は稀なり或は去年焼けて今年作れり）

現実は年々に改まり矮小化していました。（或は大家亡びて小家となる）

作者には真実追求の姿勢があって、自然から都の中枢に目を向けました。建物は全体的には壮大で変化しないが、部分をみると小さく矮小化していました。

（真実をみるのが『方丈記』の出発点でした。）

〈人〉

住む人も是に同じ。所も変らず人も多かれど、いにしへ見し人は、二三十人が中に、わづかにひとりふたりなり。朝に死に、夕に生る《むま》ゝならひ、たゞ水の泡にぞ似たりける。

スム人モ是ニ同シトコロモカハラス人モヲホカレトイニシヘ見シ人ハ二三十人カ中ニワツカニヒトリフタリナリ朝ニ死ニタニ生ルヽナラヒ、タヽ水ノアハニソ似タリケル

住んでいる人も自分の住む邸宅と同様であった。場所も変化していないし、人も多いけれど、三〇年も昔、作者が実際に見た人は二〇人から三〇人のなかで、わずかに一人か二人である。朝に死んで夕方に生まれるという習性は、全く水の泡に似ている。

（ここは主と住みかについて人を取り上げます。）

〈住む人もこれに同じ。〉

「住む人もこれに同じ」は、住んでいる人も自分の住んでいる住居と同様であった。「住む」は生活するために一定期間、一箇所に止まる。ここは都の大邸宅に住む。「人」は権力者、ここは都に住む新旧の権力者。

【構文】「たましきの都のうちに、棟を並べ、甍を争へる、高き、いやしき人の住ひ」は住居のことですが、住居から「人」は「たましきの都のうちに住む人」を導きます。その「人」は「高き、いやしき人」です。

「これ」は「高き、いやしき人の住ひ」で、権力者自身の住んでいる大邸宅です。「同じ」は相違のないこと。

都に住む新旧の権力者も、その権力者の大邸宅と同じです。
権力者の大邸宅は昔のものは少なく年毎に入れ替り、小さくなっていた。権力者も代替りして小粒になっていました。

〈所も変らず、人も多かれど、いにしへ見し人は二三十人が中に、わづかにひとりふたりなり。〉

「所も変らず人も多かれど」は、場所も変化していないし人も多いけれど。「所」は場所、変わらないのですから昔作者が観察した所、「高き人の住ひ」のあった場所。具体的には現在の京都御所の東側で、鴨川の西か。

安元の大火・治承の辻風の影響を受けないで、平安京の旧態を残しているのは室町以東、中御門以北です。そこは京極殿や土御門殿などがあり、都のなかで最も繁華な高級住宅街でした。
（この区画は作者の慣れ親しんだ糺の杜のまぢかです。）

「変らず」は変化していない。「所も変らず」は同一の場所で街並みなどにも変化がない。
昔、観察した箇所で再び観察するのですが、その箇所に変動があれば観察不可能なこともあるでしょう。この一角には都の威容が残っていて、変化はありませんでした。
（『方丈記』成立時には源氏も平氏も滅びていますから、昔と変わらないのは都の東北の一角でした。）

「人」は一人前の人、「住む人」「高き、いやしき人」のことで、都の実力者。「多かれど」は多いけれど。
昔の場所に変動はなく実力者は多くいました。

「いにしへ見し人は二三十人が中に、わづかにひとりふたりなり」は、三〇年も昔、作者が実際に見た人は二〇人から三〇人のなかで、わずかに一人か二人である。「いにしへ」は、三〇年も昔。
中国文献では「昔」の上限は三〇年以前（『三隠詩集』）、下限は一〇年以前（『歎逝賦』）と認められます。

『方丈記』の記録では「昔」は上限を三五年以前、下限は二九年以前に相当するから、やはり三〇年前（前掲）。
「見し人」（「し」は直接経験・過去）は、作者が実際に見た人は。「人」は車や馬に乗り供を従えた人物のこと。
「二三十人」は二〇人から三〇人。「中に」は範囲内で、二〇人から三〇人の範囲において。
「二三十人」は概数で正確ではありませんが、「わづかに一人二人なり」との比率をいうための標本ですから、必しも実数を要しません。しかし、五〇人や一〇人でないことも事実です。「二三十人」は作者の見聞の範囲をいいます。

（「二三十人」は『延徳本』には「百人」とあり、『真名本』には「万人」とあり、異本には数値の乱れがあります。）

しかし、安元の大火で消失した邸宅の数は二、三〇で、「二三十人」は代表的な貴族の数と一致します。「二三十人」は単に比率をいうための単位ではありませんでした。都の繁華な街の主立った人の概数でした。

（『方丈記』の数値は信頼できるとも言われています。）

「わづかに」は随分少ない。「ひとりふたりなり」は一人また二人である。

二、三〇人の範囲内の一人また二人の残存率は三％から一〇％の範囲内です。

作者は、その経験と観察を通じて、三％から一〇％の範囲内の残存率はわずかだと言います。

【参考】私（筆者）は昭和五八年秋、下記の場所において調査人をたて、各調査人の居所から近い順に三〇人を選び、何人が三〇年以前にその土地に居住していたかを調査しました。

調査地（当時）		調査人氏名	人数 人	比率 %	備考
滋賀県	愛知郡湖東町	筆者	一七	五六	二〇年以前では一九人
	彦根市大藪町	堀田良夫	一九	五四	母数は三五人
	彦根市安清町	谷川晴重	八	二六	二〇年以前でも同じ

湖東町は農村、大藪町は旧市街地で住宅街、安清町は新市街地です。この結果、田舎がかったところでは、住民の半数以上が三〇年以前にもいました。市街地では、さすがに移動が激しくて田舎の半数になります。市街地といっても彦根は平和な田舎町ですから、当時の都に比べようもありませんが、現代においては次のことは認められます。

一．平和で無風状態であれば、三〇年を経過して人口の半数は健在であること。

二．平和な時代でも活動の激しい市街地では二、三十年では半数以上が移動すること。

古代末期の大都市平安京と現代の田舎町彦根とでは社会情勢も数値の算出法も相異しますから比較にはなりませんが、二、三十人のなかでの一人か二人は極めて少ないことは納得させ、災害が想定されます。

都の東北の一角は昔の面影をとどめ、実力者も多くいましたが、繁華街は変化し（前項）、実力者も交代していた。

（作者が「まことか」とみると、所も人も変化していました。）

【構成】作者は平安京の最も繁華な街で昔の人が激減したことを街頭調査をし数値で記録しました。

（作者がみた「ゆく河の流れ」は平穏でした。都の人も住まいも外観に変化はありません。しかし昔の家も人も激減しています。）

【参考】廿年・卅年で人口が一〇人が一人ほどになるのは漢籍に文献があります。

白居易の詩に云ふ、二十年来、旧詩の巻。十人の酬和、九人は無し。（『首書』その他所引）

或は曾つて共に一途に遊び、同じく一室に宴せしところ、十年の外、索然として已に盡く。（陸機『歎逝賦』）

（「わづかにひとりふたりなり」は実数ではなく文学表現に過ぎなかったかも知れません。）

【構想】作者が見た真実は、全体の永続は表面的なもので、部分の流転が真実でした。

〈朝に死に、夕に生るゝならひ、たゞ水の泡にぞ似たりける。〉

「朝に死に夕に生る、ならひ」は、朝に死んで夕方に生れるという習性は。「朝」は朝日のさす時刻。「夕」

は夕日の沈む時刻。「朝」と「夕」を対置し、「朝夕」で一日を意味します。「死に」は生をなくする。「生るゝ」は生を得る。「ならひ」は習性、繰返すこと。

人の世では朝に死に、夕方に生まれる習性がある意味です。

出産は満潮時、死亡は干潮時と言われていて、干満は一日に二回とすると、出産は夜の満潮時に、死亡は昼の干潮時という指摘があります。夜生まれ昼死ぬ傾向があるというのでしょうか。

（もし「朝に生れ夕に死ぬる」では、一日の生命しかないようになります。同一人物ではありません。）

【語法】「生死」か「死生」か。本文は「朝に」と「夕に」では朝が先行し、「死に」と「生るゝ」では死が先行します。

「淀みに浮ぶうたかたは、かつ消えかつ結びで」（冒頭）では、「消え」が先行し「結ぶ」と後続しますから、この関係からは「死」が先行しますが、あとの「知らず、生れ死ぬる人」では「生」が先行し、写本では『延徳本』『長享本』『真名本』等では「生るゝ」が先行します。個人では「生れて死ぬ」ですが、社会では誰かが死んで誰かが生れる。個人では「生死」、社会では「死生」でしょうか。

（「朝」が先か「夕」が先か、歴史上、興味のある問題です。）

「たゞ水の泡にぞ似たりける」は全く水の泡に似ている。「たゞ」は全く、「似たりける」と呼応し、「似たりける」と説明する外はない意味。「水の泡」は「淀みに浮ぶうたかた」。「似たりける」（「ける」推定）は似ているものだ。

水の泡に似ているのは「かつ消えかつ結びて、久しく止まりたる例なし」です。

どんな人も、朝に死に夕に生れるという習性は、水泡が一方で消えて他方で生じるという現象と類似する、です。

【構成】「たゞ水の泡にぞ似たりける」は最初の「淀みに浮ぶうたかたは」に回帰し、ここで全体と部分との関係は終了します。

淀みに浮ぶうたかたは、かつ消えかつ結びて、久しく止まりたる例なし。

古注は、泡のことばかり言って、水のことを言わなかったのは、水は泡に準じる意味であるという。

（以上、作者は生命を自然現象によって解釈します。）

【構成】世の中にある人と住みかをみます。具体的には「世」は都、「人」は貴紳、「住みか」は大邸宅。「人」も「住みか」も全体としては不変ですが、個々の「人」や「住みか」は変化が激しくて生滅を繰り返し規模を落とします。『方丈記』は「世」と「人」と「住みか」をテーマとしますが、それは大自然の大河の流れの人間版でした。

〈作者〉

知らず、生れ死ぬる人、何方《いづかた》より来《き》たりて、何方《いづかた》へか去る。又知らず、仮の宿《やど》り、誰《た》が為《ため》にか心を悩《なや》まし、何によりてか目を悦《よろこ》ばしむる。

不知ウマレ死ル人イツカタヨリキタリテイツカタヘカ去ル又不知カリノヤトリタカ為ニカ心ヲナヤマシナニ、ヨリテカ目ヲヨロコハシムル

知らないことがある。生れるひと死ぬ人はどこから来てどこへ去るのであろうか。もう一つ知らないことがある。一時的に風雨をしのぐ建物は、誰かを思って気苦労し、何に寄りかかって、目を喜ばせるのであろうか。

（第二段、ここは主と住みかについて問題点を取り上げます。）

〈知らず、生れ死ぬる人、何方より来たりて何方へか去る。〉

「知らず」は知らない。私は知らない、誰も知らない。

【構文】「知らず」の主格は「ひと」か「われ」か。

人が知らないのであれば、人類全体の課題ですし、「われ」であれば作者の今後のあり方に関わります。

【語法】「知らず」は直後の「生れ死ぬる人、何方より来たりて何方へか去る」と同義。

「生れ死ぬる人、何方より来たりて何方へか去る」といえば、「知らず」ということである。

【構文】「知らず」と「生れ死ぬる人、何方より来たりて何方へか去る」のあいだに構文上の連続があれば述語と目的語で倒置。なければ「知らず」は独立語で、感動表現。

【語法】「知らず」は「知る」がなければ成立しません。「知る」は「生れ死ぬる人、来たりて去る」です。

知っているのは、生れることは来ることであり、死ぬことは去ることです。

（否定「知らず」は知っていることを踏み台にしないと成立しません。）

生死は「来る」と「去る」ですから、生命の消滅はありません。

【構成】作者は「知る」と「知らず」との関係において、現世と前世・来世の関連を既知のこととしています。

【構文】「生れ死ぬる人」は、「生るる人と死ぬる人は」の形。「生るる人」と「死ぬる人」は必ずしも同一人物ではありません。

「生るる人、何方より来たりて」は、生れる人はどこから来て。「生るる人」は生をうける人、誕生する人。「何方」は不定の場所・方角、ドコ、ドチラ。「より」は起点または経由、カラ、ヲトオッテ。「来たりて」は自分の所に近づいて到着する。

「死ぬる人、何方へか去る」は、死ぬ人はどこへ去るのであろうか。「死ぬる人」は生命がこの世から去るひと。

「へ」は方向、「辺」のいみとすれば場所。「去る」は自分の所から離れて距離をとる。

【構成】「生れ死ぬる人」は、人について生れて死ぬことに注視します。「人」の問題を生死に絞りこみます。

【構成】「生れ死ぬる人」は「かつ消えかつ結ぶ」（「序」）と対比し、「世」における「人」は河においては水泡でした。

【構想】「世」における「人」は水泡で、疎外された端末現象でした。それでは生前と死後に疎外は無いでしょうか。

「水泡」は傍流に生じる疎外された端末現象でした。

【構文】知らないのは、「何方より来たりて」の「何方」、「何方へか去る」の「何方」。この二つの「何方」が知らないことでした。

「何方より来たりて」の「何方」は生前の居場所、「何方へか去る」の「何方」は死後の居場所。現世では疎外された泡沫現象でしたから、前世・来世の居場所をたずねます。果たして疎外があるかどうか。

【構成】「ゆく河の流れは絶えずして、しかも、もとの水にあらず」には「何方より来たりて」も「何方へか去る」もありません。「生れ死ぬる人」は「序」の語らなかった水源と到着点を疑問にします。

作者の関心は「ゆく河の流れは絶えずして、しかも、もとの水にあらず」に盛りきらなかった空白の部分でした。

（生前と死後の居所が作者と『方丈記』の最大の課題でした。）

（作者の尊敬する人は、自分は極楽から来た、極楽へ還るといっています。）

【構想】否定は願望の裏返しですから、「知らない」は「知りたい」です。作者は前世と来世のありかを求めます。

【参考】仏説は生前と死後に世界があり、前世の因果によって現世に生じ、現世のあり方が来世に影響するとする、輪廻と因果説です。

前世の業によって現世に生を得、来世は現世の善業によって浄土に生じ、悪業によって六道を輪廻します。「何方より来たりて」と「何方へか去る」は、仏教によれば自分の業を見ることでした。

前世を変更することはできません。現世は前世の業の制約を受けますが、よき業を選ばなくては、よき来世は得られません。

【参考】古注は仏典に典拠を求めます。

金剛経に曰く、従って来る所無く、亦従って去る所無し。故に如来と名づく。（『諏説』）

生死一大事の深理、豈外を求べきや。たゞ自己の一心にあり。（『流水抄』）

生死の本源を知らんと欲せば、心外に尋ることなかれ。（『盤斎抄』）

古注は、前世と来世の問題は認識できないとして、どこから来てどこへ行くかという問題そのことを拒むものもあり、あるいは肉体の問題ではなく精神の問題だとし、また流れ去り流れ来ることこそ仏性そのものだともいいます。

古注の中には、是は三周の説法にあてて、本段は法説であるという。（『盤斎抄』）

（仏説も多様で、古注のあげている教説は長明の依拠する教説ではありません。）

古注は「知らず」という表現を通じて哲学的理解を示しますが、新注には哲学的理解は全くありません。

〈また知らず、仮の宿り、誰が為にか心を悩まし、何によりてか目を喜ばしむる。〉

「また知らず」は、もう一つ知らないことがある。「また」は添加。「知らず」は知らない。

生前と死後の居所を知らないうえに、知らないことがありました。「仮の宿り」についてです。

「仮の宿り」は一時的に風雨をしのぐ建物。「仮」は本来のものでない、一時的なもの。

【語法】「仮」は「仮」でないもの、すなわち本来のものの存在が前提です。現世が「仮り」ですから本来のものは前世か来世です。

こしらへて仮の宿りに休めずは誠の道をいかでしらまし　（『後拾遺集』赤染衛門）

「宿り」は宿に寝泊りする、「宿」は覆いの下の空間に寝起きする場所。ここは貴族の大邸宅。

現世を「仮」としますから、この世の住居は、すべて「仮の宿り」です。

【語法】「宿り」の「や」は「屋」、「ど」は「処」、「り」は動詞化の接尾語で、「ど」に注目すれば建物の意味になりますが、「り」に注目すれば生活することになります。本来は建物であるとともに生活する意味でもありました。

（仮を生きることによって、本来の道に入ります。）

（「人」と「宿り」は「序」の課題でした。）

【構文】「仮の宿り」（主格）について、述部は「誰が為にか心を悩まし」と「何によりてか目を喜ばしむる」の対句です。

「誰が為にか心を悩まし」は、誰かを思って気苦労し。「誰」（不定の人称代名詞）は不特定の人物。

「誰」とは家を作り与える相手の人で、それは自分を含めて極めて大切な人。妻子眷属・親昵朋友・その他です。

或は妻子眷族の為に造り、或は親昵朋友の為に造る。或は主君師匠および財宝牛馬の為にさへ造る。われ今、身の為に結べり。（後序）

「為に」は目的、対象とするものに対して、ことさらにする。

家屋を作るには作る心、目的があります。宿るだけなら洞穴でもよろしい。

「心を悩まし」は気苦労する。「悩まし」は心配させる、気遣いさせる。「悩まし」は「悩み」ではありません。自分から苦労を求める、苦労を買ってでる、です。

家を作る場合には目的をもち心労します。目的と心労は仮の世の生きざまです。しかし安住できなければ住居ではありません。安住は悩みがなく喜びのあることです。当事者には期待でも作者には目的も苦労も安住も心労に見えます。価値観が相違します。

【語法】「誰が為にか」「何によりてか」の「か」は係助詞。「誰が為にか」の結びは「心を悩まし」は連体形であるはずであるが、対句構成のために結びは流れている。「何によりてか」の結びは「喜ばしむる」（連体形）。

「何によりてか目を喜ばしむる」は、何に寄りかかって、目を喜ばせるのであろうか。「何」（事物代名詞・不定）は、不特定の物件、ここは目の対象とするもので、欄間など家屋の造作、絵画調度品などの備品です。

「よりて」は、もたれ掛かる、手がかり・手段とする、利用する。「目を喜ばしむる」は、目を喜ばせる。「目」は六根（眼耳鼻舌身意）の感覚器官です。

ここは「目を」は目を特定しますが、目だけに限りません。該当する感覚を代表しています。撫でても触ってでもよろしい。物件を媒介にしなければ生きていけません。

「喜ぶ」は好ましいことに満足する。「しむる」は使役。住まいの何かが目を喜ばせます。

【構文】対句的にみて「心を悩まし」は苦楽の「苦」、「目を喜ばしむる」は苦楽の「楽」、「苦」と「楽」を入れ替えることが可能です。

【参考】生死の有様・家を営む有様を、心について何事ぞと反省・批判せよという主旨である。（『盤斎抄』）

家屋を作るのに気苦労するのは最終的に喜びを得たいと思うからです。喜びは苦労の結果です。

【語法】否定の「知らず」は「知る」がなければ成立しません。

作者は家屋を作るには目的と手段のあること、喜びと苦労のあることを知っていました。しかし「誰」のために作り、「何」を媒介にして喜ぶのかを知りません。「誰」は目的、「何」は手段です。

掛軸をみて喜ぶことも彫刻を見て喜ぶこともあるでしょう。絵画にしろ、彫り物にしろ、その人の好みによります。目的と手段の対象は個性によるのであって、特定することはできません。

家は生活の一例です。目は六根の一例です。家と目で、人生の目的と手段、喜びと苦労を表現します。その目的と手段、喜びと苦労は、具体的には個々人のあり方によります。作者の目は繁華街で見る人の共通の生活のあり方から、その個々の人の内面をも見ようとします。喜びはあるか、苦労したか。

【構想】長明は知っていました。この世は流転であることを。また、はかなくても生きることを、何かを手がかりにして、しばしの喜びに浸ることを。長明の知らないことがありました。生前はどこにいたか、死後はどこにいくのか、本来の自分は何者か、でした。また何のために無駄なことをするのか、何に寄りかかってはかなく生きるのか、です。長明の知りたいのは、本来の自分と、この世に生きる目的と手がかりでした。

（この問題が『方丈記』の最終の課題でした。）

【参考】古注は「知らず」以下は生死一大事を外に求めないで自分の心に求め、求めたところは「空」であるという。「また知らず」以下は『方丈記』を造ったゆえんであるという。（『流水抄』）

〈無常〉

その主《あるじ》、栖《すみか》と無常を争《あらそ》ふさま、いはゞ朝がほの露に異《こと》ならず。或《ある》は露落ちて花残れり。残《のこ》るといへども朝日《あさひ》に枯れぬ。或《ある》は花しぼみて露なほ消えず。消えずといへども夕《ゆふべ》を待つことなし。

ソノアルシ　スミカト無常ヲアラソフサマ、イハヽアサカホノ露ニコトナラス或ハ露ヲチテ花ノコレリ。ノコルトイヘトモアサヒニカレヌ或ハ花シホミテ露ナヲキエスキエストイヘトモタヲマツ事ナシ

その住家の主人とその住家とが消滅を競っている様子は、改めていうなら、朝顔の花に置いた朝露に相異はない。あるものは露がさきに落ちて花が残った。残ったとしても朝日で枯れた。別の例として、花がしぼんで露はまだ消えない。

（この段落は作者の問題提起で、無常をのべます。）

〈その主、住みかと無常を争ふさま、いはゞあさがほの露に異ならず。〉

「その主と住みかと無常を争ふさま」は、生れ死ぬ人と仮の住家とが消滅を競っている様子は。

【構文】「その主、住みかと」は「その主」（主格）がその住家と消滅を競っている様子は。

「その」は提示格。「主」は主人、持ち主、仮の宿りの住人、「住みか」は住居。

【構文】主格は「争ふさま」。「その主住みかと」は「争ふ」の動作主体。「無常」は目的語。

「さま」は「その主」が「その住みか」と無常を求めて競合する様子。

「無常」はたえず変化すること。「無」は否定、「常」は変化の無いこと。

「無常」は「無常迅速」といって瞬間的に変化するとしても、時間帯が無いわけではありません。「無常」の示す最小時間帯は「須臾」です。

無常は須臾の間なり。（『六時礼讃』日中無常偈）

【参考】仏教では「無常」は「常住」に対比します。「常住」は変化の無いことで、仏の世界、「無常」は人の世界。「無常」は「生滅」の法、人間の存在形式です。特に「滅」を意識して「死」を意味することがあります。

諸行は無常なり。これ生滅の法。（『雪山偈』流転門）

「あらそふ」は他よりも優位に立とうとする。争う主体は「主」と「住か」、対象は「無常」。

「主」と「住か」のどちらが「無常」を達成するかを競合します。

「さま」は様子、外観。どちらが先に亡くなるかと競うようにみえる状態。

複数のものが滅亡を前にして、どちらが先に滅亡するかと見まがう状態を、「無常を争ふ」と描写します。

当事者は無常を避ける努力をしていても、観察者は無常を争うと見ます。

【構成】「無常」がよいものであれば競って求めるものですが、「無常」は否定的価値ですから、求めるものではありません。

あながちに無常を求めれば破滅に至ります。無常を競合するのは無常を争うのは破滅の道で、異常です。

作者は破滅の道を競っていると描写します。作者のアイロニーです。

（災害で逃げ惑う姿を、逆説的に無常を争う、死をあらそうと描写しました。）

（「無常を争ふ」は当事者の心情を無視しました。）

【構成】全体は漢語調の文体であるが、漢語は「無常」だけで、そのことがこの語を際立たせている。（武田氏）

（「無常」は「常住」と対比し、「常住」は求めるものです。）

【構文】述語は「異ならず」。

前の段にて人生の死生をあげ、この段は浮世の無常を言う。（『流水抄』）

「いはばあさがほの露に異ならず」は、改めていうなら、朝顔の花に置いた朝露に相異はない。

「いはば」は言うなら、特にいうなら、「たとへば」の意（『首書』）。「ば」は仮定。いわなくてすむことであるが、自分としては特にいいたい。

作者が特に言いたいことがありました。それは無常は単に無常であるだけではないことです。無常の意味は「あさがほの露」でした。

「あさがほ」（普通名詞）は朝咲いて昼にはしぼむ花、植物の名ではなく花の現象のこと。具体的には花はキキョウかムクゲか、キキョウなら秋の七草の一つで、秋を代表する花。「露」は朝顔ですから朝露、「あさがほの露」は朝顔の花に置いた朝露。

【構想】「牽牛子」を「阿佐加保（『倭名類聚抄』）とあることから、現在の朝顔説（武田孝氏）もある。

「あさがほ」は「何によりてか目を喜ばしむる」の例で、目の対象とする美的存在をあげます。

古注は、数ある花の中で、朝顔は格別であるという。（『流水抄』）

朝顔は美的な素材で、朝顔を例示したのは、無常迅速の中に美のあることを示します。

【構想】「異ならず」は相異しない、違わない。

生れ死ぬ人が仮の住家とが無常を競っている様子は、朝顔の花に置いた朝露と相異しない。

世の中は無常迅速で、主人が住みかとあたかも無常を争って破滅の道を進んでいるのですが、住居である「あさがほ」と、主である「露」との関係は、世の中の主人と住みかの関係に違わないといいます。すなわち「朝顔」も「露」も消滅が早く、どちらがより早いかが問われるから、無常を争っているように見えると類推します。

（問題は無常の争いかたです。）

【構想】『方丈記』序は、先ず河のことから始まり、ついで「世の中」に移り、世の中は「人」と「住か」の問題であるとして、「人」と「住か」の問題が『方丈記』の一貫したテーマとなりました。そのあと「人」と「住か」の問題は「無常」であると位置づけ、「無常」が『方丈記』の主題となります。最後に「いはば」という形で「無常」の補足をします。『方丈記』は「無常」を軸にして展開します。

（「無常」が主題になります。）

〈或は露落ちて花残れり。残るといへども朝日に枯れぬ。〉

「或は露落ちて花残れり」は、あるものは露がさきに落ちて花が残った。「或は」は、あるものは。対比的に一例をあげる。一例は「露落ちて花残れり」。

「露落ちて花残れり」は、露がさきに落ちて花が残った。ここは競合の場面ですから、「露落ちて」は露がさきに落ちて、「て」は経過。「残る」は大勢は残らないが一部はとどまる。花は残った。

（競合の基準は落ちるです。）

重いもの・支えのないものが落ちます。花は茎が支えますが花弁に宿った露を花弁は支えきれません。

（争いとすると「落ちる」では露が負け、花が勝ちました。）

「残るといへども」は、残ったとしても。「いへども」は逆接、残っても意味のないことを言います。

（競合の基準は朝日に変ります。）

「朝日に枯れぬ」は、朝日で枯れた。「朝日」は朝の太陽、「枯れぬ」は水分を失って生命を失う。

露が支えがなく自重で落ちたのは朝日が昇る以前でしたが、残った花も朝日で枯死します。時間差はないに等しい、です。時間差が大きければ争うことにはならないでしょう。争う場面は時間差の小さい場面です。

（争いは当事者には重大でしょうが、勝負はほとんど互角でした。大局的には些細なことです。）

朝顔と露の消滅は自然状態で前後しているのであって、無常を争う意識はありません。比喩表現です。

（「争ふ」は作者の感情移入、擬人法です。）

〈或は花しぼみて露なほ消えず。消えずといへども夕を待つ事なし。〉

「或は花しぼみて露なほ消えず」は、別の例として、花がしぼんで露はまだ消えない。「或は」は別の例として。別の例は「花しぼみて露なほ消えず」です。

「花しぼみて露なほ消えず」は、花がしぼんで露はまだ消えない。「しぼみて」は水分を失って矮小化して。「なほ」は、まだ、同じ状態が継続する、依然として。「消えず」は消滅しない。

花の奥の露は保護されて消滅しない。

花弁が閉じても茎の部分は変化しないから内部は中空になり、花の奥の露は閉じ込められて消えません。

（露が勝ち残った場面です。）

「消えずといへども夕を待つ事なし」は、露は消えないといっても夕を待つことはない。「いへども」は逆接、露が消えないことが優先事項でした。「夕」は夕刻、日没の時刻。「待つ」は未来の時点の到来を願う、ここは夕べを待つ。「待つ事なし」は夕刻のくることを期待することは無い。

「待つ」であれば期待感がありますが、「待つ事なし」は期待感がありません、夕刻になるまでに消滅するにきまっているから、待つことは無い。

夕刻を待つ期待はない。朝顔は朝の花ですから夕刻には存在しません。夕刻に朝顔の露があると期待しても、朝顔自身がないから、露も存在しません。

人間なら何百年も生きようとする願いのないのと同じです。

（競合の基準は時に変ります。）

朝顔と露が無常を争うのは、夕という限界を超えることはありません。時間差はあってないに等しい。

松樹の千年も終に是れ朽ち、花の一日も自ら栄と為す。（白居易『方言詩』・武田氏）

（時の流れでは両者の勝敗は互角です。）

【構成】「無常」についての競合ですから、早く無常になったものが勝でしょう。「露落ちて」では、露が消えて花が残るのですから露の勝でしょう。「花しぼみて」では花が消えて露が残るのですから、花の勝でしょう。しかし「残るといへども」も「消えずといへども」でも、残った方・消えなかった方を有利と認めます。「無常をあらそふ」は無常に耐えたものの競合でした。

【構成】「露落ちて」では花が勝ったのですが、朝日に枯れます。露と花の時間差は数時間です。「花しぼみて」でも花が勝ったのですが、夕日の沈むまでには消えてしまいます。露と花の時間差は数時間です。数時間の時間差は大きいか小さいか、無常という無限の時間に比べると、無いに等しい時間差でした。

【構想】世の中は無常で、主人と住みかは無常を争って破滅の道を進んでいるのですが、その主人と住みかとの関係は「あさがほ」と「露」との関係に違わないといいます、しかし「あさがほ」と「露」とでは、どちらが無常であるかではなく、どちらが無常に耐えるかの問題で、「朝顔」も「露」も長く存在しても数時間でした。無常の背景をなしている無限の時間から見れば、ないに等しいことでした。

主人と住みかは無常を争って破滅の道を進んでいるというのは外見に過ぎません。当事者は、しばらくでも長命をしたいと願います。

【構想】『方丈記』序は、先ず河のことから始まり、ついで「世の中」に移り、世の中は「人」と「住か」の問題であるとして、「人」と「住か」の問題が『方丈記』の一貫したテーマとなりました。そのあと「人」と「住か」の問題は「無常」であると位置づけ、「無常」が『方丈記』の主題となります。最後に「いはば」という形で「無常」の補足をします。『方丈記』は「無常」を軸にして展開します。

《無常》

1．落ちることによって露は花より先に消滅し、朝日によって花は先に消滅します。落ちないものも照らされないものも時が経過すれば消滅します。無常は落下・朝日・時間の経過などの単一の理由ではなく、そのものの本来の有り方によって存在・展開・消滅します。

2．露がさきになくなる場合も、花が先になくなる場合もありますが、その差はきわめて少なく、大局的にはほとんど同時です。人の目では落差があるようにみえても、無常そのものに質の変化はありません。

3．作者は朝顔と露を挙げますが、無常の例には夕顔でも、水泡、その他のものでもよろしい。作者が朝顔と露を挙げたのは、朝顔と露は最も美的なものだったからです。作者は「無常」を美的なものと理解しました。

4．朝顔と露の関係は自然現象で主観を超えていますが、擬人法を使って、競合する意志があるかのように描写します。

何億年以前の銀河宇宙をみるような科学の目ではなく、無常を喜怒哀楽を備えた人間の眼で見ようとしています。

【構想】要旨

『方丈記』は天地、大自然のあり方から始まり、大自然の一例として大河が登場します。「大河」は、全体と部分、不変と変化、本と末、主題と副主題、前提と結語、表層と深淵、鮮明と不鮮明、生成と消滅、長久と瞬時、現実と非現実などの、対立的問題を提示します。

次に「世」を挙げます。「世」も大自然の課題を継承します。大自然が原理であれば「世」は具体化です。その具体例は「都」でした。「都」の具体例は「人」と「住ひ」でした。「人」は貴紳、「住みか」は大邸宅。全体としての「都」は不変ですが、部分としての「人」「住ひ」は有限で、変化が激しくて生滅を繰り返し規模を落とします。『方丈記』は変化する「人」と「住ひ」に関して展開します。それは大自然の大河の流れの人間版でした。

長明は知っていました。この世は無常・流転でした、はかなくても生きることをやめることはできません。何らかの意図をもって生き、何かを手がかりにして、しばしの喜びに浸ることを知っていました。長明の知らないことがあり、それは生前はどこに、死後はどこにいるのかでした。また、生きるためには何かをする意図があり、意図実現の方策がありますが、意図と方策を支えるものは喜怒哀楽でした。喜怒哀楽の先には芸術の世界が開けます。意図と方策は理性、喜怒哀楽は感情の世界とすれば、無常は理性と感性を豊かにします。

作者には課題が有りました。未知の前世と・来世を確認することです。そのためには生活を安定しなければなりません。庵の建設が目下の案件です。

【参考】古注は出典探しに目の色を変えるほどで、語句の類似だけを頼りにして仏典・漢籍探しをしていて、すべての語句は何らかの古典と関係付けられている。しかし、本来の意味と相異する挙例も多い。

本文の語をとりて、心をかへていふことつねの文法也。（『首書』）

［世］不思議

『方丈記』の前編「無常」の本文で「世」を語ります。

（予）

予《われ》、ものゝ心を知れりしより、四十《よそぢ》あまりの春秋《しゅんしう》をおくれるあひだに、世の不思議を見ること、やゝたびたびになりぬ。

予モノ、心ヲシレリシヨリヨソチアマリノ春秋ヲ、クレルアヒタニ世ノ不思議ヲ見ル事ヤ、タヒタヒニナリヌ

わたしは、いろんなものの内面の理を知ってから、四〇歳以上の歳月を送った間に、この世で経験したこともない異常現象をみることが、しだいに度数が重なりました。

（この段落は本文前編の「序」に相当します。）

〈われ、ものの心を知れりしより、四十あまりの春秋をおくれるあひだに、世の不思議を見ること、やゝたびたびになりぬ。〉

「われ、ものの心を知れりしより」は、わたしが、現象や事件の深い意味を知った時から。「われ」（第一人称）は作者自身のことで、主格。

【語法】原文「予」は音読み・訓読みのどちらでもよい（青木氏）のであるが、漢字の読みは読者の選択にゆだねた一面があるから、ワレ・ヨにこだわることはない。

「予」という書き出しは『池亭記』によるという。（青木伶子氏）

「ものの心」は現象や事件の深い意味。「もの」は主体に対立する客体で、外在。自然現象・社会現象など

の物件です。

「もののあはれ」などと広く一般的にいうことばですが、自分のことでも客観的にいう場合には使用します。

「心」は「形」「外」などに対立することばで「内心」などといい、自然や社会に内在する意志・条理です。「ものの心」を道理などとすると、作者が世の中のからくりに気がつき、隠された内面を知ろうとした主体性を見逃します。

(『方丈記』は「本文」で「ものの心を知る」意味がありました。)

「知れりしより」は、知った時から。

【語法】「知れりしより」の「より」は起点。「より」には「まで」が呼応する、「四十あまりの春秋をおくれるまで」。「し」(助動詞)は経験的過去。

自分を取巻く外界に関心を払い、その内面的意味を理解し、かつ自分の在り方に注目して精神的に自立した時以後、です。

(「ものの心」を知った時は「四十あまりの春秋」から逆算できます。)

作者には「ものの心」を知るにいたる以前がありました。それは「ものの心」を知らない年齢で、幼少のときです。

(『方丈記』の記述は作者が精神的に自立したときから始まります。)

「四十あまりの春秋をおくれるあひだに」は、四〇年以上の歳月をやり過ごした期間に。「四十あまり」は四〇年を越える。「あまり」は数の、一〇の位に続いて一の位をいうときなどに用います。

「四十あまり」は年齢では四〇代。厳密には四一歳から四九歳の間の数値ですが、端に「四十あまり」といえば四一歳の場合が多く、ここも四一歳かも知れませんが、「四十」を基準にしているから五〇には遠く、大体は四〇歳代前半か。

「春秋」は春と秋の意から、一年のこと、さらに年齢のこと。

【語法】「春秋」の当時の音はシュンシウ（青木氏）でしょうが、現代風のシュンジュウなら実感があるがシュンシウでは実感がありません。

（漢字のヨミについての考証は終わります。）

「おくれるあひだ」は時間の経過する期間。「おくれる」（「る」確認）は時間の経過を回想する表現です。「あひだ」は期間、ここは「ものの心」を知ったときから、四十年以上を経過した時点に至る期間です。

「世の不思議を見ること、やゝたびたびになりぬ」は、この世の思いがけない事例をみたことは、ますます回数を加えた。「世の」は広がりや長さをもつ領域、この世の。世には、あの世もあります。

「不思議」は仏教では「不可思議」と用い、思うことも議ることもできない。

舎利弗よ、我今、諸仏の不可思議功徳を称讃するが如く、彼の諸仏等も亦、我が不可思議功徳を称説す。（『阿弥陀経』）

作者は「不思議」の例として大火（安元三年）・旋風（治承四年）・飢饉（養和年間）・遷都（治承四年）・疫病（壽永元年）・地震（元暦二年）を挙げて批評を残しますが、ここから「世の不思議」の意味を帰納することができます。

例のないこと（「そのさま世の常ならず」元暦二年の地震）、

経験を越えたこと（「まのあたり珍らかなりしことなり」壽永元年の疫病・「いと思ひのほかのことなりし」治承四年の遷都）、

理解できないこと（「ただごとにあらず、さるべきもののさとしか」治承四年の旋風）、

絶大な恐怖を伴うこと（「そのなかの人うつし心あらむや」安元三年の大火）、

人も神も無力であること（「なべてならぬ法ども行はるれど、さらにその験なし」養和年間の飢饉）

作者は「不思議」を極度の災害の描写に用いています。

（「不可思議」は仏徳を賞賛する語ですが、「不思議」と使用して、仏徳と関係のないこととします。）

「見る」は目でみる。作者は実測（遷都）もしています。「みること」は、見た事例。「やゝ」は、いよいよ、

ますます。「たびたび」は「度々」ということで回数の多いこと、「なりぬ」は一定の結果を導く。

世の不思議に六大災害をあげ災害の回数が重なることを思い、もう災害はないだろうと思っているのに大地震がありました。

（六大災害は「ものの心」を知ってから四〇代の間までの経験でした。）

【構成】『方丈記』を書き終わったのは建暦二年（一二一二）で、作者は数え歳五八歳のことです。『方丈記』を擱筆した時点を回想の時点とみて、「四十あまり」の「あまり」を最大にとれば四九歳ですから、「ものの心」を知ったのは九歳です。「あまり」を最小の四一歳とすれば一七歳になります。作者が「ものの心」を知ったのは九歳から一七歳の間でしょうか。

作者が「ものの心」を知って最初に見聞した記録は安元三年（一一七七）の大火で、作者二三歳、三五年以前でした。京都には仁安元年（一一六六）、四五年前、作者一二歳のときにも大火がありましたが記録していません。その時はまだ「ものの心」を知らなかったようです。

作者が「ものの心」を知ったのは一三歳から一七歳の間でした。それは元服・加冠の年齢に相当します。

古注は「ものの心」を知ったのは、論語の「十有五」に合わせて一五歳（『諷書』）、また二〇歳ばかりか（『流水抄』）という。

【構想】作者は「ものの心」を知った時から現在までの、四十年以上の歳月について、作者を取り巻く世の中の意味を自分の在り方に関わって語ろうとします。

（作者は自己紹介をしています。）

【構成】「序」で人と世のあり方を「無常と」としましたが、ここでは「無常」は「世の不思議」のことでした。

（今日の無常は明日には常であって、無常そのものが変質します。）

【構想】要旨

本文で作者は最初に自己紹介をして、作者は四〇年以上も以前に「もの、心」を知ったと回想します。「もの、心」を知った目で外界を見ると、外界は「世の不思議」でした。「序」でいう「無常」とは「世の不思議」でした。

「世の不思議」は六大災害でした。「不可思議」は本来は仏徳を賛嘆することばですが、「世の不思議」は仏の世界とは別の、地獄・餓鬼・畜生などという悪道の場面でした。災害もまた仏徳に関わるとすれば、「不思議」は仏の人間に与えた試練か。いま作者は「不思議」ということばで、人間を超えた何物かの存在に強い関心を示します。

（超越的な力を否定すれば『方丈記』の記録はありえません。）

（大火）

〈概観〉

去《い》んじ安元三年四月廿八日かとよ。風烈しく吹きて、静かならざりし夜、戌《いぬ》の時ばかり、都の東南《たつみ》より火出で来て、西北《いぬゐ》に至る。はてには朱雀門《すざくもん》、大極殿《だいごくでん》、大學寮《だいがくれう》、民部省《みんぶしやう》などまで移りて、一夜《ひとよ》のうちに塵灰《ちりはい》となりにき。

去安元三年四月廿八日カトヨ風ハケシクフキテシツカナラサリシ夜イヌノ時許ミヤコノ東南ヨリ火イテキテ西北ニイタルハテニハ朱雀門大極殿大学レウ民部省ナトマテウツリテ一夜ノウチニ塵灰トナリニキ

さる安元三年四月廿八日であったかと思うが、風が激しく吹いて静かでなかった夜、午後九時ごろ都の東南から出火して西北に達する。火は最後には朱雀門・大極殿・大学寮・民部省などにまで移って、夜明けまでに塵や灰になった。

（「大火」の問題提起です。）

〈去んじ安元三年四月廿八日かとよ、風烈しく吹きて、静かならざりし夜、戌の時許り、都の東南より火出で来て、西北に至る。〉

「去んじ安元三年四月廿八日かとよ」は、去る安元三年四月廿八日であったかと思うが。「去んじ」は「去にし」（「し」

過去）の音便形で、過ぎ去った。「安元」は高倉天皇の年号、八月四日に改元。安元三年四月廿八日」は、現行のグレゴリオ暦では一一七七年六月三日（内田正男『日本暦日原典』による、以下同じ。）です。いわゆる梅雨の頃でした。

【語法】「廿八日かとよ」の「か」は疑問、「とよ」は一時代以前には「とや」の形で係結びで「いふ」を補いますが、ここは婉曲的回想表現。

「廿八日か」でも通じるところですが、「とよ」は薄れかかる記憶に懐かしさを加え、複雑に回想の気持ちを表現します。

（「とよ」は婉曲か強意かで説が分かれています。）

【構成】作者は四月廿八日を疑問表現としますが、どの記録にも四月廿八日とありますから、安元三年四月廿八日という日に疑いの余地はありません。作者には安元三年四月廿八日の事件は最初の、最も鮮烈な印象でしたが、控えめに表現します。

当時、作者廿三歳、「ものの心」を知った時から約八年後、執筆の時点から三五年以前でした。

「風烈しく吹きて静かならざりし夜」は、風が激しく吹いて静かでなかった夜。「烈し」は勢いが強い。漢字「烈」は火勢が激しくはじける状態（『新漢和辞典』大修館）。

この季節は太平洋に高気圧が発生して北上し、低気圧が日本海を南下して日本列島のうえで相互に作用して、強い風を生じます。焔が一二町も吹き飛ばされたのは、平均風速は毎秒一〇m、最大瞬間風速は二〇mほどでしょうか。

「静かならざりし夜」は、静かでなかった夜。

【語法】「静かならざりし」（「ざり」打消）の「し」（助動詞）は過去、直接的経験をいいます。

作者はその夜の風を実際に経験していて、平生は夜は静かであったが、その夜は静かではなかったと回想します。

風は風の音だけではなく、木の梢、室内の建具に吹いて音を発生します。隙間風は笛を鳴らすような音を立てます。

「戌の時許り、都の東南より火出で来て、西北に至る」は、午後九時ごろ都の東南から出火して西北に達する。「戌の時」は不定時法で、現行暦二〇時四〇分ころから二二時二〇分ころの間。「ばかり」は概略の意、午後九時から一〇時ごろでしょうか。このころ月は一九時ころ沈みます。闇夜です。

（月出は午前五時ころか、闇夜で曇っておれば目の先も見えません。）

「はてには朱雀門、大極殿、大学寮、民部省などまで移りて」とありますから、西北には朱雀門、大極殿、大学寮、民部省などがあったことになりますが、朱雀門や大極殿の場所は朱雀大路の北端ですから、都の西北ではありません。

（安元の大火は住まいの描写から始まります。）

〈はてには朱雀門、大極殿、大學寮、民部省などまで移りて、一夜のうちに塵灰となりにき。〉

「はてには朱雀門、大極殿、大学寮、民部省などまで移りて」は、火は最後には朱雀門・大極殿・大学寮・民部省などにまで移って。「はてには」は最後には。

（最後を記録しますが中間の記録はありません。）

「朱雀門」は大内裏の正門、門前の朱雀大路は都を東西に区切り、真っすぐに南に走り、鳥羽の作道に続き大阪湾や飛鳥に向かいます。

朱雀門を北に直進すると八省院があり、八省院の奥に大極殿があります。

朝参する者は、文武百官も、外国の使節も朱雀門から入り大極殿へ進み天皇に拝謁します。火も同様に朱雀門から侵入しました。

「大極殿」は八省院の正殿で高御坐があり、行政の最高の建築物です。

大内裏の焼亡は何回かありましたが、これほど徹底的な焼滅は例がありません。大極殿が焼けて年号も「治承」と変わり、もはや再建されることはありませんでした。

大極殿という建物が焼けただけではなく、大極殿そのものが焼けました。大極殿は古代の平安京の象徴であり、このとき桓武天皇の作った平安京は過去のものとなりました。

（大極殿の焼失は都にとって最も悪い条件で、改元の理由になりました。）

「大学寮」は学問研究所。大内裏の外部の、朱雀大路の東、朱雀門の斜前にあります。

『方丈記』は火が真っすぐに「朱雀門」から「大極殿」へ参上したように描写しますが、大内裏では、実際は最初に大学寮を焼き、次に応天門と青竜楼、白虎楼を焼き、その間に真言院を焼き、応天門の火が会昌門に移り、その火が大極殿に移りました。

（大学寮をあげたのは大内裏で最初に焼けたからでした。）

「民部省」は、戸籍、租税、厚生、土木、交通を管轄しました。八省院の一つですが、八省院の東に独立の建物がありました。「民部省などまで」の「など」は例示。「まで」は限界。「移りて」は場所を変える。

（民部省をあげたのは大内裏で最後に焼けたからでした。）

その他にも神祇官、大膳職、式部省、右兵衛府、典薬寮などを焼いて朱雀門に移り、豊楽殿、主計寮、主税寮、南門、主水司なども焼きましたが、陰陽寮、大炊寮は免れました。作者は朱雀門から大極殿が焼けたことを重点的に記し、そのほかは省筆しました。

大極殿の奥に建物がなければ自然に終息したのですけれど、民部省の奥（北）に紫宸殿、清涼殿などがありますが、類焼しませんでした。もし火に意志があるとすると、大極殿と内裏を区別しています。

（作者は火が政治の機能を麻痺させる目的があったように大極殿までと描写し、火は天皇の生活の場は侵しませんでした。）

風は所かまわず吹き、火は風に乗って拡散しますが、火は大極殿で終わりましたが、風はさらに進んだはずです。しかし風が朱雀大路以西に吹いた記録はありません。平安京は朱雀大路を境にして東京と西京に分かれますが、西京は早く滅んで意識の外にありました。西京に風の記録がないのは、西京を平安京とは認めていなかったからです。『方丈記』の平安京は東京で、東京極から朱雀大路までした。風は朱雀大路の突き当たりの大極殿まで吹きました。「一夜のうちに塵灰となりにき」は、夜明けまでに塵や灰になった。「一夜のうちに」は、その日の夜で、翌朝になるまで。「夜」は初更から五更まで。日没は午後七時〇六分、日出は午前四時四四分で、不定時法ですから、現在の時制においては午後一〇時ほどから午前三時半ほどで、五時間ほどの間です。

はては大内に吹きつけて、朱雀門より始めて応天門、会昌門、大極殿、豊樂院、諸司八省、朝所、一時が内に皆灰燼の地とぞなりにける。（『平家物語』巻一）

『平家物語』では応天門、会昌門、大極殿、豊樂院、諸司八省、朝所など大内裏は二時間ほどで焼失しました。「塵」はゴミ、小さな破片など、不要なもの。「灰」は燃えた後に残った不燃焼物。「塵灰となりにき」は塵や灰になった、全焼した意味です。一夜の間に都は塵灰になりました。

【構成】建物は出火に伴って順次焼失したのですが、火元から朱雀門までは記録しないで、最後の段階の朱雀門、大極殿、大學寮、民部省など、政府機関の被災を記録しました。火元から朱雀門までの焼失家屋は『平家物語』等が伝えます。

あるいは具平親王の千種殿、あるいは北野の天神の紅梅殿、橘の逸勢の縄松殿、鬼殿、高松殿、鴨居殿、東三条殿、冬嗣の大臣の閑院殿、昭宣公の堀川殿、むかしいまの名所三十四箇所、公卿の家だに十六箇所まで焼けにけり。殿上人諸大夫の家々は記すに及ばず。（『平家物語』百二十句本・巻一）

（火に意志があるとすれば、大極殿を焼失させることでした。）

〈経過〉

火《ほ》もとは樋口富小路《ひぐちとみのこうぢ》とかや、舞人《まひびと》を宿せる假屋《かりや》より出で来たりけるとなん。吹き迷ふ風に、とかく移りゆくほどに、扇をひろげたるがごとく末廣《すゑひろ》になりぬ。遠き家は煙に咽《むせ》び、近きあたりはひたすら焔《ほのほ》を地《ち》に吹きつけたり。空には灰を吹き立てたれば、火《ほ》の光に映じて、あまねく紅《くれなゐ》なる中に、風に堪《た》へず、吹き切られたる焔、飛ぶが如くして一二町を越えつゝ移りゆく。

ホモトハ樋口富ノ小路トカヤ舞人ヲヤトセルカリヤヨリイテキタリケルトナンフキマヨフ風ニトカクウツリユクホトニ扇ヲヒロケタルカコトクスヱヒロニナリヌトヲキ家ハ煙ニムセヒチカキアタリハヒタスラ焔ヲ、地ニフキツケタリソラニハハヰヲフキタテタレハ日ノヒカリニエイシテアマネククレナヰナル中ニ風ニタエスフキ、ラレタルホノホ飛カ如クシテ一二町ヲコエツ、ウツリユク。

出火場所は樋口小路と富の小路の交差点であろうか。旅芸人を宿泊させた臨時の建物から出火したといいます。試行錯誤しながら吹く風に火があれよこれよと移ってゆくうちに、火もとは一つで扇をひろげたように末端が広がります。火元から遠くの家々に住んでいる人たちは、煙で息が詰まりそうにしていました。火災現場に近い家は、一途に焔を地面に吹きつけます。空には風が灰を舞い上がらせたから、火の光を受けて一面に赤く染まっている中に、風に抵抗できないで風に吹かれて途中から切れてしまった焔、焔は空中を飛行する様子で市街地の区画を一つか二つ飛び越えてゆく。

（この段落は大火の概観をまとめます。）

〈**火もとは、樋口富の小路とかや、舞人を宿せる假屋より出で来たりけるとなん。**〉

「火もとは樋口富の小路とかや」は、出火場所は樋口小路と富の小路の交差点であろうか。「火もと」は、出火場所。

【構文】「火もと」には、「樋口富の小路とかや」と、「舞人を宿せる假屋より出で来たりけるとなん」の二つの説明があります。

「樋口富の小路」は樋口小路と富の小路の交差点、現在は万寿寺通と麩屋町通の交差点。「樋口」は樋口小路、平安京の五条大路の南側（五条大路の一二〇m南）を東西に走る公道。

（樋口小路を東に延長すると、鴨川を越して平清盛の六波羅邸に当たります。）

「富の小路」は平安京の東端の京極大路の西を南北に平行する通り（京極大路の一二〇m西）で、ほとんど都の東の端の公道です。

【語法】大路・小路は平安京の国道。小路は幅四丈（約一二m）、合計四八本あります。

【語法】「とかや」は「とかやいふ」の形、「か」は例示、「や」は疑問、「やいふ」は伝聞。出火場所は「樋口富小路」と言われている。

【構成】出火場所は「都の東南より火出で来て」として大極殿を直撃しました。

同じき二十八日の夜の戌の刻ばかり、樋口富小路より火出できたって、京中多く焼けにけり。（『平家物語』巻一）

都の東南から吹く風は都の西北に吹く風ですが、樋口富小路から西北は朝堂院・大極殿をめざし、火は朱雀門から大極殿を焼いて終わりました。

（作者は風も火も大極殿を焼滅する意志のあるように描写します。）

【構成】作者は出火場所も出火建物も伝聞でしか述べていませんが、大極殿から風向きを逆にたどれば出火地点の特定は困難ではありません。朝堂院・大極殿から東南にあるのは樋口富の小路であり、文献によると、出火地点は樋口富の小路の舞人が宿泊した仮設の建物であることに間違いはありません。

樋口富の小路より火出できたりて、京中おほく焼けにけり。（『平家物語』巻一）

火は樋口富小路に起り、京中三分の一灰燼となる。世人日吉の神火と称す。（『帝王編年記』）

出火場所は樋口富小路であり、樋口富小路が都の東南でした。平安京は一条から九条まで、東京極から西京極の区間ですが、『方丈記』の都は一条大路から樋口小路、富小路から朱雀大路までの範囲で、都は左京の五条以北でした。（五条大路以北が「たましきの都」に相当します。都を五条で区切るのはひとつの歴史的事実でした。）

都の東南から都の西北に対角線に吹く風は約五〇度（東西線を0度とするとき）ですが、樋口富小路から朝堂院・大極殿を直撃する風は約三五度で、一五度の差がありますが、方角には領域があり、一五度の差は領域内の数値でしょう。

「舞人を宿せる假屋より出で来たりけるとなん」は、旅芸人を宿泊させた臨時の建物から出火したといいます。「舞人」は舞楽を演奏する芸人で、多くは有力寺社に属していましたが、ここは大衆芸能の旅芸人でしょう。「宿す」は家屋に寝泊りさせる、必ずしも旅宿の意味ではありません。「仮屋」は仮設の小屋、彼らは小屋を仮設して寝泊りし、観客を集め芸を売っていました。

平安京は貴族や武士で占有され、旅芸人を宿す空地はなく、「富小路」の東が東京極で、その外郭の河川敷に小屋を仮説して芸をみせました。末端の芸人は河原にいたはずですが、洛中の樋口富の小路に宿を取ったのは、舞人のなかの有力者でしょうか。（清盛は祇王・祇女ら、遊芸の白拍子を愛しました。）

「いで来」は出現する意、火災の発生をいいます。

【語法】「来たりけるとなむ」の「ける」は伝聞、「なむ」（係助詞）には「いふ」を補います。

作者は舞人をとめている仮屋から出火したという風評を伝えています。

【参考】作者は出火事情には詳しくはありませんが、風聞は出火の事情を詳しく伝えます。

《『帝王編年記』・『平家物語』》

火もとは樋口富の小路とかや、舞人を宿せる仮屋よりいで来たりけるとなむ。（『方丈記』安元大火）

火は樋口富小路に起り、京中三分の一灰燼となる。世人日吉の神火と称す。（『帝王編年記』）

これただ事にあらず。山王の御咎めとて、大きなる猿どもが二三千おり下り、手ん手に松火ともいて京中を焼くとぞ、人の夢には見えける。（『平家物語』巻二）

出火について、『方丈記』は舞人を宿しているところから出火したと記すだけですが、犯人は舞人かと暗示しています。文献は「日吉の神火」（『帝王編年記』）とし、日吉神社の猿が焼いた（『平家物語』）とします。日吉の神は猿の神格化ですから、日吉の猿は神の化身として働き、表向きは神が神罰として焼却したのですが、著名な神社仏閣には芸人が属していて、神事を司り、参詣者に芸を披露して慰安を与えます。千を超える猿が集団を作ることはありえません。日本猿は身長六〇㎝程度ですから、「大きなる猿」（『平家物語』）は人間に似ています。「日吉」も舞人が猿を演じることは常のことで、「日吉の神火」は猿を演じた舞人の演技でした。しかし千人を超える舞人の存在は想像できません。僧兵が加わったのでしょうか。

当時、山門（日吉は山門と同体）は加賀の守師高の悪政を朝廷に訴えたが、朝廷は師高を庇護して山門に冷淡であったので、山門の大衆は日吉の神輿を担いで強訴しましたが、大内裏を守護する平重盛の軍の射た矢が神輿に当たり多くの衆徒も殺されたので緊張関係が増幅し、山門は朝廷と最後の一戦を交える計画を立てたので、天皇は法皇のところへ逃亡しましたが、平時忠の努力によって、四月廿日、朝廷は師高を罷免し、関係者を処分し、一件は落着しました。その廿八日、安元の大火が発生しました。

（『帝王編年記』も『平家物語』も放火であると認めています。）

《『源平盛衰記』》

『源平盛衰記』は日吉の神輿に矢を射た下手人を記します。

大内裏を守護する平重盛の乳人子であった成田兵衛爲成が矢を日吉の神輿に射たので罪科にとわれたが、重盛の努力によって死罪を免れて伊賀国の流罪となり、仲間が送別の宴を開きました。

今日の晩程に、なごり惜しまんとて、同僚共が樋口富小路なる所に寄合て、酒盛しけり。酒は飲めば酔ふ習なれども、各々物こはしき心地出来て、成田が前に杯の有りける時、或者が申しけるは、兵衛殿田舎へ御下向に、御肴にまゐらすべき物なし。便宜よく是こそ候へとて、もとどり切ってなげ出したり。又、或者が、あな面白や、あれに劣くべきかとて、耳を切ってなげ出す。又、或仁思ふ中には、大事の財惜しからず。大事の財には、命に過ぎたる者あるまじ。是を肴にしてとて、腹掻切って臥しぬ。成田兵衛が、あなゆゆしの肴共や。帰り上って、又、酒飲む事も有り難し。成爲も肴出さんとて、自害して臥す。家主の男思ひけるは、此の者共か、らんには、我身残りたりとも、六波羅へ召出され安穏なるまじとて、家に火さして、炎の中に飛び入りて、焼けにけり。折節、巽の風はげしく吹て、乾を指して燃えひろごる。融大臣塩釜や川原の院より焼けそめて、名所三十余箇所、公卿の家十七箇所焼けにけり。(『源平盛衰記』)

友人たちのなごりの酒宴で、ある者が酩酊して自分の髻を切って贈り物にしようとすると、腹を切って命を贈るものもあり、是を見て爲成も生きていられないと死んでしまった。家主の男も自分が生きておればお咎めがあるだろうと思って、家に火をつけて焼死した。火は安元の大火となったが、これは日吉の神罰だったでしょうか。『源平盛衰記』は些細な人情話としていますが、果たして平家の中枢とは無関係な単独犯であったのでしょうか。

《『愚管抄』》

『愚管抄』は安元三年四月二八日の安元の大火。五月二九日、鹿谷事件発覚。六月二日、福原遷都。六月三日、鹿谷事件の関係者の逮捕。これらを一連の事件と評価します。

サテ又コノ年(安元三年)京中大焼亡ニテ、ソノ火大極殿ニ飛付テヤケニケリ。コレニヨリテ改元、治承トアリケリ。入道カヤウノ事ドモ行ヒチラシテ、西光ガ白状ヲ持テ院へ参リテ、右兵衛督光能卿ヲ呼出シテ、「カカル次第ニテ候へバカク沙汰シ候ヌ。是ハ偏ニ爲世爲君ニ候。我身ノ爲ハ次ノ事ニテ候」トゾ申ケル。サテヤガテ福原へ下リニケリ。下リザマノ出タチニテ参リタリ。コレヨリ院ニモ光能マデモ、「コハイカニト世ハナリヌルゾ」ト思ヒケル程ニ、小松内府重盛治承三年八月朔日ウセニケリ。(『愚管抄』)

平清盛は福原遷都を計画していて平安京はないにしたことはありません。安元の大火の動機を持つ者は清盛でした。歴史家慈円は、清盛は福原への遷都の旅装のままで、康頼・成親・西光の処分を法皇に報告したとして、法皇を驚かせました。安元の大火は大極殿を焼くのが目的で、慈円は大極殿の焼失、鹿ケ谷謀議の康頼・成親・西光の処分を清盛の犯罪だと決め付けます。

（日吉の神猿の放火説は平家の流した謀略だったのでしょうか。）

【構成】作者は安元の大火について時と場所を記すだけでしたが、宗教界の長老・最高責任者であり、藤原北家の摂関家を背景にする歴史家慈円は、安元の大火は清盛の指示であると明言し、その動機も明らかにしました。平家犯罪説は民間にも流れていたはずですが、作者は、その風評を採用しませんでした。

（安元の大火の放火の黒幕は平清盛でした。）

〈吹き迷ふ風に、とかく移りゆくほどに、扇をひろげたるがごとく末廣になりぬ。〉

「吹き迷ふ風にとかく移りゆくほどに」は、試行錯誤しながら吹く風に火があれよこれよと移ってゆくうちに。「吹き迷ふ風」は迷走する風、旋風のことか。擬人法です。「吹く」は風など気体が一定方向に移動する。「迷ふ」は方向の選択に困る。

『玉葉』には火災中に辻風が吹いたといいます。火の熱によって気圧が異状を起して旋風となりました、その辻風です。

【語法】「風に」の「に」（格助詞）は、場所（風の上に乗って）か。理由（風が吹いているので）か。契機（風が吹くにつれて）か。

場所か理由か契機か。

「とかく移りゆくほどに」は、火があれこれと移ってゆくうちに。「とかく」はあれこれと、「と移りかく移りゆく」の形、選択肢が複数である状態。「移りゆく」は場所を移しながら進行する。「ほどに」は場面、火があちらからこちらへと移りながら進む場面です。

「とかく移りゆく」は「すぢかひに飛び越え飛び越え」でした。

をりふし巽の風はげしく吹きければ、大きなる車輪の如くなる炎が、三町五町を隔ててすぢかひに飛び越え飛び越え焼けゆけば、恐ろしなども愚かなり。（『平家物語』巻一）

（火の移り方が一定でないことを描写します。旋風のあったことを裏付けます。）

「扇をひろげたるがごとく末広になりぬ」は、火もとは一つで扇をひろげたように末端が広がります。「扇」は末広といって、カナメは一つで広げると先方で広がります。「ごとく」は比喩、火を扇で表現します。角度をもって風は吹きました。

古地図などによると、火勢は約三〇度の角度で広がりました。

風速が速いと角度は鋭角になります。諸条件が重なりますから一概にはいえませんが、秒速一五mのとき火の粉の拡散角は一三度から一五度、九mのとき三三度という記録があります。当時の風速は一〇m程度でしょうか。平均風速一〇mは「やや強風」（気象庁）です。

「扇」は風をあおるものですが、舞には必需品で「舞人」と縁語になっています。だれかが大きな扇で大火をあおっている印象もあります。だれが火をあおったのでしょうか。

（作者も放火を暗示します。）

〈遠き家は煙に咽び、近きあたりはひたすら焔を地に吹きつけたり。〉

「遠き家は煙にむせび」は、火元から遠くの家々に住んでいる人たちは、煙で息が詰まりそうにしていました。「一二町を越えつゝ」とあります。「遠き家」は具体的には三〇〇m以上の風下の家屋でしょうか。「むせぶ」は異物が気管支に入って息が詰まりそうになり咳が出る状態です。

『平家物語』では「三町五町を隔てて」とあります

火元から遠くの家々に住んでいる人たちは、煙で息が詰まりそうにしていました。あとの文の「或は煙にむせびて倒れ伏し」に対比するとすると、倒れ伏すまでの状態です。

（ここから地上の人を描写します。）

「近きあたりはひたすら焔を地に吹きつけ」は、火災現場に近い家は、一途に焔を地面に吹きつけます。「あたり」は場所、付近、「ひたすら焔を地に吹きつけ」とありますから、ここは道路の描写、道路に面した家は燃えています。「ひたすら」とは、そればかりに、一途に。多くは人間の努力する姿を意味します。ここは焔が努力している様子。

「焔ほ」は燃えている気体、「吹く」とは口から呼気を出すことで、「吹きつけ」は何かに向かって吹く、です。ここは風が焔を地面に吹きつけます。

【構成】「ひたすら焔を地に吹きつけ」は擬人法です。風に心があるように描写します。

（炎が吹き付ける様子は放火犯の気持ちを暗示しているのでしょうか。）

風は水平状態で吹いたり旋回したりするだけでなく、下方の地面に向かって吹きます。毎秒一五m以上の烈風になると、火災の上昇気流が地面を這うような形になり、焔を地面に吹きつけるということになります。この風速は烈風です。

【語法】「近き」は距離が少ない。「遠き」は距離のある、火元との関係ではなく、火災の現場からの距離です。

【構文】「地」と「空」を対比します。「空には」があれば「地」があります。ここは「地」の場面。

【構想】そこには家があります。出火は戌の刻ですから、火はちょうど寝込みを襲いました。風には意志があるかのように家を目掛けて吹き付けます。作者は、これでもか、これでもかと襲いかかる様子を描写します。

【構成】「遠き家は煙にむせび」は逃げる人を、「近きあたりは、ひたすら焔ほを地に吹きつけたり」は、追い掛ける火から逃げられない人を描写します。「遠き家は煙にむせび」に焔の説明はなく、「近きあたりは、ひたすら焔ほを地に吹きつけたり」に人の描写はありません。巧妙に描写されていて、どちらにも焔も人も描写されていると錯覚します。焼けている家と死に直面している人の描写はありませんが、「焔を地に吹きつけたり」という短いことばのなかに、作者の筆力は焼ける家と焼け死にする人がみえます。

【語法】出火の場面では「出で来たりける」といって、伝聞の「けり」を用いましたが、火事の描写では「焔を地に吹きつけたり」と存在の「たり」を使用します。作者は遠くに煙にむせんでいる人をみたのでしょうか、近くに焔の下にいるはずの人を見たのでしょうか。作者は遠くの煙も近くの焔もまのあたりに見ているように描写します。

（以上が地上の描写です。）

〈空には灰を吹き立てたれば、火の光に映じて、あまねく紅なる中に、風に堪へず、吹き切られたる焔、飛ぶが如くして一二町を越えつゝ、移りゆく。〉

「空には灰を吹き立てたれば」は、空には風が灰を舞い上がらせたから。「空には」は「地」に対して空中を取上げ、場面を空に変更します。「灰」は燃えて後に残った不燃焼物、建築材の床板、屋根板、桧皮、柱、それに家財道具などの灰でしょう。「立て」は横になっているものを縦にする、静止しているものを動かす、です。「ば」は場面を示す語句で、「空」の第一の説明は「灰を吹き立て」です。

家屋が倒壊するときには多くの灰が火の粉になって、風に煽られて舞いあがります。火の量からみて、灰の量も相当なものであることが推定できます。

（空には灰を吹き上げたので、地上では倒壊が始まっていました。）

「火の光に映じて、あまねく紅なる中に」は、火の光を受けて一面に赤く染まっている中に。「映じて」は光を受けて、その色に見える。燃えている火の光を受けて灰が燃えているように見える。

灰は燃えカスですから燃えることはありませんが、火の色を受けて赤く染まり燃えているようにみえます。

【語法】「火」は原文「日」、誤字説・当て字説も有るが、「火」が日のように耀いている様子を描写します。

「あまねく」は一面に。空の描写です。「紅なる」は紅色である。

大空は多量の灰が大風に吹きたてられて一杯になっているはずです。その灰が火の光を受けて夜空を真っ赤にこがします。あだかも空が焼けているような描写です。

「中に」は内部、場面を示します。空が一面に燃えているように見える中です。

「空」の第二の説明は空が一面に燃えているように見える中です。

「風に堪へず、吹き切られたる焔」は、風に抵抗できないで風に吹かれて途中から切れてしまった焔。「堪へず」は抵抗できないで。「吹き切られたる焔」は、秒速一五mの風が吹いて風に途中から切り取られた焔です。

燃えようとする焔と吹き切ろうとする風との力関係において、結局は焔が風に押し切られます。大空という土俵で炎と風が力闘していることの描写でしょうか。擬人法です。

「飛ぶが如くして一二町を越えつゝ、移りゆく」は、焔は空中を飛行する様子で市街地の区画を一つか二つ飛び越えてゆく。「飛ぶが如くして」は、焔が空中を飛行する様子で。「如く」(助動詞)は例示。

大火災では、火災現場のすぐ風下には三cmから二〇cm程度の消し炭状のものが多く見えます。それは火の玉の残骸でした。小さな木片が焼けて無数の火の玉となって風に煽られて飛び散ります。

「一二町を越えつゝ」は、市街の区画を一つか二つ飛び越えて。「町」は平安京の区面の単位で、一町は四〇丈四方(約一二〇m四方)です。この場合は焔が飛ぶ距離の意味ですから「一二町」は約一二〇mから二四〇mですが、ここの火は斜めに飛びますから対角線の長さで一七〇mから三四〇m。(概数ですから厳密な考証は必要ないかもしれませんが、「一町」を下回ることも「二町」を上回ることもないでしょう。)

『平家物語』には「三町五町」とあり、「一二町」は控えめな数値です。

をりふし巽の風はげしく吹きければ、大きなる車輪の如くなる炎が、三町五町を隔ててすぢかひに飛び越え飛び越え焼けゆけば、恐ろしなども愚かなり。(『平家物語』巻一)

『平家物語』の「町」は六〇間・約一〇九mとすれば、「三町」は三二七m、「五町」は五四五mです。『方丈記』の場合も、風は斜めに吹きますから対角線をとれば、「一町」は一七〇m、「二町」は三四〇m。『平家物語』の「三町」と『方丈記』の「二町」は重なります。『平家物語』と『方丈記』の相異は計測の単位の相異です。

「移りゆく」は火が類焼する様子で、一町か二町かなたが類焼します。

すなわち元の火と飛火した一町・二町先との中間は、まだ燃えていません。そこには家もあり、人もおります。

その人たちは進めば火、退けば火で、前後を火焔でかこまれています。

【語法】炎の飛距離「一二町」は一二〇m以上、三八〇m以下で、平均をとれば約二五〇mです。焔は平均して二五〇mの距離を飛びました。

【構想】炎は風速二〇mで八〇〇m飛んだ記録があります。しかし、烈風下で飛火距離が大きくなるに従って飛火頻度は小さくなり、強風下では風下三〇〇m前後が最大危険値です。平均二五〇mは類焼には最も危険な飛距離で、焔は平均して二五〇m飛んだとすると、毎秒七mから一五mの強風が吹きました。風速は平均一〇mほどでしょうか。発火して三〇分で棟が落ち、二五〇m風下に一〇回飛び火すれば一夜のうちに大内裏は焼滅します。

（火災の数値は八日市消防署による。）

（空中の描写が終わります。）

〈被害〉

其の中の人、現《うつ》し心あらむや。或《あるい》は煙に咽《むせ》びて倒れ伏し、或は焔にまぐれてたちまちに死ぬ。或は身ひとつ、からうじて逃《のが》るゝも、資財を取出《とりい》づるに及ばず、七珍万寳《しちちんまんはう》さながら灰燼となりにき。其の費《つひ》え、いくそばくぞ。其のたび、公卿《くぎゃう》の家十六焼けたり。まして其の外、数へ知るに及ばず。

其中ノ人ウツシ心アラムヤ或ハ煙ニムセヒテタウレフシ或ハホノヲニマクレテタチマチニ死ヌ或ハ身ヒトツカラウシテノカル、モ資財ヲ取出ルニオヨハス七珍万宝サナカラ灰燼トナリニキ其ノ費エイクソハクソ。其ノタヒ公卿ノ家十六ヤケタリマシテ其外カソヘシルニヲヨハス

風上が燃え風下が燃えているなかにいる人は正気ではいられるはずないでしょう。ある人は煙を吸って呼吸に支障を起こして倒れてうつむきになり、ある人は目先が暗くなって失神し、その場で落命する。その中の人の、身体だけやっと火を避けたけれども、資産財宝を搬出できません。経典にいう七種の貴金属、一切の宝物は、手つかずに焼けかすに変わりました。その損失はどれほどであろうか。話題の安元の大火で、政治の最高首脳の大臣・納言・参議の家は十六焼けた。それ以上に公卿の家の外は数えて知ることに努めることはできない。

（作者は被害を検分しました。）

〈その中の人、現し心あらむや。或は煙に咽びて倒れ伏し、或は焔にまぐれてたちまちに死ぬ。〉

「その中の人、現し心あらんや」は、風上が燃え風下が燃えているなかにいる人は正気ではいられるはずないでしょう。「その中」は、空は真っ赤に染まった灰でいっぱいになり、焔が二五〇ｍほどの距離を飛び越えて移っていき、風上が燃え風下が燃えている、その内部。「現し心」は目覚めた心、正気、「現し」は現実、目の覚めている状態。「あらんや」（「ん」推量、「や」反語）は、そうであるはずはない、です。

火は上に燃え下に這い風下に移るだけでなく、逃げる人の行く手をふさぐように飛び火します。

作者は、そのように火で囲まれた人を実際にみることはできません。作者は寝込みを猛火に襲われて、焼け死

ぬより他はない人の心境を思いやります。

【構文】「現し心あらんや」を「或は」の形で例示します。

或は煙に咽びて倒れ伏し、或は焔にまぐれてたちまちに死ぬ。

或は身一つ辛うじて遁るるも、資材を取り出づるに及ばず。

「或は煙に咽びて倒れ伏し、或は焔にまぐれてたちまちに死ぬ」は、ある人は煙を吸って呼吸に支障を起こして倒れてうつむきになり、ある人は目先が暗くなって失神し、その場で落命する。

【語法】「或は」は、複数のものを例示して対句的に使用します。すなわち「或は」に導かれたものの総和が全体です。その総和は「煙に咽びて倒れ伏し」「焔にまぐれてたちまちに死ぬ」と「身ひとつ、からうじて逃る、も、資財を取出づるに及ばず」とです。前者は死者の描写であり、後者は生存者の描写です。

「咽び」は異物などによって呼吸に支障を感じる。「倒れ」は立っていられなくなって横になる。「伏し」はうつぶせになる。（顔面を下にして動かなくなる。それは呼吸困難で危険状態です。）

「まぐれ」は目先が暗くなる、「ま」は目のこと、「ぐれ」は「暮れ」の連濁。「たちまちに」は立っている間に、すぐに。「死ぬ」は命を失う。

【語法】「或は煙に咽びて倒れ伏し」と「或は焔にまぐれてたちまちに死ぬ」は対句ですから、前者に「たちまちに死ぬ」を補い、後者に「倒れ伏し」を補います。

煙に咽びて倒れ伏し、たちまちに死ぬ。

焔にまぐれて倒れ伏し、たちまちに死ぬ。

その中の人は煙に咽ぶか焔に目が眩むかのどちらかです。煙に咽ぶ者には「倒れ伏し」とありますが、倒れ伏した者が、また這い上がって歩き出すことはないでしょう。「たちまちに死ぬ」です。焔に目の眩む者には「死ぬ」とあります。

目がくらんで立ち往生とはならないでしょう。目がくらんだら倒れるほかはなく、「倒れ伏し」を補います。煙に咽ぶ者も焰に目の眩む者も倒れて死にます。

空が真っ赤に染まった灰でいっぱいになり、焔が飛び越え風上が燃え風下が燃えている中にいる人は煙か焔で命を落とします。「うつし心あらんや」は失神している状態です。

（地上の描写が始まります。）

〈或は身一つ辛うじて遁るるも、資材を取り出づるに及ばず。〉

「或は身一つ辛うじて遁るるも」は、その中の人の、身体だけやっと火を避けた人も。「身ひとつ」は身体だけ、「身」は身体、すなわち荷物などを持たない様子。「からうじて」は、辛くして、やっと。「遁るるも」（「も」は逆接）は安全を求めて避けるけれど。

平安京は一二〇m置きに道幅一二m以上の道が東西南北に通じていますから、逃げ道がないわけではありません。

【語法】『方丈記』の「も」は六八例、ここの「も」以外は係助詞、これを接続助詞とすれば例外である。（青木氏・武田氏）

「資材を取り出づるに及ばず」は資産財宝を搬出したいと思うけれど、非力で取出せません。「資財」とは資産財宝の意味で「七珍万宝」、いわゆる家財道具ではありません。「取出づる」は外部に持ち出す。「及ばず」は力不足でできない。「及ぶ」は一定の水準や目標に到達する。

肉体的には安全を得たが資材は安全ではなかった。先に生きた気持ちがしないというのは、資材がなければ生活に困ったり信用の失墜にもなるでしょう。今後の生活を思うとき、ほとんど死んだも同然です。

（「その中の人」は、ここで終わります。）

【構想】「或いは」において死と生を対照的に描きましたが、生きたものも生ける屍で、生すら死に近いことをいいます。

（地上には住処と人のほかに資材があり、人に関連して資材を記します。）

〈七珍万寳さながら灰燼となりにき。その費え、いくそばくぞ。〉

「七珍万宝さながら灰燼となりにき」は、経典にいう七種の貴金属、一切の宝物は、手つかずに焼け滓に変わりました。「七珍」は経典にいう七種の貴金属。「万宝」は一切の宝、「七珍万宝」は珍重すべき財宝を一括します。

「七珍」は経典によって一定ではありません。作者が親しんだのは『無量寿経』『法華経』です。

金、銀、瑠璃、玻璃、硨磲、珊瑚、瑪瑙 （『無量寿経』）

金、銀、硨磲、珊瑚、瑪瑙、真珠、摩尼 （『法華経』）

「さながら」は、そのまま。手付かずで。「灰」は燃焼して残った不燃焼物、「燼」は燃焼が途中で終わった焼け残り。「なり」は変化する。

珍重すべき財宝も、ありとあらゆる宝物も、手付かずに放置して灰になったか、焼けぼっくいになったかです。焼けてしまえば七珍万宝も柴薪も区別はありません。体ひとつが逃げるのに大変だから、惜しくても取り出すことはできません。

「その費え、いくそばくぞ」は、その損失はどれほどであろうか。（物品を惜しんで取りに入って死亡した愚か者には触れていません。）

ここは無益な出費や損失です。「いくそばく」は、どれほどかで、程度の意味ですが、作者は否定的、反語的に用い、数量が不特定に多いことをいいます。「ぞ」は詰問の意をふくむ終助詞。

さながら塵灰となりぬ。その間のついえいかばかりぞ。（『平家物語』巻二）

「その費え、いくそばくぞ」は、持ち主には惜しんでも余りあることですが、その持ち主を快く思わない者には嘲笑の意味を含み、「七珍万宝」に価値を認めないものには反語の意味になるでしょう。作者は経典（「七珍万宝」）という立場から世の損失を悲しみます。

ただ、そのような大災害のなかにあって、一つの救いは宝よりも命を大事にしたということでした。平生は命が大事やら、宝が大事やらわからないような生活を繰り返していても、一旦危機にあうと命の価値に気づきます。

（住処と人の描写は終わります。）

〈そのたび、公卿の家十六焼けたり〉

「そのたび公卿の家十六焼けたり」は、話題にしている安元の大火では政治の最高首脳の大臣・納言・参議の家は十六焼けた。「そのたび」は今回の安元の大火。「その」（代名詞・中称）は、作者は離れた目で観察します。「たび」は度。「公卿」は政府の最高首脳、「公」は大政大臣、摂政・関白・左大臣、右大臣、「卿」は大納言、中納言、それに参議を加えます。

「公卿の家十六焼けたり」は『玉葉』は次の一四を記録しています。（各注釈書とも『玉葉』を引用している。）

公卿　『玉葉』記載				備考
公卿	身分	氏名	地所	
関白	従一位	藤原基房	錦小路大宮	
内大臣	正二位	平　重盛		非住
源大納言	従二位	源　定房	西京	非住
二位大納言	二位	藤原有佐	三条西洞院	非住
中宮大夫	従四位		四条大宮	鬼殿
二条中将	従三位		四条大宮	
藤大納言	三位	藤原実定	三条油小路	
藤中納言	正二位	藤原資長	綾小路西洞院	
別当	正二位参議	忠親	三条堀川	

源中納言	正二位	源　雅頼	三条猪熊	
堀川宰相	従三位参議	藤原俊憲	綾小路堀川	
大宮権大夫	三位	源顕雅	西京	
左大弁	三位	藤原俊経	六角大宮	不住
五条大納言	正二位	藤原邦綱	二条油小路	

已上公卿十四人云云。（『玉葉』）

他に次の例をあげるものがあります。

公卿			地所	参考	
記載例	身分	氏名		出典	形態
高松殿	大臣	源高明	三条坊門西洞院	『清獬眼抄』	
俊盛卿	三位参議	藤原俊盛	西京四条朱雀		
千種殿	参議	具平親王	樋口小路西洞院	『平家物語』	
紅梅殿	大臣	菅原道真	綾小路西洞院		
蝿松殿	四位上	橘逸成	三条坊門小路堀川		
鴨居殿	内親王	禎子内親王	押小路町		
東三条	太政大臣	藤原兼家	二条西洞院		半焼
閑院殿	一位大臣	藤原冬嗣	二条油小路		半焼
堀河殿	一位太政大臣	藤原基経	二条堀川		半焼

累計二三例ですが、ここで補ったものは俊盛卿以外は凡て故人ですから、当時は誰かが相続していて相続者は公卿ではないかも知れません。また不在家主もあり、半焼のものもあり、実数は求めにくく不確定です。

（長明は数値・計測に長けていて、数値には相当の重みがあるはずです。）

【構成】「公」は定員は三名、「卿」は四名、そこに内大臣一名と参議八名を加えると一六人ですから、「公卿の家十六焼けたり」は公卿の定員のことで、実数ではないかも知れません。しかし、一六あるものが一六焼けたという印象で語っているとすれば、作者は、まさしく政府の最高首脳の邸宅が全部焼けたという印象を与えます。政府の機能は焼失しました。

〈ましてその外、数へ知るに及ばず。〉

「ましてその外、数へ知るに及ばず」は、それ以上に公卿以外の家の焼失は数えて知ることに努めるまでもない。「まして」（副詞）は、それ以上に。比較の語句で公卿の家と公卿以外の家を比較します。「その外」は公卿の家の外。つまり四位以下の官人と庶民の家です。

「数へ知るに」は数えて知ることに。「及ばず」は努めても達しない、努める必要はない。

公卿の焼失した家は数えて知ることができるが、一般の官人や庶民の家の焼失数は数え切れない、です。少ないと数えられるが、多いと数え切れない。公卿の家でもそうであるから、庶民の家などいうまでもない。

（「うたかた」の如き庶民の存在を忘れませんでした。）

〈評価〉

惣《すべ》て都のうち、三分が一に及べりとぞ。男女《なんにょ》死ぬるもの数十人《すうじふにん》、馬牛《ばぎう》のたぐひ邊際《へんさい》を知らず。人の営《いとな》み、皆愚かなるなかに、さしも危ふき京中の家をつくるとて、寶を費《つひや》し、心を悩ます事は、すぐれてあぢきなくぞ侍《はべ》る。

惣テミヤコノウチ三分カ一ニヲヨヘリトソ男女シヌルモノ数十人馬牛ノタクヒ辺際ヲ不知人ノイトナミ皆ヲロカナルナカニサシモアヤウキ京中ノ家ヲツクルトテタカラヲツイヤシコ丶ロヲナヤマス事ハスクレテアチキナクソ侍ル。

火は全体的に見て都のうち、三分が一に及んだということである。今回の火災で死んだ成人男女の数は一〇人。死んだ馬・牛などは概数もわかりません。人間の行為は例外なく思慮が足りないなかで、そのような危険な都の中の家を作るといって財宝を消費し心労することは、際立って不快です。

（作者は災害の規模と得失を考えます。）

〈惣て都のうち、三分が一に及べりとぞ。〉

「惣て都のうち、三分が一に及べりとぞ」は、火は全体的に見て都のうち、三分が一に及んだということである。「惣て」は、総括的にいう。「及ぶ」は達する、主格は「火」。「とぞ」は「とぞいふ」の省略形で、伝聞。

作者は世論に従って執筆する姿勢を保っています。都の三分の一が焼けたというのは、巷間の噂でした。

【構成】『方丈記』の話題は「人」と「すまひ」（「序」）で、「すまひ」は「公卿の家」をあげますが、「人」は下位に「男女死ぬるもの数十人」とありますから「都のうち三分が一」は「人」ではなく建物のことです。

「三分が一」を邸宅の意味とすると、当時の著明な邸宅は皇室関係を省くと約五〇と言われています。そのなかで一六焼けましたから、焼けたのは三分の一でした。

これを面積とすると、「都」は一条から九条まで、東京極から西京極までの長方形の区間で、『百練抄』には焼けた面積は凡そ一一〇余町とありますが、子細にみると一一八町です。都は南北三八町、東西三二町、合計一、二一六町ですから、焼けた部分一一八町は都の一割にもなりません。しかし、樋口富小路を起点とすると、左京の一条から五条の間は三五二町ですから、焼けた部分一一八町はちょうど三五二町の三分の一です。これによると作者は左京の五条以北を実質上の都と考えていたことになります（再説）。

（これによると作者は左京の五条以北を実質上の都と考えていたことになります。）

大貴族は一町に一軒の割りで家を建てましたから、焼失総面積から公卿の家一六を差引くと約一〇〇町に中小貴族の邸宅がひしめいていました。

（諸氏に平安京の人口研究がありますが、左京・鳥羽・白河を含めていて参考にはなりません。）

（以上、焼失家屋を終わります。）


〈男女死ぬるもの数十人、馬、牛のたぐひ邊際を知らず。〉


「男女死ぬるもの数十人」は、今回の火災で死んだ成人男女の数は一〇人。「男女」は男性と女性、併せて成人。小人は含まれません。「もの」は「人」ではなく、「者」です。

（貴族は一人も死にません、死んだのは身分のない人たちでした。）


【語法】「数十人」は「数」を主格として数が十人と理解することも、「数十人」として四、五十人の意味と理解することもできます。

養和の飢饉には四万以上の死者があったといいますから、この「数十人」はいかにも少ないということでしょうか、「数千人」とする写本もあり、『平家物語』には「数百人」とあります。

都には東西に道幅一二mの小路と三〇mの大路が一二〇mごとに縦横に交差し、待避する道は確保できたはずです。寝込みを襲われたとしても、火の手をみて逃げることができますから、やはり死者の総数は一〇人程度でしょうか。

（作者は死者にはねんごろです。この数値は尊重すべきでしょう。）


「馬牛のたぐひ邊際を知らず」は、死んだ馬・牛などは概数もわかりません。「馬牛」は家畜の代表格、貴重な財産で家族同様に大切にすることもあります。

当時の交通機関は馬と牛で、牛車に乗って内裏に出仕しますが農耕にも使用し、馬は緊急時には武装します。

『欽明紀』（一五年）には馬百匹を輸出した例があり、馬の数は想像を超えます。


「たぐひ」は仲間、同類。「馬牛のたぐひ」は馬牛を基準にして類似のものを一括します。馬牛なみに大切にされたのは犬や猫の類でしょうか。鳥禽類はどうだったでしょうか。


「辺際」とは限り、限界。「知らず」は認識できない、死んだ「馬牛のたぐひ」は無数に多い。

（「辺際」は広大な自然牧場を想起させます。）

人間の被害が「数十人」であるのに、馬牛の「辺際を知らず」とは随分大きなひらきです。その比較から「数十人」を「数千人」と誤る解釈もでてきたようです。

七珍万宝には取り出したいという未練もありました。人が逃げるだけで精一杯ということもありますが、飼い主は馬牛には救済する気持ちを起こしませんでした。大火災のなかに馬牛を引けば火をみて暴れるはずで、かえって災害を大きくするでしょう。馬や牛が暴れた形跡のないのは、みな火事場の常識を守り、心を鬼にして、誰一人、救出しませんでした。

火事のとき、馬牛を救出しなかったことには『論語』に先例があります。

廐焚く。子朝より退いて曰く、人を傷めしかと。馬を問はず。（『論語』郷党第十）

牛や馬は閉じ込められたまま焼け死にました。その焼熱地獄のありさまはいかがでしょうか。作者は救われた人間と救われなかった馬牛を対比し、救われなかった馬牛に視線を向け、犠牲が大きすぎた死を悼みます。

（以上、死亡した生命をまとめます。）

〈人の営み、皆愚かなるなかに、さしも危ふき京中の家をつくるとて、寳を費し、心を悩ます事は、すぐれてあぢきなくぞ侍る。〉

「人の営み皆愚かなるなかに」は、人間の行為は例外なく思慮が足りないなかで。「営み」は暇なく務める、作務。「皆」は例外なく。「愚か」は間が抜けている、思慮が足りない。

人の営みは愚かであるといえば愚かであるし愚かでないといえば愚かでない。馬や鹿と比べれば馬鹿でないということにもなります。これは作者の人間観ですから、第三者の口だしするところではありません。ただ愚かとみるか賢いとみるかによって世界が変わります。作者は仏や神と比較してすべての人間を愚かだと思います。

（人間を愚かと見るのは、当時の新興仏教の主張でした。）

「なかに」は内部で。一部を特定します。大部分は愚かですが、特別なものがあります。それは「さしも危ふき京中の家をつくるとて、寳を費し、心を悩ます事」です。

「さしも危ふき京中の家をつくるとて」は、そのような危険な都の中の家を作るといって。「さしも」はそんなにも、安元の大火ほどの。

【語法】「さ」（副詞）は指示する意、そのような、「し」「も」（助詞）は強意、安元の大火を強く指示します。

「危ふき」は危険、身体が安全ではない。「京中」は都の内部、ここは左京の北部半分。

「さしも危ふき京中」は猛火で危険の身に及ぶことを指摘して、都の中を危険箇所とします。

安元の大火は「危ふき京中」の一例であって、安元の大火だけではありません。安元の大火を太郎焼亡とすると、翌年の七条大路の焼亡は次郎焼亡、それに平家都落ちの際の六波羅の炎上など、都の火災は跡を絶ちません。この三つの火災で都は事実上焼失し、やがて鎌倉幕府が京都所司代をおいて「京都」が誕生しました。「さしも危ふき」は度重なる大火のことでした。

都は「玉しきの都」といって憧れであり、治安も保っていたはずですが、大火は都を焼失させ、歴史を変えるほど危険で、最も価値ある所が、最も危険な所となりました。

「家をつくるとて」は家を作るといって。「とて」は理由・目的、世の中で最も危険な都に家を作ろうとして。

家が焼けたら再建しなくてはなりません。家を作る人には、危険な箇所を選んだという意識はないかも知れませんが、相変らず危険な都のなかに家を作っていることを、作者は進んで危険を求めていると描写します。

世襲制ですから焼けた跡に再建するのが常識でした。

（愚なことの第一は都のど真ん中に家を作ることです。）

「寶を費し心を悩ます事は、すぐれてあぢきなくぞ侍る」は、財宝を消費し心労することは、際立って不快です。「宝」は七珍万宝のこと、「費し」は、つぶす、消費する。

家を作るのに財宝を消費して莫大な経費を要します。都では物価が高騰し、再建には予想外の物価高でしょう。

（愚なことの第二は家を作ることで経費を浪費することです。）

「心を悩ます」は、心の負担が多くて処理できないで心を痛める、「悩む」ではありません。

予想外の出費などあって、家を作ろうとする気持ちが悩みを引起すことをいいます。

「すぐれて」は「過ぐれて」の形か、度をこして、際立って。「あぢきなし」は味がない、不快だ、おもしろくない。

『池亭起』には、聖賢の家を作る場合は仁義・礼法・道徳・慈愛・好倹・積善をもって作る。そうすれば、火災・風害・妖怪・鬼神も冒すことはないといいます。

（愚なことの第三は家を作ることで心配を作っていることです。）

【構想】要旨
《概観》日時は安元三年四月廿八日午後一〇時ころ。場所は左京の北側半分、状況は東南の烈風。被害は大内裏の焼亡。

《経過》出火場所は樋口富の小路、旅芸人の宿泊所。地上では風は扇状に拡大して迷走し、空は真っ赤に焼け、炎は空中を飛ぶ。人は近くは炎が道路にたたきつけられて逃げられない、遠い人は煙に苦しむ。

《被害》人は煙にむせて倒れ伏し、炎に巻き込まれて死ぬ。何一つ取り出せない、七珍万宝も焼失。家屋・焼失面積など、都の三分の一が焼失。

《評価》作者は人間は愚かですが、都のど真ん中に家を作ること、家を作ることに巨費を浪費することは最も愚かであり、自分で悩みを作っていることを最低の愚かとします。

ここには金銀財宝の方が住居より高価であるという前提があります。価値が逆であれば作者の批判は成立しません。

作者は明白な事案でも疑問・推量表現をとります。正確を期する態度で一貫し、世情の主観的な批判は謹んでいます。

【構成】作者は読者を意識して表現に特徴があります。

疑問・伝聞表現を使用して、控えめに表現します。

去んじ安元三年四月廿八日かとよ。」火もとは樋口富の小路とかや、」出で来たりけるとなん。」

疑問・伝聞表現を使用して、読者に呼び掛け、読者と知識を共有します。

其の中の人、現し心あらむや。」其の費え、いくそばくぞ。」

擬人法は超自然の力を具体化して描写します。

ひたすら焔を地に吹きつけたり。」空には灰を吹き立てたれば、」

数字を多用して、記述の正確さを示そうとします。その効果で「数を知らない」ということばにも信頼性を感じます。

去んじ安元三年四月廿八日かとよ。」一夜のうち」二三町を越えつ、移りゆく。」或は身ひとつ、」七珍万寶さながら灰燼となりにき。」いくそばくぞ。」公卿の家十六焼けたり。」都のうち三分が一に及べりとぞ。」死ぬるもの数十人、」

対句によって全体を描写します。

遠き家は煙に咽び、近きあたりはひたすら焔を地に吹きつけたり。」

或は煙に咽びて倒れ伏し、或は焔にまぐれてたちまちに死ぬ。」或は身ひとつ、からうじて逃るゝも、資財を取出づるに及ばず。」公卿の家十六焼けたり。まして其の外、数へ知るに及ばず。」

否定表現で、理想とする状態を暗示します。

静かならざりし夜、」風に堪へず、」資財を取出づるに及ばず、」数へ知るに及ばず。」馬牛のたぐび邊際を知らず。」

動作・現象の完結性を示す動詞を連続使用して文章を完結にします。

西北に至る。」塵灰となりにき。」出で来たりけるとなん（ある）。」末廣になりぬ。」吹きつけたり。」移りゆく。」

主観的表現は「侍る」だけ。「侍る」は丁寧表現、作者自身の立場を表現します。作者は最後に自分の意見を述べて記録を終わります。

人の営み、皆愚かなるなかに、さしも危ふき京中の家をつくるとて、寶を費し、心を悩ます事は、すぐれてあぢきなくぞ侍る。

（控えめな表現の中に、作者のどのような心情をみるか。）

（辻風）

また、治承《ちしょう》四年卯月のころ、中御門《なかのみかど》京極《きゃうごく》のほどより、大《おほ》きなる辻《つじ》風起りて、六条《ろくでう》わたりまで吹けることはべりき。

又治承四年卯月ノコロ中御門京極ノホトヨリヲホキナルツシ風ヲコリテ六条ワタリマテフケル事ハヘリキ

ほかに治承四年四月のころ、中御門大路と京極大路の交差点付近から大きい竜巻が立ち上がって、京極六条付近まで吹いたことがありました。

（この段落は辻風を取り上げます。）

〈また、治承四年四月のころ、中御門京極のほどより、大きなる辻風起りて、六条わたりまで吹けることはべりき。〉

「また、治承四年四月のころ」は、ほかに治承四年四月のころ。「また」（接続詞）は並列、ほかに、同一傾向のものを並べます。

【構成】「また」（接続詞）には次の先行文（安元の大火）があります。

去んじ安元三年四月廿八日かとよ。風烈しく吹きて静かならざりし夜、戌の時ばかり、都の東南より火出で来て西北に至る。

治承四年の辻風と翌年の安元三年の大火には日付・風・場所の対応があり、作者は大火と辻風を同一の規格で記します。

	大火	辻風	備考
日付	安元三年	治承四年	三年・四年と連続、三年差。
	四月廿八日かとよ	四月のころ	猛夏
現象	風はげしく吹きて	大きなる辻風起りて	異常風害
場所	都の東南	中御門京極のほど	東大路に並行

「治承四年」は一一八〇年、安元三年の三年後です。「四月」は現行暦五月四日以下。「ころ」は大体の日時をいいます。

しかし「治承四年四月のころ」は、『百練抄』『玉葉』『明月記』などによると四月二十九日、グレゴリオ暦では六月一日のことで、疑問の余地はありません。

大火の「安元三年」の「三」が、辻風では「治承四年」の「四」になり、「四月廿八日」は「四月のころ」になりますが、実際は「四月廿九日」ですから、どちらも数字を一つだけ進めたことになります。ちょうど過不足なく三年後でした。（日時を曖昧にいうのは大火の記事と同様です。）

【参考】「安元三年」から「治承四年」の間には延暦寺の堂僧と学生の争い、清盛による関白の罷免、法皇の幽閉、以仁王の挙兵など、政界の大事件があったが、『方丈記』は無視しています。

「中御門京極のほどより、大きなる辻風起りて」は、中御門大路と京極大路の交差点付近から大きい竜巻が立ち上がって。「中御門」は平安京の一条より六つ南の、東西に通じる大路で、現在の椹木町通。「中御門京極」は椹木町通と寺町通の交差点付近で、京都市上京区下切通り寺町東入る（松蔭町）です。「ほど」は大体の場所、凡そ現在の京都御所の南東の隅に当たります。

【語法】「ほどより」の「より」（格助詞）は起点の意で、中御門大路と東京極大路の交差点付近を起点とする。

しかし『百練抄』には「近衛京極より起り」とあります。その起点は中御門より二筋北の交差点、約二五〇m北側になります。

「大きなる辻風」は規模の大きい竜巻、「辻風」は竜巻、二種類の気圧が交流して空気が渦巻状態になって上昇気流を作る現象です。当時においては最大級の竜巻でした。「起りて」は立ち上がる、辻風は地上から空中に垂直に立ち上ります。

「六条わたりまで吹けることはべりき」は、京極六条付近まで吹いたことがあった。「六条」は六条大路、「わたり」は大体の場所、京極六条付近です。「吹けること」は風が移動した事実。「はべりき」は、あった、起こった。作者の体験です。

京極通の中御門大路から六条大路まで二〇町（二・五km）です。

『百練抄』には「錦小路に至る」とあり、六条大路の二五〇m南です。『百練抄』では竜巻の走行距離は約三km移動したか。

【語法】「まで」は限度の意で、「より」と呼応して範囲を示します。

【語法】「吹ける」の「る」（助動詞）は存在、「こと」は形式名詞、「はべり」（助動詞）は存在の意の丁寧語。「き」（助動詞）は直接的経験の過去。

（作者は「はべりき」は観察者として読者に語りかけます。）

作者は、大きな竜巻が中御門大路と京極大路の交差点付近から、京極六条付近まで約二・五km移動したという自分の観察した事実を語りかけます。

（辻風の進行方向はあるが、辻風の幅は不明。）

〈家〉

三四町を吹きまくる間《あひだ》にこもれる家ども、大《おほ》きなるも、小《ちひ》さきも、一つとして破れざるはなし。さながら平《ひら》にたふれたるもあり、桁柱《けたばしら》ばかり残れるもあり。門を吹き放《はな》ちて、四五町が外《ほか》に置き、また垣を吹き払ひて、隣と一つになせり。いはむや、家の内の資材、数《かず》を尽くして空にあり、桧皮《ひはだ》、葺板《ふきいた》の類《たぐひ》、冬の木の葉の風に亂るるが如し。

三四町ヲフキマクルアヒタニコモレル家トモヲホキナルモチヰサキモヒトツトシテヤフレサルハナシサナカラヒラニタフレタルモアリケタハシラハカリノコレルモアリカトヲフキハナチテ四五町カホカニヲキ又カキヲフキハラヒテトナリトヒトツニナセリイハムヤイエノウチノ資財カスヲツクシテソラニアリヒハタフキイタノタクヒ冬ノコノハノ風ニ乱ルカ如シ

三四町の町筋を吹いて巻き上げる間に、人が中にいる家々は、大きな家も小さな家も、一つとして破損しないものはなかった。そのままひらたく倒れたものもある。桁と柱だけ残っているのもある。風が吹いて門を建物から取り離して、四五町かなたに置き、また建物から垣を吹き払って、隣家と同じ敷地にしてしまった。どちらかというと、家屋内にある宝物は数えきれないで空中にあり、桧皮や葺板の類は冬の木の葉が風に乱れているようである。

（この段落は住まいを取り上げます。）

〈**三四町を吹きまくる間に篭れる家ども、大きなるも、小さきも、一つとして破れざるはなし**〉

「三四町を吹きまくる間に」は、三四町の町筋を吹いて巻き上げる間に。「三四町」は三つから四つの町筋、「町」は平安京の区画で、「三四町」は距離として三七〇mから五〇〇mの間、平均して四三五mです。京極通の町筋を中心に左右をとらえた幅の数値です。

辻風の吹く幅ですが、吹き始めたときに幅はなく、幅は高下があると思われ、「三四町」は平均値です。京極の東西を「三四町」で揺れ動きながら進行しました。

【構成】中御門から三町とすると四条大路まで、四町とすると五条大橋まで。大邸宅なら四条までは一二殿、五条までなら一六殿が立ちます。

「吹きまくる」は、旋回しながら吹く、「まくる」は裏返す、隠れた物を露出する。「間に」は時間、区間の意とも。

前斎宮四条殿の被害が最大であり、権右中弁二条京極ノ家も大きかったから、京極通の二条から四条あたりで猛烈に吹いたか。

前斎宮四条殿、殊ニ以テ其ノ最トナス。北壷ノ梅樹、根ヲ露ハシ朴ル。件ノ樹、簷ニ懸リテ破壊ス。権右中弁二条京極ノ家、又此ノ如シト云々。（藤原定家『明月記』）

（定家の京極邸は二条上ルですから、定家は被害を直接にみていました、正確です。）

「こもれる家ども、大きなるも小さきも、一つとして破れざるはなし」は、人が中にいる家々は、大きな家も小さな家も、一つとして破損しないものはなかった。「こもる」は、内部にいて外に出ない。「こもれる」の「れ」（助動詞）は存在。「家ども」の「ども」は複数の意で、家が相当数存在します。

（人間や動物にはコモルといいますが、無機物の家にはコモルとはいいますまい。家のなかの人に触れた表現です。）

「ども」には大きな家よりも小さな家のほうが思い浮かべられていると推測できる。（武田氏）

【語法】「大きなるも小さきも」は「大きなる家も小さき家も」の形、大・小と対立する形を挙げて、全体を意味します。大きい家も小さい家も。

「大きなるも小さきも」は「家ども」の細説です。竜巻に襲われなかった家はないという意味です。

この京極、現寺町通の四条の北部は高級住宅地で立派な住宅が密集していました。四条から南進して六条付近になると武士の住宅地で、高級住宅はありません。竜巻は高級住宅で荒れ狂い、武士の住居に入ると衰えてしまいました。ここは安元の大火で焼け残った地域です。

（権力者の住まいは避けるとか、小物の家は見逃すとは、人間の発想です。）

「一つとして」は、一つも。「破れざるはなし」は破損しないものはない。

【語法】「一つとして」の「として」は打消しと呼応して強意、「と」（助動詞）断定、「して」（接続助詞）経過。「破れざるはなし」は「ざる」と「なし」で二重否定、敗れる。漢文訓読法という（武田氏）。

多くの家は竜巻に襲われて外に逃れる術がない。

〈さながら平にたふれたるもあり、桁柱ばかり残れるもあり。〉

「さながら平にたふれたるもあり」は、そのままひらたく倒れたものもある。「さながら」は、そのようなかたちで、そのまま、「平に」は名詞風にいえば平面的に。形容詞風にいえば、ひらたく。「たふれ」は立つ力を失って横になる。

上空から見ると、柱は横倒れになり、倒れた柱の先端に屋根はもとの形のままに落下しています。

【構文】「さながら平にたふれたるもあり」と「桁柱ばかり残れるもあり」は対句で、「たふれたるもあり」の「もあり」は畳み掛けるように重ねる、「も」は並列。「あり」は終止形中止法（水原一氏）。

災害の被害を対立的に描写することによって、全体の被害に言及します。

（「平にたふれたるもあり」と「桁柱ばかり残れるもあり」は極端な例で、平均的には破損を受けた、でした。）

「桁柱ばかり残れるもあり」は、桁と柱だけ残っているのもある。「桁」は柱の上を通す横木、桁の上に椽を載せて屋根を支えます。「柱」は縦に立てて屋根を支える材木。「ばかり」は限定。

横から見ると、屋根も壁も建具もなくなって、柱と桁だけが残っている建物もあります。柱や壁・建具がなくて屋根が無傷で残ったものと、屋根と壁・建具がなくて柱と桁だけが残ったものをあわせると一つの建物ができ、無くなったものだけで一つの建物ができます。竜巻の風変わりな被害を描写します。

【構想】「さながら平に」では、屋根と床が密着して空間はなくなります。「桁柱ばかり」では、床と屋根は飛ばされて空間は広くなります。空間が無限に広がることと無限になくなることとは案外に接近していました。屋根の存否に関わって竜巻は意外な結果を導きます。

外国では壁は無傷、窓ガラスもほとんど健在で、屋根だけが飛んだという話があり、老夫婦がすきま風を感じて夜中に目を覚ましたら頭上に星が輝いていたということです。竜巻には意外性がありました。（藤田哲也『たつまき』上。竜巻の記事は本書による。）

〈門を吹き放ちて、四五町が外に置き、また垣を吹き払ひて、隣と一つになせり。〉

「門を吹き放ちて、四五町が外に置き」は、風が吹いて門を建物から取り離して、四五町かなたに置き。「門」は邸宅の外側に道路に面して作られ、ここから出入します。門は結界です。

門には格式があり、身分にあった門を作ることが定められています。身分のない者には門を作る資格はありません。

「門」は両脇に柱を建てる程度から、楼門に至るまで、規模にも段階がありますが、ここは四五町さきに飛ばされるほどですから、相当に風を受けるわけで、四足門、楼門、平門など、屋根をもった門と推測されています。

（京極通は高級貴族の邸宅が並んでいました。）

「放ちて」は固定していたものから切放す。土塀などから切り離す。

（門がなくなれば身分がなくなるというオワライです。）

「四五町」は五〇〇mから七五〇mの範囲、単純平均では六二五m前後。「外」は家の敷地外。「置き」は一定の場所にそのままの形で位置を占める。

門が吹き飛んだ「四五町」が辻風の片側最大幅でしょう。京極通を中にして左右（東西）に四五町吹いたか。辻風は巻き風ですから、門は建物から半径四五町の円周上のどこかにおちました、です。

門が四五町吹き飛んだのは、前斎宮四条殿（高倉と東洞院の間）かと推察されています。辻風の西端です。半径六二五mの円弧のどこかに吹き飛ばされました。

（門のあるところまでが敷地ですから、例のない広大な敷地になったというオワライです。）

門を七〇〇mも吹き飛ばしたとはちょっとした記録です。外国ではラバック市では一六トンの燃料タンクが一二〇〇m飛んだという例があります（藤田哲也氏）。

またセントルイスの郊外で農夫が牛乳を絞っていたとき、竜巻に襲われ一瞬のうちに牛は吹き飛ばされたのに、農夫はかすり傷一つなくうけず呆然自失していたという話があります。（藤田哲也氏）

「また垣を吹き払ひて、隣と一つになせり」は、また建物から垣を吹き払って、隣家と同じ敷地にしてしまった。「また」は並列、門に続いて垣をあげます。「垣」は土地の境をしめす仕切り。「払ひて」は不用品などを飛ばす。

一般の貴族は一町を分割して二軒以上で住みますから垣根が境界です。しかし風が垣を吹き払ったので境界がなくなりました。

（敷地が倍増したというオワライです。）

「隣」は隣家、垣を越えたところの家。「一つになせり」は一体化した、風が隣家とは同じ敷地にしてしまった。

（仲のよかった隣家も、よくなかった隣家も同一家族になったというオワライです。）

【構成】「門」と「垣」によって家の外観を作り、敷地を道や他の家と区別します。敷地が狭いと不満を持っている家主や、隣家を邪魔物にしている持ち主には、竜巻は意外な開放をしました。

門と垣根がなければ秩序は存在しないと同じです。自然に人間を家から開放してしまいました。

〈いはむや、家の内の資材、数を尽くして空にあり、桧皮、葺板の類、冬の木の葉の風に乱るるが如し。〉

「いはんや」は比較することばで、どちらかというと。先行文を肯定的に受けて後続文の優位を認めます。

【語法】「いはんや」は、元来、漢文訓読法で、その上述の表現を基礎にして、それによって当然想像される程度の甚だしいことを、自明のこととして述べる。（堀川善正『方丈記をめぐっての論考』）

「家の内の資材、数を尽くして空にあり」は、家屋内にある宝物は数えきれないで空中にある。「資材」は宝物。「数を尽くして」は数がなくなるまで数える、「尽くす」は無くなる、数字がなくなる。「空にあり」は空中に存在して落ちない。

家の内部に大切に保管されていた宝物は、竜巻に吹かれて、一瞬にして無数に舞上がり空にとどまっています。（財宝は空が奪い取りました。オワライです。）

外国では、お金の入ったズボンが六三㎞も離れたところに落ちていたり、日本でも浦和では三〇〇ｍ先の家の洗濯機が飛んできたといいます。（藤田哲也氏）

「桧皮、葺板の類、冬の木の葉の風に乱るるが如し」は、桧皮や葺板の類は冬の木の葉が風に乱れているようである。「檜皮」は檜の表皮、高級家屋の屋根を葺く用材。「葺板」は屋根を葺く板、屋根の素材です。「類」は仲間、板など薄くて広がりのあるもの。（さきに家屋の屋根と桁柱を述べ、ついで門と垣に触れ、さらに内部に及びます。）

貴族は寝殿の屋根を檜皮で葺きますが、下級貴族、武士、庶民は屋根を板で葺きます。

「冬の木の葉」は初冬の木の葉で、「冬」は立冬以後、「木の葉」は落葉樹の葉で、冬に落ちます。無風状態ですと、熟したものから順序よく落下しますが、ここは散っているか散る寸前で、刺激を与えれば全て散ります。「乱れ」は秩序を失う状態。乱舞の意味でしょう。強風が吹けば空中で乱舞します。「家の内の資材」は一定の場所を占めますが、風に飛ばされても重くて小さくては乱舞しないでしょう。「檜皮」「葺板」は軽くて風を受ける面積が大きくて乱舞します。家財家宝と屋根の素材とが両方あわせて、余すところなく空中にあり、止まるものがあれば舞うものもあります。

竜巻は激しく吹くかと思うと急に衰え、弱いかと思うとたちまち勢いを盛返し、一定の風力で吹くことはありません。風が衰えて空中の家財家宝などが落ちようとするとたちまちに舞い上がります。作者は竜巻に飛ばされた様子を正確に描写します。

「ごとし」は比況、屋根にあった「檜皮」「葺板」を冬の木の葉が空中に乱れている様子と喩えています。（今は夏です。冬の木の葉は時が違いで、錯覚のオワライです。）

家屋の「門」「垣」と「資材」「檜皮・葺板」を比べて、「門」と「垣」は距離で示し、「資材」「檜皮・葺板」は高さで示します。とにかく遠く高く飛ばされました。

【構想】要旨

地上では人々は驚き悲しんでいますが、空中では天女ならぬ資材・家具がダンスを始めます。

〈人〉

塵を煙の如く吹き立てたれば、すべて目も見えず、おびたたしく鳴りとよむほどに、もの言ふ声も聞えず。かの地獄の業《ごう》の風なりとも、かばかりにこそはとぞ覺《おぼ》ゆる。家の損亡《そんもう》せるのみにあらず、これを取《と》り繕ふ間《あひだ》に、身を損《そこな》ひ、片輪《かたは》づける人、数も知らず。この風、未《ひつじ》の方にうつりゆきて、多《おほ》くの人の嘆きなせり。

チリヲ煙ノ如ク吹タテタレハスヘテ目モミエスヲヒタヽシクナリトヨムホトニモノイフコヱモキコエス彼ノ地獄ノ業ノ風ナリトモカハカリニコソハトソヲホユル家ノ損亡セルノミニアラス是ヲトリツクロフアヒタニ身ヲソコナヒ片輪ツケル人カスモシラスコノ風ヒツシノ方ニウツリユキテヲホクノ人ノナケキナセリ

風は塵を煙のように吹きあげたので目も見えません。騒々しく雷が鳴り響いていて話す声も聞こえない。あの大焦熱地獄に吹く悪業の人をつれさる業風であるとしても、これほどであったかと思われる。家が破損したり無くなったりしただけではありません。破壊された家屋を修理する期間に、肉体を損なって怪我をして、身体障害者になったひとは多くて数えられない。竜巻は中御門京極から六条付近まで南下し、六条付近で南南西に移動して、竜巻は多くの人のため息をもたらした。

（この段落は人を取り上げます。）

〈塵を煙の如く吹き立てたれば、すべて、目も見えず、おびたたしく鳴りとよむほどに、もの言ふ声も聞こえず。〉

「塵を煙の如く吹き立てたれば目も見えず」は、風は塵を煙のように吹きあげたので目も見えません。「塵」は土砂その他雑多な、無用のものの細かい粒子。「煙」は焼いたときに発生する気体。

（描写は屋根、柱、家財道具という順に降りてきて、地面の塵に移ります。）

「如く」は比喩、煙のように。「煙」は空中高く上がります。「吹き立て」は、風が煽る。「吹く」は風など気体が一方向に移動する。「立て」は煽る。

当時、かまどの煙はウチワようのもので扇ぎたてます。風が地面の塵を吹き上げず。擬人法。

（「煙」を取り上げたのは安元の大火の文に、煙の描写があることと関連します。ここでもけむりが、の印象です。）

「すべて」は一切、「目も見えず」は目で見ることができない。見ようとするが見えない。目が開けられない意味ともみえますが、一面に空が塵で曇って見通しのない様子です。

竜巻は螺旋状に物を空中に吸い上げますから、地上近くの竜巻の破壊作業は立ちこめるゴミの雲に包まれて全く見えないことが多いと言われています。

作者は、まず門や垣根が飛ばされ、家財家宝が舞い上がり、桧皮や葺板が飛び、塵が舞い上がったところまで見届けましたが、それ以上は視野が悪化して見ることはできませんでした。

（竜巻は作者に襲い掛かってきましたか。）

「おびたたしく鳴りとよむほどに、もの言ふ声も聞こえず」は、騒々しく雷が鳴り響いていて話す声も聞こえない。「おびたたしく」は騒々しく。「鳴りとよむ」は鳴り響く。「とよむ」は響く、轟く。「ほどに」は場面の提示、そのときに、「ほど」は場面。

竜巻は雷鳴があったり雹をふらせたり異常気象を伴います。

『玉葉』は七条高倉辺に竜巻と同時に落雷したといい、『明月記』は雷鳴が三回あり竜巻が起こったとあります。

四月廿九日、辛亥、申の時、飄風忽ち起る。過ぐる所の屋舎、多く以って転倒す。即ち黄気を成し楼の天に至るが如し。其の上に黒雲有り、右旋し蓋に似たり。（『玉葉』）

竜巻にはジョウゴ状のロート雲が発生すると、その下部が地上についたり離れたりしながら進行しますが、地上に達しているときは渦が強く、轟音をたてます。その音は一㎞先まで轟くほど大きいと言われます。

「もの言ふ声も聞えず」は、話す声も聞こえない。「もの言ふ声」はなにか話す声、「もの」は不特定の事象。「きこえず」とありますから大きな声、多分、叫び声です。

会話の場面でした。「声」は助けを求める声か、安否を尋ねる声か、どちらにしても安全にかかわる重要な声です。「聞こえず」という状況からみれば、竜巻が接地するときの轟音でしょう。

雲の垂れ下がっている直下では、空中のロート雲の状況はわかりませんが、一定の距離を保つと観察できます。

（作者はロート雲を見ていません。作者は辻風の真っただ中にいました。）

「目も見えず、おびたたしく鳴りとよむほどに、もの言ふ声も聞こえず」は、地獄の様子を思い起こした情景と云う。

（『盤斎抄』）

〈かの地獄の業風なりとも、かばかりにこそはとぞ覺ゆる。〉

「かの地獄の業風とも」は、あの大焦熱地獄に吹く悪業の人をつれさる業風であるとしても。「か」（代名詞）は遠称、意識を喚起するときに用い、ここははるかな「地獄の業風」を喚起します。

「地獄」は六道の地獄、餓鬼、畜生、修羅、人間、天上の一つ。特に地獄、餓鬼、畜生の三悪道の一つ。

仏教では六道は生命が輪廻転生し、一処不住といい、生前の悪業のゆえに地獄におちるといわれています。

地獄は悪所ですから、地獄に輪廻することを落ちるといいますが、輪廻ですから、条件次第では別の生を受けることができます。

「業風」は大焦熱地獄に吹く風で、悪業の人を地獄に逮捕連行します。

『往生要集』は人間の悪業をとりあげ、地獄を等活、黒縄、衆合、叫喚、大叫喚、焦熱、大焦熱、無間と体系づけます。「業風」はその大焦熱地獄に吹く風です。

一切の風の中には、業風を第一とす。是くの如き業風、悪業の人を将ひ去りて、彼の処に到る。既にして彼に到り已れば、閻魔王種々に呵責す。（『往生要集』上）

地獄絵、六道絵なども、『往生要集』に刺激されて地獄を主題にします。「地獄」によって現実の生活を顧みる意味です。作者も「地獄」を意識の基準として世の中や自己の生活をみ、竜巻のなかに人間の悪業を見ました。

（「辻風」は作者の地獄絵でした。）

【語法】「業風なりとも」の「と」は格助詞、「も」（係助詞）は極端な例示。業風を最も厳しいものとしてあげます。

「かばかりにこそはとぞ覺ゆる」は、これほどであったかと思われる。「か」（代名詞）は近称、これ、今日の日の辻風。「ばかり」は程度。「覚ゆる」は、思われる。「思ふ」の自発形です。

【語法】「かばかりに」の「に」（助動詞）は断定。「こそ」（係助詞）は強意で、結びは「あれ」（動詞）の省略ですが、「あらじ」の省略とも。「ばかり」の解釈しだいで、評価が分かれます。

省略は読者に補うように仕向けているので、読者の立場で選べばよいことになります。

「ばかり」は程度の意であるが、過大とみるか過小とみるかで結びが「あり」か「あらじ」かで学説が分かれます。

1．「ばかり」の程度を大きすぎるとみれば「あり」を補って、地獄の業風も辻風に及ばない、です。

かの地獄の業風なりとも、これには過ぎじとぞみえし。（『高野本』『嵯峨本』）

2．「ばかり」の程度をを同程度だとみれば「あり」を補って、地獄の業風も辻風程度だ、です。

3．「ばかり」の程度を小さすぎるとみれば「あらじ」を補って、地獄の業風は辻風どころではない、です。

「こそ」の結びの「じ」の例はきわめて少ないといいます。（武田氏）

作者は業風が辻風よりきついといっているのか弱いといっているのか不明です。

【構成】「ばかり」の意味に関わらず、辻風が家を破壊すること、資材を空中に飛散させること、目も見えないほど塵が舞い上がること、耳も聞こえないほど音が大きいことに、作者は目の前に地獄を見ました。

作者は、地獄の業風と比較して、辻風に地獄の様相を認め、辻風を経験することによって作者自身の悪業を見ます。（作者には大火に続いて再度の地獄との出会いでした。業風との比較は作者の感想ですから、詳細は不明です。）

〈家の損亡せるのみにあらず、これを取り繕ふ間に、身を損ひ、片輪づける人、数も知らず。〉

「家の損亡せるのみにあらず」は、家が破損したり無くなったりしただけではありません。「家」は家屋、「損亡」は欠損と消失。「のみにあらず」はだけでない、「のみ」は限定。

家屋が家屋の用をなさなくなっただけではない、他にも損亡したものがある意味です。家屋よりも重要なことの存在を暗示します。

「これを取り繕ふ間に」は、破壊された家屋を修理する期間に、です。「これ」は「家」、「繕ふ」は手を入れること、造作、修理のこと。「間」は、とき、期間の意。破壊された家屋を修理する期間に、です。

竜巻が過ぎた後を描写します。こわれた家屋を放置できないから、修理したり、除去したりしているときを注目します。

「身を損ひ、片輪づける人」は、肉体を損なって怪我をして、身体障害者になったひとです。「身」は肉体、「損ひ」は壊れる、傷つく。肉体を損なって怪我をすることです。「片輪づける人」は、身体の部分が欠損したひとです。「身」は肉体、「損ひ」は壊れる、傷つく。肉体を損なって怪我をすることです。「片輪」は車の両輪のうち一方の輪、そろっているものが一方がなくなった状態。「つく」は新しい傾向になる。「人」は身分ある人、貴族。

「かたわ」は「かたは」で、昔、舟を走行するとき、両方の帆を立てることを真帆といい、片帆だけを使用するのを「かたほ」といったのが原形で、備わったものの一方がなくなることに言いますが、ここは両輪の一方のこととします。

「数も知らず」は数値が認識できない、多くて数えられない。「数」は身体障害者になった人の数。

破壊された家屋を修理したり後片付けしているうちに身体障害者になった人が多い、です。

業者に依頼すれば上記の危険は有りませんが、業者も取り合いになり、人手不足で自分で後片付けをしなくてはなりません。素人の作業ですから、失敗も多いと思われます。

（人のための家のために人が犠牲になる構図は価値の逆転で二次災害、地獄絵です。）

【構想】災害の直接の死者は安元の大火では一〇人程度で、辻風には記録はありません。辻風の死者はなかったのでした。しかし、辻風では後片付けなど二次災害で多数の身体障害者が出ました。作者は二次災害の大きさに悲しんでいます。安元の大火の二次災害はいかがでしたでしょうか。

【参考】セントルイス市では三一年目ごとに市の中心部が三度も竜巻に襲われ、次の表のように多数の死傷者をだしました。

人口	死者数	人口比	発生日
六〇万	三〇六	二・〇〇〇人に　一人	一八九六・〇五・二七
一二〇万	七〇	一七・〇〇〇人に　一人	一九二七・〇九・二九
二二〇万	二二	一〇〇・〇〇〇人に　一人	一九五九・〇二・一〇

（藤田氏による。）

この表によると、死者数の多い場合でも二千人に一人という割合で、人口比は小さい。しかも人口が増加するに従って人口比は小さくなります。平安時代の京都の人口は一〇万人とすると、死者は一人ということになりますが、一〇万人は被災地だけの人口ではありませんから、数値のうえからみても死亡者はありませんでした。

しかし、オクラホマ州からカンザス州にかけて起こった竜巻は風速一〇〇mで住宅一〇〇〇戸が倒壊し、数人の死者と数百人の重軽傷者がでました（CNNテレビ）。ソルトレークシティでは一人が死に数十人が負傷しました（読売テレビ）。

竜巻の被害は死者が少なく、負傷者は非常に多くて、死者の数十倍から百倍に達します。

〈牛馬〉牛馬については記録していませんが、『平家物語』に記録があります。

牛馬のたぐひ、数を尽くして打ち殺さる。（『平家物語』巻三）

〈この風、未の方にうつりゆきて、多くの人の嘆きなせり。〉

「この風未の方に移りゆきて」は、竜巻は中御門京極から六条付近まで南下し、六条付近で南南西に移動して。

「この風」は辻風、「未」は方角で南から一五度西（近似値で南南西）に傾斜します。「うつりゆく」は順次移動する。

鴨川は一条あたりから南下し、五条あたりで西よりに流れ、川のうえの気流によって竜巻も方向を南南西に変えたのでしょうか。

この辻風は都市型の竜巻で、都心から一定の距離をもって郊外を走行し、都心を遠巻きにします。

（一部の注釈書がいうような、都心に向かって移動したのではありません。）

「多くの人の嘆きなせり」は、竜巻は多くの人のため息をつくった。「多くの人」は辻風が移動したところは富小路の東側に並行する大路ですから、安元の大火で無傷であった人たちです。

「嘆き」は長く息をすること、悲しみが沈潜する様子です。「なす」は形成する、竜巻が人々の嘆きを作った、擬人法。

（作者は死者などが出て前後不覚に悲しむのではなく、癒されることのない嘆きを描写します。）

【参考】竜巻を「藤田スケール」に準拠して作表しました。　（文責は筆者にあり、誤りがあればゴメンナサイです。）

階級	規模 風速（km／h）	走行 距離（km）	走行 幅（m）	被害 状況	被害 程度
F0	〇－一一七	〇－一・六	〇－一六	木の枝が折れ根の浅い木が傾く。	軽微。
F1	一一七－一八〇	一・六－五・〇	一六－五〇	屋根がはがされたりする。	中程度。
F2	一八一－二五三	五・一－一五・〇	五一－一六〇	家の壁ごと屋根が飛び、強度の弱い木造住宅は破壊され、大木でも折れたり根から倒れる。車は横転したり数十m程度飛ぶ。	大きい。
F3	二五四－三三二	一六・〇－四九・〇	一六一－四九九	建て付けの良い家でも屋根と壁が吹き飛ぶ。森の大半の木は引っこ抜かれ、重い車も飛ぶ。	重大。
F4	三三三－四一八	五〇・〇－一六〇・〇	五〇〇－一五〇〇	建て付けの良い家でも基礎が弱ければ短距離は飛び、重量車も空を飛ぶ。	深刻。

F5	四一九-五一二	一六一・〇-五〇八・〇	一五〇〇-四九〇〇	強固な建物も基礎ごと、自動車大の物が数百m以上空を飛び交い、樹木も根こそぎ宙を舞う。どこからか大型トラックが降ってくる。	壊滅。
F6	五一三-六一〇			前例が見当たらない。	超壊滅。

注　竜巻の「藤田スケール」（藤田哲也氏）はアメリカ合衆国気象局の公認です。

竜巻は中御門京極辺から六条わたりまで吹いて方向をかえ、やがて消滅した。走行距離は二・七kmくらい、三kmには達していないようです。走行距離から見ると風力はF1。

大きな家も小さな家もぜんぶ破壊されて屋根がとんだ家もあるし、つぶれた家も、柱だけ残った家もある。家の内の資材はぜんぶ空にとび、屋根板など、冬の木の葉が風に吹かれて乱れているようである。被害と空中の状況から見ると風力はF3か。

門を吹きとばして七〇〇mも遠くに置いた。竜巻の幅は四五町ほど、F4か。

竜巻には強弱があるからF1からF4まで、それぞれの状況はあるであろうが、二三町の間は猛烈な影響を残しました。平均して風力はF3、風速は秒速一kmか。

【構想】

辻風の最初に「また、治承四年卯月のころ、中御門京極のほどより、大きなる辻風起りて」とあるのは、辻風を大火に重ねる意味があると見られます。辻風は京極通を中御門大路から六条大路まで南進し、その幅は平均「三四町」で、最大値は「四五町」でしょう。京極の東は平安京ではありませんから、平安京においては「三四町」「四五町」の数値は半径（半数）になります。半径を二町とすれば京極からの西端は万里小路までで、被害範囲は四〇町でした。平安京の「玉しきの都」に相当する地域は左京の一条から五条までで三一二町（大内裏は除外）ですが、中御門大路から五条大路までの被害範囲は三二町ですから、安元の大火の一一八町とあわせると一五〇町（一町は重複します）となり、大火と辻風で、およその都の半数が被害を受けました。

〈作者〉

辻風は常に吹くものなれど、かかることやある。ただことにあらず。さるべきものの諭か、などぞ疑ひはべりし。

ツシ風ハツネニフク物ナレトカヽル事ヤアルタタ事ニアラスサルヘキモノヽサトシカナトソウタカヒハヘリシ

竜巻は平生、吹いているものであるが、こんなことがあるのであろうか。通常現象ではない。超人的なものの刺激かなどと疑いました。

（この段落は作者の評価です。）

〈辻風は常に吹くものなれど、かかることやある。ただことにあらず。〉

「辻風は常に吹くものなれど」は、竜巻は平生、吹いているものであるが。「常に」は変わらない、平生。「吹くものなれど」の「ど」は逆接です。今回の辻風は常でないことを言います。

辻風は常のこととなすも、未だ今度のことにしくものはあらず。（『玉葉』）

日本の竜巻は世界有数の発生率を示します（藤田哲也氏）。その意味では「常に吹く」という認識は正しいと思われます。

（辻風は常に吹くという認識は作者の独断ではありません。）

「かかることやある」は、こんなことがあってよいのか。「かかること」は、台風で家屋が破損し消失し、多くの人が身体に傷害を受け、癒し難い後遺症を残したことです。「かかる」は、このような。

【語法】「かかることやある」「さるべきものの」の、「かかる」・「さる」（連体詞）はラ変動詞の連体修飾語の機能だけになった言葉で、カクアル・サアルの形。「や」は係助詞、反語、ここは批判の形です。

現に治承の竜巻を経験しているのですから、「や」は疑問にはなりません。

日本の竜巻の強さは世界第五位です（藤田哲也氏）から相当の強さです。そのなかで治承の竜巻は強度F3で、日本としては最強クラスですが、京都は竜巻の非常に少ない地域ですから、京都では例外的な竜巻でした。

（近代に入ると大きな竜巻が日本でも起こっています。）

「ただことにあらず」は通常現象ではない。「ただこと」は通常の現象、「ただ」は単純。

ここでいう通常の現象ではないとは、単に竜巻の規模や被害が例外的に大きいだけでなく、人間の次元を超えている意味です。

天皇の諮問に応えて、占いの陰陽寮たちは、「仏法王法ともにかたぶき、兵革相続すべし」と占った。占いでは、ただ事でないというのは戦乱があるという事でした。

〈さるべきものの諭かなどぞ疑ひはべりし。〉

「さるべきものの諭かなどぞ疑ひはべりし」は、そのような者の知らせであろうかなどと疑いました。「さるべきもの」は、そのような者、災害を与える立場にある者。「変化のもの」（『諺説』）。「さる」は指示語（連体詞）、そのような。「べき」は当然。

【語法】「さる」の指示する対象は先行文のなかにはありません。次に「諭か」とありますから、諭しをして当然のもの、または当然な、のことです。

「さるべきもの」は人間に諭しを与えて当然のもの、人間を超えるものですが、神・仏の類、超能力者しかありません。

【構文】「さるべき」は、「もの」に懸かるか、「ものの諭」（「ものの」は接頭語）にかかるかで説が分かれます。

『玉葉』は辻風を「物の怪」とします。当時は災害の理由を怪異や物の怪などとしていて、作者の独断偏見とはいえません。「諭かなど」（「か」疑問）は警告であろうかなど。「諭」は話や身振りなどで過ちを気付かせる働き。「など」は例示。
人間が自分の犯した悪業に気付いていれば諭す必要はなく、諭すことはありません。人間が自分の悪業を知らないことを気づかせます。

【語法】「さるべきものの諭か、などぞ疑ひはべりし」は、「さるべきものの諭か、などとぞ疑ひはべりし」ではありません。「さるべきものの諭か」は、作者の内面の描写であって、疑いの対象をいうのではありません。いろんなことを思ううちの一例です。

【構成】「辻風は常に吹くものなれど、かかることやある。ただことにあらず。さるべきものの諭か」は引用文、主格は作者、述語は「疑ひはべりし」。

「疑ひはべりし」は疑いました。「はべり」（敬語法）は丁寧、作者自身の立場を示します。
疑っているかいないか、どうかわかりませんではなく、はっきり疑ったといいます。災害が異例に大きいので、その原因をいろいろ考えたなかで、災害は自然発生ではなく超越者の警告かと思いいたりました。超越者を問題にしたのではありません。
（作者は疑いの答えを用意していたでしょうか。）

【構成】「安元の大火」と「治承の辻風」には風・家・人の順で描写し、関連（連続と対比）があります。

【構想】要旨
長明は大火の連続として辻風をみます。場所は平安京の東の川べりで、最も繁華な道筋でした。その北端に近いところに祖母の別宅があり、長明が住んでいました。辻風に吹かれた家はすべて災害を蒙りました。辻風は長明の宅付近を起点にして南下したのでしょうか。家が潰れ、家財道具が空中に飛ぶのを観ていました。塵が吹きたてられて長明は目も見えませせん、話す声も耳も聞こえません。長明は最初の被災者でした。長明は克明に災害を描写しますが、辻風の理由を求めるのを忘れていません。大火の犯人は舞人でしたが、ここも超能力者の意図を想定します。なぜ辻風によって自分は悪業を見たのかと。その答えは超越者の存在でした。作者は神職の出身であり、仏門に帰依していて、自分に悪業を知らせたのは神か仏か、神か仏かの存在を確認します。

《風》安元の大火では風が大火を引き起こしたが、辻風も風が主役です。安元の大火の風は都の東南より都の中枢に水平に吹きましたが、治承の辻風は中御門京極付近に発生し、裕福な地帯を襲い家財道具を垂直に高く吹きあげます。大火と辻風は、合わせて左京の五条以北、京極以西の高級住宅街で、玉しきの都の半数が被災しました。

安元の大火は火災ですが、竜巻も遠くから見れば火災にみえます。

　北方に煙立ち揚る。人、焼亡と称す。（『明月記』）

風は安元の大火では悪魔の恐ろしさを感じますが、辻風には悪戯に似た描写もあり、ともに人間業ではありませんでした。

《家屋》被害について、大火では「一夜のうちに」と時間の短いことをいい、辻風では「一つとして」と例外のないことを描写します。数字が対比します。また、大火では「塵灰となりにき」と焼失を、辻風では「破れざるはなし」と破壊を述べ、焼失と破壊が対比します。

《人》大火では「其の中の人、現し心あらむや」と心境を観測し、辻風では「多くの人の嘆きをなせり」と内面を描写します。大火では「煙に咽びて倒れ伏し、或は焔にまぐれてたちまちに死ぬ」と肉体を描写し、辻風では「目も見えず」「もの言ふ声も聞こえず」と感覚を描写します。

大火の「或は身ひとつ、からうじて逃るゝも、資財を取出づるに及ばず」は、辻風の「これを取り繕ふ間に、身を損ひ、片輪づける人」と共通します。

人の被害には、大火では「男女死ぬるもの数十人」と死者の数を、辻風では負傷者の数え切れないことを挙げます。

《原因》大火の犯人は舞人であったかという風聞を記すだけでしたが、辻風では、超人的なものの行為であると推測します。風聞から推定へと見方が深まりました。

【参考】辻風を神仏の「さとし」と解するのは文献にあります。

是、唯事に非ず。御占可有として、神祇官にして御占あり。今百日の中に、禄を重んずる大臣の慎、別しては天下の大事、仏法王法共に傾き、並に兵革相続すべしとぞ、神祇官、陰陽寮ともに占ひ奉る。（『平家物語』巻三・有王）

（当時は災害は魔の仕業として炎厄の除去、招福開運を祈ります。しかし、人の悪業が除去できるでしょうか。）

『平家物語』は今後の動乱に対する予兆と考えます。また後の研究者も清盛の横暴に対する神仏の「さとし」と理解します。

去ぬる安元よりこのかた、あまた大臣公卿を流し、或はうしなひ、関白を流し奉りて、入道のむこを関白になし、法王をせいなんの離宮に押篭、第二の皇子高倉の宮をうちしとがめをいへるにや。（『諺解』）

しかし超越者は悪業を教えてくれたが、その解決法は教えてくれませんでした。

（悪業・超越者の問題は『方丈記』の課題となります。）

（遷都）

また、治承四年水無月《みな》のころ、にはかに都遷《みやこうつ》りはべりき。いと思ひの外なりしことなり。おほかた、この京のはじめを聞けることは、嵯峨の天皇の御時、都と定まりにけるより後、すでに四百余歳を経たり。ことなるゆゑなくて、たやすく改まるべくもあらねば、これを世の人安《やす》からず、憂《うれ》へあへる、實にことわりにもすぎたり。

又治承四年ミナ月ノ比ニハカニミヤコウツリ侍キイトヲモヒノ外也シ事ナリヲホカタ此ノ京ノハシメヲキケル事ハ嵯峨ノ天皇ノ御時ミヤコトサタマリニケルヨリノチステニ四百余歳ヲヘタリコトナルユヘナクテタヤスクアラタマル

ヘクモアラネハコレヲ世ノ人ヤスカラスウレヘアヘル実ニ事ハリニモスキタリ
また治承四年六月のころ、突然に遷都があった。全く意外・心外としかいえない。全体的にいうと、この都の最初を聞いたのは、嵯峨の天皇の御代で、都と定まったときから後、すでに四百年以上を過ぎている。格別の理由がなくて安易に変更されそうでもないから、遷都を世の識者は互いに不安を訴えていることは、ほんとうに理屈以前のことである。

（遷都の心外のこと。）

〈また、治承四年水無月のころ、にはかに都遷りはべりき。いと思ひの外なりしことなり。〉

「また、治承四年水無月のころ、にはかに都遷りはべりき」は、また治承四年六月のころ、突然に都が遷った。「また」は添加、漢字「亦」であれば同類のものを追加的にいい、「又」では異質のものです。

「また」は印象では大火・辻風に続く災害の連続をいうように見えますが、構文は、さきの「治承四年卯月のころ」をうけて、再び「治承四年」の例をあげているのであって、時間的に重なった意味でしょう。

大火は安元三年四月廿八日、辻風はその翌日四月廿九日に、そして今回は六月二日で、日時が切迫していて事件は引き続いて起こったように見えます。

「治承四年」は一一八〇年。「水無月」は陰暦六月、現行暦では七月二日から七月三一日まで。「ころ」は時間を大体の程度で示します。

ここは都遷りの日を明確には示しません。都遷りは六月二日（現行の七月三日）で、作者が六月二日という日を知らなかったとするのは不自然です。作者は故意に日時を明確に表現することを避けました。作者の表現姿勢です。

そこで「治承四年」を再び繰り返すのは修辞的に不審であるとし、「同じ年の」とあるべきだという説もあります。それなら辻風も遷都も「治承四年」という年代の一例に過ぎず、「治承四年」の重みが消えてしまいます。

「にはかに」は突然に。「都遷り」は都が遷る。平安京から摂津の国の福原（現神戸市兵庫区）に遷りました。

【語法】「都遷り」は名詞とすると「はべり」は動詞で、謙譲の述語で、執行する・挙行する意で、天皇に対する謙譲。「都遷り」を動詞とすると「はべり」は助動詞で、読者に対する丁寧、都が移りました。ここは後者。
『方丈記』には都遷りを「にはかに」と述べているだけですが、『平家物語』などでは二重に「にはか」でした。

治承四年六月三日、福原へ行幸あるべしとて、京中ひしめきあへり。此の日ごろ都遷りあるべしと聞えしかども。忽ちに今明の程とは思はざりつるに、こはいかにとて上下さわぎあへり。あまっさへ、三日と定められたりしが、いま一日ひきあげて、二日の日になりにけり。（『平家物語』巻五）

遷都の評判はあったが六月三日と決定されたのが急であったうえに、六月二日に繰上げられて甚だ急になったとあります。
九条兼実は遷都の行幸のお供に加わるかを清盛に尋ねたところ、清盛は新都には宿所がないので、後で連絡すると応えました。右大臣の宿所もないような突然のことでした。

余使者を以って、福原に参るべきや否やを入道相國に問ふに、報じて云ふ、宿すべきの所なく、仍って忽には参るべからず、追って彼より案内申すべく云々。（『玉葉』六月一日）

【参考】都遷りというほどの国家の大行事は、最終的には閣議の決定によることになりますが、天皇は幼少で摂政基通のいうままであり、基通は外戚の清盛のいうままでした。法皇は鳥羽に拘束状態で意見を述べることも許されません。遷都は清盛の専決で、準備不足のまま実行され、行幸の供も清盛の身内だけで固め、日程だけではなく、決定にいたる過程も突然でした。

昨日、上皇の招客の処、仰せて云ふ、御共に参ずるの輩、偏に禅門の左右を以ってし、一切、是非を仰せられず。只食ばかりを聞くなり。云々。（『玉葉』六月一日）

（世の不思議の第三の例は治承四年の遷都でした。）
「いと思ひの外なりしことなり」は、全く意外・心外としかいえない。「いと」は程度が甚だしい。「思ひのほか」

は思慮の範囲を外れること、現在のことばでは「意外」と「心外」を兼ねるでしょうか。「思ひ」は思慮、考慮。

【語法】「いと思ひの外なりしことなり」は、「いと思ひの外なり」ではありません。「し」（助動詞）は過去の作者の直接的な経験。

仰天の外、無他にいふことなし。云々。（『玉葉』五月卅日）

（都遷りは作者にとって意外・心外でしたが、心外・意外であったのは作者だけではありません、大臣も驚いています。

都遷りが思慮の範囲を超えることについては、次のように後述します。

ことなるゆゑなくて、たやすく改まるべくもあらねば、これを世の人安からず。憂へあへる、実にことわりにもすぎたり。

「思ひのほか」とは、遷都は理由がないことと、安直に改めたことです。

古注は、「思ひのほか」は、兵乱の起こることを憂えた表現であるとします。（『盤斎抄』）

【参考】清盛は大火と辻風で八省殿が焼失し都の半分が壊滅したので遷都の機は熟したとして、五月一日にも遷都したいと思ったでしょうが、鹿が谷事件の処置もあり、以仁王の変もあり、公務が残っていました。遷都は余裕をみこんで六月三日としましたが、時間が経過すると前日の遷都も可能であるとして六月二日に変更しました。遷都が突然だというのは遷都で影響を受ける貴族や官僚たちでした。「いと思ひの外なりしことなり」というような悲痛の気持ちは世の人の不安と悲しみで、評論家や学者の思いではないでしょう。

【構想】作者は大火では観察者としての批評を残します。辻風では被害者の思いを述べます。どちらも客観的な記録を優先し、自分の思いは最後に付加するだけでしたが、遷都では「いと思ひの外なりしことなり」と最初から論評を試みます。

（大火・辻風では貴族の惨状の描写でしたが、ここは一般貴族の内面の哀歓に目を向けます。）

〈おほかた、この京のはじめを聞けることは、嵯峨の天皇の御時、都と定まりにけるより後、すでに四百余歳を経たり。ことなるゆゑなくて、たやすく改まるべくもあらねば、これを世の人安からず、憂へあへる、實にことわりにもすぎたり。〉

「おほかた」は大体・概略、全体的にいうと。

【構文】「おほかた」は「この京」について、「はじめ」と「後」と「ゆゑ」の三語で概括します。（作者は平安京の概略をみ、全体的把握をします。）

「この京のはじめを聞けることは、嵯峨の天皇の御時、都と定まりにけるより後、すでに四百余歳を経たり」は、この都の最初を聞いたのは、嵯峨の天皇の御代で、都と定まったときから後、すでに四百年以上を過ぎている。「この京」は平安京、「最初」はもっとも早い時期。

平安京の最初は桓武天皇の延暦一二年（七九三）正月の地相調査に端を発し、三月に造営に着手し、一一月に平安京と命名し、翌年一〇月に遷都しました。しかし、なお工事は続行されていて、安定していませんでした。

（平安京の最初は桓武天皇の延暦一二年一一月と思われますが、作者には異存があります。）

京を葛野郡宇陀村に移し、葛野郡を右京とし、愛宕郡を左京とした。（『流水抄』）

「聞けることは」は作者が聞いたことは。平安京の最初を取材して聞いたことは。

作者は平安京の最初について諸説を取材したが、取り上げたのは「嵯峨の天皇の御時、都と定まりにける」です。

「嵯峨天皇」は、桓武天皇の皇子、平城天皇の同母弟。平城天皇は皇位を継承しましたが病弱によって譲位し、嵯峨天皇が即位しました。「御時」は在位の時。「御時」は治世・時代。

嵯峨天皇の治世は大同四年（八〇九）から弘仁一四年（八二三）までの一四年間です。

「都」は王城、首都、天子のいるところ。「定まり」は、安定する、動揺しない。「定まりにけるより」は「定まりにけるときより」の形、都として安定したとき以後。

平安京の造営は延暦二四年（八〇五）に中止し、翌年、桓武天皇も亡くなり、早良親王が藤原種嗣暗殺に連座したあとを受けて平城天皇が即位しましたが、病弱のため弟の嵯峨天皇に譲位しました。しかし、平城上皇は病いえて平城京に入り重祚を企てて政治に介入したために二所朝廷といわれ、都は平安京か平城京かで安定を欠きました。嵯峨天皇は薬子の変（弘仁元年・八一〇）を平定して二所朝廷を廃し、平安京は文字通り安定しました。

さだまるという詞に心あるべき事か。桓武の御時は、いまだ京成就せざりしに、さがの御代となりて、都首尾したる故に、さかんなる時をさして、定まりてといふなるべし。（『盤斎抄』）

「定まり」を安定する意とすると、平安京が実働したのは嵯峨天皇の弘仁年間でした。

（二所朝廷を廃して、平安京が安定したときが平安京の最初でした。）

平城の先帝ないしのかみがすゝめによって、すでに此京を他国へうつさんとせさせ給ひしかども、大臣公卿諸国の人民そむき申しかば、うつされずしてやみにけり。（『諺解』）

（平城京への遷都を阻んだのは大臣・公卿・人民の反対によるもので、福原遷都とは逆のなりゆきです。）

【語法】「都と定まりにけるより後」の「より」（格助詞）は起点、都と定まった時を起点として、「後」はその起点以後。

「すでに」は完了、「四百余歳」は四百年以上の歳月。「経たり」は経過した。

嵯峨天皇のとき平安京が都として安定してから四百余年の歳月を経過しました。「四百余年」という数値を逆算して四百余年は、いつからいつまでかと見ることができます。

諸注は四〇〇年をさかのぼる時点を福原遷都の年と『方丈記』擱筆の年とで解説しています。

起点		逆算		評価	
事件	年代	年代	事例	時差	適・不適
福原遷都	治承四年・一一八〇	延暦〇一年・七八二	桓武元年	三九八（−〇二）	不適
		延暦一三年・七九四	平安遷都	三八六（−一四）	不適
『方丈記』擱筆	建暦二年・一二一二	大同〇四年・八〇九	嵯峨天皇即位	四〇三（＋〇三）	適
		弘仁〇一年・八一〇	二所朝廷解消	四〇二（＋〇二）	適

「四百余年」には計算の起点と、さかのぼることに「四百余年」に相当する事案がなければなりませんが、福原遷都を

起点とすると、四百年以前は桓武元年が近いが「余年」が適合しません。起点を『方丈記』擱筆時とすると、「四百余年」に相当する年代は二所朝廷解消の時点で、「四百余年」は嵯峨天皇の二所朝廷解消のときから『方丈記』擱筆のときまでの四〇二年と推計できます。

「ことなるゆゑなくてたやすく改まるべくもあらねば」は、格別の理由がなくて安易に変更されそうでもないから。「ことなる」は格別の、「ゆゑ」は理由。「なくて」は存在しない。

格別の理由があれば変更できそうですが、格別な理由は見当たりません。

平城上皇が平安京に対して平城京を建てようとした理由を上まわるような格別の理由があればということです。

「ことなるゆゑなくて」は、暗に福原遷都を批判しています。（『古注』）

（天皇よりも強力であれば容易に変更できる場合があります。）

【構文】「ことなるゆゑなくてたやすく改まるべくもあらねば」は、「ことなるゆゑなくて改まるべくもあらねば」と「たやすく改まるべくもあらねば」の形。

（この二点が四百年後の課題でした。）

「たやすく」は安易に。「改まる」は成り行きとして変更される。「改める」ではない。

【語法】「改まるべくも」の「べく」は様態、「も」例示。「あらねば」の「ね」打消、「ば」は順接。

四百年間は都を遷す事情はありません。四百年間という重みも、容易に遷都できない事情を作っています。

「これを世の人安からず憂へあへる、実にことわりにもすぎたり」は、遷都を世の識者は互いに不安を訴えていることは、ほんとうに理屈を超えたことである。

【構文】「これを世の人安からず憂へあへる」が主格、「実にことわりにもすぎたり」が述部。

「これ」は治承四年の遷都。

（福原遷都は清盛のクーデターでした。）

「世の人」は世間の有名人、識者。「人」は「者」ではありません、「世の人」は、その道をもって尊敬を受けている人です、学識経験者。
「安からず憂へあへる」は、互いに不安で心配を訴える。「安からず」は不安である、「憂へ」は心配する、「あへる」は互いに動作をし向ける。

作者は遷都の大義名分がなく必然性がないと批判します。それは有識者の見解を代弁しています。

洛中騒動し悲泣す。（『山槐記』）

（時勢を云々するのは、作者の偏見・独断ではありませんでした。）

「実にことわりにすぎたり」は、本当に道理を超えている。「実に」は肯定する表現、本当に。「ことわり」は道理。「すぎたり」は一定の基準を超える。

論理を建てて考えても理屈で解決するような段階ではありませんでした。

「ことわりにもすぎたり」は清盛批判ではなく、世の人に対して、ふがいないと批判します。

清盛は天皇を手中におさめ法皇を幽閉して反対勢力を抑えて遷都を強行しました。

遷都に世の識者が不安を訴えていることはあたりまえのことですが、当たり前では済まされません。

【参考】嵯峨朝の平城遷都は大臣が先頭に立って阻止したのでした。

（長明が嵯峨天皇をあげたのは、朝俗挙げて遷都に反対したからです。）

〈人〉

されど、とかく言《い》ふかひなくて、帝《みかど》より始め奉りて、大臣、公卿みな悉《ことごと》く移《うつ》ろひ給ひぬ。

世に仕《つか》ふるほどの人《ひと》、たれか一人《ひとり》ふるさとに残《のこ》りをらむ。官《つかさ》、位《くらゐ》に思ひをかけ、主君のかげを頼むほどの人は、一日なりともとく移ろはむとはげみ、時を失ひ世に余《あま》されて期《ご》する所なきものは、憂へながら留《と》まりをり。軒《のき》を争ひし人のすまひ、日を経つつ荒れゆく。家はこぼたれて淀河に浮び、地は目の前に畠となる。人の心みな改まりて、ただ馬、鞍《くら》をのみ重《をも》くす。牛《うし》、車《くるま》を用《よう》する人なし。西南海の領所を願ひて、東北の庄園を好まず。

サレトヽカクイフカヒナクテ帝ヨリハシメタテマツリテ大臣公卿ミナ悉クウツロヒ給ヒヌ世ニツカフルホトノ人タレカ一人フルサトニノコリヲラムツカサクラヰニ思ヲカケ主君ノカケヲタノムホトノ人ハ一日ナリトモトクウツロハムトハケミ時ヲウシナヒ世ニアマサレテコスル所ナキモノハウレヘナカラトマリヲリノキヲアラソヒシ人ノスマヒ日ヲヘツヽアレユク家ハコホタレテ淀河ニウカヒ地ハメノマヘニ畠トナル人ノ心ミナアラタマリテタヽ馬クラヲノミヲモクスウシクルマヲヨウスル人ナシ西南海ノ領所ヲネカヒテ東北ノ荘薗ヲコノマス

しかしながら、あれこれといっても無駄であって、帝から移り始めていただいて、大臣・公卿みな全員福原に移ってしまわれた。世間で主人もちの身分の人は、だれが一人で古き都に残るだろうか。朝廷の役職や身分の昇進に期待を願ったり、主人の後ろにいることを頼りにしている身分の人は、一日であるとしても早く福原に移りたいと努力し、出世の機会を失い、世間に余りものとされて失意の者は、心配しながら平安京にとどまっていました。屋根の軒が隣家の軒と空間を奪い合った人の住居は、日を経過するに比例してあれていくは、家は砕かれて淀河に浮かび、土地は見ているうちに畠となる。人の心はみな新しくなって全く馬や鞍ばかりを重視する。牛や車を使用する人はいない。殿上人は西海道と南海道の任国を希望して、東海道・東山道・北陸道の荘園は敬遠する。

〈されど、とかく言ふかひなくて、帝より始め奉りて、大臣公卿みな悉く移ろひ給ひぬ。〉

「されど、とかく言ふかひなくて」は、しかしながら、あれこれといっても無駄であって。「されど」（指示語・逆接）は、そうではあるけれど。「とかく言ふ」は、あれこれと発言する。「かひなし」は効果はない、発言のききめはない。「かひ」は努力相当の結果のあること。

世の識者は不安で互いに心配しあって発言もしているけれど、不安も心配も解消しません。（遷都について世の識者は他人事で、無気力でした。）

「帝より始め奉りて」は、帝から移り始めていただいて。「帝」は天皇、ここは安徳天皇。平清盛の外孫。「始め奉りて」（「奉る」は謙譲。）は、始めていただいて、ここは移動を始める。（帝は清盛に確保されていて、いわば人質でした。）

「大臣、公卿みな悉く移ろひ給ひぬ」は、大臣・公卿みな全員福原に移ってしまわれた。「大臣」は左右の大臣、行政の最高責任者、「公卿」は大臣・納言・参議のことで大臣に次ぐ顕職ですが、「大臣公卿」と重なる場合は納言・参議のことであるという指摘があります。「みな」も、「ことごとく」も、どちらも全員、例外のない意。

【語法】「帝より始め奉りて」は行幸の行列のことではありません。行幸では清盛の後でした。地位のことです。

【参考】移動は、数千騎の武者が行幸の道をはさみ、その中を屋形輿の清盛を先頭にして、建礼門院の車、八条二位殿、摂政室の女房の輿、鳳輦、供奉の人、内侍所、御竈神が続き、その後を上皇と法皇が続き、最後を宗盛が承ります。堂々とした行列でした。

天皇が閣僚の意見を抑えて先頭を切って遷都したように見えますが、安徳天皇は三歳、だれが見ても天皇に主体的意志があるとは思われません。清盛は関白を基房から基通にすげかえ、法王を拘束することなど、反対意見を封殺して遷都を実行しました。

（後白河院は幽閉中ですが強制的に参加させられました。）

「みな」「ことごとく」は大臣公卿は全員移った意味ですが、移ったのは実際は平家の関係者だけでした。

先に行幸に供奉する公卿は四五人かと推測しましたが実際は公卿は両三人でした（『玉葉』五月）。

大臣は内大臣平重盛・左大臣藤原経宗、参議は平教盛・平時忠か。

公卿僅か両三人、殿上人四五人ばかり、御供に候べし。云々（『玉葉』五月）

【構想】遷都は六月二日ですが、八月二九日の平安京は、「旧都の人屋一人も未だ移り住まず」「其の次に洛陽を見廻る。一切未だ荒廃せず」（『玉葉』）と、右大臣兼実は記録しています。

同じ意味の「みな」「ことごとく」を繰返すのは天皇が移るから、大臣公卿は当然移るはずだという組織上の意味で、事実の描写ではありません。

（「帝より始め奉りて」「みなことごとく」などは平家方の宣伝文句で、平家方から取材した記事です。）

「移ろひ」は移動する、流れのままに移る。

【語法】「移ろひ」は「移り」ではありません。「移る」が自発的に移る意があるのに対して、「移ろひ」は成り行きとして移る意で、やむを得ず移ったのてした。

【参考】四〇〇年以前に平城遷都を阻んだのは大臣から諸国の人民にいたるまでの反対運動の成果でした。

（平安京は嵯峨天皇から始まったのは、世の人・諸国の人が守り抜いたことを受けているといいます。）

【構想】清盛が横暴を極めて福原遷都を強行したことは、誰も周知のことですが、『方丈記』の作者は明言をさけています。

しかし、都を移動した歴史に平城上皇の反乱があったことをあげて、清盛の横暴を平城上皇の反乱と同じように位置づけました。

平城上皇の反乱は大臣から諸国の役人が反対してやめさせたのは歴史の事実ですが、作者は治承の大臣公卿以下の無能・無気力を「とかく言うこともなくて」と批判し、人民の声がとどかなかった様子を「世の人安からず憂へあへる」と無気力を描写します。

王位すたれ世も末になって逆心の世になったが、そうはならないという意味である。（『盤斎抄』）

（作者は自分が権力に対する批判の側にあることを認めます。）

〈世に仕ふるほどの人たれか一人ふるさとに残りをらむ。〉

「世に仕ふるほどの人」は、世間で主人もちの身分の人。「世」は世の中、ここは権力者。「仕ふる」は主人に召し使われる、「ほど」は身分。

「世に仕ふるほどの人」は主に役人・官吏ですが、ここは大臣・公卿のような理事者ではなく、平役人です。貴顕の家司などの陪臣も含まれます。

「たれか一人ふるさとに残りをらむ」は、だれが単身で古き都に残るだろうか。「たれ」は不定の代名詞。「ふるさと」は故き都、ここでは平安京。「残りをらむ」は、残存するだろう、「たれか」（「か」反語）を受けて、主人もちのものは一人として旧都にとどまるものはないといいます。

大臣・公卿が全員新都に移ったのに引き続いて、それ以下の役人、陪臣も全員移ったことをいいます。

（作者は一人の例外も認めないような国家の縦社会を描写します。）

〈官、位に思ひをかけ、主君のかげを頼むほどの人は、一日なりとも疾く移ろはむとはげみ、時を失ひ世に余されて期する所なきものは、憂へながら留まりをり。〉

「官、位に思ひをかけ、主君のかげを頼むほどの人は」は、朝廷の役職や身分の昇進に期待を願ったり、主人の後ろにいることを頼りにしている身分の人は。

【構文】「官、位に思ひをかけ、主君のかげを頼むほどの人は」は、「官、位に思ひをかくるほどの人は」と「主君のかげを頼むほどの人は」の形です。

「官」は国家の職分、「位」は身分、「官」と「位」は相互に関連します。「思ひ」は期待、「ほど」は身分。非参議以下の国家公務員です。よい役職を得たい、身分を上げたいと願う人ですが、父祖の官職や身分を越えることは困難です。一番の望みは地方官になることですが、清盛ににらまれないことが保身の第一です。

「主君」は主従の関係で仕えている目上の人、殿様、主として大臣・参議など朝廷の役人。「かげ」は裏側、後、保護。「頼む」は頼りにする。

「官、位に思ひをかけ」る人は朝廷の役人、「主君のかげを頼むほどの人」は、大臣などの権門の恩恵・余徳によって生活している人、陪臣。どちらも既存の権力・財力を背景として生きています。

「一日なりともとく移ろはむとはげみ」は、一日であるとしても早く福原に移りたいと努力し。「一日なりとも」は最小の例示（「と」は提示、「も」は例示）、わずか一日であるとしても。「とく」は、早く。「移ろふ」は移動の流れにのる。「はげみ」は努力する。

わずかな誤差が大きな影響を生じることもあるから早くと願います。官界を遊泳する小役人の心理です。

自ら移動しようとするのではなく移動の流れにのろうと勤めます。

（公務員が励むところは職責でなければなりませんが、彼らは流れにのることをはげみました。）

大臣公卿が時の流れに流されているのに、末端の公務員が流れに逆らうなどははかないことです。一日の差がさほど意味を持つとは思えませんが、朝廷や主人の心証をよくするために、大義を忘れて名利と安逸をむさぼる公務員心理が指摘されています。

「時を失ひ世に余されて期する所なきものは」は、出世の機会を失い、世間に余りものとされて失意の者は。「時を失ひ」は、奉公するときを失い（『諺説』）。「時」は機会、「失ひ」はあったものがなくなる。「世に」は広義では世間に、狭義では宮廷に。「余されて」は世の中に容れてもらえない余りもの、落ちこぼれ。「期する所なきもの」は失意の状態のもの。「期する所」とは期待するもの、「期する」は心あてにする。

外見的には出世の機会を失ってしまって落ちこぼれの烙印を押され、内面的には失意の状態にあるものです。

前年（治承三）、四三名の高級官僚が清盛によって追放されました。「時を失ひ世に余されて期する所なきものは」は、その追放された人たちの思いと無関係ではありません。

（作者は清盛から追放された人にエールを送ります。）

「憂へながら留まりをり」は、心配しながら平安京にとどまっていました。「憂へながら」（「ながら」は平行・並存）は心配、前途を心配しながら。「留まりをり」は都に止まっている。

公職を追放された高官たちは、一身上の不遇を憂えたでしょうが、国政の前途を憂えた人が皆無ではなかったでしょう。しかし、多くの人は就職の望みがなく失意の状態で明日の生活が心配ですが、都が遷れば生活はさらに困窮するでしょう。でも山野にこもるよりはよいと思って留まりました。

（新都に移るものと旧都に留まるものがありました。作者はどうしたのでしょうか。）

〈軒を争ひし人のすまひ、日を経つつ荒れゆく。家はこぼたれて淀河に浮び、地は目の前に畠となる。〉

「軒を争ひし人のすまひ、日を経つつ荒れゆく」は、屋根の軒が隣家の軒と空間を奪い合った人の住居は。「軒を争ひし人」は不遇のものが軒を争った相手方、相手は官位があって新京にうつる。「軒」は屋根の下端で柱や壁から突き出た部分。「争ひし」は争った、競合した。「し」（助動詞）は過去、直接的表現です。「すまひ」は住居、「家」と「地」のことです。

【構文】「軒を争ひし人のすまひ」は、「家はこぼたれて淀河に浮び」と「地は目の前に畠となる」ですから、住居は「家」と「地」のことです。

【構成】「軒を争ひし」は、下級貴族は一町を垣根で区画して住みますから、互いの軒と軒が密接していて少しでも空間を求めて軒を突き出すかで争い、先に突き出したほうが勝ちます。

（「軒を争ひし」は高さの競合している比喩でもなく、作者自身の近辺の屋敷の状況です。）

軒を争っている人とは「時を失ひ世に余されて期する所なきもの」で、落ちこぼれの失意の人物のことです。一町を敷地とするような大貴族ではなく、少しでも多く敷地を確保したいとしていました。相手は官僚です。

（大寺院や大貴族は棟を並べ甍を争いましたが、落ちこぼれの貴族は軒を争っていました。）

【構成】「軒を争ひし」は下級貴族の一般的な風景でしたが、作者においては隣家の風景です。

「日を経つつ荒れゆく」は、日を経過するに比例して荒れていく。「経」は経過する、「つつ」は同時平行。

「荒れゆく」は荒廃がすすむ。

軒を争った隣家は福原に移転して、あとは更地になったが日数を経過するにつれて荒廃が進行しました。

二軒並んでいた隣家は福原へ移り、一方は平安京に残りました。主の有無が下級貴族で明暗を分けました。

【構想】「し」は直接的表現で、作者は「世にあまされた者」で、失意の中に隣人を見送りました。

「家はこぼたれて淀河に浮び、地は目の前に畠となる」は、家は砕かれて淀河に浮かび、土地は見ているうちに畠となる。「家」は福原に移動を決めた人の家。「こぼたれて」は砕かれて。

「こぼたれて」には砕かれたものは廃棄する以外にないように見えますが、実際は再建しなければなりませんから、大切に解体したはずです。「こぼたれて」は作者の批判的表現です。しかし、日本の家屋は木材を組み合わせただけですからこぼつと解体するとは同じ作業過程とみえます。

「淀河」は、都の東を流れる鴨川が宇治川となり都の西を流れる桂川と合流して淀河になりますが、大阪湾に近いところが淀河の姿です。そこは大河の流れを作っていました。「浮かび」は水上にある。

平安京では堀割りを作って家を解体して筏にして鴨川か桂川に導き、淀河までは牛にひかせたり堰を作ったりして水流を調整して流し、資財雑具は舟に積んで福原へと運びました。淀河は水量が豊富で、多くの筏が浮かびました。

今は辻辻を皆掘り切って、車などの容易う行きかふ事もなし。邂逅に行く人は小車に乗り、路を経てこそ通りけれ。軒を争ひし人の栖ひ、日を経つつ荒れ行く。家家は賀茂河・桂河にこぼち入り、筏に組み浮かべ、資財雑具舟に積み、福原へとて運び下す。ただなりに、花の都、田舎になるこそ悲しけれ。（『平家物語』巻五）

（筏は淀河までは浮かんでいませんでした。淀河で浮かび、そこから内海を福原に向かいます。）

「地」は解体された建物のあと地。住まいは家と土地で、その土地。「畠」は耕作地。「目の前に」は見ているうちに。

都は流通がとざされ物価が上がり、食料に窮していました。食に飢えた隣人は隣家の空き地を利用して畑にしました。

（空き地が畑になったのは作者の観察で、作者の近辺の様子でした。）

【参考】旧都については変化する説と変化しない説とがあります。

《変化説》　都が田舎の風景になった（『平家物語』）、主人の立ち去ったあと地は荒廃の風景になった（『盛衰記』）、旧屋の荒廃を通じて都が廃墟になった（『明月記』）と記します。（例文省略）

《無変化説》　藤原経房は「旧都の人屋一人も未だ移り住まず、東半分は荒廃していない」と兼実に報告します（『玉葉』八月二九日）。（遷都から略三ヶ月後）

記録者は自分の経験範囲で見ているので、旧都の全体を見たわけではありません。どれもが部分的には旧都の実録です。

（ここまでが住まいのことでした。）

〈人の心みな改まりて、ただ馬、鞍をのみ重くす。牛、車を用する人なし。〉

「人の心みな改まりて、ただ馬、鞍をのみ重くす」は、人の心はみな新しくなって全く馬や鞍ばかりを重視する。「人の心」は貴人の方針。「人」は身分のある人、尊敬される立場にある人。ここは馬、牛、車などを使用できる立場の人。「こころ」は考え。

（「西南海の領所を願ひて、東北の庄園を好まず」とありますから、「人」は受領階級以上の人。）

「みな」は全て、例外のない様子。「改まりて」は新しくなって。

福原遷都で貴族は考えを一新しました。

「ただ馬、鞍をのみ重くす」は、ただ馬と鞍ばかり重視する。「ただ」は限定、「のみ」と呼応して「馬、鞍」を限定し、それ以外のものを排除します。「馬、鞍」は馬と鞍。鞍は馬具で、馬の背に鞍をおき、鞍の上に乗ったり荷を載せたりします。「重くす」は重視する意味です。重い鞍を選ぶのではありません。

「牛、車を用する人なし」は、牛や車を使用する人はいない。「牛、車」は牛と牛車。牛に引かせて屋形づきの車にのります。「用する」は利用する。

馬・牛は農耕にも使用しますが、「牛、車を用する人なし」によれば交通のことです。交通には馬と鞍だけを重視し、牛と牛車を利用する人はいません。

【構想】都も福原に移ると生活の様式が変化し、悠長な牛車では時代の要請に適合せず、火急の用途にたえる馬が使用されます。王朝の風俗は牛に牽かせた牛車を利用し、武士は馬に鞍をかけて使用します。牛から馬への変化は、端に交通用具の問題ではなく、のどかな王朝の風俗が馬を駆使する戦闘的な武士の風俗に変わりました。

ところが右大臣兼実は敬遠されて平安京にとどまり、藤原氏の有力公務員は前年に追放されていて、左大臣基房の他は清盛の身内・家の子などで、ほとんど平家の武士ですから、平家は貴族になって馬を使用するのに不思議はありません。

〈西南海の領所を願ひて、東北の庄園を好まず。〉

「西南海の領所を願ひて東北の庄園を好まず」は、殿上人は西海道と南海道の任国を希望して、東海道・東山道・北陸道の荘園は敬遠する。「西南海」は西海道（九州）と南海道（四国・紀伊・淡路）で、平家の勢力範囲です。「東北」は東国と北国の意で、東国は東海道と東山道、北国は北陸道で、源氏の勢力範囲です。

【構文】対句構成ですから「領所」と「庄園」の関係は「西南海の領所・荘園を願ひて、東北の領所・庄園を好まず」の形。「領所」は支配地、領土、ここは国司の任国。「領」は「受領」の「領」。「庄園」は私有地のことで、皇族や功臣に賜りました。「願ひて」は希望して。「好まず」は不快に思う。福原の役人は平家ですから、所領を平家側の支配地である西南海に求め、源氏側の支配地である東北には求めません。朝廷の役人は身の温存を図っています。

（風俗は武士化しているのに、政治は貴族が上にいて武士を支配する構図が残っています。）

【構想】清盛の専決で福原に遷都し、政府の高官は平家だけが移りました。官僚や官僚の関係者は一刻も早く移動して不利にならないようにと願い、住居は解体されて福原に移り、空き地は残留者の畑になりました。落ちこぼれは希望を失っていました。平安京は都も人も住居も壊れてしまいました。

〈都〉

その時、おのづから事の頼りありて、津の國の今の京に至れり。所のありさまを見るに、その地、程狭くて、条里を割るに足《た》らず。北は山にそひて高く、南は海近くて下《くだ》れり。波の音、常にかまびすしく、塩《しほ》風ことにはげし。内裏は山の中なれば、かの木の丸殿《まろどの》もかくやと、なかなか様《やう》かはりて優《いう》なるかたも侍《はべ》り。日々《ひび》にこぼち、川も狭《せ》に運び下す家、いづくに作《つく》れるにかあるらむ。なほ空《むな》しき地は多く、作れる屋《や》は少なし。古京はすでに荒れて、新都はいまだ成らず。ありとしある人は、皆浮き雲の思ひをなせり。もとよりこの所にをるものは、地を失ひて憂《うれ》ふ。今移れる人は、土木のわづらひある事を嘆く。道のほとりを見れば、車に乗るべきは馬に乗り、衣冠、布衣なるべきは、多く直垂《ひたたれ》を着たり。都の手ぶりたちまち改《あらた》まりて、ただひなびたる武士《もののふ》に異ならず。世の亂るる瑞相とか聞けるもしるく、日を経つつ世の中浮き立ちて、人の心もをさまらず。

ソノ時ヲノツカラ事ノタヨリアリテツノクニノ今ノ京ニイタレリ所ノアリサマヲミルニ南ハ海チカクテクタレリナミノヲトツネニカマヒスシクシホ風コトニハケシ内裏ハ山ノ中ナレハ彼ノ木ノマロトノモカクヤトナカナカヤウカハリテイウナルカタモハヘリヒ、ニコホチカハモセニハコヒクタスイヱイツクニツクレルニカアルラムナヲムナシキ地ハオホクツクレルヤハスクナシ古京ハステニ荒テ新都ハイマタナラスアリトシアル人ハ皆浮雲ノヲモヒヲナセリモトヨリコノ所ニヲルモノハ地ヲウシナヒテウレフ今ウツレル人ハ土木ノワツラヒアル事ヲナケクミチノホトリヲミレハ車ニノルヘキハ馬ニノリ衣冠布衣ナルヘキハ多クヒタ、レヲキタリミヤコノ手振里タチマチニアラタマリテタ、ヒナタルモノ、フニコトナラス世ノ乱ル、瑞相トカキケルモシルク日ヲヘツ、世中ウキタチテ人ノ心モヲサマラス

都遷りのとき、成り行きで、なにかの関連があって、摂津の国の新しい京に着いた。その場所の状態を見ると、その地勢は面積が狭くて、条里を割るには不足である。福原の北は六甲山に近くて高く、南は海に近くて下がっている。福原は岸に波の打ち寄せる音がいつも騒がしく、潮風がことに激しい。内裏は山のなかにあるから、昔、斎明天皇の丸木造りの木の丸殿もこのさまであろうと、かえって様子が変わっていて木の丸殿には優美な

ところもあります。連日、都で解体して川幅も狭いほどに運び下した家は、どこに作ってあるのであろうか、いや作ってないぞ。まだ福原では更地が多くて作った家屋は少ない。平安京はとっくに荒廃してしまいました。新しい都は完成に至っていない。すべての人は、だれもかれも、風に吹かれて吹き迷う雲のような思いをしました。以前から福原に住んでいるものは、土地を奪われて嘆いている。こんど新しく福原に移ってきたお人は土木工事の苦労でため息をしています。新都の大路小路に視線を向けると、牛車に乗るにふさわしい人は馬に乗り、上衣に「衣」を着、頭に「冠」を載せるような者は、多く直垂を着ている。都の風俗が急速に新しくなって、全く田舎くさい武士の風俗にひとしい。世の中の秩序が保たれない凶相と書いているのも、結果はひどいもの、日数を経過するにつれて、世の中は落ち着きを失って、人の心も不安定である。

〈その時、おのづから事の頼りありて、津の國の今の京に至れり。〉

「その時、おのづから事の頼りありて」は、都遷りのとき、成り行きで、なにかの機縁があって、摂津の国の新しい京に着いた。「その時」は都遷りのとき。

【語法】「その時」は、先行文を受けると都遷りのときですが、後続文から振り返ると、新都が作動したとき。「おのづから」は自然と、成り行きで。「事の頼り」は仕事の上のよりどころ。「事」は一般的にいう語で、ある事案、具体的には仕事か。「頼り」はよるべ、手掛り、協力者などの他者。「ありて」はあって。

「おのづから」は、自然に便宜があった意味ですが、偶然に仕事が新都にあったのかも知れないし、誰かに誘われたのかも知れません。

【作者】作者は新都に否定的でしたが、作者の記録者としての思いは一貫していました。

（作者は一歩ひいた表現をするので、何かの関連で行ったのではなく、進んで行ったかと思われます。）

「津の国の今の京に至れり」は、摂津の国の現在の都に到着する。「津の国」は摂津の国。「今の京」は新しい京の意で福原、現在の神戸市兵庫区の一部で、湊川新開地の西から須磨区の妙法寺川への地域と想定されています。「至れり」は到着する。

【作者】「おのづから」「ことの便り」という表現は、作者自身を一人の旅人と位置づけます。作者は「ことの便り」を手がかりにします。

（ここで作者が登場します。作者は旅人の目で福原をみ新都に旅しようとしました。）

〈所のありさまを見るに、その地、程狭くて、条里を割るに足らず。〉

「所のありさまを見るに」は、その場所の状態を見ると。「所のありさま」は立地状況、「所」は「いまの京」で福原。「ありさま」は全体像。「見るに」は観察すると、新都の自然に備わっている全体像を観察すると。

（「所」は、地勢・地形の意味か、区域の意味かという議論があります。）

【構成】「所」については「その地」（地勢）と「道のほとり」（風俗）の二点をあげます。

「その地、程狭くて条里を割るに足らず」は、その地勢は面積が狭くて、条里を割るには不足である。「その地」は新京の地勢。

【構文】「その地」について「程狭くて、条里を割るに足らず」（面積）、「北は山にそひて高く、南は海近くて下れり」（地勢）、「波の音、常にかまびすしく、塩風ことにはげし」（空中）の、三つの説明があります。

「程狭くて」は面積が狭い、「程」は面積。「狭くて」は画積が小さくて活動に支障がある。「条里」は土地の区画、「条」は東西の町筋、「里」は南北。「割る」は、ここは地割。

福原は地勢の全体像は狭い、具体的には区画が不足する、です。

文献は五条から九条にあたる地所がなく（『平家物語』巻五）、平安京の半分だ（『玉葉』六月十五日）と指摘します。（引用文省略）

（平安京的な貴族本位の都を頭において福原を考えると半分しかありませんでした。）

【構想】平安京の五条以北は貴族の住居で、五条以南は武士の住居でした。福原京では在来の貴族はいないので、武士が貴族になりました。貴族化した武士は五条以北に住み、五条以南には住むような武士はいません。五条以南はなくてよかったのです。

兼実は遷都に参加しようといったら、宿所がないという清盛の返事でした。清盛は五条以北は武士の住居で、本心は五条以南はなくてよいと思っていたのでしょうか。（平家以外の人たちは新都が武士の都であることに気づいていませんでした。）

〈北は山にそひて高く、南は海近くて下れり。波の音、常にかまびすしく、塩風ことにはげし。〉

「北は山にそひて高く南は海近くて下れり」は、福原の北は六甲山に沿って高く、南は瀬戸内海に近くて下がっている。「北」は福原の外側の北、「山」は六甲山、六甲山は福原の北側の外部にある高山（海抜九三一m）。「そひて」は主とするものに近い形で存在する。「高く」は海抜が高い。（「南」は「海近くて」とありますが「海」は福原の外部ですから「北」も福原の外部です。）

【構成】「北は山にそひて高く、南は海近くて下れり」は原文になく、諸本によっておぎないます。（『大福光寺本』の一行相当です。）

「南」は福原の南端、「海」は瀬戸内海、「近くて」は距離が短い。南端には大輪田泊などがあって福原の南部は瀬戸内海に接していました。「下れり」は下がっている、海抜は限りなく〇mに近づきます。

海抜が均等でないという指摘です（引用文省略『玉葉』六月十五日）。（地勢の第二には南北の傾斜のあることで、平安京は文字通り平坦でした。）

「波の音、常にかまびすしく、塩風ことにはげし」は、福原は岸に波の打ち寄せる音がいつも騒がしく、潮風がことに激しい。「波の音」は岸に波の打ち寄せる音、「常に」はいつも。「かまびすしく」は騒がしい。

波は休むことがありませんから波の音は常に騒がしいと言えます。（「かまびすしく」は波の音に好感をもたないものの評価です。）

「塩風」は海の風で塩を含んでいます。「ことに」は格別に。「はげし」は強い。

【作者】作者は波の音を常に耳で聞き、塩風はときには激しく膚に感じます。作者は福原の全体像を耳と膚で感じ取ります。

平安京での生活の苦しさとは違った苦しみがありました。都から脱出しても福原はよいところではありませんでした。

（都からの脱出も考えていた作者には福原も関心の土地でした。）

【構想】潮風には先蹤があります。「行平の中納言の関吹きこゆるといひけむ浦風」「ただここもとに寄せ来る心地して」などは、光源氏の感想でした。当時を代表する歌人であった鴨長明が『源氏物語』を知らないはずはありません。『源氏物語』の心で、福原を描写したのでした。光源氏には須磨は流謫の地で、作者にも福原は流謫の地でした。

（須磨の風の寂しさは皇子光源氏の悲しみでした。作者は安徳天皇に光源氏のような思いを描写したのでしょうか。）

逆に、清盛のこころで新都をみようとはしませんでした。

（以上で福原の全体的描写は終わります。）


〈**内裏は山の中なれば、かの木の丸殿もかくやと、なかなか様かはりて、優なるかたも侍り。**〉

「内裏は山の中なれば」は、内裏は山のなかにあるから。「内裏」は皇居。天皇の起居する場、「大内裏」に対します。「山」は六甲山系の山、「山の中」は周囲は山である意味。

天子は南面するといいますから、平城京でも平安京でも内裏は都の北側にありました。福原の北側は六甲山で、その山中に内裏は存在しました。

安徳天皇は中納言平頼盛邸を里内裏にして入りました（『平家物語』巻五・都遷）。現在の荒田八幡宮の地です。

高倉上皇は清盛の別邸（荒田八幡宮の北側一㎞ほどの所、雪見の御所）に入り、天皇も四日に入りました。

頼盛邸や清盛邸も里内裏ですが、雪見の御所の数百ｍの背後には六甲山があり、皇居は山中ではありませんが高台にあり、森林で覆われ、土地に傾斜がありました。

【参考】差し迫った問題は大嘗会を挙行する内裏が必要でした。内裏の造営には多大の経費と日時を要しますが、いつまでも清盛邸に居候するわけにもいきませんので、取りあえず里内裏を造ることとして二か月で上棟、あと三か月で完成し、十一月十三日以後、政務が執行されることになりました。里内裏にしても突貫工事でした。

土御門宰相中将通親殿の申されけるは、「異国には三条の広門を開いて十二の通門を立つと見えたり。況んや五条まであらん都に、などか内裏をたてざるべき。かつがつ先づ里内裏造らるべし」と議定あって、五条大納言邦綱卿、臨時に諏訪国を賜つて、造進せらるべき由、入道相国計らひ申されけり。（中略）六月九日、新都の事始め、八月十日上棟、十一月十三日遷幸と定めらる。（『平家物語』巻五・月見）

（平家は武士政権らしい都城や制度を求めないで、平安京をモデルにしていました。）

作者が見た内裏は、頼盛邸の南に新築された里内裏で、現在も福原に地名を残しています。

（作者は平家政権の苦悩には無関心でした。）

「かの木の丸殿もかくやと」は、昔、斎明天皇の丸木造りの木の丸殿もこのさまであろうと。「かの」（代名詞）は、あそこ、遠称、ここは斎明天皇。「木の丸殿」とは丸木作りの御城・御殿です、「木の丸」は丸木、削らない皮つきの材木、「丸」は「本丸」「一の丸」などと砦をいう場合が多い。「殿」は御殿、ここは筑紫朝倉橘広庭宮（『扶桑略記』）。

【語法】「木の丸殿」は斎明天皇の朝鮮出兵の仮の御所、「木の丸殿も」の「も」は同類・並列。

長明は斎明天皇の仮の御所も福原の里内裏と同じく尖端基地であったとみなします。

朝倉やきのまろどのにわが居れば名のりをしつつ行くは誰が子ぞ　（『新古今集』中大兄皇子）

中大兄の「木の丸殿」は出征兵士を見送る場面でした。作者は中大兄に導かれて「木の丸殿」に戦乱の影をみました。

作者の「木の丸殿」が単なる回想でなく記録にとどめたのは、新都の「木の丸殿」に戦乱のかげを危惧したからでした。

「かくやと」は、このさまであろうと。「かく」は指示語、福原の宮殿をさします。「や」は疑問、このようであろう、新都の御所のようであろう。

作者は斎明天皇の筑前の仮の御所が、新都の安徳天皇の御所に似ていると推量します。

しかし事実は、新都の御所をみて斎明天皇の御所に似ていると思い、逆に斎明天皇の御所が新都の御所に似ていると推量し、斎明天皇の御所も福原と同じだから尖端基地であったとみなします。

（長明は福原を尖端基地とみなしていました。）

【構想】作者はことのついでに福原に来たといいましたが、一一月一三日に完成した宮殿を見ています。

（長明は福原に何回訪れたのでしょうか、長期滞在したのでしょうか。）

「なかなか様かはりて優なるかたも侍り」は、かえって様子が変わっていて木の丸殿には優美なところもあります。「なかなか」は、かえって、反対に。「様」は様子の意。「かはりて」は変化する、変わっている。

【語法】「様かはりて」の「て」は契機、「かの木の丸殿もかくやと、なかなか様かはりて」は宮殿の否定面を記録しますが、「て」において場面が変換して、「優なるかたも侍り」と肯定面を描写します。

「優」は優美、上品で気品がある。「かた」は片一方、半面。「侍り」は存在する。

（「優美」は王朝の理想的な美的価値でした。）

【語法】「優なるかたも」の「も」は例示、優でない部分を認めた上です。「侍り」は丁寧、作者自身の存在を顕著に示します。

内裏の外観は「木の丸殿」で戦闘的で優美ではないが、内裏そのものには優美もある。

須磨には、いとど心尽くしの秋風に、海はすこし遠けれど、行平中納言の、「関吹き越ゆる」と言ひけむ浦波、夜々はげにいと近く聞こえて、またなくあはれなるものは、かかる所の秋なりけり。（『源氏物語』須磨）

流謫のなかに美をみるのは『源氏物語』でした。作者には『源氏物語』の心がありました。

（作者には逆境においても美を見ようとする文人気質がありました。）

【構想】作者は旅人として福原を訪れました。新都は面積が狭く傾斜し、波の音や潮風が刺激的でした。福原は流謫の地でしたが、内裏は砦でした。しかし微細にみると優美の一面もありました。

（清盛は福原を源氏に対する砦と構築したのでしょうか。）
（新京の「すまひ」のうちの内裏を終わります。）

〈日々にこぼち、川も狭に運び下す家、いづくに作れるにかあらむ。〉

「日々にこぼち川も狭に運び下す家」は、連日、平安京で解体して川幅も狭いほどに運び下した家は。「日々に」は、連日、「こぼち」は、砕く。

旧都では、連日、各所で公卿たちの家の解体作業が行われました。旧都の情景です。
（再建するために慎重に解体したはずですが、それを批判的に「こぼち」といいます。）
（平安京に天皇の皇居があれば、叩き壊して運ぶでしょうか。）

「川」は東は鴨川、西は桂川。解体した家から堀割を作って川に導きました。「狭に」は狭い状態。

鴨川や桂川は、大建造物を流すには水量も少なく川幅も狭いので堰をつくって流し下しました。
ここの「川」は「ゆく河」の「河」のような大河の相はありません、「河」よりは小型の「川」でした。

「運び」は解体した家を移動すること。「下す」は川の上流から下流に移動する。移動中も牛に引かせました。

鴨川か桂川まで堀割を作り資材を筏にして鴨川か桂川に導いて淀川を流し、大阪湾から福原に入ります。大阪湾を通過するには「下す」とはいわないでしょう。「下す」とは鴨川・桂川・淀川で筏を流している風景です。
（作者は起点と通過点は確認していますが、淀川を下ってからの描写はありません。）

「いづくに作れるにかあらむ」は、どこに作ってあるのであろうか、いや作ってないぞ。「いづくに」は、どこに、「作れるにか」（「か」疑問・反語）は作ってあるのか、再建されてないではないか。

【語法】「いづくにか」は場所の疑問、「作れるにか」の作っていないのと違うのかという疑問、これはほとんど反語。
（作者は貴族の悲しみを代弁しています。）

【構想】「日々にこぼち川も狭に運び下す家」は運搬の話ではなく、「家」の説明です。都では連日家を解体して空き地が目立ちました。しかし、どこに再建されたのでしょうか。広くもない福原で、再建された建物があれば、すぐに判るはずです。どこにも建物がないのに気づいて、作ってないぞと思います。貴族の家は生活の場であるだけでなく、格付けされていて権威の象徴でした。家がなくなることは権威も生活も喪失につながります。

〈なほ空しき地は多く、作れる屋は少なし。〉

「なほ空しき地は多く作れる屋は少なし」は、まだ福原では更地が多くて作った家屋は少ない。「なほ」は、まだ、しかしながら。ここは不快表現。「空しき地」は更地、空き地、未利用の土地。「多く」は更地が多い。「作れる屋」は家としての体裁を持った家屋、「作れる」(「る」存在)は形を整える。「屋」は家屋、建造物。「少なし」は数が乏しい。

予定地に予定どおりに移築された家屋が少ない。

【構想】福原は新都の区画整備をしたが、予定地に建物が建っていないことが多い。もともと福原は平安京に比べて狭いから、その狭い所に空き地が多いということは空き地が目立ちすぎ、解体された家と福原の空き地とは不均衡です。

作者は解体された家を淀川まで描写しましたが、海上の描写はありません。折から梅雨ですが、多くの家は大阪湾から外海に流出したのでしょうか。海には海賊も予測できます。当時は源平の争乱のただなかで、軍船に挑発されたのでしょうか。作者は山に山賊のことは記録していますが海の海賊には全く無知でした。

(ここまで「住まい」の話です。)

〈古京はすでに荒れて、新都はいまだ成らず。〉

「古京はすでに荒れて」は、平安京はとっくに荒廃してしまいました。「古京」は昔の都、平安京。「すでに」は完了、「新都」の「いまだ」に対比します。「荒れて」は管理が行き届かず秩序が乱れて。

「新都はいまだ成らず」は、新しい都は完成に至っていない。「新都」は福原、「いまだ」は想定した状態とはほど遠い。「成らず」はできあがっていない。

当面の皇居は里内裏で、内裏造営の見通しもありません。旧都から移動した多くの家屋は廃材化しようとしています。

平安京は荒廃し、新都は建設途上で、旧都も新都も、都はなくなってしまいました。

〈ありとしある人は、皆浮き雲の思ひをなせり。〉

「ありとしある人は、皆浮き雲の思ひをなせり」は、すべての人は、だれもかれも、風に吹かれて吹き迷う雲のような思いをしました。「ありとしある人」は、すべての人。

【語法】「ありとしある人」は「もとよりこの所にをるもの」と「今移れる人」。「あり」はイル、「と」は格助詞、「し」は副助詞で強意。

「浮雲の思ひ」とは、さ迷いの心境。「浮雲」は青空に浮かぶ雲、風に吹かれて風のままにうごく雲。さ迷いの心境は旅人の心理です。

【構想】前途に希望がなくなった人は、愁えながら旧都に留まりましたが、解体された家は筏になって海上にさ迷い、新都にきた人も、住居を失った人も、皆、浮雲のような思いを経験しました。家も人もさすらいます。

そのさ迷いの悲しみは、作者の旅情と共通します。旧都と新都の荒廃は関係者全員に、さ迷いの悲哀を感じさせました。

（水路の話だから「浮草の思い」かと思うのですが、「浮雲」でした。）

【語法】「殿上人」を「雲の上人」といいます。「浮雲の思ひ」は「殿上人」の思いということにもなります。作者のことば選びでした。

いとどしく虫の音しげき浅茅生に露おきそふる雲の上人　（『源氏物語』桐壺）

（ここから作者は「人」を見ます。）

〈もとよりこの所にをるものは、地を失ひて憂ふ。今移れる人は、土木のわづらひある事を嘆く。〉

「もとよりこの所にをるものは、地を失ひて憂ふ」は、以前から福原に住んでいるものは、土地をなくして嘆いている。「もと」は次の句の「今」と対句ですから、昔。福原遷都以前。「この所」は福原、「をる」は住んでいる。「もの」は「人」ではありません。「もとよりこの所にをるもの」と「今移れる人」を区別します。（ここで貴族でない「者」が登場します。公卿・殿上人は「人」です。）

「地」は土地、所有地。この地は生産と生活の現場です。「失ひて」は所有するものをなくする。「憂ふ」は悲しみを訴える、接収されて土地を失った悲しみを人に訴えます。

在来の住民は新都建設のために土地を接収されて収入を失い生活をなくしました。生活ができなければ逃散、流浪してさ迷う他はありません。やはり「浮雲の思い」をしました。

「今移れる人は、土木のわづらひある事を嘆く」は、こんど新しく福原に移ってきたお人は土木工事の苦労でため息をしています。「今」（副詞）は新しく。「移れる人」は、移ってきた官人。「土木」とは土木工事、「土」は主として建物の基礎、「木」は建築。「わづらひ」は苦労、「嘆く」は悲しみによってため息する。

狭い福原に建築の技術家がいるはずはありません。旧都などから呼び集めなければなりません。技術者は宮殿の造営に奪われて、下級貴族には回ってきません。多大の心労と経費を要します。

土木工事の苦労が報われなければ流浪の路しかありません。挫折感を描写します。

【語法】「地を失ひて憂ふ」と「土木のわづらひある事を嘆く」は対比しますから、「憂ふ」と「嘆く」を同じ意味にとる説もありますが、「憂ふ」は人に訴える傾向が強く、「嘆く」は心中で悲しむ意が強いようです。

土地を取られた人は声を大きくして悲しみを訴え、官人は遠慮して悲しみを内攻させます。

【構想】土地を失ったものも、移住した官人も、流浪だけが残された道でした。都の荒廃をみた人は全員が「浮雲の思ひ」をしました。しかし、作者は「皆浮き雲の思ひをなせり」といいますが、世論の反対を押し切って遷都した巨大な権力者に荒廃の思いはありません。「皆」の中に平清盛は含まれません。その権力者に、「昔になぞらへて知るべし」と痛烈なことばを与えたのは、もう少し後のことです。

〈道のほとりを見れば、車に乗るべきは馬に乗り、衣冠、布衣なるべきは、多く直垂れを着たり。〉

「道のほとりを見れば」は、新都の大路小路に視線を向けると。「道」は新都の大路小路。「ほとり」は付近。「見れば」は見ると。

作者は先に「所のありさま」を観察しましたが、ここでは道の付近を見ました。乗物と服装が目に入りました。「車に乗るべきは馬に乗り」は、牛車に乗るにふさわしい人は馬に乗り。「車に乗るべきは」（「べき」当然）は、「車に乗るべき人は」の形で、牛車に乗るにふさわしい人。「車」は牛車、最も正式で高級な乗物で、朝廷に出仕するときに使用します。「馬」は武士や下人の常用ですが、貴族も神事・競技などではよく用いました。「馬に乗り」は貴族が馬に乗る。乗るべきときではないのに馬に乗る。

【構文】「衣冠・布衣なるべきは」は「衣冠・布衣を着るべき者は」の形、さらに「衣冠を着るべき者は」「布衣を着るべき者は」の形。

「衣冠を着るべき者は」（「べき」当然）は公卿、上衣に「衣」を着、頭に「冠」を載せるような者は。「衣冠」は上衣と冠で、足は指貫をはき、胴は袍を着、頭に冠をかぶり、手に扇をもちます。公卿が参内するときは「束帯」を正装としますが「衣冠」は略装です。「布衣を着るべき者は」は六位以下の者。「布衣」は無紋の狩衣での常服です。

衣冠をつける最高の身分は公卿、布衣を着る者は最低の身分の役人、「衣冠・布衣なるべき」は、朝廷の官吏全員です。朝廷の官吏全員は衣冠か布衣をつけて出仕します。

「多く直垂れを着たり」、多くの者は直垂を着ている。「直垂」は下級武士の常服で、V字型の襟首に紐をあしらった単純な上衣。

高級貴族は衣冠を着、身分の低い官吏は布衣を着るのであるが、官吏が貴族から武士に変わったので、誰もかれも直垂を身につけています。

（作者は衣服から多くの官吏が武士になったと描写します。）

（武士階級の上昇に伴って、直垂も、最後には最高の礼服になります。）

【構想】牛車に乗り、衣冠または布衣を身につけるべき者が、馬に乗り直垂を着たというのは、貴族が武士化したこと、武士が貴族化したことで、貴族の権威の喪失、また武士が権力を得たことになります。しかし「多く」とありますから全員ではなく、少数の者は同調しませんでした。作者は、その少数者を見逃しませんでしたが、大勢は動かせません。

〈都の手ぶりたちまち改まりて、ただひなびたる武士に異ならず。〉

「都の手ぶりたちまち改まりて」は、都の風俗が急速に新しくなって。「都の手ぶり」は都の風俗、「手ぶり」は手の所作の意味から生活様式です。「たちまち」は一息ついている間、立って待っている間、時間の経過のないこと、「改まりて」は新しくなる。

「ただひなびたる武士に異ならず」は、全く田舎くさい武士の風俗にひとしい。「ただ」は限定の意、それ以上でも、以下でもない。「ひな」は田舎、「ひなび」は田舎風の。「異ならず」は相異しない。

作者は、貴族が馬に乗り直垂を着用している風俗を、田舎武士の風俗そのものだと酷評します。

武士は平安京では五条以南に住んでいました。いわゆる下町です。武士も清盛や頼政なら問題はないでしょうが、源平の武士たちの多くは地方から上京したものたちで、都の風俗とは程遠い地方の風習が幅を利かせています。

（長明には武士政権には宮廷などは不要であるという思想はありませんでした。）

〈世の乱るる瑞相と書きけるも、しるく、日を経つつ世の中浮き立ちて、人の心もをさまらず。〉

「世の乱るる瑞相と書きけるもしるく」は、世の中の秩序が保たれない凶相と書いているのも、結果はひどいものです。「世の」は世の中が。「乱るる」は秩序が保たれない。「瑞相」（占卜の用語）は、よい結果をもたらす表象、吉相・吉兆のことです。しかし、世の中が乱れることが吉兆であるわけがありませんから「瑞相」は「凶相」の代用で、「凶」という字を避けるための用字法でした。

同様の例に「劣」を「勝」に言い換えた例があります。（『玉葉』六月二日・用例省略）

【語法】原文「瑞相トカキケルモ」（『大福光寺本』）を、「瑞相トカ聞ケルモシルク」とよむか「瑞相ト書キケルモ」とよむかで、両説がある。

「書きける」は書いている、「聞けるも」は聞いている、「しるく」は著しい、はっきりしている。

「凶相」は福原京の崩壊、平家政権の没落を意味しています。

（だれが書いたか、言ったかは不明ですが、政権批判を書くのは勇気が要ります、作者自身の発言か。）

「日を経つつ世の中浮き立ちて」は、日数を経過するにつれて、世の中は落ち着きを失って。「日を経つつ」は、一日二日と重なって（『諺解』）、「経」は経過する、「つつ」は同時平行、日数を経過するのと平行して。「世の中」は世間の人。「浮き立ちて」は動揺して、沈んでいたものが前面に動きだすことで、「浮雲の思ひをなせり」と関連します。

日数を経過するにつれて、世間では落ち着きを失って動揺するような状況になりました。

古注（『盤斎抄』）は「世の中浮き立ちて」には、源平の争乱が背景になっていると指摘する。

「人の心もをさまらず」は、人の心も不安定である。「人の心も」の「も」は添加、「世の中」に対して「人の心」を添えます。「をさまる」は外にあったものが順当に内部に入る意、「をさまらず」は人々の悲しみや嘆きが表情や行動に現れて、静まることがない。

日数を経過するにつれて、人々の心は制御できず表情や行動に現れます。

【構想】『方丈記』は住居と人とをテーマにします。新都は旧都の半分ほどの領域しか有りませんが、人は平家一門で占められ、貴族化した平家は五条以北にすむことになり、五条以南は不要でした。狭い福原であるのに、土地は広々として、旧都で解体された家は新都では再建されていません。新都は殺風景で流謫の地であり、宮殿は呰でした。それでも探せば優雅なこともありました。平家は貴族化しましたが、貴族になった平家は馬にのって駆け巡りました。旧都の官人たち、官人に関係のある者は、新都に移住を志し、少しでも有利にしようとはげみました。旧都に残った落ちこぼれは希望も収入も失い、更地になった隣家の跡を耕して糊口をしのぎました。福原にいた者は土地を奪われ、空しさで一杯でした。

平清盛は北は源義仲、東は源頼朝の上京を迎え撃つには平安京では軍事施設がありません。官人の中には源氏につくものもあるでしょう。福原を呰にして平家一門で迎え撃つという計画を立てていました。しかし、誰も平家の軍事秘を知るものはありません。

（民心の動揺には源平の争乱もありますが、作者は無視しています。）

〈還都〉

民の憂《うれ》へ、つひに空《むな》しからざりければ、同じき年の冬、なほこの京に歸り給ひにき。されど、こぼちわたせりし家どもは、いかになりにけるにか、悉くもとの様にしも作らず。

伝へ聞く、いにしへの賢《かしこ》き御世には、あはれみを以《もち》て國を治め給ふ。すなはち、殿に茅《かや》ふきても、軒《のき》をだにととのへず、煙の乏《とも》しきを見給ふ時は、限りある貢《みつぎ》物をさへゆるされき。

これ、民を恵み世を助け給ふによりてなり。今の世のありさま、昔になぞらへて知りぬべし。

タミノウレヘツヰニムナシカラサリケレハヲナシキ年ノ冬ナヲコノ京ニ帰リ給ニキサレトコホチワタセリシ家トモハイカニナリニケルニカ悉クモトノ様ニシモツクラスツタヘキクイニシヘノカシコキ御世ニハアハレミヲ以テ国ヲヽサメ給フスナハチ殿ニカヤフキテモノキヲタニトヽノヘス煙ノトモシキヲミ給フ時ハカキリアルミツキ物ヲサヘユルサレキ是民ヲメクミ世ヲタスケ給フニヨリテナリ今ノ世ノアリサマ昔ニナソラヘテシリヌヘシ

人民の憂慮は最後まで放置されることはなかったから、同じ治承四年の冬、天皇は不本意であるが作者の住んでいる平安京に還られました。しかし、解体して川を渡した多くの家はどのようになったのか、一切、最初の様式どおりには作っていない。人を介して聞いた、昔の尊い天皇の治政には、仁慈を手段として国を治めなさった。とりもなおさず、王宮の屋根を茅で葺いても茅の先端を切り揃えない。天皇は国情を視察するとき、炊煙の少ないのを見て、最低限の税務さえ免除された。これは、民に物品を与え世に力を注がれることによってである。現在の世の状況は、昔の聖天子の時代に比較検証して知らなくてはならない都が還ったから終わったのではない。

（政治家は歴史の教訓を忘れてはならない。）

〈民の憂へ、つひに空しからざりければ、同じき年の冬、なほこの京に帰り給ひにき。〉

「民の憂へ、つひに空しからざりければ」は、人民の憂慮は最後には放置されることはなかったから。「民」は人民、被治者、治められている人々。貴族でも官人でもなく、在野の人民です。「憂へ」は心の痛み。「つひに」は、曲折を経ながら最後には一定の結果になる。「空しからざりければ」は期待が満たされたから。「空し」は内容のない、満たされない、「ば」は順接の確定条件、人民の憂慮は最後には満たされた。

古注（『盤斎抄』）は「民の憂へ、つひに空しからざりければ」は、清盛に対する抵抗であるとする。
（作者には人民の期待は必ず実現するという思いがあります。）

「同じき年の冬、なほこの京に帰り給ひにき」は、同じ治承四年の冬、天皇は不本意であるが作者の住んでいる平安京に還られた。「同じ年」は同年、すなわち治承四年。「冬」は十月から十二月までですが、ここは十一月二十六日、グレゴリオ暦では十二月二日でした。「なほ」は止むを得ず、の意。抵抗感のある語で、不本意な気持ちを表現します。「この京」は平安京、「こ」は近称の語で、作者の側のものです。作者のいる平安京。「帰り給ひにき」は、天皇は平安京に帰られた。

『玉葉』は還都の理由を源氏の挙兵、比叡山衆徒の要請、高倉院の御悩など、それに清盛は還都を主張する宗盛との論争に屈したこととします。

【構想】行政は福原京に「つひに空しからざりければ」「なほこの京に帰り給ひにき」などと未練を残しますが、世の趨勢には抗しきれませんでした。兼実は還都の理由を政治情勢や平家内部の事情しか見ていませんが、作者は、人民の怨嗟の声が政治を動かしたと述べています。作者には人民を見る眼がありました。

天皇が帰れば文武百官も帰り、都も帰り、人も家も帰ります。その間、五か月たらずでした。

〈されど、こぼちわたせりし家どもは、いかになりにけるにか、悉くもとの様にしも作らず。〉

「されど、こぼちわたせりし家どもは、いかになりにけるにか」は、しかし、解体して川を渡した多くの家はどのようになったのか。「されど」（逆接）は、しかし。「こぼち」は破壊する。「わたせりし」は川を渡した、「し」は過去。

「家ども」は複数の家。「いかに」はどのように。「なりにけるにか」と呼応して、状態を疑問にします。「なり」は成る、一定の結果を結ぶ。

作者は福原遷都によって先祖伝来の邸宅を解体し淀川を渡したまでは知っていますが、その後の記録は空白です。その解体して渡した家が、どのような状態になったかと疑問に思います。移動中に消失した家屋の結末が心配です。

（作者は旧都の建物の解体を破壊したとしか見ていません。その目で見れば平安京も破壊されたのでした。）

「悉くもとの様にしも作らず」は、一切、最初の様式どおりには作っていない。「悉く」は全部、「作らず」と呼応します、全体否定です。「もとの」は最初の、「様」は様式、規模。「作らず」は建築しない。

福原に到着した家は福原で再建され、再び解体して、逆に川を遡り、本の地所に再建しました。貴族は邸宅を二度解体し、二度再建し、水路を往復輸送しましたから莫大な経費を要し、元の規模に復元する余裕はなかったでしょう。

（『方丈記』は人と住居を記録しますが、ここは住居の結末を記録します。）

当時は身分制度によって、身分以上の家を新築することはできませんし、父祖の身分を超えて出世することも困難でしたから、結局、父祖の家を超える家は造れません。また、当時は寝殿の両脇に対を作る形式が終わり、対は東か西の何れか一方だけになりました（太田静六『寝殿造の研究』）。旧都に帰った貴族は家だけは再建しますが、いろんな事情が絡んで、いずれも規模を小さくしました。

（還都によって在来の福原の住人が土地と住居を回復したかの記録はありません。）

【構想】「民の憂へ、つひに空しからざりければ」といって、人民の願いが適えられる形で都に帰ってきたのですが、いったん破壊された平安京が完全に復旧することはありません。作者は平安京で解体された家について、一部は海上で消滅したと指摘し、どこへ行ったのかと心配します。また旧都で再建された家は、すべて規模を縮小したと述べ、失政を指摘します。「民の憂へ」もついに完全には回復しませんでした。

元の如く返っても、元の如くにはならなかった。（『盤斎抄』）

清盛自身は六波羅邸を福原に移動したのでしょうか、還都で引き返してもとのように立てたのでしょうか。ありえないことです。

（作者は住居が完全復活しないのは失政であるとしました。）

〈伝へ聞く、いにしへの賢き御世には、あはれみを以て国を治め給ふ。〉

「伝へ聞く」は、人を介して聞いた。伝聞の意。自分の未経験な事を、他人または書物から知る。

（自分は今も忘れてはいないということ。）

【構文】「伝へ聞く」は「いにしへの賢き御世には、あはれみを以て国を治め給ふ」と倒置法で、作者の怒りの表現と言われています。

「いにしへの賢き御世には」は、昔の尊い天皇の治政には。「いにしへ」は過ぎ去った過去。「賢し」は日本語では尊い、恐れ多い。漢語では聖賢の意。「御世」は天皇の時代、治政。

【語法】「いにしへの賢き御世」だけでは、いつの時代かは分かりませんが、「その軒をだにととのへず」とありますから、中国なら先秦時代、日本なら大和時代です。朧化表現です。

「いにしへの賢き御世」は過去の尊い天皇の治政、ここは仁徳天皇。

「あはれみを以て国を治め給ふ」は、仁慈を手段として国を治めなさった。「あはれみ」は、慈しみ、仁慈。「以て」は手段、仁慈を手段とします。「国を治め給ふ」は帝王が政治をする。

【構想】作者は、過去の聖天子が仁慈を手段として政治をしたことを聞いたと言います。過去の聖天子を挙げるのは現在の政治家が聖天子でもなく、仁慈でもなかったからです。聖天子が仁慈を手段としたことは、すべての政治家は仁慈を行政の精神にしなければならないことでした。為政者が悪に走れば役人も悪に染まります。

君子の徳は風なり、小人の徳は草なり。（『論語』顔淵十二）

（作者は儒教思想によって役人の義務違反を告発します。）

〈すなはち、殿に茅ふきても、その軒をだにととのへず、煙の乏しきを見給ふ時は、限りある貢物をさへゆるされき。〉

「すなはち」（副詞）は再説または細説する場合のことば、とりもなおさず、言い換えると、例をあげると。

【構文】前項の「いにしへの賢き御世には、あはれみを以て国を治め給ふ」には、「殿に茅ふきても、その軒をだにととのへず」と「煙の乏しきを見給ふ時は、限りある貢物をさへゆるされき」とに細説します。

「殿に茅ふきても、その軒をだにととのへず」は、王宮の屋根を茅で葺いても茅の先端を切り揃えない。「殿」は御殿、ここは王宮。「茅」は薄の類、ススキ・チガヤ・オギ等。屋根を葺く材料です。寝殿も茅で葺きました。「ふく」は風雨を凌ぐ目的で屋根を覆うこと。王宮の屋根を茅で葺きました。「も」は例示。「その軒」は王宮の軒、「軒」は屋根の下部の先端。「ととのふ」は揃える意。「ととのへず」は屋根を葺いている茅茨の下の先端を切り揃えない。

尭の天下を有つや、堂の高さ三尺、采椽刮らず、茅茨剪らず。（『史記』秦本紀）

是を高津宮と謂す。即ち宮垣室屋、堊色せず。桷梁柱楹、藻飾らず。茅茨蓋くときに割齊へず。（『仁徳紀』）

（瓦は仁徳天皇の時代にはありませんが、尭の時代には存在した。）

人民は多く茅茨を整えません。茅茨を整えないのは質素の意味とも、人民と差をつけない意味ともいわれています。

仁徳天皇の宮室は全体が質素であって、茅茨を整えないのはその一例でした。

「煙の乏しきを見給ふ時は、限りある貢物をさへゆるされき」は、天皇は国情を視察するとき、炊煙の少ないのを見て、最低限の税務さえ免除された。「煙」は炊煙。「見給ふ」は見る意の敬語、天皇が煙を見る。

古代は国見といって、天皇は高所から人民の生活を観察します。そのとき「煙」が重要な役目をします。戦には狼煙ですし、平時では炊煙です。

「乏しき」は量の少ない。「時」は「煙の乏しきを見給ふ」ときです。

群臣に詔して曰はく、「朕、高臺に登りて、遠に望むに、烟氣、域の中に起たず。以為ふに、百姓既に貧しくして、

家に炊く者無きか。（『仁徳紀』四年春二月）

煙の量の多少の組合せで情報を得ます。多い場合は問題がなく少ない場合に問題があるというのは狼煙ではなく、炊煙でした。炊煙に人民の生活をみて、煙の少ない場合に関心を示します。人民が困窮しておれば対策を要します。

「限りある貢物」は最低限の課税。「限り」とは一定の範囲、限度。「貢物」は差し上げる物、ここは課税・納税、当時は物納でした。「さへ」は限度、「ゆるされき」は緩める意、免除すること。

納税には限度を超えて免除しました。限度を超えると財政は破綻しますが、免除される者には恩恵になります。

「今より以後、三年に至るまでに、悉に課役を除めて、百姓の苦き息へよ」とのたまふ。（『仁徳紀』四年）

是を以て、宮垣崩るれども造らず、茅茨壊るれども葺かず。風雨隙に入って、衣被を沾す。星辰壊より漏りて、床褥を露にす。（『仁徳紀』四年）

仁徳天皇の行政は人民と共通の思いをもつことでした。

今百姓貧しきは、朕が貧しきなり。百姓富めるは、朕が富めるなり。（『仁徳紀』七年）

〈これ、民を恵み世を助け給ふによりてなり。今の世のありさま、昔になぞらへて知りぬべし。〉

「これ」は、宮殿に茅を葺いて軒先を整えないことと、人民の貧窮に際しては税を免除することです。「民を恵み世を助け給ふによりてなり」は、民に物品を与え世に力を注がれることによってである。「民」は人民、民衆。貴族や殿上人ではありません。「世」は世間、人と人との関わり合い。「助け」は余裕を与える。

仁政は人と世を対象にして物品を支給し余裕を与える。

「今の世のありさま、昔になぞらへて知りぬべし」は、現在の世の状況は、昔の聖天子の時代に比較検証して知らなくてはならない。「今」は治承四年の年末こと、「ありさま」は現況。

「今の世のありさま」は、清盛の意向で突然遷都が決行され、官吏は官命大切に止むを得ず新都に移る者があれば、不安を感じながら旧都に留まる者もあり、新都では再建の出費に泣き、土地を奪われて泣いているものの様子です。

「今の世のありさま」には、以仁王の宣旨、源頼政の自害、源頼朝・源義仲の挙兵、富士川合戦で平惟盛の敗北など、清盛にはマイナスの事件が続きました。このことは『方丈記』は無視しています。

「昔」は日本では仁徳天皇の時代、中国では尭の時代。聖天子の時代。

昔は帝王は質素倹約と平等に心掛け、人民の救済を優先しました。

「なぞる」は物にあてがって、その後をたどる。ここは昔の例に従って検証する、です。

「今の世のありさま」を仁徳天皇や尭帝の行動にあてて検証します。

「知りぬべし」（「ぬ」確言）は、検証して知らなくてはなりません。「べし」は当然。

昔の実例をよりどころにして一つ一つ検証すると、現在の為政者は質素倹約・人民の救済を心掛けませんでした。

【構文】「知りぬべし」の主格は不明です。作者が主格なら「べし」は可能・推量。読者が主格なら命令・当為。

作者が知ったことは、政治家は人民の苦痛を受け止めることはなく、政治家の横暴が家を滅ぼし人を滅ぼし、都を滅ぼしたことで、聖賢の道を回復しなければならないことでした。

（人民の憂いが悪政にまさって還都しましたが、後遺症は消えません。）

【構想】要旨

鴨長明は安元の大火では遠望して記録するだけで、その位置も姿も不明ですが、長明の関心は下手人にありました。風聞は日吉の芸人だと伝えます。治承の辻風では辻風の真下にいて災害をもろに蒙りました。長明は辻風を通常の災害ではない、超能力者の諭しかと推測します。玉敷きの都は災害の場で、危険な都に住むのは愚かだともいいます。

ところが遷都では都の方が福原に引越ししましました。長明は危険な都に住むことはなくなりましたが、口実を設けて新都に長期間潜入しました。長明が第一に注目したのは面積で、平安京では武士・庶民の住む五条以南はないことでしたが、実質は貴族の住居は有りますが、武士庶民の住居は有りませんでした。福原に移転したのは平家ばかりで、平家の武士が貴族になり、貴族は風俗も武士化してしまって、馬を乗回す高位高官はありますが、牛車は見えません。新都は潮風が激しくて流謫の地であり、王宮は砦でした。

長明は嵯峨天皇・仁徳天皇に導かれて、政治は弱者のためでなければならないと思い、悪政を断ち切るのは民衆の力と思って、政治を批判します。災害の元凶は平清盛でした。

大火・辻風・遷都は天災と人災ですが、作者は行政を問い糺し、為政者の非を批判します。

〈飢渇〉

ヌ、養和《やうわ》のころとか、久しくなりて覚えず。二年があひだ、世の中飢渇《きかつ》して、あさましき事侍りき。或は春夏ひでり、或は秋、大風洪水など、よからぬ事どもうちつづきて、五穀ことごとくならず。むなしく、春かへし夏植うるいとなみありて、秋刈り冬収《をさ》むるそめきはなし。

又養和ノコロトカ久クナリテヲホエス二年カアヒタ世中飢渇シテアサマシキ事侍リキ或ハ春夏ヒテリ或ハ秋大風洪水ナトヨカラヌ事トモウチツヽキテ五穀事〻クナラスナツウフルイトナミアリテ秋カリ冬ヲサムルソメキハナシ

また、養和のころであったか、ずいぶん遠くなって記憶していません。思い出すのもいやです。世の中は二年間、食べ物もなく、ひどいことが起こりました。春と夏がひでりで、また秋は大風と洪水など、良くないことが連続して五穀はなにも稔りません。努力のかいがないのに春に田を耕し夏に本植する努力だけがあって、秋に刈り取った稲を倉庫に収納して、冬には新穀を神に捧げ祝宴を設ける喜びのつどいもありません。

（飢饉は思い出すのもいやな災害でした。）

〈また、養和のころとか、久しくなりて覚えず。〉

「また」（接続詞）は添加、追加的にいいいます。「治承四年水無月のころ」に、「養和のころ」を付け加えます。「治承」も「養和」も年号で、連続しますから、作者は治承から養和へという事件の連続性を認めます。

【語法】「また」は災害のこととすれば同類のものを加える、遷都とは別に。飢渇のこととすれば異質のものを加える。

「養和のころとか、久しくなりて覚えず」は、そのことは「養和」のころというのか随分過去になって記憶にない。「養和のころとか」は、養和のころとかといわれている。「養和」は安徳天皇時代の年号で、治承五年七月一四日、養和に改元、養和は翌養和二年五月に「寿永」と改元され、養和は元年と翌年の両年しかありません。月でいえば一〇月間です。「ころ」はおおよその時、期間で、「養和のころ」は養和を中心とした複数年ですが、あとに「二年が間」とありますから養和元年と翌年です、年号では寿永五年から養和二年までです。

「久しくなりて」は養和の頃が随分過去になった、「久しく」は時間が相当長い。「覚えず」は記憶していない。「覚え」は記憶する。養和の頃という大体の記憶はあるが、時間が経過しているので確言はできない。

【語法】「養和のころとか」の「か」は疑問、係結びで結びの「いふ」の省略。養和のころか寿永であったか覚えがない。

『方丈記』の執筆の終了は一二一二年ですから、養和は三十年ほど以前のことです。「久しくなりて」という感覚には、三十年ほどの時間の経過があります。

【語法】「養和のころとか」の「ころ」はおおよその表現ですが、前年の治承の遷都にも疑問表現を用いています。しかし当時の文献は遷都を六月二日または三日として日時を明確に記します。あいまい表現は作者の記録の仕方です。記憶の喪失ではありません。

「久しくなりて覚えず」は、古注（『盤斎抄』）は、謙遜の言葉と云うが、実際は記憶鮮明であるという意味でした。

【構想】大火は遠くに見ました。辻風は火の粉をかぶりました。遷都では新都に出向いて評価します。作者は観察者でしたが次第に災害に巻き込まれます。

【参考】古注（『諺解』）は鎌倉の頼朝、木曽の義仲、西南の緒方・高野をあげて、畿内は平穏でないと詳解します。

〈二年があいだ、世の中飢渇して、あさましき事侍りき。〉

「二年があいだ世の中飢渇して、あさましきこと侍りき」は、二年間は飢渇を契機として、論外なこと、あきれはてたことを経験しました。「二年があいだ」は二年間、「間」は期間、二年間、同一の内容を有します。「世の中」は世間。「飢渇して」は食べ物・飲み物に苦しんで。「飢」は食の乏しくなって空腹に耐えられない、「渇」は飲み物が乏しくなって喉が乾いてこまる。

「養和」のころというのか随分過去になって記憶にないといった事案は二年間の飢渇でした。二年間という数字は記憶していました。

（もう都・貴族・武士のことではありません。世の中の人を描写します。）

【語法】「飢渇して」の「て」は契機を意味します。水と食料に苦しんだことが契機になって、「あさましきこと侍りき」となります。

「あさましき事」は予想外な論外なこと。「あさましき」は、あきれる、論外の意。「侍りき」（「き」直接的経験）は丁寧語、存在しました。

作者は予想外な論外なことを経験しました。「あさましき事ども」とは記していません。単数か複数かが問われます。

【語法】「侍りき」は作者の直接的経験です。作者はただ一つの「あさましき事」を記そうとしています。

（作者は第四の「世の不思議」として「あさましき事」をあげます。「飢渇」が「世の不思議」ではありません。）

〈或は春夏ひでり、或は秋、大風洪水など、よからぬ事どもうちつづきて、五穀ことごとくならず。〉

「或は春夏ひでり、或は秋、大風洪水など」は、養和は一つは春と夏がひでりで、一つは秋、大風と洪水などでした。「春夏」は養和元年の春と夏、「秋冬」との異同をいいます。「ひでり」は晴天が続き降雨のないこと。

【構文】「或は」は例示の意、対句的構文で、「或は春夏ひでり」はひでりでない春夏がある意味ではありません。

「大風洪水」は大風と洪水、「大風」は大規模な風、「洪水」は大雨で河川の氾濫、「大風洪水」は台風か。

（山の木は貴族の建築材料に切り出されて山は保水力を失って、鴨川・大井川が氾濫します。）

「春」と「夏」は雨が降りませんでした、梅雨は空梅雨でした。「秋」は大風が吹いて台風は激しかった、養和元年は農事には不都合な天候でした。

「よからぬ事どもうちつづきて、五穀ことごとくならず」は、良くないことが連続して五穀はなにも稔りません。「よからぬ」は、良くない、「よし」の否定、「ぬ」は打消。「うち続きて」は連続する意。「五穀」は米麦黍粟豆で、穀物の総称です。「ならず」は実が成らない。

「よからぬ事ども」（「ども」複数）は「よろしからぬ」ではありません。雨期に水がなく、乾季に水がある、期待とは逆です。あってはならないことが重なります。

平年は日陰の湿潤地帯では稲の生育はよくありません。春、旱魃でも、稲は湿潤の地では育つでしょう。しかし、秋の風雨は、その湿潤の地を直撃しました。穀物には日照りに強いもの、水に強いものなどさまざまですが、日照りと洪水が重なったのでは防ぎようがありません。最早、どこにも収穫する稲はありません。水の不足する災害と、水の多すぎる災害の連続が不幸でした。

（「あさましきこと」は五穀が稔らなかったことでしょうか。）

〈むなしく春かへし夏植うるいとなみありて、秋刈り冬収むるそめきはなし。〉

「むなしく春かへし夏植うるいとなみありて」は、努力のかいのなくて春に田を耕し夏に本植する努力があって。「むなしく」は空虚の意、努力しても効果のないこと、疎外感の表現です。

【語法】「むなしく」は「むなしく春かへし」「むなしく夏植うる」の形。

「かへし」は耕す意。春、田畑を耕します。稲の種を蒔き苗を植える準備です。

「植うる」は苗を本植えする。夏、稲の苗を苗代から本植します。秋、収穫する予定です。

「いとなみ」は生活する意、労働のこと。「ありて」は存在する。無意味な春と夏の働きがある。

一年の前半は無意味な労働で終わりました。労働に伴う報酬がありません。もし無意味な労働であると知っていたら労働はしなかったでしょうか。労働だけが無意味ではなく、人の期待感も無駄でした。

「秋刈り冬収むるそめきはなし」は、秋、刈り取った稲を倉庫に収納して、冬には新穀を神に捧げ祝宴を設ける喜びのつどいもありません。「刈り」は、稲を刈り取る。「収むる」は倉に収納する。「そめく」は浮かれ騒ぐ。「なし」は、秋刈り取ることもなければ、冬収納する喜びもありません。

秋、刈り取った稲を倉庫に収納して、冬には脱穀して新穀を神に捧げ人も口にし、祝宴を設けます。

作者は一年の稲の成育について、春夏の農作業の労働だけがあって、秋冬の収穫と祝宴がなく期待が裏切られたことを述べ、労働疎外を指摘します。

（「あさましきこと」とは、労働だけがあって、収穫の喜びのないことでしょうか。）

（人）

これによりて、国々の民、或は地を棄《す》てて境《さかひ》を出で、或は家を忘れて山に住む。さまざまの御祈はじまりて、なべてならぬ法ども行《おこな》はるれど、更にそのしるしなし。京のならひ、何わざにつけても、みなもとは田舎《ゐなか》をこそ頼めるに、たえて上《のぼ》るものなければ、さのみやは操《みさを》もつくりあへん。念《ねん》じわびつつ、さまざまの財物《ざいもつ》、かたはしより捨つるがごとくすれども、更に目見立《めみた》つる人なし。たまたま換《か》ふるものは、金を軽《かる》くし、粟《あわ》を重《おも》くす。乞食《こつじき》、路のほとりに多く、憂《うれ》へ悲しむ声耳に満てり。

是ニヨリテ国々ノ民或ハ地ヲステ、サカヒヲイテ或ハ家ヲワスレテ山ニスムサマサマノ御祈ハシマリテナヘテナラヌ法トモヲコナハルレト更ニ其ノシルシナシ京ノナラヒナニワサニツケテモミナモトハヰナカヲコソタノメルニタヘテノホルモノナケレハサノミヤハミサヲモツクリアヘンネムシワヒツヽサマサマノ財物カタハシヨリスツルカ事クスレトモ更ニメミタツル人ナシタマタマカフル物ハ金ヲカロクシ粟ヲヽモクス乞食路ノホトリニヲホクウレヘカナシムコヱ耳ニミテリ

労働だけはあって収穫のないことを理由にして、諸国の人民はあるものは自分の土地を離れて他国に行き、あるものは家を無視して山に住みます。勅命で多様な御祈りが始まって、勅願寺などでは格別な修法が多く実施されたが一滴の雨も降りませんでした。都の慣習においては、どんな活動においても、ぜんぶ、基盤は地方

の生産地を頼りにしているのに、全く都に上納するものがないので、都人は、そんなに節度を保とうとしても保てません。一心に神仏に祈りながらいろいろな財産宝物を不用品を処理するように処置するけれども、全く注目する人はいない。稀に金と食糧を交換するものは、さしだす黄金を軽く計り、受け取る穀物を重く計る。食物を無償で求める者は路傍に多い、心配し悲しむ声が耳にいっぱいである。

（飢饉は労働疎外を起こし、生活をこわし喜びを奪い去りました。）

〈これによって、国々の民、或は地を棄てて境を出で、或は家を忘れて山に住む。〉

「これ」は労働だけはあって収穫のないこと、「よって」は理由にして。

旱魃と洪水が繰返して、労働だけがあって収穫の喜びのないことが理由です。

「国々の民、或は地を棄てて境を出で」は、諸国の人民はあるものは自分の土地を離れて他国に行き。「国」は行政上の単位で、「都」に対する地方の行政区画です。「国々」は国の複数、同じ条件にあるいくつかの国。作者は行政の視点から「国々の民」について、地方の多くの国も働くばかりで、収穫の喜びがないのでした。

国は奥州から九州までで、総数六四国、時代によって若干の異同は有ります。

「民」は人民、諸国の人民。「国々の民」という言い方は、「民」を官（支配者）に対比します。人民の対極には目代・代官がいます。目代・代官は厳しく年貢を取り立てます。

（『方丈記』に初めて地方の人民が登場しました。）

【構文】「或は」は対句的に一例を挙げる意。例は「地を捨てて境を出で」と「家を忘れて山に住む」とです。

「地」は自分の住んでいる土地、ここは田畑。自作農民の場合は私有の田畑、小作農民の場合は主家の田畑。

「棄てて」は所有をやめる、田畑を捨てる意。

旱魃と水害で土地を放棄しました。旱魃は収穫がないだけですが、水害は田畑そのものを荒廃させます。荒廃すると、復旧に数年を要することもあり、復旧するまで生活の保障はありません。農民は田畑に見切りをつけて、流浪しました。

「境」は地域と地域の境界で、ここは国境。「出で」は自分の住んでいる地城の外に行く意、ここは他国に行く。自分の土地の近くに逃避すればもとの土地に戻りやすいかも知れませんが、農民は復帰を求めませんでした。

作者は「京のならひ、なにわざにつけても、みなもとは田舎をこそ頼めるに」と描写します。貴族は農産物の収奪のうえに生活していますから、目代や代官は厳しく年貢を取立てます。目代や代官の追及を逃れるためには、呼び返されない所に行かなければなりません。呼び返されない所は他国です。

農民が土地を捨てることとは単に所有権や生活権の放棄にとどまらず、姿をくらますことでした。前年は遷都で都の人が所を去りましたが、ここは諸国の農民が流浪に出ます。流浪は諸国に及びました。

「或は家を忘れて山に住む」は、あるものは家を無視して山に住む。「家」は先祖伝来の家、あるいは主家。多くの農民は主家に隷属していました。「忘れて」は記憶を喪失すること、家のもつ意味や価値を記憶から消す。自然に忘れる場合も、自分から忘れる場合もあります。主家や先祖伝来の家が重荷になって思い切る、捨てる、です。

「山に住む」は山間に住む意です。古注（『流水抄』）は「木の実をひろい草根を掘りて、命を継ぐ」とあります。山には食料になる草本があり、露命をつなぐことができるかもしれません。山に入った農民が草の根を食べなかったといえば嘘になるでしょう。もし山に食料があれば、都の周囲は山ですから貴族も山に入ればよいでしょう。しかし、作者は山林労務者も食糧難で体力が衰えたと記しています。草根が多くの人の命を繋ぐとはみえません。

【構成】　土地を捨てることは家を忘れることでした。家を忘れることは境を出ることでした。境を出ることは他国に行くことでした。しかし、他国も、よそ者を受け入れる余地はありません。「地を捨てて」「境を出で」「家を忘れて」と経過して、最終的には山に行く、でした。

（土地を捨て、家を忘れ、境を出、他国に行くことは全部反逆でした。しかし山にまで権力は及びません。）

田舎は生産地で都は消費地ですから、食料は都より田舎が欠乏して農民が山に逃げたとは理解できません。食料を長期的に確保するには種籾を確保しなければなりません。どれだけ苦しくても農民が種籾まで喰い尽くすはずはありません。もし目代や代官が農民の秘蔵しておく食料を発見したなら、根こそぎ掠奪するでしょう。地方の農民は掠奪に耐えかねて籾種をもって山に逃げたのでした。飢渇して苦しんだのは都で、収奪に苦しんだのが田舎です。生産者の苦しみは古今を問わず為政者の掠奪にありました。

（「あさましきこと」とは農民が山に逃げたことでしょうか。）

〈さまざまの御祈りはじまりて、なべてならぬ法ども行はるれど、更にそのしるしなし。〉

「さまざまの御祈りはじまりて」は、勅命で多様な御祈りが始まって。「さまざまの」は多様の。「御祈り」は朝廷の祈り、「御」は天皇に対する敬称。天皇の下命による祈りで、天皇は国事に異変があると祈りを命じます。

国家の危機に際して、天皇は宮中の真言院はじめ、勅願寺、諸国の国分寺などに祈りを命じますが、祈祷は災害の種類やあり方によって一定ではなく、祈祷担当の各寺社の方式にゆだねられています。

「始まりて」は開始する意、養和の初期は雨が降りませんでした。雨ごいの祈りが開始されます。

【参考】雨ごいの御祈りは、まず蔵人が神泉苑に行き、人を集めて池のほとりを掃除し、石に水を注ぎ、大きな声で、皆一同に「雨たべ海龍王」と唱えます。七日間、雨が降らなければ蔵人が替えられます。雨が降れば、帝は蔵人を朝餉の間にめし、御衣を賜ります。蔵人は御衣を頂いて庭（または殿上の間の入口）へ下りて舞踏をします。雨が降らなければ、他に陰陽師が五龍の祭を奉仕する儀式もあり、神祇官が拝命して諸神に祈る儀式もあります。七大寺で請雨経の儀式も行われ、諸寺諸社では金剛経、般若経を読みます。（『諷説』）

（国に変事があれば、いちはやく諸国の神社仏閣に祈祷を命じるのが天皇の職務でした。）

「なべてならぬ法ども行はるれど、さらにそのしるしなし」は、格別な修法が多く実施されたが一滴の雨も降りませんでした。「なべて」は「並べて」のことで、ありふれた、一般的な、「なべてならぬ法ども」は、一般的でない、格別な、いくつかの修法、「ども」は複数。

一般的な修法を通途法といいますが、それ以外に、格別な修法に準大法、大法、秘法があります。これらを実施する者は、蘇悉地法、五秘法などの、伝法および灌頂を受けた後に許される重い修法です。

特に太元師法は国家非常の折に修する古来最大の秘法です。それは、大元帥明王を本尊とする修法で、玉体安穏を祈り、逆臣をくじき疫病を救う法とします。（冨倉健二郎『方丈記詳解』、武田孝『方丈記解釈法』他）

「行はるれど」は、実施されたが。「ど」は逆接、実施された効果はありませんでした。

いくつかの事例が指摘されています。

朝の間天晴れ其の後雨ふる。日來の如し。今暁、太元法二七ヶ日の勤修を結願せらる。云々。護摩壇。聖天。（近例に太元法を行ふの人、聖天壇を修せず。上古、之を修す。仍って今度修する所なり。云々）十二天等、之有り。伴僧は廿口。（恒例は十四口。天慶は廿口。其例云々。）（以上『玉葉』養和元年七月廿三日）

朝廷が本格的に旱魃の祈祷を始めたのは養和元年秋（七月）でしたが相当深刻で、修法は当時の略式によらず、前例のない最大の秘法を挙行しました。ここまでは宮中の真言院・神泉院の修法でしたが、翌年夏(四月)には災害は飢饉疾疫が激しく、外部の廿二社に官幣を奉り、改元（五月）をしました。

（天皇の命によって国家太平の祈願をするのが国分寺、勅願寺の職務でした。）

朝廷が備蓄米を人民に交付した記録は見えません。

「さらにそのしるしなし」は全く効果がなかった。「さらに」は全然、「しるし」は効果、一滴の雨も降らなかった。

（祈りの効果がないのは王法、仏法の衰微ですが、人為的な変事は祈願の対象にはなりません。）

（「あさましきこと」とは、修法の効果がなかったことでしょうか。）

〈京のならひ、何わざにつけても、みなもとは田舎をこそ頼めるに、たえて上るものなければ、さのみやは操もつくりあへん。〉

「京のならひ、何わざにつけても、みなもとは田舎をこそ頼めるに」は、都の慣習においては、どんな活動においても、ぜんぶ、基盤は地方の生産地を頼りにしているのに。「京」は都、平安京、「ならひ」は習慣、慣習。「なにわざ」は、すべての活動、「なに」は不定の代名詞、「わざ」は手足による行為や行事。「つけても」（「も」例示）は関連して。

京都の慣行は個人の行為・社会の行事などの場合で、例外はない。

「みなもとは」は、基盤は。「みな」は全て、例外なく。「もと」は土台・基盤、「末」に対することば。個人の行為・社会の行事などは現象面で「末」ですが、「もと」は個人の行為・社会の行事などを支えているもので、目に見えません。（「源」とすれば、行為・行事が田舎に発生して都に移動したことになります。）

「田舎」は地方の生産地。「頼めるに」（「る」確述）は頼りにする、「に」（助詞）は逆接。

支えは田舎を頼りにするが、頼りになりません。

【構想】田舎の頼りは「上るもの云々」とありますから年貢・租税です。例年、収穫の時期には、諸国は京都の朝廷に税を納め、荘園では領主に年貢を納めます。税も年貢も物納で、平安京は田舎に依存した消費都市てす。田舎が崩壊すれば京都の生活は崩壊します。

都は「玉しきの都」で、田舎は「ひなびたる田舎」といって、都から見れば田舎は文化的に劣悪ですが、田舎が崩壊すれば都も運命共同体で崩れ去ります。作者は田舎との価値の逆転を描写します。

（「ゆく河の流れ」には水源は見えませんでしたが、ここで「みなもと」を発見します。）

「たえて上るものなければ」は、全く都に上納するものがないので。「たえて」は全く、「なければ」に掛ります。「上る」（謙譲語）は物を献上するか、人が上京するか、「もの」は者か物かは不明。

「上る者」とすれば献上する農民、領民、また運送業者とも。「上る物」とすれば献上する諸国の税、荘園の年貢など。

「なければ」（「ば」順接）は、ないので。都との断絶が生じる当然の結果をいいます。「さのみやは操も作りあへん」は、そんなにも節度を保とうとしても保てません。「さのみやは」（「のみ」限定）の「さ」は指示語で、そんなにも。下位の「操も作りあへん」によって暗示される状態をあらかじめ設定する言い方です。しっかりと操を守ることです。

【語法】「さのみやは」の「やは」反語。「操も作りあへん」の「ん」（助動詞）と呼応。

「操」とは節度、心や態度を変えないこと、本心を大切に守り義理を失わない（『流水抄』）とも。「あへ」は「敢ふ」の未然形で、ことを全うする、

【構想】「操」は都の人の文化的優越感ですが、田舎から送り込まれる物資によって支えられていました。物資がなくなると操を保つことはできません。その文化的優越性も虚飾にすぎませんでしたが、進退極まっても文化的優越性を守ろうとします。生命の危機に瀕しながら、それが虚飾にすぎないことに気がついていないようです。

貴婦人などは人の前だけでも体面を保ちたいのですが、追い詰められると体面を保ち得ません。

（「あさましきこと」とは、都の人が操を捨てきれないことでしょうか。）

〈念じわびつつ、さまざまの財物、かたはしより捨つるがごとくすれども、更に目見立つる人なし。〉

「念じわびつつ、さまざまの財物、捨つるがごとくすれども」は、一心に祈りながらいろいろな財産宝物を不用品を処理するように処置するけれども。「念じ」は一心に思う、祈る。また、こらえる。「わび」は心細く思って嘆く。

【語法】「念じわびつつ」は「念じつつ」「わびつつ」の形。「つつ」は動作の平行。「捨つるがごとくすれども」にかかる。

一方では一心に祈り、一方では苦しみに耐えていました。財物に対する愛着と、食糧入手の願望の描写です。

「さまざまの」は種類が多い、「財物」は財産宝物、「財」は蓄え。「かたはしより」は一方の端から中央に及ぶ形。「かたはし」は中央に対する端のなかの一つ。

「捨つるがごとくすれども」（「ごとく」比喩）は捨てるようにするけれど。「捨つる」は不用品を処理する。捨てるのに似ているが実際は捨てていない。「すれども」の「ども」（助詞）は逆接、捨てるようにする効果はありません。

財産宝物は心中では惜しいのですが、食料に交換することが急務で、惜しむそぶりを見せないで気前よさそうに放出します。相手には捨てているように見えます。安値でもよいから売って食料に換えたいのです。

「更に目見たつる人なし」は、全く注目する人がいない。「更に」は、全く。「見立つる」は視線を向ける。

捨てるほどの安直で売ろうとしても注目する人はいません。

（捨てるようにしているものを拾うのはよほどの物好きでしょうか。）

【構想】貴族たちは、今までは田舎からの物資を収奪する生活でしたが、これからは家財を二束三文で叩き売ることになりました。しかし、財宝に注目する人がいなければ売れません。売ろうとする相手も食料に苦しんでいるのですから、買手のないのは当然です。売れなければ食料は求められません。食料がなければ空腹は解決しません。財宝は危急の救済にはならず餓死は免れません。都の人はこぞって飢死する以外にはないようです。

（「あさましきこと」とは、金銀財宝をたたき売りしても食料が入手できないことでしょうか。）

〈たまたま換ふるものは、金を軽くし、粟を重くす。〉

「たまたま換ふるもの」は、稀に金と食糧を交換するものは。「たまたま」は、稀に。「換ふる」は、交換する、金と食糧を交換する。「もの」は人、農民、商人。

財宝を食糧に交換してくれる者はありませんが、稀に金となら交換する者がありました。

「金を軽くし粟を重くす」は、さしだす黄金を軽く量り、受け取る穀物を重く量る。「金」は黄金、「粟」は五穀。

交換してくれるものは「粟」、米ではありません。対価は黄金、変動の時代に安定した価値のあるものは黄金で、黄金はかろうじて対価に成りました。

粟は古くは米と並び、時には米以上の価値が有りました。「軽くし」「重くす」は物々交換の秤売りの秤の目盛で、相場よりは金を軽く量り、粟を重く計ります。お金より穀物の方に価値があるということは、米を入手する方法は残されていました。しかし、これには、売りに出した物件に買手がついた場合、金で払うならいくらでも払うが、穀類で払うなら少ししか渡さないという異説があります。

ここには食料を求める闇のルートのあったことを暗示しています。買いだめ、売り惜しみする商人はなかったでしょうか。世知にたけない者には想像もできない世界が存在します。

（「あさましきこと」とは、悪性の経済不況でしょうか。）

〈乞食、路のほとりに多く、憂へ悲しむ声耳に満てり。〉

「乞食、路のほとりに多く」は、食物を無償で求める者は路傍に多い。「乞食」とは食物を無償で路頭に求める者、本来は仏道修行の行為ですが、ここは難民で、食を街頭に求めます。

食糧を得るには金銀財宝と交換しなければなりません。食糧の価値が高く財宝の価値が低いので、財宝を捨てるようにして入手しますが、財宝はたちまちになくなります。財宝が底をつけば、食料はなくなり飢死します。飢死を避けるには非常の手段に寄らなければ成りません。乞食か盗賊か、違法な行為を犯す才覚のないものは、ほとんど街頭で乞食をします。作者は「乞食」に仏道の片鱗を感じます。

「路のほとりに多く」は乞食が路傍に多い。「路」は都の大路、小路。「ほとり」は近辺、あたり。作者は通行人・観察者として登場し、「道のほとり」をみます。観察した場所は路傍で、見たものは「乞食多く」です。

（作者は、なぜ路傍にいるのでしょうか。）

「憂へ悲しむ声耳に満てり」は、心配し悲しむ声が耳にいっぱいである。「憂へ」は前途を心配する、不安に思う。「悲しむ」は大切なものを失って泣いている気持ち。

作者は泣いている声を聞きます。道のほとりの乞食は希望を失って泣き、過去の悲運を泣きます。「満てり」（「り」存続）は一杯になってあふれている。

その悲しみの声以外には何も聞こえません。その乞食は、やがて死骸に変身します。

（「あさましきこと」とは、良民の難民化でしょうか。）

【構想】要旨

養和の二年間は「あさましきこと」でした。「あさましきこと」の契機は「五穀」の稔らないことですが、原因は労働疎外でした。「浅ましきこと」に相当する事象は次のとおりです。

食糧難、労働疎外、政治の無策、仏法の失墜、経済不況、流通の不調、体面の失調、良民の逃散、難民化。

何が「あさましきこと」かというと、期待の裏切りでした。

（作者は、どうして生きながらえたのでしょうか。知りたい。）

【構成】要旨

「飢渇」の段落は二段しかなく、文章は中断の形です。第三段は次段の「疫癘」が当たります。「飢渇」と「疫癘」を統一の文章と見るか、別の段落と見るかによって、五大災害ともなり六大災害ともなります。

（「飢渇」の文章は完結しません。「疫癘」と重ねて完結します。）

（疫癘）

前《まへ》の年、かくの如くからうじて暮れぬ。明《あ》くる年は立ち直《なを》るべきかと思ふほどに、あまりさへ疫癘《えきれい》うちそひて、まさざまに、あとかたなし。世人《せじん》みなけいしぬれば、日を経つきはまりゆくさま、少水の魚のたとへにかなへり。

マヘノトシカクノ如クカラウシテクレヌアクルトシハタチナヲルヘキカトヲモフホトニアマリサヘエキレイウチソヒテマサ、マニアトカタナシ世人ミナケイシヌレハ日ヲヘツ、キハマリユクサマ少水ノ魚ノタトヘニカナヘリ

前年すなわち養和元年は、国々の人民が山に逃亡し、都の良民が難民化して悲しみの声が巷に満ちていたが、必死の思いがかなえられて一年が終わりました。翌年は回復するであろうかと思っているうちに、余分に流行病までつけ加わって、状態がいっそう進行して祝賀の痕跡はない。この世に生きている人は、だれもかれも心が真っ白になったので、日が過ぎるにつれて極限状態になってゆくさまは、少い水のなかで魚がもだえ苦しんでやがて死ぬという譬喩に合致する。

（災害は重なり、人は死を待つばかりです。）

〈前の年、かくの如くからうじて暮れぬ。〉

「前の年」は二年連続した養和の飢饉の最初の年、すなわち養和元年。

「かくのごとくからうじて暮れぬ」は、このようにやっとの思いで一年が終わった。「かくのごとく」は死の寸前まできていた意味。「かく」は指示語、国々の人民が山に逃亡し、都の良民が食を求めて難民化して悲しみの声が巷に満ちたこと。「ごとく」は例示。「からうじて」は、辛くして、の形。やっとのことで。必死の思いがかなえられました。「暮れぬ」は年、日が終わること、ここは一年が終わる、です。

　巷に悲しみの声が満ちながら、やっとのことで養和元年は終わりました。一つ間違えば終わらなかったかもしれません。

「からうじて暮れぬ」は、なくなる人はいたけれど、多くは越年しました。食の獲得には難民自身の努力もあるけれど、飢餓を救済しようとした善意もあるでしょう。どのように食を得て越年したかの記録はありません。

（災害に立ち向かった人は隆暁法印だけではないでしょう、阪神大震災のとき一つの握り飯を分かち合ったという外国通信社の記録もあります。）


〈明くる年は立ち直るべきかと思ふほどに、あまりさへ疫癘うちそひて、まさざまに、あとかたなし。〉


「明くる年は立ち直るべきかと思ふほどに」は、翌年は回復するであろうかと思っているうちに。「明くる年」は翌年、養和二年（一一八二）です。「立ち直るべきか」（「べき」希望的推量）は回復するであろうか、「か」は疑問。

新年で時が改まり祝福し前途に希望を抱きます。

「思ふほどに」は、思っている内に。「ほど」は、うちに、時間のことです。

養和元年の災害の後遺症から立ち直るかもしれないと思っている内に。

（悲しみの声は翌年に持ち越しました。来春は、よいことがあってほしいと思いながら。）

近日、嬰児、道路に弃てらる。死骸、街衢に満つ。夜々、強盗あり。所々に放火す。諸院の蔵人と称するの輩、多く以って餓死す。其れ以下は数を知らず。飢饉は前代を超ゆ。（『百練抄』寿永元）

これは養和二年正月の記録で、正月には、すでに夥しい死者が出ていました。新春は立ち直るかもしれないという期待に関わらず、立ち直りませんでした。

「あまりさへ疫癘うちそひて」は、余分に流行病までつけ加わって。「あまり」は余分に、昨年よりは過分に。

「疫癘」は流行病。「うちそひて」は付随的に加わって。

旱・飢饉は昨年と変わらないが、疫癘が余分でした。

【参考】余分なのは疫病だけではありません。宗盛の北国攻め（四月）に兵糧米が片道分しかなかったので、片道分は街道筋から徴発し、朝廷は略奪を認めていました（『平家物語』）。法皇は平家に担がれて西国に流浪することを避けて比叡山に身を隠したとき、京都の治安は崩壊し、略奪が横行しました（『愚管抄』）。平家にかわって都に進駐した源義仲は占領軍で、略奪は激しかった。朝廷に人民を救済する力はありませんでした。（賊は官軍・義仲軍でした。）

【構成】「あまりさへ疫癘うちそひて、まさざまに、あとかたなし」は、先行文「むなしく春かへし夏植うるいとなみありて、秋刈り冬収むるそめきはなし」を継承する。

「まさざまにあとかたなし」は状態がいっそう進行して祝賀の痕跡はない。「まさざまに」は、状態がいっそうよまる、昨年よりは悪化する。「あとかた」は痕跡、豊年を祈るしるしもない（『諺解』）。

〈世人みなけいしぬれば、日を経つつきはまりゆくさま、少水の魚のたとへにかなへり。〉

「世人みなけいしぬれば」は、この世に生きている人は、だれもかれも心が真っ白になったので。「世人」は、この世の人、生きている人、「みな」は全員、例外のない様子です。

「世の人」とよめば貴人のことで、「みな」は貴族全員ですが、困っているのは貴人だけではありません、生きている人。

「けいしぬれば」（「ば」確定条件）は、心が真っ白になったので。「けいし」（動詞）は追い詰められる、絶望する、万策尽きる、少水の魚の心境。

生きている人はみな虚無感に陥って。

【語法】「少水の魚」は「きはまりゆくさま」の比喩ですから、「きはまりゆく」の同位語（構文上、等価の語句）です。「けいしぬれば」は「きはまりゆく」の理由です。「きはまりゆく」は水がなくて食料に飢えている状態の極限表現ですから、「けいしぬれば」は食料に飢えている状態の極限表現ではなく、水がなく食料に飢えている心境の表現です。その心境は「からうじて」と「あとかたなし」の延長線上の心境で、心理的空白感・絶望感をいいます。

前の年、かくの如くからうじて暮れぬ。

明くる年は立ち直るべきかと思ふほどに、あまりさへ疫癘うちそひて、まさざまに、あとかたなし。

「日を経つつきはまりゆくさま、少水の魚のたとへにかなへり」は、日が過ぎるにつれて極限状態になってゆくさまは、少い水のなかで魚がもだえ苦しんでやがて死ぬという譬喩に合致する。「日を経つつきはまりゆくさま」は、餓死するに近い状態。「日を経つつ」（「つつ」同時並行）は、日が過ぎるにつれて。「きはまりゆくさま」は、極限状態になってゆくさまは。

過ぎるのと極限状態になっていくのが並行状態である。

（「きはまりゆくさま」が最初の問題提示です。）

「少水の魚のたとへ」は、少い水のなかで魚がもだえ苦しんでやがて死という譬喩。「たとへ」は比喩、この比喩は仏説の教訓話。

是の日已に過ぐれば、命則ち衰滅すること、少水の魚の如し。斯れ何の楽しみかあらん。（『文珠出曜經』第一八）

（釈尊の教えは比喩が多い、古い経典は比喩集といってもよい。）

作者が「少水の魚」と表現した意味は、譬喩の「命則ち衰滅すること」と「何の楽しみかあらん」で、命が衰滅することと、何の楽しみもないことです。

生きている人が日数を経過するにつれて窮まっていく状態は、仏説は「少水の魚」をあげて、命は衰滅し何の楽しみもないと教えます。

「かなへり」は適合する。「日を経つつ、きはまりゆくさま」が「少水の魚」の比喩どおり、です。

（仏教は命が衰滅することに希望を与えなければなりません。）

【参考】「少水の魚」の如き状況を作ったのは政府でした。

寿永二年、政府は関を閉じて物資の輸入を禁じて少水の魚の比喩に相当する状況をつくりました。

四方関々皆閉たれば、公の御貢物をも上らず、秋の年貢も上らねば、京中の上下、只少水の魚に不異、あぶながら歳暮で、寿永も三年に成にけり。（『平家物語』巻第八、法住寺合戦）

【構成】「飢渇」は「あさましきこと」でしたが、新年は「疫癘」について「飢渇」に「うちそひて、まさざまに」とありますから、「疫癘」もまた「あさましきこと」です。

（主題が「共通するので、「飢渇」と「疫癘」は同一文章だという事にもなります。」

〈「あはれ」〉

はてには、笠うち着、足ひき包み、よろしき姿したる物、ひたすらに家ごとに乞ひ歩《あり》く。かくわびしれたるものどもの、歩《あり》くかと見れば、すなはち倒れ伏しぬ。築地《ついち》のつら、道のほとりに、飢ゑ死ぬる物のたぐひ、数も知らず。取り捨つるわざも知らねば、くさき香世界に満ち満ちて、変りゆくかたちありさま、目も当てられぬこと多かり。いはむや、河原などには、馬・車の行き交ふ道だになし。あやしき賤《しづ》・山がつも力尽きて、薪《たきぎ》さへ乏《とも》しくなりゆけば、頼む方《かた》なき人は、みづからが家をこぼちて、市に出でて売る。一人が持ちて出《い》でたる価、一日が命にだに及ばずとぞ。あやしき事は、薪の中に、赤き丹《に》着き、箔《はく》など所々に見ゆる木、あひまじはりけるを、たづぬれば、すべきかたなき物、古《ふる》寺に至りて、佛を盗み、堂の物の具を破り取りて、割り砕けるなりけり。濁悪世《ぢょくあくせ》にしも生れ合ひてかかる心憂きわざをなん見侍りし。

ハテニハカサウチキ足ヒキツヽミヨロシキスカタシタル物ヒタスラニ家コトニコヒアリクカクワヒシレタルモノトモノアリクカトミレハスナハチタフレフシヌ築地ノツラ道ノホトリニウヘシヌ物ノタクヒカスモ不知トリスツルワサモシラネハクサキカ世界ニミチ満テカハリユクカタチアリサマ目モアテラレヌコトヲホカリイハムヤカハラナトニハ馬車ノユキカフ道タニモナシアヤシキシツヤマカツモチカラツキテタキヽサヘトモシクナリユケハタノムカタナキ人ハミツカラ家ヲコホチイチニイテヽウル一人カモチテイテタルアタヒ一日カ命ニタニ不及トソアヤシキ事ハ薪ノ中ニアカキニツキハクナト所々ニミユル木アヒマシハリケルヲタツヌレハスヘキカタナキ物フル寺ニイタリテ仏ヲヌスミ堂ノモノヽ具ヲヤフリトリテワリクタケルナリケリ濁悪世ニシモムマレアヒテカヽル心ウキワサヲナン見侍シ

最後には、頭には笠をかぶり、足は素足を見せないで、体は見苦しくないいでたちの者が、もっぱら、どの家にも食料を求めて歩きます。このように飢餓がせまり見栄も外聞も忘れ悲しみにうちひしがれた者たちは、歩いたかと見ていると、突然倒れてうつ伏せになりました。御殿の土塀の外面や大路小路の路傍に、飢え死にするものたちは数え切れない。屍骸を処理するしかたも知らないから、悪臭が世界に充満して、遺骸が変化していく容貌と肢体は、直視できないことが多い。いうまでもなく、鴨川の六条河原などにおいては馬や牛車の往来するみちさえない。身分のない山林労働者も体力がなくなって作業しなくなって、都では薪までも乏しくなってゆくと、生活を他人に依存する方法をもたない人は、自分の家を砕いて、市場にだして売る。一人の者が、家を砕いて、持ち出した薪の価格は、一日の命にさえ及ばないといっている。不思議なことに、一人が持ち出した薪のうちの一部に赤い塗料がつき、金箔などが所々に見える木が混在しているのを尋ねると、仕事のない者が古寺に行って仏像を盗んで仏具を剥ぎ取って、割って砕いたのであった。私は濁世末法の時代に生まれあって、このようなつらい行為を見てしまいました。

（食糧難による死は地獄絵で、人間の世界ではありませんでした。）

〈はてには、笠うち着、足ひき包み、よろしき姿したるもの、ひたすらに家ごとに乞ひ歩く。〉

「はてには」は、最後には。資材を投売りしたあとです。災害に苦しむ極限の状況を描写します。「乞ひ歩く」に掛かります。

金も財産もなくなったのですから、物貰いするほかは有りません、でなければ野盗になるか。

【語法】「足ひき包み、よろしき姿したるもの」は、「足ひきつつ、身よろしき姿したるもの」の両説があります。「もの」は原文「物」。「笠うち着、足ひき包み、よろしき姿したるもの」は、頭には笠をかぶり、足は素足を見せないで、体は見苦しくないいでたちの者。「笠」は「着」とありますから、かぶり笠です。男は藺笠や菅笠、女は市女笠を頭に載せます。「足ひき包み」は足を絆とか足袋とかで遮断し、肉体を見せないようにします。

「笠うち着」「足ひき包み」は対句で、ともに外出または旅装です。「足ひき包み」に対して「笠うち着」は顔を隠す意です。男子よりは女子の風俗です。当時の身分のある女性は長い衣を自分の身長に合わせて中結びし、市女笠をかぶり、足を包み、靴か草履を履いて外出しました。黒塗りの笠は貴人、高齢の女性が用いたといいます。「よろしき姿」は「よき姿」ではありません。よいとは言えないが、身なりの悪くない姿です。「もの（物）」は人。

「よろしき姿」は「笠うち着」「足ひき包み」が着眼点です。

（「世の中」のうち、まず貴族の窮状を語ります。）

「ひたすらに家ごとに乞ひ歩く」は、そのことだけに集中して、どの家にも食料を求めて歩きます。「ひたすらに」は専ら、それだけしかしない。「家ごとに」は、家を選択しないで、どの家も同じように。「乞ひ」

は欲しいようにいう。

食料を無償で入手するために、家を片はしから尋ね歩きます。（乞食は托鉢僧の行で家ごとにめぐります。作者は托鉢僧に擬しています。）

この戸別訪問は、遠出か単なる外出かで意見の分かれるところですが、都の中に食料を求めても不可能でしょう。食料を求めるには郊外に行かなくてはならないし、短時間の外出では望みは達せられないでしょう。（第二次大戦中、食を求めて田舎を旅したが、一日乞食しても得ることはなかったといいます。）

身分を考えたとき乞食は恥辱です。「よろしき姿」といって、軽蔑されない程度の姿をして体面を保とうとし、また目立たない服装をして相手を刺激しない配慮をします。（屈辱をこらえて乞食するのは自分だけでなく食べさせたい者がいたからでしょう。）

〈かくわびしれたるものどもの、歩くかと見れば、すなはち倒れ伏しぬ。〉

「かくわびしれたるものども」は、飢餓がせまり見栄も外聞も忘れ悲しみにうちひしがれた者たちです。「かく」は、このように。「よろしき姿したるもの、ひたすらに、家ごとに、乞ひ歩く」を指します。

「わび」は生活に窮して思い悩む、「しれ」は心が麻痺する、ぼける意。

古注（『盤斎抄』）は、「しれたる」は「世間の愚たる人」（『万葉』水江浦島が子）という。

「歩くかと見れば」は、歩いたかと見ていると。「か」は疑問、歩いたとも見えるし、歩かないようにも見える。

歩いた時間が極めて少ないため、十分な確認はできません。ほんの僅か歩いたのでした。（空腹と疲労が重なって歩く力を失っていますが、歩く意志は捨てていません。）

「すなはち倒れ伏しぬ」は、突然倒れてうつ伏せになりました。「すなはち」は直ちに、「倒れ」は立っていたものが横になる、「伏しぬ」はうつ伏せになる。

食を求めて戸別訪問していた貴人が、道路を歩くか歩かないうちに、突然倒れてうつ伏せになりました。

正月廿五日丙申、此の間、天下飢饉、以後路頭を過ぐる人々伏して死す。（『養和二年記』）

（養和二年の正月の風景で、壮絶な戦士の死でした。）

【構成】さきに「はてには」という極限状態を指摘します。それは「きはまりゆく」の終着点です。

（「あさましきこと」とは、貴婦人が乞食中、極限状態になって突然倒れてそのまま息絶えたことでしょうか。）

〈築地のつら、道のほとりに、飢ゑ死ぬるもののたぐひ、数も知らず。〉

「築地のつら、道のほとりに」は、大建築の土塀の外面や大路小路の路傍に。

「築地」は土塀、家の外側、道に面して造ります。「つら」は面、ここは土塀の外側。

築地のある家は庶民の家ではありません。貴族や寺院の大建築です。

近日強盗火事連日連夜の事也。天下の運すでに尽きぬ。死骸道路に充満、悲しむべし。（『吉記』三月廿五日）

「道」は都の大路小路、そこは土塀と接しています。「ほとり」はあたり、付近。道の通行する場所を避けて、路傍、あるいは道に近い空き地などです。

家屋からみれば「築地のつら」ですが、道からは「道のほとり」です。そこで先の「よろしき人」は倒れて亡くなりました。

（物貰いの人が田舎道で路傍に倒れるのなら意味がわかりますが、なぜ自分の住居とほど近い大路小路の路傍で死ぬのですか、自分の家で死ねばよろしいではありませんか。）

「飢ゑ死ぬるもののたぐひ数も知らず」は、飢え死にするものの同類は数え切れない。「飢ゑ」は食料がなく空腹感で耐えられない、「たぐひ」は仲間、同類。ここは行き倒れの人たち。「数も知らず」は数えきれない。「数も」の「も」は添加、数のほかに、数よりももっと知らないものがあります。

（「数も知らず」は、あとに死者の数が出てくることの伏線です。）

しかし、家庭で親族にみとられて死んだ人もいたはずです。作者は行き倒れた人の数を知らないことを挙げて、飢え死にした人の数が想像を絶することを言おうとします。

〈取り捨つるわざも知らねば、くさき香世界に満ち満ちて、変りゆくかたちありさま、目も当てられぬこと多かり。〉

「取り捨つるわざも知らねば」は、屍骸を廃棄するしかたも知らないから。「取り捨つる」は死骸を捨てること。「わざ」は行動、儀式。死骸を捨てるやりかた。「知らねば」（「ね」打消）は、知らないから、関知しないから。

昔は死骸は捨てるもので所かまわず捨てましたが、次第に捨てる場所と葬送儀礼ができました。当時の民衆は道路・空き地に捨てましたか。

古注（『諺解』）は「とりすつる」は葬るという。捨てるのは格別なことではなかった。（政府は路傍に死骸を棄てないように指示していたといいますが、空文でした。）

「くさき香世界に満ち満ちて」は、悪臭が世界に充満して。「くさき香」は、よくない香り、死臭。「世界」は世の中、「三千世界」の「世界」、具体的には都。「満ち満ちて」は、充満する、一杯になるだけでなく発散せられて。

悪臭が死体だけではなく、世の中全体に及ぼうとします。世界が汚染されます。

「変りゆくかたちありさま」は、遺骸が変化していく容貌と肢体。「変りゆく」は変化が進行する、死体が腐乱し始めます。「かたち」は容貌、顔つき。「有様」は様子、体つき。

死体は死後硬直が始まり、腐敗が起こり、膨れ上がり、蛆虫が口や鼻などから出入りし、皮膚が変色し、やがて皮だけになり、最後は白骨化します。

「目も当てられぬこと多かり」は、直視できないことが多い。「目」は視線、「目もあてられぬ」（「られ」可能・「ぬ」打消）は直視できない。「多かり」（終止形）は、多い。

作者は死骸を直視できないことの多いことをいいます。

路傍に放置された死体は野獣が荒らし野犬が足を食いちぎり、鳥がついばみ、内臓が白日にさらされます。鳥葬です。

【構想】作者は場所を土塀と道路にみます。死体の発散する悪臭は世界に及ぶと鼻で知覚します。死体の腐乱の状況については、その変化を観察します。作者は足と耳と目で実地に探ります。でも屍骸の惨状は直視できませんでした。

〈いはむや、河原などには、馬・車の行き交ふ道だになし。〉

「いはんや」は、いうまでもなく、論外だ。比較の意、先行文と比較して後続文に意味を認めます。先行文は都では築地の側面や、路傍に餓死者の多いことですから、河原ではさらに多いことをいいます。「河原などには馬・車の行き交ふ道だになし」は、鴨川の六条河原などにおいては馬や牛車の往来する道さえない。「河原」は河川敷で水の流れていない砂原、広場として多様に使用します。「馬・車の行き交ふ道だになし」の描写は、鴨川の六条河原で、六条河原を路として利用します。「など」は例示、「に」は場所、六条河原を例として取り上げます。

六条河原以外にも六条河原同様のところがありました。

「馬、車」は馬と牛車、乗り物のことです。「行き交ふ」は行き来する、こちらから行くものと、向こうから来るものとが交差する様子です。

「行き交ふ道だになし」は馬や牛車が対面交通する道さえない、です。「だに」（副助詞）は軽いものをあげて重いものを推測させます。馬や牛車が往来する道がないのは軽い例で、それよりもっと状況は深刻です。

馬や牛車が往来する道がないのは死骸が馬や車の通行を遮ったからで、人は屍骸を避ければ通行できます。馬・牛車も交互通行ならできるかも知れません。人は六条河原に行き、河原には屍骸が累々としています。深刻でした。

当時は鴨川には四条、五条などの主要な大路には橋がありましたが、川に橋のないのが常識でした。六条河原には橋はなく、六条大路を東進すると、堤防の切れ目から自然に六条河原に入り、河原を横切って対岸に渡ります。

【構想】都では路傍に死骸があって悪臭を放っていますが、交通に支障はありませんでした。しかし、河原に近づくにつれて屍骸は密度を増し、河原では過密状態になり、通行ができませんでした。人々は河原を目指して来たが途中で力尽きて倒れ、河原に近づくにつれて倒れた者は多くなります。人は何ゆえに六条の河原にきたのでしょうか。河は水の流れるところです。食料がなくなって、せめて水でもと思って来たのでしょうか。しかし、それなら河原に来た理由は説明されますが、六条を選んだ理由にはなりません。六条河原は近江へでる道でした。人々は近江へでようとしたのでしょうか。しかし、それなら三条から大津に出ればどうでしょうか。作者は三条大橋は取り上げていません。六条河原の対岸には鳥部山があります。祇園精舎では命の旦夕に迫った者は、みずから無常堂に入って、自分の最後を始末します。鳥辺野は都の無常所です。人は空腹を抱えて自ら墓地への道をえらび、六条河原に命終の地を発見したのでしょうか。

【構想】作者は、都の大路、小路では死骸が多くて、死臭に耐えられないといい、目をそむけたくなるといいました。しかし、それよりも遥かに多くの死骸のある河原では、死臭はどうなったのでしょうか。作者はもはや目を背けてはいません。何かを見ようとしていたのでしょうか。作者は人々の餓死に直面して、言いたいことをのどもとで納め、何かを省筆しています。

（「あさましきこと」とは、六条河原に命終の地を発見した人のことでしょうか。）

（作者は、なにゆえ六条河原に急いだのでしょうか。）

【構想】乞食していた貴婦人が突然倒れました。旅装ですが頭から足の先まで詳細です。「よろしき姿したるもの」とあるから単独と思われますが「かくわびしれたるものども」と有りますから、複数とも見えます。「かくわびしれたるもの」は複数だったでしょうが、「笠うち着、足ひき包み、よろしき姿したるもの」は単独の姿です。長明は、その姿は忘れられませんでした。作者は死臭のただようみちに取材したのでしょうか。さらに進みます。六条河原でした。馬も車も通れません。長明は歩いていたのでしょうか。六条河原の行く手は鳥辺野です。鳥辺野に行くのは墓参りでなければ、誰かの屍骸を車に乗せて葬送したのでした。

（ここまで、都の貴族の窮状を語ります。）

〈あやしき賎・山がつも力尽きて、薪さへ乏しくなりゆけば、頼む方なき人は、みづからが家をこぼちて、市に出でて売る。〉

「あやしき賎・山がつも力尽きて、薪さへ乏しくなりゆけば」は、身分のない山林労働者も体力がなくなって作業しなくなって、都では薪までも乏しくなってゆくと。「あやしき」は身分の低い、身分がない。「賎」は身分の低いもの、「山がつも」は、山林労務者も都の人と同様に。「山がつ」は山の生活者です。薪の生産者ないし運搬者とみなしています。「力」は体力、「尽きて」は無くなる。

貴族からみて「あやしき賎・山がつ」は身分として人並み以下とみますが、作者は山林労務者の体力を認めています。

「薪」は木材を切りそろえた燃料、「さへ」（副助詞）は添加、「乏しく」は限度より少ない。「なりゆけば」は進行すると、都は食料が乏しくなっていくうえに燃料も不足すると。

山林労務者が薪を作り都の燃料を支えていましたが、山林労働は重労働で、体力がなくては務まりません。空腹のために労力を要する山の生活を捨てたために、都は燃料が不足しました。

古注（『盤斎抄』）は、飢餓が山中まで及んで、京はその影響を受け、労働者は悪行に及ぶと指摘します。（農民は食料難のために山に逃げましたが、山に食料があるはずがありません。）

「頼む方なき人は、みづからが家をこぼちて、市に出でて売る」は、生活を他人に依存する方法をもたない人は、自分の家を砕いて、市場にだして売る。「頼む方なき人」は頼る手づるのない人物。「頼む」は支える、支えてくれる。「方」は方法、手段。「みづからが」（「が」所有格）は自分自身の。

【語法】「よろしき姿したるもの」「わびしれたるものども」「飢ゑ死ぬるもの」の「もの」は原文「物」で、「頼む方なき人」だけは「人」です。「物」と記録したのは「あやしき賎・山がつ」の類ですが、「頼む方なき人」は貴人です。

「こぼち」は破壊する、自分の家を砕きました。「市」は市場、平安京には東西に設けられていた公認の市場のほかに、非公認の自然発生的な市場もあったと指摘されています。「出でて」は出品して。

山林労務者が薪を作らなくなったために、生活を他人に依存する方法をもたない貴人は、食料を求めるために自分の家を砕いて薪にして市場に出しました。山林労務者が薪を売れば、自分の家を砕いて薪にしても効果はないでしょう。山林労務者が薪を作らなくなったために自分の家を砕いて薪にして売りに出したのは悪循環です。

（作者には頼む人がいたのでしょうか、本家は助けてくれたでしょうか。）

薪は燃料で炊事・暖房に使用しますが、食料がなければ薪は不要ですが、暖房のために薪の需要を見込めます。その薪の代金で何を買うのでしょうか。縁故のない者はタコが自分の足を食べて命をつないでいる様子に似ています。

（薪を買った人は暖を取るでしょう、家を売った人は寒い初春をどのように送るのでしょうか。）

家は大火で焼かれ、辻風で飛ばされ、遷都で移築させられましたが、飢饉では自分の手で砕きました。

（「あさましきこと」とは、頼りがなく家を薪にして売った人のことでしょうか。）

〈一人が持ちて出でたる価、一日が命にだに及ばずとぞ。〉

「一人が持ちて出でたる価」は、一人の者が、家を砕いて、持ち出した薪の価格。「一人」は誰かが、不特定の人。「持ちて出でたる」は持ち出して。「価」は売った金額。

持ち出したものは家全体か、一回分かは不明ですが、家全体を解体するのは容易ではないから、多分、一回分の量でしょう。

「一日が命にだに及ばずとぞ」は、一日の命にさえ及ばないといっている。「一日が命」は、一日分の命を保つ食料を求めるに要する金額。「及ばず」は不足する、基準値に達しない。

一人の者が、朝から晩まで家を砕いて持ち出した薪の価は、その一人の一日分の食料を求める金額に不足するということです。

自分の家の規模と、薪の分量を計算すれば、何日分の食料が入手できるか明らかです。作者が「一日が命」ということばを使用しているのは、生命の計算をしている意味です。命運の旦夕に迫っていることを悟らざるをえません。自分の家は何日の生命を保つか、余命の計算は容易です。

（一人の者が、家を砕いて、持ち出した薪の価格が一日の命に及ばないとは、作者の自画像でしょうか。）

〈あやしき事は、薪の中に、赤き丹着き、箔など所々に見ゆる木、あひまじはりけるを、たづぬれば、すべきかたなきもの、古寺に至りて、仏を盗み、堂の物の具を破り取りて、割り砕けるなりけり。〉

「あやしき事」は、不思議の意か、怪しからぬ意か、説が分かれます。

【語法】「あやしき事」を不思議の意とすれば、「薪の中に、赤き丹着き、箔など所々に見ゆる木、あひまじはりけるを」のことです。怪しからぬ意とすれば、「古寺に至りて、仏を盗み堂の物の具を破り取りて、割り砕けるなりけり」です。

「薪の中に、赤き丹着き、箔など所々に見ゆる木、あひまじはりけるをたづぬれば」は、一人が持ち出した薪のうちの一部に赤い塗料がつき、金箔などが所々に見える木が混在しているのを尋ねると。「薪の中に」は薪の内部に。一人が持ち出した薪のうちの一部に。「丹」は赤い色の塗料で、朱の漆、赤土、鉛丹説もあります。

「丹」だけで赤いという意味ですが、「赤き丹」と色を重ねたことに注目する説もあります。

「箔」は金箔、「所々に」は部分的に。「あひまじはり」は混在している、「あひ」（接頭語）は調子を整える語。

朱や箔は日常的には用いません、仏具です。

「たづぬれば」（「ば」確定条件）は、探索すると、薪の中に仏具の破片の混在する理由を尋ねると。

【構成】作者は漆塗りでいくつか金箔の混じっている木は民間のものでなく仏具であると思って、その出所を探ります。

「すべき方なきもの、古寺にいたりて、仏を盗み堂の物の具を破りて、割りくだけるなりけり」は、仕事のない者が古寺に行って仏像を盗んで仏具を剥ぎ取って、割って砕いたのであった。「すべき」（「べき」当然）は当然しなければならないこと、「方」は方法。「なきもの」は所有していないもの。

「すべき方なきもの」は生きる方法を失った者ですが、正確にいえば、正当なしかたで生きる手段を失った者です。「古寺」は年代の経た寺、古刹。ここは無住の、管理者のいない寺。「至りて」は行き着く、古寺に行きました。

平安京には東寺・六角堂以外に寺はありません。「至りて」には距離感があります。東山など山中を探したのでしょう。

（無防備な古寺を選びました。確信犯です。）

「仏」は仏像、「盗み」は他人の所有物を人知れず自分の所有とする。「物の具」は道具、ここは法具。「破り」は厚みのないものを引き裂く、剥ぎ取る。

まず仏像を盗み、次に堂の仏具を破り取りました。堂には金属製の仏具もあったはずですが、薪になりません。薪は二束三文でしたが、それでも流通しています。堂のなかで高価なものは薪の材料になる木片でした。

【構文】「割りくだけるなりけり」は、「割るなりけり」と「くだけるなりけり」の形。「なりけり」は解説する意。

「割り」は、縦割りにする。小さな物は縦割りにする。「くだける」は、破壊した、大きなものは砕いた。「なりけり」は、注釈書は薪としての規格にそろえたと解説します。

荒れ寺を薪にしたお陰で何日かの命が延びました。仏像が無住で参詣者もない深山の堂のなかに無意味に黙然としているよりは、薪になり、そこばくの救いになれば仏徳というものでしょうか。仏の捨身供養でしょうか。

（薪にされる仏を拝むものはないでしょう。）

（「あさましきこと」とは、仏が薪にされたことでしょうか。）

〈濁悪世にしも生れ合ひてかかる心憂きわざをなん見侍りし。〉

「濁悪世にしも生れ合ひて」は、私は濁世末法の時代に生まれあって。「濁悪世」は濁世・悪世とも、正法・像法・末法の末法の時代。世の中が穢れて人が正しい行動ができない、五濁と十悪の悪徳の時代。

五濁は劫濁・見濁・煩悩濁・衆生濁・命濁。

十悪は殺生・偸盗・邪淫・妄語・綺語・悪口・両舌・貪欲・瞋恚・愚痴。「し」「も」は強意。

古注（『諷説』）は地獄・餓鬼・畜生（『観経』）という。

世は濁世で穢れている、美しくない、人は悪徳しかできない時代である。

【参考】仏教の歴史観は、正法・像法・末法の三時を建てる。正法は釈尊在世の時代で、教・行・証の存在する理想的な時代、五百年とも千年とも。像法は教と行は存在するが証はない、仏の遺教によって修行するが悟りには遠い、五百年とも千年とも。末法は教だけは存在するが、実践も悟りもない時代、万年という。日本では永承七年（一〇五二）に末法に入ったとする。

「生れあひて」は、同じ時代や場所にともに生れること。ここは生れが末法に遭遇して。「あひて」の「て」は契機、末法の世に生まれたことを契機にします。

長明は久寿二年（一一五五）生、末法に入って一〇三年後でした。

古注（『諺解』）は、生れあったのは宿業の招くところと云う。

「かかる心憂きわざをなん見侍りし」は、このようなつらい行為を見てしまいました。「かかる」は指示語、このような、極限状態のこと。「心うき」は辛い、「わざ」は行為。

「かかる心憂きわざ」は極限状態になって死を選ぶものもあれば生に執着して不法を行うものもあり、価値観が崩れて死骸を放置したり、破仏したりすること。

【語法】次項に「いとあはれなること」があります。「かかる心憂きわざ」は「あはれなること」に相当します。

「見侍りし」は、見てしまった。極限状態を観察したのでした。

作者が悲しんだのは、貴族たちは命を失っても破仏だけはしないという思いがありましたが、心無いものに命よりも大切にしてきた仏像が破壊されることは命を失うよりも悲痛でした。

【構想】極限状況は「わびしれたる者」「頼む方なき人」「すべき方なきもの」です。（「世の不思議」は末法の特徴と認識している。）人生に希望を失った者は死地を求めて河原に行き、路頭や河原で命が尽きます。生きる望みを棄てない者は、食を求めるために家財道具・家屋を売り払ったあとは追い詰められて盗賊になり、文化の破壊者になりました。（作者は死にそうになっても仏像を破壊することだけはしませんでした。）

【構成】今回の災害で、朝廷では「さまざまの御祈り」が始まり、寺々では「なべてならぬ法」が行われました。しかし古寺では仏は盗まれ割り砕かれました。祈られる仏と割り砕かれる仏に差別はありませんから、祈って効果のあるはずはありません。それは無仏の世の現象です。作者がみた極限状態は無仏の世（釈尊入滅から弥勒出世までの七千年）の有様でした。（さて「あさましきこと」とは、無仏の世の極限状態でしょうか。）

〈「いとあはれ」〉

またいとあはれなることも侍りき。さりがたき妻、をとこ持ちたるものは、その思ひまさりて深きもの、必ず先き立ちて死ぬ。その故は、わが身は次にして、人をいたはしく思ふあひだに、まれまれ得たる食ひ物をも、かれにゆづるによりてなり。されば、親子あるものは、定まれる事にて、親ぞ先立ちける。また、母の命尽きたるを知らずしていとけなき子の、なほ乳《ち》を吸ひつつ臥せるなどもありけり。

イトアハレナル事モ侍キサリカタキ妻ヲトコモチタル物ハソノオモヒマサリテフカキ物必サキタチテ死ヌソノ故ハワカ身ハツキニシテ人ヲイタハシクヲモフアヒタニマレマレヱタルクヒ物ヲモカレニユツルニヨリテナリサレハヲヤコアル物ハサタマレル事ニテヲヤソサキタチケル又ハ、ノ命ツキタルヲ不知シテイトケナキ子ノナヲチヲスイツツフセルナトモアリケリ

また、随分痛ましいことがありました。離れがたい妻、離れがたい夫を持っているものは、相手を思う愛情の深いものが、必ず先にこの世を旅立って死ぬ。その理由は、自分の体は愛するものの次にして愛する人を大切にしたいと思うから、極めて稀に入手した食糧を愛する人に譲るによって愛情の強いものが先立つのです。愛情の深い方が先に死ぬから、離れがたい親をもつ子、離れがたい子をもつ親は、決定的な成り行きとして親が先になくなる。また、子は母の命がなくなったことを知らなくて、きわめて幼い乳児が母が死んだのにまだ乳を吸って寄り添って寝ていることもありました。

（災害に泣きながら人間性を失わなかったのは母の愛でした。）

〈また、いとあはれなる事も侍りき。〉

「また」は添加、極限状況は「わびしれたる者」「頼む方なき人」「すべき方なきもの」に「いとあはれなること」を付け加えます。

「いとあはれなることも侍りき」は、随分痛ましいことがありました。「いと」（副詞）ははなはだしい。「あはれ」は感動、ここは悲哀感。「事も」の「も」は例示。

【構文】「いとあはれなること」があれば「あはれなること」があるはずです。

「あはれなる」ことは、食糧がなくて家財家屋を売り尽くし、死の場所を探して路傍で死に、盗賊に身を落とす

ことなどの、極限状況でしたが、ここは「あはれなる」こと以上の「いとあはれなる」ことを記そうとします。

【語法】「あはれなること」には「目も当てられぬこと多かり」とありますが、それは作者の観察の領域ですが、「いとあはれなること」は作者の直接的経験です。「侍りき」(「き」助動詞、直接体験、過去)とあります。「侍り」は存在スルの謙譲語。「いとあはれなること」は作者の直接的経験です。

作者は自分の経験を回想して、たいそう悲しく感動的なことがあったと語りかけます。

〈さりがたき妻、をとこ持ちたるものは、その思ひまさりて深きもの、必ず先立ちて死ぬ。〉

「さりがたき妻・をとこ持ちたるもの」は、離れがたい妻、離れがたい夫を持っているものは。「さりがたき」は離れにくい。「妻」は男からみて配偶者、「をとこ」は男女関係にある男性。「持ちたる」はもっている。

【構文】「さりがたき妻・をとこ」は「さりがたき妻」「さりがたきをとこ」の形。「さりがたき妻」を持っている者は夫、「さりがたきをとこ」を持っている者は妻。これは「さりがたきをとこ・妻」ではありません。「をとこ」よりも「妻」を優先します。「さりがたき妻」は夫の気持ちです。「さりがたき」は最初に男のやるせない心情を訴えます。妻はどんな人でしょうか。

(作者は人を深い男女関係においてみています。)

「その思ひまさりて深きもの、必ず先立ちて死ぬ」は、相手を思う愛情の深いものが、必ず先にこの世を旅立って死ぬ。「思ひ」は愛情、「その思ひ」は「さりがたき」ものの愛情。「まさりて」は優れる意、比較する表現です。

男女は愛情で結ばれますが、男女の愛情が均一ではなく多少の差があります。

「必ず」は決定的に。例外はありません。「先立ちて」は先に旅立つ、先に死ぬ。「先」は順序として早く。

少しでも愛情の深いものが、先に死ぬのが決定的だといいます。ごく僅かな愛情の差が、死ぬか生きるかという大きな差を作りました。その僅かな差で亡くなったのは妻でした。
男の妻は夫を思う気持ちが、夫が妻を思う気持ちよりも深くて亡くなってしまいました。
（ごく僅かな愛情の差を問題にしています。）

【構文】「いとあはれなること」は、「さりがたき妻、をとこ持ちたるものは、その思ひまさりて深きもの、必ず先立ちて死ぬ」でした。ここで最初に「さりがたき妻」を持つ夫を取り上げます。「いとあはれなること」には、「侍りき」とあるから作者の直接的経験です。「さりがたき妻」を持つ夫は作者自身でした。

【構成】1　作者は生きている、生きているものより死んだものの愛情が深いという心情は、生きている自分の愛情が浅い、です。しかし作者の妻の動向の記録はありませんが、この自分の愛情が浅いという心理が成立するには、作者の妻は亡くなっていたことが前提です。

【構成】2　乞食しながら倒れ臥した薄幸の婦人の描写が有ります。行きずりの通行人風の描写ですが、足の先まで観察しています。その入念の描写は行きずりの通行人に対する筆致ではないでしょう。足の先まで知っているのは作者の身内だったからではないでしょうか。乞食して倒れ臥した女性と作者の妻は重なります。作者は妻の棺を死臭に耐えて六条河原に運びました。

〈その故は、わが身は次にして、人をいたはしく思ふあひだに、まれまれ得たる食ひ物をも、かれにゆづるによりてなり。〉

「その故は」は愛情の深い方が必ず先に死ぬ理由は、「故」は理由。「よりてなり」と呼応します。
「わが身は次にして人をいたはしく思ふあひだに」は、自分の体は愛するものの次にして愛する人を大切にしたいと思うから。「わが身」は自分自身、「次にして」は、後回しにして、順番を譲る。「人」は相手を尊重した表現、愛する相手。「いたはしく」は大切にする気持ち。「あひだに」（「接続助詞」順接）は、だから。
「まれまれ得たる食ひ物をも、かれにゆづるによりてなり」は、極めて稀に入手した食糧を愛する人に譲るによって愛情の強いものが先立つのです。「まれまれ」は極めて少ない機会。「得たる」は入手する、「食ひ物をも」（「も」、でさえ）は食い物でさえ、「食ひ物」は食糧。

食い物という表現は良質な食糧ではないようですが、渇望していた食料です。食料がなくては生きられないことを描写します。長い間、食料を口にすることはなく、すでに極限に近づいていました。極めて稀に命がけで入手した食料でさえ。「かれ」は愛する相手のこと、「譲る」は、自分も必要であるのに相手に渡す。その後、食糧を入手する見通しはありません。自分の死を覚悟して相手に渡します。

このようにして愛情の深い方が愛情の浅い方より先に死にました。そこには愛情のためには覚悟の死がありました。

（生き残った作者は愛情が薄かったか、自己を問い詰めています。）

【構想】愛情の深い方がさきに死ぬというのは常識的な価値観を覆します。地獄絵です。しかし、愛することによって死ぬのですから、死を恨みません。それは捨身供養のような崇高な死、菩薩の死があります。作者は地獄の中の極楽を描写しました。

（「あさましきこと」とは、愛情のあるものが死に愛情の乏しい者が生きることでしょうか。）

〈されば親子あるものは、定まれる事にて、親ぞ先立ちける。〉

「されば親子あるものは」は、愛情の深い方が先に死ぬから、離れがたい親をもつ子、離れがたい子をもつ親は。「されば」は、そうだから。愛情の深い方が先に死ぬから。「親子あるものは」は「さりがたき親あるもの、さりがたき子あるもの」です。「ある」は「持つ」と同義、離れられない子をもつ親、離れられない親をもつ子です。

（作者は人を親子関係に移します。）

子については、六十の子に八十の親も親子関係ですが、次に「いとけなき子」とあります。鳥でいえば子は巣立ちするまでの年齢です。その子は愛ということも知りません。「親思ふ心にまさる親心」（吉田松陰）。

「定まれる事にて、親ぞ先立ちける」は、決定的な事実として親が先になくなる。「定まれる事にて」(「に」断定)は、決まっていることで。「こと」は形式名詞。「先立ちける」(「ける」は伝聞)は早く死ぬという。

【語法】「**定まれる事にて**」は、「**必ず**」**とほとんど同じ意味ですが、規則化しているふうに描写します。**

親が子を捨てることは跡を絶ちません。多くの餓死者を出した当時の状況のなかで、捨て子がなかったとはいえません。しかし、作者は愛情のある親子関係を描写し、僅かな愛情の差も見逃しません。その愛情の差が親子の生と死の現実でした。

(作者の家族の安否が心配です。)

〈また、母の命尽きたるを知らずして、いとけなき子の、なほ乳を吸ひつつ臥せるなどもありけり。〉

「また」は、付け加える。親が子に先立つことを受けて、母と子の関係を続けます。

「母の命尽きたるを知らずして」は、子は母の命がなくなったことを知らなくて。「命尽きたる」は命がなくなったこと、死を婉曲に表現します。「知らずして」(「て」経過)は、子は母の死を知らないで。

「いとけなき子の、なほ乳を吸ひつつ臥せるなどもありけり」は、きわめて幼い乳児が母が死んだのにまだ乳を吸って寝ていることもありました。「いとけなし」はきわめて幼い。「なほ」は、依然として、あってはならないのにしている。「乳を吸ひつつ」は乳をのみ続ける、「つつ」(助詞)は継続。「臥す」は寄り掛かって寝る。

【語法】「などもあり」の「など」「も」は例示、「けり」は伝聞、母の命がなくなったのを知らないで乳児が乳を吸っているのは災害の一現象であり、作者は一例とし取材した事件を記録します。

【構想】死んでもなお乳を飲ませようとした母、命と引返えて乳を飲ませた母。母に抱かれて安心して臥している乳児。死骸の側で寝込んでいます。愛情の深い方が先に死ぬことは地獄の様相です。しかし、母が死をもって愛を貫こうとしました。それは地獄を超えていました。もし、この子が成長して、母が自分の生命を投げ出して自分に乳を与えたことを知ったなら、この子はどう思うでしょうか。

（作者は地獄の救いを探ります。）

〈「阿字」〉

仁和寺に隆暁法印《りゅうぎょうほういん》といふ人、かくしつつ、数も知らず死ぬることを悲しみて、その首《かうべ》の見ゆるごとに、額《ひたい》に阿字《あじ》を書きて、縁を結ばしむるわざをなんせられける。人数《かず》を知らむとて、四五両月を数へたりければ、京のうち、一条よりは南、九条より北、京極よりは西、朱雀《すざく》よりは東の路のほとりなる頭、すべて、四万二千三百余りなんありける。いはむや、その前後に死ぬるもの多く、又、河原、白川、西の京、もろもろの辺地などを加へて言はば、際限もあるべからず。いかにいはむや、七道諸国をや。

仁和寺ニ隆暁法印トイフ人カクシツヽ数モ不知死ル事ヲカナシミテソノカウヘノミユルコトニヒタイニ阿字ヲカキ
テ縁ヲ結ハシムルワサヲナンセラレケル人カスヲシラムトテ四五両月ヲカソヘタリケレハ京ノウチ一条ヨリハ南九条
ヨリハ北京極ヨリハニシ朱雀ヨリハ東ノ路ノホトリナルカシラスヘテ四万二千三百アマリナンアリケルイハムヤソノ
前後ニシヌル物オホク又河原白河西ノ京モロモロノ辺地ナトヲクハヘテイハヽ際限モアルヘカラスイカニイハムヤ七
道諸国ヲヤ

仁和寺にいた隆暁法印という人は、こんなにしながら無数に死んだことを悲しんで、死者の首が見えるたびに額に「阿」という文字を書いて仏縁を結ぶ作法を行われました。ある人が阿字の数を知ろうとして、四、五両月を数えたところ、平安京の内部で、一条からは南、九条から北、京極からは西、朱雀からは東の、路傍にある頭は、総計四万二千三百以上あったということです。言うまでもなく、三月以前と六月以降に左京の路傍で死んだ人が多く、ほかに鴨の河原・白河・西の京、それにいろいろな周辺の土地などを加えていうならば、死者の数に限界もありません。どのように言おうか、七道諸国においては言うまでもない、です。

（災害に立ち向かったのは修行僧たちでした。）

〈仁和寺に隆暁法印といふ人、かくしつつ数も知らず死ぬる事を悲しみて、その首の見ゆるごとに、額に阿字を書きて、縁を結ばしむるわざをなんせられける。〉

「仁和寺に隆暁法印といふ人、かくしつつ数も知らず死ぬる事を悲しみて」は、仁和寺にいた隆暁法印という人は、こんなにしながら無数に死んだことを悲しんで。「仁和寺に」は「仁和寺にある」の形、仁和寺にいた。「仁和寺」は洛北（山城国）の法親王の門跡寺院で、最も格式の高い真言宗の寺。「隆暁法印」は仁和寺の勝宝院の第三世でしたが、後に東寺の長者となり七二歳でなくなったが、養和二年（一一八二）は四八歳でした。「法印」は僧階の最高位ですが、隆暁の法印位は一〇年も後の建久三年（一一九二）六月ですから、当時は法眼でしょうか。

（隆暁は『方丈記』前編に唯一個有名詞で現れた登場人物でした。）

「隆暁法印といふ人」の「といふ」は伝聞、隆暁法印の話は作者の取材でした。

隆暁と呼び捨てにしたり、単に隆暁法印というだけでは、憚りがあるということで伝聞扱いにしたともいいます。

「かくしつつ」は、こんなにしながら。「かく」は指示語、上記の、飢饉によって死に連なる一切の行動のこと。道を歩いていて突然倒れて死んだり、河原は死者で一杯になったりして、不法をはたらく者、食料を譲って死んだ者、安眠している乳児も死が予測されることなどです。

「数も知らず」は、無数、数を知らない。「悲しみて」は死者の数が多くて数え切れないのを悲しんで。

多いから数値が知られないが少数だったら知られる、少数だったら動かないが多ければ動く、この数値をよりどころにして行動するのは行政の思考法であって、個を重視する宗教者の思考法ではありません。

（「悲しみて」は自分しかできないという思いでした。）

「その首の見ゆるごとに、額に阿字を書きて、縁を結ばしむるわざをなんせられける」は、死者の首が見えるたびに額に「阿」という文字を書いて仏縁を結ぶ作法を行われました。「その首」は死者の首、「見ゆる」は見える、実際は探したのですが、自然に見えるというふうに、一歩退いた形で述べます。「ごとに」は、その都度。

死者を築地の側面、路傍、河原などで発見した都度です。

「額」は死者の頭の前面上部、仏が人に作用する場所です。「阿字」は「阿」という文字、「阿」は梵字で書き、梵語の第一字母として、大日如来の、万物の不生不滅の原理を意味し、この一字を観じると、大日如来の生命に達するとしました。「書きて」は墨書ではなく、散杖（法具）で洒水の儀式をしました。「縁」は仏縁、「結ばしむる」の「しむる」はサセル、使役。「わざ」は行為、ここは宗教行事。

【語法】「わざをなん」の「なん」は「ける」と呼応して係結び、「られ」は尊敬、「ける」は伝聞。

作者は隆暁の行為を尊敬を持って聞き伝えます。

仏縁を結ぶのは死者自身で、隆暁は仏縁を結ばせる仲立ちで、死者に仏縁を結ばせる作法をしました。

死者の額に「阿」字を書いて仏縁を結ぶ作法は臨終行儀で、隆暁の行為は死者を宇宙生命の本源である大日如来の大生命に同一化する葬儀式でした。

阿字の子が　阿字の古里　立ち出でて　また立ち帰る　阿字の古里　（真言宗）

（隆暁の仏法は偶像崇拝ではありませんでした。）

【参考】隆暁は仁和寺という寺格の高い寺の高僧で、野外で死者のために「阿」字を書いたのは極めて異例なことで、書いてもらった人が生きておれば、どれほど喜ぶかわかりません。

しかし、隆暁の行為は一般人の目には崇高な葬送儀礼ではなく、死霊が祟りをしないための呪文に見えるかも知れません。また真言宗は木来は葬送に携わることはなく、死者に関わったのは念仏聖でした。念仏者は重源以来「阿弥陀仏」を名乗り、略して名に「阿」をつけます。これを「阿号」といい、「阿」字を書くことによって往生の縁とします。真言と無縁の人には「阿」号と見えるかも知れません。

（隆暁自身も食糧難は免れません、どのように食料を確保したのでしょうか。）

〈人数を知らむとて、四、五両月を数へたりければ、京のうち、一条よりは南、九条より北、京極よりは西、朱雀よりは東の、路のほとりなる頭、すべて四万二千三百余りなんありける。〉

「人数を知らむとて、四、五両月を数へたりければ」は、ある人が阿字の数を知ろうとして、四、五両月を数えたところ。「人」はある人、その人は不明。しかし、細かい数字を数えているから隆暁に近い人か、或いは侍者か。

「数」は「阿」字を書いた死者の数。古注（『盤斎抄』）は死者の数とします。「知らむとて」（「む」目的）は知ろうとして。「とて」は、と思って中止法。

数えたのは「阿」字を書いた数ですが、それは死者の数と同じでした。

「四、五両月」は四月（グレゴリオ暦五月二一日から六月二〇日）と五月（六月二一日から七月二〇日）の二ヶ月。「数へたりければ」（「けれ」伝聞、「ば」順接）は数えたところ。

「四月、五月」は初夏から盛夏で、梅雨の最中です。梅雨明けには豪雨がきます。死体は腐乱を進行します。

昭和・平成の近畿の梅雨は平年で六月七日ころから七月二〇日ころまで、早い年は入梅五月二二日（一九五六年）、遅い年は梅雨明け八月一日（二〇〇三年）とします。（気象庁）

死者に「阿」字を書いた数を、四月と五月の二ヶ月、数えました。秋になれば長雨が続き、数値は増えるでしょう。

（二ヶ月の数をサンプルにして全体の数に迫ろうとします。）

「京のうち、一条よりは南、九条より北、京極よりは西、朱雀よりは東の、路のほとりなる頭」は、平安京の内部で、一条からは南、九条から北、京極からは西、朱雀からは東の京の、路傍にある頭。「京」は平安京、「うち」は内部。

「一条よりは南、九条より北」は、平安京の南北において、北限を一条大路、南限を九条大路として、一条大路から九条大路までとします。

「京極よりは西、朱雀よりは東」は、東西において、東京極大路から西、朱雀大路から東とします。「京極」は東京極大路と西京極大路がありますが、「京極よりは西」とありますから、東京極大路です。

北限は一条大路、南限は九条大路で東限は東京極大路、西限は朱雀大路に相当する部分は平安京の二分の一いわゆる洛陽（左京）にあたる部分です。

（都は「大火」では五条以北・朱雀大路以東でしたが、ここは洛陽とします。）

「路」は、ここは平安京洛陽の大路と小路。総距離約八二km。「ほとり」はあたり、付近。「路のほとりなる頭」（「なる」存在）は路傍にある死者の頭。

「頭」は「阿」字を書いた頭の数、人体がなくて頭だけが路傍に転がっているのではありません。

「すべて四万二千三百余りなんありける」は、総計四万二千三百以上あったということです。「すべて」は合計、「余り」は端数のある、「ありける」（「ける」伝聞）は存在する、あった。

「阿」字を書いた頭は四万二千三百以上存在しました。概数は四万二千三百です。

これを洛陽の道路にみると四mに一人の割合で死骸があり、これを単位日数に換算すると平均約七〇五人です。当時の一日の平均労働時間を仮に現行の八時間労働とすると、一時間に約八八人、三分間に二人の割合で回向しました。隆暁自身も飢餓と戦いながら、まず死体を探し、上向きにして、臨終の儀礼を行って、三分間に二人の割合で「阿」字を書きました。相当な労働量です。（到底ひとりの労働ではありません、仁和寺の総力を傾注したのでしょうか。）

当時の京都の人口は一〇万といいますから、その四〇・六％が亡くなりました。

サンプルは四・五の二ヶ月で、まだ秋の豪雨の被害が続きます。同じ比率で六・七月を勘定すれば八万四千六百となり、年間の死者は京都の人口を超える勢いをみせます。（阪神淡路大震災の兵庫県の死者は六四〇〇人でした。）

【参考】仏法には八万四千の法門があるといい、「四万二千三百」は、ほぼその半数に当たります。端数の「三百」は不明ですが、「万」「千」「百」と並べて、「百」の位に当たるものを「四万」の「四」と、「二千」の「二」の中間の「三」を選んだとも見えます。「四万二千三百」は選ばれた数値で、実数ではありません。

【語法】「ありける」の「ける」は伝聞、四五月を対象にしたことも、左京の全道路を踏査したことも、頭の数値も、すべて伝聞で、作者は伝聞を記録しました。

〈いはむや、その前後に死ぬるもの多く、又、河原・白河・西の京、もろもろの辺地などを加へて云はば、際限もあるべからず。〉

（「隆暁法印といふ人」も、「せられける」も伝聞で、隆暁が仁和寺の法印と同一かという疑問がないわけではありません。）

「いはんや」は、原意は言うまでもなく、分かりきったことだ、の意。

「その前後に死ぬるもの多く」は、三月以前と六月以降に左京の路傍で死んだ人が多い。「その前後」は四月と五月の前後、すなわち三月以前と六月以降。「死ぬるもの」は死んだ人、「多く」は多い。（時間のうえで死んだ全時間を考えます。）

「又、河原・白河・西の京、もろもろの辺地などを加へて云はば、際限もあるべからず」は、ほかに鴨の河原・白河・西の京、それにいろいろな周辺の土地などを加えていうならば、死者の数は限界もありません。

「又」はほかに、話題を時間から場所に切り替えます。

【構文】「又」の及ぶ範囲は、「河原、白河、西の京、もろもろの辺地など」と「七道諸国」です。（場所のうえで死んだ全地域を考えます。）

「河原」は山城国愛宕郡東河原（『諷説』）、京極大路から鴨川の河川敷に至る地帯、特に六条河原を意識しているのでしょうか。「白河」は鴨川の東を鴨川に並行して流れる川、ここは川の名ではなく地名、現平安神宮の近辺、山城国愛宕郡（『諷説』）、この地で院政が行われました。「西の京」は平安京の右京（長安）です。

左京を基準にして、河原・白河は左京の東側の隣接地、西の京は左京の西、まず東西を挙げます。

「もろもろの」は、多くの。「辺地」は都の周辺の土地（『首書』）。次に「いかにいはむや七道諸国をや」とありますから、七道諸国は別扱です。すでに左京の東西は挙げましたから、ここは左京の北部と南部の隣接地で、北部は紫野、南部は鳥羽です。（紫野・鳥羽の名は有りません、白河に比べて軽く扱われています。）

七道諸国に畿内は入りません、畿内を詳説したので、諸国もかくの如しと言ったのである。（『盤斎抄』）

「加へて」は時間的には三月以前と六月以後を加え、地域的には左京の北部と南部の郊外を加えます。範囲は平安京と同一の生活圏・文化圏に拡大し、死者も四万二千三百を遥かに上回ることになります。

「云はば」は、なにかをいうなら、意見を言うなら。「際限」は限界、終点。「あるべからず」は、ありえない、「べからず」は当然の意の打消。

平安京の周辺を含めると死者の数には際限がない。四万二千三百をどの程度上回るかという話ではなくなりました。

作者は左京の四月と五月の数をサンプルとして、餓死者の総数に当たろうとします。しかし、その中には自宅で亡くなった人は含まれていません。今も、死者は出ているはずです。死者の数は測り切れません。作者は、左京以外、両月以外で、隆暁が阿字を書いたかどうかには触れていません。「際限もあるべからず」は死者の数を問題にしている形をとりながら、災害が全国的であることと、隆暁だけの努力では及ばないことを描写しています。

〈いかにいはむや、七道諸国をや。〉

「いかにいはむや、七道諸国をや」は、七道諸国においては言うことばがない。「いかに」は疑問、どのように。「いはむや」は言おうか、言うまでもない。

【構文】「いはむや」の先行文の「際限もあるべからず」に対して、「いかにいはむや」は「ことばもあるべからず」の形になります。

【構文】「いかにいはむや」と「七道諸国をや」は倒置。「いかに」と「や」は呼応して疑問。

「七道」は東海、東山、山陽、山陰、北陸、南海、西海の地方のことで、畿内をのぞいた日本全土をいいます。「諸国」は、もろもろの国。国郡制度の「国」、七道の諸国は六四国（当時は六三国）ですが、ほかに畿内五カ国があります。

「諸国」は古註では「七道」の意味か、畿内諸国のことかに分かれます。

【構想】作者は災害は平安京（左京）から周辺に及び、最後には七道諸国に達するといいます。辺地は白河・紫野・鳥羽ですが、国郡制では山城の国です。山城の国は畿内です。作者は災害が全国に及ぶといいたいのですが、災害は左京から辺地に移り、畿内に及ぶことを描きます。「五畿七道」といって、畿内から七道に及び、災害は全国規模に拡散します。

（「七道諸国」の「諸国」は畿内五国のことでしょうか。作者の視野は日本全土に及びました。）

〈評価〉

崇徳院の御位の時、長承のころとか、かかる例《ためし》ありけりと聞けど、その世のありさまは知らず。まのあたり、めづらかなりしことなり。

崇徳院ノ御位ノ時長承ノコロトカカヽルタメシアリケリトキケトソノ世ノアリサマハシラスマノアタリメヅラカナリシ事也

崇徳法皇が天皇でおられたとき、長承年間のころであったとか、このような例があったと聞いているが、その時代の大飢饉の実情は知らない。いま、目の前の事実はめったにないことです。

（歴史の眼で災害を見直します。）

〈崇徳院の御位の時、長承のころとか、かかる例ありけりと聞けど、その世のありさまは知らず。〉

「崇徳院の御位の時」は、崇徳法皇が天皇でおられたとき。「崇徳院」は崇徳法皇、「御位」は天皇の位。「崇徳天皇の御時」といわないで、天皇の退位後の名で呼んだのは、当時は院政で、天皇よりは法皇の方に実権があったからです。崇徳天皇の治世は十年、年号では保安、天治、大治、天承、長承、保延、永治。

「長承のころとか、かかる例ありけりと聞けど」は、長承年間のころであったとか、このような例があったと聞いているが。「長承」は一一三二年から一一三五年、『方丈記』成立の八〇年ほど以前です。「ころとか」の「か」（係助詞）は疑問、下位の文の「時」について凡そに設定する話法です。

（作者は日本全土に死者を見たあと歴史をみます。その歴史のなかで長承に遭遇しました。）

「かかる例」は、このような例。養和の二年間の飢饉と疫病で多数の死者があった例。「ありけり」（「けり」伝聞）は、あった。「聞けど」（「ど」逆接）は聞いているが、長承年間に養和の飢饉と疫病に相当するような天災があったと聞いていたが。

天承の頃から旱魃が起こり、長承二年に大飢饉があり、四年間続いたので、「保延」と改元されました。「その世のありさまは知らず」は、その時代の大飢饉の実情は知らない。「その世の」は、その時代の、長承年間の。「ありさまは」は状態、大飢饉の実情です。「知らず」は知らない。

長承年間の大飢饉の実情は八〇年も以前で、災害があったと聞いているだけで詳細は判りません。

【語法】「知らず」には知ることを拒む意味があります。昔のことより今の飢饉が問題であり、昔のことを蒸し返すことはない意味です。また知らないことは実は何かを知っている意味があります。それは「まのあたりめづらかなりし事なり」です。

〈まのあたりめづらかなりし事なり。〉

「まのあたりめづらかなり」は、目の前の事実はめったにないことです。「まのあたり」は目の付近、目は前を向いているから目前のこと。

【構想】　要旨

作者は大火では傍観者であった。辻風では受身の被害者で、家屋資材が空中で乱舞するのを見た。遷都では自ら新都を計測して、その非を訴えた。この二年連続の不況は、作者に二つの心を与えた。「あはれ」と「いとあはれ」である。自然は水と食料を奪って行政は力を失い、経済は破綻し、宗教は背いた。人は食のためには家財道具を手放し家屋を砕いて薪にして市に出し、漸く糊口をしのいだのであるが、薪の量と食料の価格を計算すれば、余命の長さの見通しがつく。壊す家のなくなった者は古寺の仏像・仏具を薪にして売り出した。体面を棄てて食を求めて乞食し、死臭のなかの路傍で哀願し、道は六条河原に向いた。そこは鳥辺野、命終の地を探したのである。人間性を失った者は荒れ寺の仏像や仏具を盗んで薪にした。絶望による種々相が「あはれ」なることであった。

食料は取り合いの世界であった。愛する男女の、愛情の深いものが先に死ぬという。たまに得た食べ物を相手にゆずるからでした。愛情の僅かな差が生死を分けた。母は乳飲み子に乳を与えながらなくなった。乳児は母の死を知らないで乳をすった。そのように愛された作者は、妻と愛児の亡骸を鳥辺野に運んだ。仏像の盗人が仏像を薪にして、しばしの延命をしたのは仏の捨身供養であったが、作者の妻の死は菩薩行であった。「いとあはれなること」であった。

仁和寺の隆暁は死者を見つけては阿字を手向けた。葬送供養である。「あはれなるもの」も、「いとあはれなるもの」も如来の大慈悲に包まれればよい。この二年の災害は葬送譜であった。

（地震）

また、同じころかとよ、おびたたしく大地震《おほなゐ》振《ふ》ること侍りき。

又オナシコロカトヨヲヒタヽシクヲホナヰフルコト侍キ

また、水害・飢饉と同じ頃であったか、何度も大地震が大地をゆるがすことがありました。

〈また、同じころかとよ、おびただしく大地震振ること侍りき。〉

「また」は添加、再び、水害・飢饉に次いで、新しく「大地震」を加えます。

【構文】「また」は「おびただしく大地震振ること侍りき」に懸かります。「同じころかとよ」は挿入句。

「同じころかとよ」は、水害・飢饉と同じ頃であったかと思うよ。「同じころ」は同一の頃、養和と同じ頃。史実としては元暦二年（一一八五）七月九日。「ころ」は時間に含みを持たせます。

【語法】「ころかとよ」の「か」は疑問、「と」は伝聞、「ころかとよいふ」の形。時間の曖昧表現。

「同じ」は大地震の直前の養和の飢饉であろうか。養和は元年と二年ですが、養和二年（一一八二）と元暦二年との差は三年の間隔があるから、同じ頃とはいえないのかという疑問です。遷都・旱魃・飢饉は一年ごとに起こっていることからみると、大地震との三年の隔りは同じ頃かという疑問を感じることにもなります。しかし、大火（一一七七）と辻風・

遷都（一一八〇）の隔りは三年であり、養和の飢饉と大地震との三年の隔りは連続性に問題はないようです。

「おびたたしく大地震振ること侍りき」は、激しくて恐ろしい大地震が揺れました。「おびたたしく」は客観的には、激しく。主観的には、恐ろしく。主客かねては、激しくて恐ろしい。

【語法】「おびたたし」（形容詞）は、「騒がし」「激し」「多し」などの意味ですが、語としては、「騒がし」の場合でも、「おびたたし」は、「騒がし」だけでなく「激し」「多し」などの意味も程度に応じて含んでいます。

「餘波しばしは絶えず」とあり、「連々不絶」（『百錬抄』）とありますから、「おびたたしく」は回数の多い意味でもあります。

「大地震」（マグニチュード7以上の地震）は、震度が大きく被害の大きい地震で、「震」は振る、土地が震動する。このときの震度はM七・四。発生は元暦二年七月九日（グレゴリオ暦一一八五・八・一三）庚寅正午で、日時と大きさに疑問をさし挟む余地はありません。

（平成を襲った阪神淡路大震災はM七・二でした。）

（作者は地震について深い観察と知識があるのに、年代だけ記憶が不正確というのは不自然です。）

震源地は北緯三五・三度、東経一三六・五度、滋賀県野洲郡の三上山の西（『理科年表』）、新幹線の野洲川鉄橋下です。（しかし琵琶湖西岸断層帯南部の活動ともいいます。）

本震のほかに前震・余震があります。

前震　元暦二年六月二〇日に大地震があり、翌日も翌々日もゆれた。（『玉葉』その他）

余震　翌七月一〇日および一一日は数十度、一二日は二十余度、その後も連日、数度の地震がありました。特に八月一二日申刻の余震は「其勢猛」と激しかったといいます。（『百錬抄』）

最大の余震は本震と同日の七時三四分に起こったM五・四の地震で、本震の前後にも震動しています。

【参考】阪神淡路大震災では、本震以後の有感余震は一九九五年は二三六〇回、一九九六年と一九九七年はともに一〇〇回という。（「ウィキペディア」）

（作者の「大地震」の認識は現在の理解と一致しています。）

【語法】「侍りき」の「侍り」は丁寧語、「き」は直接的経験、過去。

作者は、自身の体験として、何度も大地が振動することがあったと語ります。

【構成】「おびただしく大地震振ること侍りき」は、「恐れの中に恐るべかりけるは、只地震なりけりとこそ覚え侍りしか」と首尾照応します。「おびただしく大地震振ること侍りき」は次の実録です。

山はくづれて河を埋み、海は傾きて陸地をひたせり。
土裂けて水涌き出で、巌割れて谷にまろび入る。
在々所々、堂舎塔廟、一つとして全からず。或はくづれ、或はたふれぬ。
塵灰たちのぼりて、盛りなる煙の如し。
地の動き、家のやぶるる音、雷にことならず。
家の内にをれば、忽にひしげなんとす。走り出づれば、地割れ裂く。

〈状況〉

そのさま、よのつねならず。山はくづれて河を埋み、海は傾きて陸地をひたせり。土裂けて水涌き出で、巌割《いわをわ》れて谷にまろび入る。なぎさ漕ぐ船は波にただよひ、道行く馬は足の立ちどをまどはす。都のほとりには、在々所々、堂舎塔廟《たうめう》、一つとして全《また》からず。

或はくづれ、或はたふれぬ。塵灰たちのぼりて、盛《さか》りなる煙の如し。地の動き、家のやぶるる音、雷《いかづち》にことならず。家の内にをれば、忽にひしげなんとす。走《はし》り出《い》づれば、地割れ裂く。羽なければ、空をも飛ぶべからず。龍ならばや、雲にも乗らむ。恐《をそ》れの中《なか》に恐《をそ》るべかりけるは、只地震なりけりとこそ覚え侍りしか。

ソノサマヨノツネナラス山ハクツレテ河ヲウツミ海ハカタフキテ陸地ヲヒタセリ土サケテ水ワキイテイワヲワレテ谷ニマロヒイルナキサコク船ハ波ニタヽヨヒ道ユク馬ハアシノタチトヲマトワスミヤコノホトリニハ在々所々堂舎塔廟ヒトツトシテマタカラス或ハクツレ或ハタフレヌチリハヒタチノホリテサカリナル煙ノ如シ地ノウコキ家ノヤフルヽヲトイカツチニコトナラス家ノ内ニヲレハ忽ニヒシケナントスハシリテイツレハ地ワレサクハネナケレハソラヲモトフヘカラス龍ナラハヤ雲ニモノラムヲソレノナカニヲソルヘカリケルハタヽ地震ナリケリトコソオホエハヘリシカ

その大地震の様子は、世間並みではない。山が崩れて、その土砂が川を埋め、海は傾斜して陸地を浸蝕している。土地が割れて水が涌き出し、岩石が割れて谷にころび入る、湖岸を漕いでいる船は沖に流されて波にただよい、道を行く馬は足の立ちどころに迷っている。都の付近では、在所々々の民家、堂舎塔廟、一つとして完全でない。あるものは高さを失い、あるものは横になる。そのとき塵や灰が空にたちのぼって、盛んな煙のようである。大地が動き、家が破れる音は雷鳴に等しい。

家の内にいると、いまにも押しつぶされそうになる。走って家の外にでると、大地は割れ細分化される。羽がないから空も飛ぶことはできない。龍であるなら雲にでも乗ろう。恐怖の中で恐れなければならないのは、ただ地震だけであったと思いました。

〈そのさま、よのつねならず。〉

「そのさま、よのつねならず」は、その大地震の様子は、世間並みではない。「そのさま」は大地震の現況、「さま」は、状態、形。「よのつねならず」（「ず」打消）は世間並でない。「よのつね」は、世間に普通に存在すること。

午の刻、大に地震ふ。古来、大地動く事有りと雖も、未だ人家を損亡するの例を聞かず。（『玉葉』）

【構成】「おびたたしく大地震振ること侍りき」を総括すると、「そのさま、よのつねならず」です。

地震の大きさ・回数は、一言でいえば、世間並みでない、です。

〈山はくづれて河を埋み、海は傾きて陸地をひたせり。土裂けて水涌き出で、巌割れて谷にまろび入る。なぎさ漕ぐ船は波にただよひ、道行く馬は足の立ちどをまどはす。都のほとりには、在々所々、堂舎塔廟、一つとして全からず。或はくづれ、或はたふれぬ。塵灰たちのぼりて、盛りなる煙の如し。地の動き、家のやぶるる音、雷にことならず。〉

【構成】あとに「家の内にをれば」とあるので、「山はくづれて河を埋み」以下は「家の外にをれば」です。

「山はくづれて河を埋み、海は傾きて陸地をひたせり」は、山が崩れて、その土砂が川を埋め、海は傾斜して陸地を浸蝕している。「山」といえば都では東山・比叡山・鞍馬山でしょうが、「海」に対比するのは比叡山です。

比叡山は震源地から直線距離で二五㎞ほどで、山岳地帯では最も被害が大きかったと推定されます。『玉葉』『山槐記』等には比叡山東山近辺の被害を大きく記しています。

「くづれて」は高さを持ったものが形を失って落下する。

「山」が比叡山であれば、「河」は高野川・鴨川です。しかし、ここは高野川の風景です。

「埋み」は土砂などが何かにかぶさって覆ってしまう。山が崩壊して崩れた土砂が河を埋めます。

平安京は周囲が山ですから、山の崩壊で土砂が川を埋めることは、作者の周辺に見ることは容易と思われます。

作者は幼い時、鴨川の付近に住み、その後、祖母の家を継いで河原近くに住み、鴨川にはなじみがありました。

「海」は近江の海、琵琶湖。「山」は「河」と対比しますが、ここは「海」と対比します。

比叡山と対比する海は琵琶湖で、海のなかで被害の大きいのは琵琶湖でした。

「傾きて」は傾斜をもつこと。海には水平線があって、水準の基準になるほど平坦なものですが、ここは海水が傾斜を持ちます。湖北が低く湖南が高くなって津波が起こるのですが、その過程で湖南は湖底が露出し、もとにもどるのに一日を要しました。

『山槐記』には琵琶湖の水が北に流れ、水位が数十m減じたとあります。

又聞く、近江の湖、水北に流れ、水岸より或は四五段、或は三四段を減じ、後には元の如く岸に満つ云々。同国の田三丁、地裂けて淵と為る云々。（『山槐記』元暦二年七月九日）

「陸地をひたせり」は、水が陸地に浸透する。「陸地」は陸の土地、陸である土地。「ひたせり」は、よく湿らす。「海」に対しては「陸」ですが、ここの「海」は海全体の意味ですから、「陸」とすれば「陸」全体のことになりますから、「陸地」は陸の一部です。

「陸」に「地」を補って「陸地」としたのは、平常は海水に侵されるはずはないという意味を含めているという説（簗瀬氏）があります。

大津市の苗鹿遺跡では古墳時代前期の住居跡が埋没した後、地割れで引き裂かれました。

（山と海の異変は、「世の常」でない第一の例です。）

「土裂けて水涌き出で、巌割れて谷にまろび入る」は、土地が割れて水が涌き出し、岩石が割れて谷にころび入る。「土」は土地、地面。「裂けて」は平面に切れ目の入る。「水涌き出で」は地下水が自然に地表に出る。

地震で大地に亀裂が入り、切れ目から水が流出しました。

琵琶湖岸では大地震による液状化が生じ塩津港、針江浜、烏丸崎、湯ノ部の各遺跡で噴砂痕が見出されています。（平安京は湿潤ですから地震によって水が吹き出すのは想像できます。）

「巖」は岩石の聳え立った状態で、強いものですが力を横に受けると案外に脆い。「割れて」は細分化する、「谷」は山間の川、渓谷。「まろび入る」は転がって入る。

岩石が地震のエネルギーを受けて割れて谷に転がりこんだ。

【構成】湖水と陸地の関係は水平ですが、「巖」と「谷」の関係は垂直です。水平と垂直の描写を重ねて、大自然の変化を描写します。（土と巖の異変は、「世の常」でない第二の例です。）

「なぎさ漕ぐ船は波にただよひ、道行く馬は足の立ちどをまどはす」は、湖岸を漕いでいる船は沖に流されて波にただよい、道を行く馬は足の立ちどころに迷っている。「なぎさ漕ぐ船」は、浜辺を静かに漕いでいく船、「なぎさ」は砂浜、「なぐ」は海の水が穏やかな状態、「さ」は砂。「波」は津波、地震波によって発生した波。「ただよふ」は水上を流される。

渚に波があるのは異常です。地震で波が生じ、波は船の運行能力を上回り、湖岸をこいでいた船は海流に委ねるしかなく、波に翻弄されて沖にむかって漂流します。

【構文】「なぎさ漕ぐ船」と「道行く馬」は海と陸の交通手段を対比させます。

「道行く馬は」は道を通る馬。「立ちど」は立つ所、「ど」は所。「まどはす」は心を決められないようにする。

大地が動いていますから、道を行く馬は上げた足を思ったところに踏み降ろすことに狂いが生じます。地震にゆられて体の重心を失い、また、うっかり踏めば大地の亀裂に落ち込んでしまいます。

船には人が乗り、馬にも乗り、それを操作する梶取や馬子もいたはずです。

作者は船と馬を描写しますが人の描写を省言しています。神戸の地震のときは道を歩く人は立ちすくみ、立っている人は立つことができないと伝えます。（船と馬の異変は、「世の常」でない第三の例です。）

「都のほとりには、在々所々、堂舎塔廟、一つとして全からず」は、都の付近では、在所々の民家、堂舎塔廟、一つとして完全でない。「都のほとり」は都の付近、「ほとり」は付近。都は入りません。

【語法】「あたり」は基準になる場所を含めた付近一帯、「ほとり」は基準になる場所を外した近辺をいう。（堀川善正『方丈記をめぐっての論考』）

（災害の記録は「都のほとり」と建物の描写から始まります。）

「在々所々」は在所々々、あちこちに点在するもの。ここは「堂舎塔廟」に対するもので、民間の建物です。

「堂舎塔廟」は、漢語としては「堂舎」は住宅、「堂」は建物の前面、中央部分、「舎」は居宅・住居。「塔廟」は宗教施設、「塔」は仏骨を修めるところ、「廟」は先祖の御霊屋。現在の神社仏閣に相当します。

簗瀬氏は『日本往生極楽記』『発心集』の用例から「堂舎塔廟」は寺院の建造物の総括であるという。（『方丈記全注釈』）

当時は官庁の代表的な建物は安元の大火で消失し、福原遷都で貴族の邸宅は規模を縮小し、平家の没落で六波羅も西八条も焼滅しました。残されたのが東山、北山、西山ですが、なかでも鴨東の堂舎塔廟です。

「一つとして」は一つの意、「として」は格助詞「と」の強意。「全からず」は不完全である。

民間の建物も寺院の建造物も一つとして完全なものはなくなりました。

「一所として全からず」には、寺院は「悉く破壊顛倒す」とあります。

宮城の瓦垣、併びに宮中の民屋、或は破損し或は顛倒す。一所として全からず。（『百錬抄』元暦二年七月九日）

又聞く、天台山中の堂燈は、承仕法師之を取り、消さしめず云々。但、堂舎廻廊においては多く以って破損す。其の外の所々の道場は、悉く破壊顛倒すと云々。（『玉葉』元暦二年七月九日）

このとき法勝寺阿弥陀堂、蓮華王院、得長寿院、法成寺東塔が倒れ、法勝寺九重塔は破損し、翌日の余震で閑院の棟柱が折れました。地震は場所を選択しません。（民家・堂舎塔廟の異変は、「世の常」でない第四の例です。）

【構成】「都のほとりには」は場面（修飾語）、「堂舎塔廟、一つとして全からず。或はくづれ、或はたふれぬ」と、「塵灰たちのぼりて、盛りなる煙の如し。地の動き、家のやぶるる音、雷にことならず」を修飾する。

【構成】主格は「堂舎塔廟」、述語は「一つとして全からず」と「或はくづれ、或はたふれぬ」。

「或はくづれ、或はたふれぬ」は、あるものは高さを失い、あるものは横になる。「或は」は一例を示す、「くづれ」は高さのあるものが自然に形を失って平になる。「たふれ」は高さを失って横になる。

【構文】「或は」の対句構成によって、一つとして完全なものはないことの例として、崩れたり倒れたりしたことをあげ、すべて被害を受けたことをいいます。

「塵灰たちのぼりて、盛りなる煙の如し」は、そのとき、在所在所では塵や灰が空にたちのぼって、盛んな煙のようである。「塵灰」は塵と灰。「立ちのぼりて」は上に上がる、塵と灰が舞い上がります。

山崩れが起こったり、家屋が急激に潰れるとき、晴雨にかかわらずに発生します。

「盛りなる煙」は煙が最も上がっているとき。「盛り」は勢いの強い様子。「煙」は火が燃えるときに発生します。「ごとし」は比況、大火に似ています。

小さな火であれば「盛り」とは言わないでしょう。「盛りなる煙」は大火を想像させますが、似ているだけで火災ではありませんでした。

火災でないのに「灰」が舞いあがるでしょうか、比喩にしても「灰」の正体は不明です。（地震に伴って火災の発生するのはありえます。作者は火災を懸念しています。）

「地の動き、家のやぶるる音、雷にことならず」は、大地が動き、家が破れる音は雷鳴に等しい。

【語法】「地の動き、家のやぶるる音」は「地の動く音、家のやぶるる音」の形で、音は二つです。

「地」は大地、「家」は住居、「地の」「家の」の「の」は主格、「動き」動揺する、「やぶるる」は破損する。

「音」は大地が動揺する時に発生する音、家が破損する時に生じる音です。

大地の動揺には山崩れなどもありますが、ここは地震波で、それには長周期と短周期があり、長周期は耳に聞こえませんが、短周期は地鳴りとなります。「地の動く音」は地震波そのものの音でした。

「雷」は、ここは雷鳴。「ことならず」は相異しない、同等である。

雷は光と音を伴いますが、夜間の大地震のときは、雷のように空が光ります。

災害が煙のように見えたり、雷鳴のように聞こえるのは作者の実感です。作者は自分の周囲の状況を描写します。

（崩壊が煙・雷に似ていることは、「世の常」でない第五の例です。）

（ここまでは建物の外観、以下は内部の描写です。）


〈家の内にをれば、忽にひしげなんとす。走り出づれば、地割れ裂く。〉


「家の内にをれば、忽にひしげなんとす」は、家の内にいると、いまにも押しつぶされそうになる。「家の内にをれば」は、家の内にいると。「をれば」は、いると、作者がいる意味。したがって「家」は作者の住居。「内」は内部。「忽に」は、直ちに、対応の素早いこと。「ひしげ」は、押し潰される、「むとす」は将然、いまにもそうなること。

地震が発生して家の内にいると、いまにも押し潰されそうになります。

「走り出づれば、地割れ裂く」は、走って家の外にでると、大地は割れ細分化される。「走り」は家屋の中で走る、「出づれば」（「ば」順接）は家の外にでると。

家の中で走るのは異常です。作者は家が潰れるより先に、屋外に飛び出しました。

（何度も大災害に遭遇しているので、逃げるのが一番だと心得ていました。）

「地」は大地、「割れ」は固体が細分化される、「裂く」は力が働いて二つ以上に引き離す。

外は地割れが起こり、裂け目が生じていました。

（山も海も大地も家の中もだめで、安全な所は空だけでしょうか。）

〈羽なければ、空をも飛ぶべからず。龍ならばや、雲にも乗らむ。〉

「羽なければ空をも飛ぶべからず」は、羽がないから空も飛ぶことはできない。「羽」は空中を飛ぶ器官、「なければ」（「ば」確定条件）は、もっていないから、結果は飛べない。「空をも」（「も」添加）は空も、地上の地震に空を加えます。「べからず」は不可能。

羽がないからというのは、羽のある鳥を意識して、鳥だったら空に逃げることができると思います。しかし『平家物語』には鳥獣も心を迷わすとあります。

「龍ならばや、雲にも乗らむ」（「ば」仮定）は、龍であるなら雲に乗ろう。「龍」は空を飛ぶことができる架空の動物。「乗らむ」（「む」意志）は雲に乗ろう。

ここに龍が登場するのは、龍は厳島神社の祭神で、平清盛は厳島神社を氏神としていたから、龍は清盛の怨霊で地震を起こしたと思われていました。

龍にはさまざまで、羽のある龍を応龍といい、春分に天に昇り秋分に河に入るという。（『諏説』格物論）

地上は地震で住めないから空に住もうとする。空には鳥は羽で飛び、龍は雲に乗ります。作者は羽がなく、龍でないから空には行けません。地震を避けるところは空しかないと思います。

【構成】「竜」は帝王を暫えます。後続の文に「斎衡」の年号と「東大寺の仏の御首落ち」の話があり、それは王権の失墜を意味するとも受け取れますから、ここの「龍」は問題が王権に展開することの伏線でしょうか。

〈恐れの中に恐るべかりけるは、只地震なりけりとこそ覚え侍りしか。〉

「恐れの中に恐るべかりけるは」は、恐怖の中で恐れなければならないのは。「恐れ」は恐怖、危険を感じて避けたい気持ち。「中に」は内部、いろんな恐怖があるけれど、その恐怖のなかで。「恐るべかりけるは」（「べかり」当然）は、恐れて当然なものは。

恐ろしいものは多いけれど、ほんとうは恐れなくてよいものもあれば、防ぐことのできるものもあります。しかし逃げきれないものがあります。

「只地震なりけりとこそ覚え侍りしか」は、ただ地震だけであったと思いました。「只」は限定の意、「地震なりけり」（「けり」は詠嘆）は地震だけであった。「覚え」は思う意、「侍り」は丁寧、「しか」は直接的回想。

作者は自身の体験に即して、本当に恐れなければならないのは地震だけだと思うと読者に訴えます。

地震が最も恐ろしいのは逃げ場がないからです。地震を他の五大災害と区別するのは、逃げ場がないことで、そのことから言えば、先行の五大災害では、工夫次第で逃避できたはずです。

【構成】さきに危険な都に家を作るのは愚かだといいましたが、災害は都から田舎にいたり、大地のどこにも安住の地はありません。空だけが残された空間です。しかし、安元の大火は空を焦がし、治承の辻風は風が空に舞い上がります。元暦の地震は塵灰がたちのぼり雷鳴が走ります。空も必ずしも安全ではありませんでした。

（作者はどこに安住の地を求めるのでしょうか。）

〈悲し〉

その中に、ある武者のひとり子の、六つ七つばかりに侍りしが、築地《ついひち》のおほひの下に、小家をつくりて、はかなげなるあとなしごとをして、遊び侍りしが、俄かにくづれ、埋められて、跡《あと》かたもなく、平にうちひさがれて、二つの目など、一寸ばかりうち出《い》だされたるを、父母かかへて、声を惜しまず悲しみあひて侍りしこそ、あはれにかなしく見侍りしか。子のかなしみには、たけきものも恥を忘れけりと覚えて、いとおしく、ことわりかなとぞ見侍りし。

（『嵯峨本』）

その中に、ある武士のひとり子で、六歳か七歳ほどになっていたが、土塀の覆いの下で、小さな家を作って、ちょっとしたこしらえごとをして、遊んでいましたが、突然に築地が崩落して、子供は土砂に埋められて、子供の姿は全くなく、みると平たく潰され、両眼などは三cmほど飛び出された様子を、父母は潰された男児を大切に抱きかかえては、声が涸れても泣き続けて悲しみあったことを、作者も、父母の泣く姿を悲しく見ました。子の不幸には、剛勇の武士も恥を忘れたものだとおもわれて、切実に感じて、感極まって、泣くのは当然であると見ました。

（内の描写。）

〈その中に、ある武者のひとり子の、六つ七つばかりに侍りしが、築地のおほひの下に、小家をつくりて、はかなげなるあとなしごとをして、遊び侍りしが、俄かにくづれ、埋められて、跡かたもなく、平にうちひさがれて、二つの目など、一寸ばかりうち出だされたるを、父母かかへて、声を惜しまず悲しみあひて侍りしこそ、あはれにかなしく見侍りしか。〉

「その中に、ある武者のひとり子の、六つ七つばかりに侍りしが」は、その中に、ある武士のひとり子で、六歳か七歳ほどになっていたが。「その」の指示する語句は明確ではありません。提示格です。

【考正】この段落は『大福光寺本』にはなく、『嵯峨本』で補います。脱漏か削除か、長明の筆か別人の筆か、異論山積するところです。

「ある武者」は、ある武士。「ある」は不特定の意。氏名等は不詳、「ひとり子の」は、一人息子。

名は不詳というよりは伏せています。（『方丈記』は個人名を避けています。）

武士にとって世継ぎの男子は大切です。一人息子は世継ぎで格別に大切でした。

【語法】「ひとり子の」の「の」は同格、「ある武者のひとり子の」と「六つ七つばかりに侍りしが」が同格です。

（初めて『方丈記』に幼児が登場しました。）

「六つ七つばかり」（「ばかり」程度）は六歳か七歳ほどの年齢。満年齢ではありません。

【語法】「侍り」は丁寧語、「し」は過去の経験。作者は自身の見聞として、ある武士の六七歳の一人息子について語ります。

「築地のおほひの下に、小家をつくりて、はかなげなるあとなしごとをして、遊び侍りしが」は、土塀の覆いの下で、小さな家を作って、ちょっとしたこしらえごとをして、遊んでいましたが。「築地」は土塀、「おほひ」は屋根に相当するもの、屋根というにはお粗末なもの。家を取り巻く外側の土塀の門の下です。

築地があり「おほひ」があり、武士は高級武士と思われます。高級武士の住居は左京の五条六条以南です。しかし、作者の近隣とすると築地があり「おほひ」があるのは貴族で、武士は貴族に仕える雇用人で、土塀の一角に住んでいましたか。

「小家」は小さい家。「つくりて」は設ける、築地の屋根の下に、小さい家を設けました。「はかなげなる」は、永続性のない、一時的な。

「はかなげ」の印象に関連させて「小家」を玩具の家とする説がありますが、玩具ではなく子供の遊びのための小さい家です。武士は小さな建物をあてがっていました。

諸説は玩具の家と関連づけて、作ってはくだき、砕いては作るような所作と説明して、子供の遊びを描写します。その程度の家なら、家が潰れたら跳ね除けて出てくるでしょう。

「あとなしごと」は跡を留めないこと、試行錯誤。

「あとなし」は「はかなげなる」と意味が重なるからよくないからとして、「あどなしごと」として、あどけない遊びとする説があります。しかし、意味が重なるからよいともいえます。

鳥が砂地に足跡をつけたのを見て文字を考案したが、鳥が足跡を消したことをあとなしと言ったという。（『諏説』）

「あとなしごと」でも「あどなしごと」でも、大人には無意味な動作に過ぎませんが、子供には夢があり、掛け替えのない生活がありました。

「遊び侍りしが」は、子供が子供らしい遊びをしていたが。

「侍り」は丁寧、「し」は回想、作者は子供が子供らしい遊びをしていたことをみていたという作者の見聞を読者に示します。

「俄かにくづれ、埋められて、跡かたもなく」は、突然に築地が崩落して、子供は土砂に埋められて、子供の姿は全くなく。「俄かに」は、突然に。予定しないことが急に発生して。「くづれ」は原形をとどめないほど自然解体する。「埋められて」（「られ」受身）は、土砂などの下にされて。「跡かたもなく」は、なにもない、痕跡のない。

築地は突然に崩落して、子供は崩れた土砂にすっかり埋められて見えなくなっていました。

（ここまでは埋没した様子です。この後は掘り出した様子です。）

「平にうちひさがれて、二つの目など、一寸ばかりうち出だされたるを」は、みると平たく潰され、両眼などは三cmほど飛び出された様子を。「平に」は平面に、厚みがない。「うちひさがれて」（「うち」は強意）はつぶされて。

掘り起こすと子供は体を板か紙のように平たく潰されていました。

「二つの目など」（「など」は例示）は、両眼、最も極端な例を挙げます。「一寸ばかり」は一寸ほど、約三cmほど。「うち出だされたる」（「たる」は連体形）は突き出せられている、「子」を補います。「うち出だされたる子」です。

子は両眼が三㎝ほど飛び出され、体は平たくなってしまいました。生き物は極端な外圧を受けると目が飛び出します。土砂の圧力の大きさを語っています。子供は想像を超える圧力を受けました。
男の子は、その夢とともに潰されてしまいました。

（作者は六大災害において、初めて死体の具体的な描写をしました。）

「父母かかへて、声を惜しまず悲しみあひて侍りしこそ」は、父母は潰された男児を大切に抱きかかえては、声が涸れても泣き続けて悲しみあったことを。「かかへて」は両手で囲むように持つ、「声を惜しまず」は、声が涸れてもなお声をあげて、「惜しむ」は、なくなるものを愛しむ。「悲しみあひて」は共に悲しむ。「あはれにかなしく見侍りしか」は、作者も、父母の泣く姿を悲しく見ました。「あはれに」は情にほだされる状態。「見侍りしか」（「しか」直接的経験）は、作者が見ました。
作者は、父母の気持ちを察して、作者みずからも泣きながら、親の泣く姿を悲しく見ました。

【構文】 ここの「侍りしこそ」「侍りしか」の、ふたつの「侍り」は丁寧語で、「し」「しか」は過去の実体験。作者は体験を読者に語り掛けます。
作者は、自分の見聞した、親が一人息子の死骸を抱えて前後不覚に泣く様子を伝え、そして作者自身も悲しく貰い泣いたことを読者に訴えます。

〈子のかなしみには、たけきものも恥を忘れけりと覚えて、いとほしく、ことわりかなとぞ見侍りし〉

「子のかなしみには、たけきものも恥を忘れけりと覚えて」は、子の不幸には、剛勇の武士も恥を忘れたものだと思われて、切実に感じて。「かなしみ」は不幸、死亡。
「たけきもの」は、貴族に対することばで武士、「たけき」は勢いの盛んな。「ものも」の「も」は、でさえ。極端なものの例示、普通には起こりえないことが起こる場面です。

「恥」は不名誉。武士は名誉を大切にします。「忘れけり」（「けり」詠嘆）は記憶から消える。

武士は泣くことは恥辱であるという思いを捨てて泣きました。ここは豪勇であるべき武士が前後不覚に泣いています。


「覚えて」は理解すること、作者は子の不幸には武士も恥を忘れることを思いました。

戦場においては果敢に戦って死を厭わないでしょうが、子の不幸には恥を忘れました。子供の一人くらいは、どうなっても構わないというのが当時の武士の心意気ですが、この武士は子の不幸が武士の在り方を変えさせました。


【構文】「いとほしく、ことわりかなとぞ見侍りし」は、「いとほしく見侍りし」と「ことわりかなとぞ見侍りし」の形です。「いとほしく、ことわりかなとぞ見侍りし」は、感極まって、泣くのは当然であると見ました。「いとほしく」は感極まって同感する気持ち。「ことわり」は道理のこと、「かな」は詠嘆。「見侍りし」は、作者は見た。


作者は、父母の泣く様子をみて同感し、泣くのは当然であると訴えます。

六歳か七歳の一人息子がいるということは、この武士は、まだ若い二十代の青年武士と思われます。最も血気の充実した年代でしょう。その武士の倫理観、価値観を子供の死が捨てさせました。作者は武士と悲しみを共有し、それが人間のあり方だと思いました

【構成】この段落は文（文法上の）の数は二文、九九語、そのうち「侍り」は五例、すべての表現にあり、きわめて多いことが指摘されています。「侍り」は丁寧語で作者の主観の表現です。

この段落は、作者は自身の主観を全面に押し出し、作者個人の思いに彩られています。作者も飢饉で自身の愛息を失ったのでしょうか、その惨状に耐えられませんでした。そして子を失った青年武士のあり方に同感を禁じ得ませんでした。

（作者の悲しみは六大災害の生き残ったものの悲しみにも重なります。）


【構想】作者は災害には客観的な記録を守り、作者自身の表現は抑えてきました。作者自身の悲しみは愛妻・愛息を失ったこ

とであり、愛息を悼む気持ちは抑制しがたいのですが、武士が愛息を失った悲しみに自己の悲しみを重ねました。これがせめてもの作者の気持ちでした。しかし個人に属する内容ですので、作者は自分の感情を強く重ねることに迷いました。その迷いは『嵯峨本』には記しましたが、『大福光寺本』では記載しないことになりました。

（作者は初めて『方丈記』に自分の涙を見せました。）

〈終息〉

かくをびたたしく震《ふ》ることは、しばしにて止みにしかども、そのなごり、しばしは絶えず。よのつね、驚くほどの地震《なゐ》、二三十震《ふ》らぬ日はなし。十日、二十日すぎにしかば、やうやう間遠《まとを》になりて、或は四五度、二三度、もしは、一日まぜ、二三日に一度など、をほかた、そのなごり三月ばかりや侍りけん。

カクヲヒタヽシクフル事ハシハシニテヤミニシカトモソノナコリシハシハタエスヨノツネヲトロクホトノナヰ二三十度フラヌ日ハナシ十日廿日スキニシカハヤウヤウマトヲニナリテ或ハ四五度二三度若ハ一日マセ二三日ニ一度ナトヲホカタソノナコリ三月ハカリヤ侍リケム

このように激しく震動することはしばらくで終わったけれど、その余波はしばらくはなくならない。世間並みの地震と目覚めるほどの地震は、一日に二、三十回震動しない日はない。十日、二十日をすぎると、しだいに間隔がひらいて、あるいは一日に四度か五度、二度か三度、もしは一日とばしで、二日か三日に一度などとなって。、おおよそ、その余震は三月ほど続いたであったでしょう。

（作者は得意な数字で大地震を突き止めます。）

〈かくおびたたしく震ることは、しばしにて止みにしかども、そのなごり、しはしは絶えず。〉

「かくおびたたしく震ることは、しばしにて止みにしかども」は、このように激しく震動することはしばらくで終わったけれど。「かく」（指示語）で、このように。先行文の「おびただしく大地震振ること侍りき」を指します。

（作者は「大地震」の最初のことばに立ち返って、災害の回数について話を進めます。）

「しばし」は、暫く。ここは短い日数。

「しばし」は下位に一〇日か二〇日と、「日」を単位にしていますから、日数のことで、一〇日ないし二〇日に比較して、短日数です。短時間の意味でもないし、一回の震動の長さでもありません。

【参考】『山槐記』によれば「おびたたしく」は二〇度以上数十度。「しばし」は七月九日から四日間で、その四日間は一日に数十回の震動があったと推測させます。

「止みにしかども」（「ども」は逆接）は、日に何十回も震動することは数日で終わったが。「止み」は動作しなくなる。

【構文】「止みにしかども」の「ども」は逆接。「かくおびたたしく震ることは」と「そのなごり」が逆対比します。「そのなごり」は「おびたたしく」に対しては震動が少ない意味、「しばしにて止みにし」に対してはしばらくではやまなかった。

「そのなごり、しはしは絶えず」は、その余波はしばらくはなくならない。「その」は、「かくおびたたしく震ること」を指し、本震直後の、数多く震動する激震です。「なごり」は余波、全体がなくなった後、部分的に残るもの。「そのなごり」は激震のあとの余震です。「絶えず」は途切れない、続いている。

本震はしばらくで終わったが、余震は四、五日では終わらない。

【構文】「しばしは絶えず」は、「やうやう間遠になりて」と対比します。

十日、二十日すぎにしかば、やうやう間遠になりて、或は四五度、二三度、もしは、一日まぜ、二三日に一度など、おほかた、そのなごり三月ばかりや侍りけん。

余震は「間遠」になって三ヶ月続きました。

【構成】先行文の「おびただしく大地震振ること侍りき」には、「そのさま、よのつねならず」という説明があります。「そのさま、よのつねならず」は地震の状態のことですが、その状態は激震ですが、「よのつねならず」は地震の日数のことでもありました。激震は数日で終わったが、余震は長期にわたりました。また「そのさま、よのつねならず」は「恐れの中に恐るべかりけるは、只地震なりけりとこそ覚え侍りしか」と呼応します。これは地震の心境です。数日の激震と長期の余震は最も恐ろしいものでした。

（先行文の「おびただしく大地震振ること侍りき」には、状態と日数と心境を含めます。）

〈よのつね、驚くほどの地震、二三十震らぬ日はなし〉

【構文】「よのつね、驚くほどの地震」は、「よのつねの地震」「驚くほどの地震」の形。

「よのつね、驚くほどの地震、二三十震らぬ日はなし」は、世間並みの地震と目覚めるほどの地震は、一日に二、三十回震動しない日はない。「よのつね」は世間に常にある、「驚く」は目が覚める、気が付く、ハッとする。

震度二では眠っている人は目を醒まし、震度三では殆どの人が目を醒まし、逃げ出す人もあります。「驚くほどの地震」は震度二から三程度の地震で、日常的に発生し、問題になるような地震ではありません。「よのつね」の地震は「驚くほど」の地震のことでした。

「よのつね」の地震と「驚くほど」でないとすると、「よのつね」の地震は震度一以下となり、地震と認識することもないでしょう。

「二三十」は二十か三十、回数のことです。少なくて二十回、多くて三十回です。「震らぬ」の「ぬ」と「日はなし」の「なし」とで二重否定。

　地震だと思う程度の地震、一日に二十回か三十回、発生しました。

　意識の対象にならない地震は数に入っていません。地震計で計測すれば、さらに多く震動したことでしょう。

【構成】地震発生当時は一日に何回も激震が起こりましたが暫くで終わりました。その後、十日を過ぎるまでは一日に、二十回から三十回ほど、目を覚ますほどの余震が続きました。

　計測によっては、七月一三日を過ぎると急速に発生回数が衰えて、一日に二〇回に達する例はありません（『山槐記』）。

〈十日、二十日すぎにしかば、やうやう間遠になりて、或は四五度、二三度、もしは、一日まぜ、二三日に一度など、おほかた、そのなごり三月ばかりや侍りけん。〉

「十日、二十日すぎにしかば、やうやう間遠になりて」は、十日、二十日をすぎると、しだいに間隔がひらいて。「十日二十日」は、十日ないし二十日。

【構文】「十日、二十日すぎにしかば」は、「十日すぎにしかば」「二十日すぎにしかば」の形。

【語法】「すぎにしかば」の、「しか」は過去、「ば」は順接。「やうやう間遠になりて」に掛かります。

「すぎ」は経過する、発生の日から一〇日過ぎたから、二〇日過ぎたから。「やうやう」は次第に。「間遠になりて」は間隔が開いて。「間遠」は間隔が大きい。

　最初の四日間は一日に数十回震動しました。五日めから九日めは震度4にもなる地震が連日起こりました。

　四日（激震）とか五日（中震）とかの区切りにおいて。「十日」と「二十日」では間隔が大きすぎます。

（長明は数字に精密といわれています。）

　一〇日過ぎたころ間遠になりはじめ、二〇日過ぎると完全に間遠になりました。

「或は四五度、二三度、もしは、一日まぜ、二三日に一度など」は、あるいは一日に四度か五度、二度か三度、もしは一日とばしで、二日か三日に一度などとなって。

「一日まぜ」は一日を混入する、「まぜ」は異質のものを混合すること。

余震があるのが普通だとすると、混ぜるのは余震のない日で、余震の続く中に余震のない日を一日を加えます。

「二三日に」は「二日か三日に。「一度」とは地震の回数で一回。

一〇日過ぎると、余震のない日が二、三日続いたあと、余震が一度ある、です。「一日まぜ」と「一度まぜ」では表現の位相が相違します。

二〇日過ぎると、一日の余震の回数が四・五度から減少し、さらに二、三日に一度になります。

『山槐記』では、七月一三日を過ぎると急速に発生回数が衰えて、一日に二〇回に達する例はありません。一日に三度以下になるのは、七月二四日から八月一四日の二一日間であり、『醍醐寺雑事記』によると三〇日間、連日余震が発生しました。


十日地震あり、去る七月九日より始まり、毎日に毎夜地震（不）。卅ヶ日震はざる所あらざるなり。（『醍醐寺雑事記』八月十日）

【構文】「或は」で、一日の発生回数が激減しました。「もしは」で、連日起こることがなくなりました。

「間遠」は、ある余震と次の余震の時間差が大きいいみで、一日の回数が四回から六回、六回とすれば平均して間隔は四時間、四回とすれば六時間。地震発生時の回数とは比較になりません。

また日数のことで、まずは一日おきに一回、次に二日か三日置いて一回と間隔が広がります。

「おほかた、そのなごり三月ばかりや侍りけん」は、おおよそ、その余震は三月ほど続いたであったでしょう。「おほかた」は、おおよそ、細かいところを飛ばして、全体的に見ます。地震の「なごり」について結論的にいいます。

「三月ばかり」は三ヶ月間、七月から九月まで、「ばかり」は大体の程度、三ヶ月間は大体の傾向、「や」は疑問、「侍り」は続く意の代動詞、丁寧、「けん」過去推量、続いたであろう。

作者は余震は九月で終わったと回想します。

『山槐記』には九月の余震は一、三、五、六、八、一〇、一四、一七、二〇の九日といいます。（新間氏）

【構成】作者は大地震と余震を回数と日数と、その経過を語ります。地震発生のあと凡そ四日間は、激震が一日に五〇回から六〇回の震動し、激震のあと六日間は一日に二〇回から三〇回。一〇日めには一日に多い日は四回か五回、少ない日は二回起こりました。次第に間隔が開き、二〇日を過ぎると最初は一日おきで起こり、二、三日に一回起こるというように少なくなり、余震は三ヶ月で終息しましたが、『醍醐寺雑事記』には一二月二〇日の条に、七月以来、連続して地震のあったといいます。

以上を計算すると、激震余震を含めて作者が地震と感知した回数は四二〇回から六二〇回の範囲にあります。

【参考】阪神淡路大震災では計測された余震は一九九五年は本震以後は二三六〇回発生したといいます。（気象庁）

〈評価〉

四大種の中に、水、火、風はつねに害をなせど、大地にいたりては、ことなる変をなさず。昔、齊衡《さいこう》のころとか、大地震ふりて、東大寺の仏の御首落ちなど、いみじきことども侍りけれど、なほ、この度にはしかずとぞ。

四大種ノナカニ水火風ハツネニ害ヲナセト大地ニイタリテハコトナル変ヲナサス昔斉衡ノコロトカヲホナヰフリテ東大寺ノ仏ノミクシヲチナトイミシキ事トモハヘリケレトナヲコノタヒニハシカストソ

四種の根源的元素のなかで、水・火・風はつねに害をつくるけれど、大地に言及すると、平常と相異するような変化を起こしません。昔、斉衡年間のころとかいいますが、大地震が震動して、東大寺の毘盧舎那仏の御首が落ちたなど、最悪のことなどもあったけれど、それもそうであるが、この度の災害には及ばないと思う。

〈四大種の中に、水、火、風はつねに害をなせど、大地にいたりては、ことなる変をなさず。〉

「四大種の中に、水、火、風はつねに害をなせど」は、四種の根源的元素のなかで、水・火・風はつねに害をつくるけれど。「四大種」は四種の根源的元素、地、水、火、風です。これに「空」を加えると五大種といいます。「種」は元素の意味で、この四大の複合によって万物が生成しますが、その均衡が破れると異変を起こします。「中に」は内部に。四大種の内部において。

四大種の内部を分析して、まず「水、火、風」をあげます。

「つねに」は平常的に、いつも。「害をなせど」は、よくないことをするけれど。「害」は負の価値、水害、火災、風害など。

「大地にいたりては、ことなる変をなさず」は、大地に言及すると、平常と相異するような変化を起こしません。「大地」は地の美称、「地」は四大種のひとつ。「いたりては」は、種々あるなかで最終的に問題にするものをいいます。「大地にいたりては」は、大地を最終的の問題にします。

水害も火災も風害も、すべて地上の災害でした。地震は大地そのものの異変でした。大地以外のものは、災害が大きくても、それなりに対応できるとします。

「ことなる変」は平常と相異する異変、おびたたしき害(『諺解』)。「ことなる」は格別な、特別な。「変」は異変。「なさず」は起こさない。

大地は平常と相異するような変化を起こしません。しかし、一旦、起こると他の災害の比ではないことを含みとします。

【構成】 元暦の大地震は、起こらない災害が起こったということで例外ですし、火災水害等の災害より強烈な災害ということで例外でした。

M（マグニチュード）七の地震は二百年に一回の割合でしか発生しません。

〈昔、斉衡のころとか、大地震ふりて、東大寺の仏の御首落ちなど、いみじきことども侍りけれど、なほ、この度にはしかずとぞ。〉

「昔、斉衡のころとか、大地震ふりて」は、昔、斉衡年間のころとかいいますが、大地震が震動して。「斉衡」は文徳天皇の年号で八五四年から三年間。「ころ」は凡その時、「とか」は「とかいふ」の略、伝聞の意。斉衡の年頃かのこと。二重に曖昧な表現を使用します。

しかし、地震は斉衡二年五月十一日で、記録は鮮明です。作者が年代を知らないはずはありません。昔の大地震の例を曖昧に表現することによって読者の地震に関する興味を刺激します。

「大地震ふりて」は大地震が起こる、斉衡年間に大地震が発生しました、「ふり」は震動する。「東大寺の仏の御首落ちなど、いみじきことども侍りけれど」は、東大寺の毘盧舎那仏の御首が落ちたなど、最悪のことなどもあったけれど。「東大寺」は金光明四天王護国寺で、総国分寺。「仏」は毘盧舎那仏、大仏。「御首」は神・仏・貴人の頭、ここは仏頭。「落ち」は東大寺の大仏の御首が落ちた。「など」は例示、東大寺の仏の御首が落ちたことを「いみじきこと」の例とします。

大仏の首がおちたのは斉衡二年五月二十三日のことで、発生後一二日後でした。

「いみじきことども」は随分よくない、最悪のこと、「いみじき」は甚だしい、よい場合にも悪い場合にもいいます、ここはよくない場合。「ども」は複数。「侍りけれど」（「ど」逆接）は、あったけれど。「侍り」は存在する意の丁寧語。

しかし、大仏の首が落ちたのは初震より一二日もあとであり、諸注は『文徳実録』の「自ら落ちて地に在り」によって、地震とは関係がないとします。しかし、地震のときの亀裂によって落下したのかもしれませんし、一二日後は、まだ余震のうちですから、余震を重ねて金属疲労を起こしたのかもしれません。作者の見解は地震で落ちたと認めています。全く地震と無関係とするのは危険です。

「なほ、この度にはしかずとぞ」は、それもそうであるが、この度の災害には及ばないと思う。「なほ」は、一部肯定しながら否定する。「この度」は元暦二年の大地震、「しかず」は及ばない。「とぞ」は「とぞ思ふ」の結びの省略。作者は斉衡の大地震も今回の地震には及ばないと意見をのべます。

斉衡の大地震はM六・四ですから、今回の地震には及びません。しかし、陸地で起こった有史以来の地震の強さでは元暦の大地震は、二七番めに大きい地震で（『理科年表』）、京都では仁和三年八月六日、嘉保三年八月四日につぐ大地震でした。有史以来の大地震ではありません。作者の認識能力の限界です。

【構成】作者が地震を論じるのに斉衡を取り上げたのは、歴史上の大地震であることと、仏頭が落ちたことでした。仏頭が落ちることは地獄の様相です。

【構想】要旨

『方丈記』は住みかと人をテーマにしてきた。人は、元素論と歴史観において、大地の構造と人間の有り方の共通性に注目し、災害は人間性の本有であると認識します。その現実は生と死の問題であり、当面の課題は死の克服です。死を避け生を得るには地の利を見なければならない。であるが、住むところはどこにもなかった。限られた地を活用して災害を避けることであるが、それには元素論。歴史観など、人間性の本質的な在り方に立ちかえらなくてはならない。

大火・辻風・遷都・旱魃・飢饉は人と家の災害でしたが、大地震は世界の崩壊でした。災害の現状を客観的に把握し、歴史の語るところ、大地・自然の理法に従って土地と住みかを選び、人間とはなにか、何をするべきかの問題に直面しなければならない。。

（作者はどこに行くのでしょうか。）

すなはちは、人みなあぢきなきことを述べて、いささか心の濁りもうすらぐと見えしかど、月日かさなり年経にし後は、ことばにかけて言ひ出づる人だになし。

スナハチハ人ミナアヂキナキ事ヲノヘテイサヽカ心ノニコリモウスラクトミエシカト月日カサナリ年ヘニシノチハ事ハニカケテイヒイツル人タニナシ

災害の直後は人はみな不満足なことばかりを口にして、僅かに心のもやもやも薄くなると見えたけれど、何か月も何日も経過したあとは、ことばに出して言い出す人はいない。

（救いは愚痴を言って心を休め、日時の経過で忘却することでした。）

〈すなはちは、人みなあぢきなきことを述べて、いささか心の濁りもうすらぐと見えしかど〉

「すなはちは、人みなあぢきなきことを述べて」は、災害の直後は人はみな不満足なことばかりを口にして。「すなはち」（名詞）は直後、災害直後です。「あぢきなき」は、味わいのないこと、いやなこと、生活苦のことです。「述べて」は次から次へと話をする。

どの災害も直後は、人は、みな、あれこれと生活苦を愚痴って長話をしていました。

【構文】「すなはちは」と「月日かさなり年経にし後」が対比、「人みなあぢきなきことを述べて」と、「ことばにかけて言ひ出づる人だになし」が対比。「いささか心の濁りもうすらぐと見えしかど」に対する対比はありません。対比するのは、激しい心の痛みのはず。

「いささか心の濁りもうすらぐと見えしかど」は、僅かに心のもやもやも薄れると見えたけれど。「いささか」は僅かに。「心の濁り」は心のスッキリしないところ。何かはっきりしないような悩み・気掛かり。「うすらぐ」は薄くなる。「見えしかど」は見えたが。「見えしかど」は「見しかど」ではありません。作者が自分の目で確かめたのではありません。目に映っただけです。

【語法】「見えしかど」の「ど」は逆接、見えたのは外見で、内面はそうではありませんでした。

外見では、悩みをぐちると、少しは晴れぬ思いも薄らぐと思われました。しかし、心の底では悩みがなくなりません。

〈月日かさなり、年経にし後は、ことばにかけて言ひ出づる人だになし。〉

「月日かさなり、年経にし後は、ことばにかけて言ひ出づる人だになし」は、何か月も何日も経過し、年が変わったあとは、これだけはいいたいとことばに思いをかけて言い出す人さえいない。「月日」は時間の経過を月単位、日単位で語ります。「かさなり」は複数の月日が連続する。「月日かさなり」は何か月も何日も経過することですが、月日の単位であって一年を越えません。「年経にし後は」は年が過ぎ去った後です。年単位で語ります。

【語法】「月日かさなり、年経にし後は」は、「月日かさなりし後は」「年経にし後は」の形。。

「後」は基準点を過ぎてからの時間、ここは早ければ数ヶ月後、遅ければ一年後。

基準点の前後では相異することを言います。

「ことばにかけて」は、ことさらに言う。「ことば」は言語、心に対するものとして。「かけて」は一端を共有する、心をことばに掛ける。発言した結果に期待を寄せる。「言ひ出づる」は発言する。「人だになし」は人さえいない。

【語法】「ことばにかけて言ひ出づる人だに」が主格、「なし」は述語。

これだけはいいたい、このことは言葉として伝えたいと思って発言する人さえなくなった。

【語法】「ことばにかけて言ひ出づる人だに」の「だに」は軽いものを挙げて重いものを推測させる。軽いものは「ことばにかけて言ひ出づる」、重いものは行動にあらわす。

【構成】災害の直後などは愚痴をこぼして苦痛を慰めていましたが、一定の時間を越えると、おしゃべりする人もなくなる。積極的に発言する人などは、もういない。災害をなくするには行動で表さなくてはなりませんが、行動する人はなく、せめて言葉で発言する人がいるとよい。


（作者だけは災害に伴う暗くも重い哀しみを見ようとします。）

【構想】〈地獄〉要旨
作者は「序」において、自然も人間も全体と個の関係にあるとみて、全体は永遠・不変のもの、個は仮のもの、瞬間的なもので、永続性がなく、無常であるが、真実は個にあると認めます。

その全体と個の関係を人と住居に見て、危険な都に住居を作るのは愚かといい、愚かでないためには仮でないもの、真実であるものを求め、無常の世に何をすればよいかを求めなければなりません。

都は左京も近郊も安住の地ではなく、福原に遷都しましたが失敗でした。七道諸国も山も海も安住の地ではありません。その大地も地震では安心できず、安住の地は空でしかないと思いますが、空も火事の炎や煙があり辻風もあります。空に昇ろうとしても上る方法はありません。安住の地はどこにもありませんでした。

頼みは仏たのみですが、砕かれて薪にされる仏像や、地震で頭が転がる仏頭に祈って効果があるとも思えません。人は大火・辻風・旱天・飢饉・地震で命を失うだけ、泣くだけ、逃げるだけでした。無常の世において住居も人も、そのあり方を失っています。人は愚かでした。

災害の直後は愚痴をならべて慰めにしますが、本当の慰めにはなりません。ときが経過すると災害そのものも忘却して、本当の慰めを求めようとはしません。作者は警告します。災害を忘れるな、慰めを求めた心を大切にせよと。

人が愚かであれば愚かでない道を探さなければなりません。愚かでないためには、無常という現実を直視することです。

はかなく消えていく無常の世には、朝顔の露と花は短くも美しい、飢饉で食糧を分け合った人たち、阿字を屍に書いて仏縁を大切にした人たちには無常という現実のなかで、短くも美しい人生がありました。

（自己改革と住居の改革が「後編」の課題でした。）

《作者》　災害は常に目の前にあり、渦中にありました。長明にできたことは、まず詳細な記録を残すことでした。

作者は、最初は元暦の大地震では遠くに見ていたが、次第に近づいて、遷都では自ら乗り込みました。しかし、飢渇・疫癘では家族を失い孤独になり、追い詰められたがかろうじて生き延びました。最後の大地震では逃げるという受動的行動の中に、人間とは何かという問いを忘れませんでした。

作者は災害を文字で記録しました。その字数です。

災害	字数	要旨	注
安元の大火	四九五	災害を遠望しました。	写本によってかな書きであったり漢字であったりして不同です。本稿採用の本文と字数です。字数は検索機能による、近似値として示す。
治承四年の辻風	三九九	災害に遭遇して目も見えず音も聞こえませんでした。	
治承四年の遷都	九七四	進んで新都に赴き功罪を見極めました。	
養和の飢渇	三六四	災害をモロに受け、漸く生き延びました。	
安永の疫癘	九二二		
元暦の地震	六四五	災害とは何かを見極めます。	
平均値	六三〇	災害が次第に切実化する。	

平均値は六三〇字ですが、最も少ないのは飢渇の三六四字ですが、二年連続の災害ですから、疫癘と合わせると一二八六字となって、最高値になります。作者が最も重点的に記したのは飢渇・疫癘ですが、ついで遷都の九七四字です。作者が六大災害で声を挙げて訴えたのは、妻子を失い自身も逃げるという悪戦苦闘と為政者の不徳の追及でした。

［人］　はかなし

『方丈記』の前編「無常」の本文で「世」に続いて「人」を語ります。

（序）

すべて世中のありにくく、わが身と栖《すみか》との、はかなく、あだなるさま、また、かくの如《ごと》し。いはむや、所により、身のほどにしたがひつつ、心をなやますことは、あげてかぞふべからず。

スヘテ世中ノアリニクク、ワカミトスミカトノ、ハカナク、アタナルサマ、又、カクノコトシ。イハムヤ、所ニヨリ、ミノホトニシタカヒツヽ、ココロヲナヤマス事ハ、アケテ不可計。

もともと世の中では生きづらく、人は無駄な努力をかさね家もだめになるものであるが、六大災害も同様に人にとっては無駄な努力をかさね家もだめにして生きづらいことであった。言うまでもなく、生活の場所と身分に応じて暮らしているが、心を苦しめることは枚挙できません。

〈すべて世の中のありにくく、わが身と栖との、はかなく、あだなるさま、また、かくの如し。〉

「すべて」は、統べて、まとめて言う。総括して問題点を指摘します。安元の大火より元暦の地震まで（『流水抄』）。

指摘した問題点は「世の中のありにくく、わが身と栖との、はかなく、あだなるさま」です。

（六大災害について総合的な判断をします。）

【構文】「世の中のありにくく」と「わが身と栖との、はかなく」は対句で、「世の中のありにくく」と「はかなく」は、「あだなるさま」に係ります、「ありにくく」と「はかなく」を総合した形が「あだなる」で、「あだなる」は「さま」を修飾します、「さま」は主格。

「世の中のありにくく」は、世の中においては生きるのが困難で。「世の中」は世の内部、世間においては。「世」は人と人の間がら、ここの「世」は狭義では「玉しきの都」（「序」）で、「世の中」は都の内部です。「ありにくく」は、生きるのが困難だ、「あり」は、いる、生きる、暮らす。「にくし」は、むずかしい、困難だ。

「世にある」は、世の中で栄える、立派に暮らすで、後続の「権門」「富める家」のことです。「世の中のありにくく」は「世の中」が存在するかしないかではなく、都で出世できない、富貴な生活ができないことですから「我が身」のことです。

古注（『諺解』）は、遠くは、水火風邪の災害の為に六禅天まで滅尽する。近くは今回の大地震。

「わが身と栖との、はかなく」は、自分の身上と自分の家屋においてはうすっぺらで。「わが身」は自分の身上、「わ」（代名詞）は自分、ここは主体のこと。「身」は身の上。「栖」はみすぼらしい家。

【語法】「わが身と栖との」は、「わが身と」と「わが栖と」の形で、「栖」がみすぼらしければ「わが身」もみすぼらしい。

「はかなく」は、はかどらない、努力にふさわしい結果が出ない。

【構文】「ありにくく」は世の中のこと、「はかなく」はわが身と栖のこと、対句で、「あだなるさま」は「世の中」と「わが身と栖」のことです。

「あだなるさま」（主格）は、すぐに消滅する様子は。「あだなる」は永続性がない、すぐに消滅する。（六大災害では客観的な描写に終始しましたが、ここにきて初めて「我」が登場します。以下「我」を描写します。）

「さま」は様子、状態。「世の中」は生きづらく、我が身と栖はうすっぺらであって世の中も我が身もわが家も永続性がない様子は。

全体的に見て、世の中は生きづらく、人の身と住みかは努力のかいがなく、世の中も人の身も住みかも消滅する様子である、です。

「世の中」は全体で、「わが身」は個・部分です。全体の世の中も、其の中にいる人も、だめな様子を「かくの如し」と言います。

（ここで「わ」に属するものは「身」と「すみか」で、「心」は別項です。心はみすぼらしくはないのでしょうか。）

「また、かくの如し」は、また六大災害と同じ。「また」は添加、「かく」は指示語で六大災害、「如し」は例示。世の中は生きづらく、人は努力のかいがなく、世も人も住まいも消滅する様子の実例は六大災害です。

【構成】「世の中のありにくく、わが身と栖との、はかなく、あだなるさま、また、かくの如し」は『方丈記』序と対比します。

ゆく河の流れは絶えずして、しかももとの水にあらず。よどみにうかぶうたかたはかつ消えかつ結びて、久しくとどまりたるためしなし。世の中にある人と栖と又かくのごとし。たましきのみやこのうちに棟をならべいらかをあらそへる、高き卑しき人のすまひは、世々をへて尽きせぬ物なれど、是をまことかと尋ぬれば、昔ありし家はまれなり。

（序）

「世の中のありにくく、わが身と栖との、はかなく、あだなるさま」は、「序」では「世の中にある人と栖と又かくのごとし」で、その「かくのごとし」は、「久しくとどまりたるためしなし」を指します。この対比から「はかなく、あだなるさま」は「久しくとどまりたるためしなし」です。「序」の「久しくとどまりたるためしなし」は「よどみにうかぶうたかた」のことですから、ここの「わが身と栖」も、「よどみにうかぶうたかた」に相当します。作者は「序」の構想を受けて、ゆく河の水滴・水泡のごとき人のあり方を、無駄で永続性がないとします。

【構想】序の「世の中にある人と栖」も、ここの「わが身と栖と」も、人と住みかを取り上げますが、「序」では「世の中にある」人と「栖」ですが、ここは「わ」の「身」と「栖」です。「世の中」が消えて「わ」になりました。ここに「世の中」から「わ」への転換があります。

（ここに主体としての「わ」が前面に出てきます。）

作者が六大災害を総括したところは、「あだなるさま」で、もともと世の中では生きづらく、人は無駄な努力を重ね家もだめになるのであった、です。

古注（『諺解』）は、大火から地震までの変異を我が身と住みかに結び付けて、それが作者が方丈を作った意味にかなうとします。

〈いはんや、所により、身のほどにしたがひつつ、心をなやますことは、あげてかぞふべからず。〉

【構文】「いはんや」は「すべて」と対比します。

すべて、世の中のありにくく、わが身と栖との、はかなく、あだなるさま、また、かくの如し。（総括文）

いはんや、所により、身のほどにしたがひつつ、心をなやますことは、あげてかぞふべからず。

「いはんや」は、言うまでもなく。一般例から特例に移る表現です。

【構成】「すべて」と総括したところは、「我」の「身」と「栖」の問題でしたが、更に「いはんや」と絞り込みます。絞り込んだのは、「所により、身のほどにしたがひつつ、心をなやますことは、あげてかぞふべからず」で、「我」の「身」と「栖」から「所」と「身のほど」が新しい課題となりました。

【構成】主格は「所により、身のほどにしたがひつつ、心をなやますこと」。述語は「あげてかぞふべからず」。「つつ」（接続助詞）によって主格は「所により、身のほどにしたがひつつ」と「心をなやますこと」に分かれます。

「所により身のほどにしたがひつつ」は、場所相応に身分相応に順応しつつ。「所により」（「より」は手段）は場所相応に。「所」は場所、都心では都心相応に、辺地では辺地相応に。都心と辺地では対応が相違します。「身のほどに」は身分によって。「身のほど」は貴族とか武士とか、使用者か被使用者かという身のあり方。「したがひ」は順応する。身分相応に。

貴族であれば貴族という範囲内で。「武士」なら武士以外の生活態度をとらないで。

「心をなやますことは」は、心を苦しめることは。「心」は思考・感情等のよりどころ。「なやます」は苦しめる。心が正常に働かなくて苦痛を生じます、悩ますは悩むではありません。

【語法】「つつ」は、一方では、同時並行。「所により、身のほどにしたがひ」と「心をなやます」が同時並行。

場所相応に身分相応に順応することと、心を苦しめることとは同時並行です。場所・身分相応に順応すると心を苦しめるが、順応しないと心を苦しめない。しかし場所・身分相応に順応しないと生きられない。生きるためには場所・身分相応に順応して心を苦しめなければなりません。

「あげてかぞふべからず」は一々挙げられない。「あげて」(副詞)は挙例、「かぞふ」(原文は「計」)は数量を順を追って定めること。「べからず」(原文は「不可計」)は不可能。。場所や身分に相応して心痛することは、枚挙できない。

【語法】「あげて」は動詞の副詞的用法とみる説もあり、「計」は「よむ」と読む説もありますが意味に変更はありません。

場所・身分相応に順応して心を苦しめる例は大勢であって例外はない。場所・身分に相応して順応して心を苦しめています。

【構想】要旨

「すべて」と総括して、六大災害を「世の中」と「わが身と栖」について評価します。それは「あだなるさま」で、「世の中」は生きるのは徒労であり、「わが身と栖」は一時的なものであるとします。しかし更に「いはんや」と「わが身と栖」を「所」と「身」と絞り込んで、「所」と「身」は所与ですから、「所」と「身」に従えば心痛することは決まっているとします。六大災害は、「世の中」においては生きるのは徒労ですが、「わが身と栖」においては徒労どころではなく心痛であると絞り込みます。六大災害を経験した今後の問題としては、世の中が生きづらく、自分の身と栖とが一時的なものであることは当然ですが、わが身と栖が一時的であれば、永遠・永続的でなく、わずか一時的にせよ、少しでも、心痛のない身の上と場所を求めなければなりません。

『方丈記』の作者は、爾後、少しでも心痛のない身の上と場所を求めます。場所と身の上によって人間一生の苦しみは数え切れない。（『盤斎抄』）

（『方丈記』の作者が、少しでも心痛のない身の上と場所を求めたことを忘れてはなりません。方丈はそのような選択でした。）

（数ならず）

もし、をのれが身、数ならずして、権門のかたはらにをるものは、深くよろこぶことあれども、大きに楽しむにあたはず。なげき切なる時も、声をあげて泣く事なし。進退やすからず、起居につけて恐れをののくさま、たとへば、雀の鷹の巣に近づけるがごとし。もし、貧しくして、富める家の隣りにをるものは、朝夕すぼき姿を恥ぢて、へつらひつつ出で入る。妻子僮僕《どうぼく》のうらやめるさまを見るにも、福家《ふけ》の人のないがしろなるけしきを聞くにも、心念々に動きて、時として安からず。もし、狭き地にをれば、近く炎上《えんしょう》ある時、その災をのがるることなし。もし、邊《へん》地にあれば、往反《おうはん》わづらひ多く、盗賊の難はなはだし。

〈数ならず〉

若ヲノレカ身カスナラスシテ権門ノカタハラニヲルモノハフカクヨロコフ事アレトモヲホキニタノシムニアタハスナケキセチナルトキモコヱヲアケテナクコトナシ進退ヤスカラスタチヰニツケテヲソレヲノヽクサマタトヘハスヽメノタカノスニチカツケルカコトシ若マツシクシテトメル家ノトナリニヲルモノハアサユフスホキスカタヲハチテヘツラヒツヽイテイル妻子僮僕ノウラヤメルサマヲミルニモ福家ノ人ノナイカシロナルケシキヲキクニモ心念々ニウコキテ時トシテヤスカラス若セハキ地ニヲレハチカク炎上アル時ソノ災ヲノカルル事ナシ若辺地ニアレハ往反ワツラヒヲホク盗賊ノ難ハナハタシ

もし、自分の身分が低くて権力者の邸宅の側に住んでいる者は、深い慶び事があっても大いに楽しむにはふさわしくない。悲しみの切実なときでも声を挙げて泣くことはできない。行動するにつけて不安であるのは、例をとると雀が鷹の巣に近づくようなものだ。もし、自分は貧しくて、富豪の隣家に住んでいる者は、連日、見栄えのしない姿を恥ずかしく思いながら、隣家に御機嫌を取りながら出入りする。妻子や童僕が隣家の豊かな生活を羨んでいる様子を観察するに伴って、隣家の富豪が自分を無視した言動を噂で聞くにつけても、心が小刻みに震えて一時として休まらない。もし狭い土地に住むと、近所に火災があったとき、その難を逃げられない。もし都の周辺に住むと、往復に面倒が多く、盗賊の災難が甚大である。

（「我が身」は人一般の身の上とみる。）

〈もし、おのれが身、数ならずして、権門のかたはらにをるものは、深くよろこぶ事あれども、大きに楽しむにあたはず。なげき切なる時も、声をあげて泣く事なし。進退やすからず、起居につけて恐れをののくさま、たとへば、雀の鷹の巣に近づけるがごとし。〉

「もし」は仮定、不確定事実を挙例します。「をるものは」「ば」と呼応します。

人の心は観察できません。仮定と推量によって人の心に接近します。仮定は仮定する人の問題提起で、必ずしも仮定される人の心と相関するわけではありません。

【構成】「もし」の導く構文は次の四例で、構成は二例ずつ対を成し、呼応部分は不確定事実である。

もし、をのれが身、数ならずして、権門のかたはらにをるものは、
もし、貧しくして、富める家の隣りにをるものは、
もし、狭き地にをれば、
もし、邊地にあれば、

最初の二例は「身」、後の二例は「地」を語ります。

「おのれが身、数ならずして、権門のかたはらにをる者は」（主格）は、自分の身分が低くて権力者の邸宅の側に住んでいる者は。「おのれ」（反照代名詞）は、そのもの自身。「身」は身分。「数ならずして」（「ず」否定）は基準以下であって。「数」は一定の基準内にあって員数に数えられること。

ここの「数」は権門の仲間。「数ならずして」は権門でないこと、身分の低いこと。

作者は中宮叙爵で五位を賜りましたが、その中宮も亡くなっていて通用しません。朝廷では地下でした。

「権門」は代々続いた権力者の家柄のこと、権力者の邸宅、「門」は門閥、摂関家などの邸宅か。ここは実効支配しているものの家。「かたはら」は側。

【参考】 作者の最終の住居である日野は九条家（藤原氏の氏の長者）の本拠でした。最高の権力者がみすぼらしい隣家に圧力をかけることもないでしょう。鴨氏は下鴨神社の神域に集団的に住居をは構えていたが、作者も幼時、そこに住んでいたか。父の没後は鴨氏は正禰宜の祐兼が権力を占め、ことごとに長明につらく当たり、作者は困窮しました。「権門」は鴨神社の正禰宜程度の門閥か。

作者は権力者の大邸宅の側に住んでいる小者を仮定します。
（身分が低くて権力者の側に住んでいる者は作者に似ています。）

【構成】述語格は、「深くよろこぶ事あれども、大きに楽しむにあたはず」と「なげき切なる時も、声をあげて泣く事なし」の対句。
「深くよろこぶ事あれども、大きに楽しむにあたはず」は深い慶び事があっても、大いに楽しむには価しない。
「深く」は程度の甚だしいこと。「よろこぶ事」は喜びとする行事、「こと」は行事、冠婚などの大きな慶事。
「ども」は逆接、深い慶事があっても深い慶事になりません。

慶事には親類縁者を集めて祝宴を開きます。羽目をはずすこともあるでしょう。

作者の慶事には中宮叙爵や結婚などであったでしょうか。

「大きに楽しむ」は盛大に祝宴を開くこと。「大きに」は規模が大きい、「楽しむ」は満ち足りて伸び伸びする、「あたはず」は相応しない、価しない。

【語法】「大きに」は「ず」と呼応して部分否定、「大きに」を否定します。慶事は大きくはできません。

盛大に祝宴を開くことは許されないが、少々のことであれば人目を盗んで内内で祝杯する。

喜びは隣近所には分かち合って、ともども楽しみたいのですが、隣家が権力者であれば外部に影響しないように警戒します。

作者の中宮叙爵は人生一代の晴れでしたが、権門からみれば中宮叙爵程度は問題になりません。父や祖母が暗躍して中宮叙爵を取り付けたなどと白眼視されるかもしれません。

「なげき切なる時も、声をあげて泣く事なし」は、悲しみの切実なときでも、声をあげて泣くことはできない。「なげき切なる時」は不祝儀で、葬送儀礼でしょう。「なげき」は悲しみが溜息になること、「切」は身に迫るようすで、ここは悲しみを抑え切れず表情にでる。

【構成】「なげき切なる時も」は「深くよろこぶ事あれども」と対句で、「なげき」は悲しいときの行事で、「時も」は「時あれども」の形。

ため息をするような切実に悲しい時であっても。

長明の最大の悲しみは父や祖母の死、妻子の死でした。

「声をあげて」は大きな声を出す、声を張りあげる。「泣く」は涙をこぼす。

【構成】「泣く事なし」は「大きに楽しむにあたはず」と対句ですから、「なし」は「あたはず」の意。

悲しみの切実なときでも、声をあげて泣くことはできない。大きな喜びや悲しみは全身的に表現することが自然ですが、羽目をはずすことはできません。

不幸に遭遇して自然に大きな声を出して泣けてくることも、声を尽くして死者を葬送することもあります。葬儀には泣くことを専門にする泣き男を招いて泣いてもらう風俗もありました。泣くことは死者に対する供養でもありました。しかし、権門の側の小者は声を殺して泣きます。

【構成】身分が低く権門のそばにいる者は、慶事・凶事とも盛大な儀式はできません。

「進退やすからず、起居につけて恐れをののくさま」（主格）は、進むにも退くにも不安であり、立居振る舞うごとに恐怖で身震いするようすは。「進退」は進むことと退くこと、行動すること。「やすからず」は不安、心配する。不安定の意で、落ちつかない。

「進退」は朝廷では天子の面前で官人が一歩進むにも退くにも精神を集中させていることを連想します。

「起居」は立ち上がることと座ること、日常的な挙動をいいます。「つけて」は関連して、伴って。「恐れをののく」は恐怖で震える状態、「をののく」は震える、心は恐れ、体が震える。

自室で寛ぐ場面でも、心は恐怖を感じ、身体が震えます。

「やすからず」は不安、心配する意ですが、具体的には恐怖を感じて身体が震える。

【構成】主格の「進退やすからず」と「起居につけて恐れをののく」は対句。「進退」は公式の場面の挙動、「起居」は日常生活の動作。「やすからず」と「恐れをののく」は同位語。述語格は「たとへば雀の鷹の巣に近づけるごとし」。

「たとへば雀の鷹の巣に近づけるごとし」（述語）は、例を挙げると雀が鷹の巣に近づくようなものだ。「たとへば」は例示、比喩、「ごとし」と呼応します。雀を例にします。「雀」は鷹の餌になる弱い小鳥の例、しかし、中国では雀は幸福の鳥でした。「数」に入らない者の比喩です。

作者は自分を雀に置き換えて、弱小ではあるが内心には誇りを感じています。

「鷹」は大型の猟鳥、小鳥を餌にします。しばしば征服者に喩えられます。作者は隣家を鷹に見立てます。

「巣」は鳥などのねぐら。「近づける」は距離を短くする、雀が鷹の巣に近寄る、鷹に近づくではありません。

鷹の巣には雛がいるはずです。鷹は雛を必死で守ろうとして、侵入者を攻撃します。

雀が鷹の巣に近寄って見つかったら絶対に逃がしてはくれません。鷹に近づくことよりも恐ろしいことです。

「ごとし」は比喩。日常の所作が不安で、恐怖に震えるのは、雀が鷹の巣に近寄るようなもので、自分の命はないに等しいと描写します。

大きな喜びや悲しみは自粛して全身的に表現することはできませんが、恐怖は全身に走ります。

【構成】作者は場所と身分を論点にして、まず身分は低く場所は権門のそばと設定し、そこは恐怖であるといいます。その理由を権門の側にいる弱者を鷹の巣に近づいた雀と描写し、恐怖の実態を描写します。

【参考】この段落は『池亭記』が出典と見られています。

又、勢家に近くして、微身を容る、者は、（中略）楽しび有れど、大きに口を開きて咲ふこと能はず。哀しび有れど高く声を揚げて哭くこと能はず。進退懼れ有り、心神安からず。譬へばなほ鳥雀の鷹に近づくがごとし。（『池亭記』慶滋保胤）

『池亭記』の作者は慶滋保胤、保胤は作者の遠い先祖です。作者は遠祖の言葉を受けて身分のない者の説明とします。

（作者は権力のない者の一般的なあり方を問題にしますが、結局は自分をモデルにしています。）

〈もし、貧しくして、富める家の隣りにをるものは、朝夕すぼき姿を恥ぢて、へつらひつつ出で入る。〉

「もし貧しくして富める家の隣りにをるものは」は、もし、自分は貧しくて、富豪の隣家に住んでいる者は。

「貧し」は物品を所有するのが少ない、「富める」は多く物品を所有している。

作者は貧しい者が富豪の隣に住んでいることを仮定します。作者の自画像でしょうか。

「朝夕すぼき姿を恥ぢて、へつらひつつ出で入る」は、連日、見栄えのしない姿を恥じながら、隣家に御機嫌を取りながら出入りする。「朝夕」は、朝と夕、一日中。「すぼき」は、すぼっている状態、服装など見栄えが衰えて痩せほそり小さくなっている。「恥ぢて」は、自分の劣っていることを人に見られたくない気持ち。「朝夕」は一日だけではありません。そういう状態が連日続きます。

見栄えのしない仲間うちであれば恥じることはありません。隣家には恥をかかせる意志がなくても、富豪の存在が隣家への刺激になって、見られた者の方では自尊心が傷つきます。貧者には隣人の富貴、そのことが悪でした。

「へつらひ」は、むやみに迎合して機嫌をとる、卑屈な態度です。「出で入る」は出入りする、交際する。

諸注は、自宅に出入りするのか、隣家に出入りするのかで意見が分かれます。

自宅から出て自宅に還るのに目立たない行動をすることはあっても、誰かに迎合したり機嫌をとったりすることはないでしょう。隣家は得意先で、困ったときにオコボレを頂きたいといえば物品を供与してくれます。嫌な相手でも腰を低くして出入りします。

「出入り」には得意先の印象があります。隣家はお得意で、権力者のように恐ろしい存在ではありませんから、気を使ってまで出入りしなくてもよいはずです。しかし、むやみに迎合すれば、自分の心を踏みにじります。

【参考】 作者は『池亭記』に導かれて、近隣を観察しています。

南阮は貧しく、北阮は富めり。富める者、未だ必ずしも徳有らず、貧なる者も亦た猶ほ恥有り。（『池亭記』）

〈妻子僮僕のうらやめるさまを見るにも、福家の人のないがしろなるけしきを聞くにも、心念々に動きて、時として安からず。〉

「妻子童僕のうらやめるさまを見るにも」は、妻子や童僕が隣家の豊かな生活を羨んでいる様子を観察するに伴って。「妻子童僕」は同居人、「妻子」は妻と子で肉親。「童僕」は少年や成人の使用人。

ここには父母や兄弟の姿はみえません。家族は小家族で独立していました。父や祖母はすでに亡くなっていたでしょうか。妻子の元気な描写があります。

「うらやめるさま」は、他人の幸福をみて自分では実現できない不満のある気持ち。「見るにも」は、目でみるときにも。作者は妻子や使用人が隣家の幸福を羨望する様子を見ています。

家族も、本家と分家では身分差のあることは心得ていて文句もなかったでしょうが、養和の飢饉になると、本家と分家の差は歴然として、鴨家は土地の豪族で食糧に困らなかったでしょうが、分家の作者は食糧不足で妻子は本家を羨ましく思ったのでしょう。

「福家の人のないがしろなるけしきを聞くにも」は、隣家の富豪が自分を無視した言動を噂で聞くにつけても。「福家の人」は裕福な人、隣家の富豪。「ないがしろなるけしき」は無視した表情。「ないがしろ」は、ないに等しい状態、「けしき」は表情。「聞くにも」は、耳で聞く。直接に耳に聞く場合も否定できませんが、噂で聞く。

作者は隣家の富豪の自分を無視した言動を噂で聞いています。隣家の富豪は表面は親切そうですが裏では、私たちが食べさせているのだなどと、何を言っているかわかりません。

「福家の人」という表現には神職の印象があります。作者は下鴨神社の神職の家に生まれましたが、正禰宜祐季の支配下にあり、経済的には祐季の援助を受けなければなりませんが、鴨家のなかでは孤立していました。「福家の人」は祐季だったでしょうか。作者は個人の哀感も客観的事実として描写し、自己の気持ちを直接的に訴えることはしません。

【語法】「見るにも」「聞くにも」の「にも」は、場面を例示します。作者は目でみる場合と、耳で聞く場合を区別して描写します。作者は目と耳で災害を描写してきました。

作者は家族たちが羨ましそうにしている様子を見、隣家の主人が自分を無視している噂を聞いたりします。作者には耐えられません。

「心念々に動きて時として安からず」は、心が小刻みに震えて、ひと時として休まらない。「心」は貧しい男の心。「一念」は六十刹那、刹那は一弾指の時間。「念念」は小刻みに時間が経過する、心が小刻みに動揺します。

表面上は友好的ですが、貧しい者は友好のなかに屈辱を感じ、悔しさ、惨めさが瞬間瞬間に改まり変化します。「時」は、ひと時。現在の時制で二時間程度、生活の一区切りです。「安からず」は安定しない、不安、特に心理的な不安をいいます。

家族たちが隣家を羨ましそうにしている様子を見たり、隣家の主人の自分を無視した噂を聞いたりするときは、心が小刻みに震えて一時として休まりません。

【構成】作者は場所と身分を論点にしていますが、その第二の例は身分は貧賤、場所は富豪のそばでした。その場所と身分は心痛であるといいます。その理由を富豪は貧者の自尊心が引き裂くとします。

【構想】身分は官位なく、その場所は権力者と富豪の傍でした。権力者は存在するだけで恐怖であり、富豪は二重人格で自尊心が引き裂かれます。官位なく貧賤のもののモデルは作者自身で、これは作者の自画像でした。場所と身分において、身分は官位なく財力なく、権力者と富豪の傍は生命の危険を感じ自尊心が壊れます。どのような身分を選び、どのような場所を選べば安泰でしょうか。

【参考】作者は妻子のうらやんでいる様子を記録しています。ところが『方丈記』では独身といいます。妻子はどこに行ったのでしょうか。作者には幼児を詠んだ歌があります。

ものおもふころ、おさなき子をみて

そむくべきうき世にまどふ心かな子を思ふ道は哀なりけり

おく山のまさきのかづらくりかへしゆふともたえじ絶えぬなげきは　（『鴨長明集』）

幼児を見て「絶えぬなげき」を歌います。元暦の地震では、愛児を失った青年武士の悲しみを「子のかなしみには、たけきものも恥を忘れけりと覚えて」と描写します。これらには、子を失った者の悲しみを秘めています。作者は子を失っていました。

作者が愛児を失ったのは元暦の地震以前です。地震に先だつ災害は疫病ですが、そこには命絶えた母の乳房を求めて安眠していた幼児があります。

妻についての記録はありません。食を求めて路上に倒れた貴婦人がいました。その描写は足の先まで詳しかった。足の先まで詳しく書けたのは、その女性は作者の妻だったからです。妻はなけなしの食料を作者に譲って、自らは死を選びました。作者は愛情の深いものが先に死ぬと弔意を示しました。そばにはなくなった母の乳房を求めて安眠していた幼児がありました。作者の妻子の崇高な死がありました。作者は異臭の満ちている六条河原に詳しいのは、妻子の棺を鳥辺野に送ったからでした。

（作者は自分の事を直接的には語ろうとしません。）

〈もし、狭き地にをれば、近く炎上ある時、その災をのがるることなし。もし、邊地にあれば、往反わづらひ多く、盗賊の難はなはだし。〉

「もし狭き地にをれば」は、もし狭い土地に住むと。「狭き地」は都の中心部分の人口や人家の密集した地域。平安京は高級貴族は一町の敷地を持ちますが弱小の貴族は八分の一町、一六分の一町ほどしかありません。武士の住居では、さらに込み合っていたのではないでしょうか。

八分の一町は四二m四方、一六分の一町は三〇m四方です。土地割りが規定通り行われたかは不明ですが、混雑が見えます。

「近く炎上ある時、その災をのがるることなし」は、近所に火災があったときは、火災の難を逃げられない。

「近く」は近所、必ずしも隣家ではありません。

大邸宅は道幅一二m以上の大路小路で隔っていますが、小住宅では中垣一つで接しています。

「炎上」は炎が燃え上がる様子で、火災ですが、ボヤなどは炎上とはいいません。

「炎上」は官庁、寺院等の大建築の火災を想像させます。出火は遠方でも風下におれば被災は避けられません。

都の中心地で風上に火災があれば防ぎようはありません。安元の大火を思い出させます。

「その災をのがるることなし」は、火災の難を逃げられない。「のがるる」は逃げる、避ける。

大建築が炎を高く上げると、気流は渦を作って炎は地をはい、飛び火して風下でも火の手が上がります。

都には大焼亡・小焼亡といって火災はなくなりません。都心では狭さは我慢できるとしても火事が最も恐ろしいといいます。

【参考】『池亭記』の影響があります。

東の京は四条以り北、乾坤の二方、人々は貴賎と無く、多く群聚する所なり。高き家は門を比べ堂を連ね、小屋は壁を隔てて簷を接す。（『池亭記』）

「もし辺地にあれば」は、都の辺地に住むと、の意。「辺地」は都の周辺の土地。

【構文】「狭き地にをれば」と「邊地にあれば」とは対句仕立てで、「狭き地」は洛中ですから、「辺地」は都の周辺です。

辺地には区画制限はありませんから面積は大きいと思われます。郊外の広い土地で、類焼の難はありません。

都の周辺は、北は紫野・嵯峨で、仏教文化が栄えました。東は河原で遊芸の町ですが、その東の白河は第二の都で院政の地、南は伏見・桂、西は右京、右京に住む人は少ない。洛北と洛東は栄えた。

「往反にわづらひ多く、盗賊の難はなはだし」は、往復に面倒が多く、盗難の災難が甚大である。「往反」は往復、「わづらひ」は面倒。

面倒が多いといいますから、一度や二度の往復ではないでしょう。日常的に往復しています。

どこに往復するのでしょうか。民間なら主家、官僚なら宮廷でしょう。

作者は後鳥羽院の和歌所に出仕します。宮廷の朝は早く、早朝に出仕しなければなりませんが、距離が遠い分だけ、早起きし、牛車の用意をして出掛けます。


【構成】さきに作者は恐ろしい都を逃げるのがよい（安元の大火）といいます。住居は都を避けて辺地に求めました。しかし往復の「わづらひ」をいうのは、どうしても都を棄て切れないからです。作者が「狭き地」「辺地」をいうのは、作者の心は自然と都を指向していました。作者の選択肢に他国はありませんでした。遠くへ移動すれば朝廷に出仕できません。

そこには栄達したい気持ち、豊かな都の生活の夢をとどめていました。


「盗賊の難はなはだし」は、都の周辺には盗賊の災難が大きい。

都心の大邸宅は警備も厳重で盗賊が襲うことは少ないかも知れませんが、都の周辺は警備が及ばないし、貴族の別邸などがあって盗賊の目標になります。


【参考】『池亭記』の影響があります。

東隣に火災有れば、西隣は余災を免れず。南宅に盗賊あれば、北宅は流矢を避け難し。（『池亭記』）

【構想】場所と身分の問題において、身分・財産のない者は都心から辺地に目を移します。盗賊と往反が論点になりました。

問題は盗賊と往反でも、心は危険な都を思っています。

清盛は平安京をすてて遷都しました。清盛のような身分のものも都から辺地に移ろうとして遷都したのでしょうか。しかし、平安京を思う世論に押されて還都しました。作者もまた玉しきの都に対する思いがありますが、その思いから脱却しなければなりません。


【構想】この段落は仮定の挙例で、作者の問題意識のかたまりです。作者の関心は「身」と「所」で、「身」は弱者、権門と富豪から疎外されています。ここは「所」については、都では権門・富豪の傍でしか住めないし、火災ではもらい火をします。辺地は交通に不便で盗賊に苦しみます。作者は「所」については、人間の尊厳と精神の独立が脅かされているとみます。

〈心〉

また、いきをひあるものは貪欲ふかく、獨身なるものは、人に軽めらる。財あればおそれ多く、貧しければうらみ切《せつ》なり。人をたのめば、身、他の有《いう》なり。人をはぐくめば、心、恩愛《おんない》につかはる。世にしたがへば、身、くるし。したがはねば、狂《きょう》せるに似たり。いづれの所を占めて、いかなるわざをしてか、しばしもこの身を宿し、たまゆらも心を休むべき。

又イキヲヒアル物ハ貪欲フカク独身ナル物ハ人ニカロメラル財アレハヲソレオホク貧ケレハウラミ切也人ヲタノメハ身他ノ有ナリ人ヲハククメハ心恩愛ニツカハル世ニシタカヘハ身クルシシタカハネハ狂セルニ、タリイツレノ所ヲシメテイカナルワサヲシテカシハシモ此ノ身ヲヤトシタマユラモコ、ロヲヤスムヘキ

また、権力者や財力者は、みだりに物を欲しがる欲が大きく、結婚していない男は世の人から一人前とは認められない。財産を所有すると恐怖が多く、他人をより所にすると、自分の身体は他人の所有である。誰かを養育すれば、心は恩愛に使役される。世間の秩序に準拠すると行動が制約される。他の者の意見や建前などを拒むと心が狂っているように見える。どちらの場所に自分の居場所をさだめて、どのような行動をとって、暫くでも自分の肉体を宿すことができるか、暫くでも心を休めることができるだろうか。

〈また、いきをひあるものは貪欲ふかく、獨身なるものは、人に軽めらる。財あればおそれ多く、貧しければうらみ切なり。〉

「また」は他に、添加。場所と身分とは別の例です。

【構成】「また」は「もし」の延長線に属しますが、視点を変更します。

いきをひあるものは貪欲ふかく、獨身なるものは、人に軽めらる。

財あればおそれ多く、貧しければうらみ切なり。

人をたのめば、身、他の有なり。人をはぐくめば、心、恩愛につかはる。

世にしたがへば、身、くるし。したがはねば、狂せるに似たり。

最初の二例は権力者・富豪の人格を記し、あとの二例は人と世との交遊を述べます。ともに人格論です。

「いきほひあるものは貪欲ふかく」は、権力者は、みだりに欲しがる欲望が大きい。「いきほひあるものは」は、権力者。「いきほひ」は活力、ここは権力。「貪欲ふかく」は平均以上に貪欲が大きい。「貪欲」は、みだりに物を欲しがる欲望で、三毒の一つとして最も仏縁に遠い欲望とされています。

権力によって勢いを得た者が権力を否定すれば勢いを否定します。勢いのある者は権力を求め続け、貪欲深くとなります。

勢いのある者は自分の勢いは正当な政治活動で、貪欲とは考えません。しかし、その活動が他人の行動や存在に影響すると貪欲にみえます。「貪欲」とは批判者のことばです。

平清盛は位人臣を極めても日本全土をほしがり、秀吉は日本全土を得ても半島をほしがりました。

先行の権力者は無力なものには恐怖の対象でしたが、権力者自身の内面は貪欲であって、貪欲は際限がなく、したがって権力者が権力を放棄することはありません。

【構成】作者は「いきほひ」を基準にして人間を観察します。「いきをひあるものは」と「獨身なるもの」は逆対比。「いきをひあるものは」は権力者、「獨身なるもの」は非力のもの。

「独身なるものは人に軽めらる」は、結婚していない男は世の人から一人前とは認められない。「独身なるもの」は妻のない者で、「独身」は結婚していない男ですが、ここは独身相当のものも含め、身よりのないもの、保護者のいないものに及びます。ここは勢いのない者のことでした。

当時は天皇の権力は外戚の実力に依存していましたし、貴族の経済的基盤は妻の父が支えていました。妻の実家の実力が男の栄達に連なりますから、妻がなければ男の出世は望めません。妻を失った作者は独身相当でした。

「人」は地位ある人物、良識ある人で、「者」ではありません。「軽めらる」は軽く扱われる。「らる」は受身。

妻のない者は上役人などから一人前とは認知されません。

【構想】「いきほひ」からみれば、勢力のあるものは貪欲のために畏れられ、妻のない者は無力のゆえに軽蔑されます。「いきほひ」によってみれば、恐れられるか軽蔑されるかで、平和な社会生活はありません。社会の裏事情をつくります。

作者は妻を失ったうえに、社会的評価も失いました。

「財あればおそれ多く」は、財産を所有すると恐怖が多い。「財あれば」（「ば」順接）は財産を所有すると、「財」は財産・財宝。「おそれ」は恐怖。「多く」は数が多い。

「財」があると、作者は火災や盗難の心配があると述べています。

「財」が修行の障りになると理解して、人間性の脆弱さであると理解する意見もあります。

（作者は六大災害の時代にはまだ出家していないから、出家後の立場から仏道修行の話と理解するのは早計です。）

作者の生きた時代は、連日のように盗賊が横行し、盗賊は資産家を目当てにしました。財物が奪われる恐れは当然ですが同時に身の安全も不安です。先行の財産家は外観は親切そうでしたが、内面は恐怖で一杯でした。

「貧しければ恨み切なり」は、財産がないと不満が深刻である。「貧しければ」は、財産がないと。「恨み」は不満。「うら」はこころ。「切なり」は深刻。

恨みが限界に達すると良民は生きる望みをなくします。「恨み」は仏教では「瞋」といい、「瞋」もまた三毒の一つです。「財」を基準にすれば、心は安らぎません。

【参考】『池亭記』に先蹤があります。

　年老い家貧しく、愁深く歎切なるに至りて、愚かにして宿世の罪報を知らず。（『源順奏上』）

社会的に優位にある「権力者」「富豪」の内面は「貪欲」「恐怖」でした。また社会的に下位にある「独身」「貧困」の内面は「恨み」でした。

〈人をたのめば、身、他の有なり。人をはぐくめば、心、恩愛につかはる。〉

「人をたのめば、身、他の有なり」は、他人をより所にしていると、自分の身体は他人の所有である。「人」は不特定な人、誰か。ここは使用者、主人、妻の父など。「たのむ」は支えにすること、信頼する、依頼する。「身」は身体のこと、ここは身分。「他」は頼みにしている人、ここは主人または夫のこと。「有」は所有。

　使用者は使用人の生活を保障してくれるが、使用者の要求に背くことはできません。自分の身体、身分、行動は主人など使用者の制限下にあり、主人の所有同然です。

「人をはぐくめば、心、恩愛につかはる」は、誰かを養育すると、心は、恩愛に使役される。「人」は妻子、童僕などの家族や使用人です。「はぐくむ」は養育する。「恩愛」は肉親間の愛情。「つかはる」（「る」受身）使役される。

【構文】「人をたのめば」と「人をはぐくめば」は対比する。「人」については頼むかと育むかと対立する二面を認めます。

　一人の人間は他人に隷属する場合と使役する場合の、相反する両面を持っています。他人をより所にすると、自分の身体・身分・行動は使用者の制限下にあり、誰かを養育すれば、心は恩愛に使役され、他人中心の生活をすると、身も心も自分を見失います。

【構文】「身、他の有なり」と「心、恩愛につかはる」は、「身」と「心」が対比します。したがって「身、他の有なり」には「心」の問題がみえ、「心、恩愛につかはる」は「身」の問題がみえます。「身」と「心」が対比しますから「身、他の有なり」には「心、他の有にあらず」、「心、恩愛につかはる」は「身、恩愛につかはれず」が成立します。

（本文にみえない「心、他の有にあらず」と「身、恩愛につかはれず」は裏の意味となります。）

自分が主人に仕えると、身体は主人に拘束されるが、しかし精神面では「なにくそ」と思ったりして拘束されているわけではない。自分が誰かを養育すると、心は恩愛のきずなにしばられて精神的自由を奪われるが、しかし身分的には相手を支配しています。他人との関係を密にすると、何らかの関係で、自己の自立を疎外します。

（これは論証上の立論で、作者にその意識があったかは不明です。）

（作者は初めて心の自由を取り上げました。「心」を「心の自由」にしぼりこみました。）

〈世にしたがへば、身、くるし。したがはねば、狂せるに似たり。〉

「世にしたがへば身、くるし」は、心が世間の秩序に準拠すると行動が制約される。「世」は広がり、空間、ここは個（身）の集合体、世間の慣習、秩序。「したがへば」は、他者の意見や建前などに準拠すると。

【構成】ここは「世」と「身」の対比のように見えるが「身」に対比する物は「心」である。「世」に対するのは「心」である。

【構文】「世にしたがへば」は「したがはねば」と対比する。「ば」は順接、当然の結果をいう。

「世にしたがへば」は、心が世間の秩序に準拠すると。「したがはねば」（「ね」否定）は心が世間の秩序に準拠しないと。

「心」が「世」に従うか従わないかの対比です。

「身、くるし」は行動が制約される。「身」は行動のことで、「くるし」は耐えられないきもち。

「心」が「世」に従うと、当然の結果として行動が制限される。

「狂せるに似たり」は、心が狂っているように見える。「狂」は、標準からずれていること。「似たり」は似ている、外観には相異はないが内面は相異する。

【構文】「世にしたがへば」の当然の結果は行動が制限されるであるから、「世にしたがへば」に逆対比する「したがはねば」に対する当然の結果は行動が制限されない、である。しかし「したがはねば」に対する当然の結果は「狂せるに似たり」である。

「狂せるに似たり」は行動が制限されない、と重なる、

【構成】作者は「世にしたがへば」の結果を「身」の立場から行動が制限されると理解したが、「したがはねば」の結果を「心」の立場から心が狂っているように見えると理解したのである。

【構想】「身」と「心」は対比するから、「世にしたがへば」も「したがはねば」も、「身」と「心」の両面で結果を見ることができます。

条件句	「身」の立場から結果をみる	「心」の立場から結果をみる
世にしたがへば	身、くるし。	心は正常である
したがはねば	身、くるしからず。	狂せるに似たり

「世」と「心」と「身」が定率関係にある時、「世」に従えば「身」は拘束されるが「心」は何を思うとも自由である。「世」に従わなければ「身」は自由であるが「心」は批判される。「世」と「人」、「心」と「身」において、何を選べばよいのか。

「似たり」は外観であって、内面ではない。内面の心は正常である。

（作者は、このような絶望的な状況において、しばしの安息を求めようとします。）

〈いづれの所を占めて、いかなるわざをしてか、しばしもこの身を宿し、たまゆらも心を休むべき。〉

「いづれの所を占めて」は、どちらの場所に自分の居場所をさだめるか。「いづれ」（代名詞）は場所・方角を

不定にいう、どこの、どちらの。「所」は場所。「占めて」は土地や物などを確保する。

【語法】「いづれの所を占めて」は、「いかなるわざをしてか」の対句において、「いづれの所を占めてか」の形。「いづれ」は「か」と呼応して疑問、反語ですが、「しばしもこの身を宿し、たまゆらも心を休むべき」から推して反語。

「いかなるわざをしてか」は、どのような行動をとってか。「いかなる」は方法の疑問、どのような。「わざ」は行為、行動。「してか」は、するか、行動をとるか。

【構文】「いづれの所を占めて」と「いかなるわざをしてか」は対句、「しばしもこの身を宿し」と「たまゆらも心を休むべき」が対句。「いづれの所を占めて」と「しばしもこの身を宿し」が対応、「いかなるわざをしてか」と「たまゆらも心を休むべき」が対応、隔句対である。

「しばしもこの身を宿し、たまゆらも心を休むべき」は、暫くでも自分の肉体を宿すことができ、暫くでも心を休めることができるだろうか、それはできません。「しばしも」は暫くでも。「この身」は自分の肉体。「宿す」とは雨露をしのぐ場所をとる、住む、居住する。

【語法】「たまゆらも心を休むべき」は、係結びではないが、「べき」は連体終止、反語。「心」を休めることはできません。「たまゆらも」は、暫くも。「休む」は活動を止めて平静をたもち余力を養う。「べき」は可能。

【構想】『無常』（『方丈記』の前編）要旨

『方丈記』は大自然の大河から始まります。大河は全体の流れと部分の水滴・水泡からなり、全体は永遠ですが部分は刹那です。この全体と部分、永遠と刹那は『方丈記』の基本的テーマでした。作者は全体としての都は不動・永遠のように見えるが、個々の人物・住居は変化すると指摘し、全体よりも部分に真実を認め、真実の追及が作者の課題でした。都と人との絡み合いにおいて、大火・辻風・遷都においては、災害は人災であるとして、災害をもたらした個性を厳しく追及します。また飢饉・疫病・地震においては人生の価値を問い直し、わが身と住居は永遠・永続的でなく、わずか一時的に、少しでも、心痛のない身上と場所を求めなければならないとします。しかし、権力者・富豪は権威等の実力において、家族・従者・友人は愛情において、人の尊厳と自由を奪います。もはや為政者への批判はありません。人との交わりを絶って、一時的に、少しでも、心痛のない身上と場所を求めなければなりません

（このことは後編の課題となります。）

〈作者〉

作者は、暫くでも自分の肉体を宿すことができるか、暫くでも自分の心を休めることができるかと自問します。作者の関心は「しばし」でした。しばらくの身の置き所と心の休息を求めます。「この身を宿し」は当然の生活ですが、「しばしもこの身を宿し」を求めます。「心を休むべき」は常の生活ですが、「たまゆらも心を休むべき」を求めます。常の生活は権力を振るったり貧困で悩んだり、人との付き合いや世の慣行に苦しんだりして、心は安らかではありません。「つね」ではなく「しばし」が大切です。「しばし」が積もれば「常」になります。作者が求めたのは世と人を拒否することと「しばし」と「たまゆら」でした。そのためには、しばらくの身の置き所と心の休息を求めるには、権力・貧困・交流・慣行などを、どのように処置するかが、当面の問題です。身と心が正常であるのは、世に従わないことです。

（次善の方法は「しばし」と「たまゆら」でした。）

《無常》

「常」は不変、「無常」は変化。

「河」「世」「都」は全体で、変化はない。水滴・水泡・人・建物は個で、変化する。全体は変化しないが部分は変化する。都の家屋は都が全体ですから個です。寝殿は都に対しては個です。寝殿の対の屋は寝殿に対して個です。寝殿は全体であり個です。全体と個の関係は認識の相違です。全体よりは個に真実を求めるのが長明の立場であり、無常観です。無常とは時間の変化です。行く河の流れが眼下から視界を越えるまでは同一の時間帯です。朝顔も露が生じてなくなるまでの時間帯が有ります。時間の変化は瞬時の変化もあれば、時間帯を有する場合も有ります。

朝顔の露が先に消えるか、花がしぼむか、どちらが早く時間を終結するか、無常は競合の場面を導きます。

植物園で花を見ても、花があるのが常態で、特に美しいという感想は有りません。しかし、朝顔の朝露は美しい。朝顔の露が美しいのは無常だからです。喜びも悲しみも、人生は無常の中でいき、無常を喜び、無常を悲しみます。大河を見ていても特別な感情はないでしょう、大空でも大海でもそうです。そこに一滴の水滴を想像するから、大河の偉大さに気づきます。無常は生そのものです。人生の在り方でした。

（長明は自己の無常を、どのように生きるのでしょうか。）

常住

【構成】『方丈記』は前後二編にわかれ、後編は「常住」を述べ、「発心」と「方丈」と「我」と「選択」と「常住」と「跋」の構成になります。

「無常」（前編）の残した課題が有ります。

それは、僅かな時間でよいから心身の安らぎがあり、世と隔絶した住居を設けることです。

【構想】『無常』（前編）要旨

『方丈記』は大自然の大河から始まります。大河は全体の流れと部分の水滴・水泡からなり、全体は永遠ですが部分は刹那です。この全体と部分、永遠と刹那は『方丈記』の永遠のテーマでした。作者は全体よりも部分に真実を認め、真実の追究が作者の課題でした。全体としての都は不動・永遠のように見えるが、個々の人物・住居は変化すると指摘します。『方丈記』は「人と栖」をテーマとして、六大災害の大火・辻風・遷都においては、災害は人災であるとして、災害をもたらした個性を厳しく追求します。また飢饉・疫病・地震においては死との対決でした。既存の倫理・経済・宗教などは権威を喪失し、新しい生き方が求められ、人生の価値を問い直しました。「人と栖」を「地」と「身」に絞り込み、「地」と「身」のあり方を検討して、物質的にも精神的にも拘束するものを排除して、人の尊厳を守ろうとします。そのためには、一時的にでも、少しでも、心痛のない身上と場所を求めることでした。

「常住」本文と目次

（目次は本文のなかに漢数字で示す。）

序	
［発心］	すべて、あられぬ世を念じ過しつゝ、心を悩ませること、三十余年なり（四）。その間、をりをりのたがひめ、おのづから短き運をさとりぬ（七）。すなはち、五十の春を迎へて、家を出で世を背けり（九）。もとより妻子なければ、捨てがたきよすがもなし（一二）。身に官禄あらず、何につけてか執を留めん（一三）。むなしく大原山の雲にふして、又、五かへりの春秋をなん経にける（一五）。
［方丈］（初心）	ここに六十の露消えがたに及びて、更に末葉の宿りを結べることあり（二一）。いはば、旅人の一夜の宿を造り、老いたる蚕の繭を営むがごとし（二三）。これを中ごろの栖に並ふれば、また、百分が一に及ばず（二五）。とかく言ふほどに、齢は歳歳に高く、栖はをりをりに狭し（二七）。その家のありさま、よのつねにも似ず。広さは僅かに方丈、高さは七尺がうちなり（二八）。所を思ひ定めざるゆゑに、地を占めて造らず（三〇）。「土居を組み、うちおほひを葺きて、継目ごとに、かけがねを掛けたり（三一）。もし心にかなはぬことあらば、やすく他へ移さんがためなり（三二）。その改め造ること、いくばくの煩ひかある。積むところ、わづかに二輛、車の力を報ふほかにはさらに他の用途いらず（三四）。
（庵）	いま日野山の奥に跡をかくして後、東に三尺余りの庇をさして、柴折りくぶるよすがとす（三八）。南に竹の簀を敷き、その西に閼伽棚を造り、北によせて、障子をへだてて、阿弥陀の絵像を安置し、そばに普賢をかけ、前に法華経を置けり（四二）。東のきはに蕨のほどろを敷きて夜の床とす。西南に竹の吊り棚を構へて、黒き皮篭三合を置けり。すなはち、和歌、管絃、往生要集ごときの抄物を入れたり（四六）。かたはらに、琴、琵琶おのおの一張を立つ。いはゆるをり琴、つぎ琵琶これなり。かりの庵の有様、かくのごとし（四八）。
（所）	その所のさまをいはば、南に懸樋あり。岩を立てて水を溜めたり（五二）。林、軒近ければ爪木を拾ふに乏しからず（五三）。名を外山といふまさきのかづら、跡埋めり。谷しげけれど西晴れたり（五四）。観念のたより無きにしもあらず（五六）。春は藤波をみる。紫雲のごとくして、西方に匂ふ（五七）。夏は郭公を聞く。語らふごとに死手の山路を契る（五八）。秋はひぐらしの声耳に満てり。うつせみの世を悲しむかと聞こゆ（六〇）。冬は雪をあはれぶ。積もり消ゆるさま罪障にたとへつべし（六一）。

〈作者〉	もし念仏ものうく、読経まめならぬ時は、みづから休み、みづからをこたる（六四）。さまたぐる人もなく、また恥づべき人もなし（六九）。ことさらに無言をせざれども、独りをれば、口業を修めつべし（七〇）。必ず禁戒を守るとしもなくとも、境界なければ何につけてか破らん（七二）。
〈興〉	もし、跡の白波に、この身を寄する朝には、岡の屋に行きかふ船を眺めて、満沙彌が風情を盗み、もし、桂の風、葉を鳴らす夕には、潯陽の江を思ひやりて、源都徳の行ひを習ふ（七六）。もし余興あれば、しばしば松の韻に秋風楽をたぐへ、水の音に流泉の曲をあやつる（八六）。芸はこれ拙なけれども、人の耳を喜ばしめんとにはあらず。独り調べ、独り詠じてみづから情を養ふばかりなり（九〇）。
〈遊行〉〈麓〉	また、麓に一つの柴の庵あり。すなはち、この山守が居る所なり。かしこに、小童あり。時々来りて、あひ訪ふ（九四）。もし、つれづれなる時は、これを友として遊行す。かれは十歳、これは六十、其齢、事の外なれと、こゝろを慰むる事、これ同じ（九七）。
〈昼〉	或は茅花を抜き、岩梨をとり、また零余子をもり、芹をつむ。或はすそわの田居にいたりて、落穂を拾ひて、穂組みをつくる（一〇一）。
〈峰〉	もし、日うらゝかなれば、峰によぢのぼりて、遙に故郷の空を望み、木幡山・伏見の里・鳥羽・羽束師を見る（一〇六）。勝地は主なければ、心を慰むるに障りなし（一〇八）。歩み煩ひなく、心遠くいたる時は、これより峯つゞき炭山を越え、笠取を過ぎて、或いは岩間に詣で、あるは石山を拝む（一一〇）。もしはまた、粟津の原を分けつつ、蝉歌の翁が跡を弔ひ、田上川を渡りて、猿丸太夫が墓を尋ぬ（一一二）。帰るさには、をりにつけつゝ、櫻を狩り、紅葉をもとめ、蕨を折り、木の實を拾ひて、かつは佛に奉り、かつは家土産にす（一一六）。
〈庵〉〈夜〉	もし、夜しづかなれば、窗の月に古人をしのび、猿の聲に袖をうるほす（一二〇）。草むらの螢は、遠く槙の島の篝火にまがひ、曉の雨は、おのづから、木の葉吹く嵐に似たり（一二二）。山鳥のほろほろと鳴くを聞きても、父か母かと疑ひ、峯の鹿の近く馴れたるにつけても、世に遠ざかる程を知る（一二四）。あるはまた、埋み火をかきおこして、老の寝覚の友とす（一二七）。恐ろしき山ならねば、梟の聲をあはれむにつけても、山中の景色、をりにつけて盡くることなし（一二八）。いはんや、深く思ひ、深く知らん人の為には、これにしも限るべからず（一三一）。

[我]（評価）	おほかた、この所に住みはじめし時は、あからさまと思ひしかども、今すでに、五年を經たり。假の庵も、やゝ故郷となりて、軒には朽葉深く、土居に苔むせり（一三四）。おのづから事の便に、みやこを聞けば、此山に籠ゐて後、やむごとなき人の『かく山』給へるも、あまた聞ゆ（一三六）。まして、そのかずならぬたぐひ、つくしてこれをしるべからず（一三七）。たびたびの炎上にほろびたる家、またいくそばくぞ（一三八）。
（庵）	たゞ假の庵のみ、のどけくして恐れなし（一四〇）。程狹しといへども、夜臥す床あり、晝居る座あり。一身をやどすに、不足なし（一四一）。寄居は、小さき貝を好む。これこと知るによりてなり。みさごは、荒磯に居る。すなはち、人を恐るゝが故なり（一四二）。我またかくの如し。ことを知り、世を知れれば、願はず、走らず。たゞ靜かなるを望みとし、愁へなきを樂しみとす（一四四）。すべて世の人の栖を造るならひ、必ずしも、ことの爲にせず。或は、妻子・眷屬のために造り、或は、親昵朋友の為に造る。あるは、主君師匠、および財寶・馬牛の為にさへ、これを造る（一四七）。
（我）	われ今、身の為に結べり。人のために造らず（一四八）。故いかんとなれば、今の世のならひ、この身のありさま、伴ふべき人もなく、頼むべき奴もなし。たとひ、廣く造れりとも、誰を宿し、誰をか据えん（一四九）。
[選択]（世人）	それ、人の友とあるものは、富めるを尊み、懇ろなるを先とす。必ずしも、情あると、すなほなるとを愛せず（一五二）。ただ、糸竹、花月を友とせんにはしかじ（一五三）。人の奴たるものは、賞罰はなはだしく、恩顧あつきを先とす。さらに、はぐくみあはれむと、安く静かなるとをば願はず（一五四）。ただ、我が身を奴婢とするにはしかず（一五五）。いかが奴婢とするならば、もし、なすべきことあれば、すなはち、おのが身を使ふ（一五六）。たゆからずしもあらねど、人を従へ、人を顧るよりは安し。もし歩くべきことあれば、みづから歩む。苦しといへども、馬、鞍、牛、車と、心を悩ますにはしかず（一五八）。
（われ）	今、一身を分かちて、二つの用をなす。手の奴、足の乗物、よくわが心にかなへり（一六一）。身、心の苦しみを知れれば、苦しむ時は休めつ、まめなれば、使ふ。使ふとても、たびたび過ぐさず。ものうしとても、心を動かすことなし（一六二）。いかにいはむや、つねに歩き、つねに動くは、養性なるべし。なんぞ、いたづらに休みをらむ（一六三）。人を悩ます、罪業なり。いかが他の力を借るべき（一六四）。衣食の類、また同じ。藤の衣、麻のふすま、得るにしたがひて、肌をかくし、野辺のおはぎ、峰の木の実、僅かに命をつぐばかりなり（一六五）。人に交はらざれば、姿を恥づる悔いもなし。かてともしければ、おろそかなる報をあまくす（一六七）。すべて、かやうの楽しみ、富める人に対して、いふにはあらず。ただ、わが身一つにとりて、昔と今とをなぞらふるばかりなり（一六八）。

[常住] (心)	それ、三界は、ただ心一つなり（一七一）。心、もし安からずは、象馬、七珍もよしなく、宮殿、楼閣も望みなし。今さびしきすまひ、一間の庵、みづからこれを愛す（一七二）。おのづから都に出でて、身の乞匃となれることを恥づといへども、帰りてこゝに居る時は、他の俗塵にはする事をあはれむ（一七六）。もし、人このいへることを疑はば、魚と鳥との有様を見よ。魚は、水にあかず。魚にあらざれば、その心を知らず。鳥は、林を願ふ。鳥にあらざれば、その心を知らず（一七七）。閑居の気味も、また同じ。住まずして、誰かさとらん（一七九）。
(空)	そもそも、一期の月影かたふきて、余算の山の端に近し。たちまちに、三途の闇にむかはんとす。何のわざをかかこたむとする（一八二）。佛の教へたまふおもむきは、事にふれて執心なかれとなり（一八六）。今、草庵を愛するもとがとす。閑寂に着するも、障りなるべし（一八七）。いかが要なき楽しみを述べて、あたら時を過さむ（一八九）。
(常住)	静かなる暁、このことわりを思ひつづけて、みづから心に問ひて曰く（一九二）。世をのがれて山林にまじはるは、心を修めて、道を行はむとなり（一九三）。しかるを、汝が姿は聖人に似て、心は濁りにしめり（一九四）。栖は、すなはち、浄名居士の跡をけがせりといへども、保つところは、周利槃特が行ひにだに及ばず（一九五）。もし、これ貧賤の報のみづから悩ますか。はたまた妄心のいたりて、狂せるか（一九六）。その時、心さらに答ふることなし（一九八）。ただ、かたはらに舌根をやとひて、不請の阿弥陀仏、両三遍申して、やみぬ（一九九）。
[跋]	時に建暦の二とせ、弥生の晦日ころ、桑門の蓮胤、外山の庵にして、これを記す（二〇二）。

「序」

［発心］

すべて、あられぬ世を念《ねむ》じ過《すぐ》しつゝ心を悩ませること、三十余年なり。その間《あひだ》、をりをりのたがひめ、おのづから短き運をさとりぬ。すなはち、五十《いそぢ》の春を迎へて、家を出《いで》て世を背《そむ》けり。もとより妻子なければ、捨てがたきよすがもなし。身に官禄《くわんろく》あらず、何につけてか執《しゅう》を留めん。むなしく大原山の雲にふして、又、五かへりの春秋をなん経にける。

スヘテアラレヌヨヲネムシスクシツヽ心ヲナヤマセル事三十余年也其間ヲリヲリノタカヒメヲノツカラミシカキ運ヲサトリヌスナハチイソチノ春ヲムカヘテ家ヲ出テ世ヲソムケリモトヨリ妻子ナケレハステカタキヨスカモナシ身ニ官禄アラスナニヽ付ケテカ執ヲトヽメンムナシク大原山ノ雲ニフシテ又五カヘリノ春秋ヲナン経ニケル　（『大福光寺本』）

全体的にみて、ありたいと期待を抱いても実現できそうもない世の中であるのに、それでもよいこともあるかも知れないと心のなかで願いながら、心を苦労させたことは三〇年を超えた。その三〇余年間には、その時その時に食い違いがあって、成り行きから、よいことが長続きしないめぐり合わせであることを深く知った。そうではあるから、五十歳の春を待ちうけて家を出て、世の中に背を向けました。もともと妻子はいないから捨てがたい係累もいない。身の上に官も禄もないから、何にこだわって愛着をこの世に長く残そうか。心を空しくして大原山の山上の雲のなかに寝起きして、また五年の歳月をすぎた。　（口語訳）

〈すべて、あられぬ世を念じ過しつゝ、心を悩ませること、三十余年なり。〉

「すべて」（副詞）は全体的に。総括を示すことばです。

【語法】「すべて」は、「念じ過しつゝ」「心を悩ませる」「三十余年なり」のどこにかかるか。

【語法】「こと」（形式名詞）は先行部分をまとめて体言化します。「すべて」以下が「こと」に含まれるとすると「あられぬ世を念じ過しつゝ、心を悩ませる」と総括します。「すべて」が含まれないとすると、「三十余年なり」と総括します。

「三十余年」という今までの生活を「あられぬ世を念じ過しつゝ、心を悩ませること」と総括します。

【語法】「あられぬ世を念じ過しつゝ、心を悩ませること」の「つつ」（接続助詞）は並列。「あられぬ世を念じ過し」と「心を悩ませる」が同時並行。

「あられぬ世を念じ過しつゝ、心を悩ませること」（主格）は、ありたいと期待を抱いても実現できそうもない世のなかであるのに、それでもよいこともあるかも知れないと心の中で願いながら、心をいためたことは。「あられぬ世」は実現できそうもない世の中。「あられぬ」は、そうありたいと思っても思いどおりにならない。「世」は世のなか、人と人の交遊。

【語法】「あられぬ」は動詞「あり」（代動詞）には具体的な意味はなく、可能の「れ」・否定の「ぬ」の意味になります、できない。

「あられぬ世」は、具体的には父や祖母の願望でもあった鴨御祖神社の正禰宜になれないこと。

「念じ過しつゝ」は心の中で願いながら。「念じ」は、心に耐え忍ぶ、また心に願うとも。ここは不如意な世に希望を持つ。「過ごしつつ」（「つつ」継続、繰り返し）は経過する、過ごす、日を送ること。

「心を悩ませる」は、心を苦しめたこと。「心を悩ませること」（「せる」使役）は、心を苦しめたこと。「悩む」は心を痛める。

「三十余年なり」は、三〇年を超える。「余」は端数のあること、ここは三〇数年。

作者には実現のおぼつかないような願望があり、その願望の実現するために心労を重ねました。

作者は、三〇数年も実現不可能な期待を持ち続けて心を苦しめたことがあると総括しました。

【構成】「すべて」は「三十余年なり」に係り、「あられぬ世を念じ過しつゝ、心を悩ませること、三十余年なり」と総括します。作者の総括はは「三十余年」でした。期待できないことを実現できると思って心を苦しめたこと、が三〇年であった。逆に、三〇年は期待できないことを実現できると思って心を苦しめた。

【構想】「心」には「あられぬ世」を念じる希望の「心」と、「世」によって悩まされる悩みの「心」がありますが、それは作者自身の希望と挫折という作者自身の「心」と「心」が三〇年間以上に葛藤したのでした。

長明は『方丈記』に悲しいことしか書きませんでしたから、諸注は「耐え忍ぶ」に傾斜して、長明の三〇年間をひたすら生活苦に耐えると悲観的に解釈しますが、父と祖母の愛を一身に受けた頃は不幸ではなかったし、和歌所には喜んで出仕しました。

【参考】長明は五〇歳で出家したといいますから、それ以前の経歴に「をりをりのたがひめ」があり、運勢に吉凶があると推定します。

年代		年齢	「をりをりのたがひめ」（太字は『方丈記』記載例）	備考	運勢	
年号	西暦				吉	凶
承安　二	一一七二	一八	父鴨長継死去	人生暗転		●
安元　一	一一七五	二一	禰宜鴨祐季失脚、後任争いに失脚。	人生暗転		●
安元　二	一一七六	二二	高松女院死去	人生暗転		●
安元　三	一一七七	二三	**京都大火**、樋口富小路より出火。			●
治承　四	一一八〇	二六	**京都つむじ風**			●
			福原遷都			●
			長明、福原視察。	源頼朝、挙兵		●
			京都還都		○	
			諸国飢饉			●

養和 一	一一八一	二七	**諸国大飢饉**			●
寿永 一	一一八二	二八	**諸国大飢饉**、餓死者数万			●
			『長明集』成立か。		○	
			『月詣和歌集』入集四首		○	
寿永 二	一一八三	二九	長明、俊恵に入門か。	平家都落ち	○	
元暦 一	一一八四	三〇	**京中群盗横行**			●
元暦 二	一一八五	三一	**京都大地震**			●
			伊勢旅行、西行不在、『伊勢記』成立。	西行、頼朝と会談、平泉へ。	○	
文治 三	一一八七	三三	『千載和歌集』入集一首	俊成、『千載和歌集』撰進	○	
建久 二	一一九一	三七	『若宮歌合』入集三首			●
建久 六	一一九五	四一	仲原有安死去、秘曲啄木演奏			●
正治 二	一二〇〇	四六	「三百六十番」歌合、五首		○	
			院当座歌合、三首		○	
			院当座歌合・和歌会、三首		○	
			土御門内大臣家影供歌合、一首		○	
			石清水社歌合、一首		○	
正治 三	一二〇一	四七	土御門内大臣家影供歌合、一首		○	
建仁 一			土御門内大臣家影供歌合、六首		○	
			新宮撰歌合、一首		○	
			千五百番歌合、詠進		○	
			和歌所寄人になる。	和歌所設置	○	
			和歌所影供歌合、六首		○	

			和歌所撰歌合、四首		○	
			和歌所影供歌合、三首		○	
			石清水八幡三首和歌、一首		○	
建仁　二	一二〇二	四八	和歌所撰歌合		○	
			三体和歌・当座歌合、七首		○	
			影供歌合、三首		○	
建仁　三	一二〇三	四九	和歌所影供歌合、六首		○	
			八幡若宮撰歌歌合、二首		○	
			藤原俊成卿九十賀に出詠		○	
元久　一	一二〇四	五〇	河合神社の禰宜職就任を反対される。	鴨祐兼の反対で実現せず。		●
			長明、大原へ隠遁、出家。		○	

（『方丈記岔扛釈罹儼一雄・他参照』）

幼年の長明は祖母の本宅に住んでいて、長明は父と祖母の期待のホシで、父と祖母は高松女院の援助を得て長明を賀茂御祖神社の正禰宜に育てようとしたが、父・女院・祖母が相次いで亡くなって長明の前途は暗転しました。その後、長明ほ鴨川のほとりの祖母の別宅に住みましたが、六大災害に遭遇して妻子を失い、住居も失いました。しかし、和歌の才を認められて五〇歳まで和歌所に出仕しましたが、空席になった河合神社の禰宜の席を後鳥羽院の援助の下に願望したが、鴨祐兼の反対で実現しなかった。

〈その間、をりをりのたがひめ、おのづから短き運をさとりぬ。〉

「その間をりをりのたがひめ」は、五〇歳以前の三〇余年間は、その時その時の食い違いにおいて。「その間」は、五〇歳以前の三〇余年間。「をりをりの」は節目ごとの、「をり」は機会・場面、「たがひめ」は相違点、

「たがふ」（動詞、違う意味）に、他と区別する意の「め」（接尾語）のついた形。

人生には多彩な機会があり、好転の「たがひめ」もあれば、不遇の「たがひめ」もあるでしょうが、「短き運をさとりぬ」という「たがひめ」は不遇の「たがひめ」です。長明は不遇の「たがひめ」（対象格）を問題にしました。

【構想】長明の下賀茂神社の正禰宜への就任は父・祖母以来の宿願でしたが、その願望と挫折の思いは長明の心中に底流していたが、五〇歳にして後鳥羽院さえ加担した河合神社の禰宜職就任が鴨祐兼（鴨御祖神社の正禰宜）の反対で実現しなかったことによって、挫折の思いが一挙に表面化し、三二歳から五〇歳までの生活を、すべて不遇であったと認識したのでした。

五〇歳から三〇年を逆算すると長明二〇歳ですが、一八歳で父が、二三歳で高松院がなくなり、三〇余年前は父・祖母・高松院の死後の年代をいうのでしょうか。

「おのづから短き運をさとりぬ」は、成り行きとして、よいことは長続きしないめぐり合わせであることを深く知った。「おのづから」は自然と、成り行きで。「短き運」は、よいことが長続きしないめぐり合わせ。「短き」は時間が短い、しかし「劣っている」の意（簗瀬氏）か。「運」は展開、移り変わり。「さとりぬ」（「ぬ」確述）は英知が働いて真実を深く知る。

（短い運を知性ではなく悟性で知ったということです。）

「をりをりのたがひめ」は「短き運をさとりぬ」とありますから運勢の暗転のことです。個々の「たがひめ」は、その時点の成り行きで事情は理解できますが、「をりをりのたがひめ」は運勢全体において時々の「たがひめ」を重ねると短い運だと理解するのでした。

年賦をみると、一八歳から三一歳までは例年、連続して不遇の「たがひめ」がありましたが、三二歳から五〇歳までは目立つような「たがひめ」はありません。ただ五〇歳の河合神社の禰宜職就任が認められなかったことだけは重大な不遇で、善根の「たがひめ」も不遇の所為と思わせるような不遇の「たがひめ」でした。

【構成】次句には「すなはち、五十の春を迎へて、家を出で世を背けり」とありますから、短き運を覚ったのは長明五〇歳でした。三〇年間に経験した、その時々の事案は積もり積もって、長明五〇歳のとき、運勢の暗転を深刻に覚りました。
（運勢の暗転の深刻が作者に何をもたらしたのでしょうか。）

【語法】「運」は運行・めぐり合わせですから、それは自然の上では「ゆく河の流れ」でした。「河の流れ」には「長き運」があり、「淀みに浮かぶうたかた」は「短き運」でした。「短き運」を覚るとは、「うたかた」のように「久しくとどまりたる例なし」の心境で、それは無常の認識でした。
（川の流れは俄然として淀みが本流を変化させることがあります。）

【構想】「すべて」という総括と、「心をなやませること」という主題には対応があります。

すべて世の中のありにくく、わが身とすみかとの、はかなくあだなるさま、又かくのごとし。いはんや、所により、身のほどにしたがひつつ、心をなやますことは、あげてかぞふべからず。（前編「無常」の序文）

すべて、あられぬ世を念じ過しつ、心をなやませること、三十余年なり。（後編「常住」の序文）

1．「すべて」は「世の中」を総括します、前編の「ありにくく」は現実の認識ですが、後編の「あられぬ世」は未来指向になります。

2．「心をなやます」ことは、前編で「はかなくあだなるさま」をいいますが、後編では「あられぬ世」を念じることでした。前編は現実の不可避の問題について、後編は未来指向を思考します。
（前編の現実重視から後編の未来指向へと視点の展開があります。）

〈すなはち、五十の春を迎へて、家を出で世を背けり。〉

「すなはち」は、そうではあるから、言い換えると。

【語法】「すなはち」に当たる漢字は多い。「乃」は単純接続、「則」は順接・逆接。「即」はとりもなおさず、すぐに。「便」は容易に。

後続文の「五十の春をむかへて家を出で、世をそむけり」は、先行文の「折々のたがひめに、おのづから短き運を悟りぬ」の裏返しですから、「すなはち」（副詞）で、言い換えると、即であり、順接でも逆接でもない。

「五十の春を迎へて」は、五十歳の春を待ちうけて。「春」は新春、正月、志を立てる季節。「迎へて」は待望のものが到来する。

【参考】「五十」という年齢は、俗に「人生五十年」（『幸若舞』）で、人生の清算の年と考えられています。

　年五十にして四十九年の非なるを知る。（『淮南子』）

　吾十有五にして志學し、三十にして立ち、四十にして惑はず。五十にして天命を知る。（『論語』）

　我を捨てて他に行き、五十歳を経、自ら子の來るを見て、已に二十年也。（『法華経』）

　予行年漸く五旬に喃喃として、適小宅あり。（『池亭記』）

五〇歳は四九歳までの人生の過っていたことに気づく年齢（『淮南子』）、本当の人生がわかる年（『論語』）、本来のあり方に返る年（『法華経』）といいます。『池亭記』は五〇歳で小屋をつくったとあり、長明も新居を求めました。

内典・外典とも、「人生五十年」は人生清算の年、新しい人生を発見する歳でした。

筆者の高齢の友人は「この年になると今まで見えなかったものが見える」（DR・M氏）、「今までの自分とは違う」（元高校長A氏）などという。

長明は五十歳の新春を待ち望み、思い通り五十歳の正月が来ました、単に春が来たのではありません。

三〇余年前から心中に底流していた下加茂神社の正禰宜への思いの挫折によって、運命のはかなさに目覚め、五十歳の新春を人生の区切りとして、人生を根底から認識しなおし、新しい門出としました。

長明五〇歳、河合神社の正禰宜が空席になったので補任を希望し、後鳥羽院の認可を得ていましたが、鴨祐兼（鴨御祖神社の正禰宜）の反対で実現しませんでした。後鳥羽院は別の社を官社にすると提案したが、長明は受容しませんでした。別の社では御祖社の正禰宜になる道ではないからでした。

「家を出で世を背けり」は、家を出て、世の中に背を向けました。「家」は一族の連帯、氏の上を中心とした同族、賀茂神社の正禰宜を中心とした賀茂一族の集団。

【語法】『家を出で』は「出家」(仏教用語)の翻案で、「出家」は家庭生活を捨てて遍歴・遊行生活に入る意(岩波『仏教辞典』)。

　長明は住みなれた家をあとにして俗人の生活をやめて仏門に入りました。

「世を背く」は世間と後ろ向きになる、世俗の価値を捨て世の規範に従わない。「世」は空間、広がり、人と人との間柄。具体的には朝廷・賀茂御祖神社との係累。「背く」は背を向ける、人と人との関係を無視する。

「世を背く」は具体的には仏門に入る。

【参考】仏門には、若くして東大寺や比叡山で戒を受けて行を重ねて僧階を得て卒業すれば官寺に派遣されます。しかし他方では、適宜、戒を受けて僧衣をまとい、法名をもち、家庭にあって宗教生活を保ちます。これを「遁世」「隠遁」といい「世を背く」です。

　能因・素性・寂心・行覚・西行・浄海・釈阿・明静・道崇など、当時の著名人は多く遁世者でした。特に西行・釈阿は、『新古今集』の歌人の先達であり、長明は西行を求めました。遁世の理由は高松院のように病気を契機にしたものも多いようです。

　当時は神仏混淆で、下加茂神社の河合社の北には神宮寺があり、神職が仏門に帰依することに抵抗はありませんでした。遁世は必ずしも家を出ることにはなりません。しかし長明は短い運を覚って、五十歳の新春を迎えるに当たって出家し、家を捨てて地位も官職も放棄して遁世者になり、大原に隠遁しました。異色の遁世者でした。

　出家遁世は作者においては重大決心でしたが、世の流れでもありました。

【構想】短い運を悟ったので出家しました。出家すれば運が開けるのでしょうか。(長明には「短き運」の問題がありました。遁世は応えてくれるでしょうか。)

〈もとより妻子なければ、捨てがたきよすがもなし。〉

「もとより」は基本としては、ベースとしては。「もと」は本来の在り方。

具体的には出家の前提となる条件、長明の出家前の境遇。

【構文】「もとより」は、「妻子なければ、捨てがたきよすがもなし」と「身に官禄あらず、何につけてか執を留めん」の対句に係りますから、「身に官禄あらず」は「身に宮禄あらざれば」の形。

「妻子なければ、捨てがたきよすがもなし」は、妻子はいないから捨てがたい係累もいない。「妻子」は妻と子。

「なければ」は、いないから。

【参考】作者には子供も妻もありましたが、養和の飢饉で亡くしました。

『鴨長明集』は養和年間の出版で、子を失った悲しみ（三首）と、妻との別れを詠っています。

ものおもひ侍るころおさなさ子をみて述懐のこころを

おく山のまさきのかづらくりかへしゆふともたえじ絶えぬなげきは　（雑）

懐旧の時子といふことを

思ひ出て忍ぶもうしや古へを今つかのまにわするべき身は　（雑）

うらみやるつらさも身にぞかへりぬる君に心をかへておもへば　（恋）

「おく山」は墓地、作者は近所の幼児の死を見て、奥山に送った愛児を悲しんでとまりません、思いだすことは子どものことで、思い出しては忍ぶのは辛い、つかの間も忘れたことを悔やみます。妻との死には妻のつらさを自分の心と入れ替えたい、です。

【構文】「妻子なければ」は「捨てがたきよすがもなし」の条件句です。「もとより」は「捨てがたきよすがもなし」のことです。

「捨てがたき」は捨てにくい、捨てようとしても捨てきれない。

「捨てがたき」は捨てることを基本・前提にしています。仏門に入るには世俗の関係を捨てることが前提です。

作者は仏門に入るのに捨てることを建前としました。

「よすが」は係累、親しみあう相手のことで（『明解古語辞典』）、夫・妻、あるいは子などの親族縁者です。

作者には妻子はいたが災害で失い、出家しようとした時点では妻子はいませんでした。

捨てることとの最大の難関は妻子に対する思いですが、妻子はいないから捨てにくくするものはない。

遁世者が、すべて妻子を捨てることはありません。捨てることを心情としている作者は、すぐれた遁世者です。

（捨てがたきよすががあればぱ出家しなかったのでしょうか。）

【参考】長明晩年の著『発心集』に、西行もまた出家に際して幼児との別れを悲しんだことを記録しています。

この西行の逸話には長明の意識下に夭折した愛児との死別の哀惜があったはずです。

（遁世後も愛児への思いは捨てきってはいませんでした。）

〈身に官禄あらず、何につけてか執を留めん。〉

「身に官禄あらず」は「身に官禄あらざれば」の形で、身の上に官も禄もないから。「身」は身分、身上。「官」は国家の公職、「禄」は官にともなう収入。

作者の五位下は中宮の叙爵でしたから北面では通じません。和歌所に出仕しましたが「地下の寄人」で、「地下」は官に入りません。その禄高は不明ですが、あってもないに等しい、です。

「何につけてか執をとどめん」は、何に関連して愛着をこの世に長く残そうか。「何に」は不定。ここは官禄以外の不特定の物件、「か」と呼応して何も存在しない。

官禄がない、官禄がないとすると、官禄以外の何かの事案に関係するような収入は何もない。

当時の下級貴族の最大の収入は地方官になることでした。

「執」は心が強くとらわれること、執着。「とどめん」（「ん」意志）は残そうとする、構文は反語で、残そうとはしない。

「執をとどめん」は反語表現で、自身に問いかける意味である。（武田孝氏）

一身上に官禄がないから、官禄に相当するような、心に愛着を感じるものはなにも存在しない。

摂関という官禄でもあれば執をとどめるのでしょうか、五〇歳という年齢のこだわりも解消するのでしょうか。

後鳥羽院ほ、作者が鴨神社の正禰宜になれないのを哀れんで鴨氏の社を昇格させて禰宜にしようとしましたが、官禄を越えるほどの後鳥羽院の厚意を拒んで出家しました。作奢は「こはごはしき心」で出家したと伝えます。

（地方官を望むような野心はない。）

【構成】出家には一切を棄てなければなりません。最も棄てるべきものは妻子と官禄ですが、作者が執着するものはないと総括しました。

捨てるの逆は捨てないで、捨てないのは執着することで、欲望です。五〇歳の総括は欲望がないことでした。

（出家するという欲望は否定していません。）

【構成】作者が五〇歳で総括したところは、妻子と官禄のないことでした。妻子・官禄がなければ捨てるものはない、長明には三〇年の過去がありましたが、五〇歳で三〇年の過去を捨てました、執着するものはない、ありのままで出家遁世しました。

（世俗の欲望は否定しますが、求道の欲望の否定はありません。）

【参考】作者の尊敬する西行は、出家に際して幼児と別れづらく、弟に委ねましたが、出家後も娘の成長を気遣っていました。

（『発心集』）

〈むなしく大原山の雲にふして、又、五かへりの春秋をなん経にける。〉

【語法】「むなしく」は「雲にふして」と「経にける」にかかる、かかりかたによって意味が相異します。

「むなしく大原山の雲にふして」は、心を空しくして大原の山の上の雲のなかに寝起きして。「むなしく」は心を空にして、雑念を払拭して。

「空しく」は、「是諸法空相　不生不滅　不垢不浄　不増不減」（『般若心経』）の「空」です。

　五年後に、長明は方丈の生活を回顧して、「佛の教へたまふおもむきは、事にふれて執心なかれとなり」といいます。「執心なかれ」は、執着しないこと、心を「むなしく」することでした。「空しく」とは「執心なかれ」の意味でした。

「大原山」は比叡山麓の大原にある山、「大原」は地名で山号は魚山。

【語法】「大原」は大原野といって、東の大尾山、西の翠黛山・金比羅山に囲まれた平野です。「大原山」は大原の山のことであって、「大原山」という固有の山は存在しません。

【参考】大原は比叡山の別所で『法華経』の道場でしたが、円仁が大原を魏の曹植を継承する魚山流の仏教音楽を伝承し、源信は妹の安養尼の為に往生極楽院を立て、良仁は勝林院で融通念仏を称えて念仏が盛んになりました。法然は大原問答において専修念仏を公認させました。大原問答に参加していた頼斆は天台浄土教の代表的人物で、作者と懇意の如蓮は法然の弟子で頼斆と親しく、作者を頼斆の弟子にと勧誘しました。

（作者の法燈をたどれば法然が見えてきます。）

「山の雲」は山上の雲、「雲」は行雲流水などといって空しさの象徴です。「ふして」は横たわる、行住坐臥の「臥」をあげて、生活する意味とします。

　長明は己の空しさを雲の空しさに託します。山上には雲があり、山上の雲中で心を空しくして修行します。

　　雲に臥す峰の庵の柴の戸を人は音せでたたく松風　（『玉葉集』雑三・未詳）

【構成】「家を出で」は「家をでて」ですが、どこに行ったかはありません。「大原山の雲にふして」は「大原山の山上の雲のなかに寝起きして」ですから、「大原山の雲にふして」を大原山に入った意味と見ることができます。行雲流水でさらに雲に乗り、水に流されて、他郷に行く様子でしょうか。

【参考】現実には往生極楽院や勝林院は大原野にあって、山ではありません。

新注は、「むなしく雲にふして」は詩的表現だ（三木紀人氏）といい、「臥雲」を訓読していて、隠者の生活（武田孝氏）

などといいます。

【参考】大原の名刹は勝林院と来迎院ですが、源信が妹の安養尼の為に立てた往生極楽院もあります。大津の円融坊（門跡）は往生極楽院の地に政所（のちの三千院）をおいて往生極楽院や勝林院・来迎院を支配し、念仏聖を取り締まりました。現三千院の南北には呂川・律川があって上流には山の気配があり、そこは良仁が音楽を修行した場と伝えます。琵琶に秀でた長明は呂川・律川で声明（仏教音楽）にはげんだのでしょうか。

（大原は比叡山の別所で比叡山の支配下にありますが、音楽と念仏の聖地でした。）

【参考】長明は大原に入っただけではなく、真葛原の法然を訪ねていました。

社司を望みけるが、かなはざりければ世を恨みて出家して後、同じく先立ちて世をそむける人のもとへいひやりける。

いづくより人は入りけんまくず原秋風ふきし道よりぞ来し（『十訓抄』第九）

真葛か原は京都東山の現丸山公園を中心とする原野で、そこには慈円・法然という日本を代表する宗教家がいました。禅寂（如蓮上人）が家司を勤める九条兼実は法然の信奉者で藤原北家の嫡流、天台座主慈円は兼実の実弟でした。法然は大原問答で専修念仏を公認させ、何百という人が真葛原を訪ねていました。

【参考】長明が真葛原の法然を訪ねたのは、長明五〇歳と推定されます。それ以後の法然は法難で面会の日程はなかったでしょう。

【語法】「むなしく」は、心を空しくする。「雲にふして」は大原に入る時で、心を空しくして大原に入りました。「経にける」は大原を去る時で、大原は無為徒労だったと思います。「むなしく」は文脈によって二つの意味を使い分けます。これは新古今調の和歌の手法でした。（諸注は「空しくして」を無為徒労の意としか認めません。）

【参考】『方丈記』は、「長明が隠遁して大原に入った」としか記しませんが、実際は法然を真葛が原に訪ねていました。

九条兼実は大原の本成房湛斅を戒師として尊敬していました。兼実の家司であった従五位上民部大輔藤原長親は、隠遁して如蓮房禅寂と号して法然の弟子となりました。その禅寂が長明を大原に案内しました。さらに真葛が原に案内しました。その時期・その前後は不明です。

（『十訓抄』の「いづくより」の歌は長明が禅寂に贈った歌だったでしょうか。）
（『禅寂』の記録は系図しかなく、長明・法然との関係は推測の域をでません。）

「又五かへりの春秋をなん経にける」は、ちがった意味で五年の歳月を経た。「又」は他に、別に。

【語法】『また』は「又」であれば異質のことをならべ、「復」は同様の内容のことが重ねてある。原文は「又」。

「五かへり」は五回もどる、「かへり」はもとにもどる、原点に返る。「春秋」は一年、ここは往反五回で五年。「経にける」は経過した。

（「五かへり」は実際は五回もどったのではなく、もどったのは四回でした。）

年は五回正月にもどりました。作者は五〇歳に大原に入って、五四歳まで五年間大原にいました。「むなしく」は大原の五年間、進展のなかった意味です。

作者は大原で心を空しくして修行したのですが、五年を経過すると、空虚でさめた月日であると思いました。

【構想】作者は祖母の家のときも、河原の庵のときも、自分のことはなにひとつ語りませんでしたが、大原では唯一つ「むなしく」と自身を語ります。

（長明が一切をすてて出家した代償が「空」でした。「空」が長明の在り方となりました。）

河原の生活は和歌に執心して空しくなかったか、空しくなければ大原に行くことはなかったでしょう。祖母の家で後に賀茂御祖神社の正禰宜になろうと夢想したとき、空しくなかったでしょうか。ここの「空しく」は大原だけの自己批判ですが、作者半生の思いでした。

大原を下山すれば還る住居はありません。行き先は禅寂に頼るほかはありません。禅寂は長明を日野の外山に案内しました。

（長明と法然の対話の有無は未詳です。）

【構想】鴨長明は五〇歳を機にして、働き盛りの三〇余年を過剰な期待をしたと思いなおして、執着を断ち切って心を空しくして大原に出家しました。五年間は大原で雑念を払拭して天台浄土教を学び、心を「むなしく」して過ごしました。大原は集団生活で規範や制限や干渉が有ります。しばしの安楽と人との交わりを絶つという初心に返ると、大原は空虚でした。禅寂に導かれて日野に方丈をしつらえて、しばしの安楽と人との交わりを絶つという初心に返りました。

（「空」そのものにこだわれば「空」ではありません。）

【構想】大原を辞した作者には、しばしの安らぎのある住居と土地を求め、心の安らぎを求めるという思いがありました。

［方丈］

（初心）

こゝに六十の露消えがたに及びて、更に末葉の宿りを結べることあり。いはば、旅人の一夜の宿を造り、老いたる蚕《こ》の繭を営むがごとし。これを中ごろの栖《すみか》に並ふれば、また、百分が一に及ばず。とかく言ふほどに、齢《よわい》は歳々に高く、又栖はをりをりに狭し。その家のありさま、よのつねにも似ず。広さはわづかに方丈、高さは七尺がうちなり。所を思い定めざるゆへに、地を占めて造らず。土居《つちゐ》を組み、うちおほひを葺きて、継目《つぎめ》ごとに、かけがねを掛けたり。もし心にかなはぬことあらば、やすく他へ移さんがためなり。その改め造ること、いくばくの煩《わずら》ひかある。積むところ、わづかに二両、車の力を報《むく》ふほかにはさらに他の用途いらず。

コヽニ六ソチノ露消エカタニヲヨヒテ、更スヱハノヤトリヲムスヘル事アリ。イハヽ、旅人ノ一夜ノ宿ヲツクリ、老タルカイコノマユヲイトナムカコトシ。是ヲナカコロノスミカニナラフレハ、又、百分カ一ニオヨハス。トカクイフホトニ、齢ハ歳々ニタカク、スミカハヲリヲリニセハシ。ソノ家ノアリサマ、ヨノツネニモニス。ヒロサハワツカニ方丈、タカサハ七尺カウチ也。所ヲヽモヒサタメサルユヘニ、地ヲシメテツクラス。ツチヰヲクミ、ウチオホヒヲフキテ、ツメコトニ、カケカネヲカケタリ。若、心ニカナハヌ事アラハ、ヤスクホカヘウツサンカタメナリ。ソノアラタメツクル事、イクハクノワツラヒカアル。ツムトコロ、ワヅカニ二両、クルマノチカラヲムクフホカニハサラニ他ノヨウトウイラス。

いま六十歳という人生の終末に至って、その上に、草葉の先端に耀く露を宿すような住まいを手づくりしたことがありました。喩えるなら、旅人が旅の途中で、一晩の宿を作り、年をとって生活能力はなく死を待つだけの蚕が繭を作るようだ。「末葉の宿り」を人生の半ばに造った家に並べると、また百分が一に達しない。あれやこれやといっているうちに、年齢は歳月を経過するに比例して高齢になるし、自分の住みかは節目ごとに狭くなる。六〇歳を前にした住みかの在りようは、世間的な家の様子と相違している。、庵の面積は僅かに方丈である、高さは七尺以内である。方丈の場所は決定していないから、土地を占有しては造らない。土台の横木を組合わせて、屋根に覆いを葺いて、どの継目にも掛金を掛けている。もし自分の心にそぐわないことがあるならば、たやすく他へ移すためである。方丈を移築することは、どれほどの面倒があるであろうか。荷物は僅かに車二台である。、煩いとしては車の力を提供する以外には、全く他の手段を要しない。

〈ここに六十の露消えがたに及びて、更に末葉の宿りを結べることあり。〉

「ここに六十の露消えがたに及びて」は、今、六十歳という人生の終末に至って。「ここに」(副詞・近称)は場面を設定する語、この場面で、いま。

話し手は五四歳の大原退出の結果として、数年後の自己の身近なこととして新しい話題を提示します。(作者は「無常」では自分を語らなかったが、現在の自分を語り始めます。長明の脱皮です。)

「六十の」は六〇歳である。「六十」は六〇歳、干支の満数、次の六一歳は還暦で人生は最初に戻ります。六〇歳は人生の最終の年齢でした。

【語法】「六十の」の「の」(格助詞)は同格、「六十の」は「露消えがた」と同格、六十歳は「露消えがた」でした。

「露消えがたにおよび」は、露が消える間際に近づき。「露」は、はかなさ、の表現で、ここは「露命」のこと(『諺解』)で、死を前提にした生命の比喩的表現です。「消えがた」と続き、「消え」は姿・形がなくなること。「がた」(接尾語)は近辺、間際、「露消えがた」は、露が消える寸前、間際のことで死ぬ間近のときのことです。

「及ぶ」は近づく、追い付く。

【構成】「露」は、さきに「朝顔の露」(序文)とあり、「露」は『方丈記』の一つの課題で、「朝顔の露」は耀いていました。「露」は耀きます。人生の終末にも、はかなさとともに耀きをもとめていました。

【構成】「及びて」ですから、六〇歳になる少し以前。六〇歳を人生の最後と考えますから、人生最後に近い頃。露が消える寸前です。

【構想】作者は五〇歳で人生の転換を大原で図り心を空しくしたつもりでしたが、作者が日野山に庵を造ったのは五四歳ですから、余命は一〇年もない、五年か六年とみれば、露の命の思いは切実です。六〇歳を前にして終末感が逼ってきてました。七〇歳は古希で、「古来稀なり」ですから、七〇歳まで生きることはできないと思ったのでしょうか。五〇歳で人生の転換をはかり、六〇歳に人生の終末を意識しました。果たして心は空しくなっていたでしょうか。

【参考】『流水抄』は「五十」「六十」という数値に注目し、「百歳」「七十歳」と展開する筆力があると指摘している。『諺解』は「露命かたむきて消えなむとすればなり」という。

「更に末葉の宿りを結べることあり」は、その上に草葉の先端に耀く露を宿すような住まいを手造りしたことがあった。「更に」は、その上に。「改めて」の意味とする説もあります。

五〇歳に出家した上に、六〇歳を前にして新しい生活を始めた。

【構成】「更に」ですから「末葉のやどり」は大原の延長で、世人との交りを絶ち、「しばし」も「たまゆら」も心身の安らぎを求めました。

「末葉の宿り」は草木の先端の葉が住みかです。「末」は本に対する末端、本は動かないが、末は流動する。「末葉」は草木の先端の葉でゆれて安定しません。「宿り」は住居、家屋、ここは草木の先端。草木の先端に付着しているのは「六十の露」、「六十」は六〇歳。「露」ははかない命。

【語法】「末葉の宿り」は状況では草木の先端の葉を揃えて造った建物、比喩としては死に直面した生命。

「結ぶ」は生じる、「こけのむすまで」（君が代）の「むす」ですが、「露」の縁語で、「露」の印象で語っています。

また「結ぶ」は紐などを結合することから、草を結んで住いを作った意味でもあります。

【構文】「結べることあり」は「結べり」「結ぶ」ではありません。

長明は庵を作ったという自己の思い・主張を述べたのではなく、庵を作ったという事例を述べています。長明の筆致は主体的ではなく、客観的・傍観的でした。

人生の最終は未知のものであって、現実の住いが人生の最終の心を支え切れないかも知れません。「結べること」があるというような語り口が、かえって作者のただならぬ情況を伝えるようです。

（作者にはこの庵でなければならないという固執はありません、いつでも変更できる、です。）

【構想】作者は三〇歳代に自分の心と一つの家を作りました。その心は和歌に精進する心でした。六〇歳近くの、五四歳の庵は耀いて人生の最後に直面する気持でした。

露ははかなさの表現ですが清らかで耀いています。六〇の住まいには最期の耀きがありました。

風が吹くと葉が揺れて露は落下します。六〇までは生きるだろうと思っていても、人生は突然の災害など、いつ露と消えるかはわかりません。けれど露には露の耀きがあります。作者には、いつでも耀きながら命を終わる覚悟があります。朝顔の露です。

（五四歳の長明は手造りの家を作りました。）

【参考】死の近きことを知るゆゑに膝を入るるに過ぎぬことをたとへをとりていへり。（『盤斎抄』）

〈**いはば、旅人の一夜の宿を造り、老いたる蚕の繭を営むがごとし。**〉

「いはば」は言うなら、喩えるなら。「ごとし」と呼応して。「旅人の一夜の宿を造り」と「老いたる蚕の繭を営む」と喩えます。

作者は作者自身を「旅人」「老いたる蚕」の二つに譬えます。

西行も旅人でした。作者にはどんな旅があるのでしょうか。老蚕にも老蚕の思いや行動があります、作者は何をするのでしょうか。

「旅人の一夜の宿を造り」は、旅人が旅の途中で、一晩の宿を作る。「一夜の」は一晩の、何日何夜の旅の中の、不特定の一夜。「宿」は旅宿。「造り」は設ける。

旅で夜には宿を貸してくれる人を探したり、野宿するねぐらを作ったりします。一夜の宿は仮のもの、使い捨てでした。二度と同じ宿に泊ることはないでしょう。人生を旅と見るのは文学の慣例でした。

夫れ天地は万物の逆旅、光陰は百代の過客なり。（『春夜宴桃李園序』李白）

人は前世・現世・来世と旅する旅人で、作者は、まもなく来世に旅します。現世は、その旅の中の一里塚でした。西行には西に旅するという目標がありました。その目標を思うなら一夜の旅宿は使い捨てでした。

「老いたる蚕の繭を営むがごとし」は、年をとって生活能力はなく死を待つだけの蚕が繭を作るようだ。「老いたる」は年を重ねて生活能力はなくなり死を待つようす。「蚕」は絹を生産する人工的に生産された昆虫、老年で繭を作ったと考えます。「営む」は作る、生活のために何かをすること。ここは老蚕が繭のなかで絹を織り成すこと。

蚕は出生後、何回か脱皮を重ねて成虫になり繭を作って繭こもりし、さなぎになって繭を破って羽化し交尾・産卵して一生を終わります。蚕の老年は生態的には産卵後ですが、ここは繭ごもりの蚕を老年と認識します。老年には羽化するという過程を残します。

「如し」は比況、よく似ている、等しい。六〇歳を意識して作った住いは、旅人の一夜の宿であり、老蚕が繭のなかで絹を作って暮らして居る様子と似ている。

【構想】長明は自分を旅人と見ます。そこには前世・現世・来世の三世という壮大な版図があって、新居には独自の思いがあり、庵は一夜の宿でした。人生は仮だといいながら六〇歳を意識して、夜が明ければ新しい旅を続けます。造った住いは一夜の宿であり繭を作るだけの空間でした。壮大な人生構図の中で、庵の生活は仮で微小ですが、作者の心は「空」ではありませんでした。

（六〇歳以後の壮大な旅こそ、作者の真実のあり方でした。）

【参考】ところが、この比喩は作者独自の発想ではありません。

猶ほ行人の宿を造るは、老蠶の獨り繭を成すがごとし。其の住むこと幾時ぞ。（『池亭記』）

蠶の繭を造る如くなれば、繭成りて蠶老いて死す。（『白氏文集』巻二二）

蠶老いて繭成り身庇はず。蜂飢ゑて蜜熟し他人に属す。須く年老いて家を憂ふ者は、是の二虫の苦辛の虚しきを恐る。（『白氏文集』巻二二）

人生を露とみ、人生を繭とみることは、近くは『池亭記』、遠くは『白氏文集』にあり、老蚕が繭を成しても長くは住めない、繭よりも先に老蚕が死ぬ、繭ができても他人の衣服になるだけで自分には役立たないなどと、『方丈記』よりも辛辣です。

【構想】長明は自分を捨て、家を捨て、さながら捨てるように見せながら、最初に「露」と「末葉」で、続いて「旅人」と「繭」で人生と住いを二重に譬え、『池亭記』や『白氏文集』を下敷きにしながら、死に直面している自分を美化しています。濃厚な厚化粧でしょうか。

〈これを中ごろの栖に並ぶれば、また、百分が一に及ばず。〉

「これを中ごろの栖に並ぶれば」は、「末葉の宿り」を人生の半ばに造った家に並べると。「これ」は、作者六〇代の直前に営んだ住居、「末葉の宿り」のこと。「中ごろの栖」は作者三〇代、人生の半ばにおいて加茂の川辺に造った家。「中ごろ」は人生の半ば、ここは三〇歳代か。「中ごろの栖」には次の説明があります。

三十あまりにして、更にわが心と、一の庵をむすぶ。

これをありしすまひにならぶるに、十分が一なり。

「並ぶれば」は並べると。比較する様子で、「中ごろの栖」と比較します。基準点を共有しなければ並べられません。「栖はをりをりに狭し」とありますから、基準は面積です。「また」は同じく。

【語法】「また」（接続詞）は文脈によって順接、また逆接です。文脈によって導く文意が逆になります。

「また」は順接であれば、オナジク。「末葉の宿り」は「中ごろの栖」と同様に。「中ごろの栖」が祖母の家の十分の一と少なくなったのと同様に、「末葉の宿り」は「中ごろの栖」の百分の一に達しないように少なくなった。少なくなったということで同様でした。

「また」は逆接であれば、違って、逆に。「末葉の宿り」は「中ごろの栖」とは違って。「中ごろの栖」が祖母の家の十分の一となったのとは違って、「末葉の宿り」は「中ごろの栖」の百分の一に達しない、違い方が相異します。

「百分が一に及ばず」は百分の一に達しない。「百分が一」は一％。「及ばず」は達しない、一％以下である。

祖母の家・中ごろの栖・末葉の宿りという住居の流れを、作者は「すみかはをりをりにせばし」と認識しますから、数値の多少は問題でなく、狭くなったことをいいます。したがって「また」は順接で、オナジク。「末葉の宿り」は「中ごろの栖」と同様に。

（「また」は逆接か順接か）

【構想】作者の思いは「心」と「住ひ」でした。中頃の家は中頃の心、「末葉の宿り」では「末葉」のころの心によっています、中頃の住いは和歌所に出仕する心に相応し、五〇代前半の住いは「空」を実践するに相応し、「末葉の宿り」は死を迎えるに相応しました。

「住まひ」は年齢に応じて規模を小さくしたが、常に「わが心と一」でした。「住まひ」が変化するのは「心」そのものの変化ですが、「心」の変化は年齢の変化でもありました。

「末葉の宿り」は自ら望んだところですが、まだ生活していません。作者には「本葉」にあたる祖母の家・中ごろの栖に郷愁があり、その郷愁が新居のあり方に絡みついていきます。

【構成】祖母の家に比べると、六〇代の住いは祖母の家の千分の一以下となります。しかし、六〇代の住いは祖母の家の百分の一かとする説もありえないことではありません。

〈とかく言ふほどに、齢は歳歳に高く、栖はをりをりに狭し。〉

「とかく言ふほどに」は、あれこれといっているうちに。「とかく」は、あれやこれや、なにやかや、「とかく言ふ」は「といひかく言ふ」の形、そこに含まれる雑多な内容を一括して言い退ける語法です。「言ふ」は発言する、これは自分の経験を「いふ」という語で代表させているので、「とかくする」といっても同様です。過去の言行を取るに足りないと一括します。「ほど」は、とき、うちに。くだらないことをいっていたうち、していたうち。

発言の内容は語っていません、賀茂御祖神社の正禰宜のことや災害で家族を失ったことなどでしょうか。自分の人生で、いろんな経験をして、そのときは重視しても、今ではうたかたのように消え去ったと思い、云うに足りないと評価します。

「齢は歳歳に高く栖はをりをりに狭し」は、年齢は歳月を経過するに比例して高齢になるし、自分の住みかは節目ごとに狭くなる。「齢」は年齢、「歳歳」は年の複数、何年も。「高く」は数字が大きくなる、高齢になること。

「栖」は住居、鳥などのねぐら、ここは作者の草庵、世俗の住居と異なるので「栖」の字を用いる。「をり」は機会、「をりをり」は「をり」の複数、多くの機会。「狭し」は広さがなくなる、床面積が小さくなる。

【構文】「齢は歳歳に高く」と「栖はをりをりに狭し」は対句です。「歳歳」は暦の上の、「をりをり」は生活の節目ごとの変化。経年変化の結果として床面積が狭くなりました。

【構成】経験は「とかく言ふほどに」と消え去ったが、「齢は歳歳に高く」と、「栖はをりをりに狭し」は残りました。逆にいえば、いかなる営みも「齢」と「栖」の変化には無力でした。「齢」と「栖」の問題は過去のすべての問題を超えました。

「住まひ」は年年歳歳、狭くなります。心の変化が「住まひ」の変化になりますから、今の「こころ」と今になるまでの

「こころ」は相異します。今の「こころ」から以前の「心」を見れば、くだらないことになるでしょう。

【構想】作者は祖母の家・加茂川へりの家・大原の住みかと住まいを変更しました。祖母の家は幼年の作者には広すぎ、加茂川へりの家は和歌所出仕の最低限度の住居であり、大原では大寺院の一坊であったでしょうか、年齢が高齢になれば心も深化し、年代と心の相関において住みかが狭くなったことを、一つの必然として語ります。

作者は自分のあり方を第三者の目で観察しています。「齢は歳歳に高く」は自然現象ですが、「栖はをりをりに狭し」は作者の選択です。六〇代の住いの「末葉の宿り」はどのように見るのでしょうか。

（方丈の生活は老齢になって収入がなくなり生活不如意で零落した悲哀の状態とみる説は賛成できません。）

〈その家のありさま、よのつねにも似ず。広さは僅かに方丈、高さは七尺がうちなり。〉

「その家のありさま、よのつねにも似ず」は、六〇歳を前にした住みかの在りようは、世間的な家の様子と相違している。「その家」は六〇歳を前にして営んだ住みか。「ありさま」は存在のしかた、ここは外観。「よのつね」は世間並のこと、世間において平均的にそうだと認められているもののこと。「よ」は世間、「つね」は動かないもの、平均的なもの、基準的なもの。「似ず」は似ていない。

六〇代になる住みかの外観は世間的な基準になるものに似ていない。

「よのつねにも似ず」は「よのつねならず」ではありません。「よのつねならず」では非世間的なものを排除する意味ですが、「よのつねにも似ず」は、世間的なものを肯定しながら、それとの距離感をいいます。

「よのつねにも似ず」は、その家の「ありさま」で外観ですが、外観は内面の投影ですから、「よのつねにも似ず」は主の心と理解することができます。

【構成】「よのつねにも似ず」は次の三点です。

広さは僅に方丈、高さは七尺が内なり。

所をおもひ定めざるが故に、地をしめて造らず。

土居（つちゐ）を組み、うちおほひを葺きて、つぎめごとにかけがねをかけたり。

【構想】「よのつね」に似ないのは、しばしの安楽と、世間との断絶を求めるからです。

「広さは僅かに方丈、高さは七尺がうちなり」は、庵の面積は僅かに方丈である、高さは七尺以内である。

「広さ」は面積、建坪、床面積。「方丈」は一丈四方、約一〇・九㎡、維摩詰の石室をモデルにします。

【参考】唐の王玄策が朝命によって西域に旅した時、維摩詰の石室を手板で測量したら一丈四方であった（『潜確類書』）ということから小さな草庵をいい、特に隠者の住いを言ったようですが、後には寺院の長老・住職の室をいう場合もあります。

一丈四方という確証はありませんが、自ら「わづかに方丈」と言っていますから、文字どおり方丈であったでしょう。

「わづかに」は極めて少ない。建坪は世間を基準にすると極めて狭い、長明は極めて狭いと認めます。

しかし「わづかに」は否定的視点で、広いに越したことはない意味のことばです。作者には成り行きで狭くなったけれど、世間並みの広さが忘れられませんでした。

建坪は維摩詰に比べると狭くはありません。作者は維摩詰の立場から住居を作りましたが、世間的視点に返ると狭いと認めます。

（作者は広さにこだわっています。）

「高さ」は建物の高さ、「七尺」は二・一三m。「うち」は以内、高さは二・一三mを超えることはありません。

この「高さ」は家の最も高いところと思われます。

普通、家には屋根があり、天井があり、床があるのですが、あとの文章に「土居をくみ、うちおほひを葺きて」、「竹の簀子を敷き」、「蕨のほどろを敷きて夜の床とす」などとありますが、天井や床の記録はありません。最高二m余りでは土台の石組みや天井や床をとる余裕がありません。「七尺がうちなり」は土間から屋根の最高部との距離でした。

【構成】作者は住居について次の四点をあげます。

〈面積〉　栖はをりをりに狭し。
〈有様〉　よのつねにも似ず。
〈占有〉　地を占めて造らず。
〈工法〉　土居を組み、うちおほひを葺きて、継目ごとに、かけがねを掛けたり。
外観を極限まで切りつめ、世と断絶し、移動を視野に置き、工法を工夫しました。心は維摩詰の方丈をモデルにしたからであり、「空」の実践を方針としました。

〈所を思ひ定めざるゆゑに、地を占めて造らず。〉

「所を思ひ定めざるゆゑに、地を占めて造らず」は、方丈の場所を特定していないから、土地を占有しては造らない。「所」は人文的な場所、人にとってよい場所。「思ひ」は熟慮、「定めざる」（「ざる」打消）は決定しない、「ゆゑ」は理由、「地を占めて造らず」の理由。「地」は地誌的な区域。

土地を占有しては造らないが、土地はないことはないし、住居は作る。

「地を占めて」は、ある目的のために土地を占有する、また土地を占って。漢字「占」はシメル・ウラナウであり、「占め」は占有か占卜か、ここは所を特定しない意味ですから、「占め」は占有の意味で、占卜ではありません。

【参考】「地を占めて」は居を卜い処を占い。（『流水抄』）

一般に建築は土地を占って占有し、四隅に青竹をたてて注連縄を巡らして神事を経て建築します。

所を思いさだめないのは隠遁の志で一所不住のこころである。（『流水抄』）

【語法】「占めて」は土地を占有して、「造らず」は建築しない。しかし、現に庵は造っていますから、「造らず」ではありません。

「占めて」は「造らず」の条件句で、占有しては造らない、その逆は、土地は占有しないで庵を造った、です。

【構成】作者は、最初に。地を占めて造らないのは思い定めないからであると理由を述べる。地を占めて造らないのであれば、黙々と造ればよろしい。思い定めないからなどという必要はない。しかし、庵を作るか造らないかという話はない。庵を造ることは思い定めていたのである。長明が、最初に地を占めて造らない理由を述べたのは、暗に庵の建築は思い定めていた意味である。

【構想】長明はしばしの安楽を得る土地を求めた。しかし、どの土地が適地かとかは知らない。案内者の善友を頼って土地を得た。土地を占有しないで造ったことの理解を求めます。方丈の場所は思い定めていないだけで、方丈そのものの変更はない。方丈を改造するとも廃棄するともいいませんでした。方丈は維摩詰に学んだもので改変しませんが、土地は方丈の主旨にそぐわなければなりません。

（方丈は維摩詰を超えたら改変することになるでしょうか。）

〈土居を組み、うちおほひを葺きて、継目ごとに、かけがねを掛けたり。〉

「土居を組み」は、土台の横木を組み合わせて。「土居」は築地、泥をたたき固めて建物を支える土台ですが、建物の土台であれば「築く」というべきでしょうが、ここは「組み」とありますから横木です。「組み」は材木を交差させて離れないようにすることで、土台の横木を交差させて固定します。

「うちおほひを葺きて」は、屋根に覆いを葺いて。「うちおほひ」（「うち」接頭語、強意）は覆う物で、「葺きて」とありますから屋根のことでしょうが、屋根ではなく、屋根とはいえない程度の粗末な屋根でしょう。

寝殿は桧皮葺、下級貴族以下は板葺、農民などは草葺です。ここは実際は板葺か草葺でしょうか。

「継目ごとに、かけがねを掛けたり」は、どの継目にも掛金を掛けている。「継目」は材料の接点、「ごと」（接尾語）は、それぞれ。どの接点も残さず。「かけがね」は、つなぎ止めの金具。

一般には建築には木材を組み合わせるので、掛金を使用するのは作者の考案です。

「土居」は土台ですから、家屋の最下位であり、「うちおほひ」は屋根で、いちばん上の部分、「継目ごとに、かけがねを掛けたり」は土台と屋根の中間の造作でしょう。こうして家屋全体を下、上、中という順序で描写します。しかし、それらは至る所でセット化され、金具で締めつけられ、新しい工法が施工されています。

作者はかって福原に旅をしたとき、みずから測量しましたし、また継ぎ琴、継ぎ琵琶などの工夫や細工を行い、技術者風の才能をもっていましたから、このような工法は作者の得意の分野でしょう。この工法も「よのつね」ではありませんでした。

【構想】過去の自分の住居と比較します。年長になるに反比例して住居は小さくなり、方丈は限界点です。心は逆に三世に旅します。身辺の限界と、精神の延長、その交差を支えるのは、世間の住居にはない工法でした。長明には工夫が有りました。

〈もし心にかなはぬことあらば、やすく他へ移さんがためなり。〉

「もし」は「ば」（接続助詞・仮定）と呼応して仮定、仮定は「心にかなはぬことあらば」です。「心にかなはぬことあらば」は、自分の心にそぐわないことがあるならば。「かなふ」は適合すること、合致すること。「心にかなはぬこと」（名詞句、「ぬ」打消）は、自分の心と合致しない事案。「あらば」はあるなら。今後のことを仮定します。今後、自分の心と合致しない事案があるかも知れない。ここの「心」は方丈を造ったときの心ではなく、その後、起こりうる「心」で、内容は未必です。

「心にかなはぬことあらば」と言いますが、建物に不都合があれば修理すればよろしい。現に作者も庇を出して、家屋を修正しています。引っ越しても修理しなければ解決しません。「心にかなはぬこと」は建物ではなく、土地のことです。土地は、ここが良いと決めたわけではありませんから、欠点も生じるでしょう。作者は災害を考慮しています。

「やすく他へ移さんがためなり」は、たやすく他へ移すためである。「やすく」は容易に、安易に。「他へ」は別の場所へ、「移さん」（「ん」意志）は移動しようとする。「ため」は目的。

【構成】「よのつねにも似ず」は、方丈は敷地・高さが小さいこと、土地を占有しないこと、掛け金を掛けたことなどですが、それは移築を思うからでした。

心と不一致が発生しても移動によって不一致を解消しようとします。方丈の廃棄は考えていません。方丈は依然として作者の「心」であり「庵」でした。作者の方丈に寄せる思いに変更はありません。

（作者が不具合があるかも知れないと思ったのは建物ではなく地勢でした。）

【構想】住みかは心と一つが建前でした。幼少の家は下加茂の正禰宜を願うにふさわしく、三〇歳代の庵は和歌所に出仕という心と一致していました。「方丈」は維摩詰の「空」の実践が心でした。「方丈」は作者の心と一致するから改廃は考えられませんが、土地は作者の心と不一致であれば移動します。方丈の土地が「空」の実践にかなえば移動することはないでしょうか。

方丈は、しばしの安らぎを得るにふさわしい建物でした。土地には、その信頼はありませんでした。

（洪水・盗難など、自然現象・社会状況が心を疎外することは末端現象で、作者の「心」そのものではありません。）

【語法】ここに「ゆへに」と「ため」の二つの理由があります。その理由には作者の深層心理が認められます。

「ゆへに」は土地を占有して庵を造らない理由で、「ため」には継目ごとに掛け金を掛けた理由で、この二つの理由を重ねると、不具合が発生すれば容易に他へ移動することですが、それは場所を特定したくないことの理由でもあります。土地に不具合があれば必ず移動しますが、最大の不具合は災害です。土地に不具合がなく満足していても、より満足の土地をもとめて移動することもあるか。

作者の方丈は移動を前提とした建築物でした。今で言うキャンピングカーでしょうか。

（一所不住の旅を思う文人墨客もあったでしょうが、長明はカタツムリのように住みかを背負って旅するつもりでしょうか。）

【参考】方丈を粗末に作る利点をいう。（『盤斎抄』）

（当時は貴族は別荘を作って生活を豊かにしましたが、作者は方丈の狭さを移動によってカバーしようとしたか。）

〈その改め造ること、いくばくの煩ひかある。積むところ、わづかに二輌、車の力を報ふほかにはさらに他の用途いらず。〉

「その改め造ること、いくばくの煩ひかある」は、方丈の移築することは、どれほどの面倒があるであろうか。「その」は「末葉のやどりの」のことで、方丈。「改め」は新しくする、「造る」は形を整える、現在あるものを解体して、その材料を使って元通り建築する、「やすく他へ移さん」とあるから移築すること。改造・改築・再建ではない。

「いくばくの」は不定、どれほどの。「煩ひかある」（「か」係結び、反語）は心身を労することはない。「煩ひ」は心身を労すること、また報酬、賃金のこと。

【構想】『方丈記』では住みかのために心を労することを批判してきましたが、移築には煩いを伴うでしょう、しかし、移築に要する経費は最少におさえると解説します。心を労することはないといいたいのでしょう。

「積むところ、わづかに二輌」は、荷物は僅かに車二台である。「積むところ」は車に乗せる物件、荷物のことで、解体した庵の材料です。「わづかに」は極めて少ない意。「二輌」は二台の車、「輌」は車を数える単位。

移築に要する煩いは解体した庵の材料を全部載せても車二台でした。

【構成】 経費には最大限の配慮をし、経費が嵩めば移築を取りやめる方針です。表現としては、「その改め造ること、いくばくの煩ひかある」には居直りの印象もあり、予算が嵩んでも移築を強行するかも知れません。

「車の力を報ふほかには、さらに他の用途いらず」は、煩いとしては車の力を提供する外には全く他の手段を要しない。「車の力」は車を動かす動力、人力か牛力か、たぶん二台の車を牛が引いて移動します。「報ふ」は受けたものに対する返礼・仕返し、ここは報酬。「ほかに」は除外例。車以外に要するものを視野に置きます。「さらに」は、全く、全然。「用途」は用立てるもの、手段。ここは牛車の力。「いらず」は不要の意。

作者は牛車以外に必要な手段はないといって煩いのないことを強調するのは他人の手を煩わさないことでした。

【参考】当時はすでに運送業者があったそうですから、何がしかの賃金を払えば運送が簡単にできたのかもしれません。移築には車二両という限度を設けました。車二両の限度を超えれば、移築そのものが煩いになると考えます。かつて福原遷都のとき、貴族たちは堀割りを作って解体した材木を筏に積んで鴨川を下りましたが、事情は違うが作者も方丈を解体して移動することを計画に入れています。

（掛け金の工夫などは作者の考案ですから、解体・再建は作者自身で行いました。）

【構成】庵には、次の特徴があります。

1．方丈は僅かな時間の安楽の場所でした。その時間が終われば移転します。大災害後の「しばしも」「たまゆら」も心と身の安らぎを確実にする住居を求める方針だからです。方丈は移転するのに必要な要件をそなえ、世間と相異するところ、構造、運搬、経費等に言及します。しかし誰に聞かそうとするのでしょうか。自問自答して我が心を慰めたか。あるいは筆が過ぎたのか。

庵の移転は土地の問題だけではありませんでした。

2．移築は「やすく」外に移すのであるが、「いくばくの」「わづらひかある」「わづかに」などと量に関心を示し、「外は」「更に」「他の」などと外部に目移しをします。移築は作者自己の問題ですが、作者の心は揺れ、不安であるが取りやめようとはしないで、読者の了解を得ようとします。作者は慎重にことばを選んでいるように見えますが、神経質なことば選びです。

（「心」にかなわなければグズグズ言わないで、サッサと移転したらどうだ。）

【構想】五〇歳代の作者には、まず住みかには「心と一つ」という方針があり、また「齢は歳々に狭く栖は折々に狭し」という年齢と住家の反比例する経験がありました。「序」によると「宿り」はすべて「仮り」ですが、作者には、かつて、幼少の頃の父の家、二〇代の祖母の家、三〇代の河原の家、五〇代の大原の住居がありました。

幼少の父の家は豪邸で、作者を賀茂御祖神社正禰宜にしたいという親心が先行したが作者の心は受身でした。父や祖母が健在で幸福な少年期・青年期を送りました。祖母は自分の家の永続を信じて長明に相続させましたが六大災害でついえてしまいました。

二〇歳代には祖母の別邸で六大災害に遭遇して、大火・辻風・遷都では克明に記録を残し、原因の追究と権力の横暴を筆誅しましたが、飢饉・疫癘・地震では懸命の努力に関わらず家族を失って孤独になり、大地震では家は壊滅して命からがら逃げ出し、自然と人間に対する恐怖が先行しました。作者は住居に身のしばしの安楽、僅かの安定を期待しました。

三〇歳代の作者は鴨の河原近くの住居から牛車に乗って院の和歌所に出仕し、和歌に精魂を傾けました。住居は和歌の活動を支えるに十分な程度に贅肉を落としました。作者は三十代の住居を「庵」であるとみ、諸注は謙遜の表現と説明しますが、祖母の家に比較すると「庵」程度のものでした。住居は「仮の宿り」（「序」）であるが、「庵」には「仮」の印象が盛り込まれています。しかし、ここは通勤に遠く、水難・盗難があり、心と住居が完全に一致することはありませんでした。住んでみないと判りません。

しかし、五〇歳を前にして、河合神社正禰宜の思いが頓挫したとき、後鳥羽院の厚意も拒み和歌所出仕をやめてしまいました。五〇歳になって以前の生涯を清算して五年の歳月を大原に出家遁世し、天台教学・融通念仏から仏教音楽などまで幅広く教養を高めましたが、六〇歳を前にして新しい生活を日野に求めました。その方丈の資料にしたのは過去の住居でした。過去の住居は否定の対象でしたが、その印象は五〇歳を超えても残っています。捨てても捨てきれない長明でした。

（「方丈」は作者の一生を託するに価したでしょうか。）

（庵）

いま日野山の奥に跡をかくして後、東《ひんがし》に三尺余りの庇《ひさし》をさして、柴《しは》折りくぶるよすがとす。南に竹の簀《すのこ》を敷き、その西に閼伽棚《あかたな》を造り、北によせて、障子をへだてて、阿弥陀の絵像を安置し、そばに普賢《ふけん》をかけ、前に法華経を置けり。東のきはに蕨《わらひ》のほどろを敷きて夜の床とす。西南に竹の吊《つ》り棚を構へて、黒き皮篭《かはこ》三合を置けり。すなはち、和歌、管絃、往生要集ごときの抄物を入れたり。かたはらに、琴、琵琶《ひわ》おのおの一張を立つ。いはゆるをり琴、つぎ琵琶これなり。かりの庵の有様、かくのごとし。

イマ日野山ノヲクニアトヲカクシテノチ、東ニ三尺余ノヒサシヲサシテ、シハヲリクフルヨスカトス。南ニタケノスノコヲシキ、ソノ西ニアカタナヲ造リ、北ニヨセテ、障子ヲヘタテテ、阿弥陀ノ絵像ヲ安置シ、ソハニ普賢ヲカキ、マヘニ法華経ヲ丶ケリ。東ノキハニワラヒノホトロヲシキテヨルノユカトス。西南ニ竹ノツリタナヲカマヘテ、クロキカハコ三合ヲ丶ケリ。スナハチ、和歌、管絃、往生要集コトキノ抄物ヲイレタリ。カタハラニ、琴、琵琶ヲノヲノ一張ヲタツ。イハユルヲリ琴、ツキヒハコレナリ。カリノイホリノアリヤウ、カクノ事シ。

いま、日野の山という都の奥に足跡をかくしてから後のこと、東側に一mを超えるほどの庇を突き出して、炊事するより所とする。庵の南側には竹製の簀を敷いて、庵の西に閼伽棚を造った。北面に近づけて、衝立で区切って、阿弥陀仏の絵像を掲げ、阿弥陀仏の絵像のそばに普賢菩薩の絵像をかけ、仏前に法華経を置いた。

東の端に、蕨の穂を敷いて夜の床とする。西南の隅に竹の吊り棚を下して、黒い皮革製の篭三箱を置いた。つまり和歌、管絃、往生要集の類の抄物を入れている。そばに琴と琵琶をそれぞれ一張を立てた。話題になっている折り琴、継ぎ琵琶がこれである。一時的に雨露をしのぐ庵の様子は、このようだ。

〈いま日野山の奥に跡をかくして後、東に三尺余りの庇をさして、柴折りくぶるよすがとす。〉

「いま」は現在、人生の終末を前にしたとき。場面を更新する語です。「いま」は「中ごろ」をすぎて「六十の露消えがた」のときで、人生の盛りを過ぎ人生の終末を身近に感じたとき。

「日野山の奥に跡をかくして後」は、日野の山という奥地に足跡をかくして、その後は。「日野山」は日野に存在する山。「日野」は現京都市伏見区日野町、当時は藤原氏の一族である日野氏（家格は名家）の拠点でした。「奥」は入り口より内部。日野山が奥です。

日野山という山は存在しません。次の文に「外山」がありますが、外山が日野山のことか日野山の一部分か、です。（禅寂は同族の日野氏の日野薬師の付近を選んだのでしょうか、親鸞・日野富子の出身母体です。）

【語法】「日野山の」の「の」（格助詞）は所有格か同格か。

1．「日野山の」の「の」を所有格とすれば、日野山が入口で、「奥」は外山です。

2．「日野山の」の「の」を同格とすれば日野山が奥で、かつ日野山が外山です。

【語法】「奥」というからには基準点があります。

1．あとの文に「ふもとに一つの柴の庵あり」とありますから日野山に麓があり、麓からみれば内部は、すべて奥になります。庵は外山の中腹にあり、麓からみれば「日野山の奥」は外山の中腹でした。

2．作者は今までに土地について次の発言をしています。

所、河原近ければ、水の難も深く、白波のおそれもさわがし。

もし**辺地にあれば**、往反わづらひ多く盗賊の難はなはだし。

この「所、河原近ければ」「辺地にあれば」などは、都を基準にしています。「日野山の奥」の『奥』も、やはり都の奥で、「日野の奥」でも「山の奥」でもありません。「日野山」がすなわち都の「奥」(下加茂から一五㎞)です。

(「麓」を基準にすれば局部的すぎます。やはり都から遠い意味でしょう。)

「**跡をかくして**」は足跡を見えないようにして。「跡」は足跡、歩いたあとにできる足型。「かくし」は物を見えなくする。居所をわからないようにする、来訪を拒絶する。

【語法】 原文「アトヲカクシテ」の「アト」は「跡」か「後」か不明です。

「アト」を「跡」とすれば、訪問者は足跡をたどって訪問します。足跡を隠すのは訪問者を拒む意味です。猟師に追われる鳥獣、役人に追われる罪人は足跡をかくします。作者は自分を追うものの存在を予測して逃れようとするのでしょうか。

(来訪者は都からきますから、やはり「奥」は都からみて「奥」でした。)

「アト」を「後」として「後をかくしてのち」であれば、今後のことは公開しない。「後」は基準とする時間以後、連絡も公表もしない。今後のことは沈黙して交遊を避けます。

【構成】 日野山の奥に後をかくしたのは人の世と決別する意味でしたが、それは庵に寄せる思いであって、作者自身が都に出向くことを否定しません。

(「アト」は「跡」か「後」かですが、結果は社会を拒む意味ですから、大きな相違ではありません。)

【構想】 諸注は「あとをかくす」を隠遁の意味に短絡させますが、さきに長明は家と世を捨てて大原山に入り、さらに今、日野山で都の人との交友を断ちました。大原山で捨てきれなかったものを日野山ですてたのでした。大原で志した道を日野で完成しようとしました。

「**かくして**」の「て」は中止法で、一呼吸を置きます。日野山の奥にあとをかくしたが、「後」は直後ではなく、いささかの時の流れがあって、その後。

【構成】「かくして」の「て」（接続助詞）は経過。「日野山の奥にあとをかくして」は中止法で、「日野山の奥にあとをかくして後」は、「日野山の奥にあとをかくして、その後」の形か、「かくして」が、「後」を直接的に修飾することはありえません。

【参考】『盤斎抄』は「いま日野山の奥に跡をかくして」を解釈して、もとはどこかで方丈をつくり、いま日野山にしつらえたと理解します。

以前、日野山とは別の庵があったとすれば、長明の故地は二見が浦・大原・真葛原ですが、二見が浦・大原に庵を造ったという説は散見しますが、真葛原に作った可能性も否定できません。

【語法】「いま」は点ではなくベクトルです。

「日野山の奥に跡をかくしたの」は過去、「日野山の奥に跡をかくして後」は「いま」ですが、さらに文章は「東に三尺余りの庇をさして、柴折りくぶるよすがとす」と続きます。これは「いま」より後、未来のことになりますが、「東に三尺余りの庇をさして、柴折りくぶるよすがとす」は確実な事実として記録し、ここには推量表現はありません。したがって「東に三尺余りの庇をさして、柴折りくぶるよすがとす」もまた「いま」の事実です。「いま」は今と云う時点・スポットではなく、今という量・ベクトルでした。

（「いま」は人生の終末を前にして人の世と決別したときですから、「後」の課題は人との交渉を断って独りでどのような終末を過ごすか、です。）

【構文】「いま」は、「日野山の奥に跡をかくして後」から、「かたはらに、琴、琵琶おのおの一張を立つ」までです。その「あと」に該当する事案は「東」から時計回りに始まって庵の内外を記述します。

東に三尺余りの庇をさして、柴折りくぶるよすがとす。**南**に竹の簀を敷き、その**西**に閼伽棚を造り、**北**によせて、障子をへだてて、阿弥陀の絵像を安置し、そばに普賢をかけ、前に法華経を置けり。**東**のきはに蕨のほどろを敷きて夜の床とす。**西南**に竹の吊り棚を構へて、黒き皮篭三合を置けり。

（作者は洛中も洛外も治安を心配していましたが、日野は日野氏の本拠で治安は良好であったと思われます。）

「東に三尺余りの庇をさして」は、東側に一mを超えるほどの庇を突き出して。「東」は「庇をさして」とありますから庵の東の外部。「三尺余り」は三尺以上。「尺」は長さの単位で約三〇㎝、「余り」は余分、以上。

「三尺」は一間の半分で建築上の一つの単位ですから、「三尺余り」は実際は三尺のことか。素人工事とすると三尺を超えるかも。

「さして」は突きだす、また覆いをすること。外側に庇を付けた、です。

方丈は一丈四方ですから、東西一〇尺、そこへ突きだした庇の「三尺余り」は、一丈の基礎数値に対して決して短くはありません。しかし実際の生活をする場合、方丈の広さでは不自由のあったことを物語っています。

「柴折りくぶるよすがとす」は、炊事するより所とする。「柴」は雑木のこと、ここは「くぶる」とありますから薪など燃料の材料です。「くぶる」は燃料を火に入れて燃やすこと。柴を小さく折って火に燃やすことで、炊事の場面です。「よすが」は手掛かり、手段のことで、庇の下を利用して炊事をしました。

炊事は屋外ですることが多かったようです。煮炊きといわないで、柴折りくべるというのは煙を意識しています。炊事の煙を避けて屋外で炊事しました。

（民家は室内に囲炉裏を作ります。ここのつくりは民家ではありません。）

〈南に竹の簀を敷き、その西に閼伽棚を造り、北によせて、障子をへだてて、阿弥陀の絵像を安置し、そばに普賢をかけ、前に法華経を置けり。〉

「南に竹の簀を敷き」は、庵の南側には竹製の簀を敷いて。「南」は庵の南で、東に続いているから庵の外回りです。「竹」は材質。「簀」はぬれ縁。「敷き」は地上や床などに平たく広げて置くこと。

ここは竹で造った目の荒い板敷きで、庵の外側の地面の上に置きます。付けだしの縁側です。

南が正面で、来客があれば南のスノコから部屋に入ります。

「その西に閼伽棚を造り」（貴族の寝殿は南面、客人が南から訪問する形式を残しています。）外部の西側。「閼伽棚」は仏に供える水や花を用意する棚。「閼伽」は梵語の音写で仏前に供える水。「その西」は方丈の建物の（「その」指示語・中称）は、庵の西に閼伽棚を造った。

【語法】「南」には「その」はありません。東から南への変化は自然の移行ですが、「その」は距離感のある表現で、西の「閼伽棚」は仏に関係しますから、南から西への移行は作者の範囲から仏の世界に入るので距離的に飛躍があり、改めて「その西」といって気分を改めました。簀の西ではありません。

（ここまでは方丈の外回りです。）

「北によせて、障子をへだてて、阿弥陀の絵像を安置し」は、北面に近づけて、衝立で区切って、阿弥陀仏の絵像を掲げ。「北」は庵の内部の北側。「よせて」は近づける、ツメル、空間をなくする。

仏壇を庵の西において北側につめます。北西は乾の隅といって聖なる場所といわれ、そこは仏間でした。

「障子」は移動性の間仕切り、衝立。「へだてて」は距離をとる、混同しないようにする。

西には外に閼伽棚を作っていますから、閼伽棚と仏壇の間を仕切ります。

（「障子をへだてて」から内部の描写に移ります。）

「阿弥陀」は阿弥陀如来、西方極楽の教主ですから西側に安置します。「絵像」は絵でかいた肖像、仏像には彫像・絵像があります。

「阿弥陀の絵像」には、独尊図・独尊来迎図・来迎図などがあるが、ここは独尊図であろうと推定されています。

「安置し」は仏像を畏敬の念をもってその場所に置くこと、絵像は掛けますが、「そばに普賢をかけ」と普賢には「掛ける」とありますからかけたのでしょう。

絵像の阿弥陀仏を置いて普賢をかけるのは調和しませんが、違法ではありません。

【参考】異本には「西に窓を開け、落日を請て眉間の光とす」とあり、窓から入る西日を阿弥陀の白毫の光と仰いだとする説もあります。

ながめやる山のはちかくなるままにねやまで月のかげはきにけり　（『正治二年石清水社歌合』）

平安時代は阿弥陀仏信仰が風靡しており、大原は阿弥陀仏信仰の、真葛原は専修念仏の発祥地でした。

（阿弥陀像を北側において像が南を見るとする説は誤りです。）

「そばに普賢をかけ、前に法華経を置けり」は、阿弥陀仏の絵像のそばに普賢菩薩の絵像をかけ、仏前に法華経を置いた。「そば」は傍ら、阿弥陀が中心で、そのそば。

阿弥陀仏は三尊形式で、観音・勢至の両菩薩を脇侍とするが、ここは普賢菩薩だけ。

「普賢」は『法華経』を代表する慈悲の菩薩で、六牙の白象に乗っています。釈迦如来の右脇侍、参詣者からは左です。「かけ」は掛ける、普賢菩薩の絵像を阿弥陀の絵像のそばに掛ける。絵像は掛けて拝みます。

阿弥陀仏には普賢の定位置がありませんが、普賢の絵像は必ず左に首を振っているから阿弥陀仏の右脇、向かって左側に置かないと同一壁面で位相が分裂すると指摘されています。

「前に」は阿弥陀・普賢の像の前に。『法華経』は仏教の基本的な経典、大乗五部の一つで、三諦円融の思想を示す天台宗の根本経典で普賢菩薩が奉持します。「置く」は一定の場所を与える。

普賢に『法華経』があり、阿弥陀仏には『浄土三部経』があります。しかし、仏前には『法華経』はありますが、『浄土三部経』はありません。『法華経』は読誦する慣行ですから仏前にあり、阿弥陀仏は念仏する仏ですから読誦する要はないというのでしょうか。

【構成】阿弥陀は浄土信仰を、『法華経』と普賢菩薩は天台の教義を示します。作者の仏教思想は浄土信仰と天台の信仰で、比叡山・大原の伝統がありました。

【構想】天台では朝懺法・夕念仏といって、朝の「南無妙法蓮華経」と夕の「南無阿弥陀仏」は日課の両輪でした。「法華懺法」というのは法華経読誦の功徳によって罪障消滅を祈り、清浄無垢になって仏道を修行することでしたが、長明が描いた『法華経』は、「その外の善根なけれども、既に往生を遂げたり」（以下『発心集』）とか、「西をさして飛び行くほどに、即ち思ひのごとく参りつきぬ」とか、「法華も涅槃も皆浄土の業とはなれり」などとあって、いずれも『法華経』の功徳が往生極楽であることをいいます。ここでは『法華経』は滅罪の経典ではなく、往生極楽の経典でした。

長明は大原で天台の『法華経』を学び、融通念仏の念仏を身に着けました。大原の修行は方丈に引き継がれていました。

惣じては、法華も涅槃も、信ずるも信ぜざるも、法の妙なるは、耳にふれ、口に唱へ、有智無智を分たず、**皆浄土の業とはなれり**。（長明『発心集』七―四）

（『発心集』は方丈に生活していたころの著作です。）

長明が方丈の生活で、阿弥陀仏と普賢の像を設け、『法華経』を前に置いたのは念仏と懺法という二元的態度ではなく、往生極楽を意味していました。

【参考】一書に「普賢並に不動の象をかけたり」とあり、『首書』は「弥陀・普賢・不動」は十三仏に含まれるとして、作者に十三仏信仰があったかのように表現するが、十三仏信仰は追善供養の信仰ですから作者とはなじみません。

〈東のきはに蕨のほどろを敷きて夜の床とす。〉

「東のきはに蕨のほどろを敷きて夜の床とす」は、東の端に、蕨の穂を敷いて夜の床とする。「東のきはに」は、東の端に。「きは」は端。

東側は、前述の「東に三尺余りの庇をさして」は庵の東の外側で、ここの「東のきは」は仏間に続いて内部です。「蕨」は野草で若い芽は食用にしますが、秋には穂がでて「ほどろ」といいます。「敷き」は平たく均等に薄く置き並べる。蕨の穂を東の端に敷きました。「夜の床とす」は夜に寝る床にすること。「床」は寝所、ベッド。

夜の床は蕨の穂を敷いたが、南面にあつらえた「竹の簀子」の方が豪華で不釣合いです。ところが異本には阿弥陀の絵像のところにも竹の簀子を敷いたとあります。簀子は土間に敷くものですから、方丈の内部は土間でした。異本には古木の皮を敷いたともあります。古木は杉か檜でしょう。その古木の皮の上に蕨のほどろを敷いて寝床にしたのでした。仏に関係するところの、閼伽棚の下や阿弥陀の絵像の下には竹の簀を使用しました。

【構成】注釈者はそれぞれ庵には床があったり、その床は木製であったり、床には畳があったりなど、さまざまなイメージを描いていますが実情ではありません。当時の貴族の邸宅は板敷きで畳の座敷は存在しません。江戸時代でも貧しい農民は土間で藁にくるまって睡眠をとりました。作者は土の上に古木の皮を敷いて、仏前には竹の簀を、寝所には蕨のホドロを用意しました。

【構想】朝読経・夕念仏は大原の天台の勤行の継続ですが、往生を願う所作でした。

〈西南に竹の吊り棚を構へて、黒き皮篭三合を置けり。すなはち、和歌、管絃、往生要集ごときの抄物を入れたり。〉

「西南に竹の吊り棚を構へて、黒き皮篭三合を置けり」は、西南の隅に竹の吊り棚を掛けて、黒い皮革製の篭三箱を置いた。「西南」は西の面と南の面の交点、西南の柱のある角。西側の北側は仏間、南側は活動の場です。

「竹の吊り棚」の「竹」は材質で、「吊り棚」は天井から吊り下げる形式の棚。竹で吊り下げました。「竹の簀子」と同じ形式の表現ですから、同じような簀を作って、一つは外部に使用し他は棚板にしたのでしょう。

「構へて」は目立つ形で位置を取る。

方丈には竹製品が目につきますが、異本によると、柱も竹でした。大事なところはすべて竹でした。（中ごろの住居では車庫が竹を柱にしました。方丈は中ごろの車庫相当でした。）

「黒き皮篭」は黒色の皮革製の篭。動物の皮革を細長くして編んで作った入れ物。主として武具に使用。皮革は鹿皮か、鹿皮に黒漆で着色する方法は伝統的技法でした。「三合」は三箱、「合」は蓋つきの入れ物。「置けり」は置いた、場所をあてがった。篭は三箱ですから棚は三段か。段の下の空白を当てると棚は二段です。

「すなはち、和歌、管絃、往生要集ごときの抄物を入れたり」は、つまり和歌、管絃、往生要集の類の抄物を入れている。「すなはち」は、要するに、つまり。説明するときの用語。
「和歌」は日本固有の定型歌で、当時はほとんど短歌でした。「管弦」は楽器、「管」は笛・笙などの吹奏楽器。「弦」は琴・琵琶の類。打楽器は見当たりません。「吹くを管と言ひ、撫づるを絃と言ふ」（『文選注』『流水抄』）。
「往生要集」は源信の歴史的な仏教の大著、「念仏の業を本として教論の中の要文を集め、六道の沙汰を記す」（『流水抄』）、作者が大原で学んだ念仏のテキストでした。

【構成】和歌は作者が半生をかけたジャンルであり、和歌所寄人として成功していました。管弦は秘曲を演奏するほどの名手であり、自作の琵琶も評価がありました。「和歌」「管弦」は作者の出家前の人生そのものでした。

「ごときの」は例示、「和歌、管絃、往生要集」を挙げますが、それ以外のものもある意味です。
「抄物」は抜き書き、体裁は綴じ本で、当時最も流行した書物の形です。「和歌」は文学、「管絃」は音楽ですから入れられません。入れたのは「抄物」で、「和歌」や「管絃」の書物と、「往生要集」など、文献を入れました。

「皮籠三合」は各「和歌」「管弦」「往生要集」を各一合を当てたのでしょうか。
年譜では、方丈で『発心集』の執筆をしたはずですが、一言も触れていません。黒篭には『発心集』の原稿もあったでしょうか。

〈かたはらに、琴、琵琶おのおの一張を立つ。いはゆるをり琴、つぎ琵琶これなり。〉

「かたはらに、琴、琵琶おのおの一張を立つ」は、そばに琴と琵琶をそれぞれ一張を立てた。「かたはら」は側。
時計の針廻りの記録ですから、「かたはら」は琴と琵琶は吊り棚の北側です。「琴」は柱（ことぢ）のない弦楽器、「箏」は柱のある絃楽器。「張」は弦楽器の助数詞。「立つ」は縦に長くして置く。立てかけました。

「いはゆるをり琴、つぎ琵琶これなり」は、話題になっている折り琴、継ぎ琵琶がこれである。「いはゆる」は世間周知の。「をり琴」は折り琴、琴は長さがあって運搬に不便ですから、二つ折りにしました。「つぎ琵琶」は組み立て式の琵琶。「これなり」は傍らに置いた琴と琵琶である。

「これなり」には証拠を突き付ける意味があり、読者に関心があるかどうかに関わらず、作者は、それが「をり琴、つぎ琵琶」であると説明します。「をり琴、つぎ琵琶」であれば、琴は折り琵琶は解体するのが常態ですが、ここは常態ではなく、立てかけたことを言います。すぐに演奏できる準備です。作者の自慢の工法でした。

〈かりの庵の有様、かくのごとし。〉

「かりの庵の有様、かくのごとし」は、一時的に雨露をしのぐ庵の様子は、このようだ。「かりの庵」は三世に渡って永遠の住居ではない住まい、ここは方丈の庵のこと、「かりの」は一時的に、本格的ではない。「庵」は草木造りの一時的な住居。

作者は、良い住まいが有れば住み替えようかと思います。生命は前世・現世・来世に渡りますから、人生そのものが仮の姿で、「かりの」は人生のことであって、「かりの庵」は方丈だけではなく、はかない人生の住む庵です。

（「かりの」は庵のことでもあり人生のことでもあり、二重に作用しています。）

「有様」は様子、状態。漢字「有」は手のはたらき、「有様」は方丈における作者のありようをいいます。高いとか低いとかは庵の本有する有様ですが、仏前に香華をたむけ、ほどろを夜の床にするのは人の有様です。

「かくのごとし」は、このようだ。「かくの」（指示語）は上述の、方丈の建設から生活の安定するまでの、作者のあり方を指示します。「ごとし」（例示）は例示、「かりの庵の有様」を上述の文章であると例示します。

【構成】「かくの如し」は実例を示し評価する表現で、作者は理想的住居の実例として方丈を紹介します。

太陽が東からでるように作者もまた、方丈の外部の東側の庇からはじめ、次に南側の竹のスノコに移り、西の閼伽棚のあと、内部に移って衝立を設けたあと、西の北づめに仏間を設け、再び東に返ってホドロの寝床を記し、最後に南づめに棚を吊します。

作者は東側の庇を起点にして時計回りを二回描写します。この進行方法は仏殿で衆僧が行道する作法に似ています。

（東側は生活の場、西側は仏間で東低西高です。）

（以上が方丈の間取りでした。）

【構成】作者は、朝、閼伽水を用意し花木を仏像に供え、法華経を読誦し、昼は抄物を読んで学問し、琵琶と琴で音楽を楽しみ、夕べには念仏を称え、夜はホドロにくるまって就寝します。しかし、炊事の食料は薪や仏前に供える仏花も用意しなければなりません。ほかに『発心集』の著作もあり、降雨降雪は作業できないので、食料は余分に貯蔵しなければなりません。作者にはたたみ琴、継琵琶など自信作があり、土間の敷物、刈萱の屋根、竹の柱、松杉などの囲い（以上『異本』の例）、すべて手製でした。腕に自信がありました。

作者も高齢で動作も緩慢でしょう。自由時間も切り詰められていたでしょう。そのあいまに『方丈記』その他の記録をしました。

（方丈で『発心集』を執筆したはずですが記録はありません。大切なところは無記録でした。）

【構想】「かりの庵」については、「誰の為に作るか」「何が見どころか」（「序」）という課題がありました。

また知らず、仮の宿り、誰が為にか心を悩まし、何によりてか目を喜ばしむる。（「序」）

「誰の為に作るか」は目的でした、「何が見どころか」は価値でした。「序」は目的と価値を問いただします。長明は家を捨て、身分を捨て、禰宜の願望を棄て、後鳥羽院、貴族の社会、それにともなう地位・経済的利益など、何もかも捨てて隠遁を決めました。長明は禅寂に導かれて大原に入りました。禅寂の名もなく、師の頼斅の名もありません。禅寂は日野の出身で法然の弟子でした。法然の真葛が原にも案内しました。しかし、法然の名もありません。大原では朝唱題・夕称名と云う天台の修行のほかに、声明（仏教音楽）を学びました。「いま日野山の奥に跡をかくして」は、その大原も棄てて、日野に入りましたが、作者自身は「跡をかくして」と言っているように、大原までの自分を棄てたのでした。しかし、その「あと」は方丈に持ち込んだ仏・菩薩の絵像、『法華経』、和歌、管弦、『往生要集』などは、捨て切れませんでした。最も大切なものは何一つ捨ててはいません。「序」の「誰の為に作るか」は自分のために作る、その価値は仏・菩薩の絵像、『法華経』、和歌、管弦、『往生要集』、要は題目と称名の仏教実践、詩歌管弦でしょう。しかし人生そのものが仮であり、ここは人生の中の老いの一こまですから、果たして仏教実践、詩歌管弦が仮の人生に、しばしの、わずかの安楽を与えたでしょうか。。

（作者は作者の運命に関わるような大事には触れませんでした。）

（所）

その所のさまをいはば南に懸樋《かけひ》あり。岩を立てて水を溜めたり。林、軒近ければ爪木《つまき》（の木）を拾ふに乏しからず。名を外山といふまさきのかづら、跡《あと》埋めり。谷しげけれど西晴《は》れたり。観念のたより無きにしもあらず。春は藤波《ふぢなみ》をみる。紫雲のごとくして、西方に匂《にほ》ふ。夏は郭公を聞《き》く。語《かた》らふごとに死手《しで》の山路《ちぢ》を契《ちぎ》る。秋はひぐらしの声耳に満てり。うつせみの世を悲しむほと聞ゆ。冬は雪をあはれぶ。積《つ》もり消《き》ゆるさま罪障にたとへつべし。

ソノ所ノサマヲイハヽ、南ニカケヒアリ。イワヲタテヽ、水ヲタメタリ。林ノ木チカケレバツマ木ヲヒロウニトモシカラズ。名ヲト山トイフ。マサキノカツラ、アトウツメリ。谷シケケレト西ハレタリ。観念ノタヨリナキニシモアラス。春ハフチナミヲミル。紫雲ノコトクシテ、西方ニ、ホフ。夏ハ郭公ヲ効く。カタラフコトニシテノ山チヲチキル。アキハヒクラシノコヱミ、ニ満テリ。ウツセミノヨヲカナシムホトキコユ。冬ハ雪ヲアハレフ。ツモリキユルサマ罪障ニタトヘツヘシ。

方丈の場所の状態を説明するなら、庵の南には懸樋がある。岩組を作って、水を溜めている。林が軒に近いから、小技を拾うとき少なくて困ることはない。名を外山というまさきの蔓が、一面にはびこって。歩いた足跡を埋めてしまいます。谷は蔓草が茂っているが西は晴れている。観念の手掛りがないわけでもない。春は藤の花が波だつのをみる。藤波は紫の雲に似ていて、ここから西の方に咲いている。夏の夜にはホトトギスの声が聞える。ホトトギスが話しかけるたびに冥土への道を案内するように約束する。秋にはひぐらしの声が耳に満ちている。はかない世を悲しんでいるように聞こえる。冬には雪を愛でる。雪が積もったり消えたりする様子は、人の罪障にたとえられるであろう。（口語訳）

〈その所のさまをいはば、南に懸樋あり。岩を立てて水を溜めたり。〉

「その所のさまをいはば」は方丈の場所の状態を言うなら。「その所」は方丈の場所、「さま」は状態、様子。

さきに「かりの庵の有様」で、庵の外まわりと内部を述べましたが、「その所のさま」は庵の外部の土地、立地条件です。

「いはば」（「ば」は仮定）は言うならば、作者は仮定を通じて庵の立地条件を説明します。

作者は交わりを断っているので、だれも質問する人はありません。聞き手がいないのに仮定の形で語りかけます。仮定ですから言うつもりではなかったのですが、どうしてもいいたいことがありました。

【構想】作者は身と所について安らぎを求めますが、住居については建物と場所が作者の関心事でした。建物には建坪やら構造に詳しい条件をつけましたが、土地には条件は有りませんでした。どこにも安らぎのある土地はないというのが作者の見解でした。方丈の土地はしばしの安らぎがあるでしょうか。

「南に懸樋あり」は、庵の南には懸樋がある。「南」は庵の南の土地。「懸樋」は空中に設置された水道。「懸け」は支点を設けて空中に懸けること、「樋」は木製か竹製の水道。遠い水源から樋を空中に懸けて水を引きます。「岩を立てて水を溜めたり」は岩組を作って水を溜めている。「岩を立てて」は岩の長い部分を縦に置く、ここは岩組を作る。「溜め」は水が流れないように貯水する。水源から取り込んだ水を岩組でうけて水を貯水します。

（地勢で最も重視したのは水でした。）

【構想】南は正面です。人は南から入室します。懸樋も台所ではなく南面の岩組に入ります。水源は大抵、泉とか谷川ですから水量は無限です。適当に排水しないと困るわけで、岩組は貯水と排水を兼ねていました。寝殿造も南面に築山を築き、池を造り、遣水をひきます。方丈も岩組と遣水で南面の外観を飾りました。方丈はささやかな寝殿でした。

作者は身と所について安らぎを求めますが、南は作者の貴族としての自負を満足させました。

（作者は祖母の家の風格を忘れてはいませんでした。）

〈林、軒近ければ爪木を拾ふに乏しからず。〉

「林、軒近ければ」は、林が軒に近いから。原文は「林の木近ければ」ですが、諸本によって「軒近ければ」と改めます。「林」は木が多く密生している所で、あとに「名を外山といふ」とあり、山の風景です。「軒」は庵の軒で、屋根の先端の突き出たところ。軒は建物の東西南北にあるでしょうが、ここは東部の庇で台所です。ただ家のことを「軒」で表すとして、「軒近ければ」は「家近ければ」と同じだという説があります。「近ければ」は接近しているので、林は軒に近い関係にあります。

【構成】南は石組みがあるので、林が軒近くとはなりません。「西晴れたり」とありますから、林は西ではありません。東か北ですが、東には炊事場があり軒が突き出ています。軒が近いというのは庵の東です。

「爪木を拾ふに乏しからずは」は、小技を拾うとき少なくて困ることはない。「爪木」は薪にする小技、「拾ふ」は落ちている物を取り上げて利用する、炊事をするには林に入って落ちている枯れ枝を取ってきて薪にするのですが、ここは炊事しながら手を伸ばせば小枝が落ちている様子です。「乏しからず」（「ず」否定）は少なくない、枯れ枝は炊事場の軒先に落ちてくるから、拾いに出なくても間に合う。「乏し」は少なくて困ること。

【構成】多ければ「乏しからず」とは言わないでしょうし、多くなくても気にしなければ「乏しからず」とは言わないでしょう。「乏しからず」は少なくて気掛かりであるが、結局は間に合ったことを意味します。「乏しからず」には居ながらに爪木を拾う便利さを反映し、庵の東側には自然の賜物がありました。

（水の次に重用なのは燃料でした。）

〈名を外山といふまさきのかづら、跡埋めり。谷しげけれど西晴れたり。〉

「名を外山といふまさきのかづら、跡埋めり」は、名を外山というまさきの蔓が、一面にはびこって歩いた足跡を埋めてしまいます。「名」は個体にあたえた記号、「外山といふまさきのかづら」は「有名な外山のまさきのかづら」というほどの意味です。「外山」は郊外の山、外郭の山、日野の外にある山で、ここは林のある山の名で、林には山の印象があります。「いふ」は言っている、よんでいる。

「外山」は「京都市伏見区醍醐外山街道町」に名をのこしています。当時は醍醐寺の寺領でした。

「まさき」は蔓性の常緑灌木で山野に自生して一面にはびこります。「跡」は足跡。歩かなければ「跡」はできません、作者の歩いた跡です。まさきの中を歩けば足を取られます。「埋めり」は蔓草の中に入れて見えなくする。

【構文】新注は「名を外山といふ」で終止しますが、『首書』『諺解』『諷説』）は大歌所の次の歌をあげて、「まさきのかづら」の修飾語とします。

み山にはあられふるらし**外山なる正木のかつら**いろづきにけり。（『大歌所』）

大歌所の歌では正木とかづらは一体のものとします。大歌所は平安初期のもので、歌のプロである長明がしらないはずはありません。有名な「外山なる正木のかづら」です。

【参考】作者には「まさきのかづら」の歌があり、それは亡き愛児を思う歌です。

ものおもひ侍るころ、おさなき子をみて、十回のこころを

おく山の**まさきのかづら**くりかへしゆふともたえじ絶えぬなげきは（『長明集』）

「谷しげけれど、西晴れたり」は、谷は蔓草が茂っているが西は晴れている。「しげし」は草木の繁茂する状態、草木が繁茂すれば奥は見えません。茂っていたのはまさきのかづらです。「谷しげけれど」の「ど」（接続助詞）は逆接、谷が茂っていることと「西晴れたり」とは逆の意味を持っていました。

【構文】東に庵があり、西には道がありました。道は麓から庵までの山道で、蔓草が覆い、足をとられそうで苦労して庵にたどります。道は蔓草が覆って埋めてしまいますから、足跡を目印にして庵に着くことはできません。蔓草の山道は来訪者を拒みます。

「西」は庵の西、西にあるのは阿弥陀仏の浄土、通称「極楽」。「晴れたり」は見晴らしのことで、天気のことではありません。

【構成】西は谷に沿って道は麓まで通じますが、蔓草で道か道でないか不鮮明です。そのミチの上部、西の空は見通しがよろしい。谷を見下ろしても山道の出発点は見えませんが、視線を上げると、遙か彼方まで眺望はよろしい。西の晴れた彼方に見えるものは何でしょう。空に見えるものは日か雲です。晴れた西に見えるのは夕日です。東は山に遮られて朝日は見えません。夕日に極楽を見たのでしょうか。

ここより西方、十万億土を過ぎて世界あり、極楽といふ。（『小経』）

（なによりも重用なのは西が晴れていることでした。）

〈観念のたより無きにしもあらず。〉

「観念のたより無きにしもあらず」は、観念の手掛りがないわけでもない。「観念」は心を集中させて真髄をみる行為。萎れた花を見ては盛んな真の花を想起する心の働き。しかし、ここの「観念」は念仏の一種で、心を統一して西方浄土もしくは阿弥陀仏の仏身を心に観る仏道実践です。

【参考】仏の悟りの心を深く念ずるを観念と云へり。（『流水抄』）

（最終的には「観念」の可能性のあることがすぐれたことでした。）

「たより」は手掛かり、手段の意。観念には手掛りがあることになります。ここにいう「観念のたより」は夕日をみることで、「無きにしもあらず」（「無き」と「あらず」で二重否定）は消極的肯定、ないわけではない、少しはある。

夕日が沈むだけでしたが、夕日を見れば「観念」が実践できることで、夕日は「観念」の手段になります。

何気なく見ていた夕日に「観念」の頼りになると思い返しました。振り返ると大原の修行では確かに観念を実践し、そのよりどころを求めていました。その立場にたち返ると観念の手掛かりは、ないのではない、あったと思います。

観念を肯定する人には観念の手がかりがあるし、観念を求めない人には観念の手がかりはありません。

（食事などは人間共通ですが、観念はその人の立場によります。）

【参考】西に「観念のたより」があるというのは、『観経』の日想観でした。（『盤斎抄』）

佛、韋提希に告げたまはく、汝及び衆生、応に心を専らにして念を一處に繋け、西方を想ふべし。いかが想をなす。凡そ想をなすとは一切衆生生盲にあらざるよりは、目あるの徒、みな日の没するを見よ。まさに想念を起して正坐して、西に向ひ諦かに日を観ずべし。心をして堅住にし、想を専らにして移さざらしめ、日の没せんと欲して状懸皷の如くなる見よ。既に日を見巳りなば目を閉じ目を開かんに皆を明了ならしめよ。是を日想となし、名づけて初観といふ。（『観経』日想観）

日想観は日の没するとき、心を堅く保って、一心に想をこらして夕日を見よ。そして目を閉じ、目を開くときに目の前に日輪が浮かぶであろう。これを日想観といいます。このような「観念」は西が晴れていることによって可能でした。

【構想】作者が西の晴れていることを喜んだのは、日相観ができることでした。「観念」とは天台浄土教の念仏修行でした。

【構成】「観念のたより」は、藤波(春)、郭公(夏)、ひぐらし(秋)、雪(冬)などでした。日野山には四季折々に「観念のたより」はありました。

〈春は藤波をみる。紫雲のごとくして、西方に匂ふ。〉

「春は藤波をみる」は、春は藤の花が波だつのをみる。「春」は立春から立夏の前日までの季節。

(庵の一日の生活の描写から、一年の生活の描写に移ります。)

「藤波」は藤の花が一面に咲いて春風に吹かれて波だつようにみえる様子です。「みる」は「観る」なら、心を込めて対象をみる。「視る」なら注視する。「見る」なら、なんとなくみる。

「紫雲のごとくして、西方に匂ふ」は、藤波は紫の雲に似ていて、ここから西の方に咲いている。「紫雲」は紫色の雲で、迦才の『浄土論』以後、念仏者の臨終に際して西方浄土から阿弥陀仏が念仏者を迎えにくる時に、乗ってくる雲とされています。「紫」は現在の紫よりは、もっと赤みがありました。

紫雲を慶雲として祥瑞の方に用たる。(『流水抄』)

(紫は中国で珍重された色ですが、経典とは無関係です。)

「ごとく」は類似、藤の花が風によって揺れているのを、阿弥陀仏の来迎の雲のようだと見ます。

「西方」は十万億仏土のかなたにあるという阿弥陀仏の極楽世界。「匂ふ」は色が美しい、紫の色が美しい。

「西方に匂ふ」は、紫の色が西方極楽浄土に向かって美しい。

紫の色は藤波の色で、藤波がこちらから西の方に咲いているのですが、視点をかえると西の方から咲いているようにも見えます。西の方から咲いているのは、阿弥陀仏の来迎の雲と思うからです。

西をまつ心に藤をかけてこそその紫の雲と思はめ　（西行『山家集』・『盤斎抄』『流水抄』）

観念の「たより」の第一は「藤波」です。阿弥陀仏の信仰のあるものには阿弥陀仏の来迎の雲とみます。春は百花繚乱ですが、作者は藤の花しか見ていません。

【参考】『新古今集』の「藤波」は美の対象で宗教とは関係はありませんでした。

（信仰のない者には、ただの藤波です。）

〈夏は郭公を聞く。語らふごとに死手の山路を契る。〉

「夏は郭公を聞く」は、夏の夜にはホトトギスの声が聞こえる。「夏」は立夏から立秋の前日まで。「郭公」は季節鳥で夏の夜訪ずれます。春の鶯とともに鳴き声をめでる小鳥。なかなか鳴かないことで有名。「聞く」は耳で受け容れる。耳でホトトギスの声を聞きます。方丈は山中にありますから、ホトトギスが鳴きます。「聞く」は鳴いているのが聞こえる意味から、その声を聞こうまで、幅のひろい言葉です。なにげなく聞こえたのが、やがて聞きたい気持ちになる過程でもあります。

それは血を吐く思いのする声でした。しかし、夜ですから暗く、ホトトギスの姿をみることはできません。

（「藤波」の昼から「ほととぎす」の夜に変わります。）

「語らふごとに死手の山路を契る」は、ホトトギスが話しかけるたびに冥土への道を案内するように約束する。「語らふ」は、語りかける、ホトトギスの鳴く声を語りかけていると見立てます。「ごとに」は、そのたびごとに。「死手の山路」は、冥土への道。「山路」は山の道、京都は東へ出るにも西から入るにも山を越えなければなりませんから「山路」ということばを使います。冥途へゆくのも「死出の山路」です。「契る」は関係をもつ、ここは作者が、ホトトギスに約束する。

ホトトギスは鳴くたびに、わたしは冥土への道を案内するように約束する。

待賢門院の女房堀河の局のもとより、いひおくられけるこの世にて語らひおかむほととぎすしでの山路のしるべともなれ　（『山家集』）

【語法】むかしホトトギスは農事において「賎の田長」（シズノタオサ）といわれましたが、発音の変化から「仕出の田長」「死出の田長」（シデノタオサ）となり、冥途を意味する「死出の山路」と変化しました。ホトトギスは、裂帛とか血を吐くとか言われるように激しい鳴き方をします。その鳴き方がまた「死」のイメージに結びつきます。

ホトトギスが語るのは人の死の近いことで、その激しい鳴きように死の恐怖を感じ、その鳴き声に自分の死をみます。作者は、この夏の夜の訪問者に冥途の道案内を頼みます。

ホトトギスが人に語り掛けるなどはありません。ホトトギスの声に語り掛けと感じ、死の案内を求めるのは作者の「観念」です。

時鳥は冥土の鳥にて死出の山を越えてくるので、ともに死出の山を越えようとちぎる。（『盤斎抄』）

【参考】『新古今集』のホトトギスの歌は声に関する歌、人を思う歌であって、死のイメージはありません。

昔思ふ草の庵のよるの雨に涙な添へそやまほととぎす　（『新古今集』皇太后宮大夫俊成）

【参考】時鳥が死出の山との関係は『十王経』による。（『流水抄』）

〈秋はひぐらしの声耳に満てり。うつせみの世を悲しむかと聞こゆ。〉

「秋はひぐらしの声耳に満てり」は、秋にはひぐらしの声が耳に満ちている。「秋」は立秋から立冬の前日まで、季節では第三季節。秋といっても現代の暦では夏です。「ひぐらし」はカナカナ蝉ともいい、蝉の一種で秋の夕方、薄明の頃になき、ヒグラシが鳴くと日が暮れる、です。「入日を惜しみて鳴くせみなり」（『諺解』）。「満てり」（「り」存在）は一定の空間に余地のない状態。ここは耳にいっぱい。

【構成】「静かさや岩にしみいるせみの声」のように、一匹の蝉の澄んだ声が岩にしみ込むこともありますが、ここは蝉の声が耳に一杯になるのですが、よもや一匹の蝉の声ではありますまい。そこには、たくさんの蝉が鳴いています。いわゆる蝉時雨です。耳に満つまでに、山全体が蝉の声で満ち溢れます。作者の耳に満つとき、山もまた蝉の声で満たされます。

「うつせみの世を悲しむかと聞ゆ」は、はかない世を悲しんでいるように聞こえる。「うつせみの世」は、「空しき世」の意味（『盤斎抄』）。「うつせみ」は「世」の枕詞、本来は「うつしみ」のことですが、平安時代以後は蝉のぬけがらの意味になり、形だけで内容のうつろな状態のことで、そこに無常を感じるようになりました。「世」は人の世、人の雑多な集合体。

「うつせみの世」は、個々の人のはかなさをいうのではなく、人の世の中のはかなさをいいます。「悲しむかと聞ゆ」（「か」疑問）は、作者には悲しんでいるように受け取れる。

【構成】「ひぐらし」は声をあげて、その日を暮らしているのであって、世の中の為に鳴いているのではない、しかし、作者は、世のはかなさを悲しんでいるように受け取られる。作者の感情移入、すなわち作者の「観」です。

【構成】「世」には「この世」と「あの世」しかなく、その二つが「この」と「あの」で対立しているとし、視点を「この世」から「あの世」に移すと、「この世を悲しむ」は「あの世を喜ぶ」意味になります。この世の蝉の声は厭離穢土、あの世では欣求浄土と鳴いていると聞こえます。


彼の國には、常に種種の奇妙なる雑色の鳥有り。白鵠、孔雀、鸚鵡、舎利、迦陵頻迦、共命の鳥なり。この諸の衆鳥は晝夜六時に和雅の音を出す。其の音は五根、五力、七菩提分、八聖道分、かくの如き等の音を演暢す。其の土の衆生、是の音を聞き已りて、皆悉く佛を念じ、法を念じ、僧を念ず。（『小経』挙化鳥風樹荘厳）

【構想】外山では蝉しぐれがひとしきりです。はかない世を悲しみ、厭離穢土、欣求浄土と鳴いているように聞こえます。極楽では奇妙雑色の鳥が五根、五力、七菩提分、八聖道分の法を述べていると聞こえ、極楽の衆生は法を念じ僧を念じます。

経典はさらに続けます。


是の諸の衆鳥は、皆、是、阿彌陀佛の法音をして宣流せしめんと欲して、變化して作す所なり。（『小経』挙化鳥風樹荘厳）

作者の聞いた蝉の声は、まさに極楽の鳥の音色でした。蝉もまた阿弥陀仏の仮の姿でした。

【参考】ヒグラシを歌った歌は『新古今集』には一首しか見えません。

ひぐらしの鳴く夕暮ぞうかりけるいつも尽きせぬ思ひなれども　（『新古今集』藤原長能）しかし雰囲気は通じるところがあります。

〈冬は雪をあはれぶ。積もり消ゆるさま罪障にたとへつべし。〉

「冬は雪をあはれぶ」は、冬は雪を愛でる。「冬」は立冬から立春の前日まで。「あはれぶ」は感動する。

観念の「たより」の第四は「雪」でした。

「積もり消ゆるさま罪障にたとへつべし」は、雪が積もったり消えたりする様子は、人の罪障にたとえられるであろう。「積もり消ゆるさま」は雪が積もっては消える様子。雪は寒くなれば降雪によって積もり、温かくなれば溶けて消えます。「罪」は悪行によって後天的に犯す罪悪であり、「障」は先天的に人間にそなわる罪悪です。煩悩のままに行動すれば罪障は増加し、懺悔すると消滅します。「たとへつべし」（「つべし」推定の確述）は比べられる、積もって消える様子は罪障と似ているといいます。

雪は外部の気温によって肥大もするし消滅もします。罪障も煩悩によって肥大もし懺悔して消滅もします。外面だけみていると、どちらも肥大と消滅を繰り返しますから、雪を罪障に譬えることができます。

しかし懺悔しなければ罪障は消滅しません、増大するばかりです。雪に罪障を見立てることは作者の「観」でした。懺悔を前提として、この比喩は成立します。

雪は白くて清浄です。罪障は穢れて黒いはずです。白い雪を黒い罪障で喩えるのは矛盾ではありませんか。雪隠ということばもありますが、作者は雪の白さに罪障の黒さを探っているのでしょうか。

【参考】『新古今集』で冬に雪を歌ったのは散見するだけで、雪は春の季題でした。美的表現ばかりで無常の歌はありません。

【構想】庵の内部には仏壇があり読経と念仏（称名）の場ですが、外部は念仏（観念）の場でした。方丈は大原の延長線に有りました。

《観念》方丈の西部の土地の特色は観念の「たより」があることでした。夕日をみて、藤波・ホトトギス・ひぐらし・雪をみて、一年を通じて観念の「たより」がありました。「たより」があることは、「たより」に導かれる「観念」があることでした。「観念」は「西方に匂ふ」（「藤波」）、「死手の山路を契る」（「郭公」）、「**うつせみの世を悲しむ**」（「ひぐらし」）、「罪障にたとへつべし」（「雪」）です。

「西方」は極楽世界ですが、「死手の山路を契る」は「死手の山」を越えて極楽に行きたい、。「うつせみの世を悲しむ」は、この世は悲しい、「罪障」が大きいから西方に行きたくても行けない、です。「積もり消ゆるさま罪障にたとへつべし」は、罪障の重さが行く手を阻みます。「罪障」の消えてしまうことはありません。極楽世界の賛嘆・来世の願望・現世の無常は『往生要集』の欣求浄土・厭離穢土の思想であり滅罪生善は『法華経』の思想でした。

（『往生要集』・『法華経』の実践は方丈の仏間の延長でした。）

《美》「雪」には「あはれぶ」とあります、雪は美的対象でした。藤波・ホトトギス・ひぐらし・雪の四例は「観念のたより」だけでなく、歌の題でした。『新古今集』の著名な歌人である作者が、歌の情趣で観察したのですが、『新古今集』には浄土往生や罪障消滅を詠むことはありません。長明独自の世界でした。

『新古今集』の春の歌一七四首のなかで「雪」は一八首・「藤」は五首、夏の歌一一〇首で「ほととぎす」は三一首と詠まれています。「藤」はここでは夏でなく春であり、「雪」も冬ではなく春でした。「ひぐらし」は一例（「哀傷」）しかありません。作者にも「雪」「ほととぎす」（『第二度百種和歌』）などに美を見ます。

（西の空には「観念のたより」だけでなく、和歌の「たより」もありました。）

《方丈》方丈は移動式でした。方丈そのものに変更はありません。方丈を移動するというのは外山の立地条件を不安に思ったからでした。地勢について方丈の南と西を観察します。南は石組みなどがあって寝殿造の原形があります。西は足跡を隠して俗界と断ち、観念の実践が可能で、大原の修行の延長線上とみられます。方丈には作者の心がありました。

【構想】方丈の地は読経・念仏の場でした。この地にしばしの安らぎをみました。

（作者）

もし念仏ものうく、読経《どきょう》まめならぬ時は、みづから休み、みづからをこたる。さまたぐる人もなく、また恥《は》づべき人もなし。ことさらに無言《むごん》をせざれども、独りをれば、口業《くごう》を修《をさ》めつべし。必ず禁戒を守るとしもなくとも、境界《きょうかい》なければ何につけてか破らん。

若念佛モノウク、讀經マメナラヌ時ハ、ミツカラ休ミ、身ツカラヲコタル。サマタクル人モナク、マタハツヘキ人モナシ。コトサラニ無言ヲセサレトモ、独リヲレハ、口業ヲ、サメツヘシ。必ス禁戒ヲマモルトシモナクトモ、境界ナケレハナニニツケテカヤブラン。

もし念仏を称えるのに気が進まないとき、法華経を読むのに精がでないときは自分で休息するし、自分で手抜きをする。称名と読経を妨害する人もいないし、引け目を感じるような人もいない。格別に無言を実行しないけれど、一人でいるから、口で実践する仏道の効果を自分の身につけるものである。どうしても戒律を守るということでなくても、自分と他人の境がないから、何を理由にして戒律を破ろうか。

【構想】庵の内部には仏壇があり読経と念仏をする場ですが、外部は念仏（観念）の場でした。果たして結果はどうでしょうか。

〈もし念仏ものうく、読経まめならぬ時は、みづから休み、みづからをこたる。〉

「もし」は、仮に、仮定、不特定の事案の例示。

ここは庵の場所において庵を作った目的外の事案を仮定的に例示します。

（目的外の事案ですから仮定でしか例示できません。）


【語法】「もし」（陳述副詞）は「ば」（接続助詞・仮定）と呼応する形ですが、ここは「時は」「朝には」「夕には」と時制の形で呼応します。ここには三例の「時」があり、「もし余興あれば」（第四文）を含めて次の四個条の対句的展開をとります。

もし、念仏ものうく、読経まめならぬ**時は**、みづから休み、みづからおこたる。（第一文）
もし、跡の白波に、この身を寄する**朝には**、岡の屋に行きかふ船を眺めて、満沙弥が風情を盗み、（第二文）
もし、桂の風、葉を鳴らす**夕には**、潯陽の江を思ひやりて、源都督の行ひを習ふ。（第三文）
もし**余興あれば**、しばしば松の韻に秋風楽をたぐへ、水の音に流泉の曲をあやつる。（第四文）

「余興あれば」（第四文）の「ば」（接続助詞）は確定であって仮定ではありません。確定ですから「余興あれば」（第四文）は「餘興ある時は」の形に理解できます。

「もし」で導かれる四文は「時」と「ば」（確定）と呼応して不特定の事案を挙例します。内容は仮定・架空ではない。


【構文】「もし」で導かれる四文には対比関係があります。

「念仏ものうく」（第一文）と「余興あれば」（第四文）が対比します。「余興あれば」は「念仏ものうく、読経まめならぬ時」の一例です。

「この身を寄する朝には」（第二文）と「葉を鳴らす夕には」（第三文）とは、朝と夕で対比し、ともに「念仏ものうく」（第一文）の細説です。

この四例の「もし」の導く文は、一つの「念仏ものうく」（第一文）の展開です。

（作者は、ことさらに念仏に気が進まない、法華経がいやになる場面を四例あげます。）

「もし、念仏ものうく、読経まめならぬ時は、みづから休み、みづからおこたる」は、もし念仏を称えるのに気が進まないとき、読経に精がでないときは、自分で休息するし、自分で手抜きをする。ここの「念仏」は仏を念じる、「念」は心に常に思う（憶念）。「仏」は真理を悟った聖者、覚者、作者は阿弥陀仏の絵像を掛けていますから「仏」は阿弥陀仏。「読経」は口で読むので口業ですから、「読経」に対する「念仏」も口業の口称念仏で、「南無阿弥陀仏」と発言します。「ものうく」とは億劫だ、気が進まない。「念仏」を唱えるのは嫌になる、面倒だ。

【構文】「念仏ものうく読経まめならぬ時は」は対句構成で、「念仏ものうきときは」「読経まめならぬ時は」の形。
「読経」は「経」を音読すること。黙読の場合は看経（カンギン）というのでしょうか。「読」は文字を意味に変える、音声に変える。「経」は釈尊の言行録ですが、仏壇に『法華経』を置いていますから、ここは『法華経』です。

「念仏」は、庵の外では西の方をみて観念とみましたが、仏間では口称念仏、口で「ナムアミダブツ」を称えます。外と内では念仏の形が相異しました。

『無量寿経』『観無量寿経』『阿弥陀経』等の浄土経典も読んだはずですが、日課として読んだのは『法華経』で、日課として念仏したのは口称念仏でした。

（朝称題・夕念仏は比叡山の伝灯でした。）

「まめならぬ」（「ぬ」否定）は、いやになるときは。読経はいやになった。「まめ」は精がでる。「時は」（主格）は、念仏がいやになり読経に精が出ないときは。

その「時」は「跡の白波に、この身を寄する朝」と「桂の風、葉を鳴らす夕」の二点。

【語法】「念仏」は「ものうく」、「読経」は「まめならぬ」ですが、対句構成ですから、「念仏」も「読経」も「ものうく」「まめならぬ」で、念仏も読経も嫌になった場面ですが、しいて区別すれば、「ものうく」は初めから嫌になっている、「まめならぬ」は途中で嫌になった心境です。「念仏」も「読経」も、はじめからいやだ、始めたがいやになった、です。

念仏には百万遍などといって多念を実践する念仏もあり、読経も法華経を全巻音読すれば、精神力も体力も疲弊して休憩を求めるでしょう。また遊行など、別件に心を引かれて、念仏・読経を切り上げたくなることもあるでしょう。

【語法】「まめならぬ時」の「ぬ」（助動詞）は否定ですから、「まめなるとき」が先行します。「ものうく」も気が進まないという否定要素を含んでいますから読経も「まめなるとき」が先行します。

「まめなるとき」は念仏・読経に精勤するときです。

【構成】仏間で読経と念仏を精勤するのが方丈の原意でしたが、時として、気が進まないことのあることを挙げます。気が進まないのは例外的な事案でした。

【構成】「ものうく」「まめならぬ」は怠惰で、六波羅蜜の「忍辱」「精進」に背きます。仏道は六波羅蜜を求めなければなりません。しかし、怠惰は肉体的限界にかかわって発生し、念仏と読経を疎外します。肉体による疎外現象を煩悩といいます。

怠惰は煩悩です。煩悩は六波羅蜜を破ります。煩悩は肉体によって生じるから生きている証拠で、煩悩による怠惰の発生は避けることができません。煩悩によって読経と念仏を嫌になり、煩悩優先の思いに移ります。

【構想】作者の庵の生活は念仏と読経ですが、念仏と読経を妨害するものは煩悩以外にはありません。仏道実践中の怠惰は公然と広言する筋合いのものではなく、本音を漏らすのは気が引けますから、仮定という形で本音を語ります。仏道実践中の怠惰は仮定でしか語れない影の部分でした。作者は、その影の部分を仮定という形で語り、怠惰、不精進等の負の問題を白日に曝しました。

（作者は怠惰・煩悩とどのように対処するのでしょうか。）

【構文】念仏がいやになり読経に精が出ないときは、「跡の白波に、この身を寄する朝」と「桂の風、葉を鳴らす夕」と。どうするか。

その「時」には「みづから休み、みづからおこたる」。

「みづから休み、みづからおこたる」は、自分で休息するし、自分で手抜きをする。「みづから」は自発的に、主体的に、誰にも影響されずに。「おのづから」ではありません。「休み」は途中で作業を停止して心身を安らかにさせる、休息する。「みづからおこたる」は、自分で怠ける。「おこたる」は手抜きをする、怠ける。

【構成】文脈では「みづから休み」は「念仏ものうく」に対比しますから、念仏が嫌になれば自発的に休息します。また「みづからおこたる」は「読経まめならぬ」に対比しますから読経に気乗りがしなければ自発的に手抜きをします。しかし休憩が終われば念仏するし、手抜きが終われば精進するという文脈です。

（作者は六波羅蜜の精進・忍耐に反することに反省はないのでしょうか。）

【構想】大原を辞し庵を作ったのは「みづから」でした。ここには念仏・読経という仏道を実践するプロセスではありました。「念仏ものうく、読経まめならぬ」も「みづから」でした。ここには念仏・読経という仏道の実践を拒否する契機があります。仏道精勤も怠惰も自己の選択でした。

【参考】1　『大般若経』を一気に読むことはできません。転読といって、題名など要所を読んで済ませる読み方は伝統的に存在します。作者は『法華経』を転読したのでしょうか。

（以下、自我が作者の課題の一つとなる。）

2　眠ければ眼が覚めたら念仏するとよい、といった人がいます。その人は法然房源空。

ある人、法然上人に「念仏の時、睡りにおかされて行を怠り侍ること、いかがして此の障りを止め侍らん」と申したりければ、「目の醒めたらんほど、念仏したまへ」と答へられたりける、いと尊かりけり。（『徒然草』三九段）

（法然のことばは待機説法で、聞き手の相手にしか通用しない場合があります。）

念佛申す機は、むまれつきのままにて申す也。さきの世の業によりて、今生の身をはうけたる事なれは、この世にてはえなをしあらためぬ事也。（中略）智者は智者にて申し、愚者は愚者にて申し、慈悲者は慈悲ありて申し、慳貪者は慳貪なから申す。一切の人みなかくのことし。（『禪勝房にしめす御詞』浄土宗全書索引）

内には懈怠の心を懐きて、外には精進の相を現するを眞實ならぬ心とは申也。外も内もありのままにて、かざる

心のなきを至誠心となづくるにてこそ候めれ。（『大胡太郎實秀へつかはす御返事』浄全索引）

法然は、念仏は生まれつきのまま、ありのままで称えるものといいます。すなわち、眠いのに眠くないような顔をして念仏するな、です。念仏や読経が嫌になり、気乗りがしなくなったら休息する、中止するというのは、法然の意見と一致しています。

法然は善導義を継承していう「散善」の念仏は心の散乱のなかで実践する念仏、怠惰や睡魔が襲ったなかで実践する念仏でした。それは煩悩を克服する念仏ではなく、煩悩のなかでする念仏でした。その念仏を専修念仏といいます。

「みづから休み、みづからおこたる」は善導・法然のいう散善の念仏でした。天台の念仏との相違が顕著です。

【構成】この時点で長明は禅寂を仲立ちにして法然義との接触があったのでしょうか。

ここで長明は方丈に勤勉と怠惰の二面を認めます。

（作者は如蓮上人に伴われて法然の真葛が原をたずねています。）

〈さまたぐる人もなく、また恥づべき人もなし。〉

「さまたぐる人もなく、また恥づべき人もなし」は、妨害する人もいないし、引け目を感じるような人もいない。「さまたぐる人」は念仏・読経を妨害する人、「さまたぐる」は進行を止めさせる、「人」は「者」ではありません、先輩・指導者など。集団生活で、時間制限があってやめるように言われるなど。「恥づべき人」は、自分の行動を恥ずかしいと反省させるような人、自分よりはすぐれた念仏・読経をしている人で、その「人」は自分に劣等感を起こさせるような人物。

「なく」「なし」は、いない。念仏や読経を止めさせるひとも、念仏・読経の手本になるような人はいない。

通説によれば、「さまたぐる人」は念仏を休んでいると休むなと叱責するひとであり、「恥づべき人」は読経を怠っていると叱責こそしないが怠けてはいけないという気持ちを起こさせる人ですから、ここの「人」は怠惰を積極的に批判するか消極的に態度で翻意を促すかです。

（法然には遊蓮房円照という「恥づべき人」がいました。そういう人がいないので、怠惰はかって気ままでした。）

「さまたぐる人もなく」と「恥づべき人もなし」の対比では、読経や念仏は単独でなく、大勢で実践することを予定しています。

（このような先輩・指導者は大原にはいたと推定されます。大原の僧堂が頭にあったのでしょうか。）

【構成】「みづから休み、みづからおこたる」と「さまたぐる人もなく、また恥づべき人もなし」では、「みづから」と「人」が対比し、精勤と怠惰が対比します。「みづから」という自己主張と「人」という権威が対比します。正統な権威であれば従わなければなりませんが、権威に問題があれば自己主張を貫かなければならないでしょう。しかし、方丈には作者は孤独であるが、「さまたぐる人もなく、また恥づべき人もなし」などと思うのは、作者の心の中に念仏・読経を阻むものや、手本になるものが存在していて、怠惰よりも精勤しなければならないとは思いますが、それでも休んだり怠ったりすると心が安らぐとしました。精勤か安らぎか、僧院か庵か、選択です。

【構想】「さまたぐる人もなく」と「恥づべき人もなし」は大原野生活の批判です。大原野生活から解放されることによって、しばしの安らぎがありました。

（念仏に怠惰を公言するのは散善義です。長明は明らかに法然の専修念仏を学んでいました。）

〈ことさらに無言をせざれども、独りをれば、口業を修めつべし。〉

「ことさらに無言をせざれども」は、格別に無言を実行しないけれど。「ことさらに」は格別に。無言をしようと思って無言をするのではない。「無言」は無言の行。無言を仏道実践の課目とします。無言をして心を修めます（『流水抄』）。

（作者は念仏や読経中に嫌気がさしたら、自主的に休息または中止すると言います。ところが今度は自主的にしない場合に言及します。）

作者が「無言」を取り上げるのは、維摩詰の「方丈」の不二法門の「無言」を思うからです。

古くはバラモンにさかのぼりますが、当時は無言そのことが一つの「行」と位置づけられ、座禅なども、一定時間「無言」を実践しました。「無言」は「ことさらに」するものでした。

「せざれども」は実行しないけれど。

無言は意識して実践するのですが、作者は意識して無言などしないと心にきめているが。

【参考】維摩詰は文殊から問い詰められて「無言」を選んだのですが、作者も「無言」でした。

「独りをれば」は、一人でいるから。「独り」は単独、「をれば」（「ば」順接）は、いるから。

方丈には作者が独りであることを確認し話し相手はいないから、独りでいることが「口業を修めつべし」の理由になります。

独りで居ると「ことさら」に無言をしたのと同様の効果になる。

「口業を修めつべし」（「べし」当為）は、口で実践する仏道の効果を自分の身に修めるものである。「口業」は口でおこなう所作。「無言をせざれども」とあるから、ここは無言の行。無言しなければならない口業は妄語・綺語・悪口・両舌・自讃毀他（『盤斎抄』）。「修む」は外部のものを取り入れる、身につける。ここは妄語戒が実践できる。

〈必ず禁戒を守るとしもなくとも、境界なければ何につけてか破らん。〉

「必ず禁戒を守るとしもなくとも」は、どうしても戒律を守るということでなくても。「必ず」は、決定的に。例外のない意味、一〇〇%。ここは「なくとも」と呼応して部分否定。例外もあること。

「禁戒」は戒律、冒してはならない五戒・十重禁戒など。

五戒　　殺生・偸盗・邪婬・妄語・飲酒

十重禁戒　　殺生・偸盗・邪婬・妄語・酤酒・説四衆過・自讃毀他・慳惜加毀・瞋心不受悔・謗三宝

五戒は人間として守るべきことで僧俗をとわず守ることが求められます。五戒を展開したものが十重禁戒で、出家者は必ず十重禁戒は守らなくてはなりません。「禁戒」ということばからすると、作者も出家者ですから、十重禁戒のことと思われます。

【構成】前述の観念・念仏・読経・無言は「行」で、「行」はしなければならないことですが、「戒」はしてはならないことです。行と戒で仏道を二分します。話題は行から戒に移行します。

「守る」は、眼を離さないこと、規則に外れたことをしないこと。禁戒は守らなくてはなりません。

五戒を破れば人間として失格ですし、出家者には追放・破門の理由になります。

【語法】「守るとしも」の「し」は強意、「も」は含みを持たせる表現。「なく」は否定、「なくとも」の「と」（格助詞）は提示格、「守るとしもなくとも」は、守ってはいるが守らないこともあると提示します。

【構成】人の生得は煩悩であって、煩悩のままに生きれば、自他の間に抵抗・軋轢が生じますから、禁戒によって煩悩を制限し悪業を排除しますが、人には悪への願望がないわけではありませんから、悪業を肯定する反社会的集団では悪徳は美化されます。禁戒は権威からのお仕着せですから時として重荷です、長明は悪業への興味を持ちますが、それを打ち消して禁戒を守ろうとします。

「境界なければ何につけてか破らん」は、自分と他人の境がないから、何をとりあげて戒律を破ろうか。「境界」は自分と他人との領域の接線。

【参考】相手がなければ殺人も窃盗も成立しません。都の下級貴族は一町の土地に垣根を造って自他を区別していましたが、境を越えて隣の果実に手をだしたり、隣の藪の地下茎が侵入してできた筍を手打ちにすることなど、戒を破ることもありました。五戒も十重禁戒も境界を守らない罪でした。

【参考】眼耳鼻舌意の六根、色声香味触法の六識、それに六塵を合わせて十八境界と云う。（『流水抄』）

ここでは「境」は六根・六識・六塵のことになります。

「なければ」（「ば」理由）は、存在しないので、境界がないので。

　戒の基本は自他の境界を守ることですが、境界がなければ、戒は成立しません。

「何につけてか」は、何に関連してか。「何」は不定の語、戒の対象にする物件のなかの一例、殺生とか窃盗とかの原因になるようなものです。「つけてか」（「か」反語）は関連して、理由にして。

「破らん」（「ん」意志）は、戒を破ろうとするが、破れない。「破る」は戒を破る、戒の規定に従わないこと。

【語法】「何につけてか破らん」（反語）は、禁戒を破るものの立場で語ります。破りたくても境界がないので破れない、です。都などでは禁戒を守って平和を保ちます。方丈の土地では禁戒を守らなくても、都で禁戒を守ったと同じ効果をみます。

【構成】人には煩悩がありますから長明も煩悩の誘惑に興味を感じ、悪徳を受け入れる気持を否定しませんが、戒を守ろうとしていることを確認し、禁戒を守って悪業に手を染めようとはしません。しかし、方丈には誰もいませんから境界がないので禁戒の対象がなく、悪徳を受け入れることも禁戒を守ることも成立しません。努力しなくても戒を修めることができるのは土地の効果で、それは極楽のすがたでした。煩悩のままで生活します。

（僧院生活では理念と現実の葛藤は常のことでした。）

（ここで作者は破戒したい気持ちを封じています。破戒の気持ちを取り上げれば地獄で、極楽ではありません。）

【構成】次の三文は念仏・読経に精を出すか嫌になるかには関係がなく、方丈の存在価値をいいます。

　さまたぐる人もなく、恥づべき人もなし。

　ことさらに無言をせざれども、独りをれば、口業を修めつべし。

　必ず禁戒を守るとしもなくとも、境界なければ何につけてか破らん。

【構想】仏道は行と戒ですが、作者は方丈で仏間を設けて読経と称名などの行を実践します。念仏・読経を実践するほかには、取り立てた仏道の実践はありません。しかし作者は孤独ですので、戒を守らなくても戒を守ったと等しい効果があります。口業だけでなく三業も口業同様の効果があります。精進しないのに精進したと同様の効果のあるのは方丈の土地の効果で、土地に仏道の実践の効果があるというのは極楽の相です。方丈の土地は極楽の様相を備えていました。（方丈は極楽ですから破却しません、どこまでも運びます。）

〈興〉

もし、跡《あと》の白波に、この身を寄する朝《あした》には、岡の屋に行きかふ船を眺めて、満沙弥《まんさみ》が風情《ふぜい》を盗み、もし、桂の風、葉を鳴らす夕《ゆふべ》には、潯陽《しんやう》の江を思ひやりて、源都督《げんととく》の行ひを習ふ。

もし餘興《よきょう》あれば、しばしば松の韻《ひびき》に秋風楽《しゅうふうらく》をたぐへ、水の音に流泉《りゅうせん》の曲をあやつる。藝はこれ拙《つた》なけれども、人の耳を喜《よろこ》ばしめんとにはあらず。独《ひと》り調《しら》べ、独《ひと》り詠《えい》じてみづから情《こころ》を養ふばかりなり。

若、アトノシラナミニ、コノ身ヲヨスルアシタニハ、オカノヤニユキカフ船ヲナカメテ、満沙弥カ風情ヲヌスミ、モシ、カツラノカセ、ハヲナラスユウヘニハ、潯陽ノエヲヽモヒヤリテ、源都督ノヲコナヒヲナラフ。若、餘興アレバ、シバシハ松ノヒヽキニ秋風楽ヲタクヘ、水ノヲトニ流泉ノ曲ヲアヤツル。藝ハコレツタナケレトモ、人ノミヽヲヨロコバシメントニハアラス。ヒトリシラヘ、ヒトリ詠シテミツカラ情ヲヤシナフハカリナリ。

もし舟の航跡にできる白波に自分の肉体を近づける朝には、岡の屋で宇治川を上り下りする船を眺めて、沙弥満誓の歌心を自分のものにして、もし、桂を吹く風が葉を鳴らす夕には、白楽天の潯陽の江に思いを向けて、また源都督の実践を繰り返します。仮に余分の興味があるときは、何度も松籟に秋風楽を共演し、水の音になんども「流泉の曲」を演奏します。技芸はいたって拙ないけれども、誰かの耳を喜ばせるということではない。ただ独りで調べ、ただ独りで詠じて自分で芸の心情を養うばかりです。

〈興・余興〉

〈もし、跡の白波に、この身を寄する朝には、岡の屋に行きかふ船を眺めて、満沙彌が風情を盗み、もし、桂の風、葉を鳴らす夕には、潯陽の江を思ひやりて、源都督の行ひを習ふ。〉

【構成】「もし」の導く文は三文ですが、最初の二文は対句で、「朝」と「夕」が対比します。第三文は「余興」を述べますから、最初の二文は「興」を述べたことになります。「興」と「余興」が対比し、「興」のなかで「朝」と「夕」が対比します。

興	朝	もし、跡の白波に、この身を寄する朝には、岡の屋に行きかふ船を眺めて、満沙彌が風情を盗み、
	夕	もし、桂の風、葉を鳴らす夕には、潯陽の江を思ひやりて、源都督の行ひを習ふ。
余興		もし、余興あれば、しばしば松の韻に秋風楽をたぐへ、水の音に流泉の曲をあやつる。

【構成】怠惰の慰みには「余興」があることから「興」のあることが知られます。「興」は朝と夕です。

〈朝〉

「もし、跡の白波に、この身を寄する朝には」は、もし舟の航跡にできる白波に自分の肉体を近づける朝には。「もし」は仮定、不特定の事例をあげます。「跡の白波に、この身を寄する朝」以下が不特定の事実です。「跡の白波」は舟の進んだあとにできる白波。「跡」は何かの痕跡、ここは「岡の屋に行きかふ船」のあとに生じる白波のこと。「白波」は朝日を受けて白く耀いている波。光を受けなければ波は白くはなりません。

【語法】「白波」には「知らなみ」（「な」助動詞・打消）の意味を隠しています。白波がどうかは知らないのですが。

「この身」は自分の肉体、「寄する」は近づける、自分の肉体を、舟のあとにできる白波に近づける。「朝」は陽ののぼるころ。

【構成】「跡の白波に、この身を寄する」は「朝」にかかる修飾語で、構文は「朝」の描写です。

作者が、舟の航跡にできる白波については知らないことが多いのですが、自分の肉体を白波に近づけている朝です、その朝の時間帯をいいます。

（「身」に対しては「心」です。身を白波に寄せたとき、心はどうしているのでしょうか。）

「岡の屋に行きかふ船を眺めて」は、岡の屋で宇治川を上り下りする船を眺めて。「岡の屋」は関白近衛兼経の山荘を岡屋敷とよんだことから岡の屋という、京耶市伏見区の宇治川東岸の土地で、現在の「岡屋」ですが、ここは方丈から二kmほどのところで、宇治川の沿岸で最も日野に近いところ。「岡の屋に」（「に」場所）、ここは舟の行き交うところですから、岡屋を通る宇治川において。

宇治川は琵琶湖から流れでて南下し、宇治の東辺りから北西に向きを変えて北上し、岡屋を過ぎると再び向きを都に変えます。

（宇治川は瀬戸内海に通じ、内海の船舶は川舟に積み替えて宇治川を組上して都に入ります。）

【参考】近衛兼経の山荘岡屋敷は長明死後の建設と推定されます、作者は見ていません。

「行きかふ」は対面交通する。「かふ」は「交ふ」で、動作が逆に作用する、出会う形で交差する。

「行きかふ」ということばは通行の盛んな様子を表します。宇治川の繁栄は都の繁栄に通じます。作者は宇治川を往来する船を眺めて、都の繁栄をみたのでしょうか。

暮れてゆく春の湊はしらねども霞に落つろ宇治の柴舟（『新古今集』春・寂蓮）

（炭山などが山科の宇治川の流域にあって都の燃料を支えていました。）

「船」は大きな船。薪や炭をのせて都に上る船、ここは宇治の柴舟（寂蓮）でしょうか。

【構成】「船」は「ゆきかふ」というような場面の変化、重量感は漁船ではないでしょう。柴舟とすると、早朝、日も上りきらない頃に柴を都の得意先に届けるのでしょうか。「ゆきかふ」は行く舟と帰る舟が出会う形で、帰る舟は既に柴を届けていて、暗いうちから労働しています。

「眺めて」は距離を置いてみる意味か、じっと見る意味か。

遠くに見る意味とすると、外山から観たのでしょうか。しかし方丈からは見えません、方丈の北側を頂上に向かって移動し、見晴らしのよいところで見たことになるでしょう。

まだ暗いうちから時間をかけて薄明の道を峠に登って陽があがる頃みたことになります。木幡という土地を見越して川を西南に見ることができます。峠から宇治川が見えたとしても、屈曲する、ほんの角がみえるだけで、とても川の全貌が見えるわけではありません。その距離は二・四kmほどでしょうか。仮に宇治川に全長二〇mの舟があったとしても、その長さは二cmにもみえません。峠からは「跡の白波」は見えません。

外山では白波は見えません、山から見たとすると心象でした。見えない白波にこの身を寄せたのでしょうか、「白波」はシラナイでしょうか、そんなことは知りません、ですか。

「眺めて」を、じっと見る意味とすると、作者は岡の屋まで見に行ったのでしょうか。岡の屋で見たのであれば、船舶の交差する様子も白波も的確にみることはできます。「跡の白波」に、この身を寄せたのですから、作者は「白波」に近いところにいます。

【構成】作者は岡の屋まで出かけて宇治川を上下する舟を見たのでしょうか。朝日を受けた白波は美しい。方丈では曙光は見えません。できるなら岡の屋で曙光を見たい。それなら作者は日の出よりも半時間ほど早く出発しなければなりません。しかし曙光を仰いだという描写はありません。陽の光を受けた波はみても、波を照らしている陽の光には無関心だったのでしょうか。

「満沙彌が風情を盗み」は、沙弥満誓の歌心を自分のものにして。「満沙彌」は筑紫観世音寺造別当沙弥満誓、万葉の歌人ですぐれた僧。「風情」は自然をめでる心、情趣、ここは和歌のこと。

世の中を何にたとへん朝ぼらけこぎ行く舟の跡の白波（『拾遺集』満誓）

「満沙彌が風情」は、世の中は朝あけに漕いでゆく舟の跡が白波であるという思い、それは耀きと無常をいいます。「盗む」とは他人のものを無断で自分のものにする、「盗む」は明らかに「白波」の縁語。

後漢末に、盗賊張角の残党が河西の白波谷に立て籠ったことから白波賊と呼ばれ、後には「白波」が盗賊の意味になりました。

【構成】作者が「この身を寄する朝」と「朝」を設定したのは沙弥満誓の「朝ぼらけ」という歌語によったからです。作者は己のはかなさと輝きを白波に重ねました。古注は「満沙彌が風情を盗み」は作者が歌を面白く詠んだことを言ったのだといいます。「風情を盗み」は、あたかも趣味技巧のことのようにみえますが、古歌の表現・着想を踏襲するのは本歌取りという新古今の歌風でした。ここはそれを「盗む」と表現します。次の作者の歌は「何にたとへん」「朝ぼらけ」「跡の白波」と文言を借用しており、盗むに相当します。本歌どりの歌風です。

これも又何にたとへん朝ぼらけ花ふく風の跡の白波（『第二度百種和歌』）

この考えは本歌取りは盗みだと批評したことになります。先哲のことばを無断引用することに、何らかの内省があったのでしょうか。当時は著作権の保護という思想はありませんが、盗んだのであれば五戒に背きます。

もし作者が日の出までに庵を出発して岡の屋で白波を見たのであれば、波を白く輝かせているご来光を無視することはできません。見えるはずのご来光に触れていないのであれば、何を見、何を見なかったのでしょうか。作者は実際に白波をみたかもしれませんが、むしろ満沙彌の「あとの白波」が作者の心を照らしていました。

（外山から岡の屋の白波はみえません、そこで満沙彌の風情を盗んで実際に見たように創作したのでしょうか。）

【構想】作者が盗んだのは「跡の白波」です。船は白波を立てて勢いがよいが、その行く先は知りません。一寸先は無常です。

（境界がないから盗むことはないといいましたが満誓の風情を盗んでいます。）

【参考】「世の中」（沙弥満誓）は『方丈記』（序）にも有ります。
ゆく河の流れは絶えずして、しかも、もとの水にあらず。よどみに浮ぶうたかたは、かつ消えかつ結びて、久しくとどまりたる例なし。**世の中**にある人と栖と、又かくのごとし。（『方丈記』序）
『方丈記』（序）の水滴は「こぎ行く舟」の印象でしょうか、作者は「ゆく河の流れ」に船を浮かべました。（「ゆく河の流れは絶えずして、しかも、もとの水にあらず」は、岡の屋の流れをモデルにしたか。）「よどみに浮ぶうたかた」（序）は、輝きながら消えていきます。「久しくとどまりたる例なし」（序）は「跡の白波」の風情です。行く先は知らない、無常です。しかし。「無常」は耀いていました。（次の「桂の風、葉を鳴らす夕には」では夕月を見ています。作者よ、後ろを振り返れ。）

〈もし、桂の風、葉を鳴らす夕には、潯陽の江を思ひやりて、源都督の行ひを習ふ。〉

「もし、桂の風、葉を鳴らす夕には」は、もし、桂を吹く風が葉を鳴らす夕には。「桂」は香木の一種、「桂」とも「楓」とも書きます。大木は樹高三〇m。桂にはヒコばえが多く、「葉」は木全体を覆っていて、風が吹けば木全体が鳴動しますか。葉は黄葉し、香りが高い。（桂の葉に風が吹いて葉を鳴らせば相当な音がでるように思われます。）

【参考】方丈の庵の付近に桂があった印象ですが、現在の外山には見当たりません。長明の足跡をたどると、岩間寺に大きな桂がありました。岩間の桂をモデルにしたのでしょうか。現在の京都府下の桂の群生地は南丹市見山町・京都大学芦生演習林です（京都府庁林務課）。

ここに登場する「源都督」は桂大納言、「桂」は桂川が流れ桂宮のある桂の地でしょうか。東の「跡の白波」の宇治川に対して西の桂川を配しました。桂川あたりには今は消滅した群生林があったかも知れません。「夕には」は夕刻には、夕陽の沈む頃には。「桂の風」は夕刻の風、「桂」は桂月・桂女などといって、月または夕刻の意味があります。東の「跡の白波」が朝であるに対して夕です。

【語法】「桂の風」と「葉を鳴らす夕」とは同一の情景ですが、「葉を鳴らす」ということばで展開があります。

対句に当たる「跡の白波」の「白波」には朝日があり、ここの「桂」は月光でしょう。白波に対して桂の黄葉でしょうか。樹木よりも夕刻・月光の印象が強い。

（宇治川は都の東を流れ、桂川は西をながれ、都を挟みます。）

【構成】「桂の風、葉を鳴らす夕には」は、「潯陽の江を思ひやりて」と「源都督の行ひを習ふ」を導きます。

「潯陽の江を思ひやりて、源都督の行ひを習ふ」は、白楽天の潯陽の江に思いを向けて、また源都督の実践を繰り返します。「潯陽の江」は中国現江西省の長江南岸九江市付近。白楽天の『琵琶行』（七言古詩）の舞台です。

作者は白楽天のことも『琵琶行』のことも自明のこととして、直接的に詩の内容に触れます。

宇治川では沙彌満誓を懐古しますが、ここは白楽天。桂大納言でした。

（作者は「潯陽の江」といえば聞き手は状況を理解してくれるものと思っています。）

元和元年、予九江郡の司馬に左遷せらる。明年の秋、客を湓浦口に送る、舟中に夜　琵琶を弾く者を聞く。其の音を聴くに、錚錚然として京都の聲有り。其の人を問ふに、本長安の倡女、嘗て琵琶を穆と曹との二善才に學び、年長け色衰へ、身を委ねて賈人の婦と爲る。遂に酒を命じて、快く數曲を彈か使む。曲罷りて、憫默たり。自ら少小時の歡樂の事、今漂淪憔悴し、江湖の間を轉徙するを敍ぶ。

予官を出づること二年、恬然として自ら安んぜしも、斯の人の言に感じ、是の夕始めて遷謫の意有るを覺ゆ。因て長句を爲し、歌って以て之に贈る。凡そ六百一十二言、命づけて『琵琶行』と曰ふ。（『琵琶行』序）

（作者が「琵琶行」を嘯けば読者も吟じなければなるまい、その声哀切々）

潯陽江頭夜客を送る
楓葉　荻花、秋　瑟瑟たり。

主人は馬より下り客は船に在り、
酒を擧げて飲まんと欲して管絃 無し。

酔ふて歡を成さずして慘として將に別れんとす、
別るる時　茫茫として江は月を浸す。

忽ち聞く水上琵琶の聲、
主人は歸るを忘れ　客は發せず。

聲を尋ねて闇に問ふ　彈く者は誰ぞと、
琵琶聲停みて語らんと欲して遲し。

船を移し相近づきて邀へて相見る、
酒を添へ燈を迴らし　重ねて宴を開く。

千呼　萬喚　始めて出で來たり、
猶ほ琵琶を抱きて　半ば面を遮る。

軸を轉じ絃を撥ひて　三兩の聲、
未だ曲調を成さざるに　先情有り。

絃絃　掩抑して　聲聲に思ひ、
平生志を得ざるを訴ふるに似たり。

眉を低れ手に信せて　續續と彈き、
説き盡くす　心中　無限の事。

輕く攏め慢く撚りて　撥して復た挑ひ、
初めは霓裳を爲し　後は六幺。

大絃は嘈嘈として　急雨の如く、
小絃は切切として　私語の如し、

嘈嘈と切切と　錯雜して彈き、
大珠　小珠　玉盤に落つ。

間關たる鶯語　花底に滑かに、
幽咽せる泉流は　水灘を下る。

水泉冷澀して　絃凝絶し、
凝絶通ぜず　聲暫し歇む。

別に幽愁　暗恨の生ずる有り、
此の時　聲無きは　聲有るに勝る。

銀瓶乍ち破れ　水漿迸り、
鐵騎突出して　刀槍鳴る。

曲終りて撥を收め　心に當てて畫き、
四絃　一聲　裂帛の如し。

東船西舫　悄として言無く、
唯だ見る　江心に秋月の白きを。

沈吟して撥を収めて　絃中に插み、
衣裳を整頓して　起ちて容を斂む。

自ら言ふ　本是れ京城の女、
家は蝦蟆陵下に　在りて住む。

十三に琵琶を學び得て成り、
名は教坊の第一部に　屬す。

曲罷んでは曾て善才をして服せしめ、
妝成りては　毎に秋娘に妬まる。
五陵の年少　爭ひて纏頭し、
一曲に紅綃は　數を知らず。
鈿頭の雲篦は　節を撃ちて碎け、
血色の羅裙は　酒を翻して汚る。
今年の歡笑　復た明年、
秋月　春風　等閒に度る。
弟は走りて軍に從ひて　阿姨は死し、
暮去り朝來りて　顏色故る。
門前冷落して　鞍馬稀に、
老大嫁して　商人の婦と作る。
商人は利を重んじて　別離を輕んじ、
前月　浮梁に茶を買ひに去る。
江口に去來して　空船を守り、
船を遶る　名月に江水寒し。
夜深くして　忽ち夢むは少年の事、
夢に啼けば　妝淚　紅闌干たり。
我聞く　琵琶已に歎息するを、
又聞く　此語の重ねて喞喞たるを。
同じく是れ　天涯淪落の人、
相ひ逢ふ、何ぞ必ずしも曾ての相識のみならんや。
我　去年　帝京を辭して從り、
謫居して　病に臥す潯陽城。
潯陽　地僻にして　音樂無く、
終歳聞かず　絲竹の聲を。
住は湓江に近く　地は低濕、
黃蘆　苦竹　宅を繞りて生ず。
其の間　旦暮　何物をか聞く、
杜鵑は血に啼き　猿は哀鳴す。
春江　花の朝　秋月の夜、
往往　酒を取りて　還た獨り傾く。
豈に山歌と村笛の無からんや、
嘔啞嘲哳　聽くを爲し難し。
今夜　君の琵琶の語を聞くに、
仙樂を聽くが如く　耳暫く明たり。
辭する莫れ　更に坐して一曲を彈け、
君が爲に　翻して琵琶行を作らん。
我が此の言に感じて　良して久しくして立ち、
座に卻って絃を促めれば　絃轉た急。
淒淒として似ず　向前の聲に、
滿座重ねて聞くに　皆掩ひて泣く。
座中泣下ること　　誰か最も多き、
江州の司馬　青衫濕ふ。

（新訳漢文大系本『古文真宝後集』琵琶行）

【構成】『琵琶行』は白楽天が友人を送る船中で倡女の弾く琵琶に魅せられ、自分が遷謫の身であることを嘆いて琵琶を奏でた漢詩（七言古詩）です。「座中泣下ること誰か最も多き、江州の司馬青衫濕ふ」というように、悲しみの詩であり、「君が爲に　翻して琵琶行を作らん」と琵琶を演奏しました。作者も楽天を思ひやって、琵琶を弾いて哀しみを共有しましたが、作者自身の哀惜の情でもありました。

【参考】そのなかに「幽咽せる泉流は水灘を下る」の句があります。「泉流」を「流泉」と読み替えると、長明が演奏して問題になった「流泉の曲」を想います。作者はやはり楽天のなかに自分を見ていましたか。

【構成】その潯陽江は「楓葉荻花、秋瑟瑟たり」と登場します。「楓葉」はカツラで、潯陽江にはカツラがありました。「桂」は月の意味ですが、「唯だ見る　江心に秋月の白きを」の「秋月」は桂（月）に照らされた潯陽江です。「秋月の白き」は宇治川の白波が朝日に照らされているようすと対比します。

「源都督の行ひを習ふ」は、また源都督の実践を繰り返します。「源都督」は源経信、また「桂大納言」。「源」は宇多源氏。長明の和歌の師俊恵の祖父。源経信は歌人として後冷泉・堀河朝の歌壇の重鎮として指導的立場にあり、また琵琶にすぐれ、桂流といいました。「都督」は唐名で、太宰権帥のこと。大宰府で没しました。

太宰帥（菅原道真など）は流謫でしたが、太宰権帥は正規の官職ですが、地方官に左遷されたという意味では流謫でした。「行ひ」は行動、ここは琵琶の演奏。源都督の活動領域は和歌と琵琶ですが、和歌は「詠む」で、「行ひ」は演奏でしょう。「習ふ」は繰り返す、練習する。

作者は自分も師筋の源都督が謫所で琵琶を弾じている風情を心において琵琶を弾じました。

（さきに隆曉法印がありましたが、満沙弥・源都督という固有名詞が登場します。）

【語法】語句・構文・発想の類似だけなら、「風情を盗みて」になりません。単に琵琶を弾奏しただけなら、「源都督の行ひ」になっているかは疑問です。歌よむ心、琵琶を弾奏する心・姿勢を盗んだのです。

【構成】桂に風が吹いて葉ずれの音を立て、琵琶を弾奏する気分を掻き立てても、それだけでは「源都督の行ひ」にはなりません。都落ちという、救い難い零落の心境を避けることはできないからです。その零落の心こそ、自楽天、源都督と通じる作者の心境でした。その心で「桂の風」をきくとき、悲しく琵琶を弾奏することができるのです。

【構想】1　念仏が嫌になり、読経に精がでないとき、沙弥満誓の短歌に導かれて、はかなくも耀く白露におのれの運命をみ、また流謫の白楽天・客死した桂大納言に思いをやり、両詩人を哀悼する心で琵琶を演奏しました。

2　「もし」を受けて、「岡の屋に行きかふ船を眺めて」と「潯陽の江を思ひやりて」、また「満沙弥が風情を盗み」と「源都督の行ひを習ふ」とが、それぞれ対になります。この全体も隔句対ですが、この対句の二重構成には次のような状況があります。

1．「もし」を受けて「とき」を設定します。「岡の屋に行きかふ船を眺めて」は朝、「潯陽の江を思ひやりて」は夕です。「朝」と「夕」を合成すると「朝夕」となり、「朝夕」は毎日・連日のことですから、「朝」と「夕」の対比は毎日・連日の意に展開する勢いがあります。

2．「あとの白波」の、風が吹いて波立つというのは和歌の発想です。「桂の風」も、桂大納言の歌風を思わせます。「白波」のさわやかな感じは朝のもので、「桂の風」のさびしそうな感じは夕のものでしよう。ここには和歌所寄人であった作者の和歌の世界がありました。

3．「白波」は白ですから、「桂」は黄葉でしょうか。色の対比があります。『新古今集』歌風の好みです。

4．「岡の屋に行きかふ船を眺めて」は視覚であり、「潯陽の江を思ひやりて」は心象です。距離的には「岡の屋に行きかふ船を」は視覚の範囲にあり、「潯陽の江」は視覚に耐えぬほど遠いところにあり、対象の距離感を対比します。

5．「岡の屋」は宇治川のことであり、「潯陽江」は長江のことであり、「桂大納言」は桂川、「川」の対比があります。

6.「満沙弥」・「源都督」は過去の人で、「満沙弥が風情」は和歌、「源都督の行ひ」は和歌・琵琶。和歌と琵琶は作者の修習の領域でした。

7.作者は「満沙弥が風情」を盗みました。満沙弥の文言を直接的に引用したという意味であり、「源都督の行ひ」を習うは自分で繰り返し練習する意味です。先行文献の受容には直接的引用と間接的に手本にするという対比が見られます。

8.昼の白波は満沙弥から導かれた白昼夢でした。夕の桂の風も白楽天や桂大納言への遥かな想いでした。昼の白波・夕の桂の風は実景ではありません、作者の心象風景であり、作者の文学でした。

9.作者は身を白波に寄せましたが、心は白楽天と桂大納言に寄せました。

桂大納言は左遷され、作者は逃避したことに流謫の思いがあり、作者・白楽天・桂大納言は流謫の人で、琵琶の名手でした。

（作者は光源氏のようにみずから身を退いたのでしょうか。）

【構想】3　次に「余興あれば」といいます。怠惰の慰みには「興」と「余興」がありました。「興」は詠歌と琵琶の演奏でした。

〈余興〉

〈もし余興あれば、しばしば松の韻に秋風楽をたぐへ、水の音に流泉の曲をあやつる。〉

「もし余興あれば」は「もし余興ある時には」の形で、仮に余分の興味があるときは。「余興」は余分の興味、本来の興味以外に存在する興味。「興」は物に感じておもしろき意の起こること（『流水抄』）。

【語法】「若し**余興**有れば」と余興のあることを教えたのは『池亭記』でした。

若し**余興**有れば、児童と少船に乗り、舷を叩き、棹を鼓す。（『池亭記』）

『池亭記』の作者は鴨氏の祖、作者の遠祖でした。祖先に導かれて、念仏や読経以外に興味のあることを知りました。

【語法】「もし余興あれば」の「ば」は確定条件です。感興が横溢したときは必ず、です。

です。

（作者は念仏・読経以外に、自分がなにをなすべきかを思索しています。）

【構想】「余興」の前提は「興」のあることです。「興」は過去の沙彌満誓や白楽天や大納言を追想して歌を詠み琵琶を奏する、です。

過去の沙弥満誓や白楽天や大納言を追想して歌を詠み琵琶を奏でるだけでは気持ちが満足にならない場合です。

「しばしば松の韻に秋風楽をたぐへ」は、何度も松籟に秋風楽を共演し。「しばしば」は回を重ねて、何度も。

【語法】「松の韻に秋風楽をたぐへ」と「水の音に流泉の曲をあやつる」とは対句仕立てですから、「しばしば」は、両句にかかります。

何度も秋風楽を演奏し、何度も流泉の曲を演奏しました。

「松の韻」は漢語「松韻」の訓読で、松風の音。松濤・松籟・松風など、松風の音です。「松」は日本の風景を代表する樹木、山・野にも海辺にも自生し、松竹梅といって祝賀の心があります。「韻」は響き、音響、歌曲。

作者は松風に音楽を感じます。

「秋風楽」は雅楽の曲名、嵯峨天皇の南池院行幸の際、作曲されたもので古典芸能・楽曲に大きな影響を与え、平安末期には箏の重要な曲でした。「たぐふ」は添う、並べる。作者は松風の音に箏曲の「松風楽」を並べて演奏します。それは松と箏の共演です。

「松の韻」に「秋風楽」を並べたのであれば、「松の韻」が主演で「秋風楽」は伴奏です。作者は松風のえもいわれぬ韻律に心うたれ何度も伴奏しました。

（このとき念仏と読経はあたまにありませんでした。）

しかし「秋風楽は西上来迎の曲なり」（『続教訓抄』）をあげる説は、楽曲の演奏を念仏・読経の延長線上にあるとみなしていくるか。

「水の音に流泉の曲をあやつる」は、水の音になんども「流泉の曲」を演奏します。「水の音」は「流泉」のイメージで、「流泉」は、小規模な池沼か山の岩肌から滴り落ちる水滴の漏れる音でしょうか、川の流れではありますまい。「流泉の曲」は「啄木」につぐ琵琶の秘曲（啄木・楊真操とともに三秘曲）。「あやつる」は手で操作する。楽器を使いこなす、「あや」を「とる」（『流水抄』）。ここは流泉の曲を演奏したこと。

水の音は自然の音ですが、流泉の曲には作者の技術を傾けました。

（「楊真操」までしか習っていない作者には「流泉」は弾く資格はなかった（『方丈記全注釈』梁瀬一雄）

【構想】松籟は時として激しい。激しく鳴る松籟に琵琶の「秋風楽」の勝ち目はありません。水の音はひそやかで「流泉の曲」は水滴の静寂をうつしきれません。松風と水滴は、激しさとひそやかさで対比し、ともに琵琶も箏も音色を失います。

（作者の技量は、「たぐふ」「あやつる」程度です。）

【構成】この両句は対句ですから「松」と「水」で深山幽谷の趣をかもしだし、「水の音」と「松の韻」で「音韻」ということばを分割します。庵に用意した楽器は箏と琵琶でしたが、それぞれ「秋風楽」「流泉の曲」の名曲を与え、庵のすべてが意味あるように細かい配慮を示します。

庵の生活は和歌と音楽において作者を自由奔放に狂ぜさせました。

【構成】「もし余興あれば」の「ば」は確定条件です。余興は必ず起こります。感興が横溢したときは必ず松籟と弾き比べ、水の音に感情を養います。「しばしば」ですから、何回も松籟と弾き比べ、水の音に感情を養いました。「余興」が、しばしばあったのでした。

【構想】しかし実は音楽における、そのような自由奔放は、一度経験したことがあります。秘曲「啄木」を演奏したときで、無我夢中で演奏して禁を冒したのですが、その結果は責任を問われ、琵琶を没収されました。作者はいま、「啄木」につぐ秘曲「流泉」の曲を弾じました。作者には弾く資格はなかったのですが、外山の山中では境界がなく、存分に演奏しました。人間的な拘束から開放された自由の生活でした。

【語法】「興」は満沙弥・白楽天・大納言の歌・琵琶の世界でした。それでは満足できないものが「余興」でした。「余興」は「秋風楽をたぐへ」と「流泉の曲をあやつる」でした。この二曲は「芸はこれ拙なけれども」というように免許を受けていないので、「興」に引き込まれても演奏できるものではありませんでした。けれども演奏したのは「**みづから情を養ふばかりなり**」でした。「余興」はたんなる興味ではなく、自分の心との格闘でした。

【構想】「余興」は秋風楽と流泉の秘曲を演奏することでした。

【構想】方丈の作者の生活は次の過程があります。

1. 「念仏ものうく」でなく、読経まめなる時です。作者は念仏・読経にはげみます。
2. 「念仏ものうく、読経まめならぬ時」です。作者は念仏・読経をはげみません。休憩と怠惰です。
3. 「興ある時」です。作者は先人にならって気兼ねしながら和歌・音曲を楽しみます。
4. 「余興ある時」です。作者は自然に向かって全力を尽くし、自分の情を高めます。

【語法】「みづから」は作者の主体性の表現です。

【構想】「みづから」には、「まめならぬ時」の「みづから休み、みづからおこたる」と、余興のある時の「みづから情を養ふばかりなり」の「みづから」が重なり、「休む」とは自分の情を養うことであるから、「余興のある時」は「まめならぬ時」の展開と見ることができます。「余興」は念仏・読経の領域外で、作者は仏道実践のほかに自己の領域を確認します。

作者は最初は念仏・読経に勤めましたが次第に離れて、最初はおずおずと、中ごろは感涙を催すほど、最後は我を忘れて自然と共演し、自己自身の情を養います。

〈芸はこれ拙なけれども、人の耳を喜ばしめんとにはあらず。独り調べ、独り詠じてみづから情を養ふばかりなり。〉

「芸はこれ拙なけれども」は、技芸はいたって拙ないけれども。「芸」ははたらき、演奏技術のこと。「これ」

（副詞）は語調を整える役割、コレ。「拙」は、はみでる、つたない、下手・拙劣。

作者は自分の演奏は拙いといいます。

作者は秘伝の曲を演奏するほどの力量を持ち、世間も認めていたけれど、松籟・水滴の自然の音に及ばないと思います。（免許のないことを自分の演奏が拙いといえます。）

【構文】「芸はこれ拙なけれども」の「ども」は逆接で、「独り調べ、独り詠じてみづから情を養ふばかりなり」とが逆接です。

「人の耳を喜ばしめんとにはあらず」は挿入句で、逆接の関係にはなりません。

芸が下手だけれど我慢して聞いて欲しいというのであれば理解できますが、芸が下手だけれど誰かに聞いて喜んでもらうのではないというのでは筋が通りません。芸は下手だけれど独りで楽しんでいる、です。

【語法】「芸はこれ拙なけれども」は漢文口調で、そこには漢文特有の誇張を含むかもしれません。それは「人の耳を喜ばしめんとにはあらず」（挿入句）に関係します。

【語法】「芸はこれ拙なけれども」の「ども」が逆接であることは芸は拙くはないと言おうとします。作者は芸は拙いといいますけれど、本心は拙くない、です。「独り調べ、独り詠じてみづから情を養ふばかりなり」の「独り」「みづから」の立場において、芸は拙くない、です。

「芸はこれ拙なけれども」は作者の告白ですが、諸注は謙遜とします。

「人の耳を喜ばしめんとにはあらず」は、誰かの耳を喜ばさせるということではない。「人の耳」は、音楽を聴いている人の耳。「人」は不特定の人、誰かの、ここは格式ぶった人、権威面した人。「喜ばしめん」（「しめ」使役）は、喜ばさせる。「と」（格助・体言格）は、ということ。「にはあらず」（「に」断定）は否定、そうではない。

【構成】方丈の庵は作者以外に人はいませんから、「人の耳」を喜ばそうとしても喜ばせるものではありません。また、「独り調べ、独り詠してみづから情を養ふ」だけですから、「人の耳」に言及することさえ必要はなかったはずですが、「人の耳を喜ばしめん」には誰かが喜ぶことを想定します。「人の耳を喜ばしめんと」とト文の形で措定して、それを改めて「にはあらず」

の形で否定します。これは、人の耳を喜ばせることを否定したくてしょうがない風情ですが、心の裏は喜ばせたい、です。庵は孤独ですが長明の心底にはすぐれた理解者の「人」があります。それは仲原有安でしょうか、後鳥羽院でしょうか。感心させたいのでした。

【構想】作者が人に言いたいことは、人の技芸は自然のリズムを越えるか、ということでした。

「独り調べ、独り詠じてみづから情を養ふばかりなり」は、ただ独りで調べ、ただ独りで詠じて自分で芸の心情を養うばかりです。「独り」は自分ひとりで、周囲に人がいなくて。

「独り調べ、独り詠じて」の「独り」は「みづから」を引き出す形で、「みづから」が「独り」であることを強調します。「独り」でなければ「情を養ふ」ことはありえません、でした。

【構成】方丈には他に人はいません、客観的には作者独りです。しかし、作者の心には桂大納言も白楽天もいました。琵琶には仲原有安・後鳥羽院、大原には厳しい師匠頼斅・先輩禅寂たちも思い出します。作者の心には多くの隣人がいて、秘曲を演奏したといって作者を傷つけたものもいます。「独り調べ、独り詠じて」と「独り」を繰り返し強調するのは、「独り」になりきれなかったからです。さきに念仏・読経よりは琵琶が良いといって仏前を抜け出したように、すべての隣人を「独り調べ、独り詠じて」と切り捨てました。仏からも人からも離れた作者独りがいました。

「調べ」はトトノエル、楽器を演奏する、ここは琵琶を演奏する。「詠じて」は歌を歌う、和歌や漢詩を朗詠する。

「秋風楽」「流泉」の曲には歌舞を伴い、琵琶を演奏しながら和歌や漢詩、韻文を朗詠します。

【語法】「詠じて」の「て」（接続助詞）は経過、独り調べ、独り詠じることを通じて「みづから情を養ふ」と展開します。

「みづから」は自分で、「情」は心・感性、「心情」というとき、「心」は内面、「情」は心が純粋に発言した様子。「養ふ」は活力を与えて生育させる。「ばかりなり」（「なり」断定）は、限定表現、それ以上でもなく以下でもない。

琵琶を演奏し詩歌を朗詠することが前段階で、「芸」は演奏と朗詠を通じて自身の感性を高めます。

【語法】「なり」は断定、感性を高めるとは、松の音・水滴の音に楽器を伴奏して自然の美に追随することで、それ以外の思わくはないと断言します。

【構想】五〇歳になって、過去を棄てて大原に入り、大原では念仏と読経を修めましたが魚山流声明は音楽を棄てさせなかった。方丈では念仏と読経を精勤するかに見えながら、琴と琵琶を忘れなかった。念仏・読経には休憩のあることを予見し、休憩には興と余興のあることを意識して、念仏・読経に疲れたといって、満沙弥・白楽天・桂大納言らの故人を選んで・和歌・管弦に興じた。この和歌・管弦を通じて大自然と対峙しました。

余興の為に念仏・読経に疲れたといっているふうにもみえる。そこで問題にしたのは自然との共演である。豪放な松籟、繊細な露の滴る音色、和歌・管弦は棄て切れなかった。いや棄てたものがあった、それは『新古今集』を代表する西行・俊成には一顧も与えなかった。

念仏・読経の先にあるのは往生であり、芸の先にあるのは自然との合一です。念仏・読経を選んで往生をとるか、芸を選んで自然との合一を期すかは作者の選択です。

（作者は芸を選んで、仏道を棄てるのでしょうか。）

【構想】念仏・読経をサボって和歌・管弦に打ち込みました。方丈にはささやかな安らぎがありました。方丈の外には、大きな安らぎがありました。

（方丈の生活は仏道精進か自然との合一かという迷いが残りました。）

（遊行）

また、麓《ふもと》に一つの柴《しば》の庵《いほり》あり。すなはち、この山守《もり》が居《ゐ》る所なり。かしこに、小童あり。時々来りて、あひ訪ふ。もし、つれづれなる時は、これを友として遊行《ゆぎょう》す。かれは十歳、これは六十、其の齢、事の外なれと、こゝろを慰むる事、これ同じ。或は茅花《つばな》を抜き、岩梨《いわなし》をとり、また零余子《ぬかこ》をもり、芹《せり》をつむ。或はすその田居にいたりて、落穂を拾ひて、穂組みをつくる。

又、フモトニ一ノシハノイホリアリ。スナハチ、コノ山モリカヲル所也。カシコニ、コワラハアリ。トキトキタリテ、アヒトフラフ。若、ツレヅレナル時ハ、コレヲトモトシテ遊行ス。カレハ十歳、コレハ六十、ソノヨハヒ、コトノホカナレト、心ヲナクサムルコト、コレヲナシ。或ハツハナヲヌキ、イワナシヲトリ、ヌカコヲモリ、セリヲツム。或ハ、スソワノ田イニイタリテ、ヲチホヲヒロヒテ、ホクミヲツクル。

ほかに外山の麓に一つの柴の庵がある。言い換えると外山の管理人がいるところである。あそこに小さな男の子がいて、時々私の所に来るし、わたしも訪ねる。もし退屈な時は、この少年を友として遊行します。あの少年は数え年一〇歳、こちらは六〇歳、その年齢差は例外だけれど、心を慰めることは過不足なく重なる。あるときは山中で茅花を抜きとり、岩梨を採り、また零余子を盛り、芹を摘む。あるときは山すその田んぼに行って、落穂を拾って、穂組みを作る。

〈麓〉

〈また、麓に一つの柴の庵あり。すなはち、この山守が居る所なり。かしこに、小童あり。時々来りて、あひ訪ふ。〉

「また、麓に一つの柴の庵あり」は、ほかの話で外山の麓に一つの柴の庵がある。「また」（接続詞）は、同じようにか、ほかにか（判定にこまる）。

異質のものであれば「ほかに」、同質のものであれば「同様に」、作者と特別な交友はないとすれば「ほかに」。

「麓」は山と平地の接するところ、多分、方丈に上る小道の入口のこと。「一つの」は一戸の。

【語法】「一つの」は文字通り一つですが、日本語の名詞には数の制約はありません。ことさらに「一つの」と断ったのは、対象をクローズアップさせる表現で、貴重な、かけがえのない、の意味で、広く周知させる作用を含んでいます。

「柴の庵」は雑木造りの垣根のある仮屋。「柴」は山野に自生する小さな雑木、真木の対比。「あり」は存在する。貴族の邸宅は真木（杉・檜）ですが、諸注は「柴の庵」を雑木で屋根を葺いたとしますが、屋根は萱・藁で葺くもので、雑木の屋根は現実性に乏しい。

【参考】「柴」は薪や垣根に用い、古代の貴族たちは「柴」を垣根に使いました。光源氏が垣間みたのは小柴垣のある住いで、ここの「柴の庵」は柴垣のある住居とみられ、必ずしも屋根を柴でふいたのではありません。

【構成】方丈の庵に垣根はありませんから、品格は「柴の庵」にあります。「庵」ですから、質素、粗末という限界はありますが、垣根があったということは、そこの住人の生活程度がみえます。もし、その主人が山の管理人とすると、管理人にふさわしい風格のある構えでした。

【構想】外山には方丈の庵と柴の庵しか記録がありません。しかし、外山は醍醐寺の領域で、領域は広く、作者を案内した禅寂の坊もあり、方丈から一㎞ほどの所には彼の法界寺もあります。これらは作者には無視しえない存在であったはずですが、ただ一つ「柴の庵」があるだけだということばには、禅寂の坊、法界寺など、柴の庵以外のものを切り捨てて、「柴の庵」だけをクローズアップさせました。

（ほかにも「柴の庵」のあることを否定しません。）

「すなはち、この山守が居る所なり」は、言い換えると外山の管理人がいるところである。「すなはち」は同質のものを挙げる表現、言い換えると。「一つの柴の庵」を「この山守が居る所なり」といいかえます。

「この山守」は外山の管理人、「この」（「こ」近称）は作者の最も近い物件、外山のこと。「山守」は山を守護する人、「山」は醍醐寺領で、「守」には番人、管理人・支配者・長官等の意味もあるが、住居の様子・少年等の交流などをみると名目上の支配者ではなく、実際に山を管理する人のようです。「山守」は管理人、下級貴族か。「居る所」は住居、「居る」は座る、予定の場所にいる。古くは「立つ」に対立することばでした。「居る」は主人が主人の座にいること、一族では氏の長者が、長者の席にいることです。

（後の住居では主人は大黒柱を背にして座ります。）

【語法】次の「小童」には「あり」を使用するが、「山守」には「居る」を使用します。「居る」は「山守」の権威的表現です。

作者の方丈と造りの類似する小屋には外山の管理人がいた。外山の治安は管理人の職掌でした。

【構成】「柴の庵」は、方丈の庵から連想して、この山守の庵も相当に貧しそうに考えがちですが、「この山守が居るところなり」ということばに、逆に「一の柴の庵」ということばをみると、この山守に守護されているという信頼感があり、「柴の庵」が頼もしくみえてきます。

（作者は方丈の平和が管理人の恩恵であることを認識していたでしょうか。）

「かしこに、小童あり。時々來りて、あひ訪ふ」は、あそこに小さな男の子がいて、時々私の所に来るし、わたしも訪ねる。「かしこに」は、あそこに。「小童」は小さな男の子。「童」は年少の男子、大きくて二〇歳、元服を大人との境と見ると、早い人で一二歳ころ、この少年は十歳とあります。こどもとしては年長の部類でしょう。「小」には親しみを含めて、「童」のことを「小童」と呼びました。少年が特に小さいのではありません。少年の名は未詳です。

少年との交流の背景には作者と山守との交友があり、少年は父親が作者と親しいから作者になじんだのでした。

【語法】同一の「柴の庵」ですが、「山守」には「この」（近称）であり、「小童」には「かしこ」（遠称）で、距離感があります。

作者は「柴の庵」「山守」には親愛の情を示しますが、「小童」には親愛以上の情を示します。

（作者は小童に、自分の亡くなった幼児の印象を重ねたか。）

【語法】仏教集団では「童子」は仏道を願うが得度以前の若者のこと、仏・菩薩の少年時代に擬します。

作者は「小童」に菩薩に準じるような敬意を払います。西方の彼方には極楽浄土があり、麓には少年がいました。少年は極楽の児童でしたか。

（方丈から見て、西方極楽の方向に管理人の「柴の庵」があり、重なって見えたか。）

【構想】庵には西から道が通じます。道は蔓草に覆われていますが、庵からは西は晴れていて浄土を観る観想の場でした。庵からふもとの山守の庵は見えたでしょうか。西方に、浄土と山守の庵は重なるか重ならないか、もし重なれば、そこには仏がいるはずです。仏は「小童」でしょうか。

【構文】「あり」がなくても、構文は成立します。「あり」は読者に紹介する意味です。

「あり」は主格が人格のときは、いる。

「時々」は、その時そのときに。機会のあるときに。「とき」は好機。「來りて」は少年が作者のもとに来る、「あひ訪ふ」は互に訪問する、私も少年のところに出かける。「あひ」（接頭語）は相手のある意、互にする。

【構成】諸注は「小童あり。時々來りて」にこだわって、「あひ訪ふ」の「あひ」（接頭語）は添えた意味のない言葉とするが、作者と少年との出会いは何回もあり、少年が作者を訪問することが多いとしても、実際は次の「遊行す」の場面で、作者が少年のところに出かけます。作者もまた少年を訪ねました。

時々來りて、あひ訪ふ。もし、つれづれなる時は、これを友として遊行す。

作者は白楽天や大納言など、すぐれた人々を描いてきました。しかし現実に行動を友にしたのは少年だけでした。（学問のない少年は作者の知識・学問にあこがれたのでしょうか。）

〈もし、つれづれなる時は、これを友として遊行す。かれは十歳、これは六十、其齢、事の外なれと、こゝろを慰むる事、これ同じ。〉

「もし、つれづれなる時は、これを友として遊行す」は、もし退屈な時は、この少年を友として小旅行します。「もし」は不特定の案件、「つれづれなる時」のことです。「つれづれ」は、することのない、仕事に精の出ない。

「しづかなると、サビシキと、二義あり」（『首書』）。

つれづれといとど心のわびしきにけふはとはずして暮らしてんや　（業平『大和物語』諷説）

「つれづれなる時」は「もし、念仏ものうく、読経まめならぬ時は、みづから休み、みづからおこたる」で、自分で休息するし、自分で手抜きをする。

【語法】念仏・読経に精勤できないときは故人と古歌によって心を癒しましたが、作者には念仏・読経以外に著作などの仕事もあり、それらを含めて生活全般について時間をもてあます場面を「つれづれ」とします。

「これを友として遊行す」は、この少年を友として小旅行します。「これ」（事物代名詞）は、このもの、少年のこと。

「つれづれ」は念仏・読経からも仕事からも解放されて、少年と遊行して自分自身を取り戻す自由の時間でした。

（作者が精をこめたことがありましたが何でしょうか。）

少年は遠称の「かしこに」から近称の「これを」となり、作者と近くなりました。少年は作者に食い込んでいました。

【語法】「友」は大福光寺本には片仮名で「トモ」とあり、「友」か「供」か不安定です。「友」とすれば友人のことで、少年を友人にする意味で、作者と少年とは対等の関係になり、「供」とすれば召し使う意味で、主従関係になります。ここは「心を慰むる」人、親友の意味です。

【構成】時間のあり余ったとき、人は時を費やすでしょうか。主体的選択の可能な時間は「つれづれ」の時です。そのとき、その人の人生がみえます。作者の人生は少年を親友として「遊行」することでした。

「友」は助け合う人間関係、同行、行動をともにする人。「遊行」とは、所を定めず諸所を歩き回ることですが、ここは仏道修行上の用語で、遍歴して仏道精進する。具体的には寺めぐりをする。

【参考】「遊行」とは、散歩するということを、わざと面白くするために使ったという説があり、面白くするということからいえば、「もし、つれづれなる時は」も思わせぶりな表現だということになります。しかし、作者がそのような表現効果をねらったという実証はありません。

【構成】どのような祭祀にも読経・回向の式次第のあとにナオライがあって厳粛な儀式から解放されます。方丈にも念仏・読経のあとにナオライがあるとすれば「つれづれ」の時間でしょう。「遊行」はナオライで、少年には遊びであっても、作者には仏道実践の一環でした。

「かれは十歳、これは六十、其齢、事の外なれど、こゝろを慰むる事、これ同じ」は、あの少年は数え年一〇歳、こちらは六〇歳、その年齢差は例外だけれど、心を慰めることにおいては過不足なく重なる。「かれ」は、あの者、少年のこと。「十歳」は数え年一〇歳、生まれた年を一歳とし、以後新年ごとに加齢して一〇年め。「これ」は自分、作者。「六十」は大台で六〇歳、作者の実年齢は五六歳か五七歳か。

作者の年齢が実年齢でないとすると、少年の一〇歳も概数か、ともに概数とすれば、かえって年齢差は実数か。

「十歳」は異本では一六歳（『嵯峨本』）、童としては年長組みか、しかし職によっては何歳でも男は童です。（異本の「十六歳」は作者の六十の文字の前後を逆にして十六としたか。）

「其齢」は作者と少年の年齢、ここは五〇歳の年齢差。「事の外」は例外、「事」は一般的事象、ここは年齢差。当時は早婚で、作者は父の一七歳の子です。長男と末子とでは年齢差がありますが、この年齢差を基準にすると、作者は少年の曽祖父の年齢に当たるでしょうか。ここは五〇歳の年齢差が普通でないことをいいます。

しかし、作者と少年との相違は年齢だけではありません。作者は、身分、教養、生きてきた世界など、人生のあらゆる分野で少年とは相違します。その相違を年齢という一例で示しました。

「こゝろ」は、ここは傷ついた心、傷心。「慰むる事」（提示格）は、治癒する。「これ」（感動詞）は強意。「同じ」は過不足なく重なる。

【構成】作者は年齢の相異は認め、年齢の相異によって慰めなければならない事案の相異は認めますが、慰めるという心の相異は認めません。その「こころ」とは慰めを必要にする心でした。

日想観などの実践を重ねた作者と、子供らしい散策にすぎなかった少年とは、心の慰み方も、深みも相違します。しかし、理由はなんであれ「痛い」という感情は共通です。感性は年齢や教養には関係しません。

（後鳥羽法皇に、身分が違っても心を慰めるのは同じだといえば、叱られるでしょうか。）

（作者の心は傷つくことが多く、そこには作者の隠れた一端を見ることができます。）

【語法】「事の外なれど」の「ど」（接続助詞）は逆接、一〇歳と六〇歳の落差は埋められないはずであるが。

「こゝろを慰むる事、これ同じ」には、心の弾みがあります。

作者は、もろもろの心の動きを超えて、心そのものに光を当てます。人間として最も深いところで少年との心の交友がありました。

（少年に、夭折したわが子の面影を重ねたか。）

【構想】念仏や読経は当為であって慰安ではなかった。和歌や音楽は慰安を求める所作ですが、年少の友人との遊行は最高の慰安でした。慰安は心の幸福でした。

【参考】作者の理想の歌人は西行でした。西行には次の歌があります。

寂しさに耐へたる人のまたもあれな庵ならべむ冬の山里　（『山家集』西行）

西行の孤独は冬の山里の寂しさでした。西行は寂しさに耐えた人を望みます。それは西行が寂しさに耐えていないからでした。しかし、だれも西行と居をともにするものはありませんでしたが、西行だけは相も変わらず山里の生活を続けます。冬の山里の寂しさに耐える人は、西行その人でした。西行は寂しさのために庵を並べようといいましたが、庵を並べるものはありませんでした。しかし、作者には、庵の寂しさには麓に「柴の庵」がありました。少年の心は寂しさに耐えたか、耐えなかったか。

【構想】場所は「麓」、「麓」は庵の外郭。時は「つれづれ」、「念仏ものうく、読経まめならぬ」は勤行中のことですが、「つれづれ」は念仏も読経もしていませんが、念仏・読経の外延である「興」「不興」の延長線上の場面です。怠惰はありませんが、心の慰めがあります。「心を慰む」は、念仏・読経のときにあったでしょうか。和歌・音曲の場合はどうでしたか。

（朝と夕がすんで昼の番です。）

〈昼〉

〈**或は茅花を抜き、岩梨をとり、また零余子をもり、芹をつむ。或はすそわの田居にいたりて、落穂を拾ひて、穂組みをつくる。**〉

「或は茅花を抜き、岩梨をとり、また零余子をもり、芹をつむ」は、あるときは山中で茅花を抜きとり、岩梨を採り、また零余子を盛り、芹を摘む。「或は」は不特定のものの例示、対句をつくる成分。

【構文】「茅花を抜き」、「岩梨をとり」、「零余子をもり」、「芹をつむ」は各対句、「茅花」「岩梨」「零余子」「芹」という目的語と、「抜き」「とり」「もり」「つむ」という動詞の構成です。

「茅花」はチガヤの花芽で、春、葉に先立って稲穂のような花芽が生じ、柔らかく甘くて人々は好んで採集しました。「抜き」は指先で引っ張ると茎から外れます。

「岩梨」は石楠科の小灌木で茎は岩石をはうようにして生え、夏、南天のような紅い実がなり、皮をむけば甘ずっぱく、消化や解熱の薬効があるそうです。「とり」は枝についている花を折り取ります。

「零余子」は山芋の蔓にできる小芋のことで、秋、食用にします。「もり」は摘み取る、葉の付け根のところにあるので指で摘み取ります。掌で受ける形にして、茎を揺さぶったりすると、実が落ちてきます。

「芹」は湿地や溝に生える多年生草木で、春の七草の一つ。春先に食用にします。「摘む」は指先で彩る。

【構成】遊行の最初にあげた茅花・岩梨・零余子・芹は食品でした。山野に自生する嗜好品で、山野の散策の楽しみでした。

茅花は春、岩梨は夏、零余子・芹は秋、落穂ひろいは冬で、四季節を連ねます。（『盤斎抄』）

採集は「抜き」「とり」「もり」「つむ」など、すべて手先の作業で、ことばの重複をさけています。

「抜き」「とり」「もり」「つむ」は、女、子供の仕事てす。子供が「茅花」をとって売り歩いたという記録が江戸時代にはあるようてす。

【構成】「或は茅花を抜き、岩梨をとり、また零余子をもり、芹をつむ」と、「或はすそわの田居にいたりて、落穂を拾ひて、穂組みをつくる」は対句。前者には後者にある「或はすそわの田居にいたりて」に対する場所の設定がありません。田居でなく山中の風情です。

この情景は「田居」でなく山の風景で、外山とその連山の状況ですが、一回の外出ですべて採集できるのではありません。四季折々の風物の変遷を描写しています。

（遠出をするには昼食を用意しなければなりません、私は作者がどんな弁当を用意したかが気がかりです。）

「或はすそわの田居にいたりて、落穂を拾ひて、穂組みをつくる」は、あるときは山すその田んぼに行って、落穂を拾って、穂組みを作る。「すそわ」は裾まわり、麓、「田居」は田のたたずまい、田としての模範的な田、収穫も多ければ落穂も多いと推定されます。「いたりて」は行って。

記録の順序をみると、外山には麓があり、さらに外側に「すそわ」があります。そこは、もう、山ではなくて田園でした。

【構文】「すそわの田居にいたりて」は帰着点ですが、起点を示す「より」はありません。落穂を拾ったのは「すそわの田居」ですが、茅花、岩梨、零余子、芹などを採ったのは庵から「田居」の中間です。そうすると「より」に相当するところは庵の周辺、出発点は方丈です。

外山の方丈を出発して供水峠を越えて下り道になり山腹でツバナなどを取り、山を離れふもとの田園に着きます。そこは田でした。田には固定された田もあれば、その年だけの田もあります。

しかし、この行程は一〇歳の少年にはきつすぎるとすれば、庵を西におり、ツバナなどを採取したのは庵のすぐ下、穂組みを作ったのは山守の庵の付近となります。

「落穂」は稲穂を収穫するとき、技術の不足から誤って手からすり抜けた落穂です。

落穂は貧者の拾うものとされ、「落穂」拾いは誰でも認められる貧者の収穫でした。落穂を拾って食事のたしにします。鳥などがついばむために落穂を残すこともあり得ることてず。

「穂組み」は稲穂を束ねて積んで天日にさらします。或いは門前などに掲げる神璽物ともいいます。一日の落穂量では穂組みの量には達しません。散策の時間内では穂組に要する落穂の採集は不足です。ここの「穂組み」はこどもの遊戯でしょうか。あるいは門前に掲げる神璽物でしょうか。

作者は下賀茂神社の禰宜の子で、神職を志したこともあり、作者自身は「遊行」といっています。遊行は宗教的実践でした。

（作者自身は落穂拾いを「遊行」といいますが、「藻塩たれつつ」と詠ずる配流の貴人が汐くむ姿に酷似しています。）

【構成】最初の「茅花をぬく」から「穂組をつくる」まで、少年の遊戯が前面に押し出されています。

穂組みは少年には遊びかも知れませんが、『法華経』では、少年が戯れに宗教的所作をなすのは、功徳を積み大悲心を起こすことで仏道を成じているといいます。この少年は菩薩行を実践していました。

乃至、童子たはむれに沙を衆めて佛道をなす。かくのごとき諸人等みな己に佛道を成す。（『法華経』方便品）

【構想】「茅花を抜き、岩梨をとり、零余子をもり、芹をつむ」と、「落穂を拾ひて、穂組をつくる」は対比します。茅花を抜いたり、芹をつむのと同じ態度で落穂を拾います。

【構成】『方丈記』の書き方は、まず庵の間近の描写があって、その下に麓があり、さらに、その外側に「すそわの田居」がありまます。「すそわの田居」には「いたって」とありますから、作者は外山の裾の田園から遠くには足を入れていません。

【構想】食用植物を採取したり、穂組みを作るのは児戯に属しますが、それは和歌管弦の楽しみに変わらない楽しみでした。少年は童形の菩薩（「法華経」）です。

〈峰〉

もし、日うらゝかなれば、峰によぢのぼりて、遥に故郷の空を望み、木幡山《こはたやま》・伏見の里・鳥羽・羽束師《はつかし》を見る。勝地は主なければ、心を慰むるに障りなし。歩み煩ひなく、心遠くいたる時は、これより峯つゞき炭山を越え、笠取を過ぎて、或いは岩間に詣で、あるは石山を拝む。もしはまた、粟津《あわづ》の原を分けつつ、蝉歌《せみうた》の翁が跡を弔ひ、田上川《たなかみがは》を渡りて、猿丸太夫が墓を尋ぬ。帰るさには、をりにつけつゝ、櫻を狩り、紅葉をもとめ、蕨《わらび》を折り、木《こ》の實を拾ひて、かつは佛に奉り、かつは家土産《づと》にす。

若、ヒウララカナレバ、ミネニヨチノボリテ、ハルカニフルサトノソラヲノゾミ、コハタ山・フシミノサト・鳥羽・ハツカシヲミル。勝地ハヌシナケレバ、心ヲナグサムルニサハリナシ。アユミワツラヒナク、心トヲクイタルトキハ、コレヨリミネツヽキ、スミ山ヲコエ、カサトリヲスギテ、或ハ、石間ニマウテ、或ハ、石山ヲヲカム。若ハ又、アハツノハラヲワケツツ、セミウタノヲキナカアトヲトフラヒ、タナカミ河ヲワタリテ、サルマロマウチキミカハカヲタツヌ。カヘルサニハ、ヲリニツケツヽ、サクラヲカリ、モミチヲモトメ、ワラヒヲヽリ、コノミヲヒロヒテ、カツハ仏ニタテマツリ、カツハ家ツトニス。

その日は太陽が穏やかであれば、木の根など、手掛かりになるものをつかんで峰に登り、遠くに故郷の空を望み、近くは木幡山・伏見の里・鳥羽・羽束師を見る。景勝の地は所有者がいないから、自分の心をなぐさめるのに邪魔をするものはない。歩行に心配がなく、心が遠くに行っている時は、ここから峯が続いていて、炭山を越え、笠取山を過ぎて、あるときは岩間寺に参詣し、あるときは石山寺の仏を拝む。あるいは、また、粟津の原を踏み分けながら、蝉歌の翁の古跡を弔問し、田上川を渡って、猿丸太夫の墓を尋ねる。歸るときには、時季に関係して、櫻を狩り、紅葉を狩り、蕨を折り、木の實を拾って、あるいは佛に奉り、あるいは家への土産にする。

〈もし、日うら丶かなれば、峰によぢのぼりて、遙に故郷の空を望み、木幡山・伏見の里・鳥羽・羽束師を見る。〉

「もし、日うら丶かなれば」は、その日は太陽が穏やかであれば。「もし」は一例として。「日」は太陽、「うららか」は日差しが穏やかで明るく暖かい。

【構成】「もし日うら丶かなれば」は次の「もし夜しづかなれば」と対比します。昼と夜を対比します。また、「もし日うら丶かなれば」はうららかでないことのあることを否定しません。秋霜烈日、うららかでなければ、何をしたのでしょうか。(作者には著作の生活がありました。)

【語法】「うら丶かなれば」(順接)を受けるのは「峰によぢのぼりて」。

「峰によぢのぼりて」は木の根など、手掛かりになるものをつかんで峰に登る。「峰」は山頂の三角点の下で、やや広いところ。道が他の山に通じ、休憩などができるところ。

庵の北側は長い山道で眺望はありません。下界が見えるところまで登るには山頂を越えなければなりません。山を登り供水峠を越え日野岳の山頂をすぎパノラマ岩につくと眺望できます。「よぢのぼる」峰は供水峠かといわれています。

【語法】「よぢのぼりて」(「て」は経過)を受けるものは、「遙に故郷の空を望み、木幡山・伏見の里・鳥羽・羽束師を見る」と、(「峰によぢのぼりて」は少年には不向きです、ここに少年の描写はありません、作者中心の描写です。)

「歩み煩ひなく、心遠くいたる時は、これより峯つゞき炭山を越え、笠取を過ぎて、或いは岩間に詣で、あるは石山を拝む」の同格の対句。

峰によじのぼることを経過して、木幡山・伏見の里・鳥羽・羽束師を見たり、岩間・石山参詣をします。

「遙に故郷の空を望み、木幡山・伏見の里・鳥羽・羽束師を見る」は、遠くに故郷の空をみて、近くは木幡山・伏見の里・鳥羽・羽束師を見る。「遙に」は遠くに。「故郷」はかつて住んだところ、下加茂。「空を望み」は空を遠くにみる。故郷そのものは見えない。

【構文】「遙に」は「近くに」と対比し、「遙に故郷の空を望み」に対して、「木幡山、伏見の里、鳥羽、羽束師を見る」には「近くに」です。「近くに木幡山、伏見の里、鳥羽、羽束師を見る」となります。両者には次の対比があります。

1. 前者には「遙かに」があるが後者に「近く」はありません。
2. 前者は「空」をみたが後者は「本幡山、伏見の里、鳥羽、羽束師」など「地上」をみた。
3. 前者は「望み」ですが後者は「見る」です。

「遙に」と「望み」は遠方のものに対する表現です。「望む」は遠くを漠然とみるみかたですから、実際に見えるとはかぎりません。作者の故郷は鴨川の上流、下賀茂神社のあたりですが、外山の峰から下賀茂神社が見えるはずがありません。作者が望んだのは故郷の空でした。作者は、ただ北の方の空を仰いで故郷の空とみなしたのでした。

「故郷」は下賀茂神社、方丈より凡そ三六㎞、方角は北からやや南、三三一度(時計表示では五六分)。日野からは見えません。ただ空を仰ぐのみです。(当時は計器は有りません、方位は星座をみるか、作者は下加茂を真北に。)

「木幡山」は関が置かれ築城もされた、現桃山御陵、方丈より凡そ四㎞、方角は二七八度(時計表示では四六分)。「伏見の里」は日野の西側の土地の総称、中書島あたり。木幡山も伏見、「里」は村里。「鳥羽」は上鳥羽・下鳥羽があるが、ここは下鳥羽。下鳥羽の範囲も広いが、木幡山のかなたが下鳥羽で、方丈より凡そ六㎞。

「羽束師」は菅原道真が大宰府に出航した故地。桂川の西岸、方丈から七四km。二六六度(時計表示では四四分)。「見る」は実際に見ることで、実際に「木幡山、伏見の里、鳥羽、羽束師」をみました。

ソノ時マデ宇治ノヘンハ人モ居クロミタルサマニテモナクテ、コワタ岡ノ屋マデモハルバルトミヤラレテ　(『愚管抄』)

遠く淡路島なども見えるようでしたが(「創想総合活動研究会」)、作者には関心がなかったようです。

(日がうららかでなければどうするのでしょうか。念仏と読経のほかに、奏楽・著述もあります。)

【構想】作者は方丈の生活に限界を感じ少年を伴って遊行して活動範囲を広げようとした。最初は下山してツバナを抜き穂積を作って少年を前面に立てた。作者自身は好天を選んで、峰によじ登り、日野岳(山頂三七三m)の三五〇m付近の、見晴らしのよいところ(パノラマ岩)に出ます。そこで真北の故郷の下加茂の空を望み、時計の針とは逆に、俯瞰して北から西に目を移して木幡山(標高一〇五m)を見下ろし、その先に歌枕である桂川の鳥羽・伏見・羽束師などを見ます。木幡山・伏見の里・鳥羽は、ほとんど同一方向で重なっています。羽束師は最も南で、真南です。作者は真北から真南まで九〇度の範囲を遠くは望み近くは見ていました。

作者が見たのは日野山の西で、空を仰ぎ桂川の流域を見ました。

〈勝地は主なければ、心を慰むるに障りなし。〉

「勝地は主なければ、心を慰むるに障りなし」は、景勝の地は所有者がいないから、自分の心をなぐさめるのに邪魔をするものはない。「勝地」は景勝の地。

正確には「勝地の景勝」です。すぐれて面白きところ(『盤斎抄』)。具体的には外山から西に見える宇治川と桂川の間で、木幡山・伏見・鳥羽・羽束師です。

「主」は所有者、支配者。「地」には領主がありますが、「景勝」には所有者はありません。

且つ夫れ天地の間、物各おの主有り。苟も吾の所有に非ざれば、一毫と雖も取るなかれ。**惟だ江上の清風と山間の明月とは、耳之を得て聲を為し、目之に遇ひて色を成す。之を取るも禁ずる無く、之を用ゐるも竭きず。是れ造物者の無盡藏にして。**吾と子との共に適する所なり。（蘇軾『前赤壁賦』）

（諸注は白楽天の『雲居寺に遊び穆三十六地主に贈る』を挙げます。）

「心」は人間を身と心にわけ、その心の部分。「慰むる」は傷ついたもの、疲れたものを安らかにする。「障り」は妨害するもの。

【語法】「障り」がないのは「主」がないからです。「地」には領主がありますが、「景勝」には所有者はありません。「主」は所有者・支配者です。「障り」は所有者・領主でした。

【構成】鳥羽には鳥羽院の院庁があり、木幡は菟道稚郎子の城郭、宇治は仁徳天皇以来、竹取翁、藤原頼道、源頼政など、話題が多い。作者は、これらの人物を想起しながら、自然・風景の美だけに着目して、そこには美を愛する人影はなかったというのでしょうか。

（作者は賀茂神社の主に痛め続けられました。）

【構想】時を「うららかな」と好天の場合に設定します。「うららかな」という好天のときは、念仏も読経も意中になく外に飛び出します。早朝は川から山を望みましたが、ここは峰・山頂から下界を見下します。昼の風景です。「心を慰むるに障りなし」という状況は、怠惰・遊行・徒然の楽しみと共通し、心理的には怠惰・徒然の延長線上にありますが、心を慰めるのは、怠惰でも「つれづれ」でもありません。

〈歩み煩ひなく、心遠くいたる時は、これより峯つゞき炭山を越え、笠取を過ぎて、或いは岩間に詣で、あるは石山を拝む。〉

「歩み煩ひなく、心遠くいたる時は」は、歩行に心配がなく、心が遠くに行っている時は。「歩み」は歩行、「煩ひなく」は面倒がなくて。に任せて（『諺解』）。

【語法】「歩み煩ひなく、心遠くいたる時は」は、「歩み煩ひなき時は」、「心遠くいたる時は」の形。

「時」とは体に障がなく、心は遠くを思っているときです。

「歩み」は歩行、「煩ひ」は病気のこと、また面倒なこと。「心遠くいたる」の「遠く」とは、この場合は岩間・石山のあたりでしょう。「至る」は到着すること、心が岩間や石山など遠くを思っていることです。

「歩み煩ひなく」と「心遠くいたる」ときは、足に病気など疾患がなく、心がすでに目的地を設定している場面です。今日的感覚では、心は岩間・石山辺りに行きたい、です。

【語法】「煩ひ」は、作者は峰続きに炭山、笠取を越えますから、その険阻な山道のことをいうように理解されていますが、対句構成をみると、「心遠くいたる」は「心」をいい、「歩み煩ひなく」は「身」のことをいいます。山中は高低が有り険阻で湿気が多く、作者の年齢には、神経痛等の「患い」があるかも知れません。「煩ひなく」は、その身体の疾患がないことです。

　遠く風景を楽しむことをいう。(『盤斎抄』)

【構成】好天に恵まれ心身ともに健在のときは、炭山を越え笠取を過ぎて岩間や石山を拝みますが、この構文は、歩行に自信がなく気の進まない時のあることを否定しません。そのときは見晴らしのよいところまで行って伏見や鳥羽を見たか、庵で著作したのでしょうか。

「歩み煩ひなく心遠くいたる時」は「もし日うらゝかなれば」の一例で、です。

(方丈から石山寺まで直線距離九km、遠くとは一〇km程度の距離か。)

「これより峯つゞき炭山を越え、笠取を過ぎて」は、ここから峯が続いていて、炭山を越え、笠取山を過ぎて。「これより」の「より」(格助詞)は起点、供水峠から。「これ」(代名詞・場所)はここ、供水峠、しかしパノラマ岩の所かも。「峯つゞき」は山と山が中腹で連続している。「炭山」は地域の名称(宇治市観光課)で、炭山地区の炭を生産する山です。「越え」は対象の上を通り過ぎるですが、ここは後にする。「笠取」は笠取山、醍醐寺の奥（南東四・四km）の歌枕。

【参考】宇治郡大領であった宮道彌益の娘の列子が中納言藤原高藤の妻となり宇多皇后（胤子）を生み、その子が醍醐天皇でした。

【語法】起点の「より」があれば、「笠取を過ぎて」の「て」（接続助詞）は経過で、「峯つづき、炭山を越え、笠取りを過ぎて」と経過し、「より」に呼応する終点の「まで」に相当するのは「或は岩間に詣て、或は石山を拝む」です。

作者は峰を出発して、炭山・笠取山を経過として岩間・石山に着きました。

【構成】行く先は岩間・石山ですが岩間・石山に行くには単純ではありませんでした。経過に注目します。

【語法】「笠取を過ぎて」の「て」（接続助詞）は経過で、経過として炭山を越え笠取を越えたのですが、行く先は別で岩間・石山です。岩間・石山に行くには単純ではありませんでした。経過に注目します。炭山を越え笠取を越えました。

【構文】「峰によぢのぼりて、遙に故郷の空を望み、木幡山・伏見の里・鳥羽・羽束師を見る」と、「これより峯つゞき炭山を越え、笠取を過ぎて、或いは岩間に詣で、あるは石山を拝む」は対句関係で、ともに遊行のこころで、景観を楽しみます。

【参考】好天に恵まれ供水峠まで峰をよじ上り、峠でパノラマ岩に行く道と炭山にでる道が分かれます。パノラマ岩に行けば展望が開け、炭山に向かえば岩間・石山をめざします。

【構成】今日は元気だから岩間・石山参詣にしようかと心を決めます。出発の時点で決めることも、供水峠で決める場合もあるでしょう。供水峠から上炭山を経て西笠取山、東笠取山を越えて岩間・石山につくそうです。

（岩間・石山参詣が一回であったとは記していません。）

【構成】つれづれなとき、好天であるとき、心身ともに健康なとき、伏見・鳥羽とは反対の地に、心を慰めるために出かけました。「或いは岩間に詣で、あるは石山を拝む」は、あるときは岩間寺に参詣し、あるときは石山寺の仏を拝む。「或いは」は、あるときは、一例として。複数の事例の中で一例を選ぶ。

岩間寺・石山寺その他の例の中で、岩間寺を選び、また石山寺を選ぶ。

【構成】岩間寺に行けば、その延長線上に石山寺があります。「あるいは」は参詣の前後関係で、岩間がさきで石山があとかと言うのか、日時の前後を今日は岩間に行ったが、別の機会に石山に行ったか、というのか、不明です。

「岩間」は岩間寺、天台系の修験道の寺院、桂の木の千手観音をまつり、桂の大木があります。「石山」は石山寺、真言宗、如意輪観音の霊場、『蜻蛉日記』『更級日記』『枕草子』『源氏物語』などの文学作品と関係が深い。

【参考】方丈の外山は醍醐寺の領域ですが、当時、形をとりつつあった西国三十三所観音霊場の第一一番が醍醐寺、第一二番が岩間寺、第一三番が石山寺で、作者の時代には、醍醐寺・岩間寺・石山寺という観音巡礼の道が成立していたことが知れます。

【構想】道中には有名な神社もありますが、作者の遊行は観音巡礼でした。

〈もしはまた、粟津の原を分けつつ、蝉歌の翁が跡を弔ひ、田上川を渡りて、猿丸太夫が墓を尋ぬ。〉

【語法】「もしはまた」は「或は」と同格の選択の意ですが、全体としては「或は岩間に詣で、或は石山を拝む」と、「もしはまた粟津の原を分けつつ、蝉歌の翁が跡を弔ひ、田上川を渡って、猿丸大夫が墓を尋ぬ」の、どちらかを選ぶ意味になります。

【構成】従って、岩間寺・石山寺に参詣したことと、関の明神・猿丸大夫の墓に参詣したこととは不連続です。あるとき岩間寺、石山寺に参詣し、別のときに関の明神、猿丸大夫の墓に参詣しました。どちらか、ということであれば、炭山・笠取の道順では岩間・石山が先行します。

【構文】「もしはまた」は、「粟津の原を分けつつ、蝉歌の翁が跡を弔ひ」と、「田上川を渡りて、猿丸太夫が墓を尋ぬ」の対句を導きます。

「もしはまた、粟津の原を分けつつ」は、あるいは、また、粟津の原を踏み分けながら。「もし」は、仮に、あるいは。「また」は、ほかに。岩間・石山を訪ねたのとはほかに。「粟津の原」は現大津市膳所粟津、琵琶湖畔一帯の松原。「分けつつ」は草を分けながら。

【参考】この道は天智天皇が作った近江京にいく幹線道路で、寿永三年、木曽義仲は粟津のぬかるみで馬の足を奪われ落命しました。

「粟津」は粟を山王に奉ったからか（『首書』）。

作者がここを訪れたのは、義仲から凡そ二〇年後ですが、その間に交通事情が変わったとは思われませんから、「分けつつ」は草を分けて、の意で、ここを通るのは相当に難儀だっただろうと思われますが、通ってきた山道とはどうでしょうか。（作者は義仲を全く無視しました。）

「蝉歌の翁が跡を弔ひ」は、蝉歌の翁の古跡を弔問し。「蝉歌」（「歌」は和歌・今様など）は蝉丸の歌の意か、和琴の曲名とも。「蝉歌の翁が跡」は蝉歌の翁が住んでいた場所、「跡」は住居・事件などのあった場所、その「跡」は逢坂の関の大津よりの東海道沿いにある蝉丸神社（三社・関明神が中心）といいます。

逢坂の関に庵室を造りて住み侍りけるに、行きかふ人を見て　蝉丸

これやこのゆくもかへるもわかれてはしるもしらぬもあふさかのせき（『後撰集』雑・蝉丸）

蝉丸は伝説上の琵琶の名手、皇胤とも。秘曲「流泉」「啄木」を伝え、作者に大きな影響を与えた。作者は蝉丸の関の明神を拝みました。

会坂に、関の明神と申すは、昔の蝉丸なり。かのわらやの跡を失はずして、そこに神となりてすみ給ふなるべし。**いまもうちすぐるたよりにみれば**、昔深草のみかどの御使にて、和琴ならひに、良岑宗貞、良少将とて、かよはれけんほどの事までも、おもかげにうかびて、いみじくこそ侍れ。（『無名抄』）

（当時、蝉丸神社はありました。）

【構想】東海道を下れば逢坂関を越えて粟津を過ぎます。しかし、逆に作者は東海道を上り、粟津の草を分けて関に向かいます。作者は岩間・石山の延長線上に蝉丸の旧跡を尋ねました。それは木曽義仲が最期に馬で上京した道ですから特別に困

難な道ではありませんでしたが、東海道といっても道幅は狭く、道中に草もあって、踏み外せば馬も泥沼に足を取られるでしょう。人は草を分けつつ進みました。

（東海道でも草を分けるのですから、炭山・笠取の道はいかがでしょう。）

「田上川を渡りて、猿丸太夫が墓を尋ぬ」は、田上川を渡って、猿丸太夫の墓を尋ねる。「田上川」は田上を流れる川、宇治の川上なり（『流水抄』）。瀬田を渡れば瀬田川、宇治を流れれば宇治川、「田上」を流れれば田上川です。田上は琵琶湖から大阪湾に流れる大河（瀬田川）の石山の対岸です。

瀬田川は流れに従って瀬田・田上・稲津・黒津と続きます。

【構成】猿丸の墓を訪ねるには、通説は瀬田川の支流の大戸川を渡ったとしますが、大戸川は瀬田川の東岸ですから、瀬田川を渡らないで大戸川を渡るのは人わざではありません。「田上」は石山の対岸で、「田上川」は宇治川の上流、瀬田川と重なります。石山には船着場があって、当時も舟で渡ったか。川を渡るには素足か舟か橋ですが、黒津では乾季には素足で渡った（松田勇氏）そうです。作者は黒津に渡ったのでしょうか。旅は一回ではないとすれば、水量をみて、二㎞ほど上流の唐橋を渡ったかも知れません。唐橋は瀬田ですが、田上と接していて、部外者には区別しにくいでしょう。「田上川を渡りて」を忠実によめば石山の対岸に渡った、です。

【参考】石山から蝉丸を訪ねるのは瀬田川の西岸を北上し、猿丸を尋ねるには東岸を南下します。方向が全く逆ですから、北上して蝉丸を訪ね、そこから南下して同一の道を猿丸まで南下したとは現実的ではありません。蝉丸訪問と猿丸訪問では日時の相異が考えられます。

「猿丸太夫が墓を尋ぬ」は、猿丸太夫の墓を尋ねる。「猿丸太夫」は大伴黒主以前の歌人（『古今集』序）、「大夫」は律令以前は大臣クラスの高級役人といいます。経歴は不明ですが、皇胤説もある。つぎの歌は作者不明ですが、猿丸のうたと信じられていました。

奥山に紅葉踏み分け鳴く鹿の声聞くときぞ秋は悲しき（『古今集』読人不知）

（後世に芸能の名手に「大夫」タユウと云うのは猿丸が大夫であったからでしょうか。）

「墓」は遺体を葬るところ、ただ供養塔をいう場合もあります。「猿丸太夫が墓」は山城国綴喜郡曾束荘、現滋賀県大津市大石曾束。

或人云く、たなかみのしもに、そづかといふ所あり。そこに猿丸大夫が墓有り。庄のさかひにて、そこの券にかきのせたれば、みな知る所なり。（『無名抄』鴨長明・犢丸大夫が墓の事）

作者が猿丸大夫の記事を『無名抄』に書いた時には未だ行っていなかったが、方丈に住まいして実地検分に行ったと推測されています。何回行ったかは不明てす。

【参考】「猿丸太夫が墓」は猿丸大夫の墓ですが、そこに猿丸神社を作りました。しかし後に大石曽束と禅定寺との間に境界論争があって、猿丸神社は宇治田原にうつしたといいます。

作者は猿丸の墓を拝んだのでしょうか、猿丸神社を拝んだのでしょうか。

しかし、美濃市（滝上神社）、芦屋市（芦屋神社）、熊本（旧蘇陽町）に伝猿丸墓が存在するといいます。

【構成】遠出を計画して炭山から笠取を過ぎた後、「或は」と「もし」で措定される場面は、次の四例（太字）です。

これより峯つゞき炭山を越え、笠取を過ぎ、あるいは**岩間に詣で**、あるは**石山を拜む**。もしはまた、粟津の原を分けつつ、**蝉丸の翁が跡を弔ひ**、田上川を渡りて、**猿丸太夫が墓をたづ**ぬ。

選択は一例の場合も、複数の場合も、全体の場合もあるでしょう。単純計算では二四例になります。これを共通項でくくることができます。

1．「岩間に詣で」と「石山を拜む」は観音の霊場の仏閣参拝であり、「蝉丸の翁が跡を弔ひ」と「猿丸太夫が墓をたづぬ」は和歌・芸能の神社参拝です。

2．「岩間に詣で」と「石山を拜む」は山路であり、「蝉丸の翁が跡を弔ひ」と「猿丸太夫が墓をたづぬ」は湖岸・川辺の道です。

3.「蝉丸の翁が跡を弔ひ」は北進であり、「猿丸太夫が墓をたづぬ」は南進です。

〈帰るさには、をりにつけつゝ、櫻を狩り、紅葉をもとめ、蕨を折り、木の實を拾ひて、かつは佛に奉り、かつは家土産にす。〉

「帰るさには、をりにつけつゝ、櫻を狩り、紅葉をもとめ、蕨を折り、木の實を拾ひて」は、帰るときには、時季に関係して、櫻を狩り、紅葉を狩り、蕨を折り、木の實を拾って。

【語法】「帰るさ」は原文かな書き、漢字では「反」は逆行する、「返」は来た道をもどる。「帰」「還」はもとのところにもどる、理想の場所に行く。「複」は行ってかえる（大修館『新漢和辞典』）。「さ」（接尾語）は、とき、場面。

作者には外山の方丈以上の場所はありませんでした。通路の言及はありません、或いは別のルートがあったかも。

「をりにつけつゝ」（「つっ」繰返し）は、季節に応じて。「をり」は時季、時機。「つけつゝ」関連して、関わって。「櫻を狩り」は桜見物、ここかしこの花をたずねて見る（『流水抄』）。「紅葉をもとめ」は紅葉狩り。「蕨」は野草、新芽・根を食料にする。「折り」は茎を折る、「木の實」は木に花が咲き実になる。「拾ひて」は落ちた物を取り入れる。

柿も木の実ですが、柿は梢にあって拾えません。栗や椎を選んで拾いました。桜狩・紅葉狩も、桜の枝、紅葉の枝を失敬しましたか。

【構成】「をりにつけつつ」は機会があれば機会ごとにですが、ここでは「桜」と「紅葉」、「蕨」と「木の実」という組み合わせで、春と秋が交互に記されています。「春秋」といえば一年のことですが、二回繰り返していますから二年の歳月です。

老齢の作者は、二年間、遊行しましたか。

（老体には夏の暑さと冬の寒さはきつかったのでしょうか。それにしても健脚です。）

【構想】歳月は二年だけではなく、何年も仏閣神社巡りをしては、季節ごとに自然の恵みに与ったとしても、長明の方丈の生活は五年間ですから、仏閣神社巡りも五年が限度です。その間に麓の少年も一五歳になっています。一五歳の少年なら、この全行程を一日で踏破することは可能でしょう。

【語法】「桜」「紅葉」「蕨」「木の実」について、それぞれ述語は「狩り」「もとめ」「折り」「拾ひて」です。「狩り」は動植物を採取すること、「もとめ」は手にいれることで、この二つは外部のものを己のものとすることです。「折り」は山野に自生するものを手で折り取る、「拾ひて」は路傍のものを手で取る意で、この二つは手で己のものとする仕方をいいます。従って、「狩り」と「もとめ」、「折り」と「拾ひて」はそれぞれ組み合わせになり、これらは対句仕立てにするという修辞上の配置で、同一表現になるのを避けています。

「かつは佛に奉り、かつは家土産にす」は、あるいは佛に奉り、あるいは家への土産にする。「かつは」(副詞)は、並列の関係を示す。「仏」は方丈の仏壇の仏の絵像。「家土産」は食卓のみやげにする。

作者は独り暮らしですから、仏のお下がりは自然と作者のものになりますから、「仏に奉り」と「家土産とす」とは同じことになります。仏に捧げたもの以外に家への土産が必要としますと、或は他に土産を与える者がいることになります。作者は外山の麓の散策には少年を伴いましたが、寺参り、神社詣では単独行動でしょう。作者が土産を与える者は少年以外にはありません。

【構想】読経・念仏のほかに興味がありました。琵琶の演奏と遊行です。読経・念仏の休憩には、少年を伴って外山の近郊に出かけ、日がうららかで、天気がよければ、西に木幡山・伏見の里・鳥羽・羽束師をみます。心がもっと遠くへ行きたいと思うと、巡礼をします。東に岩間・石山に観音巡礼すること、蝉丸・猿丸の遊芸の故地を訪ねます。遊行は少年を伴うこと、遠望すること、遊芸の祖を尋ねることですが、帰途には土産を用意し、最初は少年に合わせて茅花・岩梨、ぬかご、芹を採集し、穂組を作ったりします。後には単独で作者好みの櫻狩・紅葉狩・蕨・木の實を採集して、少年への土産とします。「心をなぐさむ」とはいっていませんが、思いがけない思いをとげたのですから、慰む以上の満足でした。外山の辺りは、しばしの安らぎがありました。

作者は遊びですが、遊びのなかにも信仰心と芸能を愛することを忘れていません。

作者は芸能の先達を求めて遊行したのですが、さらに岩間・石山から進めば、猿丸神社の北から六〇度西、六㎞のところに喜撰法師の喜撰山があり、その他、宇治には文学の故地もあります。作者は蝉丸・猿丸の故地だけは訪ねましたが喜撰とその他は拝しませんでした。ただ『無名抄』に喜撰は登場しています。

〈庵〉

〈夜〉

もし、夜しづかなれば、窗《まど》の月に古人をしのび、猿の聲に袖をうるほす。草むらの螢は、遠く槇《まき》の島の篝火《かがりび》にまがひ、曉《あかつき》の雨は、おのづから、木の葉吹く嵐に似たり。山鳥のほろほろと鳴くを聞きても、父か母かと疑ひ、峯の鹿の近く馴れたるにつけても、世に遠ざかる程を知る。あるはまた、埋み火をかきおこして、老の寝覺《ねさめ》の友とす。恐ろしき山ならねば、梟《ふくろう》の聲をあはれむにつけても、山中の景色《けしき》、をりにつけて盡くることなし。いはんや、深く思ひ、深く知らん人の為には、これにしも限るべからず。

若、夜シツカナレハ、マトノ月ニ故人ヲシノヒ、サルノコヱニソテヲウルホス。クサムラノホタルハ、トヲクマキノシマノカヽリヒニマカヒ、アカ月ノアメハ、ヲノツカラ、コノハフクアラシニヽタリ。山トリノホロホロトナクヲキヽテモ、チチカハ、カトウタカヒ、ミネノカセキノチカクナレタルニツケテモ、ヨニトホサカルホトヲシル。或ハ又、ウツミ火ヲカキヲコシテ、ヲイノネサメノトモトス。ヲソロシキヤマナラネバ、フクロフノコヱヲアハレムニツケテモ、山中ノ景色、ヲリニツケテツクル事ナシ。イハンヤ、フカクヲモヒ、フカクシラン人ノタメニハ、コレニシモカギルヘカラズ。

もし、夜が静かであれば、窓の月をみて古人を思い、猿の聲を聞いて泪で衣の袖をぬらす。草むらに光っている螢は、遠く槙の島の篝火かと思ったりして、夜明けの豪雨の音は、自然と木の葉を吹く嵐の音に似ている。山鳥がほろほろと鳴くのを聞いても、その声を父の声か母の声かと思い、峯にいる鹿が庵近くになついているにつけても、私は世に遠くなっている程を認識する。他には、灰のなかに埋めておいた火をおこして、老人の夜分ねられないときの友とする。外山は恐ろしい山でないから、梟の聲に心を動かすに関連しても、山中の光と大気はその時そのときに関わって盡きることがない。言うまでもなくさらに、深く思索し深く知識のある人の側については、外山のよさには景気以上のものがあるでしょう。

（ここから夜の描写です。）

〈もし、夜しづかなれば、窗の月に古人をしのび、猿の聲に袖をうるほす。〉

「もし、夜しづかなれば」は、もし、夜が静かであれば。「もし」は、一例として。「しづか」は物音がしない、心理的には雑念がない。

【構成】「もし、夜しづかなれば」は、「もし、日うら、かなれば」と対比します。「もし、日うら、かなれば」は「つれづれなる時」の一例ですから、「もし、夜しづかなれば」も「つれづれなる時」の一例です。

自分には余裕があって、その上に日はうららか、そして夜は静かなことが望ましい。作者にとって好ましいあり方を設定します。

【語法】「しづかなれば」の「ば」（接続助詞）は確定条件、静かであれば必ず。

夜、時間が有り余って静かであれば、かならず「窗の月に古人をしのび」「猿の聲に袖をうるほす」です。「窗の月に古人をしのび」は、窓の月をみて古人を思い。「窗の月」は窓から差し込んでくる月の光。「窗」（初出）は仏間の仏の頭上に作って、落日を仏の眉間の光とするように設計されています。

其西に閼伽棚を作り、中には西の垣に添て阿彌陀の画像を安置し奉りて、落日を請て眉間の光とす。（『嵯峨本』）

異本には、昼は落日が差し込むように西に窓を作りましたが、夜は月が差し込みます。作者は落日を拝む為に窓を作ったのですが、夜は差し込んできた月を仰ぎます。

当時は、常時、灯をつけることはなく、暗い夜を送りました。夜の明りは月か星に頼るのですけれど、現在はガラスがはめられていますから、窓を開けなくてもよろしいが、当時は窓を開けて月をみます。気候によっては開けません。

【語法】「猿の声」は流浪の人の気持ちをいうのが中国文学の傾向でした。特に夜の猿の声は断腸の思いを起こさせます。「和漢朗詠集」にも大江澄明が「巴猿三叫、暁霑行人之裳」と踏襲しています。作者の「猿の声」も、この辺のイメージでしょうか。

（東側の夜の床で頭北面西に寝ると、沈む頃の月がよく見えます。）

「古人」は過去の人、昔の有名人、先亡の知己・旧友（『流水抄』）、誰かは不詳。「しのび」は懐かしく思い出す。

【語法】古来「月」は懐旧の情を表しています。中国においても日本においても、月を見ることによって、離れた家族、旧友、あるいは鬼籍にはいった人を思うたよりとします。月をみて故人を思うのは古来、詩人の心でした。

牀前月光を看る　疑ふらくは是、地上の霜かと　頭を挙げて山月を望み　頭を低れて故郷を思ふ（『静夜思』李白）

三五夜中新月の色　二千里外故人の心　（『憶元九』白楽天）

白楽天のこの句は当時もっとも愛好されたもので、白楽天は満月をみながら左遷された旧友の身の上を思いやります。

「古人」は白楽天では「旧友」ですが、ここは下位に「父か母かと疑ひ」とありますから鬼籍に入った父母でしょうか。

月をみるのは一回に限りませんから、毎回同じ人を思うのも不自然でしょう。あるいは蝉丸、猿丸も含まれるのでしょうか。

（「窗の月」は仲秋の名月でした。）

「猿の聲に袖をうるほす」は、猿の聲を聞いて泪で衣の袖をぬらす。「猿の聲」は旅愁の悲しさの声で、秋の風物、特に中国の猿の声は澄み切って哀愁が切実であるといいます（于永梅・波戸岡旭）。

巴東の三峡、巫峡長し。猿鳴三声、涙衣を沾す。（『古楽府』）

猿声は中国でも日本でも秋の悲哀の風物で、猿声に泪を拭きます。

「袖」は衣の袖、袖はこぼれる泪を受けるところ、泪をぬぐうものとされています。「うるほす」は水分を含むこと、ここは泪がしみ込んで絞るところぼれるほどになる。

（夜は静かといいますが猿の声は静かさを破ります。「静か」は作者の心中のことでした。）

作者もまた都を離れた旅人で、昼も故郷の空を仰いだりします。気分によって岩間・石山・蝉丸・猿丸と旅をしました。夜も旅の余韻があり、夜猿の声は作者の旅愁の気分を高めます。昼は楽しみの場面でしたが、夜は哀愁の場面です。

【構想】静かな夜、作者は、西側の窓を開けて、多分、体を床に横たえたまま、西に沈む満月を阿弥陀仏の光背に重ねて眺め、猿の声に哀愁に落ち込んで泪を拭います。作者は自身を謫人になぞらえながら故人を思い悲しみます。

この部分は中国詩の影響を受けて、「古人」は白楽天など中国の詩人が考えられますが、自分を流人に見立てるのは源氏物語に先蹤があります。

〈草むらの螢は、遠く槙の島の篝火にまがひ、曉の雨は、おのづから、木の葉吹く嵐に似たり。〉

【構文】「草むらの螢は」は、「遠く槙の島の篝火にまがひ」と「曉の雨は、おのづから、木の葉吹く嵐に似たり」の対句を述部にします。述語は「まがひ」と「似たり」で比喩表現です。「草むらの螢」については比喩表現でしか語りません。「草むらの螢は、遠く槙の島の篝火にまがひ」は、草むらに光っている螢は、遠く槙の島の篝火かと思ったりして。「草むらの螢」はクサムラの中で静かに光っている蛍、またクサムラの付近で飛びながら光っている蛍。「草むら」は草が一面に密生しているところ、「蛍」は夜光性の昆虫、水辺・草むらに生息し、光りながらとびます。

【参考】日野の蛍は平家蛍、黒紅蛍だそうです。蛍狩りといえば夏の宵で、ここの蛍は「宵の蛍」のことでしょう。遊行は春と秋でしたが、ここには夏の記録があります。

（源氏蛍は流水に、平家蛍は止水に繁殖します。）

【構想】蛍は草むらから離れません。しかし、蛍はどこから来たか、どこへ行くかという疑問が起こります。

螢の飛びけるをよみ侍りける

いづちとかよるは螢の昇るらむゆく方しらぬ草の枕に（『新古今集』壬生忠見）

「ゆく河の流れ」（「序」）は源も行き先も不明です。蛍と重なります。蛍の草むらは「ゆく河の流れ」の一つの時点を切り取っています。作者も自分はどこから来たか、どこへ行くかを知りません。自分もまた草むらで光芒を放っているだけでした。ただここで光芒しているだけの人生だと思います。蛍は作者の内面です。

「遠く」は直接的な関係をこばむ間隔。ここは方丈と槙の島が往復できないほど離れている。「槙の島」は宇治橋の少し下（『諺解』）、宇治川の西（『流水抄』）、現在も宇治川に存在するが、当時は巨椋池に浮かぶ島嶼。現槙島町全域に及ぶほどの島であったでしょう。槙の島は方丈から南南西に四㎞弱。

【構成】「遠く」の篝火と「近く」の蛍の光を対比します。

「篝火」は鉄の器具に薪を燃やす集魚灯。「まがひ」は間違える、似ている、紛れるほどよく似ていること。

【構想】方丈から四㎞の距離は遠くて個々の篝火は見えないが、集合すれば見えるでしょうか。篝火の描写が「まがひ」というほど、具体的・精細であるのは記憶を呼び起こしたと理解できます。「遠く」は原体験が意識の上で遠くなった意味です。

百首歌たてまつりし時

いさり火の昔の光ほの見えて蘆屋の里に飛ぶほたるかな（『新古今集』摂政太政大臣）

蛍に篝火を連想するのは、当時の歌風でした。作者だけの独断・偏見ではありません。

諸注は槙島の篝火を氷魚をとる灯火とします。氷魚の集魚は冬ですから、季節があいません。冬の氷魚を思ったのでしょうか。

一面の草原には一面に螢が光っています。螢の一面の光は槙の島の集魚の光と重なり、夜は光で一ぱいでした。「暁の雨は、おのづから、木の葉吹く嵐に似たり」は、夜明けの豪雨の音は、自然と木の葉を吹く嵐の音に似ている。「暁の雨」は夜明けの豪雨。「暁」は夜が明けるとき。「雨」は「木の葉吹く嵐に似たり」とあるから豪雨。

【構成】「草むらの螢」は、槙の島の篝火に間違えるほどであり、「暁の雨」は木の葉を吹く嵐に似ているのですから、蛍も雨も空想の話です。蛍は夜分、雨は暁、時間の経過があり、昼ではありません。また「草むらの螢」は夏、「暁の雨」は冬、何年かの夜を凝縮しています。ここには視覚と聴覚の対比もあります。

【参考】諸注は次の歌を挙げます。

秋の夜に雨と聞こえて降るものは風に従ふ紅葉なりけり（『拾遺集』紀貫之）

神無月寝ざめに聞けば山里の嵐の声は木の葉なりけり（『後拾遺集』能因法師）

冬の夜の長きをおくる袖濡れぬ暁がたのよものあらしに（『新古今集』後鳥羽院）

歌人は紅葉の葉ずれの音ときいたり、木の葉の音を嵐と聞いたり、夜明けの風雨の音に泪します。諸注は、作者の夜の床の思索は、やはり歌の情緒であると感じていました。

〈山鳥のほろほろと鳴くを聞きても、父か母かと疑ひ、峯の鹿の近く馴れたるにつけても、世に遠ざかる程を知る。〉

「山鳥のほろほろと鳴くを聞きても、父か母かと疑ひ」は、山鳥がほろほろと鳴くのを聞いても、その声を父の声か母の声かと思い。「山鳥」は雉の仲間、体長は雄は尾の長さを含めて一二五cm、尾が鏡の役目をします。

山鳥は山地（標高1、500m以下）の森林藪地に生息し、針葉樹林や下生えがシダ植物で繁茂した環境を好む。

「ほろほろと」は擬音。「聞きても」（「も」添加）は、さきに猿の声を聞いたが、ここは山鳥の声も聞きました。キジの仲間は極めて早朝に鳴きます。

作者は山鳥の声を「ほろほろ」と聞いたのですが、だれでも「ほろほろと」聞くとは限りません。ただ作者以前に「ほろほろ」と聞いた人があります。それは奈良時代の僧行基でした。

山鳥のほろほろと鳴く声聞けば父かとぞ思ふ母かとぞ思ふ　（『玉葉和歌集』行基）

「父か母かと」（「か」選択）は、父の声か母の声かと。「疑ひ」は真偽が確実でない。作者は山鳥の声を父の声か母の声かと迷います。

山鳥の鳴き声が父か母かに結合する必然性はありませんから、そう聞く場合があるということです。作者は行基にならって山鳥の声を「ほろほろ」と聞いたのでした。

「父か母かと」は父でなければ母、母でなければ父という二者択一で、もし父であれば母の思いを切り捨て、母であれば父を見捨てるのでしょうか。山鳥を聞いたのが一回でないとすれば、父であるときも母であるときもあるといえば、読者は安堵するかも知れません。二者択一でないとすれば、父母以外のものであるかも知れないと思ったでしょうか。

山鳥は雌雄が峰を隔てて寝るという伝承がありました。

山鳥の雌雄は、日なれば則ち一庭に在り。夜なれば則ち渓谷を隔てて、雌の影の雄の尾に寫すあるを視て鳴く。これを山鳥の鏡と請ふ。（『和漢三才図会』）

雄は雌より尾がながくて鏡の役割をします。雄は尾に映った雌の姿を愛します。

やまどりのはつをのかがみかけてのみ長き別れのかげを恋ひつつ（『続後撰』恋五）

山鳥の声を聞いて妻を思うのが山鳥の声の聞き方でした。しかし、作者は行基に導かれて、山鳥の声に父の声、母の声を感じたのですが、山鳥の声を聞いて妻を思わなかったのでしょうか。作者も行基の歌を知らなければ亡き妻を思ったでしょう。山鳥の声を聞いて妻を思わないはずはありません。作者は『方丈記』でなくなった妻子を語ろうとはしませんでした。

山鳥が霊魂と結合するのは、昔は遺体を山に持ち運び、遺体は鳥の腹中に葬られます。いわゆる風葬、鳥葬です。ころも鳥の中にあり、山の鳥の声に死者の声を聞くという発想があります。「山鳥」は種の名ではなく、山の鳥の意味でもありました。

「峯の鹿の近く馴れたるにつけても、世に遠ざかる程を知る」は、峯にいる鹿が庵近くになついているにつけても、私は世に遠くなっている程を認識する。「峯」は頂上より少し下の広場のある辺り、作者の庵の真上。「鹿」は昔から人との接点の多い動物で、いろんな接し方がありますが、古注は西行の歌を挙げます。

山深みなるかせぎのけぢかきに世に遠ざかる程ぞ知らるる（『山家集』西行）

「鹿」は人気のない山奥に住んでいるという設定です。

夕され小倉の山に鳴く鹿はこよひはなかず寝にけらしも（『万葉集』舒明天皇）

『万葉集』で鹿を詠んだ歌は六八首、牡鹿が雌鹿を求めて鳴きます。妻を得たら鳴きません。しかし、妻を得た喜びで鳴く鹿もあるようです。鹿は夕べから夜明けまで夜通し鳴きます。鳴くのは一夜に限りません。鳴かない夜もあります。万葉の歌人は鹿は恋によって鳴くと理解していました。

「近く」は庵に近いこと。「馴れたる」はなじんで親しみのある状態、ここは鹿が作者に馴れること。人里を離れた山の遠くに住んでいた鹿が作者に気がねなく近くで鳴いていました。しかし、その妻を呼ぶ声に、作者も妻を思い出します。

「つけても」は付加しても。峰の鹿が近くで鳴いているのに関連しても。

　鹿は鹿の思いで鳴いているのですが、作者は自分の思いを付け加えます。

　（山鳥に父母を思ったのですが、やはり作者は妻を忘れてはいません。）

「世」は、ここは時間的空間的な広がり、父母・妻子などのいた世。「遠ざかる」は遠くなって離れる。

「ほど」（形式名詞）で時間、距離など、またその程度を表します。ここは、ずいぶん遠くなったこと。「知る」は認識する、知識とする。ずいぶん離れてしまったと知る。

【構文】「世に遠ざかる程を知る」の主格は「我」、作者自身、述語は「知る」。知ったのは「世に遠ざかる程」。「世に遠ざかる」は「程」の修飾語、厳密には遠ざかったことを知る。

　私は父母・妻子などと暮らした世が遠くなっている程度を認識する。作者が知ったのは「程度」で、なくなった人とは乗り越えられない隔絶でした。妻とずいぶん離れたと思います。衰老を知るといふことなり（『諺解』）。

【構想】静かで時間的に余裕のある夜は、山鳥や鹿の鳴く声を聴きました。単に聞き流すのではなく、山鳥の声では父母を思い出し、鹿の声では妻を思いました。昼は少年と遊行しましたが、少年になくなったわが子を重ねていました。作者は昼も夜も、時間の余裕のあるときは、父母・妻子を思って、それは厳しい隔絶であったと感じていました。


〈あるはまた、埋み火をかきおこして、老の寝覚の友とす。〉


「あるはまた」は、別件としては。「あるは」は複数あるもののうち別の案件を挙げます。「また」は他に。

　当面の問題として、猿や蛍や雨や山鳥や鹿などに接すること以外の案件をいいます。

「埋み火をかきおこして」は、灰のなかに埋めておいた火をおこして。「埋み火」は火種をたやさないため火を灰の中において保ちます。「かきおこして」は立ち上げる、ここは火に勢いをつける。「かく」は棒などで平面をきずつける。

猿や蛍や雨や山鳥や鹿などに接すること以外の案件は、埋め火を掻き立てることでした。（発火には手間を取るから火種を保存します。）

「老の寝覺の友とす」は、老人の夜分ねられないときの友とする。「老」は老年、作者六〇歳に近い年代。「寝覺」は夜分眠りから覚めて時間をもてあますこと。「友とす」は火を友とする。「友」は、ともにいる人、共通の案件をもつ仲間。

老人の性癖として夜の寝覚めがあり、火を求めるのは老人性です。その火を友とします。

火は作者の悩み思いに応えてくれる立場にあります。（埋もれ火に手をかざしながら、考えたことは、以下の文章にあります。）

「埋み火」は作者の奥深い魂の象徴です。念仏と読経という日課、遊行や演奏という興味に埋没していたが、本来の魂のあり方に目覚めようとしました。

【構想】念仏・読経に精の出なくなった時を、朝・昼と描写してきて「夜」を記します。夜が静かなときは、必ず窓に月をみ、草むらに蛍をみて、遙かなものに思いを寄せます。また静かでない時は、暁の雨の音を聞き、山鳥の声を聞き、鹿の声を聞き、故人を思います。ときには埋み火をかき起こして暖を取り老いを慰めます。ここでは火を友とするのですが、猿や蛍や雨や山鳥や鹿なども友でした。友は古人を思わせ父母や妻への回想としましたが、埋み火は作者自身の老いに思いを寄せます。

〈恐ろしき山ならねば、梟の聲をあはれむにつけても、山中の景色、をりにつけて盡くることなし。〉

「恐ろしき山ならねば」は、外山は恐ろしい山でないから。

過去の経歴で都は災害の地でした。地震などは、どこにいても恐ろしいと思いました。しかし、外山は恐ろしくないと思います。恒常的に恐ろしくないのではありません。しばしの、いささかの、安らぎがありました。

（作者は外山に恐怖を感じていたが、どのように克服したのでしょうか。）

【構成】作者は、夜、真っ暗な中で、暁まで、人から生き物へと回想し、視覚から聴覚へと感覚を働かせ、一睡もしないで泣いたり感興に浸ったりして、意識を一杯にふくらませます。

【構成】作者が恐ろしい山でないとする最大の理由は、梟の鳴く山は恐ろしいとする思想があったからです。

　山深みけ近き鳥のおとはせて物恐ろしきふくろふの声（『山家集』西行）

「梟の聲をあはれむにつけても」は、梟の聲に心を動かすにつれても。「梟」は夜行性の大型の猛禽類、視覚と聴覚がすぐれ小動物を餌とします。『法華経』では悪虫の第二にあげ、生長すると親を食う（『開目抄』）といいます。

　五百人有って、其の中に止住す。鵄梟雕鷲、烏鵲鳩鴿、蚖蛇蝮蠍、蜈蚣蚰蜒、守宮百足、鼬貍鼷鼠、諸の悪虫の輩、交横馳走す。屎尿の臭き処、不浄流れ溢ち、蜣蜋諸蟲、而も其の上に集れり。（『法華経』譬喩品）

「あはれむ」は好意的に行動する、悪鳥である梟に同情したとすると、悲しむ。他の鳥の声と同様に聞いたとすれば、感じ入る。「つけても」（「も」例示）は付加する。梟の聲を好意的に思うことに「山中の景色」を付け加えます。

「山中の景色、をりにつけて盡くることなし」は、山中の光と大気はその時そのときに関わって盡きることがない。「山中」は外山の中。「景」は日光、「色」は感覚の対象となるもの、客体的存在。「をり」は時、機会。「盡くることなし」は、なくならない。

【構成】「つけて」は、作者が梟の声を好意的に聞くことに付加するのは山中の景色で、その山中の光と物体はいつまでも消えることはないと付け加えます。

夜に親しんだフクロウの印象が作者の心に残り、昼になっても消えないで、かえって日の光も耀き大気も無尽蔵と感じます。

【構想】鹿の声を聞いて世に遠ざかることを知ったのですが、梟の聲を好意的に思うことによって、世離れした外山は光で一杯でした。埋み火をかきおこして何を考えたか、それは悪鳥を好意的にみることでした。そのことによって山は光で耀きました。

【参考】『法華経』では悪虫には「蚖蛇蝮蠍」などもあり、外山には蝮はいなかったのでしょうか。

『法華経』で悪虫としているヘビ・マムシ・ムカデの記録はない。山中にヘビ・マムシ・ムカデはいたと思われるが、作者は気にしていない。

【構成】「もし夜しづかなれば」で導かれる構文は対句構成で、つぎの対比、展開があります。

窓の月に古人をしのび、猿の聲に袖をうるほす。

草むらの螢は、遠く槙の島の篝火にまがひ、曉の雨は、おのづから、木の葉吹く嵐に似たり。

1. 「窓の月」「草むらの螢」は光の世界、「猿の聲」「曉の雨」は音の世界で、作者の思考は視覚から聴覚へと展開します。
2. 「窓の月」「草むらの螢」は夜、「曉の雨」は曉、夜から曉に時が移ります。
3. 「古人をしのび」は人、「篝火」も人の描写、「猿の聲」「螢」は生き物、描写の対象が人から生き物に移動します。
4. 「古人をしのび」「篝火にまがひ」は回想、「袖をうるほす」「木の葉吹く嵐に似たり」は現状。
5. 窓の月をみ、猿の聲を聞き、草むらの螢を見るは、「夜」の静かな描写ですが、「曉の雨」の朝は静かではありません。静から動への変化があります。

【構想】方丈には大原以来の念仏・読経に精励する生活と、遁世以前の生活の復活がありました。長明の老いを救ったのは念仏・読経から逃げることで、遁世以前の都や世人の交遊の回想でした。

〈いはんや、深く思ひ、深く知らん人の為には、これにしも限るべからず。〉

「いはんや」は比較の語、言うまでもなく更に。上述の事案に比べて以下の事案の内容的にすぐれている意。「深く思ひ、深く知らん人の為には」は、深く思索し深く知識のある人の側については。「深く」は深刻に。「思ひ」は考える、「知らん」（「ん」想定）は知識のある。「為には」は、そのものの立場に立っていう。

【構想】作者には、昼は少年、夜は窓の月・猿の聲・叢の螢・眞木の島の篝火・曉の雨・山鳥・峯の鹿・埋火などの友がありました。これらの月・猿・螢・篝火・雨・山鳥・鹿は、すべて歌枕でした。作者は歌人で、歌人の心で外山の耀いていることを記録しました。

作者は作者よりも思慮があり知識のある人を想定し、その人の立場で思索すると、自分は未熟でした。

「これにしも限るべからず」（「べからず」不適当）は、この見解に限定することはないでしょう。「これ」は「山中の景色、折につけて盡くることなし」という見解。

すぐれた修行者の目から見れば、外山のよさには『景色』以上のものがあるでしょう。

（夜は昼の連続で、寝室の風景も遊行の延長線上です。）

【構成】構文は、「もし」で導かれる最初の事案と、「もし」で導かれる最後の事案とには呼応関係があります。

もし、念佛ものうく、讀經まめならぬ時は、みづから休み、みづから怠る。**妨ぐる人もなく、また恥づべき人もなし。**（「もし」で導かれる最初の事案）

もし、夜靜かなれば、窗の月に古人を忍び、猿の聲に袖をうるほす。（中略）いはんや、**深く思ひ、深く知らん人のためには、これにしも限るべからず。**（「もし」で導かれる最後の事案）

「もし」で導かれる前者は「妨ぐる人もなく、また恥づべき人もなし」で、方丈には自分を指導したり手本にするような人はいない、でした。後者の「深く思ひ、深く知らん人のためには、これにしも限るべからず」は、思慮分別が自分を超えるような人物を想定します。

すなわち「深く思ひ、深く知らん人」は「妨ぐる人、また恥づべき人」に相当します。

【構成】作者は白楽天から父母妻子に至るまで、さまざまな人を想定しましたが、その意識の根底には、自分を叱責するような人物を求めていました。

作者は方丈と外山に埋没されそうな自分を叱責してくれる言葉と人物を夢想していました。

（それは大原の頼斅上人、案内者の如蓮上人、真葛が腹の法然上人らでしょうか。）

【構想】1　念仏・読経に精の出ない時はどうするか、自分で休憩し念仏も読経もしません。そのような朝は、沙弥満誓の和歌をたしなみ、夕は、白楽天・桂大納言をしのんで琵琶を演奏します。昼は好天を選んで外山の峰に登り、北は加茂から西は鳥羽・羽束師まで望んだり眺めたりします。また少年を伴って山の付近を散策し、さらに東に岩間寺・石山寺に参詣し、蝉丸・猿丸の旧跡を訪ねます。夜、興味があれば、松籟・水滴と共演して、秘曲を演奏します。また夜は窗の月をみ、囲炉裏の火を懐かしみ、猿や山鳥や鹿の声々に古人を忍び、父か母か、妻かと思います。

方丈は孤独ですが、本当に孤独に浸っているなら「人の耳を悦ばしめむとにはあらず」などと、「人」を意識することはないでしょう。作者の孤独には必ず人影があり、人を思うばかりで、さびしい限りでした。「妨ぐる人」「恥づべき人」のいないのを庵の利点とするけれども、内心は「妨ぐる人」「恥づべき人」を求めているのでした。方丈は極楽でしたが、自然に埋没し過去の人にとらわれて、作者自身を忘れていました。このような生活を反省して、すぐれた人には別の見解があるだろうと思いました。

【構想】2　若し頼斅だったら、どういうでしょうか。多分、初心に帰れ、念仏・読経に精進せよ、念仏の楽しみ読経の精神を忘れるな、と。

（評価）

おほかた、この所に住みはじめし時は、あからさまと思ひしかども、今すでに、五年を經《へ》たり。假《かり》の庵も、やゝ故郷《ふるさと》となりて、軒には朽葉《くちば》深く、土居《つちゐ》に苔むせり。おのづから、ことの便《たより》に、みやこを聞けば、この山に籠《こも》り居て後、やむごとなき人の隠れ給へるも、あまた聞ゆ。まして、その数ならぬたぐひ、尽くしてこれをしるべからず。たびたびの炎上《えんしょう》に亡びたる家、またいくそばくぞ。

〈概評〉

オホカタ、この所ニスミハシメシ時ハ、アカラサマトオモヒシカトモ、イマステニ、イツトセヲヘタリ。カリノイホリモ、ヤ、フルサトトナリテ、ノキニクチバフカク、ツチヰニコケムセリ。ヲノツカラコトノタヨリニ、ミヤコヲキケバ、コノ山ニコモリヰテノチ、ヤムゴトナキ人ノカクレ給ヘルモ、アマタキコユ。マシテ、ソノカスナラヌタクヒ、ツクシテコレヲシルヘカラス。タヒタヒノ炎上ニホロヒタル家、又イクソハクソ。

だいたいは、この日野の外山に最初、住み始めたときは、一時的な住まいと思っていたが、現在は、もう五年を過ぎてしまった。仮に選んだ庵の土地も、次第に住みふるした故郷となって、軒には朽葉深く積もり、土居に苔が生えている。なりゆきで何かの事案の消息において都の様子を聞くと、この外山に入った後、尊い人が亡くなられたことも、多く耳にした。それ以上に、都の人の数に入らないものたちは、すべての数をあげて死者を知ることはできない。何回もの火災でなくなった家は、またどのくらいか。

〈おほかた、この所に住みはじめし時は、あからさまと思ひしかども、今すでに、五年を經たり。假の庵も、や丶故郷となりて、軒には朽葉深く、土居に苔むせり。〉

「おほかた」は、だいたいは、おおよそ。小異は認めながら大局をみる表現。

【語法】「おほかた」は発語の意で、文章を改めて書き下すときの表現です。全体的視野からいう。ここは「この所に住みはじめし時」と「今」を対比的に導きます。

【構成】すぐれた修行者の目から見ることに触れて、作者自身が方丈の生活にメスをいれようとします。

「この所に住みはじめし時は、あからさまと思ひしかど」は、この日野の外山に最初に住み始めたときは、一時的な住まいと思っていたが。「この所」は、この場所、具体的には外山の中腹の庵の場所。「住みはじめし時」は、最初に住みだしたとき、方丈を立てたとき(『諺解』)。それは「六十の露消えがた」、承元二年(一二〇八)、作者五四歳、老いを自覚したとき。

「あからさまと」(「と」引用)は一時しのぎの場所と、「あからさま」は本格的でない、一時しのぎの、暫時(『首書』)。「思ひしかど」(「しか」過去)は思ったけれど。

【構成】ここは概括の場面ですが、建物と土地において、まず作者は土地(外山)を取り上げました。最初に日野山の奥に住み始めた時には、本格的に住む意図はなかったのでした。

一には日の山には久しくはいないだろう、一には齢もたけて長くはいないだろう。(『盤斎抄』)

【構想】「住みか」には建物と土地があります。作者は建物(方丈)には満足していたが、土地(外山)は方丈の場所としては仮の所と思っていました。

「いま、すでに五年を経たり」は、現在は、もう五年を過ぎてしまった。「いま」は現時点、『方丈記』執筆完了に近い時点、死を切実に思ったとき。「すでに」(副詞)は完了、「五年」は外山に庵を作ってから五年。「経たり」(「り」完了)は、過ぎてしまった。

【語法】「あからさまと思ひしかども」の「ども」は逆接ですから、実際は「あからさま」ではなかった、「いま、すでに五年を経たり」は、五年という歳月は「あからさま」ではなかった、この流れは「假の庵も、や、故郷となりて」と続きます。

【構想】作者が大原から外山に移ったのは五四歳ですから、五年後は五九歳。『方丈記』の完成は五八歳ですから、『方丈記』の完成の年です。五年後という「いま」の詳細は不明ですが、「いま」から同年の三月末日までの、およそ数日が作者に残された時間です。

（「今」は多分正月でしょう。作者の余りの時間は三月までの三ヶ月間でした。）

「假の庵も、や、故郷となりて」は、仮に営んだ庵も、次第に住みふるした故郷となって。「假の庵」は本来の庵ではなく便宜的に設けた庵、ここは庵の建物。

「庵」は一時的なものではなく、外山の土地は便宜的なものと思っていたのですが、人生そのものが「仮」ですから、仮の人生を宿す庵も、その意味では「仮」でした。その「庵」に対して土地は更に便宜的でした。

「庵も」の「も」は例示、庵の土地に添えて庵も同様に。「やや」は次第に。「故郷」は、かつて縁故のあった場所。土地も建物も次第に故郷の趣になってきました。

「軒には朽葉深く、土居に苔むせり」は、軒には朽葉が深く積もり、土居に苔が生えている。「軒」は屋根の下部が建物の外に突き出た部分。「朽葉」は腐った木の葉。「深く」は同一物質の上部から下部にいたる長さが大きい。ここは「深く積り」の形。

落葉は時を経なければ朽ちることはありません。五年の歳月が朽ち葉を作りました。五年間、落ち葉は飛散しないで積もって朽ちました。

諸注は軒の様子をあげて屋根の全体を表現したと見ていますが、屋根の上部の朽葉は風で吹き飛ぶか、下にずり落ちるかで、屋根全体に朽葉が積もるなどとは考えられません、軒に積もったのです。軒には雪止めなどがあって朽葉もたまったのでしょうか。

「土居」は土の構築、建物の台にします。「苔むせり」（「り」存在）は苔が生えた、「むす」は生える、生長する。

【構想】作者が概観したところは、五年の歳月が外山も庵もふるさとにしました。以前の「庵」は屋根に朽葉もなく、土居の苔もなく、土地も建物も新しく、すぐに解体して移動できる状態でした。その新しかった土地や建物を思うと、今から五年の歳月は昔のなじみのものに思えた。

室内では念仏と読経の生活で、作者も元気で活動しているが、外観は変貌していて、老いが迫っています。

【構想】長明は念仏・読経について精勤と怠惰の二面生活をしていましたが、しばしの安楽を与えたのは怠惰で、災害を避けるという思いを孤独という形で受け止めたからでした。

（作者は現在の視点で過去の庵をみると隔絶感があり、故郷になっていたと思います。）

〈おのづから事の便に、みやこを聞ば、此山に籠ゐて後、やむごとなき人の『かくれ』給へるも、あまた聞ゆ。〉

「おのづから事の便に、みやこを聞ば」は、自然と何かの事案の関連において都の様子を聞くと。「おのづから」は自然と、成り行きで。「事」は関係のない事案、「便」はてづる、消息。「聞ば」は、作者が質問した。

作者はさきに見晴らしの良い山頂から故郷を望んだが、作者の心は見捨てた都の現状に関心がありました。

「此山に籠ゐて後、やむごとなき人のかくれ給へるも、あまた聞ゆ」は、この外山に入った後、尊い人が亡くなられたことも、多く聞こえた。「此山」は日野の外山、庵のある山。「籠ゐて」は入ったままで出てこない。

「やむごとなき人」は身分の高い人、「きはめて上臈の品をいふ」（『花鳥余情』）とある（『諷書』）。

「かくれ給へるも」（「も」例示）は、亡くなられたことも。「あまた」は多く、「聞ゆ」は自然と耳にする。

【構想】外山に入って五年ですから、諸注は承元二年（一二〇八）から建暦元年（一二一一）までになくなった貴人を次のように伝えます。

年号	承元三年	承元四年	建暦元年
霊名	皇太后忻子	坊門院範子	八条院暲子・春華門院昇子

このほかに承元元年の元関白九条兼実、守覚法親王をあげる説もあります。承元元年から建暦元年までに皇族と三位以上のなくなった著名人は一四人にのぼると言います。

作者は都の情報を誰から聞いたのでしょうか、外山を紹介した禅寂だったでしょうか、禅寂は九条家の家司であり、兼実は熱烈な専修念仏の信者でしたから、作者にとっても兼実の死は無関心ではいられなかったでしょう。

「やんごとなき人」はもともと少人数ですから、これだけの数も相当な人数になるのでしょう。

【語法】「聞けば」は自分が聞く、「聞こゆ」は自然と耳に入る。作者は自分から都のことを聞いたが、相手は勝手に死んだ人の名を告げる。

〈まして、そのかずならぬたぐひ、つくしてこれをしるべからず。〉

「まして」は、それ以上に。後続の言葉に、さらに重要な意味を認めます。

「そのかずならぬたぐひ」は、都の人の数に入らないものたちは。「その」は指示語、都の。「かずならぬ」(「ぬ」否定)は、「やんごとなき人」の数に入らないもの。「数」は基準的価値を共有するものの集合体。

「つくしてこれをしるべからず」は、すべての数をあげて死者を知ることはできない。「つくして」は、残りなく挙げる。「かず」は死者のかず。「しるべからず」(「べからず」不可能)は、知ることはできない。

高貴な人でない人の死をすべて知ることはできないのは、数値もさることながら、誰も話題にしないからです。

作者は都の情報において、高貴な人の死だけでなく、すべての死者の死を考えました。高貴な人の死は伝えてくれますが、高貴でない人の死は作者が想像するしかありません。その無名の死を注視しています。

〈たびたびの炎上にほろびたる家、またいくそばくぞ。〉

「たびたびの炎上にほろびたる家、またいくそばくぞ」は、何回もの火災でなくなった家は、またどのくらいか。「たびたびの」は数多い、「炎上」は大火災。

承元		詳細				
元年	四月	京都大火	九月二十日	中宮御所	九月廿九日	京都大火・宜秋門院小御所・承明門院御所
二年	四月	京都大火	閏七月	十二町四方・宜陽門院御所・六條殿長講堂・坊（門院御所）	九月	朱雀門
三年	四月	行願寺・誓願寺				

（『方丈記全注釈』による）

「ほろびたる」はなくなった。「また」は死者の数と同様に。「いくそばくぞ」はどれくらいか、多いの疑問表現。

（『方丈記』は人と家についての論考ですから、「人」の死のあとに「家」の焼滅を取り上げます。）

【構想】都が住居に適さないことを記録するのは『方丈記』のパターンであったが、先行文の無名の人の大量の死を推察して、その原因に大火災があったかという作者の心理を記します。世と交わりを絶ち都を否定したのですが、作者の脳裡には都の残像がありました。

〈庵〉

たゞ假の庵のみ、のどけくして恐れなし。程《ほど》狭しといへども、夜 臥す床あり、晝居る座あり。

一身をやどすに、不足なし。寄居《かむな》は、小さき貝を好む。これ事を知れるによりてなり。みさごは、荒磯に居る。すなはち、人を恐るゝが故なり。我またかくの如し。ことを知り、世を知れれば、願はず、走らず。たゞ靜かなるを望みとし、愁へなきを樂しみとす。すべて世の人の栖を造るならひ、必ずしも、ことの爲にせず。或は、妻子・眷屬《けんぞく》のために造り、或は、親昵朋友《しんじつほうゆう》の為に造る。あるは、主君師匠、および財寶・馬牛の為にさへ、これを造る。われ今、身の為に結べり。人のために造らず。故いかんとなれば、今の世のならひ、この身のありさま、伴ふべき人もなく、頼むべき奴もなし。たとひ、廣く造れりとも、誰をか宿し、誰《たれ》をか据《す》えん。

タヽカリノイホリノミ、ノトケクシテオソレナシ。ホトセハシトイヘトモ、ヨル フスユカアリ、ヒルヰル座アリ。一身ヲヤトスニ、不足ナシ。カムナハ、チヰサキカヒヲコノム。コレ事シレルニヨリテナリ。ミサコハ、アライソニヰル。スナハチ、人ヲヽソルヽカユヘナリ。ワレマタカクノコトシ。事ヲシリ、ヨヲシレヽハ、ネカハス、ワシラス。タヽシツカナルヲ望トシ、ウレヘ無キヲタノシミトス。惣テ、ヨノ人ノスミカヲツクルナラヒ、必スシモ、事ノタメニセス。或ハ、妻子・眷屬ノ為ニツクリ、或ハ、親昵朋友ノ為ニツクル。或ハ、主君師匠、ヲヨヒ財寶・牛馬ノ為ニサヘ、コレヲツクル。ワレ今、身ノ為ニムスベリ。人ノ為ニツクラス。ユヘイカントナレハ、今ノヨノナラヒ、此ノ身ノアリサマ、トモナフヘキ人モナク、タノムヘキヤツコモナシ。縦、ヒロクツクレリトモ、タレヲカヤトシ、タレヲカスヘン。

ほんとうに仮の庵だけは、おだやかで恐れがない。床面積は狭くても、夜には寝る床があるし、昼には座る席がある。一人の身体をやどすのに、不足はない。ヤドカリは、小さい貝を好んで選ぶ。小さい貝を好むのはことの重大さを知っているからである。みさごは波の荒い磯に居る。このことは、人を恐れているからである。わたしもまたヤドカリやみさごのようである、私は身の大事を知り、世の人が人をないがしろにするのを知っているから、希望もないし、逃げることもしない。ほんとうに静かなことを望みとし、愁いのないのを樂しみとする。すべての世の人が住居を造る慣例は、全員ではないが、多くは自分の大切な事案のためにしているのではない。あるものは、妻子や眷屬のために造り、あるものは、親友や仲間のために造る。あるものは、主君や師匠、それに財寶や馬牛の為にさへ、住居を造る。わたしは、現在は、自身のために庵を造った。他人のためには造らない。理由はなにかというと、現在の世の慣例と、わが身の状態は、私が共同する人もいないし、頼りにする下僕も居ない。仮に広く造ったとしても、誰を住まわせ、誰を座らせようか。

〈たゞ假の庵のみ、のどけくして恐れなし。〉

「たゞ假の庵のみ、のどけくして恐れなし」は、ほんとうに假の庵だけは穏やかで恐れがない。「たゞ」は正し、ほんとうに。但し、例外的に。「假の庵」は仮である人生を仮に宿す庵、「庵」は仏道実践の小屋。「のみ」(限定)だけ。「のどけく」は、穏やかで時間に余裕がある。「恐れ」は災害の恐怖。

庵は火災で逃げ回ることもないし、余裕があって楽しい。

大原、岩間・石山などの僧院生活などでは恐れがあるというのでしょうか。

【構想】災害のないところを求めて外山に庵しました。その思惑どおり庵はおだやかで恐れが有りませんでした。「のどけくして恐れなし」は願望であったが、ここでは所与に変質しています。

（庵も仮ですから、人生の永遠の楽しみにはならない。）

〈程狭しといへども、夜 臥す床あり、昼居る座あり。一身をやどすに、不足なし。〉

「程狭しといへども、夜 臥す床あり、昼居る座あり」は、床面積は狭くても、夜には寝る床があるし、昼には座る席がある。「程」は広さか長さ、ここは広さ、約三坪、約七㎡。「狭し」は面積が小さい。「いへども」（「ども」逆接）は、であっても。

狭ければ不自由であろうが、不自由しない場合がある。でも結果的に狭いのは不自由でした。

住みかが狭いというのは作者の最初の計画でした。

齢は年々にかたぶき、住家は折々にせばし。その家のありさま、世の常にも似ず。**廣さは僅に方丈、高さは七尺が内なり。**

「臥す」は寝る、寄りかかる。「床」は寝台・寝所（『諺解』）、「居る」は座る、「座」は座る場所、座敷（『諺解』）。「一身をやどすに、不足なし」は、一人の身体をやどすのに、不足はない。「一身」は一人の身体、暗に家族のないことを言います。「やどす」は屋根の下でくらす。「不足なし」は、十分である。

ザコ寝をすれば一五人は寝られるか。

一身を宿すに不足はないというのは、しばしの間、身も心も安らかであるという気持ちです。

家屋の規模は身ひとつを宿すだけでよいとするのは生命を保つに必要な最小条件だからでしたが、狭さを取り上げるのは、作者も実際は狭いのを不自由に感じていたからでした。狭いから生活に不足があるだろうと思うが、不足はないというのは作者の自問自答でした。

（作者は、狭いから生活に不足があるだろうという第三者の批判を先取りした形で不足はないといいます。）

【構成】「仮の庵」はのどかで恐れがない、人生は「仮」であるからすべての住居は「仮の庵」である。したがって、すべての住居はのどかで恐れがない。「仮の庵」がのどかで恐れのないのは夜の床と昼の座があるからである。すべての家には夜の床と昼の座があるから、すべての住居は一身を宿すに不足はない。「仮の庵」を方丈に特定するのは「程せまし」だけです。

【構想】方丈は仮の住居です。規模は最小、機能は一身を宿す、効果はのどかで恐れがない、です。

（仮でない住居は、いかがですか。）

〈寄居は、小さき貝を好む。これこと知るによりてなり。みさごは、荒磯に居る。すなはち、人を恐るゝが故なり。〉

「寄居は、小さき貝を好む」は、寄居は、小さい貝を好んで選ぶ。「寄居」はヤドカリ、巻貝の抜け殻を借用して住みます。「好む」は自分の意向にあうものを選ぶ。

「小さき貝を好む」は、成長につれて別の貝殻に移るとき、大きな貝よりも小さい貝をえらぶ、です。

「好む」は心理の内面で、好むか好まないかは本人でなければわかりません。作者はヤドカリの行動を見てヤドカリが「好む」と決め付けます。ヤドカリが「小さき貝を好む」は作者の思い入れでした。

膝を入れるに過ぎない狭屋の楽しみを比喩で言います。自分の身の上をしる（『諺解』）。

（作者はヤドカリに選択の能力を認めます。）

「これこと知るによりてなり」は、小さい貝を好むのはことの重大さを知っているからである。目立つと敵に襲われやすい。「これ」は小さい貝を好むこと。「こと」は大事、生命・危険など、ことわり。

作者がヤドカリをあげたとき、作者には「こと」が予測されました。それは都を襲った六大災害でした。

【語法】「こと知るによりてなり」と「人を恐るゝが故なり」が対句で、「こと」は「人」と対になりますから、諸注は「こと」は「身」のこととしましたが、「身」と云わないで「こと」としたのは「身」では尽くされない何かがあるからです。身の根底にある理（大事・危険）でしょうか。

【語法】「よりてなり」は「よりて小さき貝を好むなり」の形。

形はヤドカリの話ですが、作者が小さい庵に住む理由が隠されています。

「みさごは、荒磯に居る」は、みさごは波の荒い磯に居る。「みさご」は猛禽、鷹の仲間、魚を捕る習性がある。「荒磯は波の激しい岩石の海岸。「居る」は住む。

「すなはち、人を恐る丶が故なり」は、このことは、人を恐れているからである。「故」は理由。

【語法】「寄居」は海岸の弱小動物、「みさご」は空中の猛禽。地上と空中、弱小と猛禽、それぞれ対比します。

【語法】「すなはち」は同一内容を改めていう、言い換えると、解説すると。しかし「すなはち」は「こと」と対句ですから、「すなはち」は、このことは。

（「こと」という新しい観念が現れました。）

ミサゴの「こと」は人を恐れる、ヤドカリの「こと」も敵を恐れる。

作者の「こと」は、自分に敵対した下賀茂の禰宜、琵琶を取り上げた天皇などで、人を恐れました。

【構想】「これこと知るによりてなり」は自分の非力の防衛を、「すなはち、人を恐る丶が故なり」と恐怖を理由とします。

【構成】「これこと知るによりてなり」・「すなはち、人を恐る丶が故なり」はヤドカリやミサゴの生態に即した提言ではありません。作者の思い入れで、巧みに自己の主観的な解釈を盛り込みます。


〈我またかくの如し。ことを知り、世を知れれば、願はず、走らず。たゞ静かなるを望みとし、愁へなきを楽しみとす。〉


「我またかくの如し」は、わたしもまたヤドカリやみさごのようである。「かくの」は指示語、ヤドカリとみさごを指示します「如し」は比況、よく似ている。

【構文】主格は「我」、述語格は「かくの如し」と「ことを知り、世を知れれば」、これは同格の対句。

【語法】「かくの如し」は提示格、ヤドカリとみさごとよく似ている、そのことは「ことを知る」と「人を恐る丶」ことです。

「ことを知り、世を知れれば」は、私は身の大事を知り、世の人のあり方を知っているから。「こと」は大事、ここは危険と恐怖。「世」は空間、ここは人間関係、隣人の権力者や富豪のごとき人物の集合体。

「知り」は知っている、認識している。「こと」と「世」を知っている、具体的には知っているのは危険と恐怖。

【参考】諸本は「こと」は「世」に対して「身」とする。

私は、ヤドカリのように身の危険を知っているし、みさごのように人を恐れている。

【語法】「ことを知り世を知れれば」の「ば」は確定条件。「願はず、走らず」を導きます。

私は身の危険と世の恐怖を知っているから。

「願はず」は、希望もない、「走らず」は、逃げもしない。「走る」は逃走する。

危険と恐怖を知っているから利得をもとめないし、逃げもしない。

【構文】「こと」を知っているから願わない、「こと」を知らないと、危険でも利得をもとめる。「世」を知っているから逃げる、「世」を知らないと危険でも逃げない。

【構文】「世」に対しては「我」ないし「方丈」。「世を知れれば」に対して「我を知れれば」「方丈を知れれば」。

【構想】世の中におればヤドカリやみさごのように危険を避け安全を求めて逃げる。しかし安全な方丈にいるから逃げる思いはない。

「たゞ静かなるを望みとし、愁へなきを樂しみとす」は、ほんとうに靜かなことを望み、愁いのないのを樂しみとする。「ただ」は但し、そうではあるが。望みがないといっているが。

【語法】「たゞ」は漢字では**只・唯・徒・直**など、「ただ」の意味は、それらの漢字を総合した意味です。但しでもあるし、正しでもあります。

【語法】「たゞ」の導くところは、「たゞ靜かなるを望みとし」と「ただ愁へなきを樂しみとす」の形となります。

（但し・正しですから、「ただ」以下は作者の是非言いたいことです。）

【語法】漢字「静」は争いのない状態。

「靜かなる」は、静かである。矛盾・相克のない状況・心境。「望みとし」は希望とする。

「愁へなきを」は、心配のないのを。「愁へ」は哀しみ、憂い、不本意なことに対する感情。「なき」は存在しないこと、心配のないこと。「樂しみとす」は、楽しみとしている。「樂しみ」は、好ましい感情。

方丈においては、ほんとうに静かなことを望み、愁いのないのを樂しみとします。

【構文】「願はず」といっているから「靜かなるを望みとし」「愁へなきを樂しみとす」は矛盾ではないか。また、「靜かなるを望みとし」「愁へなきを樂しみとす」は希望的観測だから、現実は静かではなく、愁いがあるのではないか。

ヤドカリやみさごのように安全を求めて逃げるのは世俗的立場であり、「静か」を願うのは方丈生活の本来のあり方で、静かである上に、さらに静かを求めます。

【構文】「たゞ」以下の構文は「庵」と「我」の前後二段に分かれて対比します。

たゞ假の庵のみ、のどけくして恐れなし。程狹しといへども、夜臥す床(あり、晝居る座あり。一身をやどすに、不足なし。寄居虫は、小さき貝をこのむ。これ身を知るによりてなり。みさごは、荒磯に居る。すなはち、人を恐るゝが故なり。(庵)

我またかくの如し。身を知り世を知れれば、願はず、わしらず。ただ靜かなるを望みとし、愁へなきを樂しみとす。(我)

「庵」の利点は、心理的には「のどけくして」、状況的には「恐れなし」でした。「我」では状況的には「靜かなる」、心理的には「愁へなき」でした。

【構想】「靜かなる」は「愁へなき」に裏付けられた状態で、作者の心中の状態で、作者の心境が「静か」です。「靜かなる」は作者の心中の思いですから、いままでも静かであったが、さらに静かを求めます。

「願わず」とは世俗的安危を願わないのであり、「静か」を求めるのは方丈のあり方でした。ここには世俗と方丈という次元をこえた思索があります。

【構想】「靜かなる」と「愁へなき」は、「度一切苦厄」(『般若心経』)にありました。

観自在菩薩　行深般若波羅蜜多時　照見五蘊皆空　度一切苦厄　（『摩訶般若波羅蜜多心経』）

現象は「空」であると覚るとき、一切の苦痛と災難を排除できる。

（「方丈」は維摩詰の空の実践の意味でした。）

【構成】『方丈記』の前編『無常』は、しばしで僅かな安らぎを「身」と「所」に求めようとしましたが、それは生きる道でした。後編「常住」でも方丈は、世を避け朝読経し夕念仏しながら遊行・音曲の道に、しばしの安らぎを得ました。しかし六〇歳を前にして、しばしの安らぎでなく、「静か」と「愁へなき」を望みとしました。それは死に対する思いです。しかし方丈で得た「静かなる」ことと「愁へなき」ことという安楽は、六大災害後の、心と身の安らぎを「しばし」も「たまゆら」もと求めた心境の展開であり、方丈で遊行・音曲からえた心境であって、読経と念仏によって得たのではありません。念仏と読経は装飾に過ぎなかったのでしょうか。死を前にして何を語ろうとするのでしょうか。

〈すべて世の人の栖を造るならひ、必ずしも、ことの爲にせず。〉

「すべて世の人の栖を造るならひ、必ずしも、ことの爲にせず」は、すべて、世の人が住居を造る慣例は、全員ではないが、多くは自分の大切な事案のためにしているのではない。「すべて」（副詞）は、ことごとく。「世の人の」は、その時代の優秀な人物が。「栖を造るならひ」は住居を造る慣行。「栖」は住居、漢字「栖」は、住みかを過小評価した表現。「造る」は完成する。「ならひ」は慣行。「必ずしも」は、全部ではないが一部は。「ことの爲にせず」は一身上の大事について有利に計らわない。「こと」は一身上の大事。「爲にせず」は有利にしない。

多くの人は「こと」のタメにしていない、一部の人は「こと」のタメにしている、それは頼斅・禅寂たちか。

〈或は、妻子・眷屬のために造り、或は、親昵朋友の為に造る。あるは、主君師匠、および財寶・馬牛の為にさへ、これを造る。〉

「或は、妻子・眷屬のために造り、或は、親昵朋友の為に造る」は、あるものは、妻子や眷屬のために造り、あるものは、親友や仲間のために造る。「或は」は対句的に不特定のものをあげる、ここは人物のことで、某は、誰かは。「眷屬」は目下の血族。「親昵」はなじみのもの、「朋友」は友人。

「あるは、主君師匠、および財寶・馬牛の為にさへ、これを造る」は、あるものは、主君や師匠、それに財寶や馬牛の為にさへ、住居を造る。

【構文】「或は、妻子・眷屬のために造り、或は、親昵朋友の為に造る」と「あるは、主君師匠、および財寶・馬牛の為にさへ、これを造る」は対句。対句の内部も、それぞれ「或は、妻子・眷屬のために造り」と「或は、親昵朋友の為に造る」は対句であり、「あるは」に関しては、「主君師匠」と「財寶・馬牛」が対句であって、「或は」「あるは」は二重の対句構成をとり、作者以外の、全ての住居をつくる例を挙げます。

【構想】自分以外のものに住居を作る例で、最も肯定されるのは妻子のために作る場合であり、最も不適当と思われるものは家畜のために造る例で、次の序列があります。

妻子・眷屬・親昵・朋友・主君・師匠・財寶・馬牛、です。

【参考】『流水抄』は、天子より士大夫にいたるまで、妻子眷属があれば妻子眷属に住居を作らなければならないのであって、自分の好みで作るのではないとする。馬牛にも舎屋が必要でしょう。

さすがに無関係な他人のために住居を作る例はありませんでした。造り与えた者は眷属も馬牛なども、結局、主人公の分身でしたか。

（作者は天災・人災で住居を追われた人を悲しみますが、その人に建物を提供する思想はありませんでした。）

〈我〉

〈われ今、身の為に結べり。人のために造らず。〉

「われ今、身の為に結べり。人のために造らず」は、わたしは、現在は、自身のために庵を造った。他人のためには造らない。「われ」(第一人称)は、自分は。「今」は現在、五〇歳以後の時間帯。「身」は自分のこと。「人」は他人、ここは妻子も他人です。

【語法】「今」は建暦二年、方丈を作ったのは五年前の承元二年。「今」は時点でなく経過を含んでいます。

昔は作者も牛馬のために住居を作りました。

〈故いかんとなれば、今の世のならひ、この身のありさま、伴ふべき人もなく、頼むべき奴もなし。たとひ、廣く造れりとも、誰を宿し、誰をか据えん。〉

「故いかんとなれば」は、理由はなにかというと。「故」は理由、自分のために作った理由。「いかんと」は何と。「なれば」(「ば」確定条件)はデアルカラ、次に起こることは必然的だ。

「今の世のならひ、この身のありさま」は、現在の世の慣例と、わが身の状態です。

方丈を自身のために作った理由と、他人のために作ったのではない理由は、世の慣例と、わが身の状態です。

「世のならひ」は、世間の慣例。「世」は世間、「ならひ」は慣例。

世間の慣例は次の二点です。目的や価値に忠実ではなく他人のために造ることでした。

すべて世の人の栖を造るならひ、必ずしも、ことの爲にせず。

或は、妻子・眷屬のために造り、或は、親昵朋友の為に造る。あるは、主君師匠、および財寶・馬牛の為にさへ、これを造る。

「この身」は、わが身、自分を直視します。「ありさま」は状態。

作者は自分の「心」ではなく「ありさま」を理由にします。

【構文】作者は「世」にも「われ」にも詳説してきましたが、わが身については「この身のありさま」を補足したいのでした。

「伴ふべき人」(「べき」当為)は共に生活するにふさわしい人。「頼むべき奴」は頼りにする、信頼するに足る人たち。「奴」はヤ（家）・ツ（の）・コ（子）、下僕、私を主人と思う使用人。「なし」はいない、家族も使用人もいない。

【構文】「この身のありさま」は「伴ふべき人もなく」と「頼むべき奴もなし」でした。

「たとひ、廣く造れりとも」は、仮に広く造ったとしても。「たとひ」は仮に。非現実のことを仮定します。「廣く造れりとも」（「とも」仮定）は方丈ではなく広い寝殿風の建物を造ったとしても。「誰を宿し、誰をか据えん」は、誰を住まわせ、誰を座らせようか。「誰」は不特定の人物、「宿し」は同宿させる、「据えん」（「ん」意志）は座らせよう。


作者が方丈を身のために作った理由は、結果として家族も使用人もいないという状況においてでした。

「伴ふべき人もなく、頼むべき奴もなし」には、妻子を失った哀愁のこころがあります。

【構文】「この身のありさま」には広く作った場合を仮定します。「伴ふべき人もなく」「頼むべき奴もなし」に派生する問題点は広く作ることで、広く作ることにはこだわりがありました。

【構成】もし災害で失った妻子がおれば、広大な邸宅を作ったであろうという心底が見えます。結果として広くは作らなかったのですが、広く作ることに拒否感はありませんでした。

親昵朋友・主君師匠・財寶・馬牛などと、二身を宿すことは、親密の度合いによっては許容事項となるでしょう。もし親昵朋友のために大きな住居をつくれば、貴人・客人は寝殿にすえ、家族は対屋に、門弟などでは廊に住まわせます。

作者が下鴨神社の正禰宜であったなら、殿舎を新築し玉座も儲けて行幸を仰いだでしょう。

【構想】作者は、暫くでも身と心を休ませることを目標にして方丈を日野に設けました。暫くでも身と心を休ませることができれば、広大な住居を排除することにはなりません、妻子・眷属のために住居を作ることも否定しません。作者は晩年になって老蚕の心で方丈を設けたこと、妻子・眷属がいないから広大な邸宅を作らなかったことなどは結果論でした。世間の慣例に従う・従わないのも結果論でした。

【構成】世間には住居を誰かのために作るという慣例がありました。世間の慣例に従えば妻子眷族のために作ることになるのですが、その慣例に従ったから、他人のためには作らなかったといいます。世間の慣例に従ったから他人のためには作らなかったというのは、原命題「世間には住居を誰かのために作る」の否定を理由にしているので、慣例に対する批判であって、世間の慣例に従ったというのは皮肉でした。

【構文】次項の文に、手足を奴婢にするという展開があります。世間の慣例に従ったから他人のためには作らなかったというのは言わずもがなの発言ですが、作者は世の中を忘れられませんでした。なお、次項には手足を奴婢にするという文があり、「伴ふべき人もなく、頼むべき奴もなし」は次項の手足を奴婢にするの枕になっています。

【構想】方丈は読経と念仏の聖なる場であり、外山は遊行と音曲の俗なる場でした。五年の歳月を経て、方丈は移動もなく外山も出ることもなく、方丈と外山は故郷になったといいます。しかし、その五年を支えたのは外山における遊行・音曲・回想であって読経・念仏ではありません。

【構想】作者が、ここで問題にしたのは「この身のありさま」であって「心」ではありません。「心」が問われます。

（やはり読経・念仏の功徳で外山の五年は平和であったのか、読経・念仏に出番はあるのでしょうか。）

［選択］

（世人）

それ、人の友とあるものは、富めるを尊み、懇《ねんご》ろなるを先とす。必ずしも、情あると、すなほなるとを愛せず。ただ、糸《し》竹《ちく》、花月を友とせんにはしかし。人の奴《やつこ》たるものは、賞罰はなはだしく、恩顧《おんこ》あつきを先とす。さらに、はぐくみあはれむと、安く静かなるとをば願はず。ただ、我が身を奴婢《ぬひ》とするにはしかず。いかが奴婢とするならば、もし、なすべきことあれば、すなはち、おのが身を使ふ。たゆからずしもあらねど、人を従へ、人を顧《かへりみ》るよりは安し。もし歩くべきことあれば、みづから歩む。苦しといへども、馬、鞍《くら》、牛、車と、心を悩ますにはしかず。

夫、人ノトモトアルモノハ、トメルヲタウトミ、ネンコロナルヲサキトス。必スシモ、ナサケアルト、スナホナルトヲ不愛。只、糸竹、花月ヲトモトセンニハシカシ。人ノヤツコタル物ハ、賞罰ハナハタシク、恩顧アツキヲサキトス。更ニ、ハククミアハレムト、ヤスクシツカナルコトヲハネカハス。只、ワカ身ヲ奴婢トスルニハシカス。イカヽ奴婢トスルトナラハ、若、ナスヘキ事アレハ、スナハチ、ヲノカ身ヲツカフ。タユカラスシモアラネト、人ヲシタカヘ、人ヲカヘリミルヨリハヤスシ。若シアリクヘキ事アレハ、ミツカラアユム。クルシトイヘトモ、馬、クラ、牛、車ト、心ヲナヤマスニハシカス。

思うに、誰かの友としての立場にあるものは、豊かな人を尊敬し、親切なものを優先する。必ずとはいえないが、だいたいは人情の奥底を汲み取る心があることと、真心のあることとを、いとしくは思わない。全く琴と笛、花と月を友とすることには及ばない。誰かの召使である者は、褒賞の要求が度を越えているし、大切にしてくれる人を優先して仕える。「奴」は全く、ほかの者を愛育し情をかけることと、世が平和で静かなことを願いません。全く自分の身体を使用人にするには及びません。どのようにして自分の体を奴婢にするかというのであれば、仮に、しなければならないことがあると、必ず自分の体を使う。疲労を感じることはないわけではないが、誰かを後ろに控えさせ、誰かを世話するよりは気楽だ。もし歩かなければならないことがあるときは、自分で歩く。歩行は苦しいといっても、馬・鞍、牛・車と、心を悩ますには及ばない。

〈それ、人の友とあるものは、富めるを尊み、懇ろなるを先とす。必ずしも、情あると、すなほなるとを愛せず。〉

「それ、人の友とあるものは」は、思うに、誰かの友としての立場にあるものは。「それ」（接続詞）は発語の辞、文頭に置いて問題を提起します。「友」は手を取り合うような関係のある人、仲間。

【語法】「友とある」（「と」断定の助動詞）は、友である。友としての立場にある。「善友」はもっともよい人間関係。

「富めるを尊み、懇ろなるを先とす」は、豊かな人を尊敬し、親切なものを優先する。「富める」は多く財宝をもつ状態。「尊み」は敬い大切にする。「懇ろなる」は、心の厚い、親切な。「先とす」は優先する、他のものよりも早く取り上げる。

豊かとか親切は美徳ですから、豊かな人を尊敬し、親切なものを優先することに非難はありません。問題は富貴に対して貧賤を差別することです。

へつらひまぢはりをふかふする。（『諺解』）

「必ずしも、情あると、すなほなるとを愛せず」は、必ずとはいえないが、だいたいは人情の奥底を汲み取る心があることと、真心のあることとを、いとしくは思わない。「必ずしも」は、必ずとはいえない、例外はあるがだいたいは。「情あると」は、万物をあわれみて物を破らない人（『諺解』）。「情」は、人情の奥底を汲み取る心（『明解古語辞典』）。「あると」（「ある」動詞連体形）は、あることと。「すなほ」は邪心がない、真心のある。「愛せず」は、いとしく思わない、伴わない（『諺解』）。

人情と真心は美徳です。人情がない、真心がないのは理と利を大切にするからです。理と利で行動すれば冷酷です。

【構想】一般に、富貴と親切を大切にするのはよいが、他人の富貴や親切にとらわれて、人の心の奥底にある情と真心を知らないで、富貴や親切でないものを差別するのはよろしくない。しかし「必ずしも」は例外を認めていますから、少数ですが、「情ある人」と、「すなほなるひと」がいて、作者のよき友でした。そのわずかな「よき人」を思いながら、立論したか。

（差別的行動をとらない、心の奥底に交わる人があれば友とするか、禅寂は友であるか。）

〈ただ、糸竹、花月を友とせんにはしかじ。〉

「ただ、糸竹、花月を友とせんにはしかじ」は、全く琴と笛、花と月を友とすることには及ばない。「ただ」（「副詞」陳述）は、限定、特定。「糸竹」は音楽、「糸」は弦楽器、「竹」は管楽器。「花月」は風景、自然、「花」は春の桜、「月」は秋の名月。「友とせん」（「む」婉曲）は友とする。「しかじ」は及ばない。

人は功利的行動をとるが、管弦・風景には人格的欠陥がない、心の奥底で交わることができる。糸竹、花月には人情と真心がある。作者は友として芸術・自然を選びます。

（友人論は終わり、雇用論に移ります。）

〈人の奴たるものは、賞罰はなはだしく、恩顧あつきを先とす。さらに、はぐくみあはれむと、安く静かなるとをば願はず。〉

「人の奴たるものは、賞罰はなはだしく、恩顧あつきを先とす」は、誰かの召使である者は、褒賞の要求が度を越えているし、大切にしてくれる人を優先して仕える。「人」は不特定の人物、誰か、有力者のこと。「人の奴たる」（「たる」断定）は「人の奴とある」の形。「奴」は家（ヤ）の子、主人に隷属している男女、下僕・下婢で、身内ではない。

「人」は、ものを広くいう場合に軽く添える場合もあり、「人の友とあるものは」は「友」、「人の奴たるものは」は「奴」の立場にある人を一般的にのべます。従って、誰でも「友」という立場にたつことができ、作者にまつわる特定の友人関係ではありません。いわば前者は友人論、後者は雇用論です。

【構文】「人の友」「人の奴」の、「人の」は文献学的には『池亭記』の「人之爲友者」の書下しですが、「人の友とあるものは」

「人の奴とあるものは」には作者自身の体験が下敷きになっていると指摘されています。

【構成】「人の友」「人の奴」の「の」（格助詞）は所有格か同格かの論があります。所有格であれば「友」「奴」は「人」に従属し、同格であれ「人」と対等です。この段落の冒頭に「それ」と書きだしたのは、「友」なり「奴」なりに置かれた人間の傾向、すなわち友人関係や雇用関係を一般論として論じる意味ですから、「の」は同格です。

「賞罰はなはだしく」は褒賞の要求が激しい。「賞罰」は賞の意味、「罰」は帯字。「はなはだしく」は激しい、実情に対して差がきつすぎる。「恩顧」は恵み、ヒイキ（諸橋轍次『新漢和辞典』）。「あつき」は厚遇、「先とす」は優先する。

「奴」は良い事をすれば対価を過大に要求するが、失敗しても責任を取ろうとはしない。自分の責任は棚に上げて、優遇してくれる人を選んで主人にする。

「さらに、はぐくみあはれむと、安く静かなるとをば願はず」は、「奴」は全く、ほかの者を愛育し情をかけることと、世が平和で静かなこととを願いません。「さらに」（副詞）は、全く、ぜんぜん。「はぐくみ」は大切に育てる、「あはれむ」は心を掛ける。「安く静かなると」は世の中が安定し騒乱のないこと。

【構文】「奴」の「はぐくみあはれむ」は「人」について、「安く静かなると」は「世」について言います。対句構成です。

一般論として、「奴」は自己の利害を優先し、他人に情をかけたり、世の平和を願うことはしない。

作者は「奴」は社会の矛盾に注意を払わず、行政の不始末についても無関心であると評価します。

「奴」の生活信条は受け入れられませんが、作者は「奴」がいなければ生活できません。「奴」の存在理由は認めます。

（作者は「奴」の要求に負けて高額の使用料を支払い、「奴」たちのもめごとにうんざりしていたのでしょうか。）

【構想】長明の求める人間像は、情の厚いこと、純真であること、他人を愛すること、安静であることですが、一定の節度内では富貴な者、親切な者を大切にすること、賞罰・恩顧を求めることは許容します。しかし友人や使用人は長明の求める人間像と相異し、許容事項を超えることにおいて、人間性は認められません。

（作者のような人が主人であれば、奴は喜ぶでしょうか。）

〈ただ、我が身を奴婢とするにはしかず。〉

「ただ、我が身を奴婢とするにはしかず」は、全く自分の身体を使用人にするには及ばない。「奴婢」は主人に隷属して主人の思わくに従って行動するシモべ、使用されるもの。ここは奴のこと。「しかず」（「ず」否定）は及ばない。奴婢を使用することは及ばない。

奴婢を拒否しても奴婢の分担した衣食住の実務は残ります。念仏・読経、芸能・遊行をやめても生活実務はやめられません。しかし、身体が奴婢であれば、身体は意志に忠実に働き、不当な要求や仲間争いはなくなるでしょう。

作者は親族がいないことを前提として、友人や使用人を拒否し、自分の身体を友人や使用人の役目を担うとします。

（しかし、主人や師匠には触れていません。）

【語法】「奴」という語句が「奴婢」に代わったのは、平生読経している『法華経』に「奴婢」があるからです。

六波羅蜜を満足せんと欲する為に、布施を勤行せしに、心に象馬・七珍、国城・妻子・**奴婢**・従僕・頭目・髄脳・身肉・手足を悋惜すること無く、躯命をも惜しまざりしなり。（岩波文庫『法華経』第一二）

『法華経』では「奴婢」も「手足」も妻子・従僕と並んで出てきます。「奴婢」「手足」は労働をいといません。

（内典外典といって日常の生活規範は儒教によるのですが、長明は『法華経』によっているようです。）

〈いかが奴婢とするならば、もし、なすべきことあれば、すなはち、おのが身を使ふ。〉

「いかが奴婢とするならば」は、どのようにして自分の体を奴婢にするかというのであれば。「いかが」は方法の疑問、どうすれば。「奴婢とするならば」（「ば」仮定）は、奴婢にするなら。「奴婢」はシモべ。

【語法】 1.「いかが」は方法、手段を問う副詞ですが、疑問の副詞は単独で係結びになりますから、「奴碑とする」の「する」

が結びになります。

2.「するならば」の「なら」（助動詞・断定）は体言相当の語句につきます。「いかが奴婢とする」が体言格です。

3.「するならば」の「ば」（接続助詞・仮定）は、作者の提案として「奴碑とする」方法をのべます。

4.「するならば」は仮定ですから、次の「もし」以下は仮定のなかの一案ということです。

「いかが奴婢とするならば」は、先行文の「ただ我が身を奴碑とするにはしかず」を受けて、「我が身」を奴婢とすることに、仮定を展開します。仮定で取り上げたのは、とにかくこの論題は自分の意見として、是非いいたかったからです。

「もし、なすべきことがあれば、すなはち、おのが身を使ふ」は、仮に、しなければならないことがあると、必ず自分の体を使う。「もし」は仮に一例として。「なすべき」（「べき」当為）は、しなければならない。

【語法】「もし」は仮定の副詞ですから仮定で結びますが、ここの「あれば」は確定ですから、仮定の一例として、確実な事案を挙げます。

奴のなすべきことは炊事・衣服・清掃・外出などの生活事案で、確実に存在しますが、もししなければ支障が生じます。

「すなはち」は、事案としてはソノママ、経過としてはタダチニ。「おのが」（「おの」反照代名詞）は自分自身の。

「身」は身体、肉体。

仮定のことですが、しなければならないことがあると、必ず自分の身体を使う、です。

【語法】自分の身体を使用することは、『法華経』（前項引用）に、「奴婢」の下位に「身肉」「手足」と続きます。

『法華経』では「奴婢」と「身肉」「手足」を同等のものとしてあげています、作者は『法華経』に準拠しています。

（ここの友人論・奴婢論は『法華経』の展開でした。）

〈たゆからずしもあらねど、人を従へ、人を顧るよりは安し。〉

「たゆからずしもあらねど」（「ね」否定）は、疲労を感じることはないわけではないが。「たゆし」は疲れること、気が進まないこと、疲労のあるです。「あらねど」（「ど」逆接）は、ソウではないが。

【語法】「たゆからず」の「ず」（助動詞・打消）と「あらねど」の「ね」（助動詞・打消）は二重否定、結局「たゆし」。二重否定は強意か婉曲かの双方の理解が可能です。

【語法】「たゆからずしも」の「し」（副助詞・強意）と「も」（係動詞・強意）は疲れないことを強調します。

作者は身体を奴婢にすることに疲労を予測し、疲労のないことを強調しますが、やはり疲労はありました。

「人を従へ、人を顧るよりは安し」は、誰かを後ろに控えさせ、誰かを世話するよりは気楽だ。「人」は不特定の人物、誰か。「従へ」は後ろにつけさせて指示を待たせる、人を使う（『詗説』）。「顧る」は世話する、面倒を見る、恩賞罪科を考える（『諺解』）。「安し」は気楽だ、「たゆし」の逆。

誰かを従者にするには礼儀作法を教え、身づくろいをさせなければなりません。従者の住居の手当も、その家族の安否も見なければなりません。手当の大きいところに移られることも懸念しなければなりません。手足を従僕にすると、そのような苦労はありません。

（肉体的な疲労よりも精神的な疲労がきつい。）

〈もし歩くべきことあれば、みづから歩む。苦しといへども、馬、鞍、牛、車と、心を悩ますにはしかず。〉

「もし歩くべきことあれば、みづから歩む」は、もし歩かなければならないことがあるときは、自分で歩く。「歩くべき」（「べき」当為）は、歩かなければならない。「もし」は一例として。「あれば」（「ば」確定）は、あるときは必ず。

水を汲むとか薪を拾うとかの日常的な歩行も雑多であったでしょうが、それは「歩くべきこと」ではないでしょう。作者は生涯最後の著作をしていて、取材に出かけたでしょうか。次の「馬、鞍、牛、車」などをみると、あるいは乗り物を使って遠出をしたか。

「苦しといへども、馬、鞍、牛、車と、心を悩ますにはしかず」は、歩行は苦しいといっても、馬・鞍、牛・車と、心を悩ますには及ばない。「苦し」は、くたぶる（『諺解』）。「いへども」は、肯定した上で否定する、ちがいないけれど。「馬、鞍、牛、車」は乗車する場面、「馬、鞍」は馬に鞍を乗せて鞍の上に上半身を安定させます。「牛、車」は、牛に引かせた車内に腰を下ろします。「心を悩ます」は心を痛める、「しかず」（「ず」打消）は及ばない。

苦しむのは肉体で、悩むのは心。心は肉体の苦通よりも、乗馬・乗車に関わる悩みが大きい。心は、体の苦痛は調節できますが、外部の乗馬・乗車を使用するときの悩みは調節できません

【構成】乗り物は『法華経』では「象馬」ですが、作者は自分の経験から、『法華経』の「象馬」を馬・牛に置き換えました。

【構想】人について友情論と雇用論をあげます。さきに政治家・官僚について書きましたが、ここは友と奴婢の哀歓です。友人論では富貴と親睦を重視します。富貴であれば恩恵もあるであろうと思い、親睦であれば親切そうな言葉に友情と思う。雇用論では、賞金と恩恵の厚いところを選ぶ。友人論と雇用論であげたところは人格の欠点で、外見的な状況にとらわれていることです。作者が挙げた理想的な人間像は、人情が厚く素朴であり、他人には公共心があり自分自身は沈着冷静であることとです。要するに外見にとらわれず、人間性に目覚めることとでした。

友とか奴婢は実生活で避けることのできないものですが、奴婢を自分に求めます。奴婢のなすべきことを自己の肉体で肩代わりさせます。日常生活の労働はきついが、苦しさは他人に指図したり、乗馬・乗車の工夫することの面倒に比べれば、苦しみは軽い。身体の苦痛は心に反応するから、心は肉体に過重な労働はさせません。

作者は友と奴婢のうちで奴婢については自分の身体で代理をさせれば苦痛が減少するといいましたが、友においても自分が友の役割を果たすのでしょうか。自分が友の役割を果たすことの具体像はありません。

（禅寂・源家長・飛鳥井雅経らに大して、長明はどのような友好を示したのでしょうか。）

作者は自分の身体を奴婢として、人情が厚く素朴であり、公共心があり沈着冷静であるという結果を得たのでしょうか。

（われ）

今、一身を分かちて、二つの用をなす。手の奴、足の乗物、よくわが心にかなへり。身、心の苦しみを知れれば、苦しむ時は休めつ、まめなれば使ふ。使ふとても、たびたび過ぐさず。ものうしとても、心を動かすことなし。いかにいはむや、つねに歩き、つねに動くは、養性《ようせい》なるべし。なんぞ、いたづらに休みをらむ。人を悩ます、罪業なり。いかが他の力を借るべき。衣食の類、また同じ。藤の衣《ころも》、麻のふすま、得るにしたがひて、肌《はだ》をかくし、野辺《のべ》のおはぎ、峰の木の実、僅かに命をつぐばかりなり。人に交はらざれば、姿を恥づる悔いもなし。かてともしければ、おろそかなる報をあまくす。すべて、かやうの楽しみ、富める人に対して、いふにはあらず。ただ、わが身一つにとりて、昔と今とをなぞらふるばかりなり。

今、一身ヲワカチテ、二ノ用ヲナス。手ノヤツコ、足ノ、リモノ、ヨクワカ心ニカナヘリ。身、心ノクルシミヲシレヽハ、クルシム時ハヤスメツ、マメナレハツカフ。ツカフトテモ、タヒタヒスクサス。物ウシトテモ、心ヲウゴカスコトナシ。

イカにイハムヤ、ツネニアリキ、ツネニハタラクハ、養性ナルヘシ。ナンソ、イタツラニヤスミヲラム。人ヲナヤマス、罪業ナリ。イカヽ他ノ力ヲカルヘキ。衣食ノタクヒ、又ヲナシ。フチノ衣、アサノフスマ、ウルニシカヒテ、ハタヘヲカクシ、野邊ノヲハキ、ミネノコノミ、ワツカニ命ヲツクハカリナリ。人ニマシハラサレハ、スカタヲハツルクヰモナシ。カテトモシケレハ、ヲロソカナル報ヲアマクス。惣テ、カヤウノタノシミ、トメル人ニタイシテ、イフニハアラス。只、ワカ身ヒトツニトリテ、ムカシ今トヲナソラフルハカリナリ。

今、一つの身体を分割して、二つの作用をこなす。手の奴と、足の乗物は、よく自分の心にあっている。身体は、心の苦しみを知っているから、手足は苦しんでいる時は休めるし、手足が元気であると使う。心が手足を使う場合としても、何度も使い過ぎることはしない。手足がけだるいといっても、心を動揺させることはない。誰がなんと言おうとも、常に歩き、常に動くのは、天性を養うというものです。どうして無意味に休んでなんかしていられようか。他人に迷惑だと思わせるのは罪つくりである。なぜ他人の力を借りるのがよいのであろうか。衣食の類も、また奴・車夫などと同じ。藤の皮で作った衣、麻で織った寝具は、手に入るにしたがって、肌をかくすし、野原のヨメナ、峰の木の実で、やっと露命をつなぐばかりである。人と交際しないので、姿を恥じる悔いもない。食料が足りないので、不十分な収穫をうまいと思う。全体的には、このような楽しみは、富豪に対して言うのではない。まったく、わたしの身体一つにとって、昔と今とを再検しているだけである。

〈今、一身を分かちて、二つの用をなす。手の奴、足の乗物、よくわが心にかなへり。〉

「今、一身を分かちて、二つの用をなす」は、今、一つの身体を分割して、二つの作用をこなす。「今」は場面を改める表現、時制としては建暦二年三月か。「一身」は一つの肉体。「分かちて」は分けて、「用」は作用、働き。「なす」は形成する。

「手の奴、足の乗物、よくわが心にかなへり」は、手の奴と、足の乗物は、よく自分の心にあっている、思いのままである。「手の奴」（「の」同格）は手を使用人にする。「足の乗物」は足が乗り物になっている。「よく」は十分に、うまく。「わが心」は自分の心。「かなへり」（「り」存在）は基準に合っている。

「一身を分かちて」は頭・胴体から手足を分離して。一つの身体は、頭・胴体と手・足の二部分になりました。手を使用人にし足を車にすると、手の使用人・足の車は心の命じたままに行動し、過大な報酬などの要求はしない。

一身を分かつ以前に、心と身とを区別していて、身よりは心を中枢に置いています。

〈身、心の苦しみを知れれば、苦しむ時は休めつ、まめなれば、使ふ。〉

「身、心の苦しみを知れれば」は、身体は、心の苦しみを知っているから。「身」は肉体、ここは手と足。「心の苦しみ」は使用人に対する気兼ね、ここは手足に対する思いやり。「知れれば」（「れ」存在）は、「身」が知っているから。

【構成】「身、心の苦しみを知れれば」が条件句、「苦しむ時は休めつ」と「まめなれば使ふ」の対句が主文。「身」が条件句・主文の主格で、擬人法です。

「苦しむ時は休めつ、まめなれば使ふ」は、手足が苦しんでいる時は休めるし、手足が元気であると使う。

【語法】「休めつ」の「つ」（「つ」確認）の終止形は二語対置して対句を構成する形で、最初の「つ」は終止形中止法。「苦しむ時は休めつ、まめなれば、使ひつ」が基本的な形。

【構文】「苦しむ」「まめなれば」の主格は「手」「足」。「休めつ」「使ふ」の主格は「身」、対昇格は「手」「足」。

「苦しむ」は心が苦しむ。「休めつ」は手足が休憩する。「まめなれば」（「ば」確定）は手足が健全であると必ず。「まめ」は健全・健康。「使ふ」は手足を使用する。

〈使ふとても、たびたび過ぐさず。ものうしとても、心を動かすことなし。〉

「使ふとても、たびたび過ぐさず」は、身が手足を使う場合としても、何度も使い過ぎることはしない。「使ふとても」（「とて」格助詞）は、使うとしても。「たびたび」は何度も。「過ぐさず」は過ぎることはしない。

【構成】「使ふとても、たびたび過ぐさず」と「ものうしとても、心を動かすことなし」は対句。

【構文】「使ふとても」と「ものうしとても」の主格は「身」。

【語法】「使ふとても」と「ものうしとても」の「とても」は、トシテモ、「も」は仮定的例示。

「使ふとても」は手足の健全の場合、「ものうしとても」は手足の疲労の場面。

【語法】「たびたび」は「過ぐさず」と呼応し、部分否定。いくらかは過ぎるけれど、大勢は過ぎることはない。

「たびたび過ぐさず」は手足を度を越すような使い方はしない、手足の迷惑にならないように自制する。

身が手足を使う場合に度を越すことはあるけれど、何度も越すことはない。心に対する配慮です。

「ものうしとても、心を動かすことなし」は、手足がけだるいといっても、心を動揺させることはない。「ものうし」は元気がなくて気乗りがしない。「心を動かす」は心の平静を動揺させる。

手足が疲労すれば心も平静ではないはずですが、心は手足の多少の疲労では動揺しません。心は一定の振幅の範囲内にある。

【構想】作者は身体のうち手足を奴と車に擬したのですが、奴と車としては手足には労務がきつく疲れますが、身は手足の苦労が心に影響しないように取り計らいますから、身が疲れても心に疲れが影響することはない。しかし、ここでは起こるはずのない手足の過労が残りました。心にも許容の振幅があり、その範囲内であれば手足の過労が残ったとしても、過労を過労とは感じません。

〈いかにいはむや、つねに歩き、つねに動くは、養性なるべし。なんぞ、いたづらに休みをらむ。〉

「いかにいはむや、つねに歩き、つねに動くは、養性なるべし」は、誰がなんと言おうとも、常に歩き、常に動くのは、天性を養うというものです。「いかにいはむや」は、どのように言うであろうか、言うことはない。

「いかに」（副詞・疑問）は、どのように。「いはむや」（「や」反語）は、言うであろうか、言うまでもない。

【構文】「いかにいはむや」は、どのような発言も意味はない、すなわち「つねに歩き、つねに動くは、養性なるべし」だけが正しい。

「つねに」は、いつも。「つねに歩き、つねに動く」は主格、「養性なるべし」（「べし」当為）は仏性をはぐくむであろう、「性」は存在するものの本質、自性、仏性、世俗的には「養生」と同じ。

【語法】「養性」の語句は仏典には見当たりません。漢籍では健康を養う意味ですが、ここは次項の「罪業」に対比しますから、「性」は本質的存在で内面的なもので、手足を鍛えることは内面的な仏性を養うことになります。

「なんぞいたづらに休みをらむ」は、どうして無意味に休んでなんかしていられようか。「なんぞ」（「ぞ」係助詞）は反語、なぜ、どうして。「いたづらに」は無意味に。「休みをらむ」休んでなんかしていられない。「休みをらむ」は「休まむ」ではありません、そのとき休むのではなく、常態として休まない、です。

手足を鍛えることは天性を磨くことで、疲れても休まない、です。

（作者は手足の疲労はガマンするものだとつき離します。）

【構想】奴婢・車夫の代わりに手足を使ったのですが、手足を鍛えることは天性を磨くこととすれば、同様の論理で奴婢・車夫にも労働は天性を磨くことだといって過剰な労働を強いたのでしょうか。

〈**人を悩ます、罪業なり。いかが他の力を借るべき。**〉

「人を悩ます、罪業なり」は、他人に迷惑だと思わせるのは罪つくりである。「人」は他人、ここは使用人のこと。「悩ます」は心に負担を感じさせる。具体的には仕事がきつい、報酬が少ないなど。「罪業」は悪行、罪作りの行為、「業」は行為・行動。

作者は、どんな些細な行為であっても、解決済みの事案でも、他人を悩ませるのは罪業と決め付けます。

〈使用人には労働は天性を磨くことだとは云わなかったのでしょうか。〉

【語法】「つねに歩き、つねに動くは、養性なるべし」と「人を悩ます、罪業なり」とは対句仕立てで、「養性」と「罪業」とは互に逆対比しますから、「養性」は「善業」で、「罪業」は天性を破ることです。

「いかが他の力を借るべき」は、なぜ他人の力を借りるのがよいのであろうか。「いかが」(副詞・反語)はなぜ、理由・方法の疑問、「借るべき」と係結び。「他の力」は他人の力、ここは奴・車の力、「借るべき」(「べき」当為)は借りるべきでない、助けてもらってはいけない。

奴や車夫が主人の配下にいて、主人から使役されることを望んでおれば、他人の力を借りることは罪悪ではないか。作者は頼斅に仏教を学び、禅寂に方丈を案内してもらいました。作者の他人の力を借りることは罪悪であるというのを聞けば、頼斅や禅寂は、どう思うでしょうか。

〈衣食の類、また同じ。藤の衣、麻のふすま、得るにしたがひて、肌をかくし、野辺のおはぎ、峰の木の実、僅かに命をつぐばかりなり。〉

「衣食の類、また同じ」は、衣食の類も、また奴・車夫などと同じ。「衣食の類」は衣服と食料の仲間、「衣」は人を覆うもの(『新漢和辞典』)。「食」は食料、食材。「類」は共通性を持ったものの集合、「また」は同様に。「同じ」は過不足なく重なる状態、ここは衣服や食料などが、奴・車夫と変わらない。

【構成】「衣食の類」は「衣」と「食」。次のように展開し、「ばかりなり」と結びます。

「衣」:藤の衣、麻のふすま、得るにしたがひて、肌をかくし

「食」:野辺のおはぎ、峰の木の実、僅かに命をつぐ

「藤の衣、麻のふすま、得るにしたがひて、肌をかくし」は、藤の皮で作った衣、麻で織った寝具は、手に入るにしたがって、肌をかくすし。「藤の衣」は藤の皮で作った衣、「藤」はマメ科の蔓草、古くは繊維をほ

ぐして加工して衣服の素材とした、平安時代では貴族の喪服。「麻のふすま」は麻で作った寝具、「麻」はアサ科の大麻、皮を加工して布を作った。近年、大麻は麻薬禁止の対象にされたが、古来の大麻の麻薬性は低い。麻の衣服ものちには「藤の衣」に含まれた。「ふすま」は寝具、掛け布団。

貴族の衣服は絹で作るから、古来の藤・麻の衣服は粗末なものとされていた。庶民は絹には手が出ない。「得るにしたがひて」は入手するのに応じて。「得る」は入手する、藤・麻の衣服や寝具を入手する。「従ひて」は、制限・範囲内で作業する。「肌をかくし」は皮膚を覆う。

作者は手先が器用であり、労働は天性を養うといっても、藤・麻の衣服や寝具を製作する力はないでしょう。誰かの作ったものを入手します。天性を養うなどと大言壮語しながら、実際は藤・麻の衣服や寝具を購入するのではミミッチイ話です。

作者は鎌倉に旅するほどの人ですから、絹の衣服を入手する可能性も否定できないでしょう。作者は、貧困を装っていますか。

「野辺のおはぎ、峰の木の実、僅かに命をつぐばかりなり」は、野原のヨメナ、峰の木の実で、やっと露命をつなぐばかりである。「野辺」は野の辺りの、「辺」は意味がない、野のこと。「おはぎ」はヨメナ、野菊の仲間、春先に食用にする。「野辺の」ということで栽培植物ではないという意味。「峰の木の実」は山の高所にある木の実、木の実は柿・栗・椎・葡萄・アケビ・グミなど、その他。「僅かに命をつぐばかりなり」は少しばかり命を継ぎ足して長生きする。「僅かに」は少し、「つぐ」は不足部分を加える、「ばかり」(副助詞)限定。

「野辺」と「峰」で自然全体、そこから藤や麻、果実の実を採取しました。衣と食の素材です。採取したヨメナ・果実の分だけ長生きすると、自然の恵みを記します。しかし地中の芋には触れていません。眼で見られるものだけ採取しました。それを保存した形跡もありません、それらは命を継ぎ足したのですから、主食ではありません。継ぎ足すまでの「つぐ」は、どのように保ったのでしょうか。米はどうして入手したのでしょうか。少年と同行した穂積も参考になります。籾を入手しても用具がなければ精米はできません。

〈人に交はらざれば、姿を恥づる悔いもなし。〉

「人に交はらざれば、姿を恥づる悔いもなし」は、人と交際しないので、姿を恥じる悔いもない。「人」は、ここは地位のある人、貴族。「交はらざれば」は交際しないので、人との交際は歌合に行くとか、祝宴に与るとか。

「姿を恥づる」は、姿をいやだと思う、「姿」は麻の衣を着た姿。「恥づる」は見劣りのすることを嫌悪する感情、盛装した貴人に比べて麻の衣は恥ずかしい。「悔いもなし」は後悔はない、「悔いなし」ではありません。

【語法】「人に交はる」があって「人に交はらざれば」が成立します。作者には「人に交はる」という意識があって、交わるか交わらないかを考えて、交わらないに到達します。

作者には人生の原理として人との交友のあることを認めます。そして人と交友しないことを選ぶのですが、「姿を恥づる悔いもなし」は、人との交友の視点を基点にしています。人との交友の視点においては姿を恥じるという思いがあります。

〈かてともしければ、おろそかなる報をあまくす。〉

「かてともしければ」は、食料が量的に足りないので、いつも。「かて」は食料、「ともしければ」（「ば」確定）は不足がちだから。「ともし」は基準値に達しない。

「おろそかなる報をあまくす」は、不十分な収穫をうまいと思う。「おろそかなる」は客観的には粗末な、見劣りのする。主観的には努力がたりない、片手間の。「報」は努力の結果、ここは収穫物。「あまくす」はうまいと思う。

「あまくす」は甘いのではありません、おいしくないものをうまいと思うように心がけます。

作者は執筆のあいまに山野へ出かけて山菜・野菜を採取しました。鳥獣の食い荒らしたもの、未熟な果実など、十分とはいえません。美味でなくても天の恵みと思い、また手足の勤労のおかげだと思って、うまいと思うように心がけます。

【構成】「人に交はらざれば、姿を恥づる悔いもなし」と、「かてともしければ、おろそかなる報をあまくす」とは対句構成ですが、人と交際のないことと、食事が粗末であることとの間には関連はありません。これらは、ともに「養性」の例であり、他人に迷惑をかけないための努力、すなわち善業の例です。

〈すべて、かやうの楽しみ、富める人に対して、いふにはあらず。〉

「すべて、かやうの楽しみ」は、全体的には、このような楽しみは。「すべて」(副詞)は一切、全体的に。「かやうの」(指示語)は、このような。

このような楽しみは、麻の着物を着ていても楽しい、つまらないものを食べてもうまいと感謝する。

「富める人に対して、いふにはあらず」は、富豪に対して言うのではない。「富める人」は物品を多く持っていて、物力で世の中を動かす人。「対して」はむかって。「いふにはあらず」は云うのではない。

【構想】富豪に言うのではなければ、「いふにはあらず」という必要はない。「いふにはあらず」と発言するのは、言葉とは裏腹に、富豪に向かっていっています。

富豪は麻の着物を着ていても楽しい、つまらないものを食べてもうまいと思ったことはないであろう。物を大切にする心を失っているといいたいのでしょう。

〈ただ、わが身一つにとりて、昔と今とをなぞらふるばかりなり。〉

「ただ、わが身一つにとりて、昔と今とをなぞらふるばかりなり」は、まったく、わたしの身体一つにとって、昔と今とを再検しているだけである。「ただ」は特別に。一事を特定する意。「わが身」（「わ」反照代名詞）は自分の身体。「一つ」は単数。「とりて」は基準として。「昔と今」は和歌所に勤務した昔と方丈暮らしの今。「なぞらふる」は、もとのもののあとをたどる。「ばかりなり」（「ばかり」限定）は「ただ」と呼応して限定。

麻の着物を着ていても楽しい、つまらないものを食べてもうまいと思うのは、自分の過去から現在までの道程をたどりながら得た感興であるという事。貧窮のなかの楽しみは富豪にはわからないぞということ。

【構想】「わが身一つ」をいうだけなら、「富める人に対して、いふにはあらず」は蛇足です。「人の友とあるもの」「人の奴たるもの」もあげる必要もありません。ここで友情論・雇用論を挙げるのは、『法華経』の、六波羅蜜を満行するために布施を勤行するときに、妻子・奴婢・従僕等の、良好な人間関係を規範にするからです。作者は『法華経』の筋書によって思索・行動しています。

【構想】「今すでに、五年を經たり」

方丈に入ったときは「あからさまに」と思っていた。五年を経過して、第一に感じたのは方丈には永住の風貌があった。第二に都では多くの人がなくなり、家屋もなくなった。方丈に比肩して世と人とを思うのは長明の慣例でした。そこで庵は幸いであったと思います。庵の幸福は、のどかで恐れのないことでした。利権を求めて右往左往することなく静かであった。長明は六〇歳を前にして、死と死後の安らぎに静けさを思うのでした。

長明は方丈の功罪を検討します。世俗では住居は他人の為に造るが、庵は自分の為に造った。自分は独身だから作ってやる相手はいないからという。自分は独身だから作ってやる相手はいないからというのは、聞き手の立場に応じた回答であって、ほんとうは自分の最も大切な「こと」の為に造ったのである。世間では人のために作るが、自分は自分のために作った。

交遊を語ります。友・奴など、人は利害を先行させて人間の情、素直・恩顧などの人徳を喜ばない。友には糸竹・花月がよいし、奴は自分の手足がよい。苦楽は肉体と心が共有して、人道に外れたことはない。庵は人との交遊で罪を作ることはない。衣食も自然の賜物を得て、貧しくても喜びで満ちています。作者が言いたいのは、勤労は天性を養うことであった。

長明は庵の長短を世俗の眼で表しました。世俗の眼というのは手足を動かして天性を養うことでした。しかし長明の方丈における心は、六〇歳を目前にして、死と死後の安らぎを求めることでした。

（自然は恵みを与えた。世と人とは何かを与えたでしょうか。）

［常住］

それ、三界《さんがい》は、ただ心一つなり。心、もし安からずは、象馬《ぞうめ》、七珍《しちちん》もよしなく、宮《く》殿、楼閣《ろうかく》も望みなし。今、さびしき住ひ、一間の庵、みづからこれを愛す。おのづから都に出でて、身の乞匃《こつがい》となれることを、恥づといへども、かへりて、ここに居る時は他の俗塵《ぞくじん》に馳《は》することをあはれむ。もし、人このいへることを疑はば、魚と鳥とのありさまを見よ。魚は、水にあかず。魚にあらざれば、その心を知らず。鳥は、林を願ふ。鳥にあらざれば、その心を知らず。閑居《かんきょ》の気味《きみ》も、また同じ。住まずして、誰かさとらむ。

（心）

夫、三界ハ、只心ヒトツナリ。心、若ヤスカラスハ、象馬、七珍モヨシナク、宮殿、楼閣モノゾミナシ。今、サヒシキスマヒ、ヒトマノイホリ、ミツカラコレヲ愛ス。ヲノツカラミヤコニイテヽ、身ノ乞匃トナレルコトヲ、ハットイヘトモ、カヘリテ、ココニヲル時ハ他ノ俗塵ニハスルコトヲアハレム。若、人コノイヘル事ヲウタカハヽ、魚ト鳥トノアリサマヲ見ヨ。魚ハ水ニアカス。イヲニアラサレハ、ソノ心ヲシラス。トリハ、林ヲネカフ。鳥ニアラサレハ、其ノ心ヲシラス。閑居ノ気味モ、又ヲナシ。スマスシテ、誰カサトラム。

実は三界は、ただ心一つである。心が、もし静かでなく屈託があるとすると、象馬、七珍も意味がなく、仏・菩薩の住居である宮殿も楼閣も入る希望は起こりません。現在、寂しい住居と、一間の仮の建物、私は自分としてこれを愛している。成り行きで都に出て、わが身がコジキとなっていることを恥ずかしいというけれども、都から帰ってこゝにいる時は、都では他の俗塵に右往左往した事を馬鹿だったと思う。もし、人が、この私の言ったことを疑うならば、魚と鳥との有様を見なさい。魚は、水に飽きることはない。魚でないと、水をいやにならない心を知りません。鳥は林に住むのを願っている。鳥でないと、林に住みたい心を知りません。のどかな生活の雰囲気や味わいも、また魚鳥に同じである。住まなくては誰もさとる者はない。

〈それ、三界は、ただ心一つなり。〉

「それ、三界は、ただ心一つなり」は、実は三界は、ただ心一つである。「それ」は発語のことば、ものごとを改めいうときの語句です。作者が改めて問題にしたのは「三界」です。「三界」は欲界、色界、無色界です。欲界は婬欲・食欲などの欲望の世界。色界は外物と交渉のある世界。無色界は精神的世界。

「三界」は生命のあり方を三分類します。「三界」は人生の三次元的思考、人間を解剖しています。

「ただ」は限定、「一つなり」（「なり」断定）と限定します。「三界」は「心」一つだけだと限定します。

【構成】「三界唯一心」は華厳思想で、作者は『華厳経』の宇宙論の視点から人間界をみます。


三界所有、唯是一心、心外無別法。（『八十華厳経』十地品）

「唯一心」（『華厳経』）の、「一心」は如來藏、阿羅耶識のこと、宇宙を支える精神的根源です。「一」は絶対の意、「心」は現象の根底に存在する超越的存在、仏心。すなわち「三界唯一心」は生命の存在する客観的世界は根源的な「心」に支配されている、です。

『華厳経』によると三界ととらえているものは、根源的な「心」の具体化である、です。

作者は『華厳経』によって、人間を分析的に見るのではなく、「わが身一つにとりて」と総合的・全体的に見ようとしています。


「三界所有、唯是一心」は華厳宗・天台宗・禅宗など、宗派によって解釈が異なります。長明のみかたはどうか。

（作者の、「心」一つとは、どういうことか、下位の構文を見なければなりません。）

【構想】「天性」とは「三界唯一心」でした。念仏・読経に勤めるのも怠惰に委ねるのも心一つか。ではなくて、仏教用語を用いて、色界も無色界も己の心一つだと言おうとしたのである。


〈心、もし安からずは、象馬、七珍もよしなく、宮殿、楼閣も望みなし。今さびしきすまひ、一間の庵、みづからこれを愛す。〉

「心もし安からずは」は、心が、もし静かでなく屈託があるとすると。「安し」は休息の状態、静かで悩みがない。

心に悩みなどがあって落ち着かない状態においては。

【語法】「もし」は「ずは」と呼応します。正確には「ずは」はズシテハの形ですが、ここは「もし」を受けて仮定の意味でしょうか。

【語法】「心、もし安からずは」は、「象馬、七珍もよしなく」と「宮殿、楼閣も望みなし」にかかります。

「象馬、七珍もよしなく」は、象馬、七珍も意味がなく。「象馬」は馬と象、労働力、交通用具、戦力として大切な家畜です。「七珍」は金、銀、瑠璃、頗梨、車渠、瑞脳、瑚瑚、琉珀の七種の宝石。「よしなし」は理由がない、意味がない。

【語法】「よしなし」は「由ナシ」ですが、語源は「善なし」と共通で、良いことがないことの背後・条件等を言います。

「宮殿、楼閣も望みなし」は、仏・菩薩の住居である宮殿も楼閣にも入る希望は起こりません。「宮殿」は仏・菩薩の住居、天上高く聳えている高層建築。「宮」は本来は一般に住居のことでしたが、秦の始皇帝以来、皇居の意味になりました。「殿」は王宮。「楼閣」は高層建築、普通「宮殿、楼閣」と続いて王宮内の高層建築です。「閣」は門のかんぬき、止め具。「望みなし」は望みはない、望む資格がない。仏・菩薩の住居に御仕えする望みはない。

【構成】「象馬、七珍もよしなく」と「宮殿、楼閣も望みなし」は対句、「象馬、七珍」は労力と装飾、「宮殿、楼閣」は住居、労力と装飾と住居で、理想的な奢侈の生活をあげます。「よしなく」と「望みなし」は価値もなく志望がない、ともに破棄する状態を言います。

心が安定しないと宮殿楼閣など、奢侈な生活も嬉しくない、です。期待などは起こりません。心が安定すると物の価値がわかり、希望も生じます。

【語法】「象馬、七珍」は『法華経』のことばであり、「宮殿、楼閣」は『無量寿経』のことばでした。

心に**象馬・七珍**、国城・妻子・奴婢・従僕・頭目・髄脳・身肉・手足を悋惜すること無く、躯命をも惜しまざりしなり。(前掲『法華経』)

講堂、精舎、**宮殿**、**楼観**、みな七宝の荘厳、自然の化成なり。(『大経』)

「大経」の「楼観」は楼閣の意味で、「講堂、精舎、宮殿、楼観」はことごとく七宝で荘厳された極楽の建物です。

象馬・七珍、宮殿・楼閣は浄土の荘厳でした。心が、もし静かでなく屈託があるとすると、浄土の価値も認められません。心の安定が浄土の存在を意味づけます。

（心が安定すると浄土に往生し、安定しないと往生しません。）

【構成】「三界唯一心」の、最高の、究極の「心」は「やすらぎ」でした。

【構想】世俗の立場から方丈の生活を見てきましたが、ここで大原の仏教の原点に帰って方丈の生活を検討します。

「今さびしきすまひ、一間の庵、みづからこれを愛す」は、現在、寂しい住居と、一間の仮の建物、私は自分としてこれを愛している。「今」は現在、構文を改める表現で、ここは確認の言葉。方丈で五年を経過したとき、時制では建暦二年。「さびしきすまひ」は静かで空しい住居。「さびしき」は漢字「寂」「寞」「寥」「淋」などであらわされる状態。「すまひ」は住居。

（作者は浄土を求めることよりも、心の安定を求めたのでしょうか。）

【語法】漢字「寂」は家のなかが痛ましい。「寞」は家に夕日のさす状態、「寥」は家の中がむなしい。「淋」は林のなかで水滴が滴り落ちる。

「さびしさ」は漢字をみると、夕日のさす、水滴が滴り落ちるなどは肯定面、家のなかが痛ましい、むなしいなどは否定面。さびしさには肯定面と否定面があります。

「一間の庵」は一部屋の仮のすまい。「一間」は一部屋、「庵」は仮のすまい、修行者の簡素な住居。

【構文】「さびしき住ひ」「一間の庵」は対句の提示格。次に、この提示格を「これを」と指摘して目的格にします。この構文は漢文口調です。

「さびしき住ひ」と「一間の庵」は、ともに方丈のことですから、「さびしき」と「一間」とは重なり、「住ひ」と「庵」は重なります。「さびしき」は主観的表現、「一間」は客観的表現、「住ひ」は外観、「庵」は内部です。

「みづから」は自分のあり方として、自分から。「これ」は「さびしき住ひ、一間の庵」。「愛す」は肉体的な感情で、一つになりたい、離れたくない大切に思う情愛です。「さびしきすまひ、一間の庵」を愛します。

【構成】「さびしきすまひ」も、「一間の庵」も方丈のことですが、苔むした方丈や軒に枯葉の積もった方丈を愛しているのではありません。「さびしき」「一間」という方丈を自分のあり方にあわせて離れがたく思います。

【語法】「さびしさ」には「さびしき住ひ」と「さびしさを愛す」とあります。

「さびしき住ひ」について次のように言います。

1. 寂しさは孤独の状況です。　たとひ、廣くつくれりとも、誰をやどし、誰をか据えん。』

2. 寂しさは克服するものです。　ひとり調べ、ひとり詠じて、みづから心を養ふばかりなり。』

3. 寂しさは楽しみです。　たゞ假の庵のみ、のどけくして恐れなし。』

4. 寂しさは安らぎです。　たゆからずしもあらねど、人を従へ、人を顧るよりは安し。』

5. 寂しさは理解されません。　いはんや、深く思ひ、深く知らん人のためには、これにしも限るべからず。』

【語法】「一間の庵」について次のように言います。

1. 一間は自由の世界である。　もし、念佛ものうく、讀經まめならぬ時は、みづから休み、みづから怠る。』

2. 一間は空想の世界である。　もし、夜静かなれば、窗の月に古人を忍び、猿の聲に袖をうるほす。』

3. 一間は野鳥・野獣と共有である。　山鳥のほろほろと鳴くを聞きても』峯の鹿の近く馴れたるにつけても。』

4. 一間は沈思の世界である。　あるはまた、埋火をかきおこして、老の寝覺の友とす。』

5. 一間の外に無限の世界がある。　山中の景色、折につけて盡くることなし。』

6. 一間も大邸宅と変わらない。　程狹しといへども、夜臥す床あり、晝居る座あり。一身をやどすに、不足なし。』

【構想】「さびしさ」は「三界唯一心」の「心」となります。「一心」は「さびしさ」でした。

〈おのづから都に出でて、身の乞匃となれることを恥づといへども、帰りてこゝに居る時は、他の俗塵にはする事をあはれむ。〉

「おのづから都に出でて、身の乞匃となれることを恥づといへども」は、成り行きで都に出て、わが身がコジキとなっていることを恥ずかしいというけれども。「おのづから」は自然と、たくらみなく、成り行きで。「都」は首都、平安京。「出で」は外部に行く、都を外部と理解しています。「身」は自分自身、「乞匃」は物貰い。「乞」も「匃」も、求める。「なれること」は変化したこと、コジキではなかったがコジキになったこと。「恥づ」は人並みでないことを悲しく思う。「いへども」（「ども」逆接）は、いうけれど。実際は恥ではなかった。

【語法】「乞匃」「乞食」は仏教用語で、修行者が僧院を出て民家に食を求めることで、修行者は法を、民衆は物を与える慣行、法施・物施。物だけをもらって法を無視するのをコジキと悪称する。

諸注は、コジキになったというのは、作者の身なりの貧相なことをいうとしますが、作者は『発心集』の上梓のため、資材の援助を求めたのでしょう。もらうだけで、お返しのない状態をコジキになったといったのでしょうか。

「帰りてこゝに居る時は、他の俗塵にはする事をあはれむ」は、都から帰ってこゝにいる時は、都では他の俗塵に右往左往した事を馬鹿だったと思う。「帰りて」は、元のところにいく、都から方丈にもどる。「こゝ」は外山の方丈。「居る」は動かないでとどまる。「他の俗塵」は、よその、自分とは関係が薄く、精神的次元の低いもろもろな事案。「他の」は、よその、自分とは関係の薄い。「俗塵」は精神的に低次元の雑多な物事。「俗」は「聖」の逆、日常生活のこと。「塵」は地上的事案を低く表現。「はするを」は走ることを、熱心にすることを批判的にいう。「あはれむ」は批判的にみる、悲しいと思う、やむをえないなあと感じる。

【構想】「他の俗塵にはする」などは、他人ごとの印象が有りますが、作者には自分のことも傍観的に書く傾向があり、都で雑用に追われていたのは作者自身でした。雑用がなければ食べていけません。方丈では都の生活は俗っぽくて次元の低い話だと思いました。その俗っぽい話のために都を訪れました。作者は都では俗、方丈では聖でした。俗と聖は場所の相異でした。

【構想】心が安らかであること、世と人を避けることは六大災害を経たあとの望みでしたが、その六大災害を経たあとの心と望みは方丈の五年後の所感である「今さびしきすまひ、一間の庵」を愛すにおいて満たされました。

〈もし、人このいへることを疑はば、魚と鳥との有様を見よ。〉

「もし、人このいへることを疑はば、魚と鳥との有様を見よ」は、もし、人が、この私の言ったことを疑うならば、魚と鳥との有様を見よ。「もし」は仮に、「疑はば」と呼応。「人」は不特定の人、誰かが。「このいへること」は、「今さびしきすまひ、一間の庵、みづからこれを愛す」という発言。「疑はば」（「ば」仮定）は疑うなら。「魚と鳥との有様」は魚と鳥の生態。「見よ」（命令形）は、見るが良い。

【構成】「今さびしきすまひ、一間の庵、みづからこれを愛す」について疑問をもつもののあることを仮定します。これを作者が明白な論理と理解しておれば、だれかが疑問に思うだろうとは思わなかったでしょう。作者は、その論理の弱さを気にしていました。

　寂しさは克服するもので、沈殿するものではありません。作者が寂しさを愛するのは寂しさを克服することであったので、克服するまでは寂しさは残ります。作者は寂しい人でした。

　　寂しさに堪へたる人のまたもあれな庵並べむ冬の山里（『新古今集』西行・再掲）

【語法】「見よ」は上からの目線で、高圧的に意見を説得しようとします。作者においては異例で、論理の矛盾を隠そうとするのでしょうか。

〈魚は、水にあかず。魚にあらざれば、その心を知らず。鳥は、林を願ふ。鳥にあらざれば、その心を知らず。〉

「魚は、水にあかず。魚にあらざれば、その心を知らず」は、魚は、水に飽きることはない。魚でないと、水をいやにならない心を知りません。「水に」（「に」場所）は水の中にいることに。「あかず」は嫌にならない。

「魚にあらざれば」（「に」断定、「ば」確定）は、魚でないと。「その心」は魚が水を嫌にならない気持ち。「知らず」は人は知らない。

「鳥は、林を願ふ。鳥にあらざれば、その心を知らず」は鳥は林に住むのを願っている。鳥でないと、林に住みたい心を知りません。「林を願ふ」は、林に住むのを希望する。

【構成】1　「魚は水にあかず」と「鳥は林を願ふ」は対句です。「魚」と「鳥」で作者自身を述べます。魚で無いと魚の心はわかりません。鳥で無いと鳥の心は知れません。長明でないと長明の心は判りません。

【構成】2　「魚」と「鳥」は、場所において、魚は水、鳥は林と相異し、心境において、「あかず」と「願ふ」が対比します。「あかず」と「願ふ」には「嫌にならない」と「願う」との落差はありますがどちらも肯定の心そのものですから、魚も鳥も、それぞれの場所は相異するが、心は一つで、住居とは離れられないといいます。作者の心は庵と離れない心でした。

【構成】3　魚が貝殻を選ぶのは保身のためでした。ミサゴが海岸を選ぶのは人を避けるためでした。作者が庵を愛するのは、世を避けて己の生活を守るためでした。

【参考】「魚と鳥との有様」には先行文献があります。

恵子曰く「子、魚に非ず。いづくんぞ魚の楽しみを知らんや」と。（『荘子』秋水）

羈鳥は林を恋ひ、池魚は古渕を思ふ。（陶淵明『帰園田居』）

自分でないから庵の楽しみは分からないという論理は、魚でないから魚の心は分からないという論理を敷衍していました。「魚と鳥との有様を見よ」と高飛車に言うのは、荘子や陶淵明が、そういっているではないか、です。

〈閑居の気味も、また同じ。住まずして、誰かさとらん。〉

「閑居の気味も、また同じ」は、のどかな生活の雰囲気や味わいも、また魚鳥に同じである。「閑居」は鍵をかけて部屋でくつろぐ様子、静かでのどか。「気」は米をたいたときに立ち上る湯気、雰囲気、「味」は口の感覚が良い、アジのこと。「同じ」は複数のものが共通する、ここは魚・鳥と同じ。

「同じ」とは「気味」が同じ、「気味」は雰囲気と受け取る感覚、雰囲気は静かで干渉されない、よい気分であること。

「住まずして、誰かさとらん」は、住まなくては誰もさとる者はない。「住まずして」は、方丈に住まなくては。

「誰か」(「か」反語)は誰も。「さとらん」は悟るものはない。「さとる」は深く理解する。

方丈に住んだものだけが、方丈の気味を理解する。

【構成】「閑居」が方丈の評価になる。
1. 環境が孤立して、他人によって生じる劣等感、疎外感がなく、心を乱す外因がない。
2. 文学や音楽によって心を養うことができ、「こと」の重大性をしる。
3. 肉体を使役することによって仏性を養い、「三界唯一心」になる。
「閑居」とは立地条件や人間関係から心を乱す外部的要素がないことを契機として、内面的には文学、音楽、肉体的には労役など、精神と肉体を鍛えることによって最終的には「三界唯一心」という心を養い、仏性を養うことでした。

【構想】1　作者は「さびしきすまひ、一間の庵」を愛することを知っています。そして「さびしきすまひ、一間の庵」の楽しみを疑うものの存在を仮定します。誰かが方丈に来て、確かめる者はいないでしょう。訪問客を仮定するのは作者の自問自答です。「さびしきすまひ、一間の庵、みづからこれを愛す」を確認するのでした。

(作者は手足を奴にしましたが、自分を来訪者にしましたか。)

【構想】2　作者は疑うものに対して「住まずして、誰かさとらん」と応えます。しかし、作者は作者以外のものでないから、作者以外のものが庵の楽しみはわからないといった心を知るはずはありません。「住まずして、誰かさとらん」は排他論理の矛盾です。

住まずしては理解できないというのは諸刃の剣です。都にいるものも、そういうでしょう。諸刃の論理を超えるには「閑居」が都・外山を通じて最高の価値であることを証明しなければなりません。

（作者の排他理論のほころびがみえてきます。）

【構想】経過があります。

『方丈記』は人と住居の関係を課題としました。作者は方丈に入ると、庇を出したり、柴を集めたり、水利を考えたり、部屋を整理したり、生活の条件を整えました。最も中心にしたのは第一に仏壇で、朝読経・夕念仏という仏道を実践します。外界では景色をみながら観念をしました。読経・念仏・観念は大原の修行の延長線でした。第二に、室内では抄物と楽器で、和歌・芸能をたしなみました。和歌・管弦は宮廷生活の延長でした。庵には大原と平安京の伝統が並存していました。庵を出ると遊行です。山麓では山菜・野菜を採集し、峰で遠望し、遥かに岩間・石山・関の明神・猿丸の墳墓を訪ねます。作者は最初は方丈には満足し土地には不安があれば移動したいと思っていましたが、最後には「山中の景色、折につけて盡くることなし」と評価し、方丈は庵も環境も作者の意にかないました。

【構想】交友があります。

遊行に少年を伴いましたが、現実的には多くは無名で「人」「友」「奴」という類型で記します。「人」においては、妻子・眷屬、親昵・朋友、主君・師匠、財寶・馬牛をあげて、これらのために世間では住居を作るが、自分のためには作らないと批判し、さらに「友」は地位と財宝を目当てに交遊し、「奴」は賞罰・恩顧を優先して他人に情をかけることはない、と拒否します。現実的には作者の親しむ個性は記していません。作者が実名を挙げたのは満沙弥・白楽天・桂大納言、蝉丸・猿丸など、和歌・音曲の故人でした。親を含めて、故人が作者の心を支えました。

作者が愛した妻子の名は有りません。作者を日野に案内した禅寂、大原の頼斅、洛東の法然、鎌倉に導いた雅経らも登場しません。作者を破滅に導いた禰宜・後鳥羽院の名も有りません。作者は作者の命運に関する人物の消息は記しませんでした。

（作者は作者に影響を与えた重要人物は『方丈記』に登場させません。）

【構想】『華厳経』によれば欲界、色界、無色界という人間の存在形式は根源的な心の存在によって統一しています。したがって欲望・感覚・精神の三世界は根源的な「心」の具体化です。もし根源的な心が乱れておれば現世の労働も価値も意味を失い、仏の世界に生じる望みも絶たれるでしょう。その根源的な心とは、私においては一間の庵というさびしい住まいを愛することです。突き詰めれば寂しさを愛することです。この心によって生活が安定し、仏の世界に近づくものと思います。

一間の寂しさを愛することは、都の人には受け入れられないでしょう。都には都の生き方があり、都に行けば都のあり方や価値観に埋没しそうです。しかし、さびしさを愛する心がなくては、生活に乱れが生じ仏縁にも遠いはずです。魚にも鳥にもそうですが、私には私独自の一間の庵というさびしき住まいを愛するという唯一心があります。この心は都人には理解できないでしょう。できるなら都人も方丈に住んでごらんになるとよろしい。すまれたら、寂しさの尊さがわかりますよ。

（方丈は場所がよくなければ移動するつもりでしたが、「三界唯一心」ですから移動の理由はなくなりました。）

（「三界唯一心」は修行者の心であって、「華厳経」は方丈に特定していません。）

（空）

そもそも、一期《いちご》の月影かたふきて、余算《よさん》の山の端《は》に近し。たちまちに、三途の闇《づやみ》にむかはんとす。何のわざをかかこたむとする。佛の教へたまふおもむきは、事にふれて執心《しゅうしん》なかれとなり。今、草庵を愛するもとがとす。閑寂《かんじゃくちゃく》に着するも、障《さわ》りなるべし。いかが要なき楽しみを述べて、あたら時を過さむ。

抑、一期ノ月カゲカタフキテ、餘算ノ山ノハニチカシ。タチマチニ、三途ノヤミニムカハムトス。ナニノワサヲカコタムトスル。佛ノヲシヘタマフヲモムキハ、事ニフレテ執心ナカレトナリ。今、草庵ヲアイスルモトガトス。閑寂ニ着スルモ、サハリナルヘシ。イカヽ要ナキタノシミヲノヘテ、アタラ時ヲスクサム。

さてさて一生の耀きが衰えて、残りの人生は死の山の端に近い。まもなく生前の悪徳の報いを受けようとするのか。どのような行動をぐちるのか、ぐちることはない。佛が教えられる方向性は、心の対象になるもろもろの事案に接触しては、そのことに心が停滞してはならないということです。いま方丈の草庵を愛するのも失策と思う。人と交わらないで孤独であることに落ちついているのも、一生の最期には邪魔になるでしょう。なにをしてカナメでもない楽しみを述べて、惜しい時を過ごそうか。

〈そもそも、一期の月影かたふきて、余算の山の端に近し。たちまちに、三途の闇にむかはんとす。何のわざをかかこたむとする。〉

「そもそも一期の月影かたふきて、余算の山の端に近し」は、さてさて一生の耀きが衰えて、残りの人生は死の山の端に近い。「そもそも」は発語、さてさて。文章の最初において強く語りだすときのことば。「一期の」は一生の。漢字「期」は、一回り。「月影」は月光、生命の比喩、最も耀いている部分。「かたふきて」は傾斜をもつ、月が傾く、生命が盛んなときを過ぎる。「余算の」(「の」主格)は余命が、方丈の五年間をすぎた頃、建暦二年。その年の三月に『方丈記』は完成していますから、多分、同年の正月、余算は三ヶ月。漢字「算」は年齢。「山の端」は山の先端、月は山に沈むから月が沈むところの山の接点。「山」は西山、冥界の比喩、死の世界。「近し」は距離が少ない。

【構成】「一期の月影かたふきて」と「余算の山の端に近し」は対句。
1．「一期」と「余算」は対、「一期」は全体、「余算」は端数、「一期」の余りの部分、余生。人生を全体と部分の関係に見ます。
2．「月影」と「山」が対。「月影」は現世、生、「山」は冥界、死。空を背景として「一期」を「月影」と「山」の立体的構図で描写し、人生は耀き、冥界は暗いとします。
3．「かたふきて」と「近し」は対、「かたふきて」は中天を基準にして月が西に傾斜し、「近し」は山を基準にして山の先端に近づく。
「かたふきて」は傾くまでの状態を連想させます。月は少し以前は中天にあり、隈なく下界を照らし、様々な山を照らしました。月が中天がら照らしたのは過去の栄光でした。今や過去の栄光は「山の端」に沈む。基準点を山に置くと、無明の世界が展開する。

「余算」は月と山の端との中間部分で、数値が小さく、ますます小さくなることを描写します。

現世は月の耀く栄光でした。来世は月のない三途の闇の暗黒です。栄光が終わって暗黒に向かいます。何をすればよいのですか。

【語法】「山」の存在は次のような意味をもっています。
1．「山」は人生の課題・困難を表します。
2．「山」は過去と未来を分断します。
3．「月影」は「山」に沈みます。「山」は「月影」の最終の場面です。
4．「山」は、かって経験したことのない、新しい世界でした。
5．「山」は不可避の問題でした。
【参考】余命いくばくもないことを月の傾くのに喩えるのは和歌の伝統でした。梁瀬氏の事例の一つを紹介しておきます。

眺むれば月傾きぬあはれ我が此の世の程もかばかりぞかし（『後拾選集』）深覺・簗瀬『方丈記全注釈』所収）

（作者最大の問題は余命がないことです。）

「たちまちに、三途の闇にむかはんとす」は、まもなく生前の悪徳の報いを受けて奈落に落ちようとする。「たちまちに」は僅かな時間に、立って待っているうちに。「三途の闇」は死後に受ける懲罰の苦しみ。「三途」は六道輪廻の最も厳しい地獄・餓鬼・畜生道の三悪道。「闇」は月明りのない世界、「むかはんとす」（「んとす」将然）は、対象のある方角に移動しようとする。

【構文】「たちまちに」は「余算」のことで、残された時間は短い。向かうところは「山」で、「山」のかなたは三途の闇。

作者は死後、暗闇の冥界に行くことを予測します。死後の世界は六道を輪廻し、そのうち三悪道は悪業のものが行く世界ですから、死後は三悪道に往くとは限りません。作者は自己の悪業を反省して当然の報いを受けるとします。

【語法】「たちまちに」と「んとす」の呼応は、そのさし迫った状態をよく描写します。すなわち、今、死に直面した状況を緊迫感で描写します。

【構想】作者が最も関心を持ったのは余命でした。作者の問題は悪業でした。悪業ゆえに三悪道に堕ちると予測して、余命のあり方を求めます。

（三ヶ月もしないうちに死をむかえると思っています。）

作者の第二の問題は悪業ゆえに三悪道に堕ちることです。

【構成】生と死を月と山という宇宙論を背景にして、「そもそも」と口調を改めて述べようとするのは、人生の盛んなときは過ぎ去って、死が差し迫っていて、暗黒の「死」に直面していると訴えます。

（結果から逆算すれば、余算は『方丈記』の成立までとすれば三年、作者の絶命とみれば九年。）

「何のわざをかかこたむとする」は、どのような行動をぐちるのか。「何のわざ」は三途に堕ちる悪業。「何の」

は不特定の。「わざ」は「業」、行為。「かこたむとする」（「むとする」将然）は、まさに愚痴を言おうというのか、「かこつ」は不満を言う、ぐちをいう。

【語法】「何のわざをか」（「か」係助詞）と「かこたむとする」（「する」連体形）は係結びで疑問。作者は、どのような方法もないことをいい、自分自身を何を愚痴っているのかと批判的にいいます。

悪業ゆえに三悪道に堕ちるに決まっているが、どんな悪業を犯したのか、どのような対策を立てるのか、犯したことも対策の見えないのを愚痴ります。

【構想】作者においては悪業ゆえに三悪道に堕ちることは確実です。学問も、芸術も、過去の栄光も死に直面しては、もはや支えになりません。いま死を前にして、いかにして最後の時間を何をして送るかが作者の思いです。作者が「そも・そも」と呼びかけようとしたところは価値ある死でした。

【語法】1.「一期の月影かたぶきて」は「月影」の話ですが、月には「一期」などはありませんから、作者の比喩です。「たちまちに三途の闇にむかはむとす」の主格は「月影」ですが、三途の闇に向かうのは月影でなく作者ですから、「月影」は作者自身のことです。「何のわざをかかこた**むとする**」も建前は「月影」ですが、「月影」がかこつわけはありません。かこつのは作者です。このように、最初は自己を比喩で表現したが、もはや比喩で表現する余裕がなくなり、作者が前面に現れ、表現は比喩から直叙へと移行します。

【語法】2.「むとす」は、さきに「たちまちに三途の闇にむかはむとす」があり、あとに「何のわざをかかこたむとする」と繰り返します。前者は「三途の闇」に向かう寸前の状態ですから「将然」です。後者は何をするか選択する場面ですから「当為」です。「むとす」を繰り返すうちに、自己主張は将然から当為へと次第に移ります。

【構想】『華厳経』によれば欲界、色界、無色界という人間の存在形式は根源的な心の存在によって統一しています。したがって欲望・感覚・精神の三世界は根源的な「心」の具体化です。もし根源的な心が乱れておれば現世の労働も価値も意味を失い、仏の世界に生じる望みも絶たれるでしょう。その根源的な心とは、作者自身においては、一間の庵というさびしい住まいを愛することです。突き詰めれば寂しさを愛することです。この心によって生活が安定し、仏の世界に近づくものと思っています。

一間の寂しさを愛することは、都の人には受け入れられないでしょう。都には都の生き方があり、都に行けば都のあり方や価値観に埋没しそうです。しかし、さびしさを愛する心がなくては、生活に乱れが生じ仏縁にも遠いはずです。魚にも鳥にもそうですが、私には私独自の一間の庵というさびしき住まいを愛するという唯一心があります。この心は都人には理解できないでしょう。できるなら都人も方丈に住んでごらんになるとよろしい。すまれたら、寂しさの尊さがわかりますよ。「寂しさ」を愛するとは「無」への願望、「空」への願望でした。

（作者の心が「空」になっていたことは重大です。）

〈佛の教へたまふおもむきは、事にふれて執心なかれとなり。〉

「佛の教へたまふおもむきは」は、佛が教えられる主旨は。「佛」は究極の真理を悟った超越者、具体的には釈迦牟尼ですが、ここは三世の諸仏。「教へ」は価値ある事案を権威的に伝える。「おもむき」は主旨、方向性。「おも」は面、「むき」は方向。

【語法】「おもむき」は主旨と解されていますが、仏が一仏であれば主旨でしょうが、多数の仏の場合は、どの仏にも共通する考え方のタイプですから、諸仏の方向性と考えます。

一仏でも多仏の中に反対意見があれば「仏の教へ」ではない。しかし「佛の教へたまふおもむきは」は作者の解釈であるから、諸仏のなかの反対意見を探すことはない。作者が考えた諸仏に共通する方向性です。仏の指導です。

「事にふれて執心なかれとなり」は、心の対象になるもろもろの事案に接触しては、そのことに心が停滞してはならないということです。「事」は事案、心の対象になるもろもろ。「ふれて」は手でさわる。手で触れるものは主体にとっては外在、外物、ここは心を掠めるていどの事案から人生を左右する大事件まで。「執心」は一つのことに心を奪われて心が停滞すること。「なかれ」（形容詞・命令形）は禁止せよ。「となり」はトイフナリの形、伝聞、解説。

【構想】仏の教えは、心にきざした些細な事案にも心をとらわれてはならないとするのが、作者の解釈です。

しかし、「事」は外在で、日常生活は外在に依存しますから、「事」を否定すれば日常生活が成立しません。「執心なかれ」は「執心なかれ」に「執心」してはいけません。ある程度は「事」に執心することを認めています。つきつめれば「執心なかれ」は自己矛盾です。

（作者の解釈ですから、必ずしも仏説が自己矛盾というのではありません。）

【参考】諸注は出典に経典をあげる、『金剛経』『法華経』の場合は『方丈記』の本文と類似の経文を探したという程度で、必ずしも出典ではない。『維摩経』の「不二法門」は『方丈記』に影響を与えたと見えるが、個々の語句の対応はないので、出典ではない。

しかし、「執心」を「執着」「煩悩」の意とすると、「煩悩無尽誓願断」（『四弘誓願』）は菩薩の誓願でした。

【構想】悪道に堕ちるとして自分の在り方に自信を喪失したとき、作者が思い至ったのは「佛の教へたまふおもむき」です。「佛の教へたまふおもむき」は仏教の方向性、仏教の原点でした。仏の教説は「執心なかれ」ですが、単に「執心なかれ」ではなく、「執心なかれとなり」です。「となり」は特定して断定する、作者は仏の教えは「執心なかれ」であると思いなおし確認します。それは自己のなかに「執心」のあった意味です。「執心なかれ」は外物にとらわれるなで、「空」の実践を言います。「空」の実践は大原で学んだ仏教の初心でした。作者は初心に帰ろうとします。

（作者の第四の問題は仏に頼ることだけです。）

〈今、草庵を愛するもとがとす。閑寂に着するも、障りなるべし。〉

「今、草庵を愛するもとがとす」は、いま方丈の草庵を愛するのも罪と思う。「今」は現時点、「三途の闇」に向かおうとするとき。死に直面したとき。

【構文】「今」は「草庵を愛するもとがとす」と「閑寂に着するも障りなるべし」の対句を導きます。

この二文は先行の「事にふれて執心なかれとなり」の例示で、「執心」とは「草庵を愛する」と「閑寂に着する」。

【構成】「今」でなければ「とが」でも「障り」でもありません。

「草庵」は草葺の仮の小屋、特に隠者の住まい、方丈。ここで日常生活と宗教的所作を行います。「愛するも」（「も」例示）は大切に思うことも。肉体的な感情で、一つになりたい、離れたくない情愛です。

たゞ假の庵のみ、のどけくして恐れなし。

「とが」は問題点、解決を要する事案、欠点。「す」（サ変動詞終止形）は、認定する、思う。

現在は草庵を愛するのは欠点としますが、過去では欠点ではなかった。美徳であった。

「閑寂に着するも障りなるべし」は、人と交わらないで孤独であることに安定しているのも、邪魔になるでしょう。「閑寂」は、人との交わりがなく孤独の心境、「着する」は安定する、落ち着いている。

たゞ静かなるを望みとし、愁へなきを樂しみとす。

「障り」は邪魔、隔て。「障りなるべし」（「なる」断定）の「べし」は主観的断定。三途の業をくつがえせない。

【構成】1　「草庵を愛する」と「閑寂に着する」（主格）の、「草庵」は方丈の外観、「閑寂」は方丈の生活。「愛する」と「着する」は「愛着」という語を分割しています。愛着の心は「三界は、たゞ心一つなり」でした。
2　「とがとす」と「障りなるべし」（述語）の、「とが」は自分が冒してはならない禁止事項、「障り」は放置してはならない外的支障。
【構想】「今」は「草庵を愛する」と「閑寂に着する」は「とが」であり「障り」ですが、平生、方丈を営んだときは草庵を愛し閑寂を求めることは仏道実践でしたが、死に直面すれば死の解決になりません。逆に「とが」になり「障り」になりました。

「今」は作者に大きな転機を与えました。

【構想】作者が方丈において最後に到達した心境は「三界唯一心」でした。その「唯一心」の「心」は「草庵を愛する」と「閑寂に着する」ことでした。自分の生命が終末に近づき、三途の闇に向かうことを意識するとき、「草庵を愛する」と「閑寂に着する」も、もはや人間的なさまざまな行為も意味を有しません。「三界唯一心」は死に面しては何の手だてにもなりません。死に面しては執心をすてよ、手立てを棄てよ、でした。死は作者の心に「空」をもたらしました。

（作者の第五の問題は仏の教えは空の実践でした。）

〈いかが要なき楽しみを述べて、あたら時を過さむ。〉

「いかが要なき楽しみを述べて」は、なぜ、重要でもない楽しみを述べて。「いかが」（副詞・疑問）は何をして、方法・理由の疑問。

【構文】「いかが」は係結びの係り。「要なき楽しみを述べて」（「て」は経過）は経過で、「あたら時を過さむ」（主文）と結びます。「要なき」は中枢でもない、端っこの。「要」はカナメ、ここは三途の闇に向かうのに中心的なプラスになるような事案。「楽しみ」は満ち足りて心を喜ばせるもの。「述べて」は展開して、口に出して。

【構成】「要」は死を滞りなく迎えることのカナメで、「要なき楽しみ」は死においてプラスにならない楽しみ、文脈では遊行・音曲・回想など。

三途の闇に向かうのに、三途の闇とは末梢的な無関係な事案の楽しみを口にして。

【構文】「要なき楽しみ」に対して、「要ある楽しみ」は死に臨んでカナメになるような楽しみですが、「三界唯一心」の「心」は「静か」で、その「静か」にこだわれば静かではないことから、楽しみにこだわれば楽しみではない。「要のある楽しみ」は「要」の実現にこだわっているから「要のある楽しみ」は成立しない。しかし、何を楽しんでも「要なき楽しみ」であって、「要なき楽しみ」は遊行・音曲・回想に限りません。遊行・音曲・回想は経験上、「要なき楽しみ」と感じたのでした。

【構成】「要なき楽しみを述べて」は経過で、無駄に時間をつぶすのは経過に過ぎません。主文は「いかが」を受けて「あたら時を過さむ」です。

ここの「要なき楽しみ」は経験則でした。「要なき楽しみ」である遊行・音曲・回想に時間を浪費した経験がありました。

その経験を通じて「あたら時を過さむ」と思うに至りました。

「あたら時を過さむ」は、無駄に時を過ごそうか。「あたら」は惜しい、つまらない。「時を過さむ」は時を経過する、「時」は時間、ここは三途の闇に近づく時間。「過さむ」（「む」推量）

時は人の思いに関わらず経過しますが、人は時の経過に「あたら」と付加価値を加えます。

【語法】「あたら時を過さむ」の「む」（助動詞）は意思で、現在の時点において無駄な時間をすごさないと思います。

長明は「あたら過さむ」として無駄に時間を経過することを戒めます。理想的な死を迎えるカナメになるような案件を果たして、死に至る時間を充実させたいのでした。

【構想】遊行・音曲・回想に楽しんでいると、無駄に時間を潰したことになる。それでは遊行・音曲・回想をやめると、その時間は無駄でなかったことになるが、何もしなくても時は経過する。何もしなくても無駄に時をつぶしたことになる。時間を無駄でなくするには何をすれば良いのか。

作者が最大の問題としたのは、何をして最後のときを過ごすか、でした。


（「要のある楽しみ」は存在しません。）


【構想】作者は死を前にして、何回も心を「空」にしました。

第一に、「一期の月影かたふきて、余算の山の端に近し」と人生の終末を意識したとき、作者には「かこつ」自分がありました。悪業の過去を見ても、悪業の打開を見ても、「かこつ」以外はありませんでした。しかし最終的には「かこつ」べき何の「わざ」も存在しないと、かこつ自分を否定します。心には過去の栄光という悪業に打ち勝つ「わざ」も、新しい未来の展望もありません。「かこつ」自分を否定したとき、心は「空」になっていました。

第二に、かこっている自分を仏説の「執心なかれとなり」に見ます。「となり」は特定断定する意味で、作者は仏の教えは「執心なかれ」であると思いなおします。「執心なかれ」は「執心なかれ」に執心することを否定します。「執心なかれ」という弁証法は、「空」の実践を言います。「空」の実践は大原で学んだ仏教の初心でした。作者は初心に帰ろうとします。

第三に、死を直視しては執心をすてよ、でした。死は作者の心に棄てることを命じました。心には何も存在しなくなりました。

第四に、作者が最大の問題としたのは、何をして最後のときを過ごすか、でした。何をして最期の時を過ごすかに、こだわれば心は空ではありません。何もすることはなく、心は「空」でした。

【構想】方丈で作者を支えた楽しみは、死を前にしては無価値でした。作者において最も大切なものは余命でした。余命をいかに生きるかが作者の問いでした。そのとき心には何もありませんでした。

死に臨んでは心を「空」にすることでした。

（作者の第六の問題は過去の自分を清算し「要ある楽しみ」を求めることでした。）

静かなる暁、このことわりを思ひつづけて、みづから心に問ひて曰く、世をのがれて山林にまじはるは、心を修めて、道を行はむとなり。しかるを、汝が姿は聖人に似て、心は濁りにしめり。栖は、すなはち、浄名居士《じょうみょうこじ》の跡をけがせりといへども、保つところは、周利槃特《しゅりはんどく》が行ひにだに及ばず。もし、これ貧賤の報のみづから悩ますか。はたまた妄心《もうしん》のいたりて、狂せるか。その時、心さらに答ふることなし。ただ、かたはらに舌根《ぜっこん》をやとひて、

（常住）

不請《ふしょう》の阿弥陀仏、両三遍《さんべん》申して、やみぬ。

シツカナルアカ月、コノ事ハリヲヲモヒツヽケテ、ミツカラ心ニトヒテイハク、ヨヲノカレテ山林ニマシハルハ、心ヲヽサメテ、道ヲヽコナハムトナリ。シカルヲ、汝、スカタハ聖人ニテ、心ハニコリニシメリ。スミカハ、スナハチ、浄名居士ノ安登をケカセリトイヘトモ、タモツトコロハ、周利槃特カ行ニタニヲヨハス。若、コレ貧賤ノ報ノミツカラナヤマスカ。ハタ又、妄心ノイタリテ、狂セルカ。ソノトキ、心更ニコタフル事ナシ。只、カタハラニ舌根ヲヤトヒテ、不請阿弥陀仏、両三遍申テ、ヤミヌ。

静かな夜明け、この仏説を思いつづけて、私として私の心に尋ねて云う。世の中を避けて山林に鳥獣草木と仲間になるのは、心を充実して、仏道を実践しようとするのである。そうであるのに、汝の姿は聖人に似ているだけで、心は濁りにしみこんでいる。また、浄名居士の跡を汚したというけれども、保っているところは、周利槃特の行いにさえ及ばない。或いは、この矛盾は貧賤の苦しみが影響して自分自身を心労させたからであろうか。そうではなくて外から妄心が入り込んで行動を狂わせたのであろうか。その時、心は全く答えることがない。ただ一つ、傍に舌根を借り受けて、不奉請の念仏の三唱礼を二回唱えて、すべては終わった。

〈静かなる暁、このことわりを思ひつづけて、みづから心に問ひて曰く、〉

「静かなる暁、このことわりを思ひつづけて」は、静かな夜明け、この仏説を思い続けて。「静かなる暁」は物音がしない夜の明けるまえ。「静かなる」は動かない、物音がしない、鳥の声も風もありません。漢字「静」は、こまやかで落ち着いている（『新漢和辞典』）。「暁」は夜の明けるまえ、まだ暗い頃。「このことわり」は「事にふれて執心なかれ」という佛の教え。「思ひつづけて」は途切れることなく思って、「思ひ」は感情のはたらき。

【構成】静かな暁は思慮に適したときでした。仏が「ほのかに夢に見えたまふ」時でした。

仏は常にいませども現ならぬぞあはれなる人の音せぬ暁にほのかに夢に見えたまふ（『梁塵秘抄』二）

【構文】「静かなるあかつき」は、さきに「夜しづかなれば」とある場面と共通します。

夜から引き続いて暁まで、外物にこだわるなという仏説を思い続けて。

「みづから心に問ひて曰く」は、私として私の心に尋ねて云う。「みづから」は、自分としては、自分の立場では。

「心に」は自分の心に向かって。「心」は外物にこだわるなという仏説を思い続けている心。

「心」は外物にこだわるなという仏説を思い続けていますから、「心」は回答する立場にあり、余裕もありました。

（外界は静かでしたが、心は静かではありませんでした）。

【構想】作者は方丈のあり方の検証を行おうとします。

〈世をのがれて山林にまじはるは、心を修めて、道を行はむとなり。〉

「世をのがれて山林にまじはるは」は、世の中を避けて山林に鳥獣草木と仲間になるのは。「世」は都での人との交渉の場。「のがれて」は逃げる、危険を避ける。「山林に」は山林においては、日野の外山の山林に、「山林」は山辺の木立ち。「まじはる」は交友する、鳥獣草木と仲間になる。

作者は五〇歳になって、災害の都を避けて、しばしの安らぎの住いと所を求めました。畏友禅寂に導かれて大原・日野に居を移しました。日野は山林でした。「世」を逃れました。「山林」は仏道の聖地となりました。

「心を修めて、道を行はむとなり」は、心を充実して、仏道を実践しようとするのである。「心」は安らぎを求める心。「修めて」は短所を補って完成させる。「道」は仏道、読誦と念仏。「行はむとなり」は、実践するということだ。

【語法】「行はむとなり」の「と」（格助詞）は措定する意味、「なり」は断定、実践するということだ。

【構成】最初は山林に安らぎを求める心でしたが、山林生活は読誦と念仏の仏道実践が定着しました。読誦と念仏に逃避はあったか。

長明は、山林に交わったのは仏道を実践することであると確認します。初心は、仏道実践でした。そのことの否定はありません。

〈しかるを、汝が姿は聖人に似て、心は濁りにしめり。〉

「しかるを、汝が姿は聖人に似て、心は濁りにしめり」は、そうであるのに、汝の姿は聖人に似ているだけで、心は濁りにしみこんでいる。「しかるを」は逆接、そうであるのに、心を充実させて仏道を実践しようとしているのに。実際は心を充実させているのではなかった。

【構文】「しかるを」（接続詞）は、「世をのがれて山林にまじはるは、心を修めて、道を行はむとなり」を次の二文が逆接で受けます。

汝が姿は聖人に似て、心は濁りにしめり。

浄名居士の跡をけがせりといへども、保つところは、周利槃特が行ひにだに及ばず。

「汝」（第二人称）は、お前、古くは尊敬語でしたが後には卑語、ここは作者のこと。作者は超越者の立場から作者自身に呼びかけます。「姿」は外形、外観、視覚でとらえられる状態。「聖人」は孤高の在野の修行者、ヒジリ。「似て」は形状が対称的である。「心」は長明の心、「濁り」は清らかでない、ここは仏道よりは管弦・和歌に興じる心。「しめり」は染まっている、色移りしている、染みこんでいる。或は「占めり」（占有する）か。

【語法】作者の『発心集』は往生伝を柱とする仏教説話であるが、そこは無名の修行者の事跡が多い。「聖人」はヒジリ、市井の市ヒジリ。

【構成】「心」は歌舞音曲に陥って、読経・念仏を怠惰しました。

〈栖は、すなはち、浄名居士の跡をけがせりといへども、保つところは、周利槃特が行ひにだに及ばず。〉

「栖は、すなはち、浄名居士の跡をけがせりといへども」は、また、住居は浄名居士の跡を汚したというけれども。「栖」は住居、「すなはち」は、また、言い換えると。「浄名居士の跡」は方丈の名を継承していること、「浄名居士」は維摩詰、方丈に住んで大乗仏教の基礎を作った人。「跡」はなごり、全体はなくなったが部分的に残存している表彰、維摩詰の方丈の名を伝えていること。「けがせり」は汚くする、維摩詰がなしたような生活はできないで、名誉を汚す。

【構文】「すなはち」は「浄名居士の跡をけがせりといへども」にかかるのか、「保つところは、周利槃特が行ひにだに及ばず」にもかかるのか、一考を要する。

【参考】「維摩の一黙」は、釈尊の弟子と維摩詰の「不二の法門」の論争で、維摩詰は応えないで無言を貫いた。絶対の仏道は言語を超えたところにあり、全人格的なものだという。

作者鴨長明は『方丈記』において、『方丈記』を誘発したと思われる禅寂、湛斅の名はない。作者の今日を有らしめた人物には言語で表すことはできなかったのでしょうか。

「といへども」(「と」措定)は、と誰かは言うけれど。「いへども」の主格は不定。

作者は誰かが言うであろうがと予測しています。

【語法】作者は高次元の立場から誰かが浄名居士の名を汚すと言うけれどと批判的に述べます。

「保つところは、周利槃特が行ひにだに及ばず」は、保っているところは、周利槃特の行いにさえ及ばない。「保つところは」は仏道を守っている事案は。「保つ」は長く同じ状態でいる、ここは読経・念仏していること。「周利槃特が行ひ」は、周利槃特の行動、一つのことに専念して熟達して仏果を得ること。「及ばず」は、到達しない。

【参考】「周利槃特」は過去の業縁により、聡明な兄の摩迦槃特に対して愚鈍に生まれた。兄によって仏弟子となったが一偈も保っていないので兄は見捨てようとしたが、釈尊は掃除を命じた。周利槃特は心の隅々まで掃除をして清めたので阿羅漢果に達しました。

【語法】「周利槃特が行ひにだに」の「だに」はデサエ、最低の案件である意味。少なくとも最低の条件は果たしたい。

【構成】周利槃特は掃除だけをして阿羅漢果に達したので、一芸に専念することは守るべき最低の案件ですが、長明は自分も読経・念仏に専念したいと思ったけれど、専念できずに歌舞音曲に逃げ出した。周利槃特のように専念はできなかった。

【構文】「浄名居士の跡をけがせりといへども」の「ども」（接続助詞）は逆接で、逆は「周利槃特が行ひにだに及ばず」の逆ですから「周利槃特が行ひにだに及ばず」は周利槃特に及ばないだけで、仏道に勤めているから、浄名居士の跡をけがしてはいません。

【構想】「心」の答えは、浄名居士の跡は汚していないが、心はにごっている、です。

作者は「世俗を離れて自然の中にいるのは心を修めて仏道を修行するため」でしたが、心では読経・念仏に専念しようと思っているのですが専念できず、歌舞音曲にこころ移りをして仏道実践を濁しました。

（心の濁りが長明の課題となります。）

〈もし、これ貧賤の報のみづから悩ますか。はたまた妄心のいたりて、狂せるか。〉

「もし、これ貧賤の報のみづから悩ますか」は、或いは、この心のにごりは貧賤の苦しみが影響して自分自身を苦しませたからであろうか。「もし」は、不特定の事案の例示。ここは作者の心中の葛藤を描写します。

【語法】「もし」の導く事項は「これ貧賤の報のみづから悩ますか」と「妄心のいたりて、狂せるか」の二点。

「これ」は姿と心の矛盾、読経・念仏という一事に専念できずに音曲に逃げ出したこと。「貧賤」は経済的・身分的に劣等の生活。「報」は行動の結果、「みづから」は自分自身を。「悩ますか」（「か」疑問）は、心を痛めるのか。

作者は読経・念仏という一事に専念できない理由を、貧賤の生活苦によって、心がくずれ行動が不安定になるのかと一案を思いつきます。

貴紳主催の歌合・遊宴に招かれれば、糊口をしのげます。しかし五〇歳以後は参加していません。かつて貧賤でなければ妻子を餓死させることはなかったでしょう。食料のためには念仏・読経をやめて山河に獲物を探し、路頭に食を求めて糊口をしのいだでしょう。

（作者は初めて貧苦を語り、貧苦が自分を屈折させたと告白します。）

「はたまた妄心のいたりて、狂せるか」は、そうではなくて外から妄心が入り込んで行動を狂わせたのであろうか。「はたまた」（接続詞・逆接）、そうではなくて。「妄心」は分別のない心、煩悩と重なります。「いたりて」は到着して。「狂せるか」は行動をくるわせたか。

作者は外部から「妄心」が侵入して行動を狂わせたかと提示します。

外部から「妄心」が侵入したと思うのは、自分の心に「盲心」が侵入する余地があるからです。読経・念仏を勧めてきたが、読経・念仏に精が出なくなった心の隙に妄心が侵入したかと思います。

心が空であると、心に外物の侵入を防ぎきれません。

【構成】静かな暁、自分の心を見つめて、読経と念仏に専念できなかった理由を、自身の内面の問題としての「貧賤の報ひ」と、外部の要因としての「妄心の至り」との二点をあげて、貧賤と妄心が自分を誤らせたといいます。貧賤は山野に食を求めて時間を潰したこと、妄心は歌舞音曲に時間を浪費したことです。貧賤に陥ったら体力も消滅して読経・念仏する力はないでしょう。心を沈めて心がむなしくなったとき妄心が入ってきました。妄心が遊行・音曲・回想に誘引します。読経と念仏に専念できなかった理由は妄心でした。妄心は煩悩所生でした。読経・念仏を狂わせたのは煩悩でした。

（作者の第七の問題は読経・念仏に専念できない理由は内因か外因か、です。）

〈その時、心さらに答ふることなし。〉

「その時、心さらに答ふることなし」は、その時、心は全く答えることがない。「その時」は、作者が読経・

念仏に専念できない理由は内因か外因かと尋ねたとき。「さらに」は全く、全然。「答ふることなし」は返答そのことがない。

【構成】作者は「事にふれて執心なかれ」という佛の教えを守っているから、そのとき心は空白です。「心は『空』である」と応えようとするが、「空」であると応える、そのことが心は「空」でないことになります。心は応えることができません。長明の「無言」でした。

（作者の第八の問題は自身の立場である「空」を伝えることの困難です。）

「空」についての問答で、維摩は文殊に促されて回答を求められたが無言でした。しばらくして文殊は維摩の無言はよい答えだと応じました。作者も無言でした。長明の心は「空」で、応えることはありませんでした。

（作者は「執心なかれ」という仏説を守っていたから、心には何もありませんでした。）

（作者の第九の問題は「空」の意味です。）

〈ただ、かたはらに舌根をやとひて、不請の阿弥陀仏、両三遍申して、やみぬ。〉

「ただ、かたはらに舌根をやとひて」は、ただ一つ、心は傍に舌根を借り受けて。「ただ」は限定、単独のものを取り上げて他を排除する。

【語法】「ただ」は「かたはらに舌根をやとひて」ではなく、「不請の阿弥陀仏、両三遍申して」にかかります。「ただ」と限定したところは「不請の阿弥陀仏、両三遍申して」です。

「かたはらに」は傍に。心のそばに。「舌根」は六根の一つ、味覚・発音を司る器官。舌根が傍らにあります。「やとひて」は物件を委嘱する、頼み込む。

【構成】舌根の「かたはら」にいるものが舌根をやといました。六根から「舌」をとると、舌根の側にいるものは「眼・耳・鼻・身・意」で、「舌」を含めて「身」そのものです。さきに「身」を分割して「手」と「足」は身の「用」となりました。「舌」もまた「身」の一部分ですから、身の「用」でしょう。「身」は心の苦しみを知っていて、「心」の限界を超えるような「用」は働きません。「舌」もまた「心」の限界を超えるような「用」は働きません。「やとひて」は第三者に委嘱する意味ですから、「舌」と「身」と「心」の間に雇用関係が成立するとすると「心」が雇ったことになります。しかし「心」は空ですから、「心」が雇うことはできません。「心」が空であれば、妄心など外部から侵入する可能性があります。その外部から侵入した第三者が「舌根」を雇ったのでした。

【語法】「やとひて」の「て」（接続助詞）は経過、舌根に委嘱するのを契機にして、雇ったものは「不請の阿弥陀仏」を両三遍称えました。

「不請の阿弥陀仏、両三遍申して、やみぬ」は、不奉請の念仏として、三回念仏し、もう一度繰り返し、これですべては終わった。「不請の阿弥陀仏」は、阿弥陀仏の来臨を請求しない念仏。「不請」は「不奉請」、仏の来臨を請い求める。「奉請」は道場に仏の来臨を請求する。「申して」（謙譲）は言う、発言する。ここは唱える。

【参考】「奉請」は唐の善導・法照に由来する宗教儀礼で、日本には円仁によって天台宗に伝えられ、以後、『四奉請』の形で、読経に先立って、すべての如来・菩薩の入道場を称えて来臨を請います。（「道場」は仏道実践の場、寺院）

奉請十方如来入道場散華楽
奉請釈迦如来入道場散華楽
奉請弥陀如来入道場散華楽
奉請観音勢至諸大菩薩入道場散華楽（『四奉請』）

作者も日常、仏間で阿弥陀仏の来臨を奉請して読経・念仏したはずです。しかし、ここでは「奉請」していません。

【構成】阿弥陀仏の来臨を奉請するという念仏・読経のルールを無視して念仏しました。念仏したのは雇われた舌根です。

「両三遍申して」は三辺を二回唱えた。「両」は二回、「三遍」は三回、三唱礼風のこと。「申して」（「申し」謙譲）は人が高貴の人に向かって云う、念仏の場合は称える。

【参考】「三唱禮」は念仏の形式で、三遍「ナムアミダブツ」を唱えるのを一セットとし、五体投地の礼拝を行います。これを三セット繰り返すのを「三唱禮」といいます。

ここは二セットしか唱えていないので、三唱禮の形式が整っていないか、途中でやめたかは不明です。

【構成】「舌根をやとひて」ですから、「三唱禮」なみの念仏を唱えたのは、発声は舌根ですが、主体的には雇い主です。しかし「申して」は作者ですから、本当に唱えたのは誰でしょうか。

【構想】雇い主の側には舌根があります。舌根は雇い主の側です。舌根の側は肉体では頭です。頭の中は心です。心は仏説に従って「空」の状態でした。空であれば異物が入り込む余地があり、作者も、以前、煩悩が入り込んで欲望を撒き散らしたと推察しました。いま、そこには舌根の雇い主がいるはずです。その雇い主は発言の機能を有しなかったのでしょう、「舌根」を雇って「不奉請の阿弥陀仏」を唱えました。妄心が念仏するはずはありません。「奉請」は阿弥陀仏を要請するのですが、「不奉請」は要請しません。「南無阿弥陀仏」は阿弥陀仏以外の者が阿弥陀仏を称えます。「阿弥陀仏」は阿弥陀仏を要請していません。誰も要請していないのに、「阿弥陀仏」と言った人は、阿弥陀仏御自身です。心が空になったとき、阿弥陀仏は空白の心に入って作者の舌を借り受けて「阿弥陀仏」を唱えました。もし人だったら「南無阿弥陀仏」というでしょう。私は「阿弥陀仏である」と名のりました。その言葉を、舌根は念仏の形に受け止めて三唱礼風にまとめて、二回、称えました。

空也や善導の尊像は口から六体の阿弥陀仏が飛び出しています。いま長明の口から阿弥陀仏の名が飛び出したのでした。それは阿弥陀仏が念仏を唱えたからでした。

【語法】「申して」は謙譲ですから念仏を唱えたのは作者でした。ここは阿弥陀仏の念仏に作者も唱和しました。

阿弥陀仏と長明が一体になっ瞬間・場面です。作者と阿弥陀仏は重なりました。

【参考】「来迎」には山越来迎、早来迎など種々相が有りますが、阿弥陀仏が単独で心の中に入り込む図式でした。

「やみぬ」は終わった。阿弥陀仏が作者の心に入ってきて、仏と人が合一して、方丈の読経・念仏の思いは完了し作者の求道の遍歴は終わりました。

長明は方丈で阿弥陀仏は長明の心に入りました。それは来迎の姿でした。

【構想】作者が大原に入って「空」を実践し、読経と念仏の生活をしました。世に仏は無量無辺ですが、読経と念仏の効果があったからか、心に入ってきたのは阿弥陀仏だけです。単に念仏を唱和しただけでなく、阿弥陀仏の光明は日野の自然も、作者の音曲も、さまざまな交遊も照らし、仏と人は合一しました。

(作者の第一〇の問題は死に直面して選ぶことはなくなりました。)

【参考】仏を奉請して仏の仕事が終われば、仏は帰っていただくことになる。「奉請」に対して「送仏」します。

請仏隨縁還本国　普散香華心送仏　願仏慈心遙護念　同生相勧尽須来(『送仏偈』浄土宗)

【構想】月はまだ山に入っていません。月影は最後の光芒を放ち、作者は最後を迎えようとします。奉請していませんから阿弥陀仏も還ることはありません。長明には残された時間があり、時間は終わっていません。仏と一体になった長明です。長明は何をしようとするのでしょうか。

【参考】結果論ですが、長明の死は建保四年(一二一六)、六四歳。長明は『方丈記』擱筆後の生き方は語っていません。

(終わったあと、仏と一体になった長明は何を考え何をするのでしょうか。)

[跋]

時に建暦の二とせ、弥生の晦日ころ、桑門の蓮胤、外山の庵にして、これを記す。

于時、建暦ノフタトセ、ヤヨヒノツコモリコロ、桑門ノ蓮胤、トヤマノイホリニシテ、コレヲシルス。

時においては建暦二年、三月の晦日ころに、仏門にある蓮胤が、外山の草庵において、これを記す。

〈時に建暦の二とせ、弥生の晦日ころ、桑門の蓮胤、外山の庵にして、これを記す。〉

「時に建暦の二とせ、弥生の晦日ころ」は、時においては建暦二年、三月の晦日ころに。「時に」（「に」場面）は時をあげると、「とき」は不請の念仏を唱えたとき。「建暦二年」は順徳天皇の治世の二年、西紀一二一二年。「弥生の晦日ころ」は三月の最後の日ころ。「弥生」は三月、春の最後の月、「晦日」は月の最終日、月齢はゼロ。旧暦三月末日は現行暦五月二〇日。「頃」とありますから前後を含みますが四月は入らないでしょう。三月の下旬の後半か。

【構成】「弥生の晦日」は月は出ていません。不請の念仏を唱えたのは「一期の月影かたふきて」ですから弥生の晦日ではありません、「弥生の晦日ころ」と余裕をみていますので、弥生の下旬の後半の一日であろうと推測できます。

「桑門の蓮胤、外山の庵にして、これを記す」は、仏門にある蓮胤が、外山の草庵において、これを記す。

「桑門の蓮胤」は、仏門に出家者の蓮胤、「桑門」は出家して修行にはげむもの。「蓮胤」は作者長明の法号。「蓮」は仏教用語。「胤」は鴨氏の遠祖「慶滋保胤」の「胤」で鴨氏であることをいうか。

【語法】「蓮」は『妙法蓮華経』の「蓮」、『法華経』の信者長明の意味か。『無量寿経』では極楽の蓮で、念仏者長明か。『華厳経』では蓮華蔵世界の住人長明か。『蓮台』はバラモン以来の仏出生の座で、蓮台を捧持する長明か。

「外山の庵」は方丈の草庵、「外山」は醍醐寺の南の山、「庵」は草庵。「これ」は『方丈記』。「記す」は最後の部分を記す。

建暦の二年三月末日ころは、外山の庵で、私こと「桑門の蓮胤」は『方丈記』を記した。

【語法】時は建暦の二年三月末日ころ、場所は外山の庵、主格は「桑門の蓮胤」、目的格は『方丈記』、述語は「記す」。

【構成】時をあげ場所をあげ、法号の主が述べる形は、祭典の導師が述べる表白の形式で、『方丈記』は単なる随筆ではなく、表白でした。表白は多くは故人の追悼の祈願を述べます。

【構想】この時、長明は蓮胤という法号をもつレッキとした僧侶であった。もはや隠者ではない、長明の変身でした。

【構想】独断と偏見

作者は『方丈記』において、作者自身についてはダイレクトには語りません。災害で妻子がなくなったのは痛切のきわみですが、地震で愛児を失った青年武士に深い同情を示したことによって、令息の死を知るばかりであり、六条河原と鳥辺野の記録から、妻子の死を見送ったと知るばかりです。

作者は禅寂に導かれて大原・真葛が原に赴き、頼斅から「空」を、法然から専修念仏を学んだはずですが記録していません。読経・念仏に飽きたと言って、音曲芸能に力を注ぎますが、眠いのにあえて念仏しなくて良いというのは明らかに法然義です。一ことも法然を語ってはいませんが、語らなかったことは、かえって深層心理を思われます。

遷都では為政者に対する批判的な筆致が目立ち、読者は清盛批判と理解するほかはありませんが、あれほど朝野を震撼させた源平の紛争には全く無視しています。

方丈に滞在して久しぶりに聞くと、都では高貴な人がなくなっていたことは記しましたが、あの偉大な清盛の死はありません。

飢饉と疫癘で生活に窮したものが、古寺の仏像を砕き仏具を剥ぎ取って糊口をしのいだ。それを末法の世だと歎いたが、天下の大問題であった東大寺の焼失は無視した、作者には歴史には深い洞察を残したのに、現実の歴史的事件には、六大災害以外は口を閉ざしました。作者は歴史の何を見たのでしょうか。

作者は隆暁の事跡を詳細に描写します。当時執筆していた『発心集』と共通する描写でした。作者の記録には『発心集』という膨大な資料収集がありました。『発心集』の立場で言えば、隆暁はすばらしい往生人でした。

作者が大原に移ってから、念仏門は最悪でした。興福寺が念仏停止の奏上をして以来、法然門徒は流罪となり、法然も土佐に流謫されました。これを無視した心境はしる由もありませんが、ことばにならなかったのではないでしょうか。

作者が大原で頼斅から学んだのは「空」でした。「空」は最初から「空」ではありません。作者には歌舞音曲があって、その否定から「空」に至ります。「空」は否定の論理です。作者は「空」を解説しますが、「空」そのものは語りません。

しかし最後のときが来ました。心が「空」であると、外物が心に侵入する可能性があり、作者は歌舞音曲に親しんだのは妄心が入ったかと疑いました。が、呼びもしないのに、阿弥陀仏が入り込んで、舌根を雇って「私は阿弥陀仏だ」と伝えました。驚いたのは心でした。心も「南無阿弥陀仏」と称えました。ここに仏と作者の合一があります。自分のことにはダイレクトに語らなかった作者が、初めて仏と合一した情況を語りました。否定の心の成果でした。

『方丈記』では全く記録のない事案、記録は無いが間接的事案が認められる事案、記録だけの事案がある。最も深刻なのは記録の無い事案で、作者の近辺では禅寂・頼斅ですが、作者の禅寂・頼斅に対する信頼は計り知れませんが具体像はありません。記録は無いが間接的事案が認められる例は妻子と法然です。妻子の死は二五年ほども過去ですが、「時に建暦の二とせ、弥生の晦日ころ」というのは法然の薨じた「建暦二年正月二五日」を思わせます。「時に」と「とき」を強調するのは、「建暦の二とせ、弥生の晦日ころ」というのは法然の月忌だったからである。長明が心を空にして阿弥陀仏と一体になって念仏したときは、法然の月忌と重なります。空しき心に、阿弥陀仏が入ってきて、念仏を称えた。これは法然義以外のものではありません。作者は僧侶の立場で『方丈記』を法然に捧げ、哀悼の心を表白したのでした。

【構想】『方丈記』は法然上人の追善回向の表白でした。

著者プロフィール
石田 肇（いしだ はじめ）
生誕 1931年２月17日
本籍 滋賀県
学歴 滋賀大学
著書 『法然に聞く、往生極楽の道』（文芸社刊）
『原文の響《おと》に浸り　文脈の先に思いを馳せよう　魏志倭人伝』（文芸社刊）
『歎異抄のかなしみ』（近代文藝社）

『方丈記』、そのこころ

2020年４月15日　初版第１刷発行

著　者　石田 肇
発行者　瓜谷 綱延
発行所　株式会社文芸社
〒160-0022 東京都新宿区新宿1－10－1
電話 03-5369-3060（代表）
03-5369-2299（販売）

印刷所　株式会社晃陽社

ISBN978-4-286-21001-8